ROM
N

Weitere Titel der Autorin:

Totenweg
Bluthaus
Sterbekammer
Mordsand

Über die Autorin:

Romy Fölck wurde 1974 in Meißen geboren. Sie studierte Jura, ging in die Wirtschaft und arbeitete zehn Jahre für ein großes Unternehmen in Leipzig. Heute lebt sie als freie Schriftstellerin in der Elbmarsch bei Hamburg. Die ersten fünf Bände ihrer Krimiserie um das ungleiche Ermittlerduo Paulsen und Haverkorn schafften es allesamt auf die SPIEGEL-Bestsellerliste und wurden von Rezensenten und Lesern vielfach begeistert besprochen.

ROMY FÖLCK

NEBEL OPFER

KRIMINALROMAN

lübbe

Die Bastei Lübbe AG verfolgt eine nachhaltige Buchproduktion.
Wir verwenden Papiere aus nachhaltiger Forstwirtschaft und
verzichten darauf, Bücher einzeln in Folie zu verpacken.
Wir stellen unsere Bücher in Deutschland und Europa (EU)
her und arbeiten mit den Druckereien kontinuierlich an einer
positiven Ökobilanz.

Vollständige Taschenbuchausgabe
der bei Bastei Lübbe erschienenen Hardcoverausgabe

Copyright © 2023 by
Bastei Lübbe AG, Schanzenstraße 6 – 20, 51063 Köln

Textredaktion: Ulrike Brandt-Schwarze, Bonn
Umschlaggestaltung: www.buerosued.de
Umschlagmotiv: © www.buerosued.de
Satz: Dörlemann Satz, Lemförde
Gesetzt aus der Stempel Garamond
Druck und Verarbeitung: GGP Media GmbH, Pößneck

Printed in Germany
ISBN 978-3-404-18936-6

2 4 5 3 1

Sie finden uns im Internet unter luebbe.de
Bitte beachten Sie auch: lesejury.de

*Für Ulla und Sieghard Völker
in großer Zuneigung und Dankbarkeit*

Samstag, 5. Februar 2022

Er tanzt. Stellt den rechten Fuß zur Seite, zieht den linken Fuß heran. Achtet darauf, das schwingende Bein nicht zu sehr zu belasten. Wechsel. Den linken Fuß zur Seite, den rechten Fuß heran. Seine Tanzpartnerin pendelt leichtfüßig mit, schwebt im Dreivierteltakt in seinen Armen über das honigfarbene Parkett.

Wiener Walzer. Zuletzt hat er ihn auf seiner Hochzeit getanzt. Das ist über dreißig Jahre her, aber mit ihr fühlt es sich an, als wäre es erst gestern gewesen. Als wäre er noch jung und die ganze Welt stände ihm offen.

Sanft liegt seine Hand unterhalb ihres Schulterblattes, ihr linker Arm auf seinem rechten. Auf der anderen Seite gleiten ihre gefassten Hände auf Augenhöhe durch den Raum. Er führt sie und staunt selbst, wie perfekt er seine Schritte setzt, zieht sie eine Winzigkeit näher zu sich und genießt es, als sie ihre Hingabe durch ihre geschmeidigen Bewegungen auf ihn überträgt. Lange hat er die Nähe zu einer Frau nicht mehr zugelassen. Sie hat es geschafft, mit einem einzigen Blick, ihn, den Tanzmuffel, auf das Parkett zu bekommen. Dann noch beim Wiener Walzer, dem Drehtanz, der für Nichttänzer wie ihn ein Graus ist. Aber mit ihr kann er ihn die ganze Nacht tanzen.

Die Musik verstummt. Sie tänzeln aus. Er will sie noch nicht loslassen, aber sie löst ihre Tanzhaltung auf. Erst jetzt ist es ihm möglich, die anderen Tänzer anzusehen.

Sie lächeln, aber ihre Augen sind leer.

Und tot.

Plötzlich scheinen sich die Gesichter der Fremden aufzulösen, erstarren in hässlichen Grimassen. Erschrocken weicht er zurück. Die Musik setzt wieder ein.

Ein Trauermarsch in Moll. Seine Tanzpartnerin ist längst in der Menge der tanzenden Fratzen verschwunden.

Er schreckt hoch, ringt nach Luft, die eiskalt ist. So schnell, wie dieser Traum sich verflüchtigt, wird er in die Wirklichkeit gerissen.

In den dunklen Raum, in dem er auf einer ausrangierten Matratze liegt, eingewickelt in eine Rettungsdecke aus Alufolie. Er bewegt sich, lockert die verkrampften Gliedmaßen und den linken Arm, so weit, wie es die Handfessel zulässt. Er bewegt die Finger, spürt sie nicht mehr. Wahrscheinlich ist die Blutzirkulation durch die Fessel träge geworden. Hat er deshalb vom Tanzen geträumt, weil sein Arm hier auf Augenhöhe am Käfig hängt?

Er ist eingenickt, obwohl er wach bleiben muss! Wenn er wieder einschläft, wird er vielleicht nie wieder aufwachen. Hier an diesem eiskalten Ort, wo er, gefesselt ans Metall, darauf wartet, dass ihn endlich jemand findet und befreit.

»Hilfe!«, ruft er. Heiser und mit fremder Stimme quält sich das Wort aus seinem Mund. Er hustet und versucht es nochmals. »Hilfe! Ist da jemand?« Ein leichter Hall unter der Decke des riesigen Stalls, aber keine Antwort. Mit der Handfessel schlägt er den Code für SOS ans Metall des Käfigs. Dreimal kurz, dreimal lang, dreimal kurz.

Er lauscht, hört aber nur den Wind in den Dachbalken über ihm. Irgendwo muss dort ein Fenster offen stehen.

Sein Mund ist trocken. Er schiebt den rechten, beweglichen Arm unter der Rettungsdecke hervor, tastet nach der

Plastikflasche. Er darf nicht zu viel trinken. Das Wasser muss er sich einteilen, so stark sein Verlangen zu trinken auch ist. Mit einer Hand dreht er den Deckel ab. Ein kleiner Schluck, auch wenn sein quälender Durst ihn drängt, mehr zu trinken. Sorgfältig verschließt er die Flasche wieder, stellt sie zur Seite. Dieses Wasser ist seine Lebensversicherung. Aber nur, solange noch etwas darin ist.

Wie lange ist er schon hier gefangen?

Er hat er sein Zeitgefühl verloren, weil er eingeschlafen ist. Waren es Sekunden, Minuten oder Stunden? Er kann es nicht sagen. Nur, dass der Traum intensiv gewesen ist. Und schön! Er denkt an seine Tanzpartnerin. Die attraktive Brünette hatte ihn völlig aus dem Tritt gebracht, als er sie kennenlernte. Plötzlich scheint er ihr Parfüm in der Nase zu haben, das für einen Damenduft eine Nuance zu herb war. Aber es passt zu ihrem Typ. Denn sie ist eine Frau, die zupacken kann, wenn es drauf ankommt. Er versucht, sich ihr Gesicht vorzustellen, eine reife Schönheit mit einem strahlenden Lächeln, wie das der Berben. Warum hat er sie nicht sofort um ein Wiedersehen gebeten? Worauf hat er gewartet? Eine Frau wie sie ließ man nicht vom Haken.

Er denkt daran, wie es sich im Traum angefühlt hatte, sie zu halten. Wenn er hier lebend rauskommt, wird er sie anrufen und auf ein Glas Wein einladen. Lächerlich, in seiner Situation Pläne zu machen. Aber vielleicht braucht er das, weil er Hoffnung braucht, um zu überleben.

Er scheint wieder ihren Körper zu spüren, ihre Wärme. Aber die Hitze kommt von innen, es fühlt sich an wie ein Fieberschub.

Er weiß durch eine Fortbildung, dass einem Erfrierenden warm wird, kurz vor dem Kältetod. So warm, dass er sich am liebsten aller Klamotten entledigen würde. Verunsichert reißt er die Augen auf. War es wirklich ein Traum, oder halluzinierte er längst? Geistige Verwirrung ist ebenfalls ein Vorzeichen des Erfrierens.

Was, wenn er es nicht schafft?

Wenn er nicht rechtzeitig gefunden wird?

Er richtet sich auf, so gut es geht, und ruft nochmals um Hilfe. So laut er kann. Er brüllt seine Angst hinaus in die Winternacht. Auch wenn die Chance, dass ihn hier draußen auf diesem gottverlassenen Hof jemand hören wird, bei null liegt. Nicht viel höher sind die Temperaturen außerhalb dieser Mauern.

Kapitel 1

Dienstag, 1. Februar 2022

Schaumige Wellenkämme schlugen auf den menschenleeren Strand. Torben lachte und rannte durch das Wasser. Wie ein junger Hund, der einem Ball hinterherspringt. Seine Sneakers und Socken lagen vor Frida im Sand. Er hatte die Hosenbeine hochgekrempelt und war in die Nordsee gewatet. Sie stand frierend am Strand, hatte die Kapuze des Hoodies über den Kopf gezogen, den Parka bis zum Kinn geschlossen. Er musste verrückt sein, bei dieser Kälte ins Wasser zu gehen.

»Komm! Es ist herrlich!«, rief er und wich vor einer Welle zurück. »Du verpasst was!«

»Ja, eine Blasenentzündung!«, schrie sie durch das Wellenrauschen.

Er kam aus dem Wasser. Zu spät ging ihr auf, dass es keine Einsicht war, sondern dass er vorhatte, sie ins Wasser zu ziehen. Gleich so, mit Schuhen und Socken. Sie wand sich kurz vor der Wasserkante aus seinem Griff. »Warte!« Sie warf ihre Boots und Socken auf den Sand und folgte ihm ins Wasser. Frida gab einen kleinen Schrei von sich. Der Kälteschock war kurz, dann fühlte es sich gut an. Nach Spontaneität. Und nach Glück.

Glück, Torben wiederzuhaben nach den sechs Wochen in der Rehaklinik.

Glück, ihn endlich wieder lachen zu sehen nach dem Unfall, der ihn beinahe sein Leben gekostet hatte.

Er zog sie an sich und küsste sie. Eine Welle brach sich an ihnen, machte ihre Hosen bis zu den Knien nass. Aber sie merkten es nicht. Sie küssten und hielten sich, während dick vermummte Strandbesucher mit ihren Hunden sich zu ihnen umdrehten. Jemand zeigte auf sie.

Doch es gab nur sie beide und das Meer.

Frida fuhr mit ihren Händen durch sein flatterndes Haar. »Ich bin froh, dass du wieder da bist. Jetzt wird alles gut.«

Ein harter Zug legte sich um seinen Mund. Er löste sich von ihr, ging aus dem Wasser und zog wortlos Socken und Schuhe an.

Frida watete noch einen Moment durch das flache Wasser, dann folgte sie ihm, umarmte ihn von hinten. Seine Körperhaltung war abwehrend, sein Blick auf den Horizont gerichtet.

»Wir schaffen das! Du wirst wieder gesund.«

»Hör auf!«, sagte er. Sie konnte in seiner Stimme die Tränen hören, die er zurückhielt. Beide Hände waren beim Einsturz einer Steindecke schwer verletzt worden. Die Linke konnte er nach der Reha wieder gut bewegen. Aber die rechte Hand war fast steif geblieben. Wenn Torben die Feinmotorik seiner Finger nicht wiedererlangte, würde er seinen Job an den Nagel hängen müssen. Als Rechtsmediziner musste er ein Skalpell führen können. Das Wort Berufsunfähigkeit schwebte über ihm wie ein Damoklesschwert.

»Lass uns fahren«, sagte er und versuchte ein Lächeln, um sie zu beschwichtigen. So war das schon vor der Reha gewesen. Sie sagte etwas, was ihn aufbauen sollte, tappte ins Fettnäpfchen, er zog sich zurück. Dann dieses Lächeln, das keines war.

»Ja, komm! Sie warten schon auf uns!« Frida streifte die Socken über die nassen und sandigen Füße, zog ihre Boots an. Sie fror, musste schnellstens ins Warme. Auch wenn sie nicht wusste, was sie auf der Fahrt sagen durfte, ohne Torben wieder vor den Kopf zu stoßen. Sie begann, von ihrem letzten Fall zu erzählen. Ein Nachbarschaftsstreit war eskaliert, am Ende war ein Mann tot. Die Mordkommission war gerufen worden, hatte aber den Fall bald abgegeben, weil kein Fremdverschulden vorlag. Der Mann war einem Herzinfarkt erlegen.

Torben sah aus dem Fenster, hörte ihr kaum zu. Sie warf ihm kurze Blicke zu. Sie liebte ihn, und es machte sie traurig, ihn so verzweifelt zu sehen. Aber würde ihr das nicht auch so gehen, wenn sie ihren Beruf als Polizistin wegen eines körperlichen Handicaps nicht mehr ausüben könnte? Er war aufgegangen in seiner Arbeit, musste sich nun fühlen wie ein Invalide, den niemand mehr brauchte. Er versank in Selbstmitleid, vielleicht war es schon eine depressive Verstimmung.

Zwei Stunden später erreichten sie den Paulsenhof in der Elbmarsch. Es war inzwischen dunkel geworden. Der Hof von Fridas Eltern wurde von Strahlern erleuchtet, als sie den Volvo vor dem Haus parkte. Nebenan in der ehemaligen Scheune, wo sich der Boxclub befand, standen drei Autos neben dem altem Bulli, der dem kroatischen Boxtrainer Milan gehörte. Die Leuchtschrift surrte auf dem Backstein. *MIJO* und darunter *Boxen & Fitness*. Als sie ausstieg, hörte Frida den dumpfen Aufprall der Handschuhe auf den Sandsäcken.

»Ist Milan da?«, fragte Torben und blickte ebenfalls hinüber. »Dann geh ich gleich mal auf ein Bier zu ihm.«

Frida wollte die Überraschung nicht verraten. »Ich glaube schon. Lass uns erst mal meine Eltern begrüßen«, sagte sie und blickte hinüber zum Wohnhaus. Ein altes Bettlaken flatterte einsam über der Haustür. *Willkommen!* hatte jemand draufgepinselt. Wahrscheinlich Cat. Die Ausreißerin war im Herbst bei ihnen gestrandet, und Frida hatte die Vormundschaft für das Mädchen übernommen, bis sie im nächsten Frühjahr achtzehn würde. Cat hatte einen alten Bauwagen, der hinten neben der Koppel auf dem Gelände des Paulsenhofs stand, ausgebaut und eine gemütliche Bleibe für sich darin hergerichtet. Seitdem füllte sie das Haus mit ihrem Lachen und machte sich auf dem Hof mit viel Arbeitseifer und kesser Zunge unverzichtbar.

Frida bewohnte ein Zimmer in dem riesigen Reetdachhaus, wo nun auch Torben für die nächsten Wochen oder Monate einziehen würde. Sie hatte ihn überzeugt, nicht in seine Hamburger Wohnung zurückzukehren, wo er auf sich allein gestellt wäre. Ihre Mutter Marta würde »den Jungen« gut bekochen, ihr Vater Fridtjof freute sich schon darauf, ihm Gesellschaft zu leisten und seine Lebensweisheiten mit ihm zu teilen, während Frida arbeitete. Und das Boxstudio, das Milan, Fridas Hamburger Boxtrainer, mit Jo, ihrer ältesten Freundin, die in der Hansestadt als Detektivin arbeitete, in der ehemaligen Scheune eröffnet hatten, war mittlerweile ein Treffpunkt für Jung und Alt. Dort würde Torben jederzeit Ablenkung finden. Und Freunde, die er dringender brauchte, als er es sich selbst eingestand.

Als sie Torbens Reisetasche auf die Schulter nahm, wirbelte plötzlich der braune Setter um ihre Beine. Der junge Hund sprang an dem Neuankömmling hoch und leckte ihm die Hände.

»Ist ja gut, Bruno!« Er sah sich um. »Wo liegt Arthur?«

Frida atmete tief durch. »Sein Grab ist hinter dem Pumpenhaus. Wir gehen morgen zu ihm, okay?«

Der uralte Hütehund war letzte Woche eines Morgens nicht mehr aufgewacht. Bruno war noch in Trauer, so wie die ganze Familie. Der junge Hund suchte seinen Freund, mochte kaum fressen, lag in Arthurs Körbchen und winselte leise. Umso schöner war es zu sehen, wie sehr er sich über Torbens Rückkehr freute.

Sie standen Spalier vor der Tür. Fridtjof und Marta, ihre Eltern, Jo, Milan und Cat, das neue Familienmitglied. Sogar Fridas Kollege Bjarne Haverkorn und seine Tochter Henni waren gekommen, um Torben zu begrüßen. Er warf Frida einen Blick zu, als müsse er Kraft sammeln, atmete tief durch, dann kam er auf sie zu.

Frida blieb am Auto stehen und beobachtete die fröhliche Willkommensszene. Das war genau das, was Torben jetzt brauchte. Familiären Halt, Freunde, die ihn von seinem Kummer ablenkten, und eine Chance auf Heilung. Die nächsten Wochen und Monate waren entscheidend für ihn. Und auch für ihre Liebe. Es würde sie viel Kraft kosten, neben ihrer beruflichen Herausforderung in der Mordkommission genug Zeit für Torben freizuschaufeln. Aber sie war stark, sie würde das schaffen!

Mit Torbens Tasche über der Schulter ging Frida zum Haus.

Schon in der Diele roch es nach Rehkeule. Ihre Mutter hatte einen Festtagsbraten zubereitet.

»Frida!«, rief ihr Vater. »Wo bleibst du denn? Das Essen wird kalt!«

Sie stellte die Tasche neben der Treppe ab, zog die Stiefel aus und musste lachen, als der Sand von den Socken rieselte. Es war Torbens Idee gewesen, an die Nordsee zu fahren, nachdem sie ihn in der Rehaklinik im Harz abgeholt hatte. Die Zeit am Wasser war großartig gewesen. Aber es hatte sie erschreckt, wie schnell seine gute Laune in eine Verstimmung umgeschlagen war. Ob sie mit einem Kollegen des sozialtherapeutischen Dienstes über ihn sprechen und sich Rat holen sollte?

Sie trat in die heimelige Wohnküche. Torben saß in der Mitte der gemütlichen Eckbank, Familie und Gäste hatten sich um ihn und den großen Holztisch geschart, und alle redeten durcheinander. Ihre Mutter setzte die gusseiserne Pfanne mit dem Braten in die Mitte.

Fridtjof hob sein Weinglas. Er hatte zur Feier des Tages einen guten Roten aus dem Keller geholt, obwohl er lieber Bier trank. Mit dem Messer schlug er ans Glas. Die Gespräche am Tisch verstummten.

»Torben, wir sind froh, dass du wieder da bist! Du kannst so lange hierbleiben, wie du willst. In diesem Haus wirst du immer ein Zuhause haben.« Er sah seine Frau an, die sich neben Henni auf die Bank gesetzt hatte. »Du bist der Sohn, den wir nie hatten.«

Alle hoben die Gläser. Auch Frida, die sah, dass Torben verstohlen eine Träne wegdrückte. Seit dem Unfall war er nah am Wasser gebaut. Und diese Begrüßung rührte ihn mehr, als er zugeben wollte. Er nahm das Weinglas mit der linken Hand und erhob es. Die rechte lag in seinem Schoß wie ein Stiefkind, das er am Essen nicht teilhaben lassen wollte. »Ich danke euch!« Er schluckte. »Auf euch!«

»Auf die Gesundheit!«, sagte Haverkorn.

»Auf die Gesundheit«, stimmten alle ein. Die Gläser klirrten beim Anstoßen.

»Kommst du mal kurz mit raus?« Nach dem Apfelkuchen, den es zum Nachtisch gegeben hatte, machte Haverkorn Frida ein Zeichen und stand auf.

Sie folgte ihm in die Diele und schloss die Tür. Lautes Gelächter erklang aus der Küche. Offenbar erzählte Fridtjof wieder seine humorvollen Geschichten.

»Was ist los?«, fragte sie und setzte sich neben Haverkorn auf eine Treppenstufe. »Ein neuer Fall?«

Er hatte sich sein Weinglas mitgenommen und trank einen Schluck. Da er nur einige Straßen weiter wohnte, konnte er mit seiner Tochter später nach Hause laufen. »Nein, es war ruhig. Unser Chef hat uns nur wieder ein paar der Altakten aufgedrückt.«

Frida mochte es, die alten Ermittlungsakten zu durchforsten. Cold Cases, ungelöste Altfälle, waren ihr Steckenpferd.

»Morgen verabschieden wir ja Henning. Hast du an die Blumen gedacht?«, fragte er. Aber Frida merkte, dass er noch etwas anderes auf dem Zettel hatte. Diese Frage hätte er auch vor ihrer Familie am Küchentisch stellen können.

»Ja klar, ich hole sie morgen früh ab.«

»Gut!« Ein langer Schluck. »Wahler hat mich heute beiseitegenommen. Wir bekommen einen neuen Kollegen.«

Frida war überrascht. »So schnell? Sonst brauchen die doch immer Monate, um Ersatz zu beschaffen.«

»Er heißt Leonard Bootz. Ex-SEK.« Er warf Frida einen eigenartigen Blick zu, den sie nicht deuten konnte. »Er hat mit Wahler einige Jahre im Kriminaldauerdienst gearbeitet. Es heißt, sie sind auch privat recht eng.«

»Er holt seinen Buddy nach?« Sie schnalzte leise mit der Zunge.

»Ich habe mich mal über den Flurfunk etwas über Bootz umgehört. Kenne da noch einen alten Hasen in Lübeck. Bootz ist kein unbeschriebenes Blatt. Die Gerüchteküche kocht über, wenn man seinen Namen reinwirft. Es heißt, er hätte das SEK damals ziemlich überstürzt verlassen. Da muss wohl was vorgefallen sein.«

»Und was?«

Haverkorn zuckte die Schultern, hob sein Glas und sah, dass es leer war. Er drehte es in der Hand. »Das weiß keiner so richtig. Als sich die Wogen geglättet hatten, hat er beim KDD unter Wahler angefangen.«

Frida atmete aus. »Wann kommt er?«

»Übermorgen.« Haverkorn stand auf und nahm das Glas.

»Wahler will keine Zeit verlieren. Aber bitte behalt es noch für dich.«

Frida erhob sich ebenfalls. »Na klar! Jetzt brauche ich was zu trinken.« Sie zeigte auf die Kellertür. »Was Hochprozentiges. Du auch?«

Haverkorn zögerte, dann nickte er. »Was soll's! Ich nehme auch einen!«

Kapitel 2

Mittwoch, 2. Februar 2022

Haverkorn hängte seinen Mantel an die Garderobe seines Büros und kippte das Fenster an. Jeden Morgen dieselben Handgriffe, seit fast dreißig Jahren. In knapp einem Jahr würde er dieses Büro das letzte Mal betreten. Heute war nicht er es, der verabschiedet wurde, sondern Henning Kuhns. Sie waren die beiden Ältesten hier im Team, die Silberrücken. Aber seit dem Weggang von Andreas Vollmer, der bis zum letzten Jahr die Mordkommission geleitet hatte, hatte sich das Team verändert. Wie winzige Haarrisse, die man mit dem bloßen Auge nicht sah, waren neue Eigenarten eingezogen, die mit dem Führungsstil von Vollmers Nachfolger Nick Wahler zu tun hatten. Sicher, er war ein versierter Kriminalist, hatte seine Führungsqualitäten vom Kriminaldauerdienst in Lübeck mitgebracht. Und er machte seinen Job gut. Aber ihm fehlte eine gewisse soziale Feinfühligkeit für seine Leute, die sein Vorgänger besessen hatte. Andreas Vollmer hatte die verschiedenen Charaktere gut zusammengehalten und dennoch Raum für Individualisten gelassen. Wahler wollte, dass alle in seinem Takt arbeiteten. Und die meisten hatten sich ihm schnell angepasst. Nur Frida scherte immer mal wieder aus. Und ihn, Haverkorn, zu ändern, versuchte der Chef gar nicht erst. Vielleicht spürte er auch, wie sehr das Team diesem alten Hasen vertraute. Wahler brauchte ihn, jedenfalls bis zu seiner Pensionierung.

Der Kriminalhauptkommissar sah auf den Haken an der Wand, an dem sein Wintermantel hing. Er ging hinüber, nahm ihn ab und hängte ihn über die Lehne seines Bürostuhles. Es wurde Zeit, ein paar der eingerosteten Angewohnheiten zu ändern.

In seinem Mailaccount waren ein paar neue Nachrichten eingegangen. Darunter eine von Björn Focke, mit dem er damals bei der Polizei angefangen hatte. Focke lehrte mittlerweile an der Bundespolizeiakademie in Lübeck. Wenn jemand etwas über den Neuen, Leonard Bootz, zu erzählen wusste, dann er.

Haverkorn öffnete die Mail.

»Ruf mich mal an, Gruß Björn«, stand kurz darin. Also wusste er etwas und wollte es nicht in einer E-Mail ausplaudern. Haverkorn wollte gerade zum Hörer greifen, als Frida hereinkam. Ob sie heute Morgen auch so einen schweren Kopf hatte wie er? Es war gestern natürlich nicht bei einem Rachenputzer geblieben. Fridtjof und Milan hatten mitgetrunken. Haverkorn war kurz vor Mitternacht schlafen gegangen und hatte das Bein rausstellen müssen, damit das Bett aufhörte, sich zu drehen.

»Morgen!« Sie legte einen in Papier eingewickelten Blumenstrauß auf den Schreibtisch, sah ihn an und stockte. »Alles klar bei dir?«

»Ja, warum?«

»Dein Mantel!«, sagte sie.

Er musste lachen. Sie hatte es tatsächlich bemerkt. »Mir war danach, etwas anders zu machen.«

»Da hab ich eine bessere Idee! Frag doch Wahler mal, ob ich ab nächste Woche Urlaub nehmen kann. Ich glaube, Torben braucht mich jetzt.«

Haverkorn klickte die Mail weg und sicherte seinen

Computer. Er stand auf. »Das kannst du selbst machen, bist alt genug. Komm, wir müssen rüber.«

Auf dem großen Konferenztisch standen Platten mit belegten Brötchen. Haverkorn entdeckte einen Hackfleischigel und gefüllte Eierhälften. Beides hatte er seit den Achtzigern nicht mehr gegessen. Er klopfte Henning Kuhns auf die Schulter. »Ein lachendes und ein weinendes Auge?«, fragte er seinen Kollegen.

Der fuhr sich durch sein weißes Haar. »Geheult wird erst zu Hause. Bin froh, dass ich endlich Zeit habe, mit meiner Frau und mit dem Wohnmobil nach Dänemark zu fahren. Das verspreche ich ihr seit zwanzig Jahren.«

Der Konferenzraum füllte sich. Ihre Kollegin Ricarda verteilte Kaffee. Klaus Behrens ließ den Korken einer Sektflasche ploppen. »Alkoholfrei«, sagte er, als er Haverkorns überraschten Blick sah. »Wahler wollte wenigstens was zum Anstoßen haben.«

Wie aufs Stichwort betrat der Leiter der Mordkommission den Raum. Sein Anzug saß wieder tadellos auf Taille. Das hemdsärmelige Auftreten seines Vorgängers Andreas Vollmer würde er wohl nie übernehmen. »Moin zusammen!« Er sah zu Frida, gab ihr ein Zeichen.

Sie nickte und wies auf den Blumenstrauß, der hinter ihr in einer Vase stand.

»Gut, fangen wir an!« Er nahm einen der Plastikbecher mit Sekt vom Tisch. »Henning, heute ist es so weit. Du verlässt unser Team und den Polizeidienst.«

Jemand stieß Henning in den Rücken, und er trat einen halben Schritt nach vorn.

»Ich will dich und euch nicht mit einer trockenen Rede langweilen. Die kann gern noch unser großer Chef halten, der in einer halben Stunde zu uns stößt. Ich möchte mich bei dir für deinen Einsatz in den letzten vierzig Jahren bei der Kripo bedanken. Wir werden auf einen guten Ermittler und viel Know-how verzichten müssen.«

»Jawoll!«, flüsterte es hinter Haverkorn.

»Aber du hast dir deinen Ruhestand mehr als verdient. Heben wir also die Gläser ...«

Ein Lachen in den hinteren Reihen, als alle die Plastikbecher hochhielten. Henning wischte sich verlegen ein Auge und prostete in die Runde.

Das Telefon auf dem Konferenztisch begann, eine künstliche Melodie in den Raum zu flöten. Haverkorn stand am nächsten dran und nahm ab. Es war der Lagedienst. Er hörte kurz zu. »Wir kommen! Schick mir noch mal die Adresse.«

Alle Augen waren auf ihn gerichtet. »Ein Einsatz!«, sagte er und stellte den Becher, aus dem er noch nicht getrunken hatte, zur Seite. »Ein strangulierter Mann.«

»Suizid?«, fragte Fridas Kollegin Anja Schlüte.

»Wissen wir noch nicht.« Er sah zu Nick Wahler, der mit seinem Handy telefonierte. Wahrscheinlich war er ebenfalls angerufen worden.

Haverkorn, der noch nicht gefrühstückt hatte, nahm sich ein belegtes Brötchen. Seine Kollegen bedienten sich ebenfalls, während Wahler an der Tür telefonierte. Er legte auf. »Okay, Bjarne, Frida, Anja und Klaus. Ihr fahrt mit mir raus. Tut mir leid, Henning. Wir müssen das Frühstück und die Rede von Hanno Tehfs verschieben.« Er verließ den Konferenzraum. Der Leiter der Bezirkskriminalinspektion, der BKI, würde es verschmerzen.

Henning Kuhns stellte sich neben Haverkorn. »Wir sehen uns doch hoffentlich heute Abend im Irish Pub?«

»Deine Abschiedsparty schwänzen wir ganz sicher nicht!«

Kuhns klopfte ihm auf die Schulter und wandte sich dem Buffet zu.

Frida kam zu Haverkorn, biss von einem Brötchen ab und sagte kauend: »Den Urlaub kann ich wohl knicken.«

†

Der Einsatzort, an den der Lagedienst sie geschickt hatte, befand sich auf einem Feldweg zwischen zwei Ortschaften. Das Gelände stieg hier merklich an, und Frida erkannte, dass sie nun auf die Geest fuhren, einen dem fruchtbaren Marschland vorgelagerten, eher kargen Landstrich, über dem dichte Nebelschwaden schwebten. Typisch für einen feuchten Wintermorgen wie heute. Sie konnte keine hundert Meter weit sehen, weshalb sie nicht genau wusste, wann sie den Einsatzort erreichen würde. Sie ging vom Gas, sah kurz darauf den Streifenwagen, der den Weg für den Verkehr versperrte, und bremste ab. Neben ihr saß Haverkorn, im Heck ihre Kollegin Anja. Nick Wahler und Klaus Behrens hatten das zweite Einsatzfahrzeug genommen. Es war immer gut, wenn ein Teil der Truppe unabhängig vom anderen blieb.

Sie stoppte, als der Kollege der Schutzpolizei einen Arm hob, ließ die Schreibe herunter und hielt ihm ihren Dienstausweis unter die Nase. »Paulsen, Schlüte und Haverkorn, Mordkommission Itzehoe!« Er winkte sie durch, und sie parkte an der Seite des Weges, wo bereits der Transporter der Kriminaltechniker stand.

Als sie ausstieg, entdeckte sie die Männer von Horst Lüttje, dem Leiter der KTU, in ihren weißen Overalls, die sich im Nebel kaum ausmachen ließen. Sie streifte den Overall über und ließ Nick Wahler den Vortritt, der sich als Leiter der Mordkommission von einem der Streifenpolizisten noch einmal erklären ließ, wie der Tote aufgefunden worden war. Offenbar hatte ein Jogger am Morgen den Weg benutzt und den Mann an einem der Bäume hängen sehen. Durch den Nebel war er fast neben ihm gewesen, als er ihn entdeckt hatte.

Frida zog Einweghandschuhe an und ging hinüber. Sie sah dem Leichnam entgegen und rüstete sich, dem Tod ins Auge zu sehen. Ob es irgendwann eine Art Routine geben würde, wenn sie zu einem Mordopfer kam? Würde sie abgebrühter werden und nicht jedes Mal diesen Druck in der Magengrube spüren, weil es sie emotional anfasste? Sie ließ sich nichts anmerken, schaute verstohlen in die Gesichter ihrer Kollegen. Anja schien gerade in ihren Gedanken weit weg zu sein. Haverkorn hatte tiefe Augenringe, was sicherlich der langen Nacht und dem Obstschnaps geschuldet war. Wahler warf einen kurzen Blick auf den Leichnam und wandte sich an Lüttje, um den Ablauf der Tatortarbeit zu besprechen. Er hatte keine Zeit zu verlieren, wollte sofort über Ergebnisse informiert werden, ohne den Toten länger zu betrachten. Ein neuer Fall, ein Job. Für Sentimentalitäten war bei Wahler kein Platz.

»Morgen!« Frida grüßte Lüttje und ein paar der Kriminaltechniker und ging weiter. Sie blieb abseits des Baumes stehen, an dem der Tote hing, und betrachtete ihn. Es war der erste Erhängte für sie, seit sie bei der Mordkommission angefangen hatte. Damals in Hamburg, während ihrer Jahre auf Streife, hatte sie natürlich schon einige Menschen gesehen, die sich erhängt hatten – das war nicht neu für sie. Vom Kriminalistikstudium wusste sie, dass der Leichnam keinesfalls vorschnell abgenommen werden durfte, sondern bis zum Ende der Befundaufnahme und Spurensicherung in dieser Position verbleiben musste. Der Strick schien synthetisch zu sein, wie man ihn in jedem Baumarkt kaufen konnte. Darum würden sich die Kollegen der SpuSi später kümmern.

Der Mann war Anfang bis Mitte fünfzig gewesen. Sein Kopf war leicht zur Seite gekippt, weil der Knoten zwar am Hinterkopf, aber nicht mittig, sondern hinter dem linken Ohr lag. Der Fachbegriff aus dem Lehrbuch fiel ihr ein. Diese Hängesituation nannte man »Atypisches Erhängen«. Das war der Fall, wenn sich der Knoten vorn oder seitlich befand, was weitaus häufiger vorkam als beim »Typischen Erhängen« mit dem Aufhängepunkt in der Mitte des Nackens. Die Füße des Mannes schwebten etwa fünfzig Zentimeter über dem Boden. Um den Hals des Toten hing ein Pappschild, aber sie konnte nicht erkennen, was auf der Vorderseite stand, weil der Wind es verdreht hatte. Eine Steighilfe fehlte. War der Tote mit dem Seil um den Hals auf den Baum geklettert und gesprungen?

»Weiß man schon, wer das ist?«, fragte Frida Haverkorn, der neben sie trat.

Er sah nach oben, schien ebenfalls zu überlegen, was für eine Überraschung das Pappschild noch zu bieten hatte. »Nein, bisher nicht. Der Jogger, der ihn gefunden hat, kennt den Mann nicht. Aber er ist auch erst kürzlich zugezogen.« Er verharrte nachdenklich neben Frida, dann fragte er einen der Kriminaltechniker: »Könntet ihr das Schild mal umdrehen?«

Der Mann im weißen Overall ging zu dem Erhängten und streckte sich nach oben. Mit den Fingerspitzen erreichte er das Pappviereck, und beim zweiten Versuch konnte er es wenden.

»Scheiße!«, entfuhr es Frida, als sie die handschriftliche Nachricht darauf entzifferte.

Justitia ist blind! Ich gestehe, im Prozess gegen Cord Johannsen wissentlich falsch ausgesagt zu haben.

»Nick, wir haben hier was«, rief Haverkorn dem Leiter der Mordkommission zu, der sofort das Gespräch mit Horst Lüttje beendete. Er kam zu ihnen, blieb neben Haverkorn stehen und las die Buchstaben, die mit einem Filzstift aufgemalt worden waren.

»*Prozess gegen Cord Johannsen.* Sagt das jemandem was?«, fragte er.

Anja reagierte nicht. Frida zuckte die Schultern. Sie war zu kurz dabei, um alte Fälle wie diesen zu kennen. Klaus sah zu Haverkorn, um ihm die Frage zu überlassen.

Der Kriminalhauptkommissar atmete hörbar aus. »Anfang der Zweitausender hat der Bauer Cord Johannsen an einem Wintermorgen seine Familie mit einem Jagdgewehr erschossen. Seine Frau und zwei Söhne. Nur der Jüngste hat überlebt, weil er in die Güllegrube des Schweinestalls gesprungen ist. Ich bin zum Tatort gerufen worden.« Er schluckte, und seine Augenringe wirkten plötzlich noch tiefer. »Ich habe selten so viel Blut in einem Raum gesehen. Allen drei Opfern war aus kurzer Distanz in den Kopf geschossen worden.«

»Es gab einen Überlebenden?«, fragte Frida ungläubig.

»Das haben wir erst viel später bemerkt. Ein Kriminaltechniker hat den Jungen in der Güllegrube entdeckt. Er war halb bewusstlos von den Gasen, völlig unterkühlt und stank bestialisch. Wahrscheinlich hat ihm diese Kloake das Leben gerettet!«

»Und Johannsen ist dafür verurteilt worden?«

Haverkorn versuchte, sich an den Prozess zu erinnern, in dem er als Zeuge der Anklage ausgesagt hatte. »Er hat eine lebenslange Freiheitsstrafe bekommen. Wegen der besonderen Schwere der Schuld. Der kommt auch nach fünfzehn Jahren nicht raus.«

»Dann haben wir es hier mit einem Zeugen zu tun, der damals ebenfalls im Prozess ausgesagt hat? Erkennst du ihn?«, fragte Klaus.

Haverkorn schüttelte den Kopf. »Das ist zu lange her. Vielleicht, wenn wir den Namen ermitteln. Momentan wüsste ich nicht, wer das sein soll. Warum er im Prozess gelogen haben sollte.« Er sah sich um und rief dem Leiter der Kriminaltechnik zu: »Habt ihr seine Taschen schon durchsucht?«

»Längst passiert!«, sagte Lüttje, der zu ihnen trat und an der Kapuze des Overalls nestelte, bis sie richtig saß. »Keine Papiere, nur ein Feuerzeug und ein paar Zigaretten.«

Haverkorn nickte und sah dem Toten ins Gesicht. Er wollte etwas sagen, zögerte und trat näher. Schüttelte den Kopf. »Nein, keinen blassen Schimmer, ob ich ihn schon mal gesehen habe.«

Frida suchte in ihrem Wollmantel nach dem Smartphone, um heimlich ein Foto vom Gesicht des Toten zu machen. Erlaubt war das nicht, aber es musste ja niemand erfahren. Vielleicht erkannte ihn ihr Vater, sodass die Identifikation schneller voranging. In ihren Taschen fand sie das Handy nicht, und sie lief zum Wagen, wo sie es zuletzt in die Mittelkonsole gelegt hatte.

Frida streifte den Overall von den Schultern und ließ ihn ab der Taille herunterhängen. Dann kroch sie unter dem Flatterband hindurch, mit dem die Schutzpolizei den Fundort der Leiche abgesperrt hatte. Sie hörte ein Motorengeräusch. Ein Fahrzeug kam mit ziemlicher Geschwindigkeit durch die Nebelschwaden den Weg hochgerast, bremste hart und blieb neben dem Transporter der KTU stehen. Die Tür des schwarzen Jeep Cherokee öffnete sich, ein Mann stieg aus.

Frida blieb stehen, musterte ihn. Er war Mitte dreißig, nicht viel älter als sie selbst. Ausgewaschene Jeans, Hoodie, schwarze Lederjacke. Ein dunkler Sechstagebart, der seine markante Kinnpartie betonte. Sie streckte ihre Schultern durch. Wer war das? Ein Neuer bei der Presse?

Da niemand hier war, um den ungebetenen Gast wegzuschicken, ging sie auf ihn zu, zog ihren Dienstausweis aus der Jackentasche und hielt ihn hoch. »Sie können hier nicht weiter!«

Der Fremde sah sie kurz an. »Sagt wer?« Er ging an ihr vorbei.

»Paulsen, Kripo Itzehoe. Das ist ein Tatort!« Sie lief ihm hinterher, konnte jedoch kaum Schritt halten. Er war an der Absperrung, hob das Flatterband hoch.

»He!«, rief sie.

Er drehte sich um. »Fundort! Kein Tatort!«

Frida sah ihn völlig perplex an. »Was?«

Der Mann senkte die Stimme, flüsterte fast. »Ob das hier ein Tatort ist, kannst du noch gar nicht wissen.« Er zog etwas aus seiner Lederjacke. Einen Dienstausweis. »Bootz, Kripo Itzehoe. Ich bin dein neuer Kollege.« Er ließ sie stehen.

Frida fummelte wütend ihren Ausweis in die Tasche. Was für ein arrogantes Arschloch! Sie ging ihm nach.

»Leo! Gut, dass du da bist«, hörte sie Wahler sagen.

Sie stellte sich neben Haverkorn und versuchte, ruhiger zu atmen. »Der Neue?«, fragte Haverkorn und sah hinüber.

»Gleich rein ins Geschehen.« Er legte Frida seine Hand auf den Arm, schüttelte leicht den Kopf.

Nein, er musste nichts sagen. Sie würde professionell mit

Bootz umgehen. Aber dass er sie wie eine blutige Anfängerin zurechtgewiesen hatte, wurmte sie mehr, als sie zugeben wollte. Sie kannte den Unterschied zwischen Fund- und Tatort, war aber davon ausgegangen, dass sie einen Laien vor sich hatte.

Wahler und Bootz standen vor dem Leichnam. Ihr Chef gestikulierte, der Neue stand mit verschränkten Armen neben ihm und schwieg, hörte aber aufmerksam zu. Nun schienen sie endlich wahrzunehmen, dass noch andere Kollegen vor Ort waren.

Wahler rief sie zusammen. »Leonard ist einen Tag früher da als geplant. Er ist eben immer für eine Überraschung gut!«

Anja murmelte halbherzig etwas, schaute kaum auf.

Als Bootz die Hand ausstrecke, um sie zu begrüßen, ließ Frida die Hände demonstrativ in den Taschen ihres Parkas. Ein angedeutetes Nicken war alles, was sie ihm zugestand. Sie wich seinen Augen nicht aus, in denen nicht Arroganz, sondern Desinteresse lag. Was sie noch wütender machte.

»Wir haben uns ja schon vorgestellt.« Der Neue wandte sich ab und schüttelte Horst Lüttje die Hand. Frida ärgerte sich über seine überhebliche Art. Ihr war klar, dass die Claims im Team ab heute neu abgesteckt werden mussten.

Kapitel 3

Die Eibrötchen vom Morgen sahen nicht mehr sehr einladend aus. Vom Hackfleischigel lagen nur noch ein paar Salzstangen auf dem Teller. Haverkorn nahm das letzte Brötchen mit Kochschinken, dessen Rand sich bereits zu wölben begann, und biss hungrig hinein. Es war genießbar, und er war froh, dass er nicht noch mal losgehen musste, um sich etwas Essbares in der Kantine zu besorgen.

Sie hatten die letzten Stunden am Fundort des Erhängten verbracht. Die Rechtsmedizinerin Kerstin Brink, eine Kollegin von Torben, war recht schnell zu der Überzeugung gelangt, dass sie es nicht mit einem Suizid zu tun hatten. Sie hatte am Handgelenk Spuren von Handfesseln entdeckt, die darauf hindeuteten, dass das Opfer mit Zwang zu den Bäumen auf der Geest gebracht worden war. Der Obduktion am späten Abend würde Leonard Bootz beiwohnen, der es gar nicht hatte abwarten können, in seinem neuen Job loszulegen.

Der Neue war ehrgeizig, daran bestand für Haverkorn kein Zweifel. Und Bootz hatte seine eigene Agenda. Schnell hatte er klargemacht, dass hier für ihn nicht der Teamgedanke zählte, sondern die Erfolge in den Ermittlungen. Ehrgeiz war gut, wenn er in gesundem Maße gelebt wurde. Bei Bootz war er sich da noch nicht sicher.

Haverkorn wischte sich die Finger an einer Papierserviette ab und überlegte, ob er dem Leiter der Mordkommission anbieten sollte, den Neuen in sein Büro zu setzen. Aber die Feindseligkeit, die er zwischen Frida und ihm gespürt hatte, würde eine Eingewöhnung des Neuzugangs sicherlich nicht erleichtern. Was war zwischen den beiden vorgefallen, dass Frida sofort auf Krawall gebürstet gewesen war?

Er verließ den Besprechungsraum und lief an den offenen Büros vorbei, aus denen Stimmen und Tastaturklappern in den Gang schwappten. Wahlers Bürotür war wie immer geschlossen. Er hörte seine gedämpfte Stimme, danach die des Neuen. Wahler lachte. Klang eher nach einer privaten Unterhaltung. Haverkorn ging weiter und bog in sein Zimmer ab, wo Frida über einer Altakte hockte. Einen Stapel davon hatten sie immer auf dem Sideboard liegen.

Er blickte ihr über die Schulter und blieb stehen. Die Tatortfotos vom Johannsenhof, über die Frida sich beugte, erkannte er sofort. Die »Blutfotos« hatte er sie im Stillen genannt. Die Bilder dieses Wintermorgens lebten in seinem Kopf auf, als hätte er gestern das Bauernhaus der Johannsens betreten. Der vor Blut schwimmende Küchenboden, der ihn damals hatte an der Tür zurückweichen lassen.

Seine Geruchsnerven schienen einen Flashback zu haben, denn er hatte plötzlich den metallischen Geruch von Blut und, noch schlimmer, von Fäkalien in der Nase.

Haverkorn stützte sich am Sideboard ab, weil sein Magen flatterte. Er war damals Mitte vierzig gewesen, ein erfahrener Ermittler, aber dennoch nicht vorbereitet auf diesen Ort des Grauens.

Meret Johannsen hatte direkt an der Tür gelegen. Sie hatte der Täter als Letzte niedergestreckt. Die Frau hatte mitansehen müssen, wie ihre beiden Söhne vor ihr mit Kopfschüssen getötet worden waren. Der jüngere Bruder hatte in einer Ecke gekauert, zwischen zwei Küchenschränken, wo er offensichtlich Schutz gesucht hatte. Der Ältere lag mit dem Oberkörper unter dem Tisch, wo er ein Versteck vor dem bewaffneten Amokläufer gesucht, aber nicht gefunden hatte.

Es war schlimm gewesen für das gesamte Team, dieses Bild des Massakers zu verarbeiten. Der sozialpsychologische Dienst hatte an den Tagen danach in Noteinsätzen Erste Hilfe geleistet, um die Kollegen zu betreuen, denen dieser Fall über die Maßen zugesetzt hatte.

Ein Zeuge hatte später berichtet, die Schüsse gehört zu haben. Ein Knall nach dem anderen, der die Krähen in den Bäumen aufgeschreckt hatte, wo er gerade mit dem Hund unterwegs war. Drei Schüsse, innerhalb weniger Sekunden. Es war schnell gegangen und eiskalt ausgeführt. Drei Menschen wurde aus kurzer Distanz in den Kopf geschossen.

Nur der Jüngste, Thies, hatte überlebt. War er draußen gewesen? Oder hatte er aus der Küche fliehen können, um sich in der Güllegrube des Schweinestalls zu verstecken?

Sie würden es nie erfahren. Thies war so traumatisiert gewesen, dass er danach jahrelang kein Wort mehr sprach. Hatte er dem Mörder seiner Mutter und der beiden Brüder ins Gesicht gesehen?

War dieser mit dem Gewehr auf den Jungen zugelaufen, weshalb Thies in einer Kurzschlussreaktion in die Güllegrube gesprungen war? Dahin, wo ihm der Täter nicht folgen würde?

Ein seltsamer Laut kam aus Fridas Richtung. Weinte sie etwa?

»Alles okay?«, fragte Haverkorn und legte ihr eine Hand auf die Schulter.

Sie blickte zu ihm auf. Er sah keine Tränen in ihren Augen, sondern Wut und Abscheu. »Wie krank muss ein

Mensch sein ...?« Sie beendete den Satz nicht, sondern schlug die Akte zu. »Er hat gekriegt, was er verdient hat. Lebenslang! Ein Mörder wie er darf nicht nach fünfzehn Jahren rauskommen!«

Haverkorn ging um den Tisch und setzte sich. Sein Mantel war von der Stuhllehne gerutscht. Er hängte ihn wieder darüber. »Er hat immer seine Unschuld beteuert«, sagte er nachdenklich. »Obwohl die Beweislast erdrückend war. An seinen Händen waren Schmauchspuren.« Haverkorn sah Frida an, die ihm gespannt zuhörte. »Und drei Zeugen haben ausgesagt, dass Johannsen nach der Tat zum Frühschoppen in die private Jagdhütte von einem der Zeugen gekommen ist. Er war in desolatem Zustand, hatte vorher schon einige Biere intus, weil er sich am Morgen mit seiner Frau gestritten hatte, wie er sagte. Er habe geweint und ständig wiederholt, dass er es ordentlich verbockt habe und selbst die Schuld an dieser Katastrophe trage! So was in der Art.«

»Scheiße!«, sagte Frida. »Und die Tatwaffe?«

»Die wurde nie gefunden. Johannsen beteuerte später, sie sei aus seinem Wagen gestohlen worden, den er immer offen auf dem Hof stehen ließ.«

»Eine Schutzbehauptung.«

»Ja ...«, sagte Haverkorn und versuchte, sich an mehr Details von damals zu erinnern. »Warum dieses Geständnis auf dem Pappschild? Was soll das?«

»Wir wissen ja nun von meinem Vater, dass es sich bei dem Erhängten um Henk Visser handelt.«

»Es gibt niemanden in der Marsch, den Fridtjof nicht kennt, oder?«

Sie hatte Haverkorn erzählt, dass ihr Vater den Toten anhand des Fotos erkannt hatte. »Visser war mit ihm im

Jagdverein«, sagte Frida. Sie blätterte wieder in der Akte. »Die müssten endlich mal eingescannt werden.« Mit flinken Fingern durchforstete sie die Seiten und blieb bei den Zeugenvernehmungen hängen. »Visser hat noch am selben Tag ausgesagt. Dann waren da noch Henner Schwartz und Jens Markmann.« Sie überflog die Seiten, während Haverkorn seinen Computer startete, um die neuen E-Mails zu lesen. Er sah die Nachricht seines Kollegen Björn Focke, den er in einer ruhigen Minute anrufen würde, um zu hören, was er über Leonard Bootz wusste.

»Vielleicht sollten wir bei den beiden anfangen. Schwartz und Markmann.«

Haverkorn nickte. »Klaus ist mit Ricarda und dem Kriseninterventionsteam unterwegs zur Familie des Toten, um die Todesnachricht zu überbringen. Ich habe sie angewiesen, ein Schriftstück von ihm für einen Handschriftenvergleich mitzubringen.«

»Vielleicht sind sie auch in Gefahr«, sagte Frida nachdenklich. »Wenn alle drei Zeugen gegen Johannsen ausgesagt haben, sollten wir sie nicht warnen?«

Haverkorn nickte. »Ich spreche mit Anja. Sie soll die Adressen mal raussuchen.«

»Warum hat Wahler zugestimmt, dass Bootz zur Obduktion geht? Der kann erst mal mit ein paar Botengängen anfangen.« Frida warf ihren Stift aufs Papier. »Kommt hier an und reißt sofort den Fall an sich.« Sie atmete tief durch.

Haverkorn zwinkerte, um die Müdigkeit loszuwerden. Er hätte am Vorabend auf den Schnaps verzichten sollen. »Leonard ist nun ein Teil des Teams. Du wirst mit ihm klarkommen müssen. Denk dran, dass ich in einem Jahr weg bin.«

»Erinnere mich nicht daran!« Sie wischte den Gedanken fort und verschränkte die Arme hinter dem Kopf. »Tut mir leid, dass ich so miese Laune habe. Torben ist schlecht drauf.« Sie ließ die Arme sinken. »Wir haben uns nichts mehr zu sagen, seit er zurück ist. Und dann lässt mich so ein arroganter Idiot auflaufen wie eine blutige Anfängerin. Da ist mir die Sicherung durchgebrannt.«

»Verstehe ich. Lass dich nicht provozieren.« Er zog eine Schreibtischschublade auf, nahm eine Schachtel Aspirin heraus und drückte eine Tablette aus dem Blister. »Du musst jetzt Geduld haben mit Torben. Das ist wahrscheinlich die schlimmste Krise seines Lebens. Er weiß nicht, ob er je wieder in seinem Job arbeiten kann. Das überlagert alles andere.«

»Wir sind doch alle für ihn da! Und der Physiotherapeut hat ihm in der Rehaklinik gesagt, dass es nicht unmöglich ist, wenn er dranbleibt und die Hände trainiert.«

Haverkorn legte die Pille auf die Zunge und spülte mit Wasser nach. Sein schlechtes Gewissen kam wieder hoch, weil er es gewesen war, der Torben dieser gefährlichen Situation ausgesetzt hatte. Aber sie hatten sich längst ausgesprochen, und der Rechtsmediziner hatte mehrfach betont, dass es seine eigene Entscheidung gewesen war, sein Handeln, das zu diesem schweren Unfall geführt hatte. »Versuch, dich in seine Lage zu versetzen. Alle meinen es gut mit dir, aber es gibt keine Sicherheit, ob du wieder gesund wirst. Ob du dein altes Leben zurückbekommst. Diese Zweifel wird er den ganzen Tag in seinem Kopf wälzen.«

Frida schwieg, schien seine Worte abzuwägen. »Kann ich die Akte zu Hause lesen?«

»Klar! Ich sag dir Bescheid, wenn wir den Obduktionsbericht haben.«

Frida zog ihren Parka über, nahm die Akte und ging zur

Tür. Dort drehte sie sich nochmals um. »Was ist mit Hennings Abschiedsparty im Irish Pub?«

»Mist, habe ich total vergessen!« Er rollte mit dem Stuhl zurück und hatte plötzlich Bilder von Tabletts mit Schnapsgläsern vor Augen. Dann erinnerte er sich, dass Henning davon gesprochen hatte, dass es ein irisches Buffet geben würde. Das Hungergefühl war zurück und stärker als seine Kopfschmerzen. »Fahr du zu Torben! Ich verabschiede Henning in den Ruhestand.«

†

Es war kalt geworden, und ein paar Flocken tanzten über den Hof, als Frida zu Hause ankam. Liegen bleiben würde der Schnee nicht. Für morgen waren schon wieder Plusgrade angesagt. Frida stieg aus und sah hinüber zur Boxhalle. Es standen vier Pkw davor, Milan hatte gut zu tun. Sie ging ins Haus, aber ihre Eltern und der Setter waren nicht da. Vielleicht drehten sie eine abendliche Runde. Frida stieg die knarrenden Treppenstufen nach oben und lauschte. So still war das Haus schon lange nicht mehr gewesen. Auch Torben war nicht im Zimmer. Frida zog sich um und ging in die Küche. Das Geschirr vom Abendessen stand auf dem Tisch, als wären alle überstürzt aufgebrochen. Sie machte sich ein Käsebrot, nahm sich einen Apfel aus der Schale und ging nach draußen. Entweder war Torben im Stall bei Hetfield und Cobain, ihrem Hengst und dem Esel, denen er gern Gesellschaft leistete, oder er war hinüber ins Boxstudio gegangen.

Sie öffnete die Stalltür und betätigte den Lichtschalter. Ein beruhigender Duft nach Stroh und Leder strömte ihr entgegen, den sie schon in ihrer Kindheit geliebt hatte. Sie gab dem Esel den angebissenen Apfel, kraulte ihm die langen Ohren und ging zu ihrem Hengst in die Box. Seit ihrem zwölften Geburtstag stand er hier und spürte sofort, in welcher Stimmung Frida war. Heute drehte er kurz den Kopf zu ihr, bewegte erfreut die Ohren und fraß weiter. Mit beiden Händen fuhr sie über sein Fell, nahm Striegel und Bürste vom Haken und begann, mit langem Strich über das Fell zu streichen. In der Box nebenan donnerte Cobain gegen die Wand. Auch er wollte Aufmerksamkeiten, benahm sich wie ein eifersüchtiger Liebhaber. Sie redete beruhigend auf den Esel ein, bis er aufhörte zu randalieren. Dann erzählte sie den beiden von ihrem Tag. Oft half ihr das, das Erlebte zu verarbeiten. Aber die Wut im Bauch wegen Leonard Bootz blieb.

»Euer Neuer ist so ein Arschloch?« Cat lehnte plötzlich in der Tür, ein schiefes Grinsen im Gesicht. Sie hatte das Mädchen gar nicht kommen gehört. »Torben ist bei Milan«, sagte sie und blies sich eine Strähne aus dem Gesicht. »Er wartet auf dich.«

»Ist Jo auch da?«, fragte Frida und hängte den Striegel zurück an den Nagel.

»Nö, die hat gerade einen wichtigen Auftrag in Hamburg. Milan trainiert und schmeißt gleichzeitig das Büro.« Sie lachte. »Sein Schreibtisch sieht aus wie nach einer Explosion. Na ja, morgen helfe ich ihm ein bisschen. Er ist nicht so das Computergenie.«

Frida schloss die Box hinter Hetfield und gab dem Esel noch ein paar Streicheleinheiten. »Drehst du mit den beiden tagsüber mal ein paar Runden?«

»Klar doch!« Cat heftete sich an ihre Fersen. »Gleich nach dem Frühstück!«

Als Frida über den Hof lief, auf dem sich eine zarte

Schneedecke gebildet hatte, hörte sie das dumpfe Schlagen der Boxhandschuhe auf dem Leder der Sandsäcke. Ein Geräusch, das nach Leben klang. Nach Sport und der Gesellschaft von Freunden. Das sie hier auf dem Hof nicht mehr missen wollte.

Sie zog die hohe Schiebetür der Halle auf, ließ Cat hinter sich eintreten und schob sie wieder zu. Zwei Boxer standen an den Sandsäcken und ließen ihre Fäuste fliegen. Ihre Körper glänzten vom Schweiß im Licht der Strahler. Ein anderer lag auf der Trainingsbank und stemmte Gewichte.

Milan und Torben standen am Boxring und sahen zwei jungen Männern beim Sparring zu.

Der Kroate kommentierte den Übungskampf, Torben hatte die Hände auf die Seile gelegt und sah fasziniert zu.

Frida ging zu den Männern und stellte sich zwischen sie. Cat war in die Couchecke neben dem Büro abgebogen, lümmelte in einem Sitzsack und tippte auf ihrem Smartphone herum.

»Hi, du.« Torben gab ihr einen flüchtigen Kuss und wandte sich wieder dem Ring zu.

»Keine Tiefschläge, Nico!«, brüllte Milan. »Und Sascha, bleib in der Grundstellung! Beine auseinander, du tänzelst wie eine Ballerina!«

»Wie war dein Tag?«, fragte Torben und versuchte, sie anzusehen und trotzdem dem Kampf zu folgen.

»Ein neuer Fall, ein Erhängter. Deine Kollegin Kerstin Brink war draußen.«

Er sah den beiden Boxern zu und reagierte nicht.

War es wieder falsch gewesen, seine Kollegin zu erwähnen?

»Sie ist sehr akribisch, aber gut!«, sagte er schließlich. »Wer geht zur Leichenschau?«

Frida atmete aus. »Unser neuer Kollege, Leonard Bootz.«

Die Sohle eines Sportschuhs quietschte, hinter ihr prügelte jemand auf einen Punchingball ein. Milan schrie ein weiteres Kommando in den Ring. Er wirkte genervt, weil die Jungs sich nicht an seine Anweisungen hielten.

Trotz dieses Lautstärkepegels schien Torben Fridas Verstimmung bemerkt zu haben. Er wandte sich ihr zu, suchte ihren Blick. »Was ist los?«

Sie zuckte die Schultern. »Bootz ist ein Idiot. War früher beim SEK und ist ganz dick mit Wahler. Der hat mich heute behandelt wie eine blutige Anfängerin.«

»Du wirst ihm schon das Gas einstellen«, sagte er lachend und legte ihr seinen Arm um die Hüfte. »Komm, lass uns rübergehen. Deine Eltern warten sicherlich schon.«

Torben gab Milan mit Handzeichen zu verstehen, dass er sich verabschiedete. Der Boxtrainer hob seine Hand und wandte sich wieder den beiden Frischlingen im Boxring zu.

Cat blieb noch. Sie würde Milan später helfen, aufzuräumen und sauber zu machen. So verdiente sie sich ein wenig Taschengeld, bis im Sommer ihre Lehre im Obstbau begann.

Frida trat hinter Torben in den kalten Winterabend. Es schneite immer noch. Ganz still war es hier draußen, kein Laut auf dem Hof. Die Strahler ließen die Schneedecke glitzern. Sie hielt ihr Gesicht gen Himmel und beobachtete das Tanzen der Flocken. Torben umfasste sie von hinten.

»Morgen Vormittag kommt ein Physiotherapeut in den Boxclub«, sagte er. »Ein Freund von Jo aus Hamburg. Er will mit Milan für mich ein Trainingsprogramm erstellen.«

Frida drehte sich um, sah ihn an. »Ein Trainingsprogramm? Das ist ja super!«

»Da kann ich jeden Tag was machen, und Milan unterstützt mich dabei. Tugay, der Physiotherapeut, kommt dann zweimal die Woche her, um mir neue Übungen zu zeigen.«

Sie umarmte ihn und gab ihm einen Kuss. Ein tägliches Übungsprogramm würde Torben aus seiner Lethargie holen. Frida konnte es nicht fassen.

»Du kannst mich wieder loslassen«, sagte er lachend. Sie liefen Hand in Hand über den Hof. Neben der Eingangstür lehnte ein Schneeschieber. Er blieb davor stehen. »Ich kann deinem Vater noch nicht mal mit dem Schnee helfen.«

»Der taut morgen schon wieder weg. Und in ein paar Wochen …« Sie sprach es nicht aus, weil sie ihn nicht unter Druck setzen wollte.

»Wenn meine Rechte nicht mehr mitmacht, steige ich bei Milan und Jo ein. In den Boxhandschuhen brauche ich die Finger nicht.« Torben lachte und zog sie ins Haus.

Bruno kam aus der Küche gefegt und sprang an ihnen hoch. Ihre Eltern waren zurück vom abendlichen Spaziergang.

In der Küche werkelte ihre Mutter an der Spüle. Fridtjof saß auf der Eckbank und war in die Tageszeitung vertieft. Er blickte auf. »Kommt, Kinder! Setzt euch noch mal zu mir.«

Marta brachte ihnen Tassen und goss aus einer Kanne Pfefferminztee ein. Sie stellte Honig dazu.

Frida setzte sich neben ihren Vater, Torben kniete sich auf den Fußboden und zerrte mit Bruno an einem Seil, der ihm eines seiner Hundespielzeuge angeschleppt hatte.

»Wo hing noch mal der Visser am Baum?«, fragte Fridtjof und sah von der Zeitung auf. Er nahm seine Lesebrille ab, legte sie auf den Tisch.

»Auf dem Feldweg, der hoch auf die Geest führt. Rechterhand ist diese Baumgruppe. Uralte Bäume, ich glaube, das sind drei Linden.«

Ihr Vater schlug die Zeitung zu. Dann sah er sie an. »Etwa an den Galgenbäumen?«

Frida hatte noch nie davon gehört. »Galgenbäume?«

»Ja, die drei alten Linden waren mal Galgenbäume. Da hat man früher Mörder und andere Kriminelle aufgeknüpft. Das war der Richtplatz der umliegenden Dörfer.«

Frida zog ihr Smartphone aus der Tasche, suchte nach einem Foto, auf dem sie die drei Linden aus der Ferne fotografiert hatte. Sie zeigte es Fridtjof. Er setzte seine Lesebrille wieder auf und besah sich das Bild. »Der hing an einem der Galgenbäume. Kein Zweifel!«

Kapitel 4

Donnerstag, 3. Februar 2022

Haverkorn zog die Jalousie hoch und sah im Garten nur ein paar schemenhafte Äste im Morgennebel. Die Temperaturen waren gestiegen, sorgten für diese feuchte Waschküche, und er wusste, dass er den Schneeschieber, den er gestern Abend wohlweislich aus dem Schuppen geholt hatte, wieder einmotten konnte.

Henni war noch nicht in der Küche, als er die Espressokanne auf den Gasherd setzte. Wer von ihnen zuerst aufstand, machte das Frühstück. Heute war er dran. Haverkorn buk Brötchen auf, holte die Holzbrettchen und das Besteck aus dem Regal, Aufschnitt und zwei Gläser mit Beerenkonfitüre aus dem Kühlschrank, die Henni im Sommer eingeweckt hatte.

Von oben hörte er ein leises Poltern. Also war sie schon wach und wahrscheinlich im Bad. Gleich würde sie die Treppe herunterkommen, um wie jeden Morgen mit ihrem alten Herrn zu frühstücken.

Der Kater maunzte hinter ihm. Momo war aus seiner Hängematte an der Heizung gesprungen, um sich sein Frühstück abzuholen. Haverkorn öffnete die Tüte mit dem Trockenfutter und warf ihm ein paar Brocken in den Napf. Der Kater machte sich über sein Futter her.

Die Espressokanne begann zu blubbern, er zog sie vom Herd und schaltete ihn aus. Er goss sich eine Tasse ein, rührte Zucker hinein und stellte sich an die Flügeltür zum

Garten. Durch das Licht der Terrassenlampe zogen feuchte Nebelschlieren. Er wollte gerade trinken, hielt aber plötzlich in der Bewegung inne und ließ die Tasse sinken.

Warum standen Möbel draußen auf der Terrasse? Die hatten sie doch vor dem Winter in den Schuppen geräumt. Er stellte die Tasse auf den Tisch, öffnete die Tür und trat hinaus. Die feuchte Kälte des Morgens ließ ihn frösteln. Dennoch blieb er vor den drei Eisenstühlen stehen.

Hatte seine Tochter sie auf dem Flohmarkt gekauft, ohne ihm etwas davon zu sagen? Er trat näher heran. Eisenstühle, die blaue Farbe blätterte schon ab. Überall Rostblüten im Lack, lauernder Verfall. Die Dinger waren uralt! Warum hatte Henni sie sich aufschwatzen lassen?

»Morgen!« Seine Tochter stand hinter ihm in der Tür. »Dein Espresso wird kalt!«

Er drehte sich um, wollte sie fragen, was sie sich beim Kauf der Stühle gedacht habe, blieb aber stumm, als er ihr Gesicht sah. Und das offene Fragezeichen, das darin stand.

»Was willst du denn mit diesen Stühlen?«, fragte sie. »Hässlich und völlig verrostet!«

Er sah sie an. »Wieso ich? Ich dachte, die sind von dir?«

Sie lachte auf. »Von mir? Das sieht doch jedes Kind, dass die auf den Schrott gehören!«

Haverkorn ließ seinen Blick durch den Garten schweifen, wo kaum die erste Baumreihe seiner Streuobstwiese im dichten Nebel zu erkennen war. Er fror noch immer, ging aber nicht hinein.

»Standen die gestern schon hier?«, fragte er.

»Nein«, sagte Henni. »Gestern Abend habe ich den Schnee von der Terrasse gefegt.«

Haverkorn trat näher, betrachtete den ersten Stuhl und versuchte, sich einen Reim darauf zu machen. Hatte ein

Nachbar die Stühle hier abgestellt, weil er dachte, er oder Henni würde sie haben wollen? Er schüttelte den Kopf, ging weiter.

Die Stühle standen im Halbkreis vor ihm, mit den Sitzflächen auf das Haus ausgerichtet. Er trat dahinter, blickte durchs Küchenfenster, sah Henni, die sich in der Küche ein Brot schmierte. Als er wieder ins Haus gehen wollte, bemerkte er das Pappschild, das am Stuhl in der Mitte hing. Der Wind hatte es offenbar nach hinten umgeklappt, sonst hätte er es beim Betreten der Terrasse gesehen. Er trat näher, und da er nicht viel erkennen konnte, bat er Henni, ihm die Taschenlampe zu bringen.

Sie reichte ihm die Lampe und blieb neben ihm stehen, um zu schauen, was er vorhatte. Mithilfe der Lampe wendete er das Schild, bis es nach vorn fiel. Er ging um die Stühle herum, leuchtete es an. Die Schrift darauf erinnerte ihn sofort an das Pappviereck, das der Erhängte auf der Brust hatte.

Justitia ist blind! Cord Johannsen im Knast. Finde den wahren Täter, oder du wirst vor den Richter treten! Dir bleiben 48 Stunden.

»Das ist ja unheimlich«, sagte Henni. »Was soll das mit den Stühlen? Wer macht so was?«

»Geh wieder rein!« Haverkorn spürte das Prickeln in seinem Nacken und blickte über seine Schulter in die Nebelwand des Gartens, konnte aber nach wie vor nichts erkennen. War da draußen jemand? Beobachtete sie hier im Lichtschein der Terrassenlampe?

Er schaltete die Taschenlampe aus, ging hinter Henni in die Küche und ließ die Jalousien herunter. Nein, diese

Stühle hatte kein Nachbar bei ihnen abgeladen. Sondern jemand, der über Leichen ging, um einen Dreifachmörder zu rehabilitieren.

Die Spiegelreflexkamera des Tatortfotografen schickte ihr regelmäßiges Klacken in den Garten. Der Nebel verzog sich nur langsam. Die ersten Baumreihen des Obstgartens wurden sichtbar. Nackte Baumskelette, die sich gegen das nasskalte Wetter stemmten und in denen jetzt im Winter nur ein paar Krähen und Spatzen saßen, wo im Sommer ganze Vogelscharen verschiedener Größe und Gattungen Spektakel machten.

Horst Lüttje stellte sich in seinem weißen Schutzanzug neben Haverkorn. »Wir haben Schuhabdrücke gefunden. Hinten an der Hecke, wo er eingestiegen ist. Ein paar sind tiefer als die anderen.«

Der Kriminalhauptkommissar verstand. »Die Abdrücke, als er was getragen hat.« Er beobachtete einen Kriminaltechniker, der einen Stuhl mit Fingerabdruckpulver abpinselte und versuchte, auf dem nassen Metall Abdrücke zu sichern. Sein Gesichtsausdruck ließ darauf schließen, dass er wenig Hoffnung hatte, erfolgreich zu sein.

»Schuhgröße?«, fragte er Lüttje, dessen Bierbauch eine Bewährungsprobe für den Gummizug des Overalls darstellte.

»43 oder 44. Das Profil deutet auf einen Gummistiefel hin, wie es Tausende im Baumarkt gibt.« Der Leiter der Kriminaltechnik kratzte sich den Bart. »Überwachungskameras hast du hier nicht, oder?«

Haverkorn stieß einen protestierenden Laut aus. »Wir sind schließlich nicht in Hamburg, wo die Leute handgeschöpfte Tapete und echte Gemälde an den Wänden haben.«

»War nur eine Frage. Wenigstens Bewegungsmelder?«

Haverkorn sah sich überrascht um. »Ja, da an der Hausecke.« Er verließ die Terrasse und ging hinüber zu der Lampe am Weg, der vom Haus zum Schuppen führte, wo ein Bewegungsmelder angebracht war. »Funktioniert offensichtlich nicht.« Eine weiße Masse klebte auf dem Sensor. Schnee war das definitiv nicht. Haverkorn winkte Lüttje, der sich neben ihn stellte.

Der Kriminaltechniker hatte Handschuhe an und prüfte seine Vermutung, indem er die Masse berührte. »Bauschaum. Immer noch die einfachste Methode, um Alarmanlagen und Bewegungsmelder auszuschalten.«

»Wir befragen die Nachbarn«, sagte Haverkorn, dem es langsam die Laune verhagelte, dass sich in der Nacht ein Fremder auf seinem Grundstück herumgetrieben hatte, ohne dass es jemand mitbekommen hatte. »Er muss ein Fahrzeug benutzt haben, um die Stühle zu transportieren. Ist neben dem Grundstück den Feldweg reingefahren und hat jeden Stuhl einzeln von hinten durch den Garten getragen.«

Lüttje schüttelte den Kopf. »Oh Mann! Was für ein Aufwand! Warum hat er nicht nur das Schild hingehängt, wenn er dir unbedingt diese Nachricht hinterlassen wollte?«

»Weil er damit ein Zeichen setzen will.« Frida stand plötzlich hinter ihnen. Der weiße Papieroverall spannte über ihrem Wintermantel. »So wie auch die Leiche des Erhängten am Galgenbaum eine Botschaft war.«

»Galgenbaum? Wovon redest du?« Frida erzählte ihnen, dass die Baumgruppe auf der Geest früher die Richtstätte der umliegenden Dörfer gewesen war.

»Seid ihr denn sicher, dass es der gleiche Täter war?«, fragte Lüttje. »Vielleicht will dir hier jemand einen dummen Streich spielen.«

»Es ist die gleiche Schrift«, sagte Frida. »Ich habe Anja ein Foto geschickt. Sie hat es im Büro mit dem anderen Pappschild verglichen.«

Haverkorn drehte sich um und sah hinüber zu den Eisenstühlen, die soeben in Folie eingepackt wurden, um sie mitzunehmen. Wenn diese tatsächlich etwas mit dem Fall des Erhängten zu tun hatten, mussten sie nochmals sorgfältig abgeklebt und in der Asservatenkammer aufbewahrt werden. Henni erschien an der Terrassentür, kam aber nicht heraus, um die Kollegen der Spurensicherung nicht zu stören.

»Was will er dir damit sagen?«, fragte Frida und sah auf das Display ihres Smartphones, zog die Schrift auf dem Foto größer. »*Justitia ist blind! Cord Johannsen im Knast. Finde den wahren Täter, oder du wirst vor den Richter treten! Dir bleiben 48 Stunden*«, las sie vor. »Droht er dir?«

Haverkorn sah Wahler mit dem Handy am Ohr über den Weg laufen. Der Leiter der Mordkommission blickte kurz zur Terrasse, wo die Spurensicherung arbeitete, kam zu ihnen herüber und drückte das Gespräch weg. Er trug einen dunkelblauen Wintermantel und Lackschuhe. Er sah aus, als hätte er sich von der Vorstandssitzung eines Konzerns abgesetzt. »Moin!«, grüßte er und deutete auf die Terrasse, wo die folienverpackten Stühle zum Abtransport dastanden wie Miniaturkunstwerke von Christo.

»Und ihr seid euch sicher, dass es der gleiche Täter war?«

»Die Schrift ist die Gleiche«, sagte Frida.

Wahler sah nicht sehr glücklich aus. »Das war Leonard, er hat mir die Ergebnisse der Obduktion durchgegeben. Sauerstoffmangel durch Erhängen mit dem Seil. Aber das Genick ist nicht gebrochen. Auch die Einblutungen unter der Strangmarke deuten eher darauf hin, dass er nicht selbst vom Baum gesprungen ist. Es muss also eine Steighilfe da gewesen sein, die jemand mitgenommen hat. Oder der Täter war stark genug, um Visser am Baum hochzuziehen. Der toxikologische Bericht dauert noch bis morgen. Leonard fährt jetzt in Hamburg los und kommt …«

»Das muss er nicht«, fiel ihm Frida ins Wort.

Wahler warf ihr einen strengen Blick zu. »Das entscheidest du, weil …?«

»Wir sind doch hier fertig, die SpuSi packt schon zusammen«, mischte sich Haverkorn ein. »Wir fahren auch gleich ins Büro.«

»Entschuldigung!« Henni stand plötzlich neben ihm. »Kann ich euch kurz stören?« Sie hielt ein Buch hoch, schlug es auf. Einer ihrer Bildbände von Afrika. Was sollte das? Frida, Wahler und Lüttje blickten auf das Foto, das Henni aufgeschlagen hatte. Ein paar windschiefe Hütten in einem afrikanischen Dorf. Blaue Eisenstühle standen in einem Halbkreis auf roter Erde. »Ich habe mich heute Morgen daran erinnert und gerade endlich das Foto gefunden.« Henni sah ihn und die anderen in der Runde an. »Ich war einige Jahre beim Roten Kreuz in Mali. Ich weiß, was die Eisenstühle vor den Hütten der Dörfer bedeuten.« Sie zeigte auf das Foto. »In Mali versammelt sich das Volk auf blauen Stühlen, um zu feiern, zu trauern, zu streiten. Sie sind das Symbol für eine öffentliche Debatte.«

†

Kurz nach zehn Uhr fand sich das Team im Konferenzraum der Mordkommission ein. Die leeren Platten des Caterings vom Vortag waren verschwunden. Frida fand, dass einige ihrer Kollegen ziemlich übermüdet wirkten. Wahrscheinlich waren sie nachts bei Henning Kuhns Abschiedsfeier im Irish Pub versackt.

Sie gähnte, straffte jedoch ihre Schultern, als Bootz den Raum betrat. Er warf ihr einen Blick zu, nahm sich einen Kaffee aus der Kanne und setzte sich demonstrativ auf den Platz neben sie. Heute trug er Jeans und einen schwarzen Hoodie. Sein Bart war frisch gestutzt. An sich mochte sie Männer mit kantigem Kinn, aber Bootz hatte gleich zu Anfang bei ihr verschissen.

Er legte ein Notizbuch vor sich auf den Tisch und sah sie von der Seite an.

Frida ignorierte sein »Morgen!«, hatte keine Lust auf Small Talk mit ihm, begann lieber, auf ihrem Smartphone Mails zu checken.

»Ganz schön alt, das Team«, sagte er und beobachtete die Kollegen, die sich nach und nach am Tisch versammelten.

Frida sah ihn nicht an. »Eine Menge Know-how,« antwortete sie und versuchte, nicht allzu abweisend zu klingen.

»Wie sieht es mit Überstunden aus?« Er senkte die Stimme. »Sind doch alles Familienväter, oder?«

Frida wollte ihm eine barsche Erwiderung geben, schluckte sie jedoch herunter. Sie vertiefte sich in eine Mail, die sie über ein Fortbildungsprogramm informierte.

Wahler kam herein, und die Gespräche verstummten. Hinter dem Chef betrat Haverkorn den Konferenzraum und schloss die Tür.

»So, fangen wir an.« Wahler warf einen Blick auf sein Handy. »Horst Lüttje hat mir schon die ersten Auswertungen des Tatortes geschickt. Keine Fingerabdrücke, keine fremden Haare und Fasern. Die DNA-Spuren werden noch ausgewertet. Das Opfer hing an einem handelsüblichen Synthetikseil, das man als Meterware im Baumarkt kaufen kann. Der Knoten war eine Schlinge, die jedes Kind knüpfen könnte. Auffällig waren allerdings die Fesselungsspuren an den Händen, zu denen sicherlich Leonard nach der Obduktion etwas sagen kann. Bitte!«

Bootz nickte und öffnete sein Notizbuch. In dem Moment, als er anfangen wollte zu reden, klopfte es an der Tür und Andreas Vollmer kam herein.

»Entschuldigt, wenn ich euch störe«, sagte der ehemalige Leiter der Mordkommission. »Kann ich kurz mit dir und Bjarne sprechen?«, fragte er Wahler.

Der stand auf. »Leonard, du bringst das Team auf Stand, was die Leichenschau angeht. Und Frida, du machst weiter, was den Fund von heute Morgen betrifft. Wir sind gleich wieder da.«

Die drei Männer verließen den Konferenzraum. Ein Raunen setzte ein. Als Bootz aufstand, nahm Frida ganz leicht sein Parfum wahr, Bergamotte, das sie sehr mochte. Und eine Spur von Jasmin. Sie drehte sich weg.

Das Team verstummte, sah zu dem neuen Kollegen. Bootz hatte sein Notizbuch aufgeschlagen, sprach jedoch frei. Er berichtete, dass die Rechtsmedizinerin von einem Tötungsdelikt und nicht von einem Suizid ausgehe. »Die Einblutungen an den Gelenken des Toten deuteten auf Handfesseln hin, wahrscheinlich Kabelbinder. Der Bericht über das toxikologische Briefing steht noch aus. Fragen?«

»Wann kommt eigentlich Torben wieder?«, fragte Klaus, als Bootz sich wieder setzte. »Torben, wer?«, fragte er.

»Dr. Torben Kielmann«, antwortete Frida und sah Bootz an. »Er ist Rechtsmediziner im UKE.« Das Universitätsklinikum Hamburg-Eppendorf lag eine knappe Stunde von Itzehoe entfernt. Wir sind zusammen, dachte sie, sprach es aber nicht aus.

Der Neue zuckte die Schultern, als wäre diese Information für ihn nicht von Belang.

Frida sah Klaus an. »Torben ist aus der Reha zurück. Seine linke Hand haben sie gut wieder hinbekommen, die rechte macht uns noch Sorgen. Wird noch eine Weile dauern.« Sie sah auf ihre Uhr. Wahler, Haverkorn und Vollmer sprachen seit acht Minuten. Was wollte ihr alter Chef von den beiden?

Sie begann, von den aufgefundenen Eisenstühlen auf Haverkorns Terrasse zu berichten und von dem Pappschild. »Es ist die gleiche Handschrift. Das hat uns der Handschriftenspezialist des LKA soeben bestätigt. Er sagte am Telefon, er gehe davon aus, dass diese Nachrichten ein Rechtshänder mit der weniger trainierten Hand geschrieben hat. Jemand wollte uns also ganz klar täuschen.«

»Was sollen diese drei Stühle? Was für ein Aufwand, die nachts durch den Garten zu schleppen«, merkte Ricarda an.

»Das müssen wir wahrscheinlich als Symbol verstehen, das der Täter nutzt, um seine Botschaft zu untermauern«, erklärte Frida. »Bjarnes Tochter war lange in Afrika. Sie wusste, dass man in Mali auf blauen Eisenstühlen eine öffentliche Debatte führt.«

»Und was bedeutet das für unseren Fall?«, fragte Benno, der sonst im Bereich der Einbruchsdelikte arbeitete und der Mordkommission zugeteilt worden war.

»Der Täter knüpft das erste Opfer an einem ehemaligen Galgenbaum auf. Haverkorn stellt er Stühle in den Garten, die auf eine öffentliche Debatte hinweisen. Ich denke, er will den Johannsen-Fall noch einmal in die Öffentlichkeit rücken. Er will, dass das Verfahren wiederaufgenommen wird. Vielleicht hat er Bjarne ausgewählt, genau dafür zu sorgen.«

»Aber warum ihn?« Wieder Benno.

»Bjarne ist damals im Prozess gegen Cord Johannsen als Zeuge der Anklage aufgetreten«, sagte Klaus.

»Heißt das, er ist auch in Gefahr?«, fragte Ricarda.

Schweigen im Raum. Die Tür wurde geöffnet. Wahler und Haverkorn kamen herein und setzten sich auf ihre Plätze. Alle Augen waren auf sie gerichtet. Wo ist Vollmer, fragte sich Frida. Sie hätte gern noch ein paar Worte mit ihm gewechselt.

Wahler gab Haverkorn ein Zeichen, dass er ihm den Vortritt ließ.

Der Kriminalhauptkommissar lehnte sich zurück. »Ihr wisst ja, dass Andreas seit letztem Jahr beim LKA Kiel die Cold Case Unit leitet. Er hat mich gefragt, ob ich sein Team eine Zeit lang unterstützen kann, da drei seiner Leute mit Grippe flachliegen. Ein Fall kocht gerade hoch.«

»Du kannst doch jetzt hier nicht weg«, warf Klaus ein. »Wir sind sowieso schon zu wenig Leute.«

Bootz spielte neben Frida mit seinem Kugelschreiber. Seine Gesichtsmuskeln arbeiteten. Die Diskussion schien ihn zu nerven.

»Das ist doch gut! Denkt an die Drohung auf seiner Terrasse«, warf Ricarda ein. »Er ist seit heute Morgen persönlich in den Fall involviert. Der Täter hat ihm gegenüber eine ernst zu nehmende Drohung hinterlassen!«

»Und genau aus diesem Grund wird Bjarne in den nächsten vier Wochen zum LKA Kiel wechseln«, sagte Wahler. »Ich habe das soeben mit unserem großen Chef abgeklärt. Bjarne wird ab morgen in Kiel eingesetzt.«

Unschlüssige Gesichter. Frida warf Bjarne einen Blick zu. Er deutete ein zufriedenes Nicken an. Dann hatte er offenbar Lust, Vollmer unter die Arme zu greifen. Gar keine schlechte Idee, ihn so aus der Schusslinie zu nehmen. War es wirklich Zufall gewesen, dass Vollmer heute hier aufgetaucht war? Sie würde ihren Kollegen später fragen.

Wahler war noch nicht fertig. »Leonard wird in der Zwischenzeit Bjarnes Schreibtisch übernehmen.« Er sah seinen früheren Kollegen an. »Du und Frida, ihr werdet gut zusammenarbeiten. Da bin ich mir sicher.«

Kapitel 5

Haverkorn räumte seinen Schreibtisch auf und packte die Sachen, die er nicht mit nach Kiel nehmen wollte, in den Büroschrank. Frida hockte verärgert vor ihrem PC. Dass Leonard Bootz in den nächsten Tagen auf seinem Platz sitzen würde, war Haverkorns Idee gewesen. Das konnte er Frida natürlich nicht sagen. Sie würde ihn sonst lynchen.

Er ließ zwei starke Charaktere aufeinander los, und möglicherweise würde das Büro einem Raubtierkäfig gleichen, wenn er zurückkam. Aber er sah eine Chance darin, dass sich beide von Anfang an so aneinander rieben. Denn wo es Reibung gab, entstand Energie, die dieses Team, das langsam etwas eingerostet war, gut vertragen konnte. Ihre unterschwellige Rivalität würde sie antreiben, besonders gut vor dem anderen dastehen zu wollen. Dieser neue Fall war bestens dafür geeignet.

Von Wahler wusste er, dass Bootz ein beflissener Polizist und ein brillanter Kopf war. Sicher, er war eigenwillig und stur, aber auch strukturiert und vor allem enorm engagiert, wenn er sich an etwas festgebissen hatte. Recht schnell war er zur Überzeugung gelangt, dass Bootz genau der richtige Mann für ihr Team war. Und dass Wahler ihn deshalb nachgeholt hatte. Nicht, weil er seinen Buddy hier haben wollte.

Haverkorn sah kurz hoch und beobachtete Frida, die eine Schnute zog. Er musste ein Lächeln unterdrücken. Denn sie und Bootz waren sich zu ähnlich – deshalb gingen sie sich auch so auf den Geist. Aber wenn sie es schafften, in einem Takt zu laufen, konnten sie Großes bewirken. Nur mussten sie sich erst mal zusammenraufen. Das würde am besten gelingen, wenn sie miteinander konfrontiert wurden. Und wenn er, Haverkorn, nicht da war. Sollte ein Schlichter gebraucht werden, sollte sich Nick Wahler endlich einmal etwas aus seiner Komfortzone herausbewegen, die er nie verließ, wenn Streit im Team aufkam, weil es immer Haverkorn war, der die Wogen glättete.

»Was ist das für ein Fall?«, fragte Frida und stützte ihr Kinn gelangweilt auf ihre Hand, während sie im Internet durch ein paar Seiten scrollte.

»In Kiel?« Haverkorn überlegte, ob er seinen Taschenrechner brauchte, ließ ihn dann aber auf dem Tisch liegen. Büromaterial gab es am LKA in Kiel sicherlich reichlich. »Ein alter Vermisstenfall. Genaue Infos bekomme ich mit der Akte.«

»Und du warst die erste Wahl für Andreas?«

Haverkorn sah auf. Meinte sie das ernst, oder wollte sie ihn provozieren? »Wenn nicht, hat er es mir nicht gesagt«, antwortete er und fuhr den PC herunter. »Ist ja auch egal. Er braucht mich, und ich muss ein paar Tage hier weg. Passt doch gut.«

»*Du* hast Bootz hier ins Zimmer gesetzt, nicht Wahler.«

Ihre Blicke trafen sich. Fridas Augenbrauen waren leicht angehoben, ihr Blick eine pure Kampfansage.

»Wie kommst du darauf?« Hatte er sich etwas anmerken lassen?

»Wahler hätte seinen neuen Goldjungen nie zu mir gesetzt. Und dann noch so weit weg von seinem eigenen Büro. Ich hätte darauf getippt, dass er Hennings Platz bekommt, wo er richtig auf die Kacke hauen könnte.«

Haverkorn konnte sich das Lachen nicht verkneifen. Er war erstaunt, wie gut Frida Wahlers Ambitionen bereits einschätzen konnte. Denn genau diese Idee hatte ihr Chef gehabt, bis Haverkorn seinen eigenen Schreibtisch ins Spiel gebracht und Wahler überzeugt hatte, dass Frida jetzt einen starken Flügelmann und Bootz ein wenig Gegenwehr brauchte, damit er sich seinen Platz im Team verdienen konnte. Wahler hatte das amüsant gefunden und diesem kleinen Experiment ohne viel Diskussion zugestimmt. Wenn Haverkorn zurück wäre, würde Bootz wie geplant auf Hennings alten Stuhl umziehen.

»Ich dachte, du versauerst hier hinten so allein.« Er wich ihrem verärgerten Blick nicht aus. »Und was immer ihr beiden da am Laufen habt, es muss vom Tisch, bis ich wieder da bin. Was wir hier machen, ist Teamarbeit. Und ihr zwei fangt gleich mit der Teambildung an, verstanden?« Er sah sie streng an.

»So ein Kindergarten!«, sagte sie zu sich selbst und begann, den Gummiball in der Hand zu kneten, den sie auf dem Schreibtisch liegen hatte, um Aggressionen abzubauen.

Er legte ihr die Hand auf die Schulter. »Was auch immer Leonard gemacht hat, dass du so wütend auf ihn bist, räumt es aus. Er ist ein guter Polizist. Eine Bereicherung für unser Team. Und die brauchen wir bei diesem Fall.« Er ging wieder zu seinem Tisch. Die Tasche war fertig gepackt, er konnte nach Kiel starten. »Ihr zwei fahrt übrigens gleich ins Justizvollzugskrankenhaus nach Hamburg. Cord Johannsen wurde letzte Woche dorthin zur Chemo verlegt. Er hat Nierenkrebs.«

Frida sah ihn an. »Wie sind seine Chancen?«

Haverkorn dachte nach, schob die Unterlippe vor. »Sieht wohl nicht gut aus.«

Frida stand auf und lockerte ihre Schultern. »Dann besorg ich mir gleich mal den Schlüssel vom Poolfahrzeug. Den Typ lasse ich nicht ans Steuer!«

Haverkorn wusste, dass sie sich geschlagen gab. Aber Bootz würde dennoch keine leichte Zeit haben. Frida war eine Kämpfernatur und hatte einen ausgeprägten Gerechtigkeitssinn. Der Neue würde sich bei ihr erst beweisen müssen, ihren Respekt bekam er nicht geschenkt. Bis dahin würde sie keine Gelegenheit auslassen, ihm gehörig Kontra zu geben. Eigentlich schade, dass er das verpassen würde. Haverkorn grinste und zog die Tür hinter sich zu.

†

Das Justizvollzugskrankenhaus befand sich in der Hamburger Untersuchungshaftanstalt, unweit der beliebten Parkanlage Planten un Blomen, und fiel, wie viele Gebäude aus dem Ende des neunzehnten Jahrhunderts, durch den roten Backstein auf, in dem es errichtet worden war, vor allem aber durch die hohen Mauern, die es umgaben. In den 1920er-Jahren war es um einen Neubau erweitert worden, der vorerst zur Unterbringung von Bettlern und Vagabunden diente und später zum Zentralkrankenhaus umfunktioniert wurde. Der heutige Krankenhaustrakt befand sich in einem Neubau aus den Neunzigern, den Frida und Bootz erst nach einigen Minuten erreichten. Sie folgten dem Justizvollzugsbeamten in der schwarzen Uniform mit dem Aufdruck *JUSTIZ* auf dem Rücken vom Eingang zwei Stockwerke nach oben und durchliefen eine Sicherheitsschleuse, wo sie Handys, Schlüssel und ihre Dienstwaffen abgaben. Sie passierten Gänge mit weiß gestrichenen Wänden, die ersten Haftzellen, blieben immer wieder stehen, wenn der

Beamte seinen Schlüsselbund zückte. Aufschließen, durchgehen, zuschließen. Das ging Frida alles viel zu langsam. Auch Bootz neben ihr sah genervt aus. Er war schon auf der Fahrt sehr wortkarg gewesen. Vielleicht, um sie nicht noch mehr zu provozieren. Oder es hatte gar nichts mit ihr zu tun, sondern er hing eigenen Gedanken nach, die er nicht teilen wollte. Wäre er ihr anfangs nicht so blöd gekommen, hätte sie versucht, ein wenig mehr über ihn zu erfahren. Kollegen-Small-Talk, wie man ihn führte, wenn jemand neu war. Wo kommst du her? Was hast du vorher gemacht? Warum jetzt bei uns? So was. Vorbildliche Teambildung. So jedoch war es eine schweigsame Autofahrt mit Bootz nach Hamburg gewesen. Aber immerhin hatte er ihr nicht beim Fahren reingequatscht, sondern mit undurchdringlichem Pokerface in die Landschaft geschaut, während sie das Gaspedal durchgetreten hatte, um nicht länger als nötig neben ihm sitzen zu müssen.

Die letzte Tür, endlich waren sie am Krankenhaustrakt angekommen. Sie wurden von der Leiterin des Pflegepersonals, einer hageren Frau mittleren Alters, in Empfang genommen. Diese hielt sich nicht mit langen Vorreden auf, der Tag war kurz, die Patienten brauchten ihre Medikamente. Sie brachte sie zu einem Behandlungszimmer, das sich am Ende des Ganges vor einem hohen vergitterten Fenster befand. Kurz bevor sie es erreichten, schob sich die Sonne durch die dichte Wolkendecke, die weißen Wände leuchteten auf wie elektrisiert. Wenige Sekunden später verschwand sie wieder, das Licht wurde herausgesaugt und ließ sie in einem tristen Gefängnisflur stehen. Hatte Bootz gerade sein Gesicht in die Sonne gehalten und die Augen geschlossen? War er doch nicht so ein harter Brocken, wie sie gedacht hatte?

Ein Vollzugsbeamter ging voraus, schloss die Tür auf, grüßte in den Raum und ließ sie eintreten. Das Zimmer wirkte wie ein normales Krankenzimmer. Ein Bett, eine Arbeitsfläche, medizinische Gerätschaften. Lamellen an den Fenstern, dahinter jedoch Gitter, die hier als Einziges an eine Haftanstalt erinnerten. Frida blickte hinaus, sah hohe Baumwipfel und in der Ferne die wellenförmige Dachkonstruktion der Elbphilharmonie. Ein Zimmer mit Panoramablick, dachte sie, bevor sie Cord Johannsen ansah, der nicht im Bett lag, sondern auf einem Behandlungsstuhl saß. Sie schluckte. Was nutzte eine schöne Aussicht, wenn man todkrank war? Der Inhaftierte hatte ein bleiches Gesicht mit unrasierten, eingefallenen Wangen. Augen, die müde wirkten oder hoffnungslos. Neben ihm stand ein Infusionsständer, an dem ein Beutel mit gelber Flüssigkeit hing. Die Pflegedienstleiterin tauchte kurz in der Tür auf. »Fünf Minuten!«, sagte sie streng. »Der Patient braucht Ruhe!« Der Justizvollzugsbeamte schloss die Tür hinter ihr.

Frida sah Bootz auffordernd an. Und er erwiderte ihren Blick, machte aber keine Anstalten, das Gespräch zu eröffnen. Klar, dachte Frida. So eine unangenehme Situation wie die Befragung eines Todkranken war natürlich nichts für harte Typen wie ihn. Da ließ er ihr den Vortritt.

Sie trat an den Behandlungsstuhl, stellte sie beide vor und hielt ihren Dienstausweis hoch, den Johannsen wegnickte.

»Moin!«, sagte er schwach und hob den Arm, an dem der Zugang angebracht war. Der Infusionsschlauch bewegte sich mit. »Ich würde Ihnen ja die Hand geben, aber ...« Er lächelte entschuldigend.

Frida sah sich um, aber es gab keinen Besucherstuhl. War sicherlich auch nicht geplant in diesen Räumen, Angehörige am Krankenbett zu empfangen. Sie blieb stehen. Ihr Kollege hatte sich an die Tür gelehnt, wirkte beinahe gelangweilt. Der Justizbeamte blieb auf der anderen Seite, hatte seine Armbanduhr im Blick.

Sie zog ihr Notizbuch hervor. »Herr Johannsen ...« Sie belehrte ihn als Zeugen, ratterte die Sätze herunter, weil sie nur fünf Minuten hatten, kam zum Wesentlichen. »Wir ermitteln in einem Tötungsdelikt, bei dem es Verbindungen zu Ihrem Strafprozess gibt. Jemand behauptet, dass ein Zeuge in seiner belastenden Aussage gegen Sie damals gelogen hat.«

Überraschung auf dem Gesicht des Kranken, aber er sagte nichts, wartete darauf, dass sie weitersprach.

»Dieser Zeuge wurde gestern tot aufgefunden. Wir gehen von einem gezielten Tötungsdelikt aus.«

»Wer?«, unterbrach er sie. Seine Stimme war plötzlich laut und klar. »Wer ist es?«

Frida warf einen Blick über ihre Schulter. Bootz deutete ein Nicken an.

»Henk Visser.«

Das Gesicht des Kranken hellte sich auf. »Hat's ihn erwischt ...«, flüsterte er.

»Haben Sie eine Idee, wer ihn getötet haben könnte?«, fragte Frida ganz direkt. Sie hatte keine Zeit zu verlieren.

»Ich?« Ein gurgelndes Geräusch drang aus seiner Kehle. Frida brauchte einen Moment, bis sie erkannte, dass es ein Lachen war.

»Ich hätte es selbst gemacht, wenn ich nicht fünfzehn Jahre im Knast gesessen hätte. Dieses Schwein ...« Er schnappte nach Luft. »Durch seine Aussage und die der anderen beiden Arschlöcher bin ich doch erst eingefahren. Ich habe denen an dem Morgen nicht erzählt, dass ich meine Frau umgebracht habe! Sie haben das total aufgebaut im

Prozess! Ja, Meret und ich hatten uns an dem Morgen gestritten, als ich von der Jagd zurückkam. Weil sie eine Affäre hatte. Ich habe darauf bestanden, dass sie das Verhältnis sofort beendet, oder ich würde sie rausschmeißen.« Er senkte den Blick. »Aber ich hätte ihr und den Jungs doch nie so etwas antun können!«

Frida sah ihm in die Augen. »Haben Sie jemandem den Auftrag gegeben, ihn zu töten?« Sie stockte. Bevor Sie sterben, wollte sie hinzufügen, schluckte es aber herunter.

»Wenn, dann hätte ich das viel früher gemacht, denken Sie nicht auch? Warum nach fünfzehn …« Er schien plötzlich zu verstehen. »Ach so, weil ich bald den Löffel abgebe?« Sein Blick ging zu Bootz. »Denken Sie das auch?«

Ihr Kollege reagierte nicht, folgte dem Gespräch, als stände er ungesehen hinter einem Venezianischen Spiegel.

»Nein, hab ich nicht.« Johannsen hob kraftlos den Arm. »Ich habe Henk und seinen beiden Handlangern all die Jahre die Pest an den Hals gewünscht. Logisch! Aber ich bin nun mal kein Mörder!« Er sah Frida in die Augen. »Auch wenn ich verurteilt wurde: Ich habe meine Familie nicht umgebracht!« Seine Augen wurden feucht. »Mein einziger Wunsch in diesem Leben ist, meinen Sohn noch einmal zu sehen und ihm ins Gesicht zu sagen, dass ich seine Mutter und seine beiden Brüder nicht auf dem Gewissen habe.« Er räusperte sich. »Und um ihm auf Wiedersehen zu sagen.« Er wischte sich über die Augen. »Nur wegen Thies nehme ich das hier …« Er wies auf das Krankenzimmer. »… auf mich. Weil ich die Hoffnung nicht aufgegeben habe, dass er mich eines Tages besucht.« Er sah Frida an. »Haben Sie ein Foto von ihm? Von meinem Sohn? Das letzte Foto, das ich von ihm habe, ist ein Kinderbild.«

Ihr wurde die Kehle eng. »Nein, tut mir leid.«

»Können Sie meinem Sohn eine Nachricht von mir überbringen?« Er räusperte sich, suchte nach den richtigen Worten. »Bitte sagen Sie ihm, dass ich ihn noch einmal sehen möchte, bevor ich sterbe. Es ist wichtig, dass ich ihm noch etwas sagen kann.«

Frida klappte das Notizbuch zu. »Wenn ich ihn treffe, sage ich es ihm.«

Der Justizvollzugsbeamte klirrte mit dem Schlüsselbund. »Die fünf Minuten sind um. Kommen Sie bitte zum Schluss!«

Frida sah dem Inhaftierten an, dass das Gespräch ihn schwächte. Eine letzte Frage musste sie noch stellen. »Haben Sie eine Idee, wer Sie da draußen zu rehabilitieren versucht?«

»Indem er Zeugen umlegt?«, fragte er und zuckte die Schultern. »Keine Ahnung, ehrlich! Aber wenn Sie ihn finden, grüßen Sie ihn ganz herzlich von mir.« Er sah noch einmal Bootz an, der sich nicht gerührt hatte hinter Frida. »Ist das Ihr Bodyguard, oder hat er auch eine Frage?«

Frida wollte das Gespräch beenden und sich verabschieden, da mischte sich Bootz ein. »Habe ich tatsächlich!« Er trat näher, und Frida roch sein Parfum, hielt seine maskuline Präsenz in diesem engen Raum kaum aus. »Wann haben Sie den letzten Besuch in der Haft bekommen und von wem?«

»Besuch?« Johannsen begann zu lachen. »Mich hat seit über zehn Jahren niemand mehr besucht.« Sie hörten sein Lachen noch, als der Beamte die Tür hinter ihnen zuzog und abschloss.

Kapitel 6

Haverkorn parkte vor der kleinen Reetdachkate mit der grün-weiß gestrichenen Tür, die er zusammen mit seiner erwachsenen Tochter bewohnte. Er wollte eine Reisetasche für die Übernachtung in Kiel packen. Und vor allem musste er Henni ins Gewissen reden, erst einmal zu ihrer Mutter zu ziehen. Wer auch immer ihm die Eisenstühle auf die Terrasse gestellt hatte war möglicherweise nicht nur für ihn eine Bedrohung, sondern auch für seine Tochter.

Haverkorn trat durch das Gartentor, das ein klagendes Quietschen von sich gab. Er hatte es schon längst ölen wollen. Am Wochenende, nahm er sich fest vor. Die Holzfenster brauchten im Frühjahr einen neuen Anstrich, und das Dach musste bald entmoost werden. Viel Arbeit, aber von einem Haus wie diesem hatte er schon lange geträumt, bevor seine Ehe zerbrochen war. Seine Frau hatte nie herausgewollt aus der Stadtwohnung, hatte seinem Drängen, aufs Land zu ziehen, jedes Mal nur ein müdes Kopfschütteln entgegengesetzt. Mit Henni führte er nun das Leben, das ihn auf seine alten Tage wirklich zufrieden und glücklich stimmte.

Was, wenn es eine neue Frau in seinem Leben gäbe? Wäre es dann zu eng hier in diesem kleinen Haus? Würde das gut gehen mit zwei Frauen unter einem Dach? Er räusperte den Gedanken weg, schloss die Tür auf und trat in den Hausflur.

Haverkorn hörte seine Tochter in der Küche hantieren

und ging den Flur hinunter. Er trat ein und blieb stehen. Henni hockte vor dem Backofen und versuchte leise fluchend, ein verhaktes Backblech herauszuziehen.

»Kann ich dir helfen?«

Sie fuhr herum. »Wie kannst du mich so erschrecken?«

»Ich dachte, du hättest mich gehört.«

Ihr Blick ging zur Küchenuhr auf dem Regal hinter Haverkorn. »Es ist noch nicht mal Mittag. Warum bist du zu Hause?«

Er berichtete ihr von seinem befristeten Einsatz beim LKA in Kiel und dass er hier war, um seine Sachen zu packen. »Ich wäre ruhiger, wenn du zu Jutta ziehst, während ich weg bin.«

Sie lachte auf. »Zu meiner Mutter? Bin ich vierzehn?«

Er hatte mit ihrer Gegenwehr gerechnet. »Du weißt, warum! Wer auch immer mir diese Nachricht da draußen auf der Terrasse hinterlassen hat, ist gefährlich!«

»Ich lasse mich sicher nicht aus meinem Zuhause vertreiben.« Sie wies auf den Backofen. »Außerdem habe ich zu tun. Hab gerade gar keine Zeit, meine Mutter zu besuchen.«

»Henni …«

Sie streifte die Ofenhandschuhe von den Fingern, kam zu ihm und legte ihre Hände auf seine Schultern. »Papa …« Derselbe anklagende Ton wie bei ihm. »Ich bin erwachsen. Und das Haus hat gute Schlösser.« Ihr schien etwas einzufallen. »Wenn du nicht möchtest, dass ich hier allein bin, kann ich mir ja einen Hund aus dem Tierheim holen.«

Nicht auch noch dieses Thema, dachte er. Henni wollte gern einen Hund anschaffen, ihm reichte es, dass er für den Kater als Futterdosen- und Türöffner herhielt. »Wir sprechen darüber, wenn ich zurück bin!« Er ging zur Tür. »Frida hat mir versichert, dass sie jederzeit erreichbar ist.«

Henni hatte die Handschuhe wieder übergestreift, hockte sich vor den Backofen und zog das verklemmte Blech mit einem Ruck heraus. »Okay!«

Er packte im Schlafzimmer die Reisetasche für zwei Nächte. Das Wochenende würde er zu Hause verbringen. Den neuen Roman von Haruki Murakami nahm er vom Nachttisch und legte ihn obenauf. Seinen Laptop hatte er bereits im Auto. Was fehlte noch? Der Kulturbeutel, natürlich. Er ging ins Bad, packte die Hygieneartikel ein und ging noch einmal in die Küche, wo seine Tochter mit vollem Körpereinsatz den Backofen ausscheuerte.

»Du, sag mal, wer kann das wissen, was es mit den blauen Eisenstühlen in Mali auf sich hat?«

Henni richtete sich auf, wischte sich mit dem Handschuh eine Strähne aus dem Gesicht, schmierte sich eine schwarze Schliere auf die Stirn. »Alle, die mal dort waren.« Sie richtete sich auf. »Und jeder, der im November bei meinem Diavortrag war. Da hab ich von meinem Einsatz in Mali erzählt und auch Fotos von den blauen Eisenstühlen gezeigt.«

Haverkorn trat näher. »Weißt du noch, wer an dem Abend da war? Gab es eine Gästeliste?«

Sie dachte nach, schüttelte den Kopf. »Da gab es keine Liste. Der Eintritt war frei, und es waren gut sechzig Leute in der Turnhalle anwesend. An ein paar Gesichter erinnere ich mich sicher noch, aber alle Namen werden wir nicht mehr zusammenbringen. Die meisten kannte ich eh nicht.«

»Gibt es Fotos von dem Abend?«, hakte er nach.

»Ja, ein paar. Aber eher von mir beim Vortrag, kaum welche vom Publikum.«

Haverkorn kratzte sich den Nasenrücken. »Kannst du mir die Namen aufschreiben, an die du dich erinnerst?«

»Klar, mach ich.« Sie kniete sich wieder vor den Backofen. »Aber erst mal muss ich diese Sauerei hier beseitigen.«

»Kann ich mir deinen Afrika-Bildband ausleihen? Den mit den Stühlen?«

»Natürlich, er liegt noch in der Diele.« Sie war schon wieder in ihre Arbeit vertieft, und Haverkorn ging mit einem Gefühl aus dem Haus, dass es besser war, wenn hier nur eine Frau das Sagen hatte.

†

Die Rückfahrt nach Itzehoe zog sich. Das Schweigen zwischen Frida und Bootz fühlte sich gar nicht mehr so fremd an. Er gab ihr keinen Anlass, weiterhin wütend auf ihn zu sein. Das war schon ein guter erster Schritt zur Teambildung. Sie fuhren in Stellingen auf die A7, kurz vor der Abfahrt zur A23 war Stop-and-go angesagt. Ihr neuer Kollege schien sich die Kennzeichen der Fahrzeuge vor ihnen einprägen zu wollen, so stoisch sah er geradeaus. Dann bewegte er sich, streckte seinen Rücken durch. »Torben Kielmann«, sagte er plötzlich und warf ihr einen Blick zu. »Du kennst ihn gut?«

Frida setzte den Blinker und zog in die äußere Spur, in der es schneller voranging. Dann stand die Kolonne wieder. »Wir sind zusammen«, antwortete sie, weil er es über den Flurfunk eh erfahren würde.

»Wie ist das passiert?«

Sie sagte nichts, konzentrierte sich auf den Verkehr. Was meinte er? Wie sie zusammengekommen waren?

»Mit seinen Handverletzungen«, setzte er hinzu.

»Im Job. Bei einem Einsatz.«

Bootz fragte nichts mehr, hing seinen Gedanken nach.

Sie spürte einen langen Blick von ihm, der ihr die Hitze in die Wangen trieb. Wäre sie Single, wäre sie mit einem Typen wie ihm wahrscheinlich im Bett gelandet.

»Ich hoffe, er wird wieder«, sagte er. Mehr nicht, nur diesen einen Satz. Aber dieser veränderte eine Menge zwischen ihnen. Rückte in Frida etwas gerade, was am Anfang in Schieflage geraten war. Vielleicht würde sie die nächsten Wochen mit ihm klarkommen, wenn er sie nicht wieder wie eine Polizeianwärterin behandelte.

Sie sah ihn kurz an, bevor sie den Golf wieder in die Mittelspur lenkte, als der Verkehr in Bewegung kam. Seine Hände lagen auf den Oberschenkeln, zu Fäusten geballt. Was ging gerade in ihm vor? Sie nutzte eine weitere Lücke und zog auf die rechte Spur, dann auf die Abzweigung, wo sich der Stau endlich auflöste.

»Wollen wir zu Thies Johannsen fahren?«, fragte sie spontan und rechnete damit, dass er lieber ins Büro wollte.

»Den Sohn, der das Massaker überlebt hat? Wo finden wir ihn?«

»Er ist bei seinem Onkel aufgewachsen. Der hat ein Gestüt in der Marsch. Ich fahre da oft dran vorbei.«

»Gut, mal schauen, ob er mit uns reden will. Aber vorher ...«, er zog sein Handy aus der Jackentasche, »möchte ich auf den Hof. Wo die Morde damals passiert sind. Gibt's den noch?«

»Klar, der ist nicht weit weg vom Gestüt. Gute Idee!«

»Okay. Ich informiere Nick ... äh ... Wahler darüber.«

»Wie lange kennt ihr euch schon?«, fragte sie.

»Wahler und ich?« Er atmete aus. »Seit der Polizeischule. Dann haben wir uns aus den Augen verloren.« Bootz blickte aus dem Seitenfenster, hinaus auf die flache norddeutsche Landschaft. Er redete so leise, dass sie sich den Satz zusammenreimen musste. »Vor drei Jahren habe ich beim Kriminaldauerdienst bei ihm angeheuert.«

»Und jetzt bist du ihm hierhin gefolgt.« Sie konnte sich den kleinen Seitenhieb nicht verbeißen.

Bootz tippte auf dem Smartphone herum. »Ich habe sein Angebot zuerst abgelehnt. Aber Nick hat nicht lockergelassen. Und er hatte einen gut bei mir, also bin ich jetzt hier.« Er presste das Handy ans Ohr und drehte sich von ihr weg.

Gespräch beendet, sollte das wohl heißen. Aber sie hatte in den letzten fünf Minuten eine ganze Menge über ihn erfahren.

Der ehemalige Schweinezuchtbetrieb lag nicht weit entfernt von dem nächsten Dorf. Dort, wo die Marsch in die Geest überging, zwei Landschaften, die die Eiszeit geformt hatte. Der Marschboden war äußerst fruchtbar, weshalb in diesem Gebiet viel Landwirtschaft betrieben wurde. Die Geest dagegen war ein nährstoffarmer Boden, der sich eher für Viehweiden und Gartenbau eignete.

In der Ferne erkannte Frida die Baumgruppe, wo Vissers Leiche gefunden worden war. Die Galgenbäume. Luftlinie vielleicht zwei oder drei Kilometer.

Der Golf rumpelte über einen Feldweg mit ausgefahrenen Bodenwellen. Links und rechts zogen winterlich karge Äcker vorbei, auf denen ein paar Gänse saßen, die hier überwinterten. Einsam war es hier draußen. Kein Wunder, dass damals lediglich ein Spaziergänger, der mit seinem Hund in der Marsch unterwegs gewesen war, die drei Schüsse gehört hatte.

»Wir sind da«, sagte sie, als sie auf den Hof fuhr.

Bootz sah von seinem Handy auf, auf dem er eine Weile herumgetippt hatte.

Ein gesichtsloses Wohngebäude, daneben Wirtschaftsgebäude und Ställe. Ein Stapel Autoreifen lagerte neben einem Silo. Technik sah man nirgendwo. Die war wahrscheinlich verkauft oder geklaut worden. Norddeutsches Hofambiente. Fehlte nur noch der Hofhund, der an einer Kette vorsprang. Aber die Hundehütte neben dem Wohnhaus war verwaist. Hier gab es seit Jahren kein Leben mehr, nur einsame Gebäude, die in die kalte Winterluft ragten und die Bürde eines Verbrechens trugen, das lange zurücklag.

Frida parkte den Wagen vor dem Wohnhaus, stieg aus, zog den Reißverschluss ihres Parkas hoch und blickte über den Hof. Es fing an zu schneien. Der Wind trug zarte Schneeflocken um die Gebäude. Es herrschte eine stille, fast gespenstische Atmosphäre. Seit vielen Jahren stillgelegt, dem Verfall überlassen, vergessen. Ein Lost Place.

Bootz stieg aus, hob sein Smartphone hoch und machte ein paar Fotos. Dann ging er zum Wohnhaus, drückte auf die Klinke an der Tür, die jedoch verschlossen war. Frida folgte ihm, als er ums Haus ging und sein Gesicht an die Scheibe im Erdgeschoss drückte.

»Ich würde gern mal reingehen. Wo sind die Morde passiert? In der Küche?«

»Genau.«

Bootz zog etwas aus der Tasche und fingerte am Fensterrahmen herum, der nachgab und sich nach innen schieben ließ.

»Wie hast du das denn gemacht?«

Ihr Kollege steckte seinen Dienstausweis zurück in die Tasche. »Die Fenster haben noch die alten Haken, die lassen sich leicht aushebeln.« Er stellte sich mit dem Rücken vor das Fenster und verschränkte die Finger ineinander.

»Räuberleiter? Echt jetzt?«

Bootz machte eine auffordernde Bewegung. »Du kletterst rein und machst vorn die Tür auf.«

Sie sah sich um, aber der Hof war seit Jahren nicht mehr bewohnt. Wen würde es stören, wenn sie einen Blick auf den alten Tatort warfen? Frida zog Latexhandschuhe aus der Tasche und streifte sie über. Dann legte sie ihre Hände auf Bootz' Schultern und stieg in seine ineinander verschränkten Hände. Er gab ihr Schwung, und so konnte sie auf den Fenstersims klettern, von dort in das Zimmer. Es war leer bis auf ein paar vergessene Bilder an der Wand, die Jagdszenen zeigten. Die Luft roch abgestanden. Im Haus war sicher lange nicht mehr gelüftet worden. Die Dielen knarrten, als sie darüber ging.

»Kannst du aufschließen?«, rief Bootz von draußen.

»Hier steckt kein Schlüssel«, antwortete Frida.

»Scheiße!«

»Warte mal!« Frida hatte sich umgesehen und einen Schlüsselschrank an der Wand entdeckt. Sie wischte die Spinnenweben weg und öffnete ihn. Bingo! Ein Sammelsurium an Schlüsseln kam zum Vorschein. Sie nahm zwei heraus, die zur Haustür passen konnten. Der Erste ließ sich ins Schloss schieben, aber nicht drehen. Der Zweite war ein Treffer. Sie öffnete die Tür, und Bootz trat ein. Er ließ die Tür offen, um frische Luft hereinzulassen, ging an Frida vorbei und in einen Raum auf der linken Seite der Diele. Frida folgte ihm, blieb im Türrahmen stehen. Die Küche war noch vollständig eingerichtet, nur die Bodendielen waren herausgerissen worden. Um das viele Blut zu entfernen, dachte Frida, die die Tatortfotos aus der Ermittlungsakte vor Augen hatte. Sie probierte den Lichtschalter aus. Nichts passierte. Der Strom war abgestellt – wenig überraschend. Bootz stand in der Mitte des Raumes und sah sie fragend an.

Sie verstand es als Aufforderung. »Die Frau lag hier an der Tür, den Arm ausgestreckt, als hätte sie den Täter aufhalten wollen. Er hat ihr von vorn in den Kopf geschossen.« Sie schluckte trocken. »Da unter dem Tisch lag der älteste Sohn.« Sie ging in den Raum, sah sich um, erkannte die Schränke vom Foto wieder. »Und da zwischen den Schränken der andere. Zusammengekauert.«

»Was denkst du, kannten sie den Täter?«

Frida atmete aus. »Sie haben erst zu flüchten versucht, als er schon hier im Raum war. Ich denke, sie kannten ihn.«

Bootz hatte sein Smartphone aus der Tasche gezogen und fing an, Fotos zu machen. »Warum der ausgestreckte Arm der Frau? Ist sie ihm hinterher?«

»Wahrscheinlich wollte sie ihn aufhalten, damit er den jüngsten Sohn nicht tötet.«

Bootz senkte das Handy. »Dann wäre sie sein letztes Opfer gewesen. Er hat vor ihren Augen ihre Kinder erschossen.«

Frida nickte. Er hatte recht. Wollte der Täter, dass die Mutter die Morde mitansah? Wollte er sie für etwas bestrafen? Oder wollte er ihr das Wichtigste in ihrem Leben nehmen, bevor er sie umbrachte?«

»Das war eine sehr emotionale Tat. Einen Fremden können wir vermutlich ausschließen.« Er steckte sein Smartphone in die Lederjacke. »Ich möchte gern die Akte sehen. Und die Beweismittel, warum Johannsen verurteilt wurde.«

»Du denkst, er war es nicht? Ein Justizirrtum?« Sie schüttelte leicht den Kopf. Das wäre eine Katastrophe! Für die Familie. Und für die Justizbehörden.

Er musterte sie, und sie spürte, dass es ihr nicht egal war, hier allein mit ihm zu sein. »Jemand bringt einen Zeugen von damals um, weil er angeblich gelogen hat. Wir müssen überprüfen, was da dran ist.«

»Wir sollten gehen.« Frida verließ die Küche und ging zur Haustür. Sie schloss sie wieder ab und hängte den Schlüssel an seinen Platz zurück. Bootz war schon aus dem Fenster geklettert. Sie folgte ihm und sprang in den Garten. Er zog hinter ihr die Fensterflügel zu.

Frida umrundete das Haus, ging vorbei am ehemaligen Gemüsegarten, der von Buschwerk überwuchert war. Ein alter Topf lag halb im Erdreich versunken. Hinter dem Haus stand eine Kinderrutsche. Das Holz war verwittert. Nur die Rutschfläche aus Plastik war gut erhalten.

Hinter dem Wohnhaus der Familie sah sie zwei Stallgebäude. Eine der Türen stand offen, und sie ging hinein. In dem riesigen Raum stand ein Sauenkäfig neben dem anderen. Ein stillgelegter Tierknast, dachte sie. Keine schöne Vorstellung, wie die Sauen hier drin hatten ausharren müssen. Wochen, Monate, Jahre. Frida schob ihre kalten Hände in die Taschen. Unter dem Dach, in einer offenen Fensterluke, wimmerte der Wind.

»Scheiße, was ist das denn hier?«, fragte Bootz, der plötzlich hinter ihr stand.

»Ein Schweinestall. In diesen Metallkäfigen haben die Sauen geworfen und ihre Ferkel versorgt.«

Er blieb vor einem der Käfige stehen, schüttelte den Kopf. »Da konnten sich die Schweine doch kaum bewegen.«

»Massentierhaltung. Daran hat sich leider in den letzten zwanzig Jahren auch nicht viel geändert«, sagte Frida und ging zu einer Betonfläche, zu der die Rinnen der Käfige führten. Sie blickte in die ehemalige Güllegrube, die inzwischen ausgetrocknet war. Am Boden klebte eine Schicht, die an braunen Morast erinnerte.

»Hier drin hat Thies Johannsen sich versteckt.« Sie dachte an die Fotos des Jungen, der von der stinkenden Pampe umhüllt gewesen war, die ihm wahrscheinlich das Leben gerettet hatte, auch wenn er von den Güllegasen beinahe bewusstlos gewesen war. Wo hatte er sich aufgehalten, als der Täter seine Mutter und die beiden Brüder erschossen hatte? Auch dort in dieser Küche? War ihm als Einzigem die Flucht gelungen? Oder war er irgendwo auf dem Hof gewesen, hatte die Schüsse gehört und sich mit einem Sprung in die Gülle in Sicherheit gebracht?

»Lass uns hinfahren. Vielleicht redet er mit uns«, sagte ihr Kollege, der neben sie getreten war und ebenfalls in die Grube hinunterblickte, die nur noch ein schnödes Betonbecken war. Es roch noch nicht einmal mehr nach Fäkalien. Die Mikroorganismen hatten ganze Arbeit geleistet.

Kapitel 7

Im Verwaltungsgebäude des Landeskriminalamtes Kiel bekam Haverkorn seinen Besucherausweis, einen Parkausweis und eine Chipkarte, um seinen neuen Arbeitsplatz erreichen zu können. Dieses Mal hatte er Andreas Vollmer nicht anrufen lassen, um sich abholen zu lassen, denn er wusste vom letzten Besuch, wo die Cold Case Unit saß. Dazu musste Haverkorn das LKA-Gelände durch ein Tor wieder verlassen und hinter dem Zaun in ein unscheinbares Bürogebäude gehen, das von der Behörde zusätzlich angemietet worden war, weil die Büro-Ressourcen des LKA längst erschöpft waren. Ein Kollege kam ihm auf der Treppe entgegen, sah ihm nur kurz ins Gesicht, grüßte und eilte weiter.

Haverkorn gelangte mithilfe der Schlüsselkarte in die Abteilung des Sachgebiets 243 im Dezernat 24. Einen Moment fühlte er sich wie an dem Tag, als er zum ersten Mal die Räume der Mordkommission betreten hatte. Das war jetzt vierunddreißig Jahre her. Es war aufregend, in einer anderen Stadt, einer anderen Abteilung zu arbeiten, wenn auch unter seinem ehemaligen Chef.

Vollmer saß an seinem Schreibtisch, als Haverkorn klopfte und eintrat. Er war nicht allein. Am Besuchertisch saß eine Frau in den Fünfzigern, die ihm freundlich zunickte. Ein offenes Lachen unter einem brünetten Lockenkopf. Sie sah ihm in die Augen und hielt den Blickkontakt, als müsse er sie erkennen. Er stockte, aber eine Frau wie sie hätte er nicht vergessen, wenn dem so gewesen wäre.

»Bjarne, gut, dass du da bist!« Sein alter und neuer Vorgesetzter stand auf. »Dann kann ich dich gleich mit Sonja Berger bekanntmachen. Sie ist auch für vier Wochen von der Polizeidirektion Flensburg ausgeliehen, wenn ich das so sagen darf.«

»Darfst du«, sagte die Kollegin, stand ebenfalls auf und streckte ihre Hand aus, an der kein Ehering steckte. Seit wann achtete er auf solche Kleinigkeiten? Sie trug enge Jeans, Sneakers und einen taillierten Blazer. In ihrem Gesicht erkannte er die Schönheit einer reifen Frau, und einmal mehr hatte er mit Sprachlosigkeit zu kämpfen. Er schüttelte ihre Hand, die warm und deren Griff fester war als erwartet. Eine Frau, die zupacken konnte. »Ich bin Sonja. Wir duzen uns, oder?« Das dunkle Timbre in ihrer Stimme war angenehm, um nicht zu sagen: anziehend.

Haverkorn sammelte sich, ließ ihre Hand los und zog sich einen Stuhl an den Tisch. »Na klar, sehr gern. Bjarne!« Er stellte seine Aktentasche ab. »Dann sind wir in den kommenden Wochen außer am Wochenende zu dritt?«

Andreas Vollmer nahm eine Akte vom Schreibtisch. »Mein Team liegt mit Grippe flach. Ich war zum Glück nicht da, als sie sich gegenseitig angesteckt haben. Führungskräftemeeting in Hamburg. Dafür seid ihr jetzt hier.« Er erklärte Sonja, dass er fünf Jahre mit Haverkorn in Itzehoe in der Mordkommission gearbeitet hatte. Die Kollegin hörte aufmerksam zu und lächelte dezent, was ein Grübchen an ihrem linken Mundwinkel sichtbar machte. Haverkorn musste sich bemühen, nicht ihre Lippen anzustarren. Er konzentrierte sich darauf, gleichmäßig zu atmen und seine Nervosität nicht zu zeigen.

Vollmer merkte nichts von Haverkorns Gefühlschaos. »Sonja habe ich bei einem Einsatz in Flensburg kennengelernt. Ein Mordfall. Welcher war das noch gleich?«

Sie half ihm auf die Sprünge, sie tauschten Erinnerungen aus, die an Haverkorn vorbeirauschten. Er nickte automatisch.

»Sie hat mir gleich am ersten Tag den Marsch geblasen, weil ich fünf Minuten zu spät zur Teamsitzung kam.« Vollmer lachte und hob den Zeigefinger.

Sonja legte ihren Kopf schräg, wurde wieder ernst, das Grübchen verschwand. »Wenn ich etwas nicht leiden kann, dann Unpünktlichkeit«, erklärte sie und spielte mit ihrem silbernen Armband.

Das Geschenk eines Mannes, fragte sich Haverkorn, schob den Gedanken aber gleich wieder beiseite. »Darf ich?« Er wies auf die Wasserflaschen, die auf einem Sideboard standen, und goss sich ein Glas ein, als Vollmer zustimmte. Er trank das Glas leer, goss sich nach. »Um was für einen Fall geht es, Andreas? Warum sind wir hier?« Haverkorn setzte sich wieder, sah den Leiter der Cold Case Unit an. Er stellte das Glas auf den Tisch, zog sein Sakko aus und hängte es über die Stuhllehne. War es wirklich so überheizt in diesem Raum?

»Ein alter Vermisstenfall aus dem Jahr 2011. Eine Abiturientin ist nach dem Abiball verschwunden. Es gab kein Lebenszeichen von ihr. Nun hat ein Zeuge ausgesagt, sie 2016 zusammen mit einem viel älteren Mann auf einem Kreuzfahrtschiff gesehen zu haben. Wir müssen den Fall noch mal aufrollen, weil die Eltern Gewissheit brauchen, ob ihre Tochter noch lebt.«

Sonja sah Haverkorn an, dann Vollmer. Eine kleine Falte bildete sich über ihrem Nasenrücken. »Über zehn Jahre nicht zu wissen, wo das eigene Kind ist, ob es lebt oder tot ist, einfach furchtbar!«

»Hast du Kinder?«, fragte Haverkorn. Diese Frau interessierte ihn, aber an dieser Stelle würde es nicht auffallen, wenn er nachbohrte.

»Einen erwachsenen Sohn. Er studiert Jura in Hamburg. Ob das so eine gute Idee ist …« Sie verzog den Mund.

»Schlechte Erfahrungen mit Juristen?«, lachte Andreas Vollmer.

»Sein Vater war Jurist … also, er ist es noch. Mein Ex-Mann.« Sie sah Haverkorn an, lächelte mit dem Grübchen.

»Drei Scheidungsfälle an einem Tisch«, fasste Vollmer zusammen, dessen Frau ihn verlassen hatte, bevor er nach Kiel gegangen war. Er hatte diesen Abstand gebraucht und die berufliche Herausforderung, was wohl eher ein karriererelevanter Ablenkungsversuch gewesen war.

»Du auch?«, fragte Sonja und nahm Blickkontakt auf.

Haverkorn nickte. »Wir leben in Scheidung, im Sommer wird es amtlich.«

Vollmer klatschte in die Hände. »So, lasst uns loslegen. Ich habe jedem eine Kopie der Akte per Mail zugeschickt. Lest sie, macht euch Gedanken und Notizen. Morgen Mittag tauschen wir uns aus. Ihr bekommt vom Admin noch Zugriff auf das LKA-Netzwerk. Ihr habt das Büro nebenan, da könnt ihr euch direkt besprechen. Noch Fragen?«

Sonja schüttelte den Kopf und stand auf. Haverkorn ebenfalls. Dabei brannte ihm eine Frage auf der Seele. Wie sollte er die nächsten Wochen mit dieser Frau in einem Büro überstehen?

☦

Das Gestüt, auf dem Thies Johannsen mittlerweile lebte, erreichten sie in wenigen Minuten, und es fühlte sich für Frida an, als kämen sie in eine andere Welt. Sie passierten das von einem hohen Eisenzaun eingefasste Tor, an dessen Gitter ein Wappen angebracht war. Ein metallener Pferdekopf, darüber die geprägten Buchstaben *LJ*, was wahrscheinlich die Initialen von Lennard Johannsen waren. Links und rechts wuchsen Buschrosen auf einer Palisade aus Feldsteinen. Im Sommer sah diese Einfahrt sicherlich idyllisch aus.

Frida hatte sich im Internet informiert, dass der jüngere Bruder von Cord Johannsen ein sehr erfolgreicher Pferdezüchter war, sein Name im Pferdesport kein unbeschriebenes Blatt. Er hatte ein paar Preise in der Hengstzucht gewonnen und war in der Sommersaison auf fast jedem renommierten Reitturnier – national wie international – zu finden, weshalb er natürlich sehr viel auf Reisen war. Seine Frau, Fenja, eine ehemalige Springreiterin, die sogar bei Olympia angetreten war, hatte jedoch aufgrund der Verletzung ihres Pferdes vorzeitig aufgeben müssen. Jetzt war sie Mutter von zwei Kindern im Vorschulalter, zuständig für die Aufzucht und Ausbildung der Jungpferde. Sie lächelte von der Homepage. Dann gab es noch Thies Johannsen, der ebenfalls auf dem Gestüt arbeitete und im Geschäft die rechte Hand seines Onkels Lennard war. Eine Bilderbuchfamilie, wenn man nicht in die Familienchronik schaute, die einen Dreifachmörder zum Vorschein gebracht hatte.

Alles hier auf dem Hof wirkte modern, sauber und durchdacht. Egal wohin man blickte, das Wort »Geld« drängte sich auf. Frida parkte den Golf vor einem großen Backsteinbau mit frisch gedecktem Reetdach, zweifelsohne das Wohnhaus der Familie. Daneben lagen großzügige Stallungen, ein riesiger Carport, unter dem drei Pferdeanhänger standen, und ein etwas unscheinbareres Gebäude, in welchem sich vermutlich die Angestelltenwohnungen befanden. Auf einer Wiese neben dem Parkplatz war eine gemütliche Terrasse mit gemauertem Grill angelegt, an deren Rand griechische Statuen standen. Ein Tick zu mondän, dachte Frida und stieg aus.

»Ein einträgliches Geschäft, würde ich sagen.« Bootz zog seine Sonnenbrille aus der Jackentasche, obwohl der Himmel seit Stunden nicht mehr als eine trübe Wolkensuppe bot. Aber es ging wohl eher um seine Coolness, als er die tropfenförmige Pilotenbrille aufsetzte und mit langen Schritten zur Haustür ging. Frida warf die Wagentür zu und verschloss den Golf mit dem Automatikschlüssel. Hätte sie sich auch schenken können. So ein schnöder Mittelklassewagen wurde in dieser Umgebung sicherlich nicht geklaut.

Sie blieb stehen und versuchte, das Bild des armseligen Hofes zu vertreiben, den sie vor einer halben Stunde verlassen hatten. Dieses Anwesen war das komplette Gegenteil. Hatte dieses Arm-Reich-Gefälle schon vor zwanzig Jahren zwischen den Brüdern existiert? Frida merkte sich vor, Lennard Johannsen darauf anzusprechen, wie damals die Familien- und Eigentumsverhältnisse ausgesehen hatten. Und vor allem, wie die Beziehung der beiden Brüder und ihrer Familien gewesen war.

Bootz klingelte, und nach einer Weile öffnete eine ältere Frau die Tür. »Ja bitte?«, fragte sie und wischte sich die Hände an ihrer Küchenschürze ab, bevor sie Bootz' Dienstausweis in die Hand nahm und genau studierte. Schließlich durften sie eintreten. Die vermeintliche Hausangestellte, sie hatte sich ihnen nicht vorgestellt, ging mit forschem Schritt vor ihnen her. »Frau Johannsen kommt gleich«, sagte sie und ließ sie in der Diele des Hauses, deren Wände und Kommoden mit Turnierpokalen und bunten Schleifen übersät waren, stehen. Hier bekam der Gast sofort zu spüren, dass zu diesem Haus Erfolg und Glamour gehörten wie das Wappen des Gestüts am Tor.

Es dauerte ein paar Minuten, bis eine zierliche Frau in einer Reiterhose hereinkam, das blonde Haar straff in einem Knoten zurückgebunden, das Lächeln von der Internetseite im Gesicht. »Fenja Johannsen!« Sie drückte ihnen die Hand und ging voraus in einen in grün und gelb gehaltenen Raum, in dem eine Vitrine mit weiteren Pokalen stand.

Frida und Bootz setzten sich auf die angebotenen Sessel, die Hausherrin blieb stehen. »Die Polizei hat man ja auch nicht alle Tage im Haus. Wie kann ich behilflich sein?« Ihr Blick lag auf Bootz, der seine Sonnenbrille in der Hand drehte und gelangweilt die vergoldeten Trophäen anstarrte.

»Wir möchten mit Thies sprechen«, sagte Frida.

Überrascht sah Fenja Johannsen zu ihr, als habe sie nicht erwartet, dass Frida das Gespräch eröffnen würde.

Bootz stand plötzlich auf, trat an die Vitrine und zeigte auf ein gerahmtes Foto. »Sind Sie das?«

Die Angesprochene stellte sich neben ihn, so nah, dass sie ihn beinahe mit ihrer Hüfte berührte. »Olympische Spiele 2016 in Rio«, sagte sie wehmütig.

Er hob den Kopf, sah sie einen Moment zu lange an. »Sie haben sich gar nicht verändert.«

Ihr Lachen perlte durch den Raum, und Frida spürte ihr Herz klopfen. War sie etwa eifersüchtig auf diesen kleinen Flirt, dem sie gerade beiwohnte?

»Frau Johannsen, ist Thies zu Hause?«, fragte sie laut.

»Worum geht es überhaupt?« Sie drehte sich um. Ihre Stimme klang gereizt, weil Frida ihre Aufmerksamkeit verlangte.

»Das würden wir ihm gern selbst sagen.«

»Ich glaube kaum, dass er mit Ihnen sprechen wird.«

Frida und Bootz warfen sich einen Blick zu. »Wir warten gern, bis Sie ihn gefragt haben«, sagte ihr Kollege in einem Ton, der keine Widerrede zuließ.

Die Hausherrin war eine solche Ansprache nicht gewöhnt. Ihr Blick wurde eisig, dann kam ihr einstudiertes Lächeln zurück. »Sicher doch!« Sie verließ den Raum.

Bootz zog sein Smartphone aus der Tasche und begann zu telefonieren. Offenbar war es privat. Er bestätigte eine Adresse in Itzehoe und erklärte, wo ein Wohnungsschlüssel hinterlegt war.

Frida hörte nur mit halbem Ohr zu und betrachtete die zahlreichen Auszeichnungen und Fotos in der Vitrine, auf denen Fenja Johannsen lächelte wie ein Hollywoodstar. Die Verletzung ihres Pferdes und das Ende ihrer Karriere als Springreiterin mussten ein harter Schlag für sie gewesen sein. Degradiert zur Ehefrau und Mutter. Statt Pokalen und Siegerfotos plötzlich nur noch ein kleines Rädchen auf dem Gestüt ihres Mannes.

»Moin!« Ein junger Mann kam herein. Er war größer als Bootz, trug Reiterhosen und -stiefel, roch nach Pferd. Frida mochte das, sie sah Bootz die Nase kräuseln. Er wohl nicht. Stadtkind, dachte sie. Er war wahrscheinlich mit Graffiti an Hauswänden, knatternden Mofas und Treffen im Jugendclub aufgewachsen, kannte Tiere nur als Steaks aus dem Supermarkt.

»Thies Johannsen?«, fragte Frida.

»Was wollen Sie von mir? Ich muss gleich zurück in den Stall. Eine Stute fohlt.«

»Paulsen und Bootz, Kripo Itzehoe. Wir kommen gerade von Ihrem Vater«, hielt sich Frida nicht mit Vorreden auf.

Thies Johannsen sah sie an, aber er reagierte nicht.

»Ich soll Ihnen etwas von ihm ausrichten.«

»Und das wäre?«, fragte er nach einer Pause, die Frida absichtlich machte.

»Ihr Vater hat Nierenkrebs. Er liegt im Justizvollzugskrankenhaus in Hamburg, wo er eine Chemotherapie bekommt. Er möchte Sie gern sehen.« Ein kurzer Blick zu Bootz, eine Rückversicherung, über die sie sich sofort ärgerte. Warum brauchte sie immer seine Zustimmung? Er gab ihr mit den Augen zu verstehen, dass sie weitermachen solle.

»Ihr Vater wird nicht mehr lange leben und möchte Ihnen noch etwas persönlich sagen.«

Der junge Mann konnte ihren Blick nicht erwidern. Er stand schweigend da, verschränkte die Arme. Kurz zuckten seine Gesichtsmuskeln, aber ihm war nicht anzusehen, was er bei dieser Nachricht fühlte. Wut? Schmerz? Verlust? »War es das?«, fragte er. »Die Stute ...«

Frida war überrascht, dass er auf die Nachricht seines Vaters überhaupt nicht reagierte. Hatten die Jahre ihn so abgestumpft?

Bootz mischte sich ein, weil Frida zögerte. »Wir würden gern noch einmal mit Ihnen über den Tatmorgen sprechen.«

»Ich kann mich nicht daran erinnern«, presste er verärgert hervor, löste seine Arme und steckte die Hände in die Taschen. Seine Wangen bekamen Farbe. Ganz so kalt ließ das Thema ihn also doch nicht. »Daran hat sich nichts geändert.«

Frida ließ nicht locker. »Und Ihr Vater? Soll ich ihm etwas ausrichten?«, setzte sie nach.

Thies Johannsen sah sie direkt an. »Sagen Sie ihm, ich habe schon lange keinen Vater mehr.« Er nickte Bootz zum Abschied zu und ging hinaus.

Fenja Johannsen hatte offenbar hinter der Tür gestanden. »War es das wert?«, herrschte sie Frida an. »Der Junge hatte sich in den letzten Jahren so gut gefangen. Er konnte ein normales Leben führen, nach all den Jahren in Therapie. Jetzt wird wieder alles aufgewühlt, was er nur noch vergessen will.«

Frida erwiderte nichts. Dieser Frau war sie keine Rechenschaft schuldig, auch wenn ihr naheging, was sie soeben über Thies gesagt hatte.

In Bootz' Tasche begann das Handy zu vibrieren. Er zog es aus der Lederjacke und ging hinaus.

Frida wollte auch nur raus aus dieser unangenehmen Situation, in die sie sich hineinmanövriert hatte. Bootz schien dem Raum mit seinem Abgang den Sauerstoff entzogen zu haben. »Mit Ihrem Mann müssen wir auch sprechen.«

Sie erntete einen weiteren eisigen Blick. »Der ist gerade auf Sylt. Morgen kommt er zurück, aber er wird kaum Zeit haben …«

»Ich kann ihn auch vorladen, wenn Ihnen das lieber ist«, fiel Frida ihr ins Wort.

In Fenja Johannsens Gesicht arbeitete es, aber sie erwiderte nichts, zuckte nur die Schultern. »Dann tun Sie das!« Sie ließ sie einfach stehen.

Das ist ja gründlich in die Hose gegangen, dachte Frida. Bootz stand in der Haustür und drängelte. »Komm, wir müssen los!«

»Ist was passiert?«, fragte Frida, als sie über den Hof eilten.

Bootz sprang federnd auf den Beifahrersitz und warf hart die Autotür zu. »Man hat noch einen Erhängten gefunden. Er hat wieder ein Pappschild um den Hals.«

Kapitel 8

Das Team war schon da, als sie die Adresse in Heidgraben erreichten, die Wahler durchgegeben hatte. Eine hohe Kirschlorbeerhecke fasste das Grundstück ein. Dahinter war nur ein Stück Dach zu sehen. Frida fand die Zufahrt, aber der Hof war bereits zugeparkt, sodass sie den Golf draußen abstellen musste.

Der Schnee ging gerade in Regen über. Nasskaltes Schietwetter hing über dem Ort. Bootz telefonierte hinter ihr, als sie den Hof überquerten. Sie bekam nur Satzfetzen des Gesprächs mit. Es schien um Möbel zu gehen, die eine Spedition soeben irgendwo ablud. Sein Umzug lief, und er war hier? Jeder andere wäre jetzt wahrscheinlich vor Ort gewesen. Bootz schien sogar zu nerven, dass er telefonisch Fragen beantworten musste, wo die Möbelstücke hingestellt werden sollten.

Frida hielt auf die Haustür zu. Neben dem Transporter der Spurensicherung und Wahlers BMW parkte ein Pick-up, auf dessen Fahrertür ein Aufkleber der Reetdachdeckerei Henner Schwartz klebte. Sie sah nach oben. Das Reetdach war grün, von Moos überwuchert. Das Schilfrohr sah mürbe aus, wies erste löchrige Stellen auf. Allerhöchste Zeit für den Reetdachdecker, sich darum zu kümmern. Eine große Plane war über einen Teil des Daches am Giebel gespannt, die Ecken flatterten im Wind. Darunter war wahrscheinlich eine Stelle verborgen, an der das Dach bereits durchgesackt war.

Vor der geöffneten Haustür stand ein Koffer mit Overalls, den die Spurensicherung hier hinterlassen hatte. Sie streifte sich die weiße Plastikhaut über und zog Handschuhe an. Bootz hatte sein Gespräch beendet und griff sich ebenfalls einen der Schutzanzüge. Selbst in dieser Latexpelle sah er noch gut aus. Frida nestelte an ihren Handschuhen herum, um ihn nicht anzustarren.

»Frida, Leonard!« Klaus trat aus dem Haus, hektische Flecken im Gesicht. »Geht einfach die Treppe hoch bis unters Dach. Er hängt auf dem Dachboden.«

»Wo ist der Chef?«, fragte Frida.

»Wahler spricht in der Küche mit dem Hausbesitzer.«

Sie stockte. »Ich denke, der ist tot?«

Klaus war schon auf dem Weg zu einem der Fahrzeuge, drehte sich noch einmal um. »Der doch nicht! Der Reetdachdecker.« Er zeigte auf den Pick-up, auf dessen Ladefläche helle Reetrollen zu sehen waren.

Frida stieg hinauf ins Obergeschoss. Das Treppengeländer wackelte, die Wandfarbe war verblichen und fleckig. Dieses Haus brauchte mehr als einen Dachdecker, das war offensichtlich.

Bootz war unten an der Treppe stehen geblieben und blaffte schon wieder Anweisungen an das Umzugsunternehmen in sein Handy. Sie blieb im Obergeschoss stehen, sah sich um. Durchgetretene Dielen, niedrige Zimmertüren, die dringend einen Anstrich brauchten. Aber sie erkannte auch den Charme eines mindestens hundert Jahre alten Hauses, bei dem eine Menge Geschichte in den Ritzen saß. Sie stellte sich an ein Fenster und sah auf das Grundstück hinter dem Haus hinunter. An die hintere Außenwand grenzte eine kleine Steinterrasse, wo eine schiefe Holzbank dem Wetter ausgesetzt war. Dahinter zog sich eine Wiese bis zu einem Holzzaun. Dieser endete an einem Schuppen, der sich in ähnlich kläglichem Zustand befand wie das Haus. Sie hörte Stimmen über sich und ging in diese Richtung, sah eine angelehnte Holztür, die offensichtlich auf den Dachboden führte. Die Treppenstufen wirkten nicht sehr einladend, aber wenn ihre Kollegen da unfallfrei hochgekommen waren, würde sie es auch schaffen. Das Holz knarrte unter ihrem Gewicht. Dann stand sie auf einem riesigen Dielenboden, der nach allen Seiten offen war. Hier roch es nach Mottenpulver, Schilfrohr und einem vergangenen Zeitalter. Eine Glühbirne schickte ein bleiches Licht in den Raum.

Ganz hinten sah sie Anja und Ricarda, daneben die Kollegen der SpuSi, die bereits, beleuchtet von mobilen Scheinwerfern, mit ihrer Arbeit begonnen hatten. Ein paar Trittplatten waren von der Tür bis nach hinten gelegt worden. Frida ging darauf in Richtung des Leichnams, der ungefähr an der Stelle von einem Dachbalken hing, an der auf dem Reet die Plane befestigt worden war.

Der Tote hing nicht ganz so hoch wie Visser. Sie konnte ihm in die Augen sehen, erkannte kleine punktförmige Bindehauteinblutungen. Frida schätzte, dass er Anfang sechzig gewesen war. Er trug einen schwarzen Arbeitsoverall und Sicherheitsschuhe. Der typisch süßliche Leichengeruch lag in der Luft, durchsetzt von dem beißenden Gestank nach Urin und Kot. Unter den Schuhen sah sie seltsame braune Flecken und trat angewidert zurück. Das Seil sah genauso aus wie bei Henk Visser. Sicherlich hatte der Täter es mitgebracht. Der Knoten saß wieder hinter dem linken Ohr. Auffällig war natürlich das Pappschild, das um seinen Hals lag.

Justitia ist blind! Ich gestehe, im Prozess gegen Cord Johannsen wissentlich falsch ausgesagt zu haben.

Die gleiche Handschrift, dachte Frida. Er hat es wieder getan. Scheiße, wir hätten Schwartz warnen müssen. Das hatten sie versäumt.

Wie hatte das passieren können?

»Henner Schwartz war auch Zeuge im Johannsen-Prozess«, sagte Anja, die sich neben Frida gestellt hatte. Sie sah blass aus, hatte dunkle Augenschatten. Aber heute schien sie agiler zu sein als gestern.

»Wie hieß der dritte Mann, der gegen Cord Johannsen ausgesagt hat?«, fragte Frida.

»Das war ein gewisser Jens Markmann.«

»Wir müssen ihn warnen!«, sagte Frida. »Er könnte der Nächste sein.«

»Du hast recht. Es wäre gut, wenn du mit Leonard hinfährst. Markmann wohnt in Altendeich, die Adresse habe ich hier.« Sie zog ihr Handy aus der Tasche und schickte sie an Fridas Nummer.

»Wo ist die Steighilfe?«, fragte Bootz hinter ihnen, den Frida nicht kommen gehört hatte.

»Vielleicht musste Schwartz auf einen der Stühle da drüben steigen.« Anja wies auf ausrangierte Möbel in einer Ecke. Ein paar gestapelte Stühle neben einem Tisch und einer Holztruhe. »Oder er hat sie wieder mitgenommen, wie bei Visser.«

»Hat der Hausbesitzer nichts bemerkt?«, fragte Frida. »Das gab doch sicherlich ein Handgemenge hier oben. So hellhörig, wie das Haus ist …«

»Er wohnt nicht hier. Das ist das Haus seiner Eltern, und das steht seit ihrem Tod leer«, sagte Anja. »Er will es sanieren lassen. Die Reetdachdeckerei Schwartz war das erste Gewerk hier drin.« Sie warf einen Blick auf den Toten, der an seinem Arbeitsplatz gerichtet worden war. »Wahrscheinlich hat der Täter ihn gestern Abend hier überrascht. Schwartz wollte laut seinem Vorarbeiter kurz vor Feierabend noch mal nach der Plane auf dem Dach schauen. Sein Kollege hat erst heute Morgen gemerkt, dass sein Chef nicht im Büro war. Als er ihn bis zum Mittag auf dem Handy nicht erreichte, ist er hergefahren und hat ihn gefunden.«

Bootz hatte die Arme verschränkt, blickte zu einem der Kriminaltechniker, der gerade mit einem Schild des Nummernsatzes eine Spur markierte. »Der Täter hatte leichtes Spiel. Das einsame Haus, das große Grundstück. Fraglich ist, woher er wusste, wohin Schwartz am Abend wollte.«

»Vielleicht ist er ihm gefolgt und hat dann den richtigen Zeitpunkt abgepasst, als sein Opfer allein war,« überlegte Frida.

»Oder er kannte ihn persönlich«, warf Anja ein. »Ihr beiden fahrt am besten jetzt erst mal zu Jens Markmann und bleibt bei ihm, bis wir den Polizeischutz organisiert haben!« Ihre Kollegin drehte sich zu Ricarda um, die mit Horst Lüttje, dem Chef der Kriminaltechnik, ins Gespräch vertieft war. »Braucht ihr uns hier noch?«, rief sie ihnen zu.

»Wartet mal!« Lüttje kam zu ihnen. Der Overall spannte wie immer über seinem Bauch wie eine Wurstpelle. Konnten die nicht mal eine größere Ausführung für ihn bestellen?

»Es gibt da was, das habe ich gerade schon Ricarda gezeigt.« Er führte sie über die Plastiktrittplatten in eine Ecke des Dachbodens, wo staubige Fußabdrücke zu sehen waren. »Größe 44! Schwartz hatte 46.«

»Vom Täter?«, fragte Anja.

Lüttje kratzte seinen Bart. »Sieht ganz so aus. Wird natürlich noch überprüft.«

Anja rieb ihre Hände. Frida fror ebenfalls. Es war saukalt hier oben. »Der Hausbesitzer hat erzählt, dass er nur mal kurz auf dem Dachboden war. Da, wo Schwartz jetzt hängt, um mit ihm die Schäden zu begutachten«, sagte Anja.

»Er hat auch erklärt, das Haus sei während der Bauarbeiten nicht abgeschlossen gewesen, weil es ja leer stand. Es hätte also jeder reingehen können.«

»Wir nehmen trotzdem seine Abdrücke«, entschied Lüttje.

Bootz hockte sich neben die Schuhspuren, dachte nach. »Der hat hier eine Zeit lang gestanden. Seht ihr, wie sie übereinanderlappen? Er muss sich im Stehen bewegt haben.« Er stand wieder auf.

Frida wusste, worauf er hinauswollte. »Dann ist er Schwartz nicht hierher gefolgt. Er hat ihn hier oben erwartet!«

Kapitel 9

Sie sahen das Gesicht nur durch einen schmalen Türspalt, den die Sicherheitskette ihnen gewährte. »Frau Markmann?«, fragte Frida, die davon ausging, dass sie die Ehefrau des ehemaligen Zeugen vor sich hatte. »Bootz und Paulsen, Kripo Itzehoe.« Sie hielt ihren Dienstausweis hoch.

Ein schneller Blick auf das Dokument, dann wurde die Tür ohne ein Wort zugeschlagen.

Frida steckte den Ausweis in die Jackentasche und sah ihren Kollegen an.

In diesem Moment hörten sie, dass die Kette ausgehängt wurde, und die Tür öffnete sich wieder.

»Polizei?« Eine Frau mittleren Alters erschien im Rahmen. Sie war groß und kräftig gebaut. Ihre dunkle Bluse spannte straff über den starken Oberarmen. »Kommen Sie rein!« Sie hatte eine angenehm tiefe Stimme und ein gewöhnliches Gesicht, das man sofort wieder vergaß. Ihr dunkelblondes Haar war zu einem Zopf geflochten. Die Frau führte sie durch die Diele der Erdgeschosswohnung in ein Wohnzimmer. Die Jalousien waren geschlossen, in einer Ecke brannte eine Stehlampe. Darunter lag ein Buch auf einem Stuhl, daneben schlief eine Katze in einem Sessel. Im Raum roch es angenehm nach einem guten Mittagessen. Unweigerlich meldete sich Fridas Magen. Wenn sie mit Markmann gesprochen hatten, würde sie Bootz vorschlagen, einen Stopp beim Asiaten zu machen.

Die Frau nahm das Buch hoch, setzte sich auf den Stuhl und zeigte auf die braune Couchgarnitur. Frida ließ sich auf dem Sofa nieder. Bootz warf einen skeptischen Blick auf die schlafende Katze und blieb an der Tür stehen.

»Frau Markmann ...«, begann Frida.

»Evers«, fiel sie ihr ins Wort. »Rieke Evers. Jens ist mein Bruder.«

»Um ihn geht es auch. Ist er zu Hause?«

Rieke Evers hob ihren Kopf, ein unschlüssiger Blick. Sie legte das Buch auf die Fensterbank. »Sie können nicht mit ihm sprechen.«

Frida spürte, dass Bootz sich hinter sie stellte. »Das kann er doch selbst entscheiden.«

»Kann er eben nicht ...« Ihre Stimme übertrug eine zurückhaltende Gereiztheit.

»Wie meinen Sie das?« Fridas Ton war keinen Deut freundlicher. Das Abwehrverhalten von Angehörigen ging ihr auf die Nerven. Erst Fenja Johannsen, die ihren Mann schützte, nun die Schwester von Jens Markmann.

Rieke Evers dachte nach, stand auf und setzte sich in Bewegung. »Kommen Sie mit!«

Bootz ließ Frida den Vortritt, als sie der Frau in einen Raum am Ende des Ganges folgten. Der Essensgeruch verschwand, wurde von dem eines Desinfektionsmittels vertrieben. Sie traten in ein taghelles Zimmer. Rieke Evers blieb neben einem Pflegebett stehen, in dem ein Mann lag. Sein Kopf war zur Seite gefallen, der Blick ging zur Wand. Er reagierte nicht auf sie, obwohl seine Augen offen waren. Frida ging näher, wollte ihn ansprechen und starrte auf seine Hände, die unterhalb des Kinns lagen, zusammengekrümmt wie bei einem Krampf. Sie wich abrupt zurück, als sie erkannte, dass der Mann wach war und doch nicht anwesend.

Sie prallte gegen Bootz. Reflexartig griff er nach ihr, damit sie nicht stolperte. Auf den Anblick in diesem Bett war sie nicht vorbereitet gewesen. Bootz sah sie fragend an und ließ sie erst wieder los, als sie nickte.

»Er liegt seit einem Unfall vor zwei Jahren im Wachkoma.« Rieke Evers ging zu ihrem Bruder, streichelte ihm zärtlich übers Gesicht und wischte ihm einen Speichelfaden vom Kinn.

»Ein Unfall?«, fragte Fridas Kollege.

»Verkehrsunfall. Er wurde eines Abends hier vorm Haus von einem Fahrzeug erfasst und einfach liegengelassen.« Ein Schatten lag auf ihrem Gesicht. »Die Kopfverletzungen waren so schwer ...« Sie atmete tief ein. »Seitdem ist er nicht mehr ansprechbar.«

»Und Sie dürfen ihn in diesem Zustand zu Hause pflegen?«, fragte Frida ungläubig.

»Ich bin Krankenschwester, habe für die Pflege meines Bruders meinen Job gekündigt.« Sie sah ihn liebevoll an. »Jens hat Vorrang.«

»Besteht denn noch die Hoffnung, dass ...«, begann Bootz und wusste nicht, wie er sich ausdrücken sollte.

»Dass er wieder zurückkommt?« Rieke Evers verharrte neben dem Bett, dann sah sie Frida in die Augen. »Wer die Hoffnung aufgibt, hat längst verloren.«

Bootz ging als Erster hinaus, Frida folgte ihm in den Flur. Sie wollte nur noch raus aus dieser Wohnung. Der Anblick des Komapatienten war fast schlimmer für sie gewesen als der des Erhängten. Ein Tod auf Raten, dachte sie. Was war das für ein Leben? Für ihn und für seine Schwester, die sich für ihn aufopferte.

Frida blieb in der Wohnzimmertür stehen. »Frau Evers, wir müssen Sie darauf hinweisen, dass Ihr Bruder möglicherweise ...« Sie stockte, was sollte sie sagen: in Lebensgefahr ist? »... bedroht werden könnte.«

»Bedroht?« Ein ungläubiges Schnaufen.

»In den nächsten Tagen wird ein Streifenwagen vor der Tür stehen. Wenn Ihnen etwas komisch vorkommt oder jemand in die Wohnung eindringen will, machen Sie sich bei den Kollegen bemerkbar.«

»Worum geht's denn eigentlich?«

»Ihr Bruder hat vor einigen Jahren als Zeuge in einem Mordfall ausgesagt.«

»Ja, beim Prozess gegen Cord Johannsen, diesem Dreifachmörder!«

»Auf zwei andere Zeugen wurden Anschläge verübt, deshalb müssen wir sichergehen, dass Ihr Bruder in Sicherheit ist.«

»Was denn für Anschläge?« Die Krankenschwester hob die Augenbrauen. »Da hat sich vielleicht jemand einen Scherz erlaubt.«

Bootz mischte sich ein. »Wir haben zwei tote Männer und da draußen einen Täter, der es möglicherweise auch auf Ihren Bruder abgesehen hat. Bitte nehmen Sie unsere Warnung ernst!«

Die Frau lächelte nicht mehr, ging zum Sessel, nahm die Katze auf den Arm und setzte sich. »Ich weiß, dass Sie nur Ihren Job machen, aber Sie haben es doch gerade gesehen. Schlimmer kann es nicht mehr kommen.«

☦

»... und der dritte Zeuge, Jens Markmann, liegt seit zwei Jahren im Wachkoma.« Haverkorn hörte Frida zu, die ihn am Telefon über den neuesten Ermittlungsstand informierte.

Er saß an seinem neuen Schreibtisch beim LKA Kiel, ihm gegenüber Sonja Berger, die in eine Kopie der Vermisstenakte vertieft war. Über ihrer Nasenwurzel bildete sich eine kleine Falte, wenn sie nachdachte. Beinahe so schön wie das Grübchen.

»… Bist du noch da?«, fragte Frida.

»Ja, na klar. Dann habt ihr jetzt Polizeischutz für den dritten Zeugen vor der Tür stehen«, versuchte er sich an den letzten Satz zu erinnern.

»Ja, erst mal für zwei Nächte. Wahler will das dann neu entscheiden. Er denkt, dass einem Schwerkranken wie ihm keine Gefahr droht.«

»Das ist ja auch nicht von der Hand zu weisen.« Haverkorn drehte sich im Bürostuhl nach links, beugte sich nach vorn und angelte seinen Stift vom Schreibtisch. Er notierte sich die Namen, die Frida ihm genannt hatte. Konnte ja nicht schaden, auf dem Laufenden zu bleiben. »Du, ich habe heute mit Henni gesprochen. Was diese afrikanischen Stühle angeht.« Er erzählte ihr vom Diavortrag seiner Tochter im Herbst und dass sie eine Namensliste des Abends erstellen würde. »Vielleicht lässt sich rekonstruieren, wer an dem Abend in der Sporthalle war.«

»Super, Bjarne, danke! Ich rufe Henni an und informiere dich, wenn es was Neues gibt. Und bleib in Deckung, ja?«

Haverkorn legte den Hörer auf und atmete hörbar aus.

Sonja blickte von ihrer Akte auf, sah ihn an, fragte jedoch nichts. Sie überließ es ihm, ob er sie aufklären wollte.

»Der letzte Fall, an dem ich beteiligt war, kocht gerade hoch. Es gibt ein weiteres Opfer.«

Seine Kollegin lehnte sich in ihrem Stuhl zurück. »Willst du darüber reden?«

Er schenkte sich Kaffee in einen Becher und erzählte von

den beiden Erhängten mit dem Pappschild um den Hals, von den Stühlen auf seiner Terrasse und vom Dreifachmord, in dessen Prozess er ausgesagt hatte. »Ich frage mich die ganze Zeit, ob da etwas dran ist. Ob diese Zeugen damals wirklich gelogen haben. Und wenn ja, was das für das Urteil bedeuten würde ...« Er sah ihr in die Augen. »... und vor allem für den Verurteilten. Was ist, wenn da wirklich ein Unschuldiger fünfzehn Jahre für eine Tat gebüßt hat, die er nicht begangen hat?« Ein Ziehen in seinem unteren Rücken, er verlagerte sein Gewicht nach vorn. Die Rückentabletten hatte er natürlich zu Hause vergessen.

Sonja hatte interessiert zugehört. »Das beschäftigt dich sehr, oder?« Sie lehnte sich zurück, nahm eine entspannte Haltung ein. »Vor ein paar Jahren habe ich auch vor Gericht ausgesagt. Ein Vergewaltigungsfall. Am Ende stand Aussage gegen Aussage. Der Täter war eiskalt. Wie er da in der Anklagebank saß, ganz schick im Anzug, mit diesen unschuldigen blauen Augen. Und er nutzte diese Bühne für seine Vorstellung. Das Opfer war mit den Nerven am Ende. Die Frau war bei ihrer Aussage fahrig, widersprach sich immer wieder, wenn der Verteidiger ihr Fragen stellte.« Sie atmete tief durch. »Du ahnst sicher, wie es ausging. Der Angeklagte wurde in dubio pro reo freigesprochen. Sein Opfer war danach lange in Therapie, konnte nicht mehr arbeiten gehen.«

»Schlimm, wenn ein Schuldiger freikommt. Keine Frage. Aber ist es nicht noch schlimmer, wenn ein Unschuldiger für lange Zeit durch ein Fehlurteil hinter Gittern sitzt und ...«

»Ein paar Jahre später haben wir diesen Typ wieder verhaftet«, unterbrach sie ihn. »Da war ich gerade frisch in der Mordkommission. Ich hab ihn sofort wiedererkannt. Er mich nicht ...« Ein Lächeln, das Wasser gefrieren lassen konnte. »Dieses Mal hatte er sein Opfer nach der Vergewaltigung zum Schweigen gebracht, um die Tat zu verdecken. Aber er hatte seine DNA an der Leiche hinterlassen. Aus der Nummer kam er nicht mehr raus.«

Haverkorn verstand, dass wohl jeder Polizist eine solche Geschichte hatte, die ihn nicht ruhig schlafen ließ. »Wurde er verurteilt?«

»Ja, auch in diesem Prozess habe ich gegen ihn ausgesagt. Er bekam lebenslänglich wegen Mordes. Aber ich frage mich trotzdem, ob wir den Tod der Frau hätten verhindern können, wenn unsere Ermittlungsergebnisse im ersten Fall eindeutiger gewesen wären. Ob wir hätten mehr tun können, damit er nicht davonkommt.« Sonja stand auf und trat ans Fenster. Das Licht des Februartages ließ ihr Gesicht weicher wirken, machte kleine Fältchen an ihren Augen sichtbar. Plötzlich strahlte sie eine Verletzlichkeit aus, die seinen Beschützerinstinkt weckte. Und er hatte das Gefühl, sie in den Arm nehmen zu wollen. Sie drehte sich zu ihm um. Die Luft zwischen ihnen schien sich aufzuladen.

Haverkorn senkte den Blick und malte Kringel in sein Notizbuch, um sie nicht ansehen zu müssen. »Glücklicherweise müssen wir nicht entscheiden, ob jemand schuldig ist oder nicht schuldig«, sagte er und blickte kurz hoch. »Ich möchte mit keinem Richter tauschen, der eine solch weitreichende Entscheidung treffen muss.«

»Was würde es für dich bedeuten, wenn der Mann unschuldig ist?«, fragte Sonja und legte ihren Finger in seine offene Wunde. Seit er sich auf den Weg nach Kiel gemacht hatte, beschäftigte ihn genau das. Was, wenn Cord Johannsen nicht der Mörder seiner Frau und seiner zwei Söhne war? Da draußen brachte jemand Menschen um, bezichtigte sie einer Lüge, die einen anderen fünfzehn Jahre seines

Lebens gekostet hatte, wenn sie tatsächlich eine solche war. »Ich weiß es nicht. Meine Aussage hat unsere Ermittlungsergebnisse wiedergegeben. Ohne die Aussagen der Zeugen wäre er vielleicht nicht verurteilt worden.« Er seufzte. »Aber ob das mein Schuldgefühl lindert, wenn er unschuldig ist, weiß ich nicht.«

Sie stand auf und stellte sich neben ihn. »Denkst du, dass du dich auf den Fall hier konzentrieren kannst?«

Haverkorn streckte die Schultern durch und nahm die Fallakte zur Hand. Genug der Sentimentalitäten. »Es ist gut, dass ich hier eingesetzt bin. Mein Team wird sicherlich bald wissen, was da wirklich los ist. Vorher bringt es nichts, sich über ein Was-wäre-wenn Gedanken zu machen. Lass uns loslegen.« Er wagte einen Blick in ihre Augen. »Oder brauchst du noch einen Moment?«

Sonja blinzelte verräterisch und setzte sich an ihren Schreibtisch. »Bereit, wenn Sie es sind.«

Sie mag Thomas Harris, dachte er. Auch das noch!

✝

Bootz kratzte mit den Stäbchen die letzten Nudeln aus dem Pappkarton, während er etwas auf seinem Computerbildschirm las. Er hatte darauf bestanden, im Büro zu essen, weil er sofort weiterarbeiten und nicht die Zeit für eine Mittagspause vertrödeln wollte. Auf der einen Seite imponierte Frida sein Tatendrang, auf der anderen hätte sie bei einem gemeinsamen Mittagessen gern mehr über ihn erfahren.

Warum eigentlich, fragte sie sich im nächsten Moment und faltete den Deckel der halb leeren Asia-Schachtel zu, weil sie satt war. Er war ein neuer Kollege, der nicht viel Interesse an ihr als Person zeigte. Wurmte sie das? War es das, dass sie unbedingt mehr über ihn wissen wollte? Weil er sie ignorierte?

»Und es gab nie eine Spur zur Mordwaffe?«, fragte er, immer noch hinter dem Bildschirm.

»Soweit ich weiß, nein!« Dachte er schon wieder über diesen alten Fall nach? Sie hatten zwei frische Leichen, und er stocherte in einem Altfall herum, der seit fünfzehn Jahren geschlossen war.

»Weißt du, wo die Asservate des Falls aufbewahrt werden?«

Frida zuckte die Schultern. »Steht wahrscheinlich in der Akte.«

Kurzes Schweigen. »Holst du sie mir mal?«

Sie lehnte sich entnervt zurück. »Bin ich deine Assistentin?«

Er blickte endlich vom Bildschirm auf. »Ich hatte nur so eine Idee, will was in der Akte checken.«

»Sie liegt da drüben auf dem Sideboard«, sagte Frida, machte aber keine Anstalten aufzustehen.

Ein schiefes Grinsen. »Bist du immer so schlecht gelaunt, wenn dir das Essen nicht schmeckt?«

Sie hielt den Blickkontakt. »Gehst du immer davon aus, dass alle springen, wenn du es willst?«

Bootz stand auf und kippte das Fenster an. Dann nahm er sich die Altakte vom Sideboard, blätterte eine Weile darin herum, las etwas, blätterte weiter. Plötzlich hob er den Kopf, stellte sich neben Frida und legte die Akte geöffnet auf ihren Schreibtisch.

Sie sah auf die vor ihr liegenden Seiten. Er war bei den Zeugenaussagen aus dem Jahr 2005. »Was gefunden?«

»Alle drei Zeugen haben identisch ausgesagt, dass Cord Johannsen in die private Jagdhütte, die einem der Zeugen gehörte, gekommen ist und ihnen dort in ziemlich angetrunkenem Zustand vom Streit mit seiner Frau berichtet hat. Er hätte weinend von seiner Schuld gesprochen. Mist, dass die Tatwaffe nie mehr irgendwo aufgetaucht ist.«

»Ja, leider!«

»Eine Mauser 18 Repetierbüchse, die, wie Johannsen später erklärte, aus seinem Wagen entwendet wurde, als er die Tiere versorgte. Noch bevor er zum Frühschoppen in Henner Schwartz' Jagdhütte gefahren ist. Das war eine reine Schutzbehauptung, sagten alle drei Zeugen aus. Denn sie hätten das Gewehr nach der Tat in seinen Händen gesehen.«

Frida sah zu ihm hoch. »Ja, weiß ich ... und?«

»Auffällig ist, dass diese Aussagen beinahe im selben Wortlaut gemacht worden sind. Hier bei Visser ...« Er zeigte auf eine Stelle. »Er hat sich von einer Last erlöst gefühlt ... und zwei Seiten weiter ...« Bootz blätterte um. »... wieder derselbe Wortlaut bei Markmann. Schwartz hat nur ein Wort eingeschoben.« Er suchte die Stelle. »... Er hat sich von einer *großen* Last erlöst gefühlt.«

»Vielleicht hat es Johannsen mit diesen Worten beim Frühschoppen gesagt!«

Bootz sah sie an. »Wenn du etwas wiedergibst, was wir hier besprochen haben, benutzt du dann dieselben Worte wie ich? Sehr unwahrscheinlich. Und fast ausgeschlossen, dass drei Personen in ihren Vernehmungen das Gesagte identisch wiedergeben.«

»Du denkst, sie haben sich abgesprochen, was sie aussagen? Und damit es glaubhaft wird, haben sie es auswendig gelernt? Was hätten sie sich davon versprechen sollen?«

»Alle drei Zeugen waren Junggesellen, Mitglieder im Jagdverein. Johannsen war der Einzige in der Runde, der verheiratet war. Schwartz hatte zwar eine kleine Dachdeckerfirma, aber dennoch war Cord Johannsen der Einzige mit eigenem Gehöft.« Bootz zuckte die Schultern. »Vielleicht war es ein geplanter Rachefeldzug. Oder es war ganz einfach purer Neid, keine Ahnung!«

Ihr Kollege verschränkte unzufrieden die Arme, sah aus dem Fenster in Richtung der St.-Laurentii-Kirche, deren Umrisse im trüben Regendunst verschwammen. »Und noch etwas ist mir aufgefallen. Thies Johannsen hat überhaupt nichts zu dem Mord ausgesagt.« Bootz blätterte zu den Fotos eines Jungen, der gewisse Ähnlichkeit mit dem Mann hatte, den sie heute getroffen hatten. Er war ein hübsches hellblondes Kind gewesen, aber sein Blick war genauso abweisend wie heute auf dem Gestüt. »Ich habe auch einige Presseartikel von damals gelesen. Thies Johannsen hat nie etwas zu der Tat gesagt, auch nicht als Erwachsener. Und er war damals auch nicht im Gerichtssaal anwesend.«

Worauf wollte Bootz hinaus? »Ist doch logisch, oder?« Frida sah ihren Kollegen an. »Der Junge hatte ein Trauma! Seine Mutter und die zwei älteren Brüder sind brutal umgebracht worden. Sein eigener Vater hat diese Bluttat verübt. Er selbst ist nur ganz knapp entkommen!« Allmählich dämmerte es ihr, in welche Richtung seine Gedanken gingen. »Seine Tante hat heute erzählt, dass er danach jahrelang in Therapie war. Dieser Tag hat ihn für sein Leben gezeichnet!«

Bootz setzte sich und lehnte sich im Bürostuhl zurück, legte die Hände in den Nacken. So saß auch Haverkorn immer da, wenn er nachdachte. »Hat damals mal jemand Thies Johannsen als Täter in Betracht gezogen?«

»Was?« Frida spürte, wie Hitze in ihr aufstieg. Wie konnte er einen Achtjährigen mit einer solchen Tat in Verbindung bringen? Sie stand auf und ging ans angekippte Fenster, nahm ein paar tiefe Atemzüge. Dann drehte sie sich um und lehnte sich an die Fensterbank und sah Bootz an. »Wie kommst du auf so einen Mist?«

»Überleg doch mal! Wenn jemand da draußen die Zeugen der Anklage umbringt, weil sie damals wirklich im Gericht gelogen haben, dann ist Cord Johannsen unschuldig in den Knast gegangen.«

»Ja, wenn ...«, erwiderte sie schwach. Sie hatte auch schon darüber nachgedacht, dass vielleicht der Falsche hinter Gittern saß. Aber nicht an die Konsequenzen. Dass der Täter noch da draußen war.

»Die Mordwaffe war die Büchse von Cord Johannsen, die bis heute verschwunden ist. Der Bauer hatte Schmauchspuren an den Händen, als er verhaftet wurde. Weil er, wie er aussagte, in der Nacht vorher damit auf Jagd war.«

Frida nickte. »Ganz genau.«

»Wer, außer dem Vater, hätte an dieses Gewehr kommen können?«

»Du spinnst!« Ihr Einwand wurde schwächer. Objektiv betrachtet war es möglich.

Bootz blätterte wieder in der Akte. »Hat man den Jungen auf Schmauchspuren untersucht? Ich finde hier nichts. Sie haben ihn mitgenommen, gewaschen und später mit einer Kinderpsychologin zu seinem Onkel gebracht, wo er geblieben ist. Auch seine Kleidung taucht nirgendwo als Beweismittel in der Akte auf.«

»Er kam direkt aus der Güllegrube«, sagte sie. »Da hättest du eh keine Schmauchspuren mehr darauf sichern können.«

Ein Lächeln huschte über sein Gesicht. »Ganz genau!«

Sie war in seine Falle getappt. Verdammt! Aber er hatte recht. Damit hatte er sie beinahe überzeugt. Was er sagte, war ungeheuerlich. Aber es war nicht von der Hand zu weisen, dass auch ein Achtjähriger eine Waffe bedienen konnte. Vor allem, wenn sein Vater Jäger war und ihm der Umgang mit Gewehren vielleicht schon in diesem Alter vertraut gewesen war. Trotzdem, Frida wehrte sich gegen den Gedanken, dass Thies eiskalt seine Mutter und die beiden Brüder erschossen haben sollte.

Aber was, wenn Cord Johannsen wirklich unschuldig im Knast saß? Die Opfer hatten den Täter ganz nah an sich herangelassen. Das hatte die Auffindesituation der drei Leichen gezeigt. Und die Mutter hatte in der Tür gelegen, hatte dem Jüngsten vielleicht nach den Schüssen auf ihre Söhne hinterherlaufen wollen. Um ihn zur Raison zu bringen? Ihm die Waffe abzunehmen? Weil es ihr eigener Sohn gewesen war, der gerade geschossen hatte? »Ich glaube das nicht. Warum sollte er das getan haben? Drei Schüsse, seine beiden Brüder, dann seine eigene Mutter!«

»Wissen wir etwas über die Familiensituation?« Auch Bootz hatte vor Aufregung rote Flecken am Hals. »Vielleicht wurde er als Jüngster von den beiden Älteren gequält. Und die Mutter hat ihn nicht beschützt. Oder er war eifersüchtig auf seine Brüder. Es gibt viele Möglichkeiten, warum ein Achtjähriger so wütend oder verletzt sein könnte, dass er ein Ventil sucht, um dieses Gefühl loszuwerden.« Bootz ging wieder an den anderen Schreibtisch und setzte sich mit Schwung auf Haverkorns Stuhl, der beleidigt ächzte. »Und es wäre nicht der erste Mord eines Kindes. Sein Trauma könnte auch davon stammen, dass er selbst geschossen hat.« Er drehte sich zu Frida um, die noch am Fenster lehnte. »Hast du heute seine Hände gesehen, als du ihm die Nachricht von seinem Vater ausgerichtet hast?«

Sie zögerte. Auf die Hände hatte sie nicht geachtet. »Nein, ich habe ihm ins Gesicht geschaut!«

»Ja, das war das reinste Pokerface, ich weiß. Aber die Hände hatte er nicht unter Kontrolle. Sie haben angefangen zu zittern, bis er die Arme überkreuzt hat, um es zu verbergen.«

»Das kann aber auch heißen, dass ihn diese Nachricht einfach kalt erwischt hat.«

»Ja, natürlich! Das kann alles heißen.« Bootz blätterte wieder in der Akte und schwieg, während die Gedanken in Frida wirre Bahnen zogen. Er hatte etwas in ihr angestoßen, das sie nicht mehr losließ. Seine Theorie war völlig absurd … oder doch nicht?

»Ich finde nirgendwo, dass man die Güllegrube damals abgepumpt hat.«

»Was? Warum hätte man …« Sie stockte. »Scheiße, die Tatwaffe! Das wäre das perfekte Versteck für die Büchse gewesen.« Sie ging zu ihm, blickte über seine Schulter, als er den Bericht der Spurensicherung durchblätterte. Sein Parfum stieg ihr in die Nase, und sie richtete sich abrupt auf. Das war eindeutig zu viel Nähe.

»Hier ist nichts«, sagte er. »Wer könnte uns was dazu sagen?«

»Bjarne!« Frida ging zu ihrem Platz und wählte auf dem Smartphone Haverkorns Nummer.

»Frida, gibt's Neuigkeiten?«, fragte ihr Kollege in Kiel.

»Bisher nicht, aber ich habe eine Frage. Erinnerst du dich, ob damals auf dem Johannsenhof die Güllegrube abgelassen wurde?«

»Die Grube? Warum denn? Der Junge ist doch lebend da rausgekommen.«

»Dann hat man im Stall nicht nach der Tatwaffe gesucht?«

»Doch …« Ein langes Schweigen am anderen Ende. »Auch die Grube wurde mit langen Stangen abgesucht!« Er schwieg einen Moment. »Aber abgepumpt hat man sie meines Wissens nicht.«

»Ich danke dir! Ich melde mich wieder.« Sie drückte das Gespräch weg.

Bootz stand auf. »Ich gehe zu Wahler. Wir müssen noch mal auf den Hof. Mit der Spurensicherung.«

Kapitel 10

Im Konferenzraum war es still. Nur das Klirren eines Kaffeelöffels beim Umrühren war zu hören. Alle schauten Wahler an, der meditativ über ein Schriftstück gebeugt am Stirnende des Tisches saß. An Fridas Seite hatte sich Bootz wie selbstverständlich auf Haverkorns Platz niedergelassen. Sie hatte es hingenommen, weil es unsinnig gewesen wäre, den Platz eines Abwesenden zu verteidigen. Ihr gegenüber war der Stuhl von Henning Kuhns leergeblieben. Frida hatte nie sehr eng mit dem kürzlich in Pension gegangenen Kollegen zusammengearbeitet, aber jetzt fehlte er ihr doch. Sie nahm sich vor, ihn mal zu Hause zu besuchen, wenn sie in seiner Nähe war.

»Zwei Tote in zwei Tagen«, begann Wahler plötzlich und ließ seinen Rundumblick kreisen, konzentrierte sich wieder auf seine Notizen. »… und immer dieses Pappschild am Hals. Das LKA hat sich die Schriftproben vorgenommen. Die beiden Schilder am Hals der Toten und das Schild von Bjarnes Terrasse sind eindeutig mit derselben Handschrift geschrieben worden. Auch wenn sie offensichtlich vom Täter verstellt wurde, um uns auf eine falsche Fährte zu locken. Als Nächstes …«

»Was ist mit dem Inhalt der Nachricht?«, redete Bootz dazwischen und erntete einen vorwurfsvollen Blick von Wahler, der jedoch schwieg. Jeden anderen hätte er zurechtgewiesen und verlangt, ihn erst ausreden zu lassen. Sein

Buddy darf einfach so reinquatschen, dachten jetzt sicherlich einige der Kollegen. Frida sah es an ihren Gesichtern, aber niemand würde wagen, es laut auszusprechen.

»Worauf willst du hinaus?«, fragte der Leiter der Mordkommission.

»Na, die Aussage, dass die Zeugen bei ihrer Aussage vor Gericht gelogen haben. Sollten wir das nicht zuerst überprüfen? Es wäre ein starkes Motiv, das uns zum Täter führen kann.« Unter Bootz' kühler Miene brodelte es. Frida kannte ihren neuen Flügelmann noch nicht lange, aber so weit konnte sie ihn einschätzen. Das Motiv war nur der Einstieg zu seinem eigentlichen Thema. Gleich würde er die Bombe platzen lassen. Es war besser, wenn er zur Sprache brachte, was sie gerade hinter geschlossener Tür diskutiert hatten.

»Das können wir nicht mehr überprüfen, oder?« Wahler klang genervt. »Zwei der Zeugen sind tot, der Dritte liegt im Wachkoma und kann uns nicht antworten.«

»Und deshalb gehen wir der Botschaft dieser Schilder nicht nach?« Bootz warf seinen Stift auf den Tisch.

»Leonard, willst du das Meeting leiten?« Wahler stand auf und zeigte auf seinen Platz. »Komm, lass uns teilhaben an deinen Gedankengängen. Vielleicht sitzt du ja dort auf dem falschen Stuhl!« Der Ton war ruhig, aber seine Haltung mehr als angespannt.

Was ist denn das jetzt, dachte Frida überrascht. Die Blutsbrüder gehen aufeinander los? Ungläubige Blicke am ganzen Tisch. Niemand rührte sich. Keiner wollte den Showdown verpassen.

Bootz lehnte sich zurück, deutete ein Kopfschütteln an. Sein Hals war knallrot, so wütend war er über Wahlers Abfuhr. Aber das Meeting war noch nicht zu Ende.

Wahler setzte sich wieder und arbeitete seine Notizen ab.

Er konzentrierte sich auf die beiden Toten, deren privates und berufliches Umfeld, teilte Kollegen ein, um dort Befragungen durchzuführen. Klaus Behrens würde bei der Obduktion von Henner Schwartz hospitieren. »Das toxische Screening von Henk Visser ist noch nicht abgeschlossen«, erklärte Wahler. »Auch der Bericht der KT ist noch nicht bei mir gelandet. Die haben mit den zwei Tatorten eine Menge um die Ohren.« Er sah auf. »Fragen? Anmerkungen?«

»Was ist mit Thies Johannsen?«, meldete sich Klaus zu Wort. »Hätte er nicht auch ein Motiv für die Morde?«

Wahler nickte Frida zu, sie sollte etwas dazu sagen.

»Wir waren heute bei Thies auf dem Gestüt seines Onkels, weil wir ihm eine Nachricht seines Vaters überbringen sollten.« Sie brachte das Team über die Krebserkrankung von Cord Johannsen auf Stand und erzählte von ihrem kurzen Gespräch mit Thies. »Er hat total gemauert. Wir sollen seinem Vater ausrichten, dass er keinen Vater mehr hat. Dann hat er uns stehenlassen.«

»Kann ich verstehen«, raunte jemand.

»Warum sollte der Junge seinen Vater nach fünfzehn Jahren aus dem Knast holen wollen?«, fragte Anja. »Den Mann, der seine Familie erschossen hat?«

»Weil der bald stirbt«, gab Klaus zu bedenken.

»Das hat er erst heute von uns erfahren«, sagte Frida.

»Und das weißt du so genau, weil?«, fragte wiederum Klaus. »Vielleicht wusste er längst davon!«

»Cord Johannsen hat bestätigt, dass er seit Jahren keinen Kontakt mit seinem Sohn hat«, erklärte Frida. »Er hat lediglich ein Kinderbild von ihm. Und Thies ist jetzt Anfang zwanzig!«

»Das bringt doch alles nichts …«, versuchte Ricarda zu vermitteln.

Bootz schob seinen Stuhl zurück, stand auf und stützte seine Hände auf dem Tisch ab. »Was, wenn Thies damals seine Familie erschossen hat?«, fragte er laut. Jetzt hatte er die Bombe gezündet, alle Blicke lagen auf ihm. Frida zog den Kopf ein und sah zu Wahler, der Bootz einen eisigen Blick zuwarf, aber abwartete.

»Du meinst, als achtjähriger Junge?« Ricarda machte eine abfällige Bewegung mit der Hand. »So ein Quatsch!«

»Gehen wir doch mal davon aus, der Täter weiß etwas, was wir nicht wissen: dass die Zeugen damals im Prozess gelogen haben.« Bootz kam jetzt so richtig in Fahrt. »Dann sitzt Cord Johannsen unschuldig ein. Der einzige Zeuge, der wirklich auf dem Hof war, als die Bluttat verübt wurde, schweigt seitdem. Was, wenn *er* seine Mutter und die Brüder getötet hat? Und danach in die Güllegrube gesprungen ist, um die Schmauch- und Blutspuren an seinen Händen und Klamotten zu vernichten?«

Schweigen. Kopfschütteln.

»Das ist doch völlig an den Haaren herbeigezogen!«, sagte Ricarda.

»Wo ist die Tatwaffe?«, fragte Bootz weiter.

Die Kollegin hob die Hände, als hätte sie es mit einem begriffsstutzigen Kind zu tun. »Die ist nie wieder aufgetaucht, steht doch in der Akte!«

»Aber ein Eintrag fehlt darin.« Bootz setzte sein Siegerlächeln auf, setzte sich wieder hin. »Dass die Güllegrube abgepumpt und dort nach dem Jagdgewehr gesucht wurde.«

Eine stumme Detonation im Raum. Treffer versenkt, dachte Frida und applaudierte Bootz im Stillen.

»Ich möchte mit der SpuSi noch mal hin«, sagte Bootz und sah Wahler an. »Wir müssen die Güllegrube überprüfen.«

»Das wird nicht passieren«, sagte Wahler. »Der Johannsen-Mord ist Geschichte. Der Schuldige wurde rechtskräftig verurteilt. Ob mit oder ohne Tatwaffe. Die Akte bleibt geschlossen, verstanden?«

Frida wartete auf den zweiten Akt. Jetzt würde es richtig lustig werden. Sie sah Bootz an, in ihm arbeitete es. Aber er schwieg, nahm den Stift vom Tisch und ließ ihn in der Hand wippen. Sie konnte es nicht fassen: Er widersprach Wahler nicht? Machte sich nicht stark für seine Theorie, die nicht von der Hand zu weisen war? Er knickte einfach so ein, weil Wahler es verlangte?

Bootz warf ihr einen gekränkten Blick zu, hielt ihrem nicht stand, sah weg.

»Das sind doch höchstens ein oder zwei Stunden«, legte sie selbst nach. »Dann wissen wir wenigstens, ob die Waffe in der Grube liegt. Vielleicht gibt es noch ein paar Erkenntnisse zum Tatgeschehen von damals. Und wir wissen dann, ob die Zeugen wirklich gelogen haben.«

Ihr Chef zeigte sein Kataloglächeln. »Na, das nenne ich doch mal eine schnelle Teambildung! Bjarne hat wirklich ein gutes Gespür für so was.« Er wurde ernst. »Frida, du kannst gern in deiner Freizeit in die Güllegrube klettern und in der Scheiße von damals wühlen. Aber hier und jetzt ist das Thema beendet. Wir werden nicht die Büchse der Pandora öffnen und einen Justizskandal riskieren. Die Fallakte Johannsen ist und bleibt geschlossen. Das ist mein letztes Wort!«

Frida war durchgefroren, als sie in den Golf stieg, den Motor startete und die Heizung hochdrehte. Bootz setzte sich neben sie und rieb sich die Hände. »Scheiß Kälte!« Sie hatten den Rest des Tages im Umkreis des zweiten Tatortes Anwohner befragt, ob diese am Tatabend etwas Verdächtiges in der Nähe des Reetdachhauses gesehen hatten. Fehlanzeige, wie so oft. Viel Arbeit, kein Ergebnis. Der Job war nur selten die spannende Ermittlerarbeit, wie der sonntägliche Tatort es offerierte. Den ganzen Schreibkram und das Klinkenputzen ließ man dort einfach unter den Tisch fallen, zeigte nur die Highlights, die die Quote brachten.

»War's das dann?« Ihr Kollege checkte sein Handy, steckte es wieder ein. »Kurz vor acht. Bekommen wir irgendwo was zu essen?«

»Gibst du immer so schnell auf, wenn Wahler eine andere Meinung hat?«, fragte sie, was ihr den ganzen Nachmittag keine Ruhe gelassen hatte.

Er antwortete nicht, starrte durch die Scheibe ins Nichts.

Frida schnallte sich an und fuhr los, fädelte sich auf der Hauptstraße in den Verkehr ein. »Ich will heute Abend noch mal auf den Johannsenhof, kommst du mit?«

»Du willst in die Grube?«, fragte er, bevor er hektisch mit dem Arm zu winken begann, als sie an der bunten Lichtinsel eines Dönerladens vorbeifuhren.

»Wir essen bei mir zu Hause, bist eingeladen. Die Gummistiefel gibt's gratis. Danach fahren wir noch mal zum Hof. Ich will wissen, was in dieser Grube liegt.«

»Oh Mann!« Sie hörte an seiner Stimme, dass er lachte. »Wahler wird uns grillen!«

Die Scheinwerfer entgegenkommender Fahrzeuge huschten über sein Gesicht, als sie ihn kurz ansah. Klang so, als wäre er nicht abgeneigt. Sie dachte an Torben, und dass er sich den Abend mit ihr sicherlich anders vorstellte. Ihr schlechtes Gewissen fühlte sich wie ein eisiger Block in ihrem Magen an. Aber sie wusste, dass sie keine Ruhe finden würde, bevor sie die Güllegrube oder das, was noch davon übrig war, umgegraben hatten. »Wahler hat doch heute selbst gesagt, ich soll in meiner Freizeit in der Scheiße waten. Klang wie eine Aufforderung, findest du nicht?«

»Jetzt weiß ich, warum Wahler sagte, ich solle dich im Auge behalten, während Haverkorn nicht da ist.«

So ist das also, dachte Frida. »Das kannst du gern machen, wenn du dabei einen Spaten hältst.«

Kurz darauf fuhren sie auf den Paulsenhof. Vor dem Boxclub parkten die üblichen Verdächtigen und zwei Wagen mit Hamburger Nummernschild. Frida dachte daran, hinüberzugehen und Bootz den Club zu zeigen. Aber sie hatte Hunger. Ihr Vorhaben würde sicherlich auch noch ein paar Stunden in Anspruch nehmen. Sie nahm ihn mit ins Haus, hängte den Parka an einen Haken in der Diele. Aus der Küche hörte sie Stimmen.

Bootz zog seine Lederjacke aus, hängte sie auf Fridas Parka und sah sich neugierig um.

Frida ging voraus. »Komm, ich stelle dich meiner Familie vor!«

Am Küchentisch saßen ihr Vater, Torben und Milan bei einem Bier. Ihre Mutter war mit dem Setter Bruno wahrscheinlich in der Stube auf der Couch, Cat, der Naseweis, in ihrem Bauwagen.

»Darf ich euch Leonard Bootz, unseren Neuzugang im Team, vorstellen?«, sagte sie laut und hatte sofort die Aufmerksamkeit der Männerrunde.

Bootz ging zum Tisch, klopfte einmal kräftig aufs Holz. »Sagt einfach Leo, das passt schon.«

Die Männer stellten sich kurz vor, und Milan rutschte auf der Bank nach hinten, damit der Gast sich setzen konnte. Kam es Frida nur so vor oder hatte Torben Bootz länger gemustert als nötig?

»Was gibt's zu essen?«, fragte sie und schaute in die

Töpfe. Ihre Mutter hatte Labskaus gemacht, das typische Seemannsgericht aus Kartoffeln, Rindfleisch und Roter Bete, das aus der norddeutschen Küche nicht wegzudenken war. Sie nahm eine Pfanne vom Haken und holte Eier aus dem Kühlschrank.

Am Tisch hatten die Männer ein lebhaftes Gespräch begonnen. Sie lachten zusammen, und ihr kam es so vor, als hätte Bootz hier schon immer mit ihnen am Tisch gesessen.

Als sie den Topf mit dem Labskaus zum Tisch brachte, wuselte Bruno um ihre Beine. Ihre Mutter kam in die Küche und stellte sich sofort an die Eierpfanne. Wenn ein Gast im Haus war, stand Marta am Herd. So war das hier im Haus schon immer gewesen. Sie schob ihre Tochter neben Bootz auf die Eckbank, stellte die Eierpfanne auf den Tisch und einen Teller mit Matjesfilets dazu.

»Ich hab noch einen Baustrahler drüben im Club«, sagte Milan. Bootz hatte die Männer längst in ihr Vorhaben eingeweiht.

»Welche Schuhgröße hast du?«, fragte Torben.

»Sechsundvierzig.« Bootz schaufelte sich eine solch riesige Labskausportion in den Mund, als hätte er seit Tagen nichts Anständiges gegessen.

»Dann kannst du meine Gummistiefel nehmen.«

Frida sah Torben dankbar an.

Er zwinkerte ihr zu. In dem Moment fiel ihr ein, dass er die erste Therapiestunde mit dem Physiotherapeuten gehabt hatte. Scheiße! Sie hatte ihn anrufen und nachfragen wollen. Das würde sie später machen, wenn sie allein waren.

»Ihr könnt meinen Bulli nehmen, um alles zu transportieren«, bot der Boxtrainer an.

»Wir fahren einfach mit«, sagte Fridas Vater. »Dann seid ihr schneller fertig, wenn wir alle mit anpacken.«

Frida sah Torben an, der erstarrt war. Sie wusste, was er dachte. Dass er, der Krüppel, nicht würde helfen können. »Nein, ihr bleibt hier. Das ist eine dienstliche Angelegenheit, da haben Zivilisten nichts verloren. Wenn da was schiefgeht, versetzt mein Chef mich in die Asservatenkammer.« Sie erzählte nicht, dass er das sowieso machen würde, wenn er von der Aktion heute Abend Wind bekam. Was, wenn sie die Tatwaffe in der Grube tatsächlich fanden? Wie würde Wahler darauf reagieren? Dann würde die Fallakte Johannsen aufgrund eines neuen Beweismittels wieder geöffnet werden müssen. Er würde sie vor der versammelten Mannschaft in den Boden stampfen.

Frida aß schweigend, während die Männer über den Boxclub redeten. Bootz war sehr interessiert, wollte am Wochenende wiederkommen und sich von Milan alles zeigen lassen. Torben saß ruhig daneben, war mit den Gedanken ganz woanders. Sie hätte gern ein paar Minuten mit ihm allein verbracht und ihn nach seinem Tag gefragt. Aber es war schon kurz vor neun Uhr. Sie mussten aufbrechen, wenn sie vor Mitternacht fertig werden wollten.

Sie stellte ihren Teller in die Spüle. Auch Bootz stand vom Tisch auf und sah Marta an, die neben Fridtjof saß. »Das war richtig gut! Hausmannskost hatte ich lange nicht mehr. Danke!«

Er ging mit Milan und Fridas Eltern nach draußen, um die Gerätschaften und Gummistiefel in den Bulli zu laden.

Torben war in der Küche geblieben. Er stand auf, stellte sich hinter Frida und umarmte sie.

Sie drehte sich um, legte ihr Gesicht an seinen Hals und schlang die Arme um seinen Körper. Sein Geruch war vertraut wie eine warme Decke, in die sie sich hüllte. »Wie war heute der Termin?«, flüsterte sie.

Er antwortete nicht sofort. »Tugay, der Physiotherapeut, ist in Ordnung. Er hat gute Ideen.«

Sie löste sich von ihm und entdeckte seine Sorgenfalte zwischen den Augenbrauen, die in den letzten Wochen eine tiefe Furche hinterlassen hatte. »Das ist doch super! Hat er eine Prognose abgegeben?«

»Hör auf damit!«, sagte Torben und löste sich von ihr. Er konnte den Ärger in der Stimme kaum zügeln. »Ich bin und bleibe ein Krüppel, begreif das endlich! Vielleicht kann ich in ein paar Monaten wieder das Besteck halten. Aber ganz sicher kein Skalpell!«

Frida wurde nun auch wütend. »Vielleicht wirst du nie wieder in deinem Job arbeiten können. Aber du lebst, verdammt noch mal! Dieser Unfall hätte ganz anders ausgehen können! Du hättest tot sein können oder Gehirnblutungen davontragen, im Koma liegen ...« Sie hatte das Bild des Wachkomapatienten vor Augen und spürte ihre Tränen aufsteigen. »Du bist hier! Und jetzt kämpfe endlich und hör auf, dich zu bemitleiden! Wenn es nur ein Prozent Hoffnung gibt, dass du je wieder ein Skalpell führen kannst, dann nutze sie.«

Sie starrten sich an. Torben atmete schwer, erwiderte jedoch nichts. Frida hatte gar nicht so laut werden wollen, aber sie konnte es nicht mehr ertragen, dass er sich in Selbstmitleid suhlte.

»Störe ich?« Bootz stand in der Tür. »Wir haben alles eingeladen. Von mir aus können wir los.«

Frida berührte Torben am Arm, um einzulenken. Er reagierte nicht, stand da wie ein trotziges Kind, konnte ihr nicht in die Augen sehen. Bootz wartete in der Diele. Er hatte garantiert registriert, dass er in einen Streit geplatzt war.

Frida folgte ihrem Kollegen schweigend nach draußen und versuchte, sich ihre Enttäuschung nicht anmerken zu lassen. Wie sollte es mit Torben weitergehen, wenn er selbst die Hoffnung, gesund zu werden, verloren hatte?

†

Der dicke Hotelteppich schluckte Haverkorns Schritte, als er zum Zimmer von Sonja ging, um sie zum Abendessen abzuholen. Nummer 222, rechte Seite, letztes Zimmer. Sie wohnte für die nächsten Wochen nur eine Tür weiter. Räumliche Distanz, die dennoch zu nah war, um sie zu ignorieren.

Das LKA hatte sie in einem Kieler Mittelklassehotel im Stadtinneren untergebracht. Einem dieser stereotypen Häuser, in dem man sich beim Frühstück freundlich ignorierte, in der Hoffnung, doch noch ein Stück der Privatsphäre zu behalten, die man an der Rezeption gegen die Zimmerkarte getauscht hatte. Heute Abend hatte Vollmer sie zum Essen eingeladen, um sie am ersten Abend in Kiel nicht völlig allein zu lassen. Vielleicht aber auch, um zu schauen, wie sein neues Team bisher miteinander harmonierte. Damals, als er noch die Mordkommission in Itzehoe geführt hatte, war es ihm wichtig gewesen, dass die Teamsynapsen reibungslos funktionierten. Anders als Wahler, der von vornherein davon ausging, dass das Team gut miteinander arbeitete, ob sich die Ermittler privat ausstehen konnten oder nicht. Zwistigkeiten der Kollegen hatten nach seinem Dafürhalten außerhalb des Büros zu bleiben. Wie auch private Beziehungsgeschichten. Dass Frida mit dem Rechtsmediziner etwas angefangen hatte, gefiel ihm nicht, aber die Hamburger Rechtsmedizin war polizeiextern. Ein Grenzfall, den er einfach ignorierte, solange Frida ihren Job ordentlich machte.

Vor der Zimmertür seiner neuen Kollegin blieb Haverkorn stehen, hörte eine gedämpfte Stimme dahinter, verstand nur Wortfetzen. »... Hör endlich auf mit diesen Vorwürfen!«, sagte Sonja laut. War jemand bei ihr im Zimmer? Er lauschte, wartete auf die Antwort, die jedoch nicht kam. Dann telefonierte sie offensichtlich.

»Du kannst nicht einfach ...« Etwas polterte auf dem Gang, und er hörte nicht, was sie ihrem Gesprächspartner vorwarf. Hätte ihn schon interessiert, aber er wollte sie nicht belauschen. Was sollte er tun? Sie war verärgert. Sollte er jetzt wirklich klopfen?

»Warum quälst du mich so ...? Ich ...«
Stille hinter der Tür.

Haverkorn hob die Hand, um anzuklopfen, entschied jedoch, ihr ein paar Minuten zu geben, um dieses Telefonat zu verarbeiten. Es wäre ihr sicherlich unangenehm gewesen, dass er ungewollt zugehört hatte. Er wollte sie nicht in Verlegenheit bringen, etwas erklären zu müssen. Der Kriminalhauptkommissar nahm die Treppe zur Rezeption und setzte sich in einen der aus den Jahren gekommenen Ledersessel, der aber wunderbar bequem war, und wählte Hennis Nummer.

Seine Tochter nahm nach dem dritten Klingelton ab.
»Na Papa, wie ist es in Kiel?«
»Sehr gut, danke! Nette Kollegen. Ich bin gleich mit ihnen zum Essen verabredet.« Hoffentlich fragte sie nicht nach. Sie hatte eine Art nachzubohren, wenn er über etwas nicht reden wollte. Wie heute über Sonja.

»Das ist gut! Ich hab gar keine Zeit zum Quatschen. Eine ehemalige Kollegin ist gerade zu Besuch. Wir kochen zusammen.«

»Oh, toll! Dann will ich nicht stören.« Er freute sich,

dass Henni nicht allein war. Soziale Kontakte waren rar gewesen, seit sie von Itzehoe aufs Dorf gezogen waren. »Viel Spaß euch beiden. Nehmt euch einen Wein aus meinem Regal!«

»Danke! Hab einen schönen Abend! Tschüs!« Henni drückte ihn weg, und er sah Sonja mit dem Mantel überm Arm die Treppe herunterkommen. Sie trug ein dunkelblaues Kleid und Lederstiefel, sah einfach umwerfend aus. Sie sah ihn und lächelte, aber zwischen ihren Augenbrauen stand die steile Falte wie der Anzeiger einer Richterskala, der eine leichte Erdbebenwarnstufe ankündigte. Achtung, hieß diese Falte. Sag jetzt nichts Falsches. Verhalte dich ganz normal. Nichts schien schwieriger, als ihr nicht zu zeigen, dass ihm schon wieder zu heiß war, weil sie ihn anlächelte und nicht den jüngeren und weitaus attraktiveren Geschäftsmann im dunkelblauen Anzug, der sie genauso fasziniert von der Bar anstarrte und ihr mit den Augen eindeutige Signale schickte.

»Wollen wir?«, fragte sie. Das Restaurant war nur zwei Straßen weiter, aber der Abend war kalt, und es war schon wieder leichter Schneefall gemeldet. Haverkorn stand auf, half ihr in den Mantel und lächelte mitleidig dem jungen Gigolo zu, als er Sonja am Arm an ihm vorbeiführte. Die Einsamkeit in seinem Blick ließ ihn frösteln.

Kapitel 11

Dieses Mal fuhr Bootz. Mit einer Selbstverständlichkeit, als sei es sein Wagen, hatte er sich ans Steuer von Milans Bulli gesetzt und das alte Gefährt vom Hof gesteuert. Vielleicht hatte er gespürt, dass Fridas Motivation plötzlich Richtung Nullpunkt gesackt war. Sie saß neben ihm und starrte in die konturlose Landschaft, die, von den schwachen Scheinwerfern des VW aus dem Dunkel gerissen, an ihnen vorbeiraste.

Der Streit mit Torben setzte ihr zu. Er machte sie wütend. Und traurig. Sie versuchte, ihn zu motivieren, wo sie konnte, damit er endlich loslief und für dieses Stück Normalität kämpfte, das er immer einforderte. Er jammerte, spielte die Handicapkarte aus und ließ niemanden an sich heran. Wo war dieser kluge und starke Mann geblieben, der das Leben mit offenen Armen an sich gerissen und in den sie sich verliebt hatte? Da war ja Bootz' mürrische Art angenehmer. Bei ihm wusste Frida wenigstens, dass sie nichts zu erwarten hatte.

»Da rechts rein?«, fragte er, und sie bejahte.

Sie holperten über den ausgefahrenen Feldweg, spürten jede Bodenwelle, jedes Schlagloch. So wie jeder Streit mit Torben ihr in die Eingeweide fuhr und dort Wunden schlug. Würden diese irgendwann wieder verheilen? »Das ist eine scheiß Idee!«, fluchte Frida.

Bootz reagierte nicht, steuerte den Bulli durch die Tor-einfahrt, umrundete das Wohnhaus und parkte vor dem Schweinestall. Er drehte den Zündschlüssel herum, und der Motor erstarb. Nur das Standlicht bildete eine kleine Lichtinsel auf dem dunklen Hof, die bis zur Tür des Stalls reichte.

»Wir ziehen das jetzt durch!«, sagte er. »Was du da mit deinem Freund ausfechtest, ist eure Sache. Aber ich kann dir aus eigener Erfahrung sagen, dass dir körperliche Arbeit jetzt guttun wird. Macht den Kopf frei!« Er stieg aus, ging ums Fahrzeug und zog mit einem heftigen Ruck die Seitentür auf, die klemmte.

Frida schloss den Reißverschluss des Parkas und stieg aus. Gemeinsam luden sie den Baustrahler, das handliche Notstromaggregat und die Geräte aus, schleppten sie zum Schweinestall. Frida stoppte vor der Tür. »Sie ist offen!«, sagte sie überrascht. »Ich bin sicher, dass ich sie letztens hinter mir zugezogen habe.«

Bootz hielt sich nicht auf, ging hinein. »Vielleicht waren das ein paar Jugendliche, die hier heimlich abhängen.«

Er stellte den Baustrahler vor die Güllegrube, Frida legte die Spaten und Schaufeln daneben. Hier drin roch es eigenartig nach nassem Gemäuer und Fäkalien.

Etwas huschte in ihrem Augenwinkel davon. Ratten, dachte sie. Die haben hier die Herrschaft übernommen, und wir stören ihre Nachtruhe.

Bootz war schon wieder draußen, und sie hörte, wie er das Notstromaggregat anwarf. Plötzlich wurde es hell, riss die dunklen Schatten aus der Grube vor ihr. Noch einmal huschten ein paar Ratten aus dem Lichtkegel davon. Sie ekelte sich nicht vor ihnen, wollte aber auch keine engere Bekanntschaft schließen.

Der Boden der Grube sah nach festem Erdreich aus, aber es war besser, kein Risiko einzugehen. Bootz nahm die alte

Schubkarre, die an der Wand lehnte, und warf sie hinein. Es gab ein dumpfes Geräusch. Sie sank nicht ein, blieb an der Oberfläche liegen. Bootz legte seine Jacke ab und wagte als Erster den Sprung hinunter. Die Grube war keine zwei Meter tief, mit der Räuberleiter würden sie wieder herauskommen. »Alles okay, kannst kommen!«

Frida reichte ihm ein paar Geräte hinunter, sprang dann hinterher, rutschte weg und landete mit dem Hintern im Dreck. Bootz hielt ihr die Hand hin und zog sie auf die Beine. Er hatte die Schubkarre am Rand aufgestellt. Auf der anderen Seite begann er zu graben. Aus der Gülle hatte sich über die Jahre ein kräftiger Humus gebildet. Beste Muttererde, die jedes Gärtnerherz höherschlagen lassen würde. Sie arbeiteten stumm, jeder in seiner Ecke. Aber es kam nichts zutage, außer einem kleinen Plastikeimer, wahrscheinlich Kinderspielzeug.

Frida drückte ihren Rücken durch, sah zu Bootz, der schon mehr als die Hälfte der Erdschicht umgegraben hatte. Plötzlich stoppte er, stellte den Spaten weg und hockte sich hin. Er wühlte mit den Händen weiter und zog ein braunes Objekt aus dem Dreck, klopfte es ab. »Ein Lederschuh!«

»Ein Kinderschuh. Wahrscheinlich von Thies.« Frida nahm ihn und spürte eine Gänsehaut über ihren Rücken rieseln. Sie hatten ein Artefakt des Mordtages gefunden, wenn auch nicht das Gesuchte.

»Geh schon mal hoch, ich übernehme den Rest. Für uns beide wird es hier zu eng.« Bootz half ihr aus der Grube und machte sich an das letzte Stück unberührten Bodens.

Frida legte den Schuh in eine der mitgebrachten Beweismitteltüten und wischte sich die Hände an einem Lappen ab, den sie in Milans Bulli gefunden hatte. Sie fror und zog ihren Parka über.

Hinter ihr klapperte etwas. Sie fuhr herum und starrte in die gähnende Dunkelheit des riesigen Stalls. War dort hinten jemand? Oder hatte ein Fenster geschlagen?

»Hast du das gehört?«, fragte sie ihren Kollegen.

»Was denn?« Er richtete sich auf.

Frida horchte in die Stille, hörte nur das leise Knattern des Notstromaggregats. Alles in ihr war angespannt. Sie hätte schwören können, dass hinten im Stall jemand stand und sie beobachtete. Aber wenn sie jetzt aus dem Licht in die Dunkelheit ginge, hätte sie die schlechteren Karten. Lange starrte sie in die Ecke, aus der das Geräusch gedrungen war, aber es blieb still. Sicherheitshalber ging sie zur Tür und warf einen Blick auf den Bulli, dessen Lichtaugen sie anzusehen schienen. Alles in Ordnung.

»Bin fertig. Hier ist nichts«, rief Bootz hinter ihr. Er warf die Schaufel hoch. Frida ging zur Grube, wollte ihm heraushelfen. Aber er war bereits auf die Schubkarre gestiegen, nahm Schwung und schaffte es, sich auf den Rand zu ziehen. Seine Jeans waren dreckig, er hatte Erde auf der Stirn. Sein Schweißgeruch vermischte sich mit seinem Parfum, ließ in Frida Bilder entstehen, wie er sie gegen eine Wand drückte und küsste. Scheiße, sie musste nach Hause zu Torben und diesen dämlichen Streit aus der Welt schaffen.

Wortlos räumten sie die Geräte und die Baulampe in den Bulli. Sie spürte die lähmende Niedergeschlagenheit, die immer aufkam, wenn sich ihre Hoffnung auf einen Ermittlungserfolg zerschlagen hatte. Wenn Wahler sie jetzt sehen könnte. Müde, verdreckt, enttäuscht!

Frida warf die Stalltür zu und stieg zu Bootz in den Bulli. Er drehte den Schlüssel. Aber nichts passierte. Der VW gab keinen Ton von sich. Es war kurz vor Mitternacht, und sie saßen auf diesem gottverlassenen Hof fest. Frida spürte

Tränen in sich aufsteigen, aber sie würde nicht vor Bootz losheulen. Sie stieg aus und schrie aus Leibeskräften in die Winternacht, bis sie alle Ratten vom Hof vertrieben hatte.

†

Haverkorn trat hinaus in die Kälte und spürte den Wein im Kopf und in den Beinen, als er mit Sonja und Vollmer das Restaurant verließ. Es war kurz vor Mitternacht. Das Gespräch, das vor allem Vollmer und er bestritten hatten, war kurzweilig gewesen, das Essen hervorragend. So einen schönen Abend in Gesellschaft von Kollegen hatte Haverkorn schon lange nicht mehr verbracht. Geschweige denn privat.

»Wir sehen uns um neun im Büro. Gute Nacht!« Sein Vorgesetzter ging zum Taxi, das bereits auf ihn wartete, und stieg ein. Das Fahrzeug fuhr an, die Rücklichter verschwanden an der nächsten Ecke. Dann standen sie allein in der menschenleeren Straße. Sonja hakte sich bei Haverkorn unter. Es fühlte sich an, als wären sie ein Paar, das gerade nach Hause ging. Eine schöne Vorstellung, aber er wischte sie schnell wieder weg. Denn Sonja war an diesem Abend sehr ruhig gewesen. Hatte sie das Telefonat so mitgenommen, das er ungewollt vor ihrem Hotelzimmer mitbekommen hatte? Er hatte sich während des Essens den Kopf zerbrochen, mit wem seine Kollegin gesprochen haben könnte. Der Ton war emotional gewesen. Ihr Ex-Mann? Oder hatte sie einen neuen Partner, mit dem sie sich gestritten hatte? Er schüttelte leicht den Kopf. Es ging ihn schließlich nichts an.

Sie wandte sich in Richtung des Hotels. Sonjas Absätze hallten in der Straßenschlucht, waren einige Atemzüge lang das einzige Geräusch.

»Darf ich dich was Privates fragen?«, wagte sich Sonja auf persönliches Terrain.

Haverkorn sah sie an. »Ja klar!«

»Läuft deine Scheidung friedlich ab?«

Ach, das beschäftigte sie den ganzen Abend. Dann hatte sie ihren Ex-Mann am Telefon gehabt? »Ja, es ist alles zwischen uns geklärt. Ursula, also meine Noch-Ehefrau, behält die Wohnung und zahlt mich dann aus. Alles geregelt durch die Zugewinngemeinschaft.«

Ihre Absätze antworteten in monotonem Rhythmus. »Darf ich den Grund wissen, warum ihr euch getrennt habt?« Sie blieb stehen, zog ihre Hand weg und nestelte eine Zigarettenschachtel aus ihrer Handtasche. Beinahe beschämt schob sich eine Zigarette in den Mund und zündete sie an. »Das ist meine Stresszigarette. Eigentlich rauche ich nicht.« Sie blies den Rauch aus. »Willst du auch?« Sie hielt ihm die Schachtel hin.

»Nein, danke!« Haverkorn sah ihr ins Gesicht, das von der nahen Straßenlampe angeleuchtet wurde. Er mochte es nicht, wenn Frauen rauchten, aber bei ihr hatte es etwas Verwegenes. Wie ein Filmstar, nur die Zigarettenspitze fehlte. Würde sie nach Rauch schmecken, wenn er sie jetzt küsste?

»Was ist?« Sie lachte mit offenen Lippen, das Grübchen erschien. Sie ließ die Asche von der Zigarette auf den Gehweg fallen.

»Du bist schön!«, sagte er und konnte nicht glauben, dass er seinen Gedanken wirklich ausgesprochen hatte.

Sonjas Lachen ging in ein sanftes Lächeln über. Ihr gefiel es offenbar, dass er ihr ein Kompliment gemacht hatte. »Das hat schon lange kein Mann mehr zu mir gesagt.« Sie ließ die Zigarette fallen und trat sie aus. »Du bist klug, sagen sie, engagiert, willensstark. Du bist eine gute Mutter, eine tolle Ermittlerin ...« Sie sah ihm in die Augen, kam ein Stück näher. Ein langer Blick, und Haverkorn war plötzlich klar, dass sie ihn auch mochte. Nicht nur als Kollegen. Er streckte seine Hand nach ihr aus, wollte sie an sich ziehen, ihr nahe sein. Aber er hielt in der Bewegung inne, denn hinter ihnen wurden Schritte laut. Ein Mann, tief eingehüllt in seinen Mantel, kam die Straße heruntergeeilt, ging vorbei und verschwand.

Er sah Sonja an. Ihr Blick war auf ein Schaufenster gerichtet, das zu dunkel war, um darin etwas zu erkennen. Sie war tief in ihren privaten Problemen verhaftet, zu tief, um sich neue aufzuhalsen. Die Magie zwischen ihnen war verflogen. Haverkorn hakte sich bei ihr ein und zog Sonja in Richtung des Hotels.

†

Frida saß mit Bootz in der Dunkelheit und wartete darauf, dass ihr Vater und Milan kamen, um sie abzuschleppen. Der Adrenalinspiegel in ihrem Blut war spürbar gesunken, nachdem sie in der Grube nichts als diesen verdreckten Kinderschuh entdeckt hatten. Die Müdigkeit zog die Energie aus ihrem Körper. Gern hätte sie den Kopf an die Scheibe gelegt und für ein paar Minuten die Augen geschlossen.

Bootz' Lederjacke neben ihr knarzte, dann leuchtete kurz das Display seines Smartphones auf. »Wie lange brauchen die denn?«

»Der Trecker steht nicht auf unserem Hof, sondern bei einem anderen Bauern. Den müssen sie erst holen.«

Bootz antwortete nicht, klopfte seine Jacke ab und zog eine Packung Kaugummis hervor. Er hielt sie ihr hin. »Du auch?«

Aus Langeweile nahm sie einen und schob ihn in den

Mund. »Was, wenn weder Thies noch sein Vater auf die Familie geschossen haben? Dann stehen wir wieder bei null da«, sagte Frida. Ein Gespräch über den Fall war besser, als schweigend Bootz' Gereiztheit aushalten zu müssen.

»Weißt du, was ich mich die ganze Zeit frage? Wo war der Hund?«, lenkte Bootz das Gespräch in eine andere Richtung.

»Der Hund?«

»Ja, der Hofhund! Hast du nicht die Hundehütte neben dem Wohnhaus gesehen? Auf so einem abgelegenen Hof hätte ich einen Hund erwartet. Aber in der ganzen Akte ist davon keine Rede gewesen, dass am Tattag ein Hund auf dem Hof war.«

»Wir können ja Thies noch mal fragen. Vielleicht war er gestorben, und sie hatten keinen Neuen angeschafft.«

Bootz kratzte sein Handgelenk. »Oder der Hund war das vierte Opfer.« Er sah Frida an. »So ein Tier hätte seine Familie verteidigt bis aufs Blut. Der Täter hätte ihn vorher ausschalten müssen. Oder nach den Morden, als er das Haus verließ.«

Frida dachte darüber nach. »Wenn es überhaupt einen Hund gab.« Sie blickte durch die Windschutzscheibe, hatte das riesige Areal des Johannsenhofs vor Augen. Bootz hatte recht. Hier draußen mit seiner Familie ohne einen Hofhund zu leben schien seltsam. »Wenn es so war: Wo ist dann der Kadaver abgeblieben?«

»Er hat ihn mitgenommen oder irgendwo hier draußen vergraben.«

Frida stieß die Luft aus. »Ziemlich abwegig, den Tierkadaver zu verstecken, wenn man drei menschliche Leichen liegen lässt.«

»Nicht, wenn man den Tatort so aussehen lassen will, als

hätte der eigene Mann und Vater die Familie umgebracht.«
Er drehte den Zündschlüssel, wohl in der Hoffnung, dass der Bulli nun plötzlich anspringen würde. Nichts tat sich. Er schlug mit der flachen Hand auf das Lenkrad. »Shit!«

Frida drehte ihren Oberkörper in seine Richtung. »Du denkst, dass es doch ein Fremder war?«

»Ich denke in alle Richtungen!«

Frida zog den Reißverschluss ihres Parkas auf, weil ihr warm wurde. »Aber der Spaziergänger hat hier draußen nur drei Schüsse gehört.« Sie sah ihn an. »Keinen vierten Schuss für den Hofhund.«

Bootz schwieg nachdenklich. »Der kann viel früher gefallen sein. Ein einzelner Schuss fällt doch hier draußen gar nicht auf.«

Kapitel 12

Freitag, 4. Februar 2022

Am Morgen war Bootz vor ihr im Büro und sah aus, als wäre er gerade für ein Männermagazin abgelichtet worden. Gestutzter Dreitagebart, Jeans, schwarzer Pullover und dieses fiese Lächeln im Gesicht, das jemand aufsetzte, wenn er einen guten Tag erwischt hatte.

Frida fühlte sich wie der genaue Gegenentwurf zu ihm: übermüdet, zerknittert, unausgeglichen. Und hatte nicht vor, das zu überspielen. »Morgen!« Sie knallte ihren Kaffeebecher so fest auf den Tisch, dass er überschwappte.

Bootz sah kurz zu ihr hoch, als sie sich setzte und die Kaffeepfütze mit der Hand wegwischte. Wie lange war er schon hier? War er überhaupt im Bett gewesen, oder hatte das Umzugsunternehmen das noch gar nicht aufgebaut? Gegen eins hatten Milan und Fridtjof den Bulli endlich mit dem Trecker vom Johannsenhof abgeschleppt. »Dieser verdammte Anlasser!«, hatte Milan geschimpft und selbst in seinem Büro im Boxstudio übernachtet, weil er nicht mehr nach Hamburg gekommen war. Jetzt am Vormittag wollte er mit ihrem Vater den Bulli in eine Werkstatt bringen. Gut, dass es für Fridtjof als Obstbauer um diese Zeit kaum etwas zu tun gab. Er hatte mit Milan schon das nächste Projekt für den Hof geplant. In der ehemaligen Arbeiterunterkunft sollten Zimmer mit Fremdenbetten entstehen, die bei Events im Boxstudio angemietet werden konnten.

»Schon wach?«, fragte Bootz. Als sie nichts sagte, lehnte

er sich zurück und schloss die Augen. Es sah aus, als würde er meditieren.

Heimlich erforschte sie sein Gesicht. Er hatte lange dunkle Wimpern, eine schmale Nase und leicht geschwungene Lippen, die ein Gegensatz zu dem markanten Kinn bildeten, das seinem Gesicht diesen maskulinen Ausdruck verlieh. In seiner linken Augenbraue entdeckte sie eine kleine Narbe. Hatte er sich diese beim SEK zugezogen? Warum bist du so überstürzt dort weg, fragte sie ihn stumm. Was ist beim Spezialeinsatzkommando passiert?

»Hast du es Wahler gesagt?«, fragte sie, um endlich loszulegen. Sie dachte an die Beweismitteltüte mit dem Kinderschuh, der noch in ihrem Jeep lag.

Bootz öffnete die Augen. Ihre Blicke trafen sich, ein angenehmes Ziehen in ihrem Magen. »Braucht er doch nicht zu erfahren, dass wir falschlagen. Was denkst du?«

Frida war überrascht, dass er seinem Freund nicht von dem Abend in der Güllegrube berichten wollte. Es war ja ihre Idee gewesen! Er hätte trotz der Pleite gut dagestanden. »Okay, dann erfährt es hier niemand!« Sie stand auf. »Ich gehe rüber, die Besprechung …«

»Warte mal …« Er stützte die Ellenbogen auf den Schreibtisch und wischte sich über das Gesicht. So munter war er wohl doch nicht. »Ich habe ein paar der Beweismittel vom Johannsen-Fall ans BKA schicken lassen.«

Frida spürte selbst, wie blöd sie ihn anglotzte. »*Was* hast du?«

»Ein Bekannter von mir arbeitet beim Schusswaffenerkennungsdienst und würde sich die Projektile und Hülsen auf dem kleinen Dienstweg noch mal vornehmen.« Als Frida nichts sagte, erklärte er sich. »Die Technologie ist heute doch viel weiter als 2005.«

Frida konnte nicht fassen, dass er schon wieder bei diesem Altfall war, obwohl Wahler ein klares Verbot ausgesprochen hatte. In der Besprechung hatte Bootz ihrem Chef nicht widersprochen, dennoch wühlte er hinter Wahlers Rücken weiter. Sie musste zugeben, sein Enthusiasmus imponierte ihr, auch wenn ihr klar war, dass dieser früher oder später zu einem Problem werden würde. Denn er war für Anweisungen des Vorgesetzten genauso taub wie sie selbst.

»Was versprichst du dir davon?«

»Jede Waffe hat ihre eigene Signatur, wie einen Fingerabdruck, die man anhand der Geschosse und Hülsen mit modernen Bildvergleichsverfahren auslesen kann.« Er hatte die Stimme gesenkt, obwohl die Tür angelehnt war.

»Ja, weiß ich. Und?«

Er sah sie an, als müsse Frida selbst darauf kommen. Als sie nichts sagte, stieß er den Atem aus, als hätte er es mit einer unbedarften Anfängerin zu tun. »Das BKA hat auch die umfangreichste Tatmittelsammlung Deutschlands. Ich will wissen, ob noch andere Munitionsteile unserer Waffe dort liegen.«

Frida schüttelte unwirsch den Kopf. »Du denkst im Ernst, sie wurde noch bei einem anderen Tötungsdelikt benutzt?«

»Ich will es jedenfalls ausschließen. Wenn die Waffe seit damals in einem Versteck liegt, werden wir sie wohl nie finden. Aber was, wenn sie den Hof mit dem Täter verlassen hat?« Bootz stand auf und setzte sich auf die Fensterbank. »Ich glaube, dass der Fall der beiden Erhängten über das Motiv gelöst werden muss. Sie haben damals gelogen, es muss so sein! Und jetzt haben sie ihre Strafe bekommen. Wer hätte einen Grund, sie für diese Lüge umzubringen?«

»Jemand aus der Familie Johannsen. Oder enge Freunde

der Opfer. Oder von Cord Johannsen«, mutmaßte Frida. »Aber warum jetzt?«

Die Falte über Bootz' Nasenwurzel vertiefte sich. »Weil diese Lügen wohl erst jetzt aufgeflogen sind. Irgendjemand hat gequatscht!« Er zeigte auf die Akte. »Lass uns alle Namen noch mal durchgehen!« Er sah an die Wand über dem Sideboard. »Habt ihr schon mal dran gedacht, hier eine Magnetwand für eure Notizen anzubringen?«

Bjarne wird mich killen, dachte Frida, weil sie die Idee großartig fand. Sie sah auf ihre Armbanduhr und stand auf. »Wir müssen zur Teambesprechung!«

Auf dem Tisch im Konferenzraum stand ein Teller mit selbst gebackenen Schweinsohren. Aber nicht einmal Horst Lüttje hatte sich bedient, obwohl sein Zuckerkonsum im ganzen Haus Rekorde brach. Wahler hatte dem Leiter der Kriminaltechnik den Platz neben sich zugewiesen. Er wartete, bis sich Frida und Bootz endlich gesetzt hatten.

Wahler mochte kein langes Vorgeplänkel. »Ich habe die Auswertungen der toxischen Screenings: Beide Opfer hatten eine hohe Dosis Diazepam im Blut.«

»Ein starkes Beruhigungsmittel«, flüsterte Frida. »Deshalb gab es keine Abwehr- und Kampfspuren.«

Bootz zog sich die Thermoskanne heran und sah Frida fragend an. Sie nickte, und er goss ihnen Kaffee ein. Er trank ihn schwarz, das wusste sie schon. Sie griff nach der Milchtüte.

»Diazepam ist doch verschreibungspflichtig!«, warf Anja ein. »Wie hatte er da Zugang?«

»Auch für Beruhigungsmittel gibt's längst einen Schwarzmarkt im Netz«, sagte Klaus. »Das kann dir meine Oma besorgen. Die ist fit im Internet, da staunst du!«

Ein kurzes Lächeln in der Runde. Das war immer gut, um das Meeting etwas aufzulockern.

Wahler übergab nun Lüttje das Wort. Der Kriminaltechniker raschelte mit seinen Blättern und ging die einzelnen Spuren genau durch. »Eine weitere Gemeinsamkeit, die wir entdeckt haben …«, fuhr er fort und zog zwei kurze Stricke aus seiner Tasche unterm Tisch. »Beide Seile waren von einer Charge. Das vom ersten Tatort passt ganz genau zum Seilende des zweiten.« Er schob einen Ausdruck zu Wahler. »Das sind die Fasern unter dem Mikroskop. Ein erstklassiges Match.«

Wahler blickte darauf und reichte die Blätter weiter an Ricarda, die ihm am nächsten saß. Klaus, der ihr über die Schulter blickte, nickte.

»Okay, er bringt seine eigene Schlinge mit«, sagte Anja. »Hat er noch weitere Spuren hinterlassen?«

Lüttje schob seine Lesebrille auf den Kopf und wischte sich die Stirn. Er wirkte ratlos. »Nein, nichts. Keine Haare, Fasern, Fingerabdrücke. Wir haben nur das Seil und seine Schuhabdrücke.«

»Und die Pappschilder«, warf Frida ein.

»Die hat ja das LKA überprüft, dazu kann ich nichts sagen. Wir haben die Schilder natürlich auf daktyloskopische Spuren untersucht, keine Abdrücke. Er hat Handschuhe getragen.«

»Was benutzt er als Steighilfe?«, fragte Wahler, der sein Jackett über die Stuhllehne gehängt hatte.

»Ja, richtig!« Lüttje setzte die Lesebrille auf und wühlte in seinen Zetteln. Dass er dort überhaupt etwas fand, war erstaunlich. »Beim ersten Opfer war der Boden zwar uneben, aber dennoch haben wir geringe Schleifspuren unter dem Toten gefunden. Auf dem Dachboden war es auf dem staubigen Fußboden noch besser zu sehen. Er hat die Männer abgelegt, ihnen den Strick um den Hals gelegt und diesen dann über den Ast oder Balken geworfen.« Lüttje machte eine Pause, in der jeder auch ungesagt verstand, was er sagen wollte. »Dann hat er sie hochgezogen.«

»Zieh mal neunzig Kilo an einem Strick hoch. Der Typ muss ein Bulle sein.« Klaus hob die Arme in eine Bodybuilderpose.

Ricarda begann zu lachen. »*Du* warst es schon mal nicht.« Sie schob ihm die Schweinsohren hin.

Er griff lachend zu.

»Das Diazepam«, kam Frida aufs Thema zurück. »Beide Opfer waren nicht bei Bewusstsein, als sie umgebracht wurden.«

Einvernehmliches Schweigen.

»Er ist sehr durchdacht vorgegangen, hat sie ruhiggestellt und gewartet, bis sie wehrlos waren.«

Klaus schob das angebissene Schweinsohr weg. Ihm war wohl der Appetit vergangen. »Dann war es ein heimtückischer Mord!«

»Was ist mit den Stühlen auf Haverkorns Terrasse?«, fragte Anja. Das ging wieder an Lüttjes Adresse.

»Das war auch eine Sackgasse! Alle Stühle waren abgewischt. Vielleicht könnt ihr herausfinden, wo sie gekauft worden sind. Das Pappschild liegt ebenfalls dem LKA vor, auch darauf keine Fingerabdrücke. Der Bauschaum, der verwendet wurde, um den Bewegungsmelder unkenntlich zu machen, ist ein Massenprodukt. Die Schuhabdrücke waren wie auch auf dem Dachboden Größe 44, gleiches Profil.« Er sah zu Frida. »Wie gefällt es Bjarne denn in Kiel?«

»Bestens!« Frida sah an Wahlers Gesicht, dass er gerade keinen Nerv für einen privaten Plausch hatte. Er wollte fokussiert bleiben. »Dann haben wir nichts. Nur das Beruhigungsmittel und das Seil?«, fragte sie.

Lüttje zuckte die Schultern und schob seine Blätter zusammen. »Ich kann nur die Spuren auswerten, die wir am Tatort finden. Noch Fragen?« Der korpulente Kriminaltechniker sah sich um.

»Danke, Horst!«, entließ ihn Wahler, und Lüttje schob den Stuhl zurück. »Wenn euch noch was einfällt, wisst ihr ja, wo ihr mich findet.« Er ging hinaus und ließ sie nicht viel klüger zurück.

»Der Täter arbeitet höchst konzentriert und geplant«, sagte Klaus nach ein paar Sekunden. »Überlässt nichts dem Zufall.«

Anja äußerte ihre Bedenken. »Nur bei Bjarne ist er von seiner Vorgehensweise abgewichen. Es war ihm wichtig, ihn vorzuwarnen.«

»Vielleicht hat er die anderen auch gewarnt. Könnte doch sein«, sagte Ricarda.

»Ein guter Punkt!«, entgegnete Wahler. »Du überprüfst das noch mal, frag die Angehörigen, ob es Drohbriefe gab.« Er blickte auf. »Oder weitere Pappschilder, von denen wir nichts wissen.«

»Warum eigentlich?«, fragte Anja, die an diesem Tag wieder zu ihrer alten Form auflief. »Warum hat er Bjarne vorgewarnt?«

»Ich denke, er wollte ihn und damit auch uns animieren, seine Forderung zu erfüllen«, wagte sich Frida vor.

»Die da wäre?« Wahler sah ihr in die Augen. Und sie stockte, denn sie verstand die versteckte Warnung an seinem Ton, entschied aber, ihre Gedanken laut zu äußern. »Den wahren Täter zu finden, der die Johannsen-Familie 2005 erschossen hat.«

»Nicht das schon wieder!«, stöhnte Klaus.

»Überlegt doch mal! Was, wenn es stimmt?«, setzte sie nach und sah Bootz ärgerlich an, weil er sie nicht unterstützte. Der kuschte schon wieder vor Wahler.

»Frida, so weit waren wir schon! Ich will mich nicht wiederholen müssen!« Wahlers Stimmung kippte, das zeigte seine steile Falte über der Nasenwurzel. »Du bist noch nicht lange genug dabei, um zu erkennen, dass der Täter uns genau in diese Richtung lenken will!«

Die Zurechtweisung ihres Chefs verletzte sie mehr als die von Bootz am ersten Tag. Denn er kannte sie besser und wusste, dass sie schon längst kein Neuling mehr war. Sie erwiderte nichts und versuchte, ihre Enttäuschung herunterzuschlucken.

»Das wäre ein Fehler«, sagte Bootz. »Wir müssen für beide Varianten offenbleiben!«

Die Blicke, die die Kontrahenten sich zuwarfen, schienen die Temperatur im Raum herunterzukühlen.

»Teil doch das Team auf, Nick!«, fuhr Bootz ruhig fort. »Ein paar von uns gehen bei ihren Ermittlungen davon aus, dass er uns täuschen will, was die Lüge der toten Zeugen angeht. Die anderen, dass die Zeugen tatsächlich damals gelogen haben. Dann sind wir an allen Fronten gut aufgestellt.« Er hob entschuldigend die Arme. »Meine Meinung.«

Bevor Wahler etwas erwidern konnte, mischte sich Anja ein. »Ich finde die Idee gut! Das macht Sinn!«

Zustimmendes Gemurmel am Tisch. Alle sahen auf Wahler, der im Stehen seine Handgelenke so fest auf den Tisch drückte, dass sie weiß waren.

»Also gut! Dann machen wir es so. Leonard! Du, Frida und Anja, ihr macht weiter mit dem Johannsen-Fall und klopft noch einmal alles ab. Ihr habt einen objektiven Blick darauf, wart damals nicht dabei. Findet raus, ob es dort ein Fehlurteil gegeben haben könnte.« Er räusperte sich. »Ihr anderen geht von einem Täuschungsmanöver aus. Konzentriert euch auf das Umfeld der Toten und ermittelt, ob es auch ein anderes Motiv für die Morde geben könnte. Alle Ergebnisse gehen mir zeitnah zu.« Er zog sein Jackett an. »Noch Fragen?«

Niemand sagte etwas. Wie auch Frida waren alle überrascht, dass Wahler tatsächlich eingelenkt hatte. »Gut, dann an die Arbeit!« Er ging zur Tür. »Und Leonard, ich möchte dich in meinem Büro sprechen. Sofort!«

Frida ging zurück zu ihrem Schreibtisch und nickte Bootz aufmunternd zu, als er in Wahlers Büro verschwand. Aber er reagierte nicht, war schon in seinem Tunnel. Insgeheim freute sie sich, dass er sich in der Besprechung doch noch auf ihre Seite geschlagen hatte. Wie schwer es ihm gefallen sein musste, hatte sie gerade an seinem Gesichtsausdruck gesehen. Warum war Bootz gegenüber Wahler so kleinlaut? Ihr Kollege hatte ja schon zugegeben, dass er diese Stelle hier gar nicht gewollt hatte, aber ihr Chef hatte es dennoch geschafft, ihn nach Itzehoe zu holen. Wie?

»Das Telefon in ihrem Büro klingelte, und sie rannte los. Es war Haverkorns Apparat, der jetzt von Bootz genutzt wurde, sie nahm trotzdem ab. Es war der Kollege vom Empfang. »Hier bei mir steht ein Kjell Dierksen. Er sagt, er hat einen Termin bei Leonard Bootz.«

»Dierksen?«, fragte sie nach, um Zeit zu gewinnen.

»Ja, genau! Soll ich ihn hochschicken?«

»Bootz ist gerade beim Chef, also ...« Sie traf eine Entscheidung. »Ja, schick ihn hoch. Ich kümmere mich um ihn. Hat er gesagt, warum mein Kollege ihn sprechen will?«

»Nicht meine Baustelle. Frag ihn doch einfach!« Der Kollege am Empfang lachte und legte auf.

Kurz darauf trat ein Mann aus dem Lift, dessen Gesichtsfarbe so grau war wie sein Anorak. Er blieb unsicher stehen, weil Frida ihn an der Treppenhaustür erwartete. Verlegen knetete er seine Wollmütze in der Hand.

»Herr Dierksen?«

»Ja?« Er sah sie überrascht an, als wäre er gerade in einer Reihe von Menschen von ihr aufgerufen worden.

»Herr Bootz ist noch kurz in einer Besprechung. Kommen Sie! Ich nehme Sie mit rein.« Sie ging voraus.

Der Mann äugte schüchtern die Treppe hinab, als sei es seine letzte Fluchtmöglichkeit. »Was will Herr Bootz eigentlich von mir?«, fragte er, als er hinter ihr durch die Tür in die Räume der Mordkommission trat, in denen der Geräuschpegel einer normalen Büroetage herrschte. Er sah sich neugierig um.

»Hat er nichts gesagt?«

»Nur, dass es noch mal um meine Aussage aus 2005 geht.«

Frida blieb abrupt stehen, Dierksen lief fast in sie hinein. »Sie sind der Zeuge mit dem Hund?«

Warum redete Bootz nicht mit ihr und weihte sie ein, dass er Dierksen einbestellt hatte? »Kommen Sie! Kaffee oder Tee?«

Das graue Männlein folgte ihr und wagte kaum, in die geöffneten Türen der Büros zu sehen. »Was?«

»Möchten Sie lieber einen Kaffee oder einen Tee?«

»Kräutertee, wenn Sie haben …«

Frida setzte ihn in den Vernehmungsraum und ließ die Tür offen, um ihm die Beklemmung zu nehmen. Wie lange dauerte das noch zwischen Wahler und Bootz? Ob sie schon allein mit der Befragung anfangen sollte?

In der Kaffeeküche stellte sie den Wasserkocher an und kramte im Schrank die Teesorten durch. Ostfriesenmischung, Hagebutte, Roibusch. Von ganz hinten angelte sie eine grüne Packung hervor. Treffer! Pfefferminztee. Der war vor drei Jahren abgelaufen. Sie hielt die offene Packung an die Nase, es roch nach Pappe. Frida entschied, dass Tee nicht schlecht werden konnte. Sie hängte die Beutel in zwei Tassen, goss heißes Wasser auf und legte zwei Schweinsohren, die jemand mit in die Küche getragen hatte, auf ein Tablett. Dann balancierte sie alles in den Raum, wo Dierksen am Vernehmungstisch saß. Es schien, als hätte er sich nicht einen Millimeter bewegt.

»Sie können gern Ihre Jacke ablegen«, sagte sie und fragte sich, ob es eine Frau gab, die ihm immer sagte, was er tun durfte und was nicht. Sie stellte eine Tasse vor ihn hin und zeigte auf das Gebäck. »Greifen Sie zu!«

Dierksen nahm sich ein Schweinsohr, und sein Gesicht hellte sich auf. Gemeinsam essen ist doch immer eine gute vertrauensbildende Maßnahme, dachte Frida, nahm sich ebenfalls vom Gebäck und lehnte sich an die Wand. Sie blieb stehen, damit Bootz sich an den Tisch setzen konnte, wenn er kam.

Sie wartete und hörte Dierksen zu, der Gebäck aß und Tee trank. Die Minuten zogen sich, Frida wurde ungeduldig. Sollte sie doch schon anfangen mit der Befragung? Oder sollte sie an Wahlers Tür klopfen und Bootz da rausholen?

Doch da kam ihr Kollege, begrüßte Dierksen und nahm die Position des Fragenden ein. »Leonard Bootz. Danke, dass Sie hergekommen sind.« Er legte sein Smartphone auf den Tisch und betätigte die Aufnahmefunktion.

»Was gibt's denn?« Der Zeuge schob den letzten Krümel in den Mund und leckte seine Finger ab.

Bootz belehrte Dierksen als Zeugen und lehnte sich entspannt zurück. »Ich würde gern noch mal auf Ihre Aussage von 2005 eingehen.«

»Das habe ich Ihren Kollegen damals doch schon alles erzählt!« Dierksen sah hilfesuchend Frida an, die hinter ihrem Kollegen stehen geblieben war.

»Ich weiß, aber wir müssen Sie noch einmal fragen, wie viele Schüsse Sie an dem Morgen gehört haben.«

Er verschränkte die Arme. »Drei!« Er klang leicht beleidigt.

»Sind Sie ganz sicher?«, hakte Bootz nach, legte seine Arme auf den Tisch und beugte sich in Richtung des Zeugen vor.

»Ja! Es hat dreimal geknallt. Kurz hintereinander. Peng, peng, peng!«

Bootz ließ sein Gegenüber nicht aus den Augen. »Herr Dierksen, wir haben Grund zur Annahme, dass es an dem Morgen einen vierten Schuss gegeben hat.«

Frida schluckte. Das war völlig aus der Luft gegriffen, aber sie schwieg.

»Ich habe aber nur drei gehört!« Dierksen wirkte eingeschnappt.

Bootz senkte seine Stimme, gab sich jetzt fast kumpelhaft. »Es muss nicht unmittelbar vor oder nach den drei anderen Schüssen gewesen sein. Kein einzelner Knall, ein paar Minuten vorher oder nachher?«

Dierksen schob wütend die Tasse mit dem Tee in Richtung des Polizisten. »Was wollen Sie mir hier eigentlich unterstellen? Dass ich in meiner Aussage vergessen habe, Ihnen von einem weiteren Schuss zu erzählen? Denken Sie, ich bin ein bisschen unterbelichtet?« Der Zeuge stand auf. »Ich möchte jetzt gehen!«

Bootz gab sich geschlagen. »Natürlich! Danke für Ihre Hilfe!«

»Kommen Sie, Herr Dierksen.« Frida gab ihm den Anorak. »Ich bringe Sie zum Fahrstuhl.« Bootz war in Gedanken versunken, als sie den Vernehmungsraum verließen. Das graue Männlein ging jetzt voraus. Er war verärgert, hatte seine Schüchternheit abgestreift und ließ Frida spüren, dass sie soeben zu weit gegangen waren. Hinter der Tür verabschiedete sie Dierksen, der länger ihre Hand drückte als nötig. »Sie sind nett!«, sagte er und drückte auf die Fahrstuhltaste. »Vielleicht hätten *Sie* mich fragen sollen.«

»Warum, wäre die Antwort dann anders gewesen?«

Ein Lächeln umspielte seine schmalen Lippen. »Nein, aber dann wäre ich nicht so schnell aufgebrochen.« Er zwinkerte ihr zu, als sich die Fahrstuhltür öffnete, und trat in die Kabine.

Frida wollte schon gehen, verharrte jedoch. »Herr Dierksen, noch eine letzte Frage.«

Er drehte sich zu ihr um und legte seine Hand auf die Lichtschranke, damit die Tür sich nicht schloss.

»Sie sind doch öfter in der Nähe des Johannsenhofs mit Ihrem Hund spazieren gegangen. Können Sie sich erinnern, ob es dort einen Hofhund gab?«

Sein Lächeln verschwand. »Na klar, so einen riesigen Mischling! Er lief immer frei herum. Ich habe einen großen Bogen um den Hof gemacht, weil der Hund bedrohlich aussah. Einmal ist es fast zu einer Beißerei mit meinem gekommen. Zum Glück kam der Johannsen und hat das Vieh zurückgepfiffen.«

Frida spürte ihre Anspannung. »Und war der Hund auch an dem Tag dort, als Sie die Schüsse gehört haben?«

Dierksen überlegte. »Komisch, dass Sie das fragen. Ich

dachte nämlich zuerst, dass der Bauer den Hund erschossen hat, weil er so wild kläffte. Kurz darauf fielen die Schüsse.« Er schüttelte den Kopf. »Aber direkt danach fing er wieder an und bellte sogar noch wütender.«

Frida atmete langsam aus. Ihre Stimme übertrug dennoch ihren Ärger. »Warum haben Sie das in Ihrer Aussage nicht gesagt?«

Der Zeuge sah sie nachdenklich an. »Es ging doch die ganze Zeit um die tote Familie! Keiner hat mich nach dem Hund gefragt.«

Kapitel 13

Hektik war in den Räumen der Mordkommission ausgebrochen, als Frida die Büroetage wieder betrat. Telefone klingelten. Wahler telefonierte mit dem Handy auf dem Gang, schlug lautlos mit der Faust gegen die Wand. Bootz und Anja kamen ihr entgegengelaufen und zogen ihre Jacken an.

»Wieder ein Toter!«, sagte Anja kurzatmig.

Fridas Herz begann wild zu pumpen. »Wer ist es?«

Anja fluchte, weil sie den Ärmel ihrer Jacke nicht fand. »Jens Markmann!«

Der Komapatient! »Was? Er hatte doch eine Streife vor der Tür!«

Ihre Kollegin hatte die Jacke endlich angezogen und lief hinaus. Klaus und Ricarda eilten ihr hinterher. Nur Bootz blieb im Gang stehen und sah zu Wahler.

»Wir brauchen mehr Leute!«, sagte ihr Chef laut, verschwand in seinem Büro und schloss die Tür.

Frida lief zum Büro, um ihren Parka zu holen. Scheiße! Der Täter hatte den dritten Zeugen umgebracht, obwohl er unter Polizeischutz stand. Was für eine Katastrophe! Die Presse würde sie vierteilen. Wahrscheinlich hatte Wahler den Staatsanwalt am Ohr. Oder den BKI-Leiter, der ihn gerade zusammenfaltete.

»Beeil dich!« Bootz hielt die Automatiktür auf. Sie warteten nicht auf den Aufzug, liefen gleich die Treppe runter. »Ich fahre!«

Sie nahmen seinen Jeep Cherokee, der auf der anderen Straßenseite auf dem Supermarktparkplatz stand.

»Ich hasse Parkhäuser!«, sagte er und schwang sich in den Ledersitz.

Der Innenraum war so sauber, als wäre der Jeep gerade erst ausgeliefert worden. Frida legte den Gurt um und staunte. War Bootz wirklich so ein Ordnungsfanatiker?

Bootz fuhr einen schnittigen Stil. Die anderen hatten einige Minuten Vorsprung, aber er wollte nichts verpassen. In der Stadt hielt er sich immerhin an die Geschwindigkeitsbegrenzung. Danach drückte er das Gaspedal durch.

»Dierksen hat erzählt, dass es auf dem Johannsenhof einen Hund gab«, berichtete ihm Frida, als sie stadtauswärts fuhren. »Der war wohl etwas feindselig seinem Hund gegenüber, deshalb hat er immer einen großen Bogen um den Hof gemacht.«

Bootz schwieg, konzentrierte sich auf einen Lkw, den er überholen wollte. »Auch am Tattag?«, hakte er nach, gab Gas und zog vorbei.

»Er hat sich erinnert, dass er zuerst dachte, der Bauer hätte den Hund erschossen. Dem war aber nicht so.«

»Glaubhaft?«

»Ich denke schon. Er erzählte, dass er laut gekläfft hat. Und nach den Schüssen sogar noch wütender.«

»Hat er doch einen vierten Schuss gehört?«

»Nein! Darauf beharrt er.«

Bootz sagte nichts mehr. Frida wurde in den Sitz gedrückt, als er auf der Autobahn die 195 PS des Wagens ausschöpfte. Der Jeep war ein ganz anderes Kaliber als ihr altersschwaches Vehikel. Und sie musste zugeben, es machte Spaß, weil sie sich trotz der Geschwindigkeit neben Bootz sicher fühlte.

»Wir müssen noch mal mit Thies sprechen. Auch über den Hund«, sagte ihr Kollege nach einer Weile. »Er ist der Schlüssel. Wir müssen ihn zum Reden bringen, was an dem Tag vorgefallen ist.«

Frida war skeptisch, ob er dieses Mal mit ihnen reden würde, aber sie sagte nichts. In den letzten Monaten hatte sie gelernt, dass Beharrlichkeit nicht selten zu Ergebnissen führte. Wenn man schon nicht mehr damit rechnete, öffnete sich plötzlich ein Zeuge oder Verdächtiger, weil er den Druck nicht mehr aushielt. Und Thies Johannsen hatte körperlich sehr stark auf ihr Erscheinen und die Nachricht seines Vaters reagiert. Vielleicht hatte diese in der Zwischenzeit etwas in ihm ausgelöst, wo sie ansetzen konnten.

Bootz hatte den Vorsprung der anderen fast herausgeholt. Sie erreichten die Wohnung von Rieke Evers, als Anja und Ricarda aus dem Auto stiegen. Wahler war nicht dabei. Er würde ihnen von Itzehoe aus erst mal den Rücken freihalten.

Vor dem Wohnhaus stand ein Notarztwagen, dessen Türen geschlossen waren. Einer der Schutzpolizisten lehnte am Streifenwagen und kam zu ihnen, als sie ausstiegen. Das schlechte Gewissen stand ihm ins Gesicht geschrieben.

Anja übernahm und sprach ihn an. »Kollege, erzähl mal, was hier los war!« Frida und Bootz stellten sich daneben und hörten zu, während sie hinüber zu der Erdgeschosswohnung sahen.

»Die Nacht war ruhig. Wir hatten die Tür und die Fenster im Blick. Heute Morgen habe ich bei Frau Evers geklingelt. Weil sie gestern Abend angeboten hat, dass wir einen Kaffee bekommen.« Die Stimme des Polizisten war leiser geworden. Er wusste genau, dass das nicht gern gesehen war. Immerhin war er ehrlich. »Als sie nicht aufmachte, habe ich

Sturm geklingelt. Aber sie hat nicht reagiert, und da haben wir ...« Er wies auf seinen Kollegen am Streifenwagen. »... die Tür aufgetreten. Frau Evers lag im Wohnzimmer auf dem Boden. Sie atmete zum Glück, und der Notarzt konnte sie stabilisieren.«

»Wurde sie niedergeschlagen?«, fragte Anja.

Er schüttelte den Kopf. »Sie hatte am Hals eine sichtbare Strangmarke. Wahrscheinlich hat er das Seil genommen, mit dem er dann ihren Bruder ...« Er atmete aus. »So eine Scheiße!«

»Wo ist er rein?«, fragte Anja weiter. Keine Zeit für Sentimentalitäten.

»Durch die Hintertür, die zum Garten führt. Er hat ein Loch in die Scheibe geschnitten und die Tür aufgemacht. Alles völlig geräuschlos.«

»Gut, danke erst mal! Ihr wartet im Wagen! Vielleicht haben wir noch weitere Fragen.« Anja nickte dem Schutzpolizisten zu. Er ging zu seinem Kollegen, der hektisch eine Zigarette austrat.

Aus Kostengründen hatte man nur ein Team vor dem Haus platziert. Der Streifenbeamte und sein Kollege hatten sich an die Anweisung gehalten, das Haus von der Straßenseite im Auge zu behalten. Ihnen konnte man nun wirklich keinen Vorwurf machen. War die Polizeiführung wirklich davon ausgegangen, dass ein Streifenwagen vor dem Haus den Täter abhalten konnte? Wer hatte das entschieden? Wahler?

Sie zogen Overalls über, die Anja verteilte, und gingen ins Haus. Der Transporter der Spurensicherung traf gerade ein, als der Rettungswagen wegfuhr. Sie würden sich später nach Rieke Evers erkundigen, die erst einmal in guten Händen war. Hoffentlich kam sie durch. Vielleicht hatte sie den

Täter gesehen, bevor er sie stranguliert hatte. War er nachlässig gewesen? Nein, wenn der Täter sie hätte umbringen wollen, hätte er es getan, dachte Frida. Der machte keine halben Sachen. Er hatte sie nur ausgeschaltet, um ihren Bruder zu erwischen. Er wollte die Schuldigen. Die, die Cord Johannsen in den Knast gebracht hatten.

Sie nestelte ihr Smartphone unter dem Overall hervor und schrieb Haverkorn eine Nachricht: *Pass auf dich auf. Er hat den dritten Zeugen erwischt. Rufe dich später an.* Sie schickte sie ab.

Dann folgte sie Anja und Bootz in die Wohnung, während Ricarda Lüttjes Team briefte. In der Tür zum Schlafzimmer blieben sie stehen. Der Geruch nach Krankenzimmer stieg ihr wieder in die Nase. Aber nicht dieser Geruch hob ihren Magen an. Sondern der Tote.

Jens Markmann hing, mit einer Schlinge um den Hals, seitlich am Bett, seine Beine lagen auf dem Boden. Der Strick war an einer der Seitenstangen des Bettes befestigt worden.

Frida schluckte, weil die Übelkeit stärker wurde. Hatte er die Gefahr bemerkt? Hatte er gelitten? Waren Wachkomapatienten bei Bewusstsein, konnten sich nur nicht ausdrücken? Sie begann zu schwitzen, wollte nur noch nach draußen. Das Pappschild auf seiner Brust war eine klare Kriegserklärung. Sie musste nicht hinsehen, um zu lesen, was darauf stand.

»Lasst ihr uns mal durch?« Lüttje und einer seiner Kollegen stand hinter ihnen. Sie ließen die Kollegen der Kriminaltechnik vorbei, damit sie mit ihrer Arbeit beginnen konnten. Frida war erleichtert, als sie an der frischen Luft durchatmen konnte.

»Wir haben ihn unterschätzt«, sagte Anja, als sie sich die

Kapuze vom Kopf zog. »Keiner hat erwartet, dass er einen Komapatienten umbringt, der wahrscheinlich sowieso nie wieder aufgewacht wäre.«

Bootz zog den Reißverschluss seines Overalls auf und holte eine Packung Kaugummis hervor. Sie griffen zu, um den bitteren Geschmack der Niederlage zu vertreiben.

»Ich habe mit Wahler telefoniert!«, sagte Ricarda, die sich zu ihnen stellte. »In zwei Stunden wird es eine Pressekonferenz geben. Dann muss er damit rausgehen, dass wir es mit einem Serientäter zu tun haben.«

In der Wohnung von Rieke Evers arbeiteten die Kollegen der Spurensicherung. Horst Lüttje schob seinen Bauch durch die Räume und behielt den Überblick, akribisch wie immer. Der Leichnam von Jens Markmann war gerade in einen Leichensack gehoben und zur Rechtsmedizin abtransportiert worden. Der Tatortfotograf war ebenfalls fertig und packte zusammen. Nur Lüttjes »Schneemänner« in den weißen Overalls waren noch vor Ort und hatten die kleine Wohnung mit ihren Koffern und Zahlentafeln besetzt. Anja hatte mit dem Krankenhaus telefoniert, in das Rieke Evers transportiert worden war. Ihr Zustand war stabil, sie war mit einem blauen Auge davongekommen. Sie würde später auf der Station untergebracht werden, in zwei bis drei Stunden. Dann würde sie auch vernehmungsfähig sein. Wenn sie den Täter gesehen hatte, brauchten sie ihre Aussage heute noch.

Anja schlug vor, erst einmal Befragungen im näheren Umfeld vorzunehmen. Sie teilten sich auf die umliegenden Wohneinheiten auf und befragten alle Nachbarn, ob sie in der Nacht oder am frühen Morgen irgendetwas vor oder hinter dem Haus, in dem die Schwester des Toten lebte, mitbekommen hatten. Aber das Klinkenputzen an den umliegenden Häusern brachte keine Ergebnisse.

Auch Lüttje hatte keine positiven Meldungen, als die Kriminaltechniker endlich zusammenpackten. Vielleicht hatte der Täter dieses Mal biologische Spuren am Tatort hinterlassen. Fingerabdrücke aber offensichtlich nicht, denn an der Hintertür, wo er das Glas herausgeschnitten hatte, waren nur die Fingerabdrücke einer Person gesichert worden. Die von Rieke Evers, das war schon abgeklärt worden.

Der Täter hatte sich in allen drei Mordfällen keinen Fehler erlaubt. Aber niemand war unfehlbar! Irgendwann mussten sie eine Spur zu ihm finden!

Frida holte für die Mannschaft ein paar Döner, die sie im Auto aßen. Danach entschieden sie, sich aufzuteilen. Ricarda und Klaus fuhren zurück ins Büro, um Wahler und dem Rest des Teams, das im Büro geblieben war, zu berichten.

Frida und Bootz beschlossen, zunächst ins Krankenhaus zu fahren, wo Rieke Evers eingeliefert worden war. Dort fragten sie sich durch und erfuhren vom Arzt der Notaufnahme, der sie behandelt hatte, dass sie trotz seines dringenden Rates nicht hatte über Nacht auf Station bleiben wollen. »Sie ist vor zwei Minuten gegangen, um sich ein Taxi zu rufen.«

Sie liefen nach draußen, wo sich fünfzig Meter vor dem Krankenhaus ein Taxistand befand. Schon von Weitem sahen sie die Schwester des Ermordeten in ein Taxi steigen.

»Frau Evers!«, rief Frida und winkte. Aber die Angesprochene schien sie nicht zu hören. Sie zog die Tür zu, das Taxi fuhr los. Frida bemerkte, dass Bootz losgerannt war. Nicht zum Taxistand, sondern zur Straße, wohin das Fahrzeug jetzt rollte. Dort schaffte er es, vorher auf die Fahrbahn zu laufen und mit erhobenen Armen den Taxifahrer zu stoppen, der noch so langsam fuhr, dass Bootz bei dieser waghalsigen Aktion nicht zu Schaden kam. Ihr Kollege zeigte dem Fahrer seinen Dienstausweis und öffnete die hintere Fahrzeugtür. »Frau Evers, würden Sie uns bitte noch ein paar Fragen beantworten? Wir fahren Sie gern, wohin Sie möchten!«

Die Krankenschwester schien nicht besonders erbaut über das Vorgehen der Polizei, stieg aber aus und drückte dem Fahrer fünf Euro in die Hand. »Sie geben ja eh keine Ruhe!«

Ihr Hals war von einem Schal verdeckt, aber Frida sah das weiße Verbandsmaterial, was dahinter verborgen war. »Wir können uns auch da drüben ins Café setzen«, schlug sie vor und zeigte auf eine kleine Kaffeebar an der Ecke des Krankenhauses.

Bootz gab am Tresen ihre Bestellung auf, während Frida mit Rieke Evers an einem Tisch Platz nahm. Es war wenig los. Lediglich an einem der Tische saß ein Patient im Bademantel, daneben offensichtlich ein Angehöriger.

»Sind Sie sicher, dass Sie nicht unter Beobachtung im Krankenhaus bleiben wollen?«, eröffnete Frida das Gespräch.

»Ich weiß selbst, was mir guttut. Und als Krankenschwester bleiben Sie nicht länger in einem Krankenhaus, wenn Sie nicht todkrank sind.« Sie versuchte ein Lächeln, das jedoch aufgesetzt wirkte.

Bootz kam mit drei Tassen an den Tisch, stellte sie ab und setzte sich zu ihnen. Er sagte nichts, überließ Frida das Reden. Sie legte ihr Smartphone auf den Tisch. »Ist das in Ordnung, wenn ich unser Gespräch aufzeichne?«

»Natürlich!« Dankbar zog die Schwester von Jens Markmann eine Tasse zu sich.

Frida tippte auf die Aufnahmefunktion und lehnte sich zurück. »Wir möchten Ihnen zuerst unser Beileid zum Verlust Ihres Bruders aussprechen.«

Rieke Evers nickte und wischte sich etwas aus dem Augenwinkel. »Ich hoffe nur, dass er nichts gespürt hat«, flüsterte sie. »Bei Wachkomapatienten kann man leider nicht sagen, was sie mitkriegen.« Sie stieß Luft aus, um sich emotional wieder in den Griff zu bekommen. »Wann wird sein Leichnam denn freigegeben?«

»Das können wir leider noch nicht sagen. Er wurde jetzt zur Rechtsmedizin gebracht. In wenigen Tagen, nach der Obduktion. Wir informieren Sie natürlich umgehend.«

Ein verständnisvoller Blick. Ihr Kinn zitterte leicht.

»Wir müssen Sie noch einmal zu letzter Nacht befragen. Bitte versuchen Sie, sich genau an den Überfall zu erinnern.«

Sie nickte, trank einen Schluck und sah Frida an.

»Haben Sie vor dem Überfall etwas bemerkt? Haben Sie den Angreifer vielleicht gesehen? Oder gehört?«

Ein Seufzen, während sie Zucker in den Kaffee rührte. »Ich bin in der Nacht aufgewacht, weil ich ein Geräusch gehört habe. Ich kann gar nicht sagen, was es war. Ich habe im Bett gelegen und gelauscht, aber es blieb ruhig. Ich bin trotzdem aufgestanden, um nach meinem Bruder zu sehen. Bei ihm war alles in Ordnung. Da hat er noch gelebt.« Sie stöhnte kurz auf, starrte in die Tasse. »Ich bin zurück zu meinem Schlafzimmer gelaufen und spürte im Flur einen Luftzug. Ich dachte: Wahrscheinlich habe ich das Fenster im Wohnzimmer vergessen, weil ich abends noch mal lüfte. Ich bin reingegangen, um es zuzumachen.« Sie kniff ihre Augen zusammen, wirkte sehr angespannt. »Er muss hinter der Tür gewartet haben, weil er von hinten kam. Es ging alles so schnell!« Sie öffnete die Augen wieder.

»Ich hab gemerkt, dass jemand hinter mir ist, da wurde ich schon gewürgt. Ich wollte mich losreißen, aber er war stärker.« Sie schluckte. »Wir rangelten eine Weile, aber ich konnte ihn nicht loswerden. Und dann muss ich weggetreten sein.«

»Er war um einiges stärker als Sie«, fasste Frida zusammen. Dann muss er mindestens eins fünfundachtzig oder größer gewesen sein, dachte sie. Rieke Evers war ja nicht gerade ein Leichtgewicht. »War er auch größer als Sie? Können Sie das sagen?«

Sie atmete aus, dachte nach. »Keine Ahnung! Ich hab ihn wirklich nicht gesehen. Aber der Arzt hat mir gesagt, dass die Strangmarke des Seils vorn am Hals niedriger ist als hinter den Ohren. Vielleicht hilft Ihnen das weiter!«

»Ja! Das hilft sehr. Unser Kollege hat ja Fotos davon gemacht, die wir leider noch nicht gesehen haben. Noch eine letzte Frage. Manchmal denkt man nicht daran, aber haben Sie ihn vielleicht gerochen? Ein Parfüm oder seinen Körpergeruch?«

Ein erschrockener Blick. »Jetzt, wo Sie das fragen. Er hat nach Schweiß gerochen. Ich kenne das von meinen Patienten. Die riechen manchmal so, vor einem Eingriff. Wenn sie sich davor fürchten. Das muss Angstschweiß gewesen sein.«

Nach dem Gespräch fuhren sie Rieke Evers zu einer Freundin, wo sie erst einmal unterkam. Sie setzten sie vor dem Mehrfamilienhaus in Appen ab und holten Anja am Tatort ab, weil die Kollegen dort zusammenpackten. Bevor sie sich auf den Weg ins Büro machten, fuhren sie noch einmal zum Gestüt, um mit Thies Johannsen zu sprechen. Anja war eine versierte Vernehmungsexpertin und hatte eine gute Beobachtungsgabe. Vielleicht gelang es ihr, den Sohn von Cord Johannsen zum Reden zu bringen.

Sie parkten wieder vor dem Wohnhaus und klingelten. Fenja Johannsen war zum Glück nicht zu Hause. Auch ihr Mann war unterwegs. Die Hausangestellte hatte alle Hände voll zu tun. Sie schickte sie kurzerhand über den Hof zu den Ställen, wo Thies sich gerade aufhalten sollte. Ein Mädchen im Teenageralter, das ein teures Reiteroutfit trug, kam ihnen entgegen. Frida sprach sie an und fragte nach Thies. Das Mädchen bekam rote Wangen und bot ihnen an, sie zum Juniorchef zu bringen. Sie folgten der jungen Reiterin durch einen Stall, vorbei an einer Vielzahl von Boxen, aus denen die Köpfe einiger Hannoveraner schauten. Am Ende des Stalles sahen sie Thies im Gespräch mit einem Mann stehen und bedankten sich. Das Mädchen ließ sie allein weitergehen, obwohl ihr die Neugier über den Besuch dreier Polizisten ins Gesicht geschrieben stand. Oder die Schwärmerei für den attraktiven Neffen von Lennard Johannsen.

Thies sah sie kommen. Er beendete sein Gespräch und kam ihnen entgegen. »Wer hat Sie hier reingelassen?«, fragte er laut.

»Wir müssen noch mal mit Ihnen sprechen!«, sagte Bootz, ohne auf die Frage einzugehen. »Gleich hier? Oder können wir uns irgendwo hinsetzen?«

»Ich habe nicht viel Zeit!«, konterte der Neffe des Gestütsleiters.

»Das haben wir auch nicht!« Bootz verschränkte die Arme.

Thies gab nach. »Kommen Sie!« Er ging voraus, führte sie an zwei weiteren Stallgebäuden und einem Paddock vorbei, auf dem zwei Stuten für etwas Auslauf standen, und bog zu einem Holzhaus mit Schindeldach ab, das aus schweren

Holzbohlen errichtet worden war. »Teeküche und Aufenthaltsraum in einem«, erklärte er. Der Raum war gemütlich eingerichtet. Ein großer Tisch, zehn Stühle, daneben eine Küchenzeile und ein zweitüriger Kühlschrank. Die Tür neben einer Kommode führte laut Beschriftung zum WC. An den Wänden hingen dekorativ ein paar ausrangierte Utensilien des Reitsports, Gerten, Zaumzeug und Sättel. Und natürlich auch ein paar Urkunden, die Frida jedoch nicht genau betrachtete. So trostlos, wie der Hof von Cord Johannsen wirkte, so überladen an Trophäen und Preisen war das neue Zuhause des jungen Mannes, der trotz des Reichtums hier nicht glücklich wirkte.

»Kaffee?«, bot er an. Sie nahmen dankend an. Frida dachte daran, dass sie alle drei eine Knoblauchfahne vom Döner hatten. Bootz hatte auf der Fahrt wieder Kaugummi verteilt, aber wirklich geholfen hatte dieser nicht.

Als Thies Johannsen endlich auch vor seiner Tasse Kaffee saß, übernahm Frida die Befragung. »Wir haben eine wichtige Frage, die wir in keinem Protokoll von damals finden konnten. Was ist mit dem Hofhund passiert?«

»Hofhund?« Seine Überraschung war nicht aufgesetzt.

»Ein Zeuge berichtete, den Hund bellen gehört zu haben, bevor damals die Schüsse auf dem Hof fielen. Was ist aus dem Hund geworden?« Sie wartete einen Moment. »Es gab doch einen?«, hakte sie nach, als ihr Gegenüber nichts sagte.

»Ja klar! Er hieß Hektor.« Er stierte ein paar Sekunden Löcher in die Tischplatte. Dann blickte er auf. »Ich habe echt keine Ahnung, was aus ihm geworden ist.«

»Aber am Tattag war er auf dem Hof?«, hakte Bootz nach.

Thies Johannsen konzentrierte sich. »Müsste er eigentlich. Aber das ist ewig her.« Er sah Frida an, ihre Blicke trafen sich. Selten hatte sie so traurige Augen gesehen. »Warum interessiert Sie denn plötzlich unser Hund?«

»Wir versuchen, ein paar Lücken zu füllen«, wich sie aus. »Können Sie uns sagen, was an dem Tag auf dem Hof passiert ist?«, fragte sie weiter, weil sie das Gefühl hatte, gerade einen feinen Draht zum einzigen Überlebenden des Massakers zu finden. »Können Sie sich an irgendetwas erinnern?«

Er atmete schwer, schloss einige Sekunden die Augen. Dann sah er Frida an, als wären er und sie hier allein. »Auch wenn Sie mir nicht glauben: Ich kann mich bis heute nicht an diesen Tag erinnern. In meiner Therapie haben wir versucht, meine Erinnerungen zurückzuholen. Aber diese enden einige Tage, bevor ...«, er schluckte, »... meine Familie ausgelöscht wurde.« Er umfasste die Kaffeetasse und starrte hinein wie in seinen ganz persönlichen Abgrund. »Die erste Erinnerung, die ich habe, ist der Abend einige Tage danach. Ich stehe hier auf dem Hof bei einem Pferd, das übrigens Teil meiner Therapie war. Ich weiß nicht, ob ich das alles ohne die Pferde überlebt hätte.«

Stille. Niemand sagte etwas. Denn die Anspielung auf einen Suizid war aus dem Mund eines so jungen Mannes schwer zu verdauen.

»Sie wissen also nicht mehr, dass Sie in die Güllegrube geflüchtet und dort so lange geblieben sind, bis die Polizei Sie fand?«, fragte Anja beinahe flüsternd.

Endlich konnte er auch sie ansehen. »Nein.«

»Wissen Sie, ob es zwischen Ihren Eltern in den Tagen vorher Streit gab?«, fragte Anja weiter, hielt den Blickkontakt, schaffte Vertrauen.

Er wirkte nachdenklich, aber nicht ablehnend. »Ich kann mich nicht erinnern, dass sie mal *nicht* gestritten haben. Es war ein hartes Leben auf dem Hof. Kein Geld, viel Arbeit, eine Menge Druck. Auch wir Kinder haben Aufgaben bekommen. Die Tiere füttern, Ställe misten, so was halt. Mein Vater hatte schnell mal den Gürtel in der Hand, wenn wir nicht gespurt haben.«

»Er hat Sie geschlagen?«, fragte Frida, obwohl es klar war, was er meinte.

»Mehr meine älteren Brüder als mich. Ich glaube, ich hatte noch eine Art Welpenschutz.«

»Und Ihre Mutter?«, fragte Bootz.

Thies sah ihn an, ging sichtlich auf Distanz, sein Augenlid zuckte. Hatte er mit Bootz ein Problem oder generell mit Männern? »Nein, die nicht. Die hat er anders fertiggemacht. Psychisch. Da flog schon mal der Topf mit dem Essen durch die Küche, wenn es ihm nicht schmeckte.«

»Und wie war das Verhältnis zu Ihren Brüdern?« Wieder Anja, deren Stimme eine Ruhe ausstrahlte, die selbst Frida entspannte.

»Das war tagesabhängig. Mal waren wir unzertrennlich, dann haben wir uns um den besten Platz am Tisch geprügelt.« Sein Adamsapfel hüpfte, als er schluckte. »Wie drei Brüder halt so sind.« Er flüsterte fast, und Frida sah in seinen Augen den Abgrund, der sich auftat, wenn man plötzlich allein auf der Welt zu sein schien.

Sie nickte ihre Betroffenheit fort. »Und wie war das Verhältnis zu Ihrer Mutter?«

Wieder sah er ihr lange in die Augen, als suche er darin etwas. Seine Gesichtszüge entspannten sich für einen Moment. »Sie sehen ihr ähnlich!«

Frida öffnete den Mund, wusste aber nicht, ob er das als Kompliment meinte oder ob es seine Wunden wieder aufriss. Also schwieg sie.

Thies senkte die Stimme. »Meine Mom war der tollste Mensch, den ich kannte. Bis sie unsere Familie verraten hat.«

✝

Haverkorn las Fridas SMS, nachdem er aus einer langen Besprechung mit Vollmer an den Schreibtisch zurückkam. Ein Administrator des LKA hatte soeben seinen PC übernommen, um ihn für das Netzwerk freizuschalten. In der Zwischenzeit checkte er seine eingegangenen Nachrichten.

Er hat den dritten Zeugen erwischt. Rufe dich später an, hatte Frida geschrieben.

Haverkorn hatte das Bedürfnis, sie sofort anzurufen, aber ihm war klar, dass sie jetzt kaum Zeit finden würde zu telefonieren.

Ein drittes Opfer, dachte er. Das war eine Serie, und ihm war klar, dass die Telefone in der Mordkommission nicht mehr stillstanden. Wahrscheinlich würde spätestens jetzt eine Soko gebildet werden. Die Mannschaft musste gehörig aufgestockt werden, um einen solchen Fall zu ermitteln. Er dachte darüber nach, Vollmer zu fragen, ob er den Einsatz hier in Kiel beenden könnte. Wahler würde jeden erfahrenen Ermittler brauchen. Aber Haverkorn war persönlich in den Fall involviert. Der Leiter der Mordkommission hatte ihn aus der Schusslinie haben wollen. Wahler würde seine vorzeitige Rückkehr sicherlich ablehnen.

Der Kriminalhauptkommissar dachte an die unverhohlene Drohung, die vom Täter auf seiner Terrasse inszeniert worden war. Dass er es ernst meinte, hatte er spätestens mit dem Tod des dritten Zeugen bewiesen. Er hatte auch vor einem Schwerkranken nicht Halt gemacht, was auf ein sehr persönliches Motiv schließen ließ.

Haverkorn versteifte sich und wählte die Nummer seiner Tochter. Henni musste raus aus dem Haus. Zu Jutta, ihrer Mutter, ziehen oder zu einer Freundin. Es klingelte, mehrfach. Sie nahm nicht ab. Er sprach ihr auf die Mailbox, bat um dringenden Rückruf.

Der Administrator fragte etwas, Haverkorn hörte es gar nicht. Erst als Sonja ihn vom Schreibtisch gegenüber ansprach, löste er sich aus seiner Erstarrung. »Was?«

Der Techniker, der auf seinem Rechner zugeschaltet war, bat Haverkorn, etwas per Klick zu bestätigen. Haverkorn reagierte automatisch auf die Bitte, war aber in Gedanken zu Hause.

Warum erreichte er sie nicht? War sie einkaufen und hatte ihr Handy schon wieder in ihrer Wohnung liegenlassen? Das wäre nicht das erste Mal. Seine Tochter war ohnehin der Überzeugung, dass man nicht ständig und überall erreichbar sein musste. Eine gute Einstellung, aber in dieser Situation kaum zu ertragen.

Er nahm sein Smartphone und wählte Hennis Kurzwahl, erreichte wieder nur ihre Mailbox. Warum hatten sie sich noch kein Festnetz angeschafft? Ob er Frida bitten sollte, nach ihr zu sehen? Ihm fiel ein, dass seine Kollegin gerade an einem Tatort war.

Er spürte Sonjas Hand auf seiner Schulter. Sie stand neben ihm, sah ihn erschrocken an. »Was ist denn los? Geht's dir nicht gut?«

Er schüttelte den Kopf, wusste nicht, was er sagen sollte. »Können wir bitte später weitermachen?«, fragte er den Administrator, aber dieser war schon fertig und loggte sich aus seinem System aus.

»Hier! Trink!« Sonja reichte ihm ein Glas Wasser. »Du bist weiß wie die Wand. Ist was passiert?«

Haverkorn trank das Glas leer. Er schwitzte, fror gleichzeitig. »Meine Tochter …«, sagte er. »Ich erreiche sie nicht.« Er erzählte Sonja, dass es einen dritten Toten gab und dass er sich Sorgen machte, dass der Täter seine Tochter angreifen würde, wenn er ihn selbst nicht fand.

Was hatte er auf das Pappschild geschrieben?

Finde den wahren Täter oder du wirst vor den Richter treten! Dir bleiben 48 Stunden.

Das war gestern Morgen gewesen. Die Frist lief am Morgen des nächsten Tages ab. Scheiße! Er hatte sich nach Kiel verdrückt und gedacht, damit wäre das Problem aus der Welt. Er musste Henni aus der Schusslinie bringen. Nochmals wählte er ihre Nummer, wieder die Mailbox.

Haverkorn griff nach seiner Jacke, zog sie an. »Ich muss sofort nach Hause. Schaffst du den Rest allein?«

»Ja, natürlich!« Sonja machte eine auffordernde Bewegung mit der Hand. »Geh! Und ruf mich an, wenn du da bist!«

Er hörte nichts mehr, war wie in einem Tunnel. Was, wenn er mit seiner Abreise nach Kiel einen riesigen Fehler gemacht und die Gefahr, in der Henni schwebte, unterschätzt hatte?

Es wurde bereits dunkel, als Haverkorn endlich an seinem Wagen war und die Schranke des LKA-Geländes passierte. Kurz darauf raste er über die Autobahn, versuchte unterwegs mehrfach, Henni zu erreichen. Er stöhnte auf, als die gelbe Lampe anzeigte, dass er schon auf Reserve fuhr. Er fuhr langsamer und effizienter, bis einige Kilometer weiter eine Raststätte wie ein heller Lichtkrake aus der Dunkelheit sprang. Als er an eine der Zapfsäulen der Tankstelle fuhr, kündigte sein Handy eine Nachricht an. Sie war von Henni. Endlich! Haverkorn war erleichtert, als er sie öffnete. Dann stockte ihm der Atem.

Papa, ich habe Angst! Ich glaube, es ist jemand im Haus.

Er wählte Hennis Nummer, aber sie ging wieder nicht ran. Es machte ihn wahnsinnig, nichts tun zu können! Er würde mindestens noch eine halbe Stunde bis nach Hause brauchen. Haverkorns Hand zitterte, als er eine Nachricht tippte.

Ich bin unterwegs! Sei bitte vorsichtig!

Dann wählte er Fridas Nummer und war erleichtert, dass seine Kollegin gleich abnahm.

Kapitel 14

»Meine Mutter hat meinen Vater betrogen«, sagte Thies Johannsen nach Sekunden, in denen die Ermittler die Tragweite seiner Worte zu verarbeiten suchten. »Und damit unsere ganze Familie.«

Frida sah Anja an. Sie schien es als Aufforderung zu empfinden. »Woher wussten Sie das?«

»Mein Vater hat sie angeschrien. Ein paar Wochen, bevor …«, er schluckte, »… das alles passiert ist. Er hat sie Schlampe genannt. Ich habe nicht verstanden, was er meinte. Mein Bruder hat mir später erklärt, was eine Schlampe ist. Eine Frau, die viele Männer hat.« Thies sog hörbar Luft ein. »Ein paar Tage vorher hatte ich meine Mutter im Strohschuppen gesehen. Mit einem Fremden.« Er wischte sich über die Augen. »Sie saß auf seinem Schoß.«

Bootz bewegte sich vorsichtig, seine Lederjacke knarzte. Aber er sagte nichts, wartete darauf, dass Thies weitersprach.

»Ich bin weggelaufen. Zu Emma, meiner Lieblingssau, die gerade tragend war.« Er sah Frida an. »Manchmal denke ich, sie hat mir das Leben gerettet. Weil ich vielleicht bei ihr im Stall war, als die anderen erschossen wurden.«

»Wer war dieser Mann im Stall?«, brachte Anja das Gespräch wieder auf die Affäre seiner Mutter. Ihre Stimme wirkte nicht mehr so ruhig.

Thies zuckte die Schultern. »Meine Mutter saß auf

ihm ...« Er brach ab, sah die Polizistin an. »Ich weiß es nicht.«

»Haben Sie Ihrem Vater von Ihrer Beobachtung im Stall erzählt?«, fragte Anja weiter.

Thies schüttelte den Kopf. »Nein! Ich war ja selbst total durcheinander. Und ich wusste, dass mein Vater ausrasten würde.«

»Ihren Brüdern?«, fragte Frida.

Der junge Mann am Tisch schien diese Frage erwartet zu haben. Er nickte. »Dem Ältesten, ja. Und er hat es Vater erzählt. An dem Abend ist es zwischen meinen Eltern eskaliert.« Seine Augen schwammen. »Und deshalb hat er sie eiskalt umgebracht. Alle drei. Und ich bin schuld daran.«

Das lange Schweigen wurde von Fridas Handy unterbrochen. Sie sah, dass es Haverkorn war, entschuldigte sich und ging hinaus. War froh, nach diesem Paukenschlag frische Luft atmen zu können. »Bjarne?« Die kühle Abendluft vor dem Holzhaus beruhigte ihren Puls.

»Frida!« Seine Stimme klang hektisch. »Du musst sofort zu Henni fahren. Da stimmt was nicht!«

Als er es ihr erklärt hatte, rief sie nach Bootz und Anja. Sie kamen aus der Blockhütte, und Frida berichtete in hektisch hingeworfenen Sätzen, was sie gerade von Haverkorn erfahren hatte. Sie rannten los, ohne sich von Thies Johannsen zu verabschieden.

Eine halbe Stunde war Haverkorn noch nie so lang vorgekommen. Er erreichte Deichgraben völlig durchgeschwitzt und bog in die Straße ein, wo sein Haus stand. Schon von

Weitem sah er das Blaulicht, das von einem Streifenwagen in die Nacht geschleudert wurde.

Er hatte das Gefühl, von innen zerrissen zu werden. Haverkorn wollte den Gedanken nicht zu Ende denken, was dieses Polizeiaufgebot bedeutete. Einige Hauseingänge vor seiner Reetdachkate stand der Streifenwagen quer auf der Straße. Er hielt an und stieg aus, um mit den Kollegen zu sprechen. Wo war nur sein verdammter Dienstausweis?

Im Wagen saß niemand, Haverkorn suchte die Hauseingänge ab. Aus einer Hecke am Rand eines Gartens trat eine Gestalt ins Licht seines Scheinwerfers. Er erkannte die Uniform. Der Kollege der Schutzpolizei nestelte an seiner Hose. Wahrscheinlich hatte er eine dunkle Ecke gesucht, um sich zu erleichtern.

Haverkorn hielt seinen Dienstausweis hoch, den er endlich gefunden hatte. »Kripo Itzehoe, fährst du mal kurz weg?«

Der Beamte kratzte seinen ungepflegten Vollbart. »Ich soll niemanden durchlassen!«, sagte er in einem näselnden Tonfall.

Am liebsten hätte Haverkorn seinem Ärger Luft gemacht, aber er versuchte, ruhig zu bleiben. »Meine Kollegen sind vor Ort!« Er zeigte auf sein Haus.

Der Uniformierte wirkte unschlüssig. Sein struppiger Bart zuckte. Die Blende der Schirmmütze warf einen harten Schatten, sodass Haverkorn sein Gesicht nicht lesen konnte.

»Ich muss hier durch!«, sagte er forsch und hielt dem Kollegen nochmals seinen Dienstausweis unter die Nase, als reichte dieses Argument aus. Unter dem Mützenschirm keine Regung. Warum zögerte der Kollege?

»Weißt du was, ich komme auch so vorbei! Mach dir nicht die Mühe!« Haverkorn hatte es satt, weil ihm dieses unsinnige Kräftemessen zu lange dauerte. Er drehte sich um und ging zu seinem Passat. Als er einstieg, ging die Beifahrertür auf. Der Uniformierte setzte sich neben ihn. »Fahr da hinten rum!«, sagte er nun. Nicht einmal unfreundlich. Er zeigte auf das Heck des Streifenwagens, wo Haverkorn über den Bürgersteig setzen konnte. »Ich komme mit!«

†

Frida stand in Haverkorns Küche neben Bootz, der sich interessiert im Raum umsah, als stände er vor der Entscheidung, das Haus zu kaufen. Es war ein seltsames Gefühl, hier zu sein, obwohl weder Haverkorn noch seine Tochter da waren.

Frida sah sich nochmals um, hoffte, irgendwas zu finden, was ihren Verdacht, dass Henni verschleppt worden war, widerlegte. Ein paar Schubladen waren geöffnet und offensichtlich durchwühlt worden, Regale und Stühle umgeworfen. Waren das Einbruchs- oder Kampfspuren? Vielleicht war es wirklich nur ein Einbrecher gewesen, und Henni war aus dem Haus geflohen, hatte sich irgendwo in Sicherheit gebracht? Die Chance war so hauchdünn wie ein Blatt Papier.

Noch einmal las sie die Nachricht, die Haverkorn ihr weitergeleitet hatte: *Papa, ich habe Angst! Ich glaube, es ist jemand im Haus.*

Er war sehr beunruhigt gewesen, verständlich! Dennoch hatte sie ihre Bedenken geäußert, weil er sich ohne Rücksprache mit Wahler von Kiel auf den Heimweg gemacht hatte. Aber wenn sie sich im Haus so umsah, war seine Sorge wohl nicht unbegründet gewesen.

»Keine Einbruchspuren«, sagte Bootz. »Weder an der Haustür noch hier hinten. Wie ist er reingekommen?«

»Möglicherweise über die Terrassentür«, sagte Frida. »Sie schließen sie nur nachts ab.« Sie blickte durch das Glas hinaus in die nasskalte Nacht, die vom milchigen Schein der Terrassenleuchte durchbrochen wurde. Nebelschlieren hingen zwischen den Obstbäumen wie schon am Morgen, als Haverkorn hier draußen die Stühle gefunden hatte.

»Er wird gleich hier sein. Was sagen wir ihm?« Frida hörte selbst, dass ihre Stimme belegt klang vor Angst, Henni könnte etwas Schlimmes zugestoßen sein. Ihr Versagen war so greifbar, dass es wehtat. Erst Jens Markmann, nun noch Haverkorns Tochter. Scheiße, hörte es denn nie auf?

Anja war noch draußen, sprach vor dem Haus mit einem Kollegen der Schutzpolizei. Die Leitstelle hatte einen Streifenwagen hergeschickt, weil ein anonymer Anruf auf der Notrufnummer eingegangen war. Der Anrufer hatte berichtet, dass ein Einbrecher hier am Haus beobachtet worden sei. Die Kollegen der Streife hatten die Tür offen vorgefunden und daraufhin das Haus durchsucht. Gerade als Frida, Bootz und Anja eingetroffen waren.

Frida wählte die Nummer ihrer Eltern und fragte nach, ob Henni bei ihnen war. Ihre Mutter hatte sie lange nicht gesehen, wollte Frida in ein Gespräch verwickeln. Sie vertröstete sie auf den Abend, wählte die Nummer vom Boxclub. Milan ging ran, war genauso kurz angebunden wie sie selbst. »Nein, Henni ist nicht hier!« Er legte nach einem kurzen Gruß auf.

Erneut versuchte sie, Haverkorn zu erreichen. Aber wieder ging nur die Mailbox ran. Dann wählte sie Hennis Nummer, ebenfalls erfolglos. »Mist!«

In Bootz kam Bewegung. »Ich rufe Klaus an. Wir brauchen eine Funkzellenabfrage für ihr Handy. Je schneller, desto besser!« Er drehte sich zu Frida. »Bjarne sollte heute

Nacht nicht hierbleiben. Kann er bei euch auf dem Hof unterkommen?«

»Sicher!« Frida war mit den Gedanken woanders. Bjarne hatte sie gestern angerufen und gebeten, auf Henni aufzupassen, während er in Kiel war. Sie hatte in den letzten vierundzwanzig Stunden nicht ein einziges Mal nach ihr gesehen. Ein Schuldgefühl zog sich wie ein eisiger Panzer über ihren Rücken. Auch wenn ihr klar war, dass sie das alles durch einen Besuch bei Henni nicht hätte verhindern können. Es hätte ihr ein besseres Gefühl gegeben. Das Gefühl, Haverkorn nicht so schuldbeladen gegenübertreten zu müssen.

»Bjarne müsste längst hier sein.« Frida sah auf die Küchenuhr.

Bootz zuckte die Schultern. »Vielleicht steht er im Stau.«

Anja kam herein, hinter ihr trat eine schmale Figur ins Licht.

Fridas Herz schien für einen Schlag auszusetzen.

Haverkorns Tochter blickte überrascht in ihre Küche. »Was ist denn hier los? Eure Kollegin wollte mir nichts sagen. Ist was mit meinem Vater?« In ihrem Gesicht lag die pure Angst, darauf eine ehrliche Antwort zu erhalten.

Frida ging zu ihr und nahm sie in den Arm, spürte, dass Hennis Körper sich versteifte.

»Frida! Geht's ihm gut?«

Frida gab sie frei. »Alles okay! Wir dachten, *du* wärst in Gefahr!«

Ein langer Blick. Ungläubig. Ein kurzes Lachen, in dem sich ihre Anspannung entlud. »Ich? Wieso denn?«

»Na, deine Nachricht, dass du Angst hast, weil jemand hier im Haus ist?«

Henni schüttelte verwirrt den Kopf. »Was?«

Frida sah Anja an. »Du hast doch deinem Vater eine Nachricht geschrieben. Deshalb hat er sich von Kiel auf den Weg hierher gemacht!«

»Nein! Die war nicht von mir.«

»Du hast ihm nicht geschrieben?«, fragte Frida.

»Nein! Wir haben gestern Abend das letzte Mal telefoniert.« Eine entschuldigende Geste. »Mein Handy habe ich gestern irgendwo verlegt!«

Die Erkenntnis versetzte die Stille zwischen ihnen in Schwingungen. Bootz lief zuerst los, sein Smartphone am Ohr. »Nick, es geht um Bjarne!« Die Tür knallte hinter ihm ins Schloss.

Frida wählte abermals Haverkorns Nummer. Vielleicht war er noch im Auto, auf dem Weg hierher. Wieder die Mailbox. Sie bat ihn, sofort zurückzurufen. Aber ihr Arm sackte schlaff herab. Denn sie ahnte, dass es zu spät war. Tränen stiegen ihr in die Augen, und sie drehte sich weg, damit Henni sie nicht sah. Der Täter hatte Haverkorn nach Hause gelockt. Und er war, genau wie sie alle, in seine Falle getappt.

Um das Reetdachhaus ihrer Familie tanzten nasskalte Böen, die Frida wie ein feuchter Atem ins Gesicht wehten, als sie aus Bootz' Auto stiegen. Niemand sagte etwas, weil allen klar war, dass es in dieser Nacht um Leben und Tod ging. Für einen Kollegen und Freund.

Denn es gab nun keinen Zweifel mehr daran, dass der Täter Haverkorn erwischt hatte. Spätestens seit der Kollege der Schutzpolizei ins Haus gestürmt kam und hektisch berichtete, dass er seinen Kollegen, der beim Streifenwagen geblieben war, benommen in einem Vorgarten gefunden hatte. Er hatte dort gelegen ohne Uniform, nur mit seiner

Unterwäsche bekleidet. Der Täter hatte ihn vom Streifenwagen weggelockt, niedergeschlagen und ausgezogen.

Wofür er die Uniform gebraucht hatte, war offensichtlich. Um sich vor Haverkorn als ein Kollege auszugeben.

Sie mussten in seinem Passat unterwegs sein. Die Fahndung nach dem Fahrzeug lief, aber viel Hoffnung machte Frida sich nicht, dass der Täter auch einen Plan hatte, wie er die Großfahndung umgehen konnte.

Bruno kam aus der Tür geschossen, wuselte zwischen ihren Beinen, beschnüffelte Bootz' Hosenbein und lief zu Marta, die in der Tür stand.

»Habt ihr Hunger?«, fragte Fridas Mutter.

Henni und sie verneinten, aber Bootz schien immer hungrig zu sein. Ihn setzte Marta an den gedeckten Tisch, wo Torben und Fridtjof seit Fridas Anruf ausharrten. Marta tat Bootz Jägerschnitzel mit Kartoffelbrei auf, und nun setzten sich auch Frida und Henni an den Tisch und waren froh, ihre kalten Hände an einer Tasse Tee aufwärmen zu können.

»Habt ihr was von ihm gehört?«, fragte Fridtjof. Nicht weil er wirklich eine Antwort darauf erwartete, sondern um das erdrückende Schweigen vom Tisch zu verbannen.

»Nein, bisher nichts!« Frida trank einen Schluck Tee und verbrannte sich die Zunge.

Neben ihr machte Bootz sich über das Essen her, als wäre er tagelang ohne Nahrung durch die Wildnis geirrt. Teller und Besteck klapperten, und alle Blicke hingen an seinen vollen Backen, weil es das Normalste der Welt war, einem Essenden zuzusehen. Und ein Stück Normalität brauchten sie heute Nacht, um die Angst um Haverkorn zu ertragen.

»Sie werden ihn sicher finden!«, sagte Marta, die Bootz ein weiteres Schnitzel auf den Teller legte. Sie war immer die

Zuversichtlichste in der Familie gewesen. Aber ihren Optimismus konnte heute hier niemand teilen.

»Ich zeige dir dein Zimmer!« Frida stand auf und nahm Henni mit ins Obergeschoss.

Marta hatte das Bett im Gästezimmer schon bezogen. Der Duft frischer Bettwäsche hing in der Luft wie das Versprechen, dass hier die Welt noch in Ordnung war. Aber Henni würde in dieser Nacht sicherlich kein Auge zumachen, sondern die ganze Zeit auf ihr Handy starren.

Frida legte ihr kurz die Hand auf den Arm. Dann ließ sie Haverkorns Tochter allein und ging über den knarrenden Dielenboden weiter in ihr Zimmer, wo Torben auf sie gewartet hatte. Ihre Blicke trafen sich. Er nahm sie in die Arme und hielt sie, weil er wie sie nicht wusste, was er sagen sollte.

»Wann musst du wieder los?«, fragte er leise.

»Jetzt gleich. Ich ziehe mich nur um. Heute Nacht schläft keiner von uns.«

Er strich ihr eine Strähne aus dem Gesicht. »Du musst daran glauben, dass er zurückkommt!«

Sie nickte, sagte aber nichts. Eine Zustimmung wäre nicht aufrichtig gewesen, denn sie schwankte zwischen Hoffnung und tiefer Verzweiflung. Erst heute Nacht war ihr klar geworden, wie nahe sie und Bjarne Haverkorn sich wirklich standen.

Kapitel 15

In der Nacht war die Soko »Zeugen« gebildet worden. Wahler saß mit dem zuständigen Staatsanwalt, einem mürrischen weißhaarigen Mann, und dem Leiter der BKI seit Stunden zusammen. Der Rest der Mannschaft schaffte Platz für die zusätzliche Manpower, die nach und nach eintraf. Kollegen aus anderen Abteilungen waren kurzfristig hinzugezogen worden, um das Team der Mordkommission zu verstärken. Anja übernahm Haverkorns Position und briefte das Team kurz vor Mitternacht im Konferenzraum, teilte Teams ein, ernannte Aktenführer. Sie hatten drei Tote und einen verschleppten Polizeikollegen, von dem die Presse noch nicht einmal wusste.

Wahler hatte am Nachmittag die Pressekonferenz zusammen mit der Pressesprecherin souverän über die Bühne gebracht. Natürlich rückte nun auch der Fall Johannsen wieder in ihren Fokus. Morgen würden die Zeitungen es sicherlich als Headline bringen, von einem Racheengel schreiben, der einen vermeintlich Unschuldigen aus dem Knast holen wollte.

Wahler hatte nur das Nötigste preisgegeben. Täterwissen, wie die Todesursache der Opfer und die Pappschilder, hatte er der Presse verwehrt, um Trittbrettfahrer oder aufmerksamkeitsheischende Bürger, die die Telefondienste mit Anrufen überschütteten, zu vermeiden. Natürlich hatte er um sachdienliche Hinweise aus der Bevölkerung gebeten, die in den kommenden Stunden und Tagen ausgewertet werden mussten. Eine Sisyphosarbeit, die alle hassten. Aber die sich für den einen entscheidenden Tipp lohnte. Wenn er denn überhaupt kam.

Frida hockte hinter ihrem Bildschirm und starrte auf die Buchstaben, die vor ihren Augen verschwammen. Sie hoffte, dass es Haverkorn gut ging, dass der Täter mit der Entführung eines Polizisten nur sein Ultimatum bekräftigen wollte. Dass er erkannte, dass der Kriminalhauptkommissar damals mit seiner Aussage im Prozess nach bestem Wissen ausgesagt und die Erkenntnisse der polizeilichen Ermittlungen wiedergegeben hatte. Er konnte keiner Lüge bezichtigt werden. Frida hoffte, dass das sein Überlebenspfand war.

Aber wissen konnte sie es nicht.

Henni rief sie stündlich an, aber Frida konnte sie nur hinhalten und vertrösten.

»Ich werde hier verrückt!« Frida schob sich am Schreibtisch ab und rollte mit dem Stuhl zurück. »Die Großfahndung nach seinem Auto läuft, bringt aber nichts, weil es garantiert irgendwo versteckt oder sogar versenkt wurde.«

»Ich denke auch, dass das zu nichts führt«, sagte Bootz und klickte mit der Computermaus herum, las etwas auf dem Bildschirm. »Ach, du Scheiße!«, entfuhr es ihm.

»Was ist los?«

»Der Kollege vom BKA hat mir gerade geantwortet.«

»Der vom Schusswaffenerkennungsdienst?«

»Genau! Komm mal her!«

Frida stand auf, ging zu Bootz und sah ihm über die Schulter. Sie erkannte das BKA-Emblem der E-Mail, die kurzen Sätze, die bei Frida einen Gefühlssturm auslösten.

»... *liegen uns Munitionsteile vor, die mit der uns eingeschickten Probe übereinstimmen ... wurde diese Waffe mit sehr hoher Wahrscheinlichkeit bei einem weiteren Tötungsdelikt benutzt. Die ballistische Spur Ihrer seit 2005 verschwundenen Tatwaffe taucht in unserem System im Zusammenhang mit einem Mord in einem Waldstück nahe Göttingen auf. Dort wurde am Abend des 24. Mai 2007 eine Frau mit einem Schuss in die Stirn getötet und erst Tage später entdeckt. Projektile und Hülsen lagern seitdem hier im Schusswaffenarchiv des BKA, da der Täter nie hatte ermittelt werden können.«*

Es folgten kollegiale Grüße, die Frida gar nicht mehr las.

Zwei Mordfälle, eine Waffe.

Und die Erkenntnis, dass Cord Johannsen tatsächlich unschuldig gewesen sein musste. Denn der saß seit 2005 in der JVA Kiel ein.

Bootz stand auf. Rote Hektikflecken bildeten sich auf seinem Hals. »Ich gehe zu Wahler!«

»Warte mal!« Frida hielt ihn am Arm fest. Ließ ihn los, weil sie merkte, dass der Körperkontakt eine Übersprungshandlung gewesen war. »Der wird dir die Hölle heißmachen, weil du die Sachen ohne sein Wissen nach Wiesbaden geschickt hast. Vor allem zu einer Zeit, als du die Order hattest, den Altfall ruhen zu lassen.«

»Das ist mir egal! Das Ergebnis zählt. Johannsen ist unschuldig! Und unser Täter weiß das ganz genau. Wir können nicht mehr allein weitermachen, sondern müssen unsere Ermittlungen mit den anderen bündeln!«

»Lass uns doch erst mal ein paar Fakten sammeln! Mit den Kollegen in Göttingen sprechen, die Akte einsehen.«

»Dieser Alleingang kann uns wertvolle Zeit kosten! Jetzt ist die Soko gefragt!«

Er hatte ja recht, Frida spürte, dass ihre Wangen rot wurden. Natürlich mussten sie Wahler und das gesamte Team mit ins Boot holen. Warum wollte sie das nicht? Weil sie Zeit mit Bootz für sich haben wollte? Oder war sie eifersüchtig auf seinen Ermittlungserfolg? Total bescheuert, das wusste sie. »Klar, ich dachte nur …«

Die Bürotür wurde aufgestoßen. Anja stand in der Tür, legte ihre schusssichere Weste um. »Wir haben einen Verdächtigen!« Ihre Stimme flatterte vor Anspannung. »Wir haben vom Schriftexperten des LKA einen Hinweis bekommen, wer die Pappschilder geschrieben hat.« Sie überlegte einen Moment, um sich richtig zu erklären. »Unsere drei Opfer haben ein paar Jahre gemeinsam im ländlichen Immobiliensektor spekuliert. Vor drei Jahren haben sie einem Mann sein Bauland in Hetlingen abgenommen. Legal, aber mit ziemlich brachialen Methoden. Der Typ saß wegen schwerer Körperverletzung für zweieinhalb Jahre ein und hat von dort ein paar reißerische Briefe an die drei verfasst, die uns die Angehörigen übergeben haben. Das LKA hat die Schriftproben verglichen. Ganz klare Übereinstimmung mit der Schrift auf den Pappschildern!«

»Ich denke, der Mann sitzt im Knast?«, fragte Frida verwirrt.

»Vor einer Woche ist er rausgekommen.« Anja schloss den Klettverschluss der Weste unter der Brust und hielt drei Finger der rechten Hand hoch. »Der Zugriff findet um drei Uhr statt. Das SEK ist angefordert.«

Sie sah Bootz, dann ihre Kollegin ungläubig an. »Du denkst, die Zeugen-Morde haben gar nichts mit dem Johannsen-Fall zu tun?«

Anja schüttelte den Kopf. »Nein, das war eine Nebelkerze. Der hat uns von Anfang an verarscht!« Sie lief aus dem Büro.

Bootz griff seine Lederjacke, zog die schusssichere Weste

aus dem Schrank und legte sie um. »Na los! Oder willst du die Show verpassen?«

Frida ging zum Schrank, holte ihre Weste heraus. Nein, ganz sicher nicht!

Es war kurz nach zwei Uhr nachts, als sie ihre Position einnahmen. Zu dritt brachten sie sich neben einem nach hinten versetzten Mehrfamilienhaus mit charakterloser Waschbetonfassade in Stellung. Das SEK war auf dem Weg, würde noch zwanzig Minuten brauchen. Sie sollten hier warten und das Haus beobachten. Mehr nicht.

»Und wenn er ihn da drin hat?«, fragte Bootz und sprach aus, was sie alle dachten. Seine Stimme war ruhig. Er hatte beim SEK an genügend Einsätzen wie diesem teilgenommen. Ihm war höchstens eine gewisse Anspannung anzumerken, aber keine Nervosität wie bei Frida, die das Zittern ihrer Hände nicht unter Kontrolle bekam. Vorsorglich hatte sie diese in den weiten Taschen des Parkas verborgen.

Was, wenn sie zu spät kamen?

Wenn Haverkorn schon tot war?

»Das SEK wird ihn rausholen. Du weißt doch genau, wie das läuft.« Anja klang nervös und behielt Bootz im Blick.

»Wir sollten uns wenigstens vergewissern, ob der Typ wirklich hier wohnt.« Bootz wartete Anjas Antwort nicht ab. Er huschte an die Haustür und leuchtete die Klingelschilder aus.

Anja und Frida folgten ihm, blieben aber im Schatten der umliegenden Häuser in Deckung.

»Dritter Stock rechts«, sagte Bootz beinahe lautlos.

Sie hatten von Wahler die Anweisung bekommen, sich im Hintergrund zu halten und auf das SEK zu warten. »Keine Alleingänge!«, hatte ihr Chef ihnen eingebläut.

Eine nahe Straßenlaterne erhellte kurzzeitig Bootz' Gesichtszüge und ließ Frida seine Entschlossenheit sehen, die ihr ein sicheres Gefühl gab. Plötzlich machte er eine Drehung und schob die Haustür auf. Sicherheitsbewusste Mieter schien es hier nicht zu geben.

»Scheiße!« Anja warf Frida einen Blick zu, nickte kurz, zog ihre Dienstwaffe aus dem Holster. Dann folgten sie ihrem Kollegen, der schon die erste Treppe hinaufgelaufen war. Lautlos und die Waffe in Höhe des Brustbeins eng am Körper haltend, vorwärts abwärts gerichtet, wie es bei der Spezialeinheit über die Jahre bei ihm in Fleisch und Blut übergegangen war. Bootz vergewisserte sich, dass sie ihm folgten, dann ging er weiter.

Als Bootz die Zwischentür zum Flur der dritten Etage aufstieß, hörten sie Geräusche, die Frida durch Mark und Bein gingen. Ein Mann schrie, gedämpft durch Wände und eine Wohnungstür. Frida griff ihre Walther P99 Q fester. Drei Türen, Bootz legte das Ohr an jede, blieb vor der dritten stehen. »Hier!« Sie postierten sich auf beiden Seiten. Auf das Holz war mit Fasermaler *BECKER* gekritzelt worden. Das war ihr Mann.

Ein lautes Stöhnen hinter der Tür, dann eine Stimme, die etwas sagte. Nicht zu verstehen. Wieder ein Schrei, der Frida bis in die Eingeweide fuhr. Dann war es still in der Wohnung. War das Haverkorn gewesen? Eine schreiende oder stöhnende Stimme war kaum zu identifizieren. Die Stille war unheimlich. Frida sah Anja an, dann Bootz. Warum taten sie nichts, starrten nur mit erhobenen Waffen auf die Tür?

»Wir müssen da rein!«, presste Frida heraus. Sie schwitzte unter der schusssicheren Weste.

»Wir wissen nicht, was uns da drin erwartet!«, sagte Anja.

Frida riss die Augen auf. »Wenn wir erst auf die Verstärkung warten, ist er vielleicht tot.«

Bootz war in seiner Haltung erstarrt. Frida sah, dass seine Gesichtsmuskeln arbeiteten. Er konnte am besten abschätzen, ob sie den Zugriff wagen sollten. Gefahrenabwehr. Rechtlich abgesichert, keine Frage. Aber wie hoch war das Risiko?

Der Mann in der Wohnung fing wieder an zu schreien. So klang Todesangst.

»Wir gehen rein!«, sagte Bootz. Sein Tonfall war entschieden. »Ich gehe vor, ihr sichert!«

»Okay!«, stieß Frida hervor. Sie spürte die Waffe in ihren Händen, die plötzlich ganz ruhig waren.

Bootz sah ihr einen Moment in die Augen, als müsse er sich vergewissern, dass sie bereit war. Dann nickte er. »Na los!« Er trat mit dem Fuß gegen die Tür. Es knirschte. Bootz ging einen Schritt zurück. Dann trat er nochmals mit Anlauf dagegen. Die Spanplatte mit Türschloss flog krachend auf und schlug gegen die Wand im Inneren. Bootz ging voran, die Walther in Brusthöhe eng am Körper. Frida und Anja sicherten in seinem Rücken.

Halbdunkel. Ein kurzer Flur. Schneller Blick nach rechts in die kleine Küche.

»Sicher!«, sagte Anja.

Weiter. Am Ende das Wohnzimmer. Die Tür war offen. Verbrauchte Luft. Überall Müll und herumgeworfene Klamotten. Ein leerer Schlafsack am Boden, neben dem sich Pizzakartons stapelten.

Der Fernseher lief. Auf dem Bildschirm ein Mann, der auf einem Stuhl angebunden war und von zwei Typen mit üblen Tattoos misshandelt wurde. Seine Schreie schraubten sich in Fridas Nervenbahnen.

Das Wohnzimmer war leer.

»Polizei!«, rief Bootz und versuchte, gegen die Lautstärke aus dem TV anzukommen.

Frida schwitzte stärker. War hier wirklich niemand? Hatte der Bewohner einfach seinen Fernseher laufen lassen und war gegangen? Oder täuschte er sie nur?

Anja deutete auf die letzte Tür. Bootz nickte. Wahrscheinlich das Bad. Die Schreie des Misshandelten zerrten an ihren Nerven. Aber sie konnte die Lautstärke des Fernsehers jetzt nicht runterregeln. Bootz ließ seine Waffe sinken und legte eine Hand auf die Klinke.

Die Tür wurde von innen aufgestoßen, prallte gegen ihn. Die Waffe rutschte ihm aus der Hand, schlug hart auf dem Boden auf. Eine Gestalt stürzte aus dem Raum, rammte Bootz den Kopf in den Bauch und schob ihn durch das Zimmer.

»POLIZEI!«, schrien Frida und Anja gleichzeitig. Zwei Schritte in Richtung Angreifer. »POLIZEI!« Fridas Stimme überschlug sich.

Der Angreifer presste noch immer den Kopf in den Bauch ihres Kollegen, drückte ihn mit roher Gewalt gegen die Wand. Er hob eine Hand. Etwas Metallisches blitzte auf. Anja schrie ihn mit erhobener Waffe an. »FALLENLASSEN! SOFORT FALLENLASSEN!«

Der Typ reagierte nicht, hatte eine unbändige Kraft. Bootz klebte wie ein großer Käfer, der mit seinen Beinen ruderte, an der Wand. Er konnte ihn nicht wegdrücken.

Frida wurde plötzlich ganz ruhig. Wie oft hatte sie damals auf Streife solche Typen festgenommen? Sie steckte ihre Waffe ins Holster, packte den Arm des Angreifers und drehte ihn mit Gewalt auf seinen Rücken. Er schrie auf, sackte auf die Knie und ließ eine Schere fallen.

Bootz beugte sich vornüber, stützte die Arme auf die Knie und atmete durch. Dann ging er zum Fernseher und schaltete ihn aus. Endlich Ruhe!

Frida wischte sich über das Gesicht. Sie hatten sich von einem blöden Film reinlegen lassen. Aber da draußen hatte es so echt geklungen!

Anja hatte ihre Walther ins Holster gesteckt und legte dem Angreifer Handfesseln an. Der Typ faselte etwas von Privatwohnung und stieß ein paar Flüche aus. »Ihr Drecksbullen!«

Bootz hob die Schere auf. »Das war knapp. Das Ding hätte ich nicht im Auge haben wollen.«

Uwe Becker saß mit gefesselten Händen auf dem Boden und sah sie an.

Bootz hockte sich vor ihn hin. »Wo ist Bjarne Haverkorn?«

»Was? Wer?«

»Wo ist unser Kollege?«, fragte er lauter.

»Ich weiß nicht, was du von mir willst«, antwortete Becker mit weinerlicher Stimme.

»Wir haben Becker, das Objekt ist gesichert«, sagte Anja hinter ihnen im Halbdunkel. Wahrscheinlich telefonierte sie mit Wahler. »Das SEK kann wieder umdrehen.«

»Wo hast du ihn versteckt?«, fragte Frida ruhig, sah dem Mann vor ihren Füßen in die Augen. Eine jämmerliche Gestalt, die den Rotz hochzog.

»Wovon redet ihr denn? Ich kenne den nicht!« Er schluchzte auf. »Einmal Knasti, immer Knasti! So denkt ihr doch, oder?«

†

Ein Knarren. Haverkorn schreckte auf und horchte, hörte nur das Rauschen des Windes unter den Balken. Hatte er sich das Geräusch nur eingebildet? Da war es wieder! Ein Knistern und Knabbern wie von einem Nagetier, schräg hinter ihm an der Wand. Waren das Mäuse? Oder Ratten?

Haverkorn bewegte sich vorsichtig, wollte sich in eine andere Lage bringen. Sein Magen knurrte. Aber der Hunger war nicht das Schlimmste, sondern der brennende Durst. Die Wasserflasche war halb voll. Er versuchte, noch etwas Zeit vergehen zu lassen, bis er wieder etwas trank.

Verdammter Mist! Wie hatte er so unvorsichtig sein können? Dass der Uniformierte, der in sein Auto gestiegen war, kein Kollege war, hatte er ja nicht ahnen können. Der Bärtige hatte eine Waffe gezogen und ihn mit kurzen Kommandos an seinem Haus vorbeidirigiert. In einen Feldweg waren sie abgebogen, dann einige Kilometer durch die Dunkelheit gefahren, bis sie auf dem ehemaligen Johannsenhof ausgestiegen waren. Er hatte vorsichtig versucht, mit seinem Entführer ein Gespräch anzufangen. Doch dieser hatte nicht mit sich reden lassen. Der Mann war mit ihm in den Schweinestall gegangen, wo Haverkorn in einen der Sauenkäfige klettern musste. Darin hatten bereits eine Matratze, eine schimmernde Rettungsdecke aus Alu, eine alte Steppdecke und die Wasserflasche gelegen. Wortlos hatte er ihm die Handfessel angelegt.

Seitdem war er hier allein.

Was war mit Henni? Ging es ihr gut? Warum hatten die Streifenwagen vor seinem Haus gestanden? Diese Unwissenheit setzte ihm am meisten zu, versetzte ihm innerliche Schmerzen wie ein glühendes Messer in den Eingeweiden.

Er durfte Henni nicht verlieren! Dann lieber sein eigenes Leben als ihres!

Haverkorn sah sich um, blickte auf kahle Betonwände, schlierige Fenster, Eisenkäfige. Hier würde ihn sicher niemand vermuten.

Das Motorengeräusch in der Ferne war längst verschwunden. Niemand verirrte sich auf diesen einsamen Hof. Frida und Bootz waren schon vor zwei Tagen hier gewesen. Wenn jemand hierherkam, dann der Täter. Und zu was er fähig war, wusste Haverkorn, hatte vor dem Erhängten in der Geest gestanden. Aber viel wahrscheinlicher war, dass er ihn hier einfach verdursten oder erfrieren ließ. Die Ratten, die hin und wieder durch die Gänge huschten, kamen immer näher.

Kapitel 16

Samstag, 5. Februar 2022

»IHR SOLLT NICHTS UNTERNEHMEN, HABE ICH GESAGT!« Wahler war schon immer ein blasser Typ gewesen, aber wenn er zornig war, wirkte sein Gesicht fast weiß. Frida zog den Kopf ein. Sie hatte ihn noch nie so brüllen gehört. Sie waren von ihm ins Büro bestellt worden, und während sie hier ankamen, hatte er mit dem Leiter der SEK-Einheit in Kiel telefoniert. Dass dieser alles andere als *amused* war, dass sein Team umsonst ausgerückt war, konnte man an Wahlers angestrengtem Tonfall hören.

»Es war Gefahr im Verzug! Wenn wir nicht …«, versuchte Anja zu retten, was nicht mehr zu retten war.

»IHR SEID AUF EINEN FILM REINGEFALLEN!« Wahler atmete mehrfach durch, bis er sich wieder unter Kontrolle hatte.

Sie hatten wegen der Gewaltszene in einem Film das Grundrecht auf Unverletzlichkeit der Privatwohnung ausgehebelt. Wäre es wirklich eine Gefahrenlage gewesen, kein Problem. Aber so? Schon auf der Polizeischule war ihnen eingehämmert worden, ruhig und besonnen zu bleiben, alle Umstände abzuwägen.

Aber diese Schreie hinter der Tür hatten etwas mit Frida gemacht. Was, wenn sie die anderen nicht gedrängt hätte? Hätten sie dann auf das SEK gewartet? Oder besser noch … schnell erkannt, dass es nur ein Film war, der in dieser Wohnung lief? »Es war meine Schuld! Ich wollte unbedingt reingehen.« Das war das Mindeste, was sie für ihre Kollegen tun konnte.

»Nein, ich war das!«, kam es von Bootz aus seiner Ecke, wo er seit Minuten hockte und schweigend ausgeharrt hatte. »Ich bin zuerst rein. Ich dachte, ich hätte die Situation unter Kontrolle.«

Ein langer Blick von Wahler, dessen Kiefer mahlten. Aber er sagte nichts.

»Wir sind ihm gefolgt ...«, fuhr ihm Anja in die Parade. »Wenn, dann sind wir alle drei schuld, dass der Zugriff schiefgelaufen ist.«

»So ist es!« Ihr Chef stellte sich ans Fenster und richtete die Jalousienblätter aus. »Natürlich verstehe ich, dass euch Bjarnes Entführung in den Knochen sitzt. Aber für solche Situationen wurdet ihr ausgebildet! Ihr habt euch von dem Gedanken leiten lassen, dass eine Notlage besteht, ohne es sicher nachzuprüfen. Wie die absoluten ANFÄNGER!« Eine halbe Drehung, er sah Bootz an. »Gerade von dir, Leonard, hätte ich erwartet, dass du einen kühlen Kopf bewahrst! Gut, dass du raus bist aus dem Kommando!«

Dieser Seitenhieb hatte gesessen. Aus Bootz' Ecke kam keine Regung. Zerknirscht hing er in seiner Lederjacke, hatte noch nicht einmal die schusssichere Weste abgelegt.

Wahler setzte sich an seinen Schreibtisch, schien einen Entschluss gefasst zu haben. »Ihr geht jetzt nach Hause und schlaft euch aus!«

Frida schluckte. Das hatte sie befürchtet. Er nahm sie aus dem Spiel. Scheiße! Wer würde jetzt Uwe Becker befragen, der seit einer halben Stunde hier im Verhörraum saß und seine Unschuld beteuerte? Dieser Mann allein wusste, wo Haverkorn war, aber er zerfloss in Selbstmitleid. Wer würde ihn knacken können?

»Morgen um neun zum Teammeeting seid ihr wieder hier!« Wahler schenkte jedem einen letzten strafenden Blick. »Das Team weiß nicht, unter welchen Umständen Becker festgenommen wurde. Und das bleibt so, verstanden?«

»Verstanden!« Anja erhob sich als Erste von ihrem Stuhl. Sie sah völlig erschlagen aus. Bootz ließ Frida den Vortritt an der Tür. Ein paar Stunden Schlaf würden ihnen allen guttun. Sie konnte nur hoffen, dass Becker in der Zwischenzeit redete.

†

Haverkorn schreckte hoch. Er musste wieder eingedöst sein. Glücklicherweise hatte er dieses Mal nicht von verzerrten Gesichtern und Sonja beim Tanzen geträumt. Er war durch ein Geräusch geweckt worden. Im ersten Moment klang es wie ein Auto, das sich näherte. Haverkorn hob abrupt den Kopf und lauschte. Es war ein gleichbleibendes Dröhnen in der Ferne. Vielleicht war es gar kein Auto, sondern ein Trecker, der ein Feld bearbeitete. Aber um diese Jahreszeit?

Er rutschte hoch, musste kurz innehalten, weil ihm schwindlig wurde. Seine angekettete Hand spürte er nicht mehr, begann sie mit der anderen vorsichtig zu massieren, um die Durchblutung anzuregen.

Draußen dämmerte es. Die teilweise zersprungenen Lukenfenster waren blind von Staub und Dreck. Aber das fahle Licht, das sie kurz darauf durchdrang, hob die Beton- und Metallbauten des Schweinestalls aus dem Dunkel. Die Käfige, in denen jahrelang Sauen mit Ferkeln gelegen hatten. Wo er jetzt auf dieser zerschlissenen Matratze hockte. An der Tür eine Betonfläche, wo noch Gerätschaften standen. Zwei Forken mit zerbrochenem Stiel, eine Schaufel, mit der sicherlich das Futter in die Boxen gestreut worden war. Und auf der anderen Seite der Tür befand sich die Güllegrube. Die er mehr erahnte als sah. Heute war sie leer.

Aber Haverkorn erinnerte sich genau an den total verdreckten und stinkenden Jungen, den sie halb bewusstlos aus der Grube geholt hatten. Glücklicherweise hatten die Kollegen ihn früh genug entdeckt, sonst wäre er das vierte Todesopfer an diesem Tag gewesen. Haverkorn hatte sofort die Bilder im Kopf. Thies' Gesicht, braun von Fäkalien, nur die weißen Augäpfel hatten hervorgestochen. Er bebte vor Kälte, schlotterte in seinen nassen Klamotten. Der Mund war weit aufgesperrt gewesen, aber weder ein Schrei noch ein Jammern war von ihm zu hören gewesen. Der Kriminaltechniker, der ihn gefunden hatte, hatte ihn sofort ins Freie gebracht, wo er durchatmen konnte, und ihn in seiner eigenen Winterjacke gewärmt. Denn draußen war es kälter als in der Güllegrube, die leicht dampfte.

Haverkorn erinnerte sich noch, wie er sich vor dem Kind hingekniet hatte. »Wie heißt du, mein Kleiner?«

Der Junge hatte über ihn hinweggestarrt. Vor Angst aufgerissene Augen. Wen hatte er auf der anderen Seite des Stalls erwartet? Den Mörder seiner Mutter und seiner zwei Brüder? Seinen Vater mit dem Jagdgewehr?

Thies, dieser magere Achtjährige, der, einem Reflex folgend, in das stinkende Loch gesprungen war, das an diesem Tag nicht abgedeckt gewesen war, weil der Bauer die Jauche hatte ziehen wollen. In der Güllegrube hatte der Schütze den Jungen ganz sicher nicht gesucht.

Haverkorn stutzte. Oder hat er ihn damals absichtlich leben lassen? Hatten sie darüber mal nachgedacht?

Er konnte sich nicht mehr genau erinnern. Zwei Stunden später war der Vater festgenommen worden. Er war auf dem

Weg von der Jagdhütte von Henner Schwartz nach Hause gewesen, als vor dem Wohnhaus die Handfesseln klickten. Cord Johannsen war auf die Knie gesackt, als man ihm den Grund der Festnahme mitteilte. Haverkorn ließ die Szene wieder und wieder in seinen Gedanken Revue passieren.

Konnte es sein, dass der Bauer tatsächlich nicht gewusst hatte, dass seine Familie am Morgen erschossen worden war? Alle hatten ihn für einen guten Schauspieler gehalten. Auch er selbst, der Kriminalhauptkommissar, der Cord Johannsen über seine Rechte belehrt hatte, bevor dieser mit dem Streifenwagen nach Itzehoe in die Untersuchungshaft kam.

Was, wenn sie einem Unschuldigen den Prozess gemacht hatten? Wäre es undenkbar? Haverkorn stöhnte auf, schluckte trocken. Schließlich drehte er mit einer Hand die Flasche auf und trank, verschloss sie wieder. Der Durst schien stärker zu werden, ein Brennen in der Kehle, das nicht mehr wegging. Er wollte mehr trinken, nur zwei, drei große Schlucke. Aber er zwang sich, zu widerstehen.

Das Geräusch war wieder da. Ein Knarren in den Balken. Vielleicht war es doch nur der Wind. Die Mäuse und Ratten fanden hier im Winter ebenso wenig zu fressen, wie sich jemand hier raus auf das Gehöft verirrte. Damals war es ein mehr schlecht als recht laufender Schweinemastbetrieb gewesen. Cord Johannsen war eine Persönlichkeit gewesen. Ein großer Mann mit ergrautem Haar, immer im Blaumann, ob wochen- oder sonntags. Die Tiere mussten täglich gefüttert werden. Ein Mann wie er hatte keinen Urlaub gekannt. Und Meret, seine Frau, hatte mindestens genauso hart geschuftet wie er, um die drei Mäuler ihrer Söhne zu stopfen. Die es mal besser haben sollten.

Haverkorn dachte an die drei Leichen in der Küche. Die

Jungs, einer in der Ecke kauernd, der andere unter dem Tisch. Dagegen Meret, die an der Tür gelegen hatte, die Arme ausgestreckt auf der Türschwelle.

Warum hatte sie nicht versucht, sich zu verstecken?

Wie war das abgelaufen? Hatte sie ihren Mann arglos zur Tür hereingelassen? Ihn, bewaffnet mit seinem Jagdgewehr, was nicht ungewöhnlich gewesen war. Als Jäger hatte er die Büchse sicher des Öfteren bei sich getragen. Hatte er noch mit ihnen geredet? Sich verabschiedet, bevor er abdrückte? Oder war kein Wort gefallen, nur die drei Schüsse?

Haverkorn stockte. Aber warum war Meret dem Mörder ihrer Söhne an die Tür gefolgt, als er diese bereits niedergestreckt hatte? Wollte sie zur Tür hinaus fliehen? Dagegen sprach, dass das Projektil in der Stirn eingetreten war und ihr den Hinterkopf weggerissen hatte. Der Täter hatte also an der Tür vor ihr gestanden. Warum war sie ihm zur Tür nachgelaufen? Wollte sie ihn davon abhalten, den Jüngsten zu suchen, den letzten Überlebenden, Thies? War das überhaupt von Belang?

Das fahle Morgenlicht ließ die Gitterstäbe unscharfe Schatten werfen. Ein neuer Wintertag brach an. Vielleicht war es der Letzte, den er erleben würde.

†

Frida erwachte und wusste im ersten Moment nicht, wo sie war. Dann spürte sie Torbens Arm an ihrer Hüfte, hörte ihn neben sich atmen und blieb mit geschlossenen Augen liegen.

Die Bilder der letzten Nacht drängten sich auf. Der missglückte Zugriff, Beckers weinerliches Gesicht, die Trostlosigkeit der Sozialwohnung. Dieses Stück menschlichen

Selbstmitleids sollte dreimal eiskalt gemordet, Haverkorn entführt und mit ihnen Katz und Maus gespielt haben? War er ein brillanter Schauspieler oder eine Sackgasse? Daran wollte sie gar nicht denken!

Frida drückte sich vom Laken hoch und stand auf. Sie hockte sich auf den Dielenboden, zehn Kniebeugen zum Munterwerden, dann zwanzig Liegestütze, dreißig Sit-ups. Ihr morgendliches Programm.

»Musst du schon wieder los?« Torbens Stimme klang schlaftrunken. Als sie in der Nacht ins Bett gekrochen war, frierend und enttäuscht von ihrem verkorksten Zugriff, hatte er sie in den Arm genommen und gehalten, bis sie eingeschlafen war. Lange waren sie sich nicht mehr so nah gewesen.

»Frühstückst du mit mir?«, fragte er gut gelaunt.

»Na klar. Ich muss um neun im Büro sein.« Sie hielt ihm die Hand hin, um ihn aus dem Bett zu ziehen. Aber er war stärker, zog sie zurück auf die Matratze, wälzte sich über sie. Frida lachte und ließ es zu, als er ihren Hals küsste. Er wollte sie, sie wollte ihn. Manchmal war es so einfach.

Später duschten sie zusammen. Diese Nähe zu Torben hatte sie seit dem Unfall nicht mehr gespürt. Vielleicht ging es ihm ähnlich. Sie verließ die enge Dusche, rieb sich mit dem Handtuch trocken. »Bin spät dran!«

Der Frühstückstisch war noch gedeckt. Als Frühaufsteher waren ihre Eltern längst bei den Tieren. Ihr Vater vielleicht schon drüben bei Milan im Boxclub, wo er seit einigen Tagen ein kleines Trainingsprogramm absolvierte, das Milan extra für den geschädigten Rücken ihres Vaters konzipiert hatte.

Marta hatte die Dinkelkruste frisch gebacken, Frida schnitt zwei Scheiben für sie beide ab. Torben setzte sich zu ihr. Als sie aufschaute, hob er mit der rechten Hand das Messer an und hielt es einen Moment in der Luft, bis es ihm aus der Hand fiel und klirrend auf dem Tisch landete.

Dennoch! Frida konnte es nicht fassen. Besteck hatte er seit der langwierigen OP- und Rehaphase mit der rechten Hand bisher nicht greifen können.

»Das ist verrückt!«, sagte sie.

»Bis ich es festhalten kann, wird es noch länger dauern. Aber Tugay hat's drauf!«

Ihre Blicke trafen sich, Zuversicht breitete sich in ihr aus. »Was macht er mit dir?« Sie bestrich die Brote mit Butter.

»Das nennt sich Manuelle Therapie!« Mit der linken Hand nahm er die Stulle, die Frida ihm mit Jagdwurst belegt hatte, und begann zu essen.

»Und was heißt das genau?« Sie belegte sich ihr Brot mit Käse und biss ab.

»Ich sitze auf einer Liege, und dann massiert er erst mal alles längs und quer und dehnt die Muskulatur. Gestern habe ich Wischbewegungen machen müssen, auf Milans Schreibtisch.« Er lachte. »Danach konnte er erst mal aufräumen. Heute Nachmittag geht's weiter mit einem Theraband.«

»Hm?«

»Einem Gummiband. Da muss ich selbst mitarbeiten.«

»Und hast du Schmerzen während der Übungen?«

Torben aß schweigend, die rechte Hand lag wieder in seinem Schoß. Er zuckte die Schultern. »Ohne geht's eben nicht.« Er sah Frida an. »Wir legen immer mal für ein paar Minuten Kühlpacks drauf.«

Frida war plötzlich sehr stolz auf Torben. Sie rückte zu ihm auf die Bank, nahm ihn in den Arm und spürte, dass ihr das Wasser in den Augen stand. Wenn Torben es schaffte, über seine Grenzen zu gehen, würde sie das auch können, um Haverkorn lebend nach Hause zu bringen.

Als sie im Büro ankam, lag eine unerträgliche Stimmung in der Luft, als hätte man die Räume zu lange nicht gelüftet, aber keiner außer ihr schien es zu bemerken. Anja stand am Kopierer und sah endlich wieder ausgeschlafen aus. Bootz war noch nicht da. Vielleicht kommt er gar nicht mehr, dachte Frida. Nach der Breitseite von Wahler hätte sie ihm das nicht verdenken können.

»Was ist los?«, fragte sie Ricarda, die ihren Schreibtisch in der Nähe der Tür hatte, an der Frida vorbeimusste.

»Becker ist raus. Er ist unschuldig!«

»Was?« Frida hatte alles erwartet, aber nicht, dass ihre Pleite noch viel größer war als gedacht.

»Er hat für zwei der Taten wasserfeste Alibis. War mit seinem Bewährungshelfer zusammen.«

»Und die Pappschilder? Ich denke, die Handschrift stimmte mit seiner überein!«

Ricarda drehte sich endlich zu ihr um. »Er sagt, er hätte Geld dafür bekommen, die Dinger zu beschriften.«

»Von wem?«

»Wusste er nicht. Die Pappe und die ausgedruckte Aufforderung lagen in einem anonymen Umschlag in seinem Briefkasten. Mit einem Hunni. Den zweiten hat er bekommen, als er die beschrifteten Pappschilder in einem Abrisshaus hinterlegt hat.«

Frida lehnte sich an Ricardas Schreibtisch und versuchte, diese hanebüchene Geschichte zu glauben. »Hatte er die Scheine noch?«

»Einen davon. Die SpuSi untersucht ihn gerade.« Ihre Kollegin sah müde aus, hatte wahrscheinlich durchgemacht, während Frida geschlafen hatte. Sie fühlte sich noch ein Grad schlechter als beim Betreten der Mordkommission.

»Warum er? Warum hat der Täter gerade ihn ausgewählt?« Fridas Blick folgte Ricarda, die sich mit dem Bürostuhl wieder an den Schreibtisch drehte.

»Das wissen wir noch nicht. Vielleicht, weil Becker mit den drei Opfern auch eine Rechnung offen hatte. Ein mieser Trick, um uns auf eine falsche Fährte zu locken.«

Frida drückte sich von der Tischplatte ab und ging weiter in ihr Büro. Wenn der Täter wüsste, wie sehr sie sich beim Zugriff in Beckers Wohnung blamiert hatten. Sie stand neben ihrem Schreibtisch und stockte. Der Täter hatte sie zu Becker gelockt. Würde er nicht wissen wollen, ob sein Plan aufgegangen war?

»Morgen!« Bootz kam herein, zog seine Lederjacke aus und warf sie in eine Zimmerecke.

»Wir müssen noch mal zu Beckers Wohnung!«, sagte Frida.

Ihr Kollege schien an ihrer Stimmlage erkannt zu haben, dass es wichtig war. Er wollte sich auf seinen Bürostuhl setzen, hielt jedoch in der Bewegung inne und sah sie auffordernd an.

»Der Täter hat immer alles bis ins Detail geplant. Er überlässt nichts dem Zufall.« Sie berichtete ihm die Neuigkeiten, die sie von Ricarda über die Pappschilder erfahren hatte. »Der will doch wissen, ob sein Plan funktioniert hat!«

Bootz schien nicht überzeugt. »Und wie soll er das anstellen?«

»Vielleicht sollten wir in Beckers Wohnung nachschauen, ob er da was hinterlassen hat.«

Kapitel 17

Die Morgenbesprechung zog sich. Frida saß auf einem Stuhl an der Wand, weil der Konferenztisch mit vielen neuen Kollegen besetzt war, die sich dicht an dicht drängten. Die neue Sonderkommission, Soko »Zeugen«, wurde nun offiziell ins Rennen geschickt. Sogar der BKI-Leiter Hanno Tehfs war kurz dazugekommen, um die Mannschaft einzuschwören. »Drei Tote, ein verschleppter Kollege, eine Großfahndung, die nichts bringt! Das können wir nicht hinnehmen! Bisher haben wir viel geredet, eine Menge Steuergelder verschwendet, kaum Resultate erzielt ...« Eine indirekte Kritik an Wahler, dessen Gesicht keine Regung zeigte. Sicherlich hatte er es erwartet, dass Tehfs ihm die Schuld für das bisherige Versagen gab. »... Jetzt gilt es, schnell und effizient zu handeln, um den Worst Case zu verhindern, einen ermordeten Polizisten!«

Stille, niemand wagte es, ein Geräusch zu machen.

Die letzten Worte ihres großen Chefs trafen Frida sehr. Er sprach hier ganz sachlich von »einem Polizisten«, aber er redete von Bjarne, ihrem Partner, ihrem Freund!

Der Leiter der BKI, der im letzten Jahr gut zwanzig Kilo durch eine Ernährungsumstellung verloren hatte, wodurch sich das ehemals pralle Doppelkinn in einen truthahnartigen Kropf verwandelt hatte, übergab mit einer großmütigen Geste Wahler das Wort und verließ die Besprechung, weil er einen vollen Terminkalender hatte, wie er betonte. Als hätten sie hier alle einen Büro-Halbtagsjob, und er wäre der Einzige, der das Wort STRESS buchstabieren konnte! Frida war froh, als die Tür hinter Tehfs ins Schloss fiel. Er hinterließ wieder mal verbrannte Erde, weil Wahler nun die Stimmung vor dem Nullpunkt retten musste, damit sie endlich mit der Arbeit loslegen konnten. Er gab sich Mühe, diesen zusammengewürfelten Haufen einzuschwören. Gut vierzig Kollegen aus verschiedenen Abteilungen, die in den nächsten Stunden das Unmögliche schaffen sollten: den Täter finden, stellen und Haverkorn gesund nach Hause bringen.

Frida sah Bootz an, der auf dem Fensterbrett saß und so abgelebt aussah wie seine Lederjacke. Seit ihrem kurzen Gespräch vor dem Meeting hatte er wortlos einen schwarzen Kaffee nach dem anderen heruntergekippt und Frida kaum angesehen. Die letzte Nacht schien etwas mit ihm gemacht zu haben. Als wäre an seinem dynamischen Körper irgendwo ein winziges Leck gerissen worden, durch das seine Energie nun leise pfeifend abging. Machte ihm der verbockte Zugriff in Beckers Wohnung oder Wahlers Rüge so zu schaffen? Oder etwas ganz anderes? Wie sah es eigentlich privat bei ihm aus? Frida wusste nichts von ihm. Nicht mal, ob er in einer Beziehung lebte. Stand er auf Frauen, Männer, beides? Er hatte keinen Millimeter Privatleben offenbart, blieb vage, als würde man durch Milchglas auf sein Leben blicken.

Bootz schaute Frida kurz an, schaute wieder weg. War das gerade ein Zwinkern von ihm gewesen, oder hatte sie sich das nur eingebildet? Sah er sie als Partnerin oder sich selbst als den *lonesome cowboy* in diesem Team, das sich jetzt erst einmal finden musste?

Sie blickte in die Gesichter, vertraute und fremde. Solche, die ihr manchmal im Fahrstuhl oder im Treppenhaus begegneten, von denen sie oft nicht mal einen Namen kannte. Gelegenheitstreffen im Parkhaus oder in der Kantine. Und nun mussten sie miteinander funktionieren. Eine Aufwärmphase gab es nicht. Von null auf hundert!

Ihr kleines Team war von der Soko aufgesogen worden. Anja, Klaus und Ricarda hockten nebeneinander, hörten Wahlers motivierenden Worten zu, die nur eines bewirken sollten: jeden Einzelnen zur Höchstleistung zu treiben, um am Ende des Tages nicht nur vorzeigbare Resultate für Tehfs, die Staatsanwaltschaft und die Presse liefern zu können, sondern einen von ihnen in Sicherheit zu bringen.

Wenn es nicht schon zu spät war.

Frida hielt kurz den Atem an. Diesen Gedanken durfte sie nicht zulassen! Solange es Hoffnung gab, Haverkorn lebend zu finden, musste diese ihr genügen, um nicht aufzugeben. Keine Zweifel, verdammt! Es ging hier um Bjarne!

Wahler berichtete unterdessen von der Vernehmung von Uwe Becker. Sein Alibi für zwei der Taten war wasserdicht. Er hatte zwar die Pappschilder geschrieben, das hatte er sofort eingeräumt, aber er war ganz offensichtlich nur ein weiteres Werkzeug im Plan des Serientäters gewesen. Eine falsche Fährte, um sie zu ködern. Die Spurensicherung war schnell gewesen, hatte sofort die Geldscheine und Umschläge auf daktyloskopische Spuren und DNA untersucht. Fingerabdrücke hatte es nur von Becker gegeben, die DNA-Analyse dauerte noch an. Aber keiner ging davon aus, dass diese etwas bringen würde.

Bisher hatte der Täter keinen Fehler gemacht. Oder sie hatten ihn übersehen.

»So!« Wahler kam zum Ende. »Anja und Klaus teilen euch ein und stehen immer für Fragen zur Verfügung. Ricarda führt die Akte, bei ihr kommen alle Spuren und Berichte an, die sie mir heute Abend präsentieren wird. An die Arbeit!«

Frida stand auf und wartete, bis Bootz neben ihr war. »Fahren wir noch mal zu Beckers Wohnung?«

Ein nicht zu deutender Blick. Er zog im Gehen die Jacke an. »Geht nicht!« Er sah ihr nicht in die Augen. »Ich habe gleich einen Telefontermin mit den Kollegen der Mordkommission in Göttingen.«

Davon hatte er ihr nichts erzählt, hatte den Termin hinter ihrem Rücken eingefädelt.

»Dann fahre ich allein hin!«

Bootz blieb abrupt stehen. Beinahe kollidierte eine Kollegin mit ihm, die aus der Abteilung Wirtschaftskriminalität in die Mordkommission versetzt worden war und hinter ihnen lief. Aber sie regte sich nicht auf, sondern legte Bootz länger als nötig die Hand auf den Arm. »Hoppala!« Ein langer Blick, Lippenstiftlächeln.

Frida verkniff sich eine Bemerkung und ging einfach weiter, um im Büro auf Bootz zu warten. Doch er kam nicht, wollte offensichtlich allein mit den Kollegen in Göttingen telefonieren.

In ihr schien etwas aufzureißen, so enttäuscht war sie über seine Alleingänge. Sie nahm ihr Smartphone und die Autoschlüssel vom Tisch, um nach Elmshorn zu Beckers Wohnung zu fahren. Schon den ganzen Morgen hatte sie den Verdacht, dass sie dort etwas übersehen hatten. Und dieses leise pulsierende Gefühl, welches sie nicht abschütteln konnte, das hatte Haverkorn ihr immer wieder eingeschärft, durfte sie nie unterschätzen. Denn das nannte man Instinkt.

†

Haverkorn drehte sich auf die andere Seite und versuchte, die Rettungsdecke mit der freien Hand festzuhalten, damit sie nicht herunterrutschte. Im Stall war es heller geworden. Ein schwaches, von den schlierigen Scheiben verbrauchtes Winterlicht füllte den weiten Raum. Vielleicht war es mittlerweile sogar ein, zwei Grad wärmer. Er wusste, dass er in Bewegung bleiben musste, und wippte abwechselnd mit Händen und Füßen, hob die Beine hoch, zog sie an, streckte sie wieder. Er machte sogar eine Übung für die Bauchmuskulatur, die Henni ihm zur Stärkung der Wirbelsäule gezeigt hatte. Ein Entführungsopfer, das Gymnastik machte, um fit zu bleiben. Wäre sicherlich ein schräges Bild, wenn der Täter ihn jetzt beobachtete. Aber es funktionierte! Ihm wurde wärmer, auch wenn das Durstgefühl durch die Bewegungen zunahm. Pest oder Cholera. Erfrieren oder verdursten. Aber da er wusste, dass ein Mensch gut drei Tage ohne Wasser auskommen konnte, legte er es darauf an, seinen Körper warm zu halten.

Drei Tage, war das sein Lebenscountdown? Oder Todescountdown, je nachdem, von welcher Seite er es betrachtete.

Ein schrilles Fiepen ganz in der Nähe zeigte ihm, wie nah sich die Ratten schon an ihn herantrauten. Entweder nahmen sie ihn nicht mehr als Gefahr wahr und bewegten sich hier wie immer, oder sie freuten sich auf ihre baldige Mahlzeit. Er musste an die Szene aus *Der Knochenjäger* mit Denzel Washington und Angelina Jolie denken, als diese in einer Industriehalle ein halb von Ratten aufgefressenes Opfer gefunden hatte. Völlig unrealistisch, hatte er damals befunden. Nun dachte er anders. Er hoffte, dass Frida dieser Anblick seines angefressenen toten Körpers erspart bliebe.

Wenn er wenigstens wüsste, ob es Henni gut ging! Aber der Täter hatte bisher nur Opfer getötet, die etwas mit dem

Johannsen-Fall zu tun gehabt hatten. Insofern war die SMS von Henni sicherlich nur der Angelhaken gewesen, den Haverkorn sofort geschluckt hatte, weil er durch die Angst um seine Tochter zu abgelenkt gewesen war, um diese billige Falle zu erkennen. Dass der Racheengel seine Tochter benutzt hatte, offenbarte seine Intelligenz und Raffinesse. Und seine Abgebrühtheit.

Was, wenn er damals schon im Gerichtssaal gesessen hatte, als Cord Johannsen der Prozess gemacht wurde? Haverkorn erinnerte sich daran, dass von Johannsens Familie lediglich Lennard, der jüngere Bruder des Angeklagten, da gewesen war. Tag für Tag hatte er in der letzten Reihe gesessen, mit niemandem gesprochen. Schon gar nicht mit der Presse. Stoisch und offensichtlich überzeugt von der Schuld seines Bruders hatte er die Prozesstage verfolgt. Als das Urteil erging, war er kurz danach aufgestanden. Ohne die Urteilsbegründung zu hören, ohne noch einen Blick auf seinen Bruder zu werfen, als habe er diese Endgültigkeit der Strafkammer noch gebraucht, um mit ihm abzuschließen.

Wer hatte dort noch im Publikum gesessen, der jetzt für die Freiheit von Cord kämpfte, fünfzehn Jahre nach dessen Verurteilung – oder sollte er nach dem Fehlurteil sagen? Warum hatte der Täter so lange gewartet? Was hatte ihn gerade jetzt dazu bewogen, in Aktion zu treten, Menschen zu töten, einen Polizisten zu entführen? Haverkorn schluckte. Möglicherweise sogar einen Polizisten zu töten, um seiner Forderung Nachdruck zu verleihen?

Sie mussten sich die Prozessakten anschauen, die Fotos, die damals von den Pressevertretern im Gerichtssaal gemacht wurden, natürlich vor der eigentlichen Hauptverhandlung, aber da waren die Zuschauer ja auch schon auf ihren Plätzen gewesen. Wen würden sie auf diesen Fotos entdecken?

Frida, dachte er. Schau dir diese Fotos an!

Der Gedanke, zu welch einer fähigen Ermittlerin Frida sich in den letzten Monaten entwickelt hatte, machte ihn ruhiger. Sie würde alles in Bewegung setzen, um ihn zu finden. Sein berufliches Mündel war intelligent und dachte auch mal unorthodox, was Wahler regelmäßig auf die Palme brachte. Aber bisher hatte sie immer einen guten Instinkt bewiesen. Und auf diesen vertraute Haverkorn, denn mehr blieb ihm nicht übrig, während er anfing, die Hände, so gut es möglich war, zu bewegen, um seine Muskulatur und den Blutfluss anzuregen.

†

Becker war noch nicht wieder zu Hause, obwohl er am Vormittag entlassen worden war. Aber das Türschloss, das Bootz durch seinen Tritt aus dem Holz gesprengt hatte, war noch nicht repariert worden. Frida zog Handschuhe über und schob die Tür auf. Nicht, ohne sich vorher zu vergewissern, dass es ruhig war auf der Etage.

Fahles Licht fiel in die Wohnung, sie ging langsam von Raum zu Raum. Die Küche war ein winziger Verschlag und roch so, wie sie aussah. Leere Pizzakartons stapelten sich überall, dazwischen schmutziges Geschirr, ein überquellender Abfalleimer. Sauberkeit und Ordnung hatten sie Becker im Knast jedenfalls nicht beigebracht. Sie scannte den Raum ab, aber hier fiel ihr nichts ins Auge, also ging sie weiter, durch das Wohnzimmer in das fensterlose Bad. Sie knipste das Licht an. Lediglich eine Zahnbürste und eine Flasche Shampoo im Duschbecken. Sonst gab es keine Körperhygieneartikel. Sie suchte die Wände und Regale ab. Sauber.

Das Wohnzimmer war aufwendiger. Die Schere, mit der

Becker auf Bootz losgegangen war, hatte die Spurensicherung mitgenommen. Leider nicht den anderen Müll, den Becker hier seit seiner Haftentlassung verteilt hatte. Frida suchte die Lampe und Stehlampe ab, hob die Couchpolster an, auf der Becker in dieser Einraumwohnung auch schlief, fummelte in der einzigen Grünpflanze herum, einer zum Sterben verurteilten Yuccapalme mit braunen Blättern. Aber auch hier fand sie nicht, was sie suchte, und sah sich noch einmal um. Hatte sie ihr Instinkt so getäuscht?

Sie ging langsam zurück zur Eingangstür, die plötzlich aufgeschoben wurde.

Uwe Becker stand ihr gegenüber und sah sie erschrocken an. Er entspannte sich, als er sie erkannte. »Was machen Sie hier?«, fragte er mit angespannter Stimme.

»Nur sichergehen, dass die Spurensicherung kein Chaos hinterlassen hat.« Sie wies auf die Tür. »Das Schloss wird heute Nachmittag repariert.« Sie sah ihn an, dann über seine Schulter in den Flur, wo er beim Eintreten Licht gemacht hatte. Sie sah nicht in das winzige Kameraobjektiv, das direkt gegenüber seiner Wohnungstür in einer Ecke klebte, aber ihr suchender Blick hatte es bemerkt. Natürlich hatte der Täter die Minikamera draußen angebracht! In die Wohnung hatte er gar nicht einbrechen müssen, um die Polizeiaktion live und in Farbe zu Hause am Laptop zu erleben. Frida verabschiedete sich von Becker und lief mit rauschenden Ohren die Stufen im Treppenhaus hinunter. Unten zog sie das Smartphone aus der Tasche. Zuerst wollte sie Bootz anrufen, dann scrollte sie in der Namensliste weiter zu ihrem Chef. Er ging sofort ran.

»Nick, ich habe eine Kamera bei Becker entdeckt. Ich brauche hier unsere IT-Jungs. Vielleicht können sie zurückverfolgen, wohin sie ihre Bilder sendet.«

Kapitel 18

Frida hockte in ihrem Jeep vor dem Waschbetonbau, in dem Beckers Wohnung lag und der am Tag noch abgeranzter aussah als in der Nacht. Graffiti im Eingangsbereich, aufgebrochene Briefkästen, direkt neben der Tür ein frischer Hundehaufen. Wie sollte in einem solchen Wohnumfeld die Resozialisation eines Ex-Häftlings stattfinden? Hier roch es doch geradezu nach Drogen und Kleinkriminalität.

Sie kramte in ihrem Handschuhfach und fand noch eine Packung mit Müsliriegeln, zog einen heraus, Geschmack Apfel-Zimt, der chemisch schmeckte, aber ihren Hunger bekämpfte. Wo bleiben die bloß, dachte sie genervt und war kurz davor, Bootz anzurufen und ihn über sein Telefonat mit den Göttinger Kollegen auszufragen. Sie nahm ihr Handy, aber dann war ihr Stolz doch größer. Warum rief er sie nicht an und fragte, ob sie hier etwas gefunden hatte? Oder hatte Wahler das Team schon über ihren Fund informiert? Und über die kleine Mikrokamera, die bisher die einzige aktive Verbindung zum Täter zu sein schien? Warum sollte diese sonst gegenüber von Beckers Wohnungstür angebracht worden sein? Um den Pizzalieferdienst zu beobachten?

Frida kaute und würgte den überzuckerten Müslibrei herunter. An eine Flasche Wasser hatte sie heute nicht gedacht. Langsam wurde es ungemütlich kalt im Wagen, aber sie wollte den Motor nicht laufen lassen, um keine Aufmerksamkeit zu erregen. Die Kollegen der IT ließen auf sich warten, und es ärgerte sie, dass Henning Kuhns in Pension gegangen war. Er war der Technikkenner und Tüftler im Team gewesen, hatte früher Elektrotechnik studiert und bei technischen Fragen sofort eine professionelle Meinung abgegeben. Nur machte er mit seiner Frau und dem Wohnmobil gerade Dänemark unsicher.

Fünf Minuten später waren sie da. Zwei Kriminaltechniker mit silbernen Koffern, denen man im Gehen die Schuhe besohlen konnte. Die hatten die Ruhe weg! Frida stieg aus und scheuchte sie die Treppen hoch bis vor Beckers Wohnung, wo sie sich seitlich der Kamera aufstellten, in der Hoffnung, dem Täter nicht zu früh zu erkennen zu geben, dass sie die Kamera entdeckt hatten.

»Ist kein Weitwinkel«, sagte der etwas jüngere Kriminaltechniker nach einem fachkundigen Blick an die Decke. »Die filmt nur die Tür ab, vielleicht ein paar Zentimeter links und rechts.«

»Wir brauchen den Empfänger! Könnt ihr das Signal zurückverfolgen?«

Der Ältere der beiden, der eine kleine Klappleiter mitgenommen hatte, stieg nach oben. »Wir können versuchen, das Signal zu knacken und die Daten auszulesen. Aber das kann Tage dauern! Wenn es überhaupt klappt. Diese Minicams haben sichere SSL-Verschlüsselungen. Da kommt man nur mit Passwort ran.«

»Tut einfach, was ihr könnt!« Sie ließ die IT-Kollegen stehen und lief die Treppen hinunter, hinaus aus dem Wohnblock, dessen Perspektivlosigkeit an ihrer Beherrschung zerrte, und zurück zum Auto, um ins Büro zu fahren. Sie wollte endlich mit Bootz reden und erfahren, was sein Telefonat ergeben hatte. War die Frau im Wald nahe Göttingen vom selben Täter ermordet worden wie auch die Familie von Thies Johannsen? Gab es einen ähnlichen Modus Operandi, eine ähnliche Art und Weise das Handelns? Oder war die Waffe vom Täter verkauft oder weitergegeben worden?

Noch bevor sie ins Auto stieg, rief er sie an. »Es gibt Neuigkeiten!«

Bootz und Anja saßen nebeneinander in ihrem Büro. Sie steckten ihre Köpfe zusammen und schienen gar nicht zu bemerken, dass Frida hereinkam.

»Warum hat er nicht gesagt, dass er dort war?«, fragte Anja, blickte auf und wirkte überrascht. »Da bist du ja!«

»Was ist denn los?«, fragte Frida und knallte die Autoschlüssel lauter als nötig auf den Tisch. Warum kam sie sich hier so überflüssig vor? Der Wunsch, Haverkorn hier zu sehen, war plötzlich so stark, dass ihre Kehle eng wurde. Sie drängte den Schmerz weg.

Wohin hatte der Täter ihn verschleppt? Ging es ihm gut?

Frida schluckte ihre Angst, die wie Bläschen an die Oberfläche ihres Bewusstseins strebte, herunter wie einen schlechten Geschmack. Auf ihrem Schreibtisch stand eine Flasche Mineralwasser, sie trank durstig, bis sie bereit war, mit Bootz und Anja zu reden.

»Erzähl du erst mal! Wahler sagte, du hast was entdeckt?« Ihre Kollegin rollte mit dem geliehenen Bürostuhl von Bootz weg, zurück zu Fridas Schreibtisch, und stand auf.

»Ja, eine Minicam, direkt gegenüber seiner Wohnungstür. Die Jungs von der IT versuchen gerade, das Signal zu knacken. Vielleicht können wir es zurückverfolgen.«

Bootz hatte kaum aufgesehen, seit sie hereingekommen war. Nun schien sie doch seine Aufmerksamkeit erregt zu haben. Er sah sie an, ein anerkennender Blick. Oder bildete sie sich das nur ein? Er lehnte sich zurück, verschränkte die Arme hinter dem Kopf. »So blöd wird er nicht sein, sich hacken zu lassen.«

»Die IT versucht es. Ist doch besser als nichts, oder?«, sagte Frida lauter, als sie gewollt hatte. Es ärgerte sie, dass er ihren Erfolg sofort kleinredete.

Anja schien die schlechte Stimmung nicht zu entgehen. Sie versuchte, Frieden zu stiften. »Warten wir's ab! Manchmal kann die IT zaubern!« Sie lehnte sich an das Sideboard, auf der ein Stapel Altakten ins Rutschen kam. Sie hielt ihn auf, bevor er abstürzen konnte. »Leonard hat noch was für dich. Kann er dir selbst erzählen. Ich muss erst mal was essen gehen. Will jemand was?«

Frida und Bootz sahen sich an.

»Nein, bin satt!«, sagte Frida und ließ sich auf den Bürostuhl fallen.

Bootz lehnte ebenfalls ab und vertiefte sich wieder in die Lektüre auf seinem Monitor.

»Bringt euch nicht um, während ich weg bin«, sagte Anja und schloss die Tür hinter sich.

Minutenlang saßen sie sich gegenüber, täuschten vor zu arbeiten, aber es war ein vorsichtiges Filtern der dicken Luft von beiden Seiten.

Bootz machte den Anfang. »Die Göttinger Kollegen schicken uns die digitale Fallakte rüber, dann können wir die Fälle miteinander vergleichen.«

Frida entspannte sich. »Ja, okay!«

»Aber es gibt noch was, komm mal rüber!« Er sah sie auffordernd an.

Frida erhob sich und stellte sich neben ihn.

Bootz öffnete eine E-Mail. Land Schleswig-Holstein,

Justizvollzug. »Kam vor einer Stunde rein. Ich hatte doch noch mal in der JVA, wo Cord Johannsen einsitzt, angerufen und um eine Besucherliste der letzten zwei Jahre gebeten.«

Frida beugte sich weiter zum Monitor, um das geöffnete Dokument lesen zu können. Wieder stieg ihr Bootz' unverwechselbarer Duft in die Nase, die Mischung aus Leder und Bergamotte, auf den ihr Körper sofort reagierte. Sie richtete sich auf. »Und?«

»Da steht nur ein Name drauf! Zweimal!«

Frida spürte, dass Bootz wartete, um die Spannung zu erhöhen.

»Henning Kuhns.«

Fridas Herz schien kurz auszusetzen, dann schlug es schneller. »Henning? Unser Ex-Kollege?«

»*Dein* Ex-Kollege!« Bootz wies auf eine Stelle im Dokument, wo der Name in Großbuchstaben stand. Mit zwei Daten. 15. November des letzten Jahres und 22. Januar, vor einem Monat.

»Warum hat er uns nichts davon gesagt?«, fragte sie, sprach aber mehr mit sich selbst.

»Wann hatte er seinen letzten Arbeitstag?«, fragte Bootz.

»Wir haben ihn an dem Morgen verabschiedet, als der Lagedienst anrief. Wegen des Erhängten in der Marsch!«

»Wir müssen mit ihm reden!« Er sah Frida auffordernd an.

»Henning ist wahrscheinlich längst mit seinem Wohnmobil auf Tour!«

»Denkst du das, oder *weißt* du das?«

»Ich rufe ihn an!« Sie suchte in ihrem Smartphone die Handynummer ihres ehemaligen Kollegen und rief ihn an. Nach dem dritten Rufton ging er ran.

»Frida! Was für eine Freude!« Hennings Stimme klang gelöst, nach Urlaubsstimmung.

»Bist du noch zu Hause?«, fragte sie statt einer Begrüßung.

»Wir packen gerade das Wohnmobil. Morgen geht's Richtung Dänemark.«

»Hast du einen Kaffee für mich? Ich muss dringend mit dir reden!«

Henning Kuhns lebte am Stadtrand von Itzehoe in einem Einfamilienhaus, vor dem ein riesiges Wohnmobil unter einem Carport stand. Er führte sie und Bootz, den er auch gleich duzte, ins Wohnzimmer, wo der Kaffee in einer Thermoskanne schon bereitstand. Und eine Schale mit Franzbrötchen.

»Gisela macht noch ein paar letzte Besorgungen in der Stadt!«, erklärte ihr ehemaliger Kollege, zog einen Stuhl vom Tisch und goss Kaffee ein.

Frida sah sich kurz im Wohnzimmer um – Schrankwand, Couchecke, Esstisch. »Hattest du nicht mal einen Hund?«

»Der ist schon seit ein paar Jahren tot!« Henning gab einen Schuss Milch in seine Tasse. »Was brennt denn so, dass du extra vorbeikommst?«

Frida trank einen Schluck Kaffee. Er war schwarz und bitter, wirkte jedoch belebend. Ein Blick zu Bootz, der seine Arme verschränkt hatte. Deine Baustelle, hieß das wohl.

»Wir haben heute eine Nachricht von der JVA Kiel bekommen.«

Henning reagierte nicht, nahm einen Schluck Kaffee, erwiderte ihren erwartungsvollen Blick.

»Du warst letztes Jahr im November und noch mal im Januar dort und hast Cord Johannsen besucht?«

»Ja, und weiter?«, fragte er und nahm sich ein Franzbrötchen. »Was willst du darüber wissen?« Er biss hinein, kaute.

»Warum warst du dort?« Sie zog sich die Milch heran, ließ einen kräftigen Schluck in die Tasse ploppen.

Bootz saß reglos neben ihr, als wäre er lediglich ein Gesicht auf einem Werbeplakat.

»Ach, der Johannsen hat mal abends in der Zentrale angerufen, wurde zu uns durchgestellt, weil ja seine Ermittlungsakte auf unser Dezernat gelistet ist. Ich habe den Anruf bekommen, wusste erst gar nicht, wer da dran ist und was er von mir will. Dann fiel der Groschen.« Er spülte mit Kaffee die klebrige Zucker-Zimt-Kruste von den Lippen. »Ich habe ja damals an dem Fall mitgearbeitet und konnte mich gut daran erinnern.«

»Was wollte Johannsen von dir?«

Henning atmete durch. »Erst schien mir, dass er nur jemanden zum Reden suchte. Dann bat er mich, zu seinem Sohn zu fahren. Ich sollte ihn überzeugen, ihn zu besuchen.«

Frida warf Bootz einen Blick zu. Sie konnte nicht erkennen, was er dachte.

»Er hatte gerade erfahren, dass er Krebs hat. Na ja, ich habe mich breitschlagen lassen und bin raus aufs Land zu dem Jungen gefahren. Aber er und vor allem sein Onkel haben mich ziemlich abblitzen lassen.«

Frida dachte nach. Bisher klang alles logisch. »Hast du mit Bjarne drüber geredet?«

Henning wirkte angefasst. »Hätte ich vielleicht machen sollen, aber ganz ehrlich! Ich wollte ihn nicht damit belasten. Dieser Fall ist uns allen damals so an die Nieren gegangen, das hat Monate gedauert, dieses Blutbad in der Küche des Wohnhauses zu vergessen.«

»Und trotzdem hast du den Täter besucht und ihm einen Gefallen getan?«, fragte Bootz plötzlich.

Die Statue erwacht endlich zum Leben, dachte Frida.

»Er hatte seine Strafe fast verbüßt. Und ich war auch neugierig, was aus ihm geworden war. Was die Jahre im Knast mit ihm gemacht haben.« Hennings Blick blieb auf der Tischkante hängen. »Er hat ja damals in den Vernehmungen und auch die ganzen Prozesstage lang immer vehement behauptet, dass er unschuldig ist.« Jetzt sah er Frida an. »Ich habe ihn noch mal gefragt, als ich dort war. Ich meine, wenn man fünfzehn Jahre eingesessen hat, kann man doch dann auch die Wahrheit sagen, wenn man es war.«

Frida wartete darauf, dass er weitersprach. Aber ihr Gegenüber schwieg.

»Und?«, hakte sie nach.

»Er hat mir auf das Leben von Thies, als seines Sohnes, geschworen, dass er seine Frau und die beiden Jungs damals nicht umgebracht hat.«

Hinter ihnen in der Küche sprang brummend der Kühlschrank an. Henning sah hinüber. »Ach, den müssen wir ja auch noch ausstellen.«

»Hast du ihm das geglaubt?«, fragte Bootz und lehnte sich nach vorn, stützte die Ellenbogen auf dem Tisch ab.

Ein zaghaftes Nicken. »In dem Moment war er sehr glaubwürdig!« Es schien, als ob er seinen ergrauten Kopf hängenließ. »War ein blödes Gefühl, sage ich euch. Aber ihm ging es gar nicht mehr um schuldig oder unschuldig. Sondern darum, dass sein Junge ihn besuchen kommt. Er hat mich mit Tränen in den Augen um diesen Gefallen gebeten.«

Frida verstand ihn. »Und warum warst du im Januar noch mal bei ihm?«, fragte sie und biss in ein Franzbrötchen, spürte den klebrigen Zuckerlack an der Hand. Der Duft nach Zimt war wie eine glückliche Kindheitserinnerung, ein Sprung in eine Zeit, als ihre Mutter ihr jeden Sonntag ein solches Plundergebäck in die Hand gedrückt hatte.

»Weil ich sehen wollte, wie es ihm geht.« Henning ächzte leise. »Und weil mich seit meinem Treffen mit ihm in der JVA mein schlechtes Gewissen plagte. Mich ließ der Gedanke nicht los, dass wir damals einen riesigen Fehler gemacht haben.«

Die Kopie der Ermittlungsakte aus Göttingen war in Bootz' E-Mail-Eingang angekommen, als sie wieder ins Büro kamen. Er schickte diese an Frida weiter, und sie lasen die Akte parallel, warfen sich ab und zu Informationen über den Tisch wie in einem gut laufenden Tennismatch.

Aufschlag Bootz nach ein paar Minuten der stillen Lektüre: »Die Frau war im ähnlichen Alter wie Meret Johannsen!«

Return Frida: »Schuss in die Stirn, genau wie bei Meret. Sie muss ihn angesehen haben, als er sie erschoss.«

»Kein Hinweis auf sexuelle Gewalt oder Missbrauch.«

»Sie war zum Pilzesuchen im Wald, ihr Korb wurde aber nie gefunden.«

»Spaziergänger haben den Schuss gehört, dachten aber, dass er von einem Jäger stammte.«

»Eine Woche hat sie dort im Wald gelegen, im Sommer. War sicherlich kein angenehmer Anblick, als sie entdeckt wurde.«

»Er hat sie mit Zweigen abgedeckt liegenlassen, nicht mal besonders gut versteckt. Fühlte sich offenbar recht sicher, dass mit ihm die Tat nicht in Verbindung gebracht wird.«

»Wie auch bei unserem Dreifachmord! Er hat die Leichen offen liegenlassen, ist einfach gegangen.«

»Vielleicht jemand, der nur auf Durchreise war. Im Harz wie auch in der Marsch.«

Frida schaute auf, ihre Blicke trafen sich. »Das Vorgehen ist beinahe identisch. Nur, dass er bei uns noch zwei Kinder getötet hat außer der Frau.«

Bootz dachte nach. »Es ging ihm um die Frau, nicht um die zwei Söhne. Sie waren Zeugen, die er eiskalt liquidiert hat.«

Frida spürte eine Gänsehaut, weil sie Bootz recht geben musste. »Cord Johannsen saß im Gefängnis, und der Typ hat einfach weitergemordet. Keines der Ermittlungsteams hat bis heute den Zusammenhang zwischen den Taten hergestellt!«

»Der Schusswaffenerkennungsdienst war damals noch nicht so weit. 2007 konnten sie wahrscheinlich gerade mal den Schlagbolzeneindruck der Hülsen unter dem Mikroskop untersuchen. Sehr veraltet im Gegensatz zur Technik von heute und zu den modernen Bildvergleichsverfahren!«

Fridas Haut kribbelte, weil ihr – je länger sie über den Fall im Harz sprachen – etwas klar wurde. Und sicherlich auch Bootz, der es noch nicht ausgesprochen hatte. »Was, wenn es mehr als diese vier Opfer waren? Was, wenn sie nur die Spitze des Eisbergs sind?«

†

Haverkorn erwachte und wusste einige Sekunden nicht, was mit ihm los war. Sein Ischiasnerv schmerzte, er hatte sich auf dem kalten Betonboden und der dünnen Matratze verlegen. Auch das noch!

Wieder war er in seinem Gefängnis eingenickt. Dieses Mal hatte er im Traum nicht mit Sonja getanzt. Sie hatten auf einer Aussichtsplattform in den Bergen gestanden, beide mit Rucksäcken und Fernglas ausgestattet. Wie ein Paar in einem gemeinsamen Wanderurlaub. Vor ihnen grüne Täler, dahinter ein beeindruckendes Alpenpanorama, weiße Schneehauben auf den Gipfeln. Sonja hatte ihn angelächelt, hatte das Fernglas hochgezogen, war nach vorn getreten. Ein falscher Tritt. Er hatte sie noch festhalten wollen, hatte sie aber nicht greifen können. Schreiend war er aufgewacht.

Sein Herz pumpte aufgeregt.

Alles war nur ein Traum gewesen. Sonja war am Leben und er noch immer festgekettet an diesem Käfig.

Warum träumte er so intensiv von seiner Kollegin in Kiel? Warum endete der Traum jedes Mal damit, dass Sonja fort war? War es seine unterbewusste Bindungsangst, die ihm in der ersten Traumsequenz eine gemeinsame Zukunft mit Sonja, kurz vor dem Erwachen aber einen plötzlichen Trennungsschmerz vorgaukelte? Oder waren diese Träume eine Mischung aus seinen Ängsten und Emotionen, gespeist aus der Müllhalde seiner Gedankenwelt?

Er bewegte seine Gliedmaßen, begann erneut sein kleines Trainingsprogramm, um warm zu werden. Sofort schoss der Schmerz vom Ischiasnerv in sein linkes Bein. Wie sollte er das ohne Schmerzmittel durchstehen?

Seine trockene Zunge und der starke Drang, etwas trinken zu wollen, waren nicht neu. Nun begann aber auch noch sein Magen zu knurren.

Hier in diesem kargen Gebäude wurde er auf seine Urinstinkte reduziert. Warm bleiben, trinken, essen, Schmerzen aushalten. Was sonst zur Normalität gehörte, worüber er sich noch nie hatte Gedanken machen müssen, wurde hier zu einer Frage des Überlebens. Die Überflussgesellschaft, in der er lebte, wurde ihm in diesen Mauern in aller Deutlichkeit gespiegelt.

Sein Haus hatte nicht nur eine moderne Gasheizung, sondern auch einen Kamin. Er konnte sich jederzeit eine heiße Badewanne einlassen oder in einem warmen Daunenbett schlafen.

Das war ganz selbstverständlich, wie auch der volle Kühlschrank, die gut bestückte Vorratskammer, der Supermarkt im Nachbardorf, der fast keine Wünsche offenließ. Selbst per Internet konnte man heute Lebensmittel und Zutatenkisten mit Rezepten zum Kochen bestellen, die bis an die Haustür geliefert wurden. Niemand musste hungern. Im Gegenteil – ein Großteil der Bevölkerung war übergewichtig!

Das Wasser kam aus dem Wasserhahn. Wenn es mal für ein paar Stunden abgestellt wurde und man einen Vorrat anlegen musste, war das Gejammer groß. Keine Toilettenspülung? Katastrophe! Der Mensch war in den letzten Jahrzehnten verweichlicht und verwöhnt geworden!

Gegen die Schmerzen warf man ein Schmerzmittel ein. Ja nichts aushalten müssen. Selbst bei einfachen Kopfschmerzen wurde gleich eine Pille aus dem Blister gedrückt. Haverkorn brachte sich in eine Position, in der der Schmerz nur leicht pulsierte und nicht an den Nerven riss. Ganz ruhig lag er unter der alten Steppdecke auf der Matratze und zog die hauchdünne Aluminiumdecke um seinen Körper. Er fror trotzdem. Seit Jahren hatte er diese Probleme mit dem Ischias. Der Schmerz kam, er hinkte ein paar Tage, schluckte Schmerzmittel, bis der Schmerz wieder verschwunden war. Aber die Rückenübungen, die der Arzt und Henni ihm als Prophylaxe dringend empfohlen hatten, hatte er zwei-, dreimal lustlos hinter sich gebracht und dann wieder vergessen.

Mittlerweile wuchs die Liste im Kopf, was er tun wollte, sollte er hier lebend herauskommen.

Punkt 1: Sonja anrufen und zum Essen einladen.

Punkt 2: Einen Urlaub mit Henni an dem Wunschort ihrer Wahl.

Punkt 3: Endlich gesünder essen.

Punkt 4: Regelmäßig Rückenübungen.

Punkt 5: Frida sagen, wie wichtig sie ihm war.

Kapitel 19

Wahler hörte sich schweigend an, was Bootz und Frida ihm und Anja nach der Lektüre der Göttinger Ermittlungsakte zusammenfassten. Er saß, sein italienisches Designerhemd leger am Hals geöffnet, am Schreibtisch und hatte ihnen zehn Minuten gegeben, bevor er zum nächsten Termin außer Haus musste. Ab und zu warf er Anja einen langen Blick zu, um sich zu vergewissern, wie sie die Theorie bezüglich eines Serientäters einschätzte. Aber auch Anja hatte ihr bestes Pokerface aufgesetzt, mischte sich nicht ein, bis Bootz zum Ende kam. »Wir schließen nicht länger aus, dass es noch mehr Morde gibt, die auf sein Konto gehen. Vielleicht sollten wir mit den Cold-Case-Abteilungen in ganz Deutschland Kontakt aufnehmen, ob es bei unaufgeklärten Frauenmorden einen ähnlichen Modus Operandi gab.«

Wahler wartete, als niemand mehr etwas sagte, stand er langsam auf und stützte seine Hände auf die ordentlich aufgeräumte Schreibtischplatte. »Ihr hört jetzt sofort damit auf!« Seine Stimme war ruhig. Umso mehr traf seine Absage, jedes einzelne Wort. »Wir haben hier und heute einen Serientäter, der drei Menschen ermordet und einen Polizisten entführt oder vielleicht auch schon ermordet hat.«

Frida schluckte.

»Und ihr zwei wollt einen gelösten Altfall, bei dem es eine rechtsgültige Verurteilung gab, noch einmal aufrollen, während sich die Kollegen hier die Nächte um die Ohren schlagen, um Bjarne zu finden!« Er sah Frida an, die spürte, dass ihr das Blut in die Wangen schoss.

»Aber das eine hat doch mit dem anderen ...«, versuchte Bootz eine Erklärung.

Wahler erstickte den Einwand im Keim. »SCHLUSS JETZT! Das ist mein letztes Wort! Ihr lasst diese Altfälle jetzt ruhen! Von euren Eskapaden habe ich wirklich genug!« Er sah Frida in die Augen, dann Bootz. »Leonard, ich habe dich vom Kriminaldauerdienst als einen meiner besten Leute in Erinnerung. Du hast damals immer die richtigen Prioritäten gesetzt. Was ist LOS MIT DIR?«

Sie sahen sich an, und es schien kälter zu werden im Raum. Frida hielt die plötzlich aufgekeimte Fehde zwischen den Männern kaum aus. Auch Anja schien sich unwohl zu fühlen, wippte nervös mit einem Bein.

»Dann bin ich raus!«, sagte Bootz leise.

Wahler stockte. Er sog die Luft ein. »Was bist du?«

»Du hast mich hergeholt, damit ich das Team auf Trab bringe. So hast du dich doch ausgedrückt? Die Schnarchnasen mal richtig auf Trab bringen!«

Wahlers Gesichtsmuskeln zuckten, aber er stritt es nicht ab.

»Du bremst mich ständig aus, tust so, als wäre ich ein blutiger Anfänger, der keine Prioritäten setzen kann! Mir reicht's!«

»Es war klar, dass du unter meiner Führung arbeitest. Keine Alleingänge, das war der Deal!«

»So kann und will ich nicht arbeiten!« Bootz stand auf. »Ruf mich an, wenn du einen guten Ermittler und nicht nur einen weiteren Jasager brauchst.« Er sah Frida an, die Andeutung eines Nickens. Dann zog er seine Lederjacke an.

Wahlers Stirn glänzte. Er drückte seine Handgelenke fest auf den Schreibtisch. »Ich habe dir einmal den Arsch gerettet und dir im Dienst eine Zukunft gegeben. Wenn du jetzt gehst, bist du endgültig verbrannt! Dann kannst du den Rest deines Lebens Streife laufen!«

Bootz nickte. »Besser das, als dir ewig dankbar sein zu müssen!« Er ging, ließ die Bürotür einfach offen. Klaus lief gerade vorbei und blicke irritiert ins Zimmer.

Ein Moment, der sich anfühlte, als sei etwas neben Frida explodiert. Ein nervöses Fiepen setzte in ihrem Innenohr ein, und sie schüttelte den Kopf, um es loszuwerden.

»Darum kümmert sich jetzt die Dienstaufsicht!«, sagte Wahler laut, damit es Bootz noch hören konnte, bevor die Automatiktür der Etage hinter ihm zufiel.

»Ich hole ihn zurück!« Frida sprang auf, und obwohl Wahler ihren Namen rief, lief sie weiter, nahm das Treppenhaus, um Bootz unten am Lift abzufangen. Aber er war schneller gewesen. Der Kollege am Empfang zeigte nach draußen. Bootz' Wagen stand wieder auf dem Supermarktparkplatz. Sie rannte hinaus, sah ihn mit langen Schritten die Straße überqueren, sprintete, ohne auf den Verkehr zu achten, hinterher, hörte kaum das kreischende Bremsen eines Transporters. Sie hatte nur Bootz im Blick, der an seinem Jeep angekommen war.

»Leonard!« Zum ersten Mal nannte sie ihn bei seinem Vornamen.

Er reagierte nicht, zog die Tür auf.

»LEO!«

Er drehte sich zu ihr um, wartete, bis sie ihn erreichte.

»Du kannst doch ... jetzt nicht ... abhauen!« Sie atmete tief durch, bis sie wieder Luft hatte, um weiterzusprechen. »Hast du mal an Bjarne gedacht?«

»Ich denke an nichts anderes. Aber Nick wird mich nach dieser Ansprache kaltstellen, das kannst du mir glauben. Ich kann Bjarne nicht mehr helfen!«

Da hatte er wohl gar nicht unrecht. Nach dieser Aktion würde Wahler ihn Spießruten laufen lassen. »Und was ist mit mir? Du bist mein Partner!«

Ihre Blicke trafen sich, er kam näher, fasste sie sanft am Handgelenk. »Du bist eine großartige Ermittlerin, hast eine gute Intuition, Frida. Denk an die Minicam an Beckers Wohnung. Die hast du ganz allein entdeckt. Du brauchst mich nicht.«

Sie wusste, dass es zu spät war. »Doch, verdammt! Wir brauchen dich hier.«

Bootz stockte, sah ihr in die Augen. Dann ließ er sie los. »Das sieht Wahler anders!«

Er zog die Tür auf und stieg ein.

»Das ist verdammt feige!«, sagte sie laut.

Er schloss die Tür, ohne sie noch einmal anzusehen, und startete den Wagen. Sie musste zurücktreten, und dieser eine Schritt zurück fühlte sich an wie ein endgültiges Lebewohl.

»Dieser Streit war völlig unnötig«, sagte Anja, als sie wieder im Büro saßen. Ihre Kollegin hatte Haverkorns Stuhl übernommen. Oder den von Bootz, dachte Frida. Je nachdem, wie man es betrachtete.

Sie verdrängte die Gedanken an beide, die sich wie Nadelstiche unter der Haut anfühlten.

»Mich habt ihr aber überzeugt.« Anja lümmelte im Bürostuhl und hatte mit ihren Händen eine Pyramide gebildet, als doziere sie.

»Wirklich?« Frida konnte es nicht fassen, von Anja Unterstützung zu bekommen. Jetzt, da es zu spät war, fühlte es sich eher danach an, als würde sie Fridas miese Stimmung aufhellen wollen. »Die Übereinstimmung der Munitionsteile der Tatwaffe, das ähnliche Vorgehen des Täters in beiden Fällen sind einfach nicht von der Hand zu weisen. Das weiß auch Wahler, aber er hat hier eine riesige Baustelle mit der Soko, er will und kann keine weitere aufmachen.«

»Ja, das ist mir schon klar. Aber er begreift nicht, dass die Chance, Bjarne zu retten, am größten ist, wenn wir auf die Forderung seines Entführers eingehen und den wahren Täter der Johannsen-Morde finden!« Frida durchbohrte die vor ihr liegenden Ausdrucke der Göttinger Ermittlungsakte, als stände der Name darin, als müsste sie nur genauer lesen.

»Wir haben nichts mehr von ihm gehört, seit Bjarne verschwunden ist. Meinst du nicht, dass er sein Ultimatum bekräftigt hätte, wenn es ihm wirklich darum gehen würde?«

Ein berechtigter Einwurf, aber in Frida regte sich etwas. »Was, wenn er es getan hat?«, fragte sie Anja.

»Wir haben kein neues Pappschild gefunden, als der Streifenbeamte vor Bjarnes Haus niedergeschlagen wurde.«

»Wir haben ja auch nicht danach gesucht!« Abrupt stand Frida auf. »Komm! Wir fahren noch mal zu Bjarnes Haus. Und dieses Mal sehen wir uns bei ihm genauer um!«

Die ehemalige Lehrerkate war eines der letzten Reetdachhäuser in der Straße, die ein paar Kilometer hinter dem Ortsausgang von Deichgraben hinauf zur Geest führte. Frida hatte den Haustürschlüssel bei Henni auf dem Hof abgeholt. Haverkorns Tochter hatte angeboten mitzufahren, aber Frida hatte das abgelehnt. Einerseits würde Henni sie ablenken. Andererseits war es besser, wenn sie nicht dabei war, wenn sie im Haus wirklich etwas fanden. Henni war auch so schon ein Nervenbündel, die sich in der Sorge um ihren Vater kaum beruhigen ließ. Frida hatte sie bei ihrer Mutter gelassen, wo sie ihr bei der Vorbereitung des Abendessens zur Hand ging.

Torben hatte gerade wieder im Boxclub mit Tugay, dem Physiotherapeuten, gearbeitet. Ein paar Minuten hatte Frida zugeschaut, wie der Mann, den sie liebte, wie ein ungelenkes Kind mit dem Theraband rang. Sie hatte jedoch gespürt, dass Torbens Wille zu kämpfen zurückgekommen war. Die energische Falte über der Nasenwurzel war ein untrügliches Zeichen, dass er an seine Grenzen ging, um endlich ein kleines Erfolgserlebnis zu spüren, das er dringend brauchte. Tugay, ein schlanker türkischer Mann mit modernem Ola-Seku-Cut und Dreitagebart, hatte Torben aufmunternd und bestimmt durch die Übungen geleitet. Und der hatte trotz seiner Schmerzen in den Händen durchgehalten und die Zähne zusammengebissen. Frida war sehr stolz auf ihn gewesen, als sie endlich ins Auto stieg, um ein paar Straßen weiter zu Haverkorns Haus zu fahren.

Frida schloss die Eingangstür auf und drehte sich zu Anja um, die stehen geblieben war und beeindruckt auf die Kate und den Garten blickte. »Ein hübsches kleines Häuschen hat er sich da zugelegt. Da bekomme ich richtig Lust, aufs Land zu ziehen.«

Frida sah sich um. Durch die Bäume fiel ein aschgraues Winterlicht. Etwas Bodennebel hing in den Obsthölzern, die geisterhaft im hinteren Teil des Gartens standen. Wie schön und vor allem laut es hier draußen in den anderen Jahreszeiten war! Doch der Februar schien schon am Morgen alle Farben und Töne des Tages verbraucht zu haben.

Bevor sie das Grundstück betraten, hatten sie vorsorglich Overalls und Handschuhe übergezogen, um keine Spuren des Täters zu kontaminieren. Was mochten die Nachbarn denken, die sie so hier herumlaufen sahen? Im Haus gegenüber hatte sich eine Gardine bewegt, als sie auf das Haus zugegangen waren, das war Frida nicht entgangen.

Anja übernahm Wohn- und Schlafzimmer, Frida Küche und Bad. Hennis Wohnung im Obergeschoss würden sie zuletzt inspizieren. Falls es noch nötig war.

Sie schwiegen, während sie nach einem weiteren Pappschild suchten. Es war die richtige Entscheidung, aber Frida war nicht wohl dabei, in Haverkorns Privatsphäre zu wühlen. Was, wenn sie etwas entdeckte, das nicht für ihre Augen bestimmt war?

Das Tageslicht, das durch die Fenster fiel, reichte Frida nicht aus. Sie schaltete das Deckenlicht in der Küche an, durchsuchte den gemütlichen Raum und hockte sich schließlich vor das Weinregal, wo sich ein paar Staubflocken angesammelt hatten, kniete sich hin und sah sogar unter der Sitzbank am Tisch nach. Nicht, dass bei geöffneter Tür etwas daruntergerutscht war. Auch hier fand sie lediglich Staubflusen. Und einen einsamen Weinkorken.

An welchem geselligen Abend hatte Haverkorn diesen Wein getrunken? Und mit wem?

Ihre Tränen überraschten sie. Sie versuchte, sie zu unterdrücken, aber die winzigen Tränendrüsen waren wie ein Überdruckventil der Psyche, das nicht mehr geschlossen werden konnte. Sie kroch auf Knien in Haverkorns Küche herum, während er um sein Leben bangte. Oder schon längst tot war. Vielleicht wurde sein Leichnam demnächst am Ufer der Elbe angespült. Oder er würde im Frühjahr unter einem Laubhaufen auftauchen. Was, wenn sie ihn wirklich nie wiedersehen würde? Ein Schluchzer dehnte sich in ihrer Kehle, bis sie ihn endlich herunterschluckte.

»Nichts gefunden«, sagte Anja hinter ihr. »Bjarne hat einen guten Büchergeschmack.«

Verstohlen wischte Frida die Tränen weg. Sie richtete sich auf und klopfte die Knie ab, obwohl der Overall bald im Müll landen würde. Nur um Anja nicht ansehen zu müssen.

Ihre Kollegin sagte nichts, nahm ein Glas aus dem Küchenschrank und füllte es an der Spüle mit Wasser. Sie gab es Frida. »Wollen wir oben nachschauen?«

Frida nahm das Glas, trank und ließ es plötzlich sinken. Erstaunt sah sie auf die Terrassentür.

Anja folgte ihrem Blick. »Was ist los?«

Frida stellte das Glas weg. »Komm mal hier rüber!«

Ihre Kollegin trat zu ihr und sah nun auch, dass da etwas auf dem Glas der Terrassentür stand. Eine Zahl, spiegelverkehrt. Frida öffnete die Tür, und als diese im richtigen Winkel stand, konnten sie die Zahl erkennen.

36

Ein Kribbeln lief über ihren Rücken. Wenn dies wirklich eine Botschaft von Haverkorns Entführer war, die er gestern Abend, vor gut zwölf Stunden, hier hinterlassen hatte, dann blieben ihnen jetzt noch vierundzwanzig Stunden, um sein Ultimatum zu erfüllen. Sie mussten den wahren Täter endlich aufspüren, oder sie würden Bjarne nicht mehr lebend wiedersehen.

Die Kriminaltechniker suchten nicht nur in Haverkorns Haus, sondern auch im Garten nach weiteren Spuren des Täters. Er war erneut hier gewesen, schien sich so sicher zu fühlen, dass er durch den Garten auf die Terrasse spaziert war, um diese Botschaft auf der verschmutzten Scheibe zu hinterlassen.

Wahler hatte Frida am Telefon ausreden lassen. Sie war

nicht sicher gewesen, ob er sie überhaupt ernst nehmen würde, wenn sie von der Zahl auf der Scheibe berichtete.

Ihr Chef war auf dem Weg zu einer Lagebesprechung mit dem BKI-Leiter und dem Staatsanwalt gewesen, hatte dennoch sofort Horst Lüttje und die Jungs der Spurensicherung hergeschickt und Dampf gemacht, damit ja kein Stein auf dem anderen blieb. Aber nun durften sie wenigstens wieder Hoffnung haben, dass Haverkorn immer noch am Leben war.

Dass die Zahl 36 einen Countdown darstellte, hatte ihr Vorgesetzter zähneknirschend zur Kenntnis genommen. Es war nicht von der Hand zu weisen, wenn man die Botschaft, die der Täter auf den Eisenstühlen auf Haverkorns Terrasse hinterlassen hatte, damit in Verbindung brachte.

Justitia ist blind! Cord Johannsen im Knast. Finde den wahren Täter oder du wirst vor den Richter treten! Dir bleiben 48 Stunden.

Jetzt hatten sie noch gut vierundzwanzig Stunden, bis das neue Ultimatum ablief. Und endlich war auch Wahler davon überzeugt, dass der Dreifachmord von damals nicht lediglich eine Altakte war, sondern das Motiv für den Serientäter, der unbedingt den wahren Schuldigen von damals präsentiert haben wollte. Nur so würden sie Haverkorns Leben retten können. Oder sie fanden ihn und seinen Entführer vor Ablauf dieser Zeit. Aber wer glaubte noch daran?

Den Anruf des Kollegen aus der IT nahm Frida im Garten an, wo die Schneemänner schon einen Bereich zum Betreten freigegeben hatten. Ihr Puls war hochgeschnellt, als sie die Nummer erkannt hatte.

»Wir haben alles versucht, aber die Verschlüsselung der

Kamera ist sicher, wir können das Signal nicht verfolgen. Tut mir leid!«, entschuldigte sich der Kriminaltechniker und legte schließlich auf, weil Frida nichts sagte.

Eine weitere Sackgasse. Und der Countdown lief unermüdlich weiter.

Bleib ruhig, sagte sich Frida. Was würde Haverkorn in dieser Situation tun?

Einen kühlen Kopf bewahren.

Und weiter?

Noch einmal ganz von vorn anfangen.

Und wo war der Anfang?

Auf dem Hof der Familie Johannsen! Sie entschied, noch einmal hinzufahren. Während sie mit Bootz den Hof und das Wohnhaus besichtigt hatte, war sie von ihm abgelenkt gewesen. Sie wollte noch einmal allein diesen alten Tatort erkunden. Und danach würde sie sich die Altakte vornehmen, bis sie darin etwas fand!

†

Dieses Mal bildete Haverkorn sich das Motorengeräusch nicht ein, das zunehmend lauter wurde. Er setzte sich auf. Vor dem Stall rollte ein Fahrzeug aus, und der Motor erstarb. Kurz lauschte er, ob er Türenklappen oder Stimmen hörte. Vielleicht sogar die von Frida. Aber nichts passierte. Draußen blieb es still.

»Hallo?«, rief er, so laut er konnte. Seine Stimme hallte in dem langen Gebäude wider. Ein Echo, das ihn selbst erschreckte. Draußen tat sich nichts, er rief nochmals. »ICH BIN HIER!«

Er horchte in die Winterstille. Lediglich ein paar Krähen zeterten vor dem angekippten Fenster.

Da, ein scheppernde Geräusch! Über den Gang kam eine Plastikflasche gerollt, blieb neben dem Käfig liegen, in dem er hockte.

»Nicht umdrehen!«, befahl eine näselnde Stimme. Das Echo sprang von Wand zu Wand.

Haverkorn gehorchte, bewegte sich nicht, drehte nicht einmal seinen Kopf in Richtung des Entführers.

Eine Packung Zwieback flog durch die Luft, blieb neben der Flasche liegen. Wenn er sich anstrengte, würde er beides erreichen können.

»Lassen Sie mich gehen!«, verlangte der Kriminalhauptkommissar. »Ich sage, ich hätte mich gestern verfahren, hatte keinen Sprit mehr.« Er horchte, keine Antwort, kein Laut hinter ihm.

Reglos blieb er liegen, dann hörte er, dass draußen der Motor des Fahrzeuges gestartet wurde.

Er drehte sich um, inspizierte den Gang hinter sich, sah die Tür, durch die sein Entführer soeben die Sachen hereingebracht hatte. Dann sah er die Buchstaben, die in die Staubschicht des Türblatts gemalt worden waren:

SCHULDIG

Kapitel 20

Frida fuhr durch die winterkarge Marsch, blickte über dunkle Erdfurchen, wo der Boden noch im Herbst aufgebrochen worden war. Daran schlossen sich Felder mit ausgebrachtem Gründünger an, die sich ein paar Kilometer weiter mit Obstplantagen abwechselten. Über den Feldern hingen kaum wahrnehmbare Nebelschleier, die von dem kalten Boden aufstiegen. Bald würde die Dämmerung das rare Tageslicht vertreiben. Frida musste sich beeilen, um auf dem Hof noch genug sehen zu können.

Sie wählte Bootz' Handynummer, um ihm von der neuen Botschaft des Täters in Haverkorns Haus zu erzählen. Vielleicht würde ihn diese Nachricht bewegen, sich mit Wahler auszusprechen und zurückzukommen. Sie brauchten ihn im Team, mehr denn je. Auch wenn Wahler das nicht ausgesprochen hatte. Auf einen fähigen Ermittler wie Bootz konnte er in dieser zugespitzten Lage nicht verzichten.

Es klingelte ein paarmal, dann ging die Mailbox ran. Bootz nannte nur seinen Namen, mehr nicht. Allein seine Stimme wirbelte durch ihren Magen.

Warum ging er ihr so unter die Haut? Sie dachte an Torben, an den Sex am Morgen, sein Lachen und seine Bemühungen bei der Manuellen Therapie. Und das schlechte Gewissen drückte einige Minuten auf ihre Stimmung. Dabei hatte sie nichts getan, hatte Torben nicht mal in Gedanken betrogen. Oder machte sie sich da etwas vor?

Wie auch immer. Bootz war weg! Sein Stolz war stärker als sein Diensteifer. Was war zwischen Wahler und Bootz vorgefallen, dass es bei ihrem Streit so persönlich werden musste? Was hatte Wahler damit gemeint, dass er Bootz einmal im Dienst den Arsch gerettet hatte? Haute ihr neuer Kollege ab, weil er bei Wahler in einer alten Schuld stand, dieser unterschwelligen Abhängigkeit jedoch überdrüssig war?

Enttäuscht drückte sie das Gespräch weg, ohne Bootz etwas auf die Mailbox zu sprechen. Sie wollte persönlich mit ihm reden.

Frida legte das Smartphone auf den Beifahrersitz und erreichte ein paar Kilometer weiter den Wirtschaftsweg, der zum ehemaligen Johannsenhof führte. An der Einfahrt wartete sie, als ein dunkler Sprinter herauskam, gab dem Fahrer ein Zeichen, auf die Hauptstraße zu fahren. Der Mann mit Vollbart und Basecap bedankte sich mit erhobener Hand und gab Gas.

Frida holperte über die unebenen Betonplatten, die seitlich von winterhartem Wildwuchs überwuchert waren. Komisch, dass der Transporter hier herausgekommen war. Was hatte der am Ende der Welt gesucht? Vor ihr tauchten die verlassenen Hofgebäude, Ställe und Hallen auf.

Frida fuhr durch die Einfahrt und stoppte den Jeep vor dem Wohnhaus. Sollte sie noch einmal einsteigen, wie zuletzt mit Bootz?

Sie machte den Motor aus, zog den Zündschlüssel ab und nahm das Smartphone in die Hand. Beinahe ließ sie es fallen, als es plötzlich die Anrufmelodie dudelte.

Aufgeregt sah sie aufs Display. Rief Bootz zurück?

Es war Torben. »Frida ...«

»Hi, bei mir dauert's noch etwas ...«

»Du musst sofort nach Hause kommen!« Sein Tonfall war ernst. »Deine Mutter ist auf der Kellertreppe gestürzt. Der Notarzt ist schon auf dem Weg.«

Fridas Herz machte ein paar Sprünge. »Ich komme! Zehn Minuten!« Sie warf das Handy auf den Beifahrersitz und startete den Motor. Ein paar Krähen stoben auf, als sie an den Stallgebäuden vorbeischoss und den Jeep zurück auf den Wirtschaftsweg lenkte.

✝

Haverkorn hob verwirrt den Kopf. Er hatte eine Weile damit zugebracht, sich an die Gitterstäbe zu quetschen und den freien Arm zu strecken, bis er an die Wasserflasche und das Zwiebackpäckchen im Gang gelangte. Gerade hatte er durstig einen Schluck getrunken, als er wieder ein Motorengeräusch hörte, das lauter wurde und schließlich in kurzer Distanz erstarb.

War sein Entführer zurückgekommen? Und warum hatte er vor dem Wohnhaus geparkt, nicht direkt vor dem Stall?

Er horchte. Es blieb still.

Als Haverkorn begriff, dass dies nicht der Täter sein konnte, begann er zu rufen, so laut er konnte. »HILFE! HIER BIN ICH! HIER HINTEN!«

Er lauschte und spürte, wie vor Aufregung das Blut durch seinen Körper gepumpt wurde. Es rauschte in seinen Ohren.

Hörte er draußen Schritte, oder täuschte er sich?

»HILFE! HÖRT MICH JEMAND?«

Das Fahrzeug wurde gestartet, und das Motorengeräusch verklang schneller, als es gekommen war. Krähen zeterten vor dem Stall, dann war es wieder still in seinem Gefängnis.

Haverkorn sackte auf die Matratze, spürte seine Augen feucht werden. Die Rettung war so nah gewesen!

Wer auch immer sich hier in diese Einöde verirrt hatte – er hatte Haverkorn die letzte Hoffnung genommen, gefunden zu werden.

†

Die Sanitäter trugen Marta auf einer Krankenwagenliege aus dem Haus, als Frida durch die Hofeinfahrt fuhr. Sie parkte den Jeep, stieg aus und lief hinüber. Ihre Mutter war bei Bewusstsein, aber blass im Gesicht. Sie wirkte verwirrt.

»Mama, was machst du denn für Sachen?« Sie fasste ihre rechte Hand, die eiskalt war.

»... Keller ... gefallen ...«, stammelte Marta.

»Nicht reden, Frau Paulsen!«, sagte die Notärztin, die mit Henni aus dem Haus kam. Ihnen folgten Fridtjof, Torben und Cat. Allen stand der Schreck ins Gesicht geschrieben. Auch Milan lehnte an der Tür zum Boxstudio.

»Ich bin Frida Paulsen, die Tochter«, erklärte Frida. »Wie schlimm ist es?«

»Ihre Mutter ist desorientiert, es besteht der Verdacht eines leichten Schädel-Hirn-Traumas. Möglicherweise eine Fraktur des rechten Wadenbeins. Gut, dass Ihre Freundin hier war und sie erstversorgen konnte.« Sie sah Henni an, die viele Jahre als Krankenschwester gearbeitet hatte. »In der Klinik schauen wir uns Ihre Mutter genauer an.«

Frida atmete durch. »Kann ich mitfahren?«

»Ja, natürlich!«

Sie umarmte Henni. »Danke!« Dann lief sie zur Tür des Rettungswagens und stieg ein. Ihr Handy begann zu klingeln, Frida sah aufs Display. Bootz. Sie drückte das Gespräch weg, setzte sich neben ihre Mutter, die schon mit der Trage fixiert worden war. Frida nahm ihre Hand und redete beruhigend auf sie ein.

Als Bootz erneut anrief, erntete sie einen ärgerlichen Blick der Notärztin. Sie schaltete das Handy aus.

Die Stunden im Krankenhaus waren gefüllt mit Untersuchungen und Gesprächen mit Ärzten und Schwestern. Kurz nach Mitternacht verließ Frida am Sonntagmorgen das hell erleuchtete Gebäude und rief sich ein Taxi. Ihre Mutter hatte Glück im Unglück gehabt. Ihr Bein war nur geprellt, nicht gebrochen. Wegen der Gehirnerschütterung würde sie noch ein oder zwei Nächte unter Beobachtung hierbleiben müssen. Sie war endlich auf Station in ihrem Zimmer und schlief.

Irgendwann am Abend hatte Sprühregen eingesetzt. Frida ging ohne Schirm zum Taxi und stieg ein. Die vorbeihuschenden Lichter der Stadt brachen sich in den Wasserbahnen auf der Scheibe, als Frida ihr Handy wieder einschaltete, das sofort mehrere Signaltöne ausspuckte.

Bootz hatte es nicht noch einmal probiert, dafür Anja, fünfmal im Abstand von erst fünf, dann zwanzig Minuten. Und Klaus. Dreimal. Torben, zweimal. Er hatte ihr draufgesprochen und gefragt, wie es um Marta stehe.

Anja hatte schließlich mehrere Nachrichten geschickt.

Frida, wieso ist dein Handy aus? Wo bist du?
Frida, melde dich endlich!
Ruf mich dringend an!
Dringend!!!

Frida drückte auf Rückruf. Der monotone Rufton im Ohr steigerte ihre Anspannung. Was war passiert, während sie im Krankenhaus gewesen war? Anja war die Ruhe in Person. Was setzte sie so unter Druck, dass sie Frida so dringend erreichen wollte?

»Frida! Endlich!« Anjas Stimme klang aufgewühlt.

»Sorry! Meine Mutter ist gestürzt. Ich war im Krankenhaus ...«

»Wie geht's ihr?«

»Sie ist jetzt stabil, muss aber ...«

Anja ließ Frida nicht ausreden. »Wahler ist raus!«

»WAS?«

»Heute Abend ist er kurzfristig beurlaubt worden. Er hat sein Büro schon geräumt.«

»Warum denn?«

Anja zögerte. »Vielleicht war das Leonard? Hat er Kontakte nach oben?«

Fridas Herz setzte einen Moment aus, begann loszujagen. »Keine Ahnung! Kann ich mir nicht vorstellen!«

»Kurz vor zehn kam Hanno Tehfs rein. Sein Gesicht hättest du sehen sollen! Zehn Minuten später hat Wahler seinen Schreibtisch geräumt.« Eine kurze Atempause. »Ich habe jetzt die Leitung bekommen ...«

»DU?!«

»Traust du mir wohl nicht zu?« Aufgesetzte Empörung in Anjas Stimme.

»Nein, sorry! So war das nicht gemeint.«

Ein nervöses Kichern auf der anderen Seite. »Es ist nur interimsweise, bis sie Wahler ersetzen können. Für ein, zwei Tage, sagen sie.«

»Puh!« Frida musste diese neue Situation erst mal verarbeiten. »Jetzt hast du die Soko und den ganzen Mist drumherum am Hals.«

»Tja, kann so oder so ausgehen. Wenn ich mich bewähre,

wird das meiner Karriere sicher nicht schaden. Aber wenn nicht ...«

Sie schwiegen beide. Dann würde Tehfs sie ebenfalls kreuzigen.

»Hast du mit Leo gesprochen?«, fragte Anja und klang entsetzlich müde.

»Hab ihn nicht erreicht.« Frida dachte daran, dass er sie am Abend zurückgerufen hatte. Konnte sie es jetzt noch mal probieren? Es war kurz vor ein Uhr ... »Ich sitze im Taxi, bin gleich zu Hause. Ich hole mein Auto, dann komme ich ins Büro. Wir müssen ganz neu denken! Die Altakte noch mal komplett durchackern. Hast du die Prozessakte angefordert?«, fragte sie.

Anja gähnte verhalten. »Ich glaube, Klaus hat das erledigt. Ich schau mal, ob er sie im System hinterlegt hat.« Ihre Stimme wurde ernst. »Wahler hat keinen schlechten Job gemacht. Aber bei diesem Fall konnte er nur scheitern! Bis gleich!« Anja legte auf.

Frida sah, dass sie die Stadtgrenze von Hamburg erreicht hatten. Der Lichtsmog wurde weniger. Sie fuhren durch das flache norddeutsche Land und verschlafene Ortschaften. Leise dudelte ein Radiosender, der Taxifahrer sang ab und zu eine Silbe mit.

Sie wählte Bootz' Nummer. Er ging sofort ran, als hätte er auf ihren Anruf gewartet. »Frida!«

»Du musst zurückkommen. Wahler ist raus.« Eine quälende Sekunde, bis sie fragen konnte. »Warst du das?«

»Ich?«

»Hast du was mit Wahlers Beurlaubung zu tun?« Frida hörte ihn atmen.

»Nein! So was würde ich nie tun. Wenn du mich kennen würdest, wüsstest du das.«

»Wie denn? Du lässt ja niemanden an dich ran!« Sie hatte die Stimme erhoben und nahm sich wieder zurück. »Du musst zurück ins Team kommen! Anja hat jetzt die Leitung. In zwanzig Stunden müssen wir wissen, wer die Johannsen-Familie ermordet hat. Sonst sehen wir Bjarne nicht lebend wieder!«

Das Schweigen zwischen ihnen dehnte sich, aber sie hielt es aus. Hauptsache, er legte nicht auf.

»Bitte!«, setzte sie nach.

In seinem Hintergrund hörte sie den einzelnen Ton einer Kirchenglocke. St. Laurentii in der Innenstadt schlug ein Uhr! Dann war er noch in Itzehoe, war nicht zurück nach Lübeck gefahren.

»Okay! Ich komme. Aber unter einer Bedingung.«
»Ja?«
»Keinen Döner mehr im Dienst!«

Kapitel 21

Aus ihrem Vorhaben, sofort in ihren Jeep zu steigen und weiterzufahren, wurde nichts. In ihrem Elternhaus schlief niemand. Alles war erleuchtet, als sie aus dem Taxi stieg. Sie musste wenigstens noch ihren Vater beruhigen, dass es ihrer Mutter soweit gut ging.

Sie saßen in der Küche. Fridtjof, Torben und Milan blickten sie fragend an, als sie eintrat. Cat stand an der Kaffeemaschine und ließ die Kaffeedose sinken.

»Na endlich!« Das Mädchen kam auf Frida zugestürzt. »Wie geht's Marta?«

Frida setzte sich für einen Moment an den Küchentisch, der schon eine Menge Krisen der Paulsens erlebt hatte. Er war wie ein Zeichen, dass sie alles bisher gemeistert hatten.

»Mama geht's einigermaßen gut. Ihr Bein ist ziemlich schlimm geprellt, aber zum Glück nicht gebrochen.«

Fridtjof atmete auf, blickte sie auffordernd an, als müsse die schlechte Nachricht noch kommen. »Sie hat eine leichte Gehirnerschütterung, muss noch ein paar Tage im Krankenhaus bleiben. Morgen kann sie Besuch bekommen.«

»Diese verdammte Kellertreppe!«, polterte Fridtjof los. »Da ist sie nicht das erste Mal gestürzt. Da muss ein richtiges Geländer dran.«

»Ich muss wieder los.« Frida sah zu Torben, der still in seiner Ecke saß. Sie wusste, dass er enttäuscht war, dass sie kaum Zeit für ihn hatte. »Wir haben immer noch keine Spur zum Entführer von Bjarne. Jede Stunde zählt!«

»Fahr ruhig! Ich versorge die Männer, während Marta weg ist.« Cat zählte Löffel mit Kaffeepulver in die Maschine. »Die müssen sie morgen früh nur noch anmachen.«

»Du willst hier kochen?«, fragte Frida ungläubig. Sie sah ihren Vater an, der belustigt die Lippen kräuselte.

»Denkst du, ich bringe es nicht fertig, einen Topf Spaghetti mit Tomatensoße zu kochen?«

»Doch, sicher!« Cat hatte es wieder geschafft, die ernste Stimmung aufzulockern. »Ich geb dir einen guten Tipp: Torben macht super Rouladen.« Sie sah ihn an, er zwinkerte ihr zu. Wahrscheinlich war er doch nicht sauer, dass sie wieder ins Büro musste. Er stand auf und brachte sie zum Auto. Als sie draußen allein waren, nahm er sie in den Arm. »Ihm geht's sicher gut!«

Der einsetzende Regen trieb sie auseinander. Sie stieg ein, blickte noch einmal zu Torben, der sich vor der Tür untergestellt hatte. »Geht schlafen! Wenn ich was Neues von Bjarne weiß, rufe ich dich sofort an.«

Im Büro stand die Luft, ein Geruchsmix aus Pizzakäse, Mentos und wachsender Zermürbung. Frida hatte sich mit Bootz an ihren Schreibtisch zurückgezogen. Im Konferenzraum saßen viele der neuen Soko-Kollegen, dort war der Lärmpegel zu hoch, um sich länger als zehn Minuten konzentrieren zu können, ohne sich von den Gesprächen ablenken zu lassen. Die groß angelegte Ringfahndung nach Haverkorns Passat hatte bisher keine Resultate gebracht. Aber Frida hatte das auch nicht erwartet. Der Wagen stand sicherlich längst in einem Versteck, einer verlassenen Garage oder Scheune, war vielleicht sogar in einem See versenkt worden.

Anja hatte sie und Bootz auf dem Gang kurz zur Seite genommen. Ihr war von Thefs, dem BKI-Leiter, die klare Anweisung gegeben worden, den Altfall ruhen zu lassen und mit allen Kräften nach Haverkorns Entführer zu suchen, der in Selbstjustiz drei Menschen getötet hatte. Es gab sogar eine Überlegung seitens der Polizeiführung, die Medien einzuschalten, was gerade im Büro der BKI-Leitung gemeinsam mit der Staatsanwaltschaft entschieden wurde.

»Ihr macht beim Altfall weiter«, hatte Anja geflüstert. »Wir können dieses Ultimatum des Entführers nicht verstreichen lassen, ohne dass wir herauszufinden versuchen, was damals auf dem Johannsenhof wirklich passiert ist. Es ist eine Chance, und wir nutzen sie!«

»Und was ist, wenn das auffliegt?«, fragte Frida. »Dann ergeht's dir wie Wahler!«

»Das ist es mir wert. Hier geht es um Bjarnes Leben! Ihr macht weiter.« Dann war sie zurück in den Konferenzraum gegangen.

Frida hatte sich noch einmal die Ermittlungsakte von damals vorgenommen, die Tatortfotos mit einer Lupe abgesucht, das Asservatenverzeichnis studiert, die Zeugenaussagen Wort für Wort gelesen. Aber bisher hatte sie keine neuen Anhaltspunkte gefunden.

Was hatte sie denn gedacht? Dass damals bei den Ermittlungen etwas übersehen worden war? Wie im Fernsehkrimi, wo plötzlich ein Fall durch einen Zufallsfund gedreht wurde? Sie stand auf, kippte das Fenster an und blickte hinüber zu Bootz, der ausgeruht wirkte, während er am PC altes Pressematerial zum Johannsen-Prozess durchklickte.

»Schau mal!«, sagte er plötzlich. Frida stellte sich hinter ihn, blickte auf seinen Monitor.

»Das ist ein Pressefoto aus dem Prozesssaal von damals.

Ist das nicht ...«, er zeigte mit dem Kugelschreiber auf ein Gesicht in der dritten Reihe der Zuschauer, »... Henning Kuhns?«

Frida musste genau hinsehen. Die Haare waren noch nicht so grau gewesen, die Gesichtszüge etwas schmaler, aber doch – das war ihr ehemaliger Kollege!

Sie setzte sich wieder an ihren Platz und lehnte sich nachdenklich zurück. Dass er im Gerichtssaal gesessen hatte, war bei ihrem Gespräch letztens gar nicht zur Sprache gekommen. »Warum ist er nie zu Wahler gegangen und hat ihm gesagt, dass er an Cord Johannsens rechtmäßiger Verurteilung zweifelte?«, dachte sie laut nach. »Bjarne und Klaus haben damals ebenfalls im Johannsen-Fall ermittelt. Mit ihnen hätte er doch auch darüber reden können.«

Bootz starrte auf das Foto auf dem Bildschirm. »Vielleicht, weil er nur so ein Gefühl hatte, aber keine neuen Beweise. Ich weiß nicht, ob ich meine Kollegen mit reiner Gefühlsduselei behelligen würde.«

Frida musste lachen. »Ist schon klar! Du würdest natürlich ganz allein versuchen, neue Beweise zu finden!«

»Und was würdest du tun?«, fragte er.

»Ich würde mit Bjarne sprechen ...« Frida hatte den Satz ausgesprochen, bevor sie ihn zu Ende gedacht hatte. Sie biss sich auf die Lippe. »Henning war schon immer etwas eigen. Er hat viel mit sich selbst ausgemacht, war nie ein eingeschworener Teamplayer.«

Bootz saß mit verschränkten Armen da und sah sie grüblerisch an.

»Lass uns noch mal alles durchgehen, was wir wissen!« Er ging zum Drucker, zog das Papierfach auf und nahm ein paar Blätter heraus. Diese klebte er mit Klebestreifen an die Seitenwand über dem Sideboard.

Er schrieb mit einem Fasermaler MORDWAFFE in die linke Ecke. Und *Mauser 18 Repetierbüchse* in Klammern darunter. Er ging zum Drucker und nahm ein Blatt aus der Ausgabe, wo er das Bild des Gewehrs ausgedruckt hatte, und pinnte es unter das Wort.

Frida stand auf und besah es sich genauer. Es war eine kurze und kompakte Waffe für die Waldjagd mit einem synthetischen Schaft, während Lauf und Direktabzug aus Metall gefertigt waren. »Wie viel Schuss hat das Magazin?«

»Fünf«, sagte Bootz.

»Wenn du mit dem Hund recht hattest, hat er nur einen an dem Tag mit nach Hause genommen.«

Bootz hob den Zeigefinger und schrieb *HUND* auf die Tafel aus Druckerpapier. »Wir wissen von Thies, dass die Familie einen Hund hatte. Der Zeuge Dierksen hat bestätigt, dass er ihn am Mordtag aus der Ferne bellen hörte. Danach war plötzlich Ruhe.« Er drehte sich zu Frida um. »Ist in der Altakte irgendwo ein Vermerk zu diesem Hund?«

»Nein, der taucht nirgendwo auf!«, sagte sie. »Und wenn er weggelaufen ist oder sich aus Angst verkrochen hat, als es im Haus knallte?«, fragte sie.

»Dann wäre er sicher an den Tagen danach zurückgekommen, als die Kollegen der SpuSi noch im Haus waren. Er muss Hunger und Durst gehabt haben, meinst du nicht? Hunde sind nicht wie Katzen, die sich draußen problemlos ernähren können.«

Frida nickte müde, die schlaflose Nacht saß ihr in den Knochen. Sie stellte sich an das angekippte Fenster und nahm ein paar volle Atemzüge der Morgenluft, die nach Metall zu schmecken schien. Dann lehnte sie sich ans Fensterbrett, sah zu, wie Bootz *auch ermordet?* neben *HUND* schrieb. Dann zeichnete er einen Pfeil und schrieb *von ei-*

nem Fremden? darunter, blieb nachdenklich davor stehen. »Was ist eigentlich mit der Affäre von Meret Johannsen?«

»Der Mutter von Thies?«, fragte Frida.

»Ja, er hat doch erzählt, dass er sie mit einem Mann im Stall gesehen hat. In einer recht eindeutigen Situation. Und sein Vater wusste offensichtlich auch über die Affäre Bescheid. Wer war dieser Mann?«

»Das müssen wir Thies fragen. Möglicherweise hat er den Mann erkannt.« Fridas Müdigkeit war plötzlich wie weggeblasen. »... oder irgendwann wiedergesehen!«

»Was ist mit seinem Vater? Kannte er seinen Nebenbuhler? Hat er ihn unter Druck gesetzt, die Finger von seiner Frau zu lassen?«

»Du denkst, der Typ ist deshalb auf den Hof gekommen und hat an dem Wintermorgen die halbe Familie ausgelöscht?«

Bootz biss sich nachdenklich auf die Unterlippe. »Kann doch sein! Eifersucht ist ein starkes Motiv. Vielleicht hat der Nebenbuhler die Frau und ihre Söhne aus Rache umgebracht.« Er zeichnete einen weiteren Pfeil neben *von einem Fremden?* und schrieb *AFFÄRE* neben die Pfeilspitze.

Frida starrte das Wort an. Und wusste plötzlich, dass es ein starkes Motiv für die Morde darstellte. Wie oft war sie damals als Schutzpolizistin in Hamburg zu Gewalttaten gerufen worden, die aus Eifersucht begangen worden und zum Teil schrecklich ausgeufert waren? Eifersucht war ein heftiges Gefühl, das sowohl zu Taten im Affekt führen konnte als auch zu jenen, die kühl geplant aus Rache begangen wurden. War der Johannsen-Mord der Racheakt eines zurückgewiesenen Liebhabers gewesen? »Wir müssen mit Thies reden!«

»Und mit Cord Johannsen. Aber ...«, ein schneller Blick

auf den Chronografen am Handgelenk, »... es ist noch zu früh, um ins Haftkrankenhaus zu fahren.«

»Lass uns frühstücken gehen, dann fahren wir raus aufs Gestüt. Hast du Hunger?«, fragte Bootz und nahm, ohne ihre Antwort abzuwarten, seine Lederjacke von der Stuhllehne. »Ich kenne ein Café kurz vor der Autobahn, das um sechs aufmacht. Die haben das beste Rührei und guten Kaffee.«

Frida hatte das letzte Mal vor dem Unfall ihrer Mutter etwas gegessen. Bootz hatte recht. Erst mal ein gutes Frühstück, dann würden sie sich Thies Johannsen noch einmal vornehmen.

†

War es draußen wärmer geworden? Oder gewöhnte er sich langsam an die Kälte im Stall? Haverkorn legte die ungefesselte Hand auf seine Wange. Sie war nicht so eiskalt wie gestern Morgen, nachdem er aufgewacht war. Aber er spürte, dass er schmal wurde im Gesicht, auch wenn er sich gestern Abend vier Stück Zwieback gegönnt und das Essen zelebriert hatte wie ein Sterne-Menü. Jeden Bissen hatte er so lange gekaut, bis er total zersetzt war und wie Babybrei schmeckte. Aber das hatte sich herrlich angefühlt. Dazu ein paar Schlucke aus der neuen Wasserflasche, und seine Lebensgeister waren zurückgekehrt.

Genauso wie seine Hoffnung, dass doch noch alles ein gutes Ende nehmen würde. Denn der Täter hatte ihn mit Nahrungsmitteln versorgt, was hieß, dass er ihn hier nicht so einfach sterben lassen wollte.

Er hatte gut geschlafen, nachdem er sich wieder in die Rettungsdecke und die alte Steppdecke gewickelt hatte, deren Geruch er langsam annahm. Aber das war ihm mittlerweile egal. Sein täglicher Überlebensplan klammerte das Wort Körperhygiene aus.

Er musste oft an Thies Johannsen denken. Wie lange hatte der Junge in der kalten und stinkenden Kloake da drüben ausgeharrt? In absoluter Todesangst und allein? Wenn dieser Achtjährige das geschafft hatte, würde er nicht anfangen zu jammern. Immerhin hatte er es trocken und einigermaßen warm, hatte zu essen und zu trinken. Und amüsante Gesellschaft.

Die Ratten flitzten über die Gänge, gaben pfeifende Geräusche von sich, die ihm fast vertraut vorkamen. Heute Morgen hatte sich eine Ratte in seinem Käfig ein paar der Zwiebackkrümel geholt. Er hätte sie mit der Hand greifen können, wenn er schnell genug gewesen wäre. Aber er hatte ganz ruhig dagesessen und in die kleinen schwarzen Knopfäuglein geschaut. Leben und leben lassen. Wenn ihr mich in Ruhe lasst, habt ihr auch von mir nichts zu befürchten. Die Ratte, er hatte sie »Otto« getauft, war schnell davongeflitzt, als er sich vorsichtig bewegt hatte. Aber er war sich sicher, dass er sie bald wiedersehen würde.

Haverkorn richtete sich auf, machte ein paar Dehnübungen und spülte den schlechten Mundgeruch mit einem Schluck Wasser, das er eine Weile durch die Zähne zog, herunter. Danach nahm er sich die Packung mit dem Zwieback und nahm zwei heraus, um zu frühstücken. Wie lange würde diese reichen? Wann bekam er Nachschub?

Haverkorn stockte.

Würde sein Entführer noch einmal hier in den Stall kommen?

Er sah sich in seinem Käfig um. Eine Waffe hatte er nicht. Aber eine leere Mineralwasserflasche. Und den Haufen Sand, den der Täter offenbar in eine Ecke des Käfigs geworfen hatte, damit er dort seine Notdurft verrichten und abdecken konnte. So groß war diese bisher noch nicht gewesen, deshalb fasste er ungeniert in den Sand und begann, die leere Flasche damit zu füllen. Haverkorn lächelte, als er sie unter der Matratze verbarg.

†

Der Paulsenhof wurde durch die Scheinwerfer des Cherokee aus der Dunkelheit gerissen. Hier schienen noch alle zu schlafen. Es war Sonntag, da standen auch ihre Eltern nicht vor sieben Uhr auf. Aber vielleicht hatte Fridtjof allein im Ehebett gar kein Auge zugetan, aus Sorge um seine Frau. Oder weil er seit vierzig Jahren nicht mehr allein geschlafen hatte.

Hungrig gingen Frida und Bootz zur Haustür. Das Café, in dem er mit ihr hatte frühstücken wollen, öffnete sonntags erst um neun Uhr, woran weder Bootz noch sie gedacht hatten. Also waren sie weitergefahren, und Frida hatte ihn zu einem Omelett auf dem Hof eingeladen.

Bruno kam ihnen entgegen und schlängelte sich schwanzwedelnd um ihre Beine. Zum Glück hatten sie ihm endlich abgewöhnt, dass er jeden vor Freude ansprang. Sie betraten die verlassene Küche, und Frida drehte das Licht an. Bootz ging sofort zur Kaffeemaschine, fand die Kaffeedose im Regal und schien sich hier ganz wie zu Hause zu fühlen.

»Du musst sie nur noch anmachen, Kaffee und Wasser sind drin!« Frida holte die Eierpackung vom Brett, nahm Käse aus dem Kühlschrank und setzte eine große Eisenpfanne auf den Gasherd.

»Was kann ich noch tun?«, fragte Bootz.

»Tisch decken! Für …«, sie zählte im Kopf nach. Sie beide, ihr Vater, Torben, Cat und Henni. »… sechs!« Sie zeigte auf den Schrank mit dem Geschirr und zog die Besteckschublade auf.

Das Fett in der Pfanne begann zu brutzeln, sie gab die Eier-Käse-Suppe hinein und legte einen Deckel auf.

Fridtjof kam im Schlafanzug in die Küche geschlurft. Sein Gesicht war unrasiert, die Falten tiefer als sonst.

»Papa!« Frida ging zu ihm. »Wie hast du geschlafen?«

»Morgen!« Ihr Vater winkte ab und ging wieder hinaus, wahrscheinlich, um seine Morgentoilette vorzunehmen.

Der Tisch war gedeckt. Frida stellte noch Butter und Aufschnitt dazu und schnitt ein paar Tomaten auf. Dann drehte sie das Käseomelett, das eine herrliche goldgelbe Farbe angenommen hatte.

Plötzlich stand Torben in der Küche. Im ersten Moment schien er überrascht zu sein, sie beide hier zu sehen. Dann grüßte er Bootz, der Kaffee in Tassen verteilte, und kam zu Frida, gab ihr einen flüchtigen Kuss. »Was macht ihr so früh hier?«

»Wir haben die Nacht durchgemacht, brauchten dringend ein Frühstück. Setz dich!« Sie begann, Brot zu schneiden.

Henni kam herein. Frida deutete ein Kopfschütteln an, das ihre Freundin auch ohne Worte verstand. Nichts Neues von Bjarne, hieß das. Frida hatte erwartet, dass sie schlecht aussah, sie kommentierte ihre tiefen Augenringe nicht. Die Sorge um ihren Vater hatte Henni sicherlich kaum schlafen lassen. Sie machte sich sofort nützlich, schnitt Käse auf und trug die Omelettpfanne zum Tisch.

Kurz darauf kam auch Fridtjof wieder in die Küche. Er war rasiert und trug seine Sonntagskleidung. Cordhosen mit Hosenträgern und ein frisches Flanellhemd, das nicht richtig in die Hose gesteckt war. Da Marta nicht da war, wies Frida ihn darauf hin.

»Wann steht Cat auf?«, fragte sie und brachte das Brot zum Tisch.

»Sie ist Frühaufsteherin, müsste auch gleich kommen«, sagte ihr Vater, stopfte das Hemd in die Hose und schob sich auf die Eckbank. »Gibt's was Neues?«, fragte er.

Frida setzte sich neben Henni an den gedeckten Tisch. »Bisher nicht.« Sie nahm Hennis Hand, die eiskalt war. »Wir haben die ganze Nacht durchgemacht, nach dem Frühstück geht's weiter. Wir geben nicht auf, bis er wieder hier bei uns ist.«

Henni kämpfte mit ihren Tränen, wischte sich über die Augen. »Ich weiß!«

Betretene Stille, die Cat beendete, als sie in die Küche kam und sofort zu plappern begann, bevor sie überhaupt am Tisch saß. Das Mädchen mochte Familienessen wie diese. Je mehr am Tisch saßen, desto besser. Sie hatte bei ihrer Mutter nie ein richtiges Zuhause kennengelernt, war irgendwann, als sie alt genug war, weggelaufen und hatte ein paar Monate im Sommer ein Vagabundenleben geführt. Bis sie zum Paulsenhof gekommen und hängen geblieben war. Im April wurde Cat volljährig, bis es so weit war, hatte Frida die Vormundschaft für das Mädchen übernommen. Es fühlte sich an, als hätte sie eine kleine Schwester dazubekommen.

Sie redeten über Cats Ausbildung im Obstbau, ihre neuen Ausbilder, die Mitschüler, die sie ziemlich doof fand, außer einen von ihnen. Tomasz, der ungarische Vorfahren hatte, schien ein Typ zu sein, der wie sie immer zu den Außenseitern gezählt hatte. »Darf ich ihn mal mitbringen?«, fragte Cat und stopfte sich das dritte Stück des fettigen Omeletts in den Mund. Gut, dass Frida die große Pfanne vom Haken genommen und eine ganze Eierpackung verarbeitet hatte.

»Na klar!«, sagte Fridtjof und schnitt dicke Scheiben von der Salami. »Wenn er Holz hacken kann, darf er auch gern mitessen.«

Alle lachten, als sie Cats bestürztes Gesicht sahen, die zu spät merkte, dass der Bauer sie neckte.

»Ich fahre gleich zu Marta ins Krankenhaus«, sagte er und sah Frida an. »Du wirst wohl keine Zeit haben, mich zu begleiten, oder?«

»Leider nein, Papa. Wir müssen noch mal auf das Gestüt, ein paar wichtige Befragungen durchführen.«

Ihr Vater wurde nachdenklich. »Diese schlimme Geschichte hat damals die Marsch gespalten. Für einige der Bewohner konnte Cord nicht schnell genug verurteilt werden, die anderen glaubten lange, dass er ein Bauernopfer war, damit der Fall schnell abgeschlossen werden konnte.«

Frida und Bootz sahen sich an.

»Und was hast du gedacht?«, fragte Henni.

Fridtjof legte das Messer ab und lehnte sich auf der Bank zurück. »Ich kannte Cord ganz gut damals und schätzte ihn. Er hat mir mal aus der Patsche geholfen, als mein wichtigster Trecker in der Ernte ausgefallen ist und ich keinen Ersatz bekam. Ein Anruf, und sein Trecker stand auf meinem Hof, er wollte kein Geld dafür. Nur ein paar Mostäpfel für die Schweine.« Fridas Vater blinzelte. »Aber kennt man deshalb einen Menschen und weiß, was in ihm vorgeht? Ich war mir nicht sicher, ob er es war.«

Frida wusste, dass sie sich weit aus dem Fenster lehnte, aber sie war sich sicher, was hier am Familientisch erzählt wurde, das blieb auch hier. »Es gibt mittlerweile ein paar Hinweise, dass es Cord Johannsen vielleicht doch nicht gewesen ist.«

Jetzt schwiegen alle, sahen sie ungläubig an. Nur Cat schien gar nicht zu wissen, wovon sie redeten.

»Möglicherweise sitzt er seit Jahren unschuldig im Gefängnis. Wir versuchen, das zu beweisen«, erklärte Frida weiter. »Und wenn wir das können, lässt der Entführer Bjarne gehen. Das ist seine Bedingung.« Sie sah Fridtjof an, der wie erstarrt schien. »Cord ist schwer krank. Nierenkrebs, er hat nicht mehr lange. Wir hoffen, dass wir es schaffen, ihn zu rehabilitieren.« Ein Blick zu Henni. »Und das in den nächsten Stunden, um deinen Vater damit endlich freizubekommen.«

Kapitel 22

Sonntag, 6. Februar 2022

Der Hof des Gestüts war von teuren Pkw zugeparkt. Bootz stellte seinen Cherokee neben der Einfahrt auf einer Rasenkante hinter zwei SUV mit fremden Kennzeichen ab, an deren Anhängerkupplungen hochwertige Pferdeanhänger hingen. War das heute privater Besuch im Hause Johannsen, oder platzten sie in eine Pferdeauktion? Fand eine solche überhaupt auf einem Gestüt oder eher auf einem offiziellen Turnier statt? Frida wusste es nicht. Sie hatte ihren Hengst Hetfield als Kind geschenkt bekommen, konnte ein Pferd reiten und versorgen, aber sonst war die Welt des Pferdesports für sie ein Buch mit sieben Siegeln geblieben.

Frida ging voraus und klingelte. Es dauerte eine Weile, bis die Tür geöffnet wurde. Aber heute nicht von der Haushaltshilfe, sondern von einem Mann mit grau melierten Schläfen in legerer Businesskleidung. Er sah sie fragend an, während hinter ihm ein kaum wahrnehmbares Stimmengewirr in der Luft hing.

»Paulsen und Bootz, Kripo Itzehoe«, erklärte Frida. »Wir würden gern Thies Johannsen sprechen.«

Der Mann verschränkte die Arme, wirkte augenblicklich wie ein Bollwerk. Er war groß und schlank. Ein markantes Kinn und ein gepflegter Dreitagebart machten seine attraktive Erscheinung komplett. Dennoch erinnerte er sie an Cord Johannsen. Die Augenpartie, dachte Frida. Die Ähnlichkeit mit seinem Bruder war nicht zu übersehen. »Mein

Neffe will aber nicht mehr mit Ihnen reden.« Die Falten auf der Stirn ihres Gegenübers wurden sichtlich tiefer. »Das letzte Gespräch hat ihn total aufgewühlt! Was haben Sie sich dabei gedacht?«, bellte er.

»Wir ermitteln in einem Dreifachmord!« Wie unpassend diese Erklärung war, merkte Frida, als sie sein Gesicht sah. Das musste wie ein Déjà-vu für ihn sein, nur um fünfzehn Jahre verzögert.

»Wären Sie bereit, uns ein paar Fragen zu beantworten?«, mischte Bootz sich ein und drehte seine Sonnenbrille in der Hand.

Lennard Johannsen schien ablehnen zu wollen, dann gab er doch die Tür frei. »Kommen Sie rein. Wir haben zehn Minuten.«

Als sie in die Diele traten, wurde das Stimmengewirr lauter. Offenbar waren die Besucher in einem der Zimmer auf der anderen Seite des Hauses. Johannsen führte sie in den Raum, in welchem die Vitrine mit den Fotos seiner Frau und all ihren Auszeichnungen standen. Der Hausherr bot ihnen an, sich zu setzen, blieb aber selbst stehen. Er schien es sichtlich zu genießen, auf sie herunterzusehen. »Also, worum geht's?«

Frida saß nur auf der Kante der Couch, wünschte sich, dass sie ebenfalls stehen geblieben wäre. »Wir ermitteln in Mordfällen, die ganz offensichtlich eine Verbindung zum Mord an der Familie Ihres Bruders aufweisen.«

Er sah sie regungslos an. »Und weiter?«

Wo sollte sie anfangen? Mit der Tür ins Haus fallen und ihn gleich zur Affäre seiner Schwägerin befragen? Frida betrachtete Lennard Johannsen. Er musste Ende vierzig, Anfang fünfzig sein. Ein ansehnlicher Mann, der gut situiert und erfolgsverwöhnt war, eine glückliche Familie und ein eigenes Gestüt hatte. Doch war er immer ein treuer Ehemann gewesen? Oder war seine Schwägerin seinem Charme erlegen, wenn ihr Mann nicht zu Hause war?

»Darf ich fragen, wie das Verhältnis zu Ihrem Bruder war? Damals, meine ich?«

»Ich weiß nicht, was das zur Sache tut, aber gut. Er und ich sind sechs Jahre auseinander. Er ist der Ältere, der dem Vater immer zur Hand ging und den Hof unserer Eltern geerbt hat, ich der Jüngere, mit den Flausen im Kopf, der früh ausgezogen ist, seinen Pflichtteil beim Studium verpulvert hat und später zu Geld gekommen ist, um sich selbst einen Hof zu kaufen.«

»Wie sind Sie zu Geld gekommen?«, wollte Bootz wissen.

»Mit ein paar sehr attraktiven Aktiengeschäften. Es war riskant, aber ich war mutig genug, um zu zocken. Und ich hatte Glück.«

»Und Ihr Bruder war nicht neidisch auf den plötzlichen Geldsegen? Und den viel schöneren Hof?«

Johannsen zuckte die Schultern. »Wenn, dann hat er es nie gezeigt. Er war zufrieden mit seinem Leben. Nicht jeder strebt nach Luxus.«

»Wie war das Verhältnis zu Ihrer Schwägerin?«, fragte Frida weiter.

»Meret?« Er dachte nach. »Cord und sie haben früh geheiratet, Kinder bekommen, den Hof bewirtschaftet. Sie half ihm oft im Stall, weil es immer zu wenig Hände gab.« Er atmete tief ein, ließ die Luft entweichen, in Erinnerungen versunken. »Was soll ich sagen. Wir haben uns immer mal wieder auf einem Familienfest getroffen. Sie war auffallend schön, aber eine stille Person, die sich in großer Gesellschaft nicht wohlfühlte. Wenn Sie mich fragen, waren diese Treffen für Meret Pflichtbesuche. Viel lieber wäre sie zu Hause geblieben und hätte den Stall gemistet. So war sie. Mehr kann ich nicht sagen.«

»War die Ehe stabil, was denken Sie?«, fragte Frida weiter.

»Nun, ob es die große Liebe war, kann ich nicht einschätzen, aber sie harmonierten gut miteinander.« Er schürzte die Lippen. »Ich frage mich immer noch, warum er dann an diesem Wintermorgen so ausgerastet ist.« Er sah Frida an. »Ja, Cord hat auch gern mal rumgepoltert. Vielleicht gab es bei den Jungs auch mal eins hinter die Löffel, wenn sie nicht spurten, aber das ...« Seine Betroffenheit wirkte echt.

»Hat Thies mit Ihnen je über einen Mann gesprochen, den er mit seiner Mutter einige Zeit vor den Morden auf dem Hof gesehen hatte?«

Johannsen legte die Stirn in Falten. »Was denn für ein Mann?«

Frida wechselte einen Blick mit Bootz. »Er hat die zwei wohl in einer eindeutigen Situation im Stall beobachtet.«

»Wollen Sie damit andeuten, dass Meret einen Liebhaber hatte?« Er lachte los, schien wirklich belustigt zu sein. »Dann war sie wohl doch nicht die liebende Ehefrau, wie wir alle glaubten. Meret war ein echter Hingucker, die Dorfschönheit! Sie hätte jeden haben können. Aber nein, sie hat sich für meinen Bruder entschieden. Das musste wahre Liebe sein, dachten wir immer.« Er wurde wieder ernst. »Nein, von einer Affäre weiß ich nichts. Thies spricht nie von früher. Die ersten zwei Jahre hat er gar nicht geredet, kein Wort. Er war stumm und hochgradig verstört. Die Psychologin diagnostizierte einen totalen Mutismus, eine angstbedingte Kommunikationsstörung. Sie hat es geschafft, dass er irgendwann wieder zu sprechen angefangen hat. Aber ehrlich gesagt haben wir die Zeit, bevor er zu uns kam, seitdem immer ausgeblendet. Wir wollten diese Bluttat nur noch vergessen, verstehen Sie? Und als mein Bruder verurteilt wurde, schien das für uns alle eine Katharsis darzustellen. Danach haben wir neu angefangen.«

Wie wirst du reagieren, wenn dein Bruder tatsächlich unschuldig ist, dachte Frida, sprach es jedoch nicht aus. »Wir müssen noch mal mit Thies reden. Ich weiß, dass es ihn aufwühlt, aber es muss sein.«

Johannsen dachte nach, dann nickte er. »Ich hole ihn, aber machen Sie es kurz. Ich brauche ihn bei den Verhandlungen.« Er zeigte in Richtung Diele. »Meine Vertragspartner mögen ihn, er hat das, was sein Vater nie hatte. Ein Händchen fürs Geldverdienen.«

»Glaubst du ihm?«, fragte Frida, als sie wieder im Auto saßen. Thies Johannsen war dieses Mal sehr zugeknöpft gewesen. Blass und mit auffälligen Augenringen war er kurz aufgetaucht, jedoch direkt an der Tür stehen geblieben. Auf die Frage, ob der Mann, den er mit seiner Mutter im Stall überrascht hatte, ihm bekannt vorgekommen war, hatte er den Kopf geschüttelt. Auch als Frida nachhakte, ob er ihn später irgendwo wiedergesehen habe, dieselbe Reaktion. Plötzlich war Thies gegangen, hatte sie einfach stehenlassen. Sie hatten offenbar zu viel gefragt, alles wieder aufgewühlt, seine Vergangenheit und das Kindheitstrauma, das er seit Langem verdrängen wollte. Frida fühlte sich nicht wohl dabei, den jungen Mann immer wieder so zu bedrängen, aber er war der einzige Zeuge, der noch lebte. Sie konnten ihn bei den Ermittlungen nicht ausklammern, wenn sie die Wahrheit herausfinden wollten.

»Ich denke schon«, antwortete Bootz knapp und sagte

dann nicht mehr viel, bis sie in Hamburg am Justizvollzugskrankenhaus angekommen waren.

Es dauerte eine Weile, bis sie zu Cord Johannsen geführt wurden. Die Leiterin des Pflegepersonals brachte sie auf dem Gang auf Stand. Johannsens Chemotherapie war abgebrochen worden, da er zu schwach dafür war. In den letzten Tagen hatte er immens an Kraft und Lebensmut verloren. Sie sprach nur noch von einer Palliativversorgung. Sie sollten sich kurzfassen, fünf Minuten, nicht länger! Weil der Häftling sie sehen wollte, sonst hätten sie unverrichteter Dinge wieder fahren müssen.

Dieses Mal lag Cord Johannsen im Pflegebett in einer gesichtslosen Haftzelle. Ein Infusionsständer stand neben ihm, aber es war kein Beutel daran befestigt. Immerhin gab es hier Tageslicht hinter Gittern. Der Fernseher flimmerte, aber der Ton war ausgedreht.

Frida musste innehalten, bevor sie ans Bett trat, dessen hinterer Teil etwas hochgestellt war und neben dem zwei Klappstühle standen. Bootz blieb an der Tür stehen wie beim letzten Mal. Sein unbewegliches Gesicht hatte Frida vor ein paar Tagen in diesen Räumen täuschen können. Jetzt wusste sie, dass es sein Schutzschild war, um dieses Elend zu ertragen.

Der Häftling war in den letzten Tagen sichtlich zusammengefallen. Die Anstaltskleidung schien zwei Nummern zu groß zu sein. Hohle, stoppelige Wangen, deren bleiche Gesichtsfarbe von seiner Tortur berichtete. Cord Johannsen sah sie an, konnte aber die Augen kaum offen halten. Es schien, als habe er längst mit diesem Leben abgeschlossen und warte auf seine Erlösung.

Frida sah auf ihre Uhr, noch vier Minuten. Vor der Tür stand ein Justizvollzugsbeamter, der sie gnadenlos rausschmeißen würde, wenn sie überzogen. Sie setzte sich auf einen der Stühle, beugte sich zu dem Kranken und berührte ihn am Arm. »Herr Johannsen? Sie wissen noch, wer ich bin?«

Ein kaum merkliches Nicken, er versuchte, sich aufzurichten.

Frida half ihm.

»Wo …« Er schluckte. »Wo ist mein Sohn?«

Sie wappnete sich innerlich, flüsterte jetzt. »Thies …« Sie zögerte, aber sie wollte einen Todkranken nicht anlügen. »… wird nicht kommen. Er will Sie nicht sehen.«

Sein Oberkörper fiel wie ein Sack zurück ins Kissen. Er hielt die Augen geschlossen, sein Kinn bebte.

»Es tut mir sehr leid, aber die Verletzungen Ihres Sohnes sind zu tief.«

»… zu spät!«, flüsterte er.

»Nein, vielleicht ist es noch nicht zu spät!« Fridas Körper war vor Anspannung ganz steif. Sie lockerte ihre Schultern. Dieser Mann lag im Sterben, und wenn sie seine Unschuld beweisen wollten, bevor er dem Krebsleiden erlag, hatten sie vielleicht nur noch ein paar Tage Zeit.

»Wir müssen Sie noch etwas fragen. Es ist wirklich wichtig!«

Johannsen öffnete seine Augen. Er zwinkerte.

»Wissen Sie, wer der Mann war, mit dem Thies Ihre Frau im Stall gesehen hat, als …« Sie sprach es nicht aus.

Er blinzelte. »Damals nicht!« Sein Adamsapfel hüpfte vor Aufregung. »Erst viel später. Er hat mich in der JVA besucht.«

Frida drehte sich zu Bootz um, der ihnen aufmerksam zuhörte.

»Wer war das?«, fragte sie.

Ein seltsames Lächeln umspielte die farblosen Lippen. »Henk Visser!«

»Einer der Zeugen, die Sie ins Gefängnis gebracht haben?«, fragte Frida ungläubig.

Johannsen schien etwas Farbe im Gesicht zu bekommen. »Er kam ungefähr ein Jahr nach dem Prozess zu mir. Ich dachte, er will sich seine Schuld wegen der falschen Aussage von der Seele reden.« Der Kranke hustete, und Frida gab ihm den Becher mit Wasser, der neben ihm stand, und half ihm beim Trinken. Dann stellte sie den Becher zurück.

»Aber er besaß die Frechheit, mich aufzusuchen, weil er wollte, dass ich meinem Sohn ins Gewissen rede, den Hof an ihn, Schwartz und Markmann zu verkaufen. Es wäre doch das Beste, bevor er brachliegen würde, bis ich wieder rauskomme, sagte er und machte plötzlich auf Kumpel.« Johannsen holte tief Luft. »Als ich ihn zum Gehen aufforderte, hat er mich angesehen und mir ins Gesicht gesagt, wie viel Spaß er mit meiner Frau gehabt hätte und dass er es schade fände, dass sie tot sei.« Johannsen schloss wieder die Augen, seine Kraft schien aufgebraucht. Das sei ein paar Monate so gegangen, erzählte er weiter, und dass Visser sich lustig gemacht habe, weil er als Ehemann so ahnungslos gewesen sei. »Bevor er ging, sagte er mir ins Gesicht, dass er sich mit Henner Schwartz und Jens Markmann um meinen Hof kümmern würde. Es wäre doch jammerschade, wenn der verkommen würde. Sie würden sich mit Lennard und Thies schon einigen und ihnen den Hof netterweise abnehmen. Lennard als Vormund von Thies habe längst signalisiert, dass er ihn gern los wäre.« Johannsen lächelte kaum merklich. »Ich habe bis heute keine Antwort darauf bekommen, warum ihr Plan nicht funktioniert hat und der Hof noch im Besitz meiner Familie ist.«

»Weil Thies ihn bis heute nicht verkaufen wollte«, antwortete Frida und sah zu Bootz. Er nickte, weil er offenbar das Gleiche dachte. Darum also war es bei der Falschaussage der drei Zeugen damals im Prozess gegangen. Sie hatten sich den Johannsenhof unter den Nagel reißen wollen. Eine Grundstücksspekulation, wie schon im Fall von Uwe Becker. Nur, dass es ihnen dieses Mal nicht geglückt war, weil ein traumatisierter junger Mann mehr an seinem Zuhause hing, als er zugeben wollte.

Kapitel 23

»Wer sind Sie?« Frida blieb in der Tür ihres Büros stehen. An Haverkorns Schreibtisch saß eine Frau, die sie noch nie gesehen hatte. Bootz war mit Anja in der Teeküche, um ihr von den Befragungen zu berichten. »Was machen Sie hier?«, fragte Frida. Hatte sie eine Pressevertreterin vor sich? Oder die neue Leiterin der Mordkommission?

Die attraktive Frau stand auf. Sie trug enge Jeans und eine gestreifte Bluse. »Sonja Berger, Kripo Flensburg.« Sie griff in die Handtasche, die auf dem Schreibtisch stand, und holte einen Dienstausweis hervor.

»Moin! Frida Paulsen!« Ein fester Händedruck, für Frida war das Eis gebrochen.

»Ich habe zwei Tage mit Bjarne Haverkorn in der Cold Case Unit in Kiel zusammengearbeitet«, erklärte die Kollegin und steckte den Ausweis wieder ein.

Fridas Herz machte einen kleinen Satz. Bjarne hatte gar nichts von ihr erzählt.

»Deine Kollegin, Anja Schlüte, hat mit meinem Vorgesetzten Andreas Vollmer telefoniert.« Sie wählte ganz selbstverständlich das vertrauliche Du unter Polizeikolleginnen. »Als wir hörten, dass Bjarne entführt wurde, habe ich sofort darum gebeten, dass ich zu euch in die Soko delegiert werde. Andreas war einverstanden, weil ich viele Jahre Erfahrung in Vermisstensachen mitbringe.«

Frida setzte sich und wies auf Haverkorns Stuhl. »Ich

habe auch schon mit Andreas gearbeitet, als ich hier angefangen habe!«, erzählte sie. Wenn ihr ehemaliger Chef diese Kollegin zu ihnen geschickt hatte, dann hatte sie was auf dem Kasten.

Sonja Berger setzte sich ebenfalls wieder und drückte ganz salopp ihre Ellenbogen auf den Schreibtisch. Offensichtlich war sie eine Frau, die sich nicht darum scherte, wie das bei ihrem Gegenüber ankam. »Anja hat mir gesagt, ich soll euer Team verstärken. Aber fehlt da nicht noch jemand?«

»Ja, Leonard Bootz. Er wird gleich hier sein.« Fridas Gedanken wirbelten durcheinander. Es war gut, dass Verstärkung kam, vor allem, wenn diese ein Profi wie Sonja Berger war. Aber ihre Ermittlungen hier in diesem Büro waren heikel. Anja wusste das. Warum hatte sie ihnen die Kollegin zugeteilt?

Sonja stand auf, weil Bootz ins Büro kam, gefolgt von Anja. »Dann habt ihr euch ja schon bekannt gemacht! Ich habe Sonja in euer Büro gesetzt. Sie wird euch beide hier unterstützen. Ich habe gestern lange mit Andreas Vollmer telefoniert. Und er ...«, sie zwinkerte der neuen Kollegin zu, »... legt für Sonja die Hand ins Feuer!« Sie sah Bootz und Frida an. »Ihr erzählt Sonja alles andere?« Anja machte eine auffordernde Handbewegung und verschwand wieder in Richtung des Konferenzraums, wo sie momentan die Fäden in der Hand hielt, bis Wahlers Ersatz übernahm.

»Leonard Bootz!«

Sie schüttelten sich die Hände.

Sonja setzte sich wieder. »Eigentlich arbeite ich bei der Mordkommission in Flensburg, bin aber wie Bjarne zur Cold Case Unit entsandt worden.«

Bootz warf seine Lederjacke auf den Aktenstapel neben

sich. »Gut, dass du dabei bist!«, eröffnete er das Gespräch. »Uns bleibt nicht viel Zeit, um Bjarne da rauszuholen.«

Sonja stand wieder auf und lehnte sich ans Fensterbrett. »Das ist doch dein Stuhl hier, oder?«

Bootz winkte ab, ging hinaus und schob einen Drehstuhl herein. »Aus Wahlers Büro!« Er ließ sich hineinfallen.

Frida sammelte sich, berichtete dann von den Gesprächen mit Lennard und Thies Johannsen sowie vom Besuch im Jusitzvollzugskrankenhaus, dem Zustand von Cord Johannsen und seiner Aussage.

Sonja wirkte nachdenklich. »Nehmen wir mal an, Henk Visser war tatsächlich damals die Affäre der ermordeten Frau«, fasste Sonja zusammen. »Dann müssen wir ihn sofort vernehmen!«

»Oh, das habe ich gar nicht erwähnt. Henk Visser war eines der drei Opfer unseres Racheengels.«

Sie wirkte nicht überrascht. »Bjarne hat mir von dem Fall erzählt. Seltsamer Zufall …«

»Visser wurde an einem ehemaligen Galgenbaum aufgeknüpft, als erstes der drei Opfer«, erklärte Frida.

Sonja nickte. »Gesetzt den Fall, er war nicht nur die Affäre der Ehefrau, sondern hat auch aus Eifersucht sie und zwei ihrer Söhne ermordet, wäre das auch ein starkes Motiv, Cord Johannsen für die Morde verantwortlich zu machen. Dann hat er wahrscheinlich auch die anderen beiden Zeugen in ihrer Aussage beeinflusst. War sicher nicht schwer, wenn er ihnen die preiswerte Übernahme des Johannsenhofs schmackhaft gemacht hat.«

»Das ist alles plausibel. Aber wie können wir diese Theorie beweisen?«, fragte Frida.

»Wir müssen die Tatwaffe bei ihm finden«, sagte Bootz.

Frida wischte sich die Augen, um die Müdigkeit zu vertreiben. »Sein Haus ist noch versiegelt, weil er allein lebte. Die SpuSi war drin, hat aber nichts Auffälliges gefunden.«

Sonja lächelte mehrdeutig. »Die Kollegen haben sicherlich auch keine geheimen Waffenverstecke im Haus gesucht, oder?«

Bootz stand auf. »Worauf wartet ihr noch?«

Visser hatte allein in einem Haus gelebt, dessen Garten im hinteren Bereich vom alten Deich begrenzt wurde. Er war eingefleischter Junggeselle gewesen, das hatte Frida bisher in Erfahrung gebracht. Das Haus hatte er von seinen Eltern geerbt, eigene Kinder gab es nicht.

Das geklinkerte Gebäude mit Reetdach war in die Jahre gekommen, jedoch gut in Schuss und würde den Erben, so es sie gab, einen ordentlichen Geldsegen einbringen. An der Vorderfront wuchsen Buschrosen, die vor dem Winter zurückgeschnitten worden waren, dazwischen stand eine Bank, von Wind und Wetter ausgeblichen.

Frida suchte den Schlüssel in ihren Parkataschen, während Bootz das Polizeisiegel aufbrach. Es war immer ein seltsames Gefühl, verlassene Häuser zu betreten. Zuerst nahm man den fremden Geruch wahr, der in den Räumen hing und schon viel über den oder die Bewohner verriet. Hier roch es nach kaltem Tabak und dem Odeur eines alten Hauses, dessen Geschichte in jeder Ritze überdauerte.

»Teilen wir uns auf? Dann geht's schneller«, schlug Bootz vor.

Sonja streifte sich Latexhandschuhe über und gab auch ihren beiden Kollegen ein Paar. Wenigstens sie hatte daran gedacht, sie mitzunehmen.

Bootz übernahm im Erdgeschoss Küche und Wohnzimmer. Sonja bot an, Schlafzimmer und Bad zu durchsuchen, was Frida ganz recht war, da es ihr unangenehm war, derart intime Bereiche zu betreten. Sie stieg die ausgetretenen Holzstufen nach oben, fand dort ein Gästezimmer vor, einen Abstellraum mit vielen Regalen und eine Tür, die abgeschlossen war. Sie zog ihr Smartphone aus der Jackentasche und rief den Leiter der Kriminaltechnik an. »Sag mal, Horst ...«, begann sie, als Lüttje das Gespräch annahm. »Im Haus von Henk Visser gibt es im oberen Geschoss ein Zimmer, das abgeschlossen ist.«

»Was machst du da?«, fragte er.

»Kontrollieren, ob ihr sorgfältig gearbeitet habt«, antwortete sie mit Spott in der Stimme.

Er kannte ihren Humor und kam damit klar. »Der Schlüssel liegt über der Tür auf dem Rahmen. Wir hinterlassen alles so, wie wir es vorgefunden haben.«

»Sehr lobenswert!«

»Jetzt mal im Ernst, was suchst du bei Visser?«

»Erzähle ich dir, wenn ich es gefunden habe.«

»Viel Spaß im Gruselkabinett!« Lüttje legte lachend auf.

Frida tastete den Türrahmen ab, fand den Bartschlüssel, steckte ihn ins Schloss. Mit einem heftigen Ruck ließ sich die Tür aufsperren.

Sie trat ins Halbdunkel und suchte den Lichtschalter. Als das Deckenlicht aufflammte, wich sie reflexartig zurück, weil sie nicht allein war. An den Decken hingen neben Geweihen von Hirschen und Böcken eine Menge präparierte Tiere. Sie trat näher. Ein Waschbär saß auf einem Ast, daneben ein schlanker Baummarder. In einer Ecke war ein Wiesel im Sprung eingefangen. An der Wand gegenüber ragte der Kopf einer Ricke von einem Brett. Auch einen Fasan, eine Graugans und einen Auerhahn hatte ein Präparator für dieses Zimmer des Grauens hergerichtet, in dessen Mitte ein

Sessel stand. Hatte Visser hier gesessen und seine Jagdtrophäen bewundert? Ein Schauer lief ihr über den Rücken. Sie trat zu dem Waffenschrank, der hinter dem Sessel stand. Er war abgeschlossen. Sie zögerte, Lüttje erneut anzurufen. Würde ein Täter eine Mordwaffe ganz offiziell in seinem Waffenschrank aufbewahren? Wohl eher nicht. Einen Blick würden sie natürlich hineinwerfen müssen, aber sie suchte nach einem verborgenen Versteck.

Frida untersuchte die Wände genauer, ob diese geheime Wandschränke verbargen, aber es gab nichts, was darauf hindeutete. Sie tastete den Sessel ab, schob ihn weg, rollte den Läufer ein und sah sich die Bodendielen genauer an. Sie hätte schwören können, dass Visser in diesem Zimmer etwas verborgen hatte.

Schließlich ließ sie sich in den Sessel fallen, sah sich in Ruhe um und versuchte, sich in den ehemaligen Bewohner zu versetzen. Hier war sein Lieblingsplatz im Haus gewesen, das war deutlich zu spüren. War denkbar, dass er ein so brisantes Beweisstück hier verborgen hatte? Oder hatte er die Büchse draußen im Garten vergraben? Oder im Wald, wo er als Jäger garantiert gute Plätze für ein sicheres Versteck gekannt hatte?

Die Müdigkeit machte ihre Augenlider schwer. Sie kämpfte dagegen an, aber sie war völlig erledigt. Die durchgemachte Nacht forderte ihren Tribut. Nur mal kurz ausruhen, dachte sie. Es war warm hier drin, die Heizung lief noch, obwohl Visser tot war. Sie öffnete den Parka, ließ ihren Blick über die leblosen Köpfe und Körper der präparierten Tiere gleiten. Sagt mir, wo er die Waffe versteckt hat, dachte sie. Die Glasaugen funkelten sie an. Schon schien sie die Geräusche des Waldes zu hören, Tannenrauschen wurde vom Klopfen eines Spechts überlagert, der immer lauter wurde.

Sie schrak hoch, als Bootz sie an der Schulter schüttelte.

»Na, was gefunden?«, fragte er.

Frida richtete sich auf. Sie war eingeschlafen. Wie peinlich, gerade vor ihm! Sie stand auf, blinzelte und versuchte, richtig wach zu werden.

Bootz sah sich in der Zwischenzeit im Raum um. »Was hatte der denn für Probleme?« Die Falte über seiner Nasenwurzel offenbarte seine Abneigung. »Hast du schon was gefunden?«, fragte er wieder.

»Nein! Und ich glaube auch nicht, dass Visser die Waffe hier im Haus versteckt hat.« Sie zeigte auf den Waffenschrank. »Er war Jäger, hier hat er sicherlich alle angemeldeten Jagdwaffen verstaut. Aber er hatte doch genug Möglichkeiten, die Mordwaffe irgendwo in den Wald oder einen Schuppen zu bringen.«

Bootz beugte sich in einer Ecke über Fotos, Ehrenurkunden des Jagdverbandes und Verdienstnadeln, die Frida nur kurz überflogen hatte. Bootz wollte sich gerade aufrichten, als er innehielt. »Sag mal, wann war der Mord auf dem Johannsenhof?«

»2005«, sagte Frida. »Warum?«

»Das genaue Datum, hast du das im Kopf?«

Sie hatte die Akte so oft gelesen. »Fünfter Februar!«

»Hm, seltsam! Komm mal her!«

Sie stellte sich neben ihn. Er zeigte auf ein Foto, das offenbar aus einer Zeitschrift ausgeschnitten worden war. Darauf war das sehr viel jüngere Alter Ego von Henk Visser zu sehen. Ihm wurde von einem grauhaarigen Mann etwas ans Revers seines Filzsakkos gesteckt. Sie las die Bildunterschrift: *Für sein Engagement im LJV Schleswig-Holstein wird Henk Visser auf dem Bundesjägertag am 4. Februar in Berlin mit der DJV-Verdienstnadel in Silber geehrt.*

»Das muss ja nicht 2005 gewesen sein«, wandte Frida ein.

Bootz zeigte auf die Zeile über dem Foto. *Jagdmagazin, Ausgabe 1/2005.*

Frida schluckte. »Wenn er am Vortag in Berlin war, kann er trotzdem zur Tatzeit wieder zurück gewesen sein!«

Bootz sah ihr in die Augen. »Glaubst du, die haben danach keinen draufgemacht?«

Sie zuckte die Schultern. »Er kann früh abgereist und direkt zum Johannsenhof gefahren sein. Trotzdem ein komischer Zufall!«

Sonjas Schritte waren auf der knarrenden Treppe zu hören. »Und? Habt ihr was gefunden?« Sie blieb in der Tür stehen und machte ein erstauntes Gesicht. »Sind das Vissers Jagdtrophäen?«

»Sieht so aus! Bis auf den Waffenschrank, der abgeschlossen ist, bin ich hier durch.« Frida wollte gern an die frische Luft.

Sonja wies auf den Waffenschrank. »Was ist damit?«

»Abgeschlossen!« Frida ärgerte sich, dass sie Lüttje nicht nach dem Schlüssel gefragt hatte.

»Da war die SpuSi doch sicherlich schon dran!«, sagte die Kollegin und sah sich suchend um. »Der Schlüssel muss noch im Haus sein!«

†

Jeder neue Tag in diesem Stall zog sich endlos, obwohl es früh dunkel wurde. Mittlerweile hatte Haverkorn eine gewisse Routine entwickelt. Er machte seine Übungen, massierte seine am Käfig gefesselte Hand und klopfte immer wieder SOS mit der Handfessel ans Metall, in der Hoffnung, dass sich doch jemand hier raus verirrte und ihn hörte.

War heute Sonntag oder Montag? Er wusste es nicht genau, hier drin war jeder Tag wie der andere.

Oft dachte er an Henni und lebte mit der Hoffnung, dass es ihr gut ging. Dass sie nur ein Werkzeug für den Entführer gewesen war, um ihn nach Hause zu locken. Immer wieder dachte er auch an Sonja, an den Restaurantabend in Kiel und den Spaziergang zum Hotel, als es beinahe zu einem Kuss gekommen war. Sicherlich hatte sie längst gehört, dass er verschleppt worden war. Was mochte sie darüber denken? Ob sie Angst um ihn hatte? Oder war es eher ein Gefühl der Bestürzung, das man empfand, wenn es einen Kollegen erwischt hatte?

Er verlagerte sein Gewicht und versuchte, eine Haltung zu finden, in der sein Ischiasnerv nicht wieder minutenlang Schmerzen ins Bein feuerte. Dann hockte er ruhig da und begann, sich die Zeit mit ein wenig Gehirnjogging zu vertreiben. Zuerst löste er ein paar Kopfrechenaufgaben, danach versuchte er, die Hauptstädte zu zehn Ländern, die ihm spontan einfielen, zu nennen. Die von Lettland fiel ihm nicht ein. Kiew? Nein, das war die Hauptstadt der Ukraine. Minsk? Odessa? Er kam nicht darauf. Otto, die Ratte, saß im Gang und beäugte ihn, lauerte auf ein paar Krümel des Zwiebacks.

»Heute Abend gibt's wieder was!« Seine Stimme hallte leicht zwischen den Wänden. Otto huschte weg.

Paris, Stockholm, Reykjavik ... Seine Gedanken schweiften ab. Ob Sonja mit ihm verreisen würde? Plötzlich sah er sie lachend am Trevi-Brunnen stehen, vor der Mona Lisa, in einem Café unter einer Markise in Paris. Mit seiner – bald – geschiedenen Frau war er in den letzten Jahren selten weggefahren, obwohl sie immer wieder Reiseziele vorgeschlagen hatte. Meistens war die Arbeit seine Ausrede gewesen, aber wenn er ehrlich war, hatte er keine Lust verspürt, mit Ursula Urlaub zu machen. Sie hatten am Ende ihrer Ehe bei den gemeinsamen Mahlzeiten kaum noch etwas miteinander zu bereden gehabt, und dann sollte man ein oder zwei Wochen irgendwo in einem Hotelzimmer zusammenhocken? Er hatte immerhin seine Bücher, in die er sich im Urlaub flüchten konnte, Ursula hatte schon lange nicht mehr gelesen.

Wie es wohl in einer neuen Partnerschaft wäre? Haverkorn stellte sich gemütliche Restaurantbesuche vor, Konzert- und Theaterabende, Lesungen und Vorträge. Und natürlich eine Reise nach …

Riga! Endlich war sie ihm eingefallen. Die Hauptstadt von Lettland! Ganz egal, wohin, Hauptsache, hier raus. Er sah sich in den leeren Gängen des Stalls um. Alles würde besser sein als dieser einsame und kalte Ort, der ihn nicht kleinkriegen würde! Nicht, wenn er – für seine Tochter, für Frida und für Sonja – um seine Freiheit kämpfte!

†

Bootz drehte den Schlüssel im Schloss des Waffenschranks und zog die schwere Metalltür auf. Ein beißender Geruch nach Waffenöl und Schießpulver, den Frida von den Polizei-Schießanlagen kannte, wehte ihnen entgegen. Sie hatte mal einen Artikel gelesen, dass die Apollo-Astronauten nach ihrem Spaziergang auf dem Mond zur Erde gefunkt hatten, dass es auf dem Mond nach verbranntem Schießpulver rieche. Daran musste sie immer denken, wenn ihr dieser intensive Geruch in die Nase drang.

Das Deckenlicht beleuchtete drei Langwaffen, die in ihren Halterungen standen. Darunter waren die Munitionsschachteln gelagert. Frida erkannte eine Bockdoppelflinte und zwei Repetierbüchsen. Die Winchester kam ihr sofort bekannt vor, eine solche hatte ihr Vater auch im Waffenschrank.

»Das ist sie doch!«, sagte Bootz plötzlich und zeigte darauf. »Oder nicht?« Vorsichtig nahm er eine der Büchsen aus der Halterung, drehte sie in der Hand. »Eine Mauser M18, kein Zweifel!«

So sprachlos war Frida lange nicht gewesen. »Das glaube ich jetzt nicht! Warum hat Lüttje das nicht gemeldet?«, fragte sie. »Seine Leute haben doch den Waffenschrank untersucht!«

Bootz überprüfte das Magazin der Büchse, die, wie es vorgeschrieben war, ungeladen im Waffenschrank gestanden hatte. »Wundert mich nicht. Visser war das Opfer eines Gewaltverbrechens!«, sagte er. »Keiner hat hier eine Mordwaffe vermutet. Sicherlich erscheint die Liste seiner Waffen und Munition im Bericht der Kollegen. Aber da wird niemand einen Zusammenhang zum Mord auf dem Johannsenhof hergestellt haben.«

Sonja zeigte auf das Gewehr. »Könnt ihr das in Itzehoe überprüfen, ob es die Mordwaffe ist?«

»Nein, wir müssen es zum Ballistikteam des LKA in Kiel schicken!«, antwortete Frida.

Bootz wirkte unzufrieden. »Das dauert zu lange! Wir rufen Lüttje an. Er muss es hier offiziell in Empfang nehmen, dann bringen wir es direkt nach Kiel. Hoffentlich schaffen wir es noch rechtzeitig, bevor Bjarnes Entführer ernst macht!«

Kapitel 24

Während Lüttje und Bootz sich auf den Weg nach Kiel gemacht hatten, war Frida nach Hause gefahren. Sie musste sich endlich ein paar Stunden hinlegen. Sonja fuhr mit dem Poolfahrzeug zurück nach Itzehoe, um sich ein Hotel zu suchen.

Jetzt hieß es für sie alle, abzuwarten, ob der ballistische Fingerabdruck passte und mit dieser Waffe die Johannsen-Familie getötet worden war. In diesem Fall hätten sie den Beweis für die Unschuld von Cord Johannsen gefunden und würden ihn hoffentlich vor seinem Tod rehabilitieren können. Und diese neuen Ermittlungsergebnisse in einer kurzfristigen Pressekonferenz veröffentlichen, deren Thema die Medien sicher sofort aufgreifen würden. Damit Haverkorns Entführer davon hörte.

Frida hoffte, dass der selbstberufene Racheengel Wort hielt und Haverkorn gehen ließ. Oder ihnen seinen Aufenthaltsort mitteilte, wo es ihm hoffentlich gut ging.

Torben war offenbar drüben bei Milan und absolvierte sein Trainingsprogramm, das der Boxtrainer zusammen mit Tugay, dem Physiotherapeuten, entwickelt hatte. Sie feuerte ihre Stiefel in eine Ecke und fiel gleich in Jeans und Pullover ins Bett. Die Bilder der letzten Stunden fuhren in ihr Achterbahn. Die toten Tiere aus dem Gruselkabinett begannen sich in ihrem Kopf zu drehen, dann nickte sie weg.

Die Melodie ihres Handys riss sie irgendwann aus dem

Schlaf. Torben musste in der Zwischenzeit da gewesen sein, denn eine Decke lag über ihr. Sie robbte zu ihrem Smartphone, das auf dem Beistelltisch lag.

Es war Bootz. Endlich!

Ihr Herz machte ein paar schnelle Sätze, als sie das Gespräch annahm. »Ja?«

»Frida, die Waffe passt nicht!«

»Was?«

»Es ist zwar die gleiche Marke, aber es ist nicht die Mordwaffe. Der Waffenexperte ist sich sicher. Er hat mit dem BKA telefoniert und von dort alle Fotos und Gutachten zur Mordwaffe erhalten.« Er atmete enttäuscht. »Wir müssen weitersuchen!«

Frida spürte ihre Kehle eng werden und schluckte die Tränen herunter. Ihre Enttäuschung war immens. Wie sollten sie in den wenigen verbleibenden Stunden einen neuen Täter aus dem Ärmel zaubern und Beweise finden? Sie sah auf ihre Uhr. Siebzehn Uhr. Die Zeit des Ultimatums war fast abgelaufen. »Was jetzt?«, presste sie hervor.

»Wir treffen uns im Büro. Wir geben nicht auf, hörst du? Wir machen weiter, bis wir ihn finden! Bis gleich.«

Frida saß im Bett und warf das Handy wütend vor sich aufs Bett. Die Tränen kamen hoch, und sie ließ sie zu. Oh, Bjarne, es tut mir so leid. Ich dachte, wir haben ihn!

Die Tür wurde leise geöffnet, und Torben kam herein. Er sah sie an und schien sofort zu wissen, dass sie ihn brauchte. Wortlos setzte er sich zu ihr aufs Bett und nahm sie in den Arm. Ließ sie weinen, bis sie sich beruhigt hatte.

Dann begann sie zu erzählen, und er hinterfragte einige Details. Am Ende schwiegen sie einen Moment zusammen. Torben war bestürzt. Bjarne war auch sein Freund. Ihm ging sein Schicksal ebenso an die Nieren wie Frida.

»Ich muss los!«, sagte sie, stand auf und zog sich an. »Wir machen weiter!«

Torben suchte ihren Blick. »Sag mir, wenn ich etwas tun kann!«

Der Stiefel ging nicht an ihren Fuß, sie fluchte laut. Als sie es schaffte, drehte sie sich zu ihm um, griff nach seiner Hand. »Du bist hier. Das ist das Wichtigste!«

Der Konferenzraum war eindeutig zu klein für so viele Menschen, die dicht an dicht saßen und die Gänge versperrten. Die Stühle waren aus mehreren Etagen mitgebracht worden, die Kaffeebecher ebenfalls. Angespannte Gesichter, während sie Anja zuhörten. Fridas Kollegin gab in kurzen, klaren Sätzen einen Lagebericht, und sie kriegte das wirklich gut hin. Wahler hätte es nicht viel besser gemacht, nur mit mehr Gewese um seine Person. Anja trug die Kleidung von gestern und schien sich nicht daran zu stören, weil es um den Inhalt ihrer Ansprache ging. Nicht um sie als Vortragende. Der große Unterschied zu Wahler, den Frida dennoch in dieser Situation vermisste. Das hätte sie, als er hier ihr Chef wurde, nie für möglich gehalten. Aber auch Anja hatte das Zeug, um in die Führungsebene zu wechseln. Nicht nur interimsweise, denn die Kollegen schätzten und respektierten sie, keiner quatschte rein.

Anjas Stimme übertrug ihre wachsende Ungeduld, weil ihnen mit jeder Minute die Zeit davonlief, bis das Ultimatum des Entführers auslief. »Die Ringfahndung haben wir heute ergebnislos eingestellt«, sagte sie gerade. »Vereinzelt wird es noch Polizeikontrollen geben, aber eher stichprobenartig. Da wir nicht wissen, nach wem wir suchen, ist dies garantiert eine weitere Sackgasse.« Sie legte ein Blatt Papier zur Seite. »Kommen wir zur Funkzellenabfrage der beiden Mobiltelefone. Das Handy von Henrikje Kallus, also Bjarne Haverkorns Tochter, wurde nach Absendung der Nachricht vom Täter an ihn ausgeschaltet oder die Karte zerstört. Zu diesem Zeitpunkt befand es sich in der Funkzelle ihres Hauses in Deichgraben. Weitere Verbindungsdaten haben wir von dieser Nummer bisher nicht bekommen, auch aus keinem anderen Funknetz. Das Handy von Bjarne wurde um 18.23 Uhr von der Funkzelle in Deichgraben erfasst, kurz danach gab es keine Signale mehr ab, wurde also ausgeschaltet oder ebenfalls zerstört.« Sie sah in die Runde. »Fragen dazu?«

Murmeln, Kopfschütteln.

»Dann weiter. Der Bericht der SpuSi hat auch keine signifikanten Erkenntnisse gebracht. Der Täter geht geplant und äußerst kontrolliert vor, hat offensichtlich immer Handschuhe an den Tatorten getragen, feste Kleidung mit Kapuze oder sogar einen dichten Overall. Wir haben weder Fingerabdrücke noch DNA. Lediglich seine Sohlenabdrücke vom Speicher des zweiten Mordopfers und aus Bjarnes Garten. Und wir wissen, dass er Schuhgröße 44 hat, was auf eine Körpergröße um die eins fünfundsiebzig bis eins achtzig hinweist. Aber wie ihr wisst, ist das nicht in Stein gemeißelt.« Sie atmete durch. »Fragen? Anmerkungen?«

»Was hat es mit dieser Mali-Geschichte auf sich?«, fragte eine Kollegin aus der hinteren Reihe, die Frida nicht sehen konnte, weil zwei Männer davorsaßen. Die Stimme kannte sie nicht.

»Das ist ein Thema, das uns auch beschäftigt hat. Denn die blauen Eisenstühle auf Bjarnes Terrasse deuten auf eine Verbindung nach Mali hin. Hintergrund ist: Seine Tochter hat vor einigen Jahren beim Roten Kreuz in Mali gearbeitet. Daher kennt sie die Bedeutung blauer Eisenstühle, an denen das Pappschild mit der Nachricht an Bjarne hing. In dem afrikanischen Land stehen sie für eine öffentliche Debatte. Auf den blauen Stühlen versammelt man sich ...«, sie sah auf ihren Notizzettel, »... feiert Hochzeiten, betrauert die Toten. Aber vor allem stehen sie für die Streitkultur der malischen Einwohner.«

»Und woher weiß der Täter von dieser Bedeutung? War er schon in Mali?«, fragte wieder die Kollegin.

»Henrikje Kallus hat vor einigen Wochen in der Deichgrabener Turnhalle einen öffentlichen Vortrag zu ihrem Aufenthalt in Mali gehalten. Da hat sie Dias gezeigt. Auch von den blauen Eisenstühlen zusammen mit ihrer Erklärung, was die Stühle für die Einwohner dort bedeuten.«

»Dann war der Täter an dem Abend dort? Ist doch ein Anhaltspunkt!«, rief jemand.

Anja suchte nach etwas, zog einen weiteren Zettel hervor. »Es gab an dem Abend leider keine Anwesenheitsliste, weil der Vortrag kostenlos war. Es waren fünfzig oder sechzig Leute in der Turnhalle. Mittlerweile haben wir zweiundvierzig Namen ermitteln können, die an dem Abend den Vortrag gehört haben. Diese Zuhörer haben wir alle überprüft, und sie sind bisher völlig unauffällig.« Sie hielt den Zettel hoch. »Wer die Liste einsehen will, hier ist sie.«

»Und was ist mit dem Rest der Anwesenden von diesem Vortragsabend? Die, die noch fehlen?« Eine männliche Stimme, die Frida bekannt vorkam. Aber sie sah den Fragenden nicht.

»Die konnten wir trotz intensiver Befragungen bisher nicht ermitteln. Willst du dich da noch mal hinterhängen?«

Keine Antwort, dafür ein kleiner Tumult. Kollegen begannen, durcheinanderzureden. Anja hob die Hände, es wurde still. »Ja, ich verstehe euch! In dieser Stuhlgeschichte sind wir bisher zu keinem Ergebnis gekommen. Sie basiert ja letztendlich auch nur auf der Vermutung, dass die Stühle einen Zusammenhang zu Mali haben. Aber wir wissen es nicht. Wir gehen davon aus, dass der Täter mit Symbolen arbeitet. Den ersten Zeugen hat er an einem ehemaligen Galgenbaum aufgeknüpft. Die beiden anderen sind ebenfalls erhängt worden. So, als wolle er sich als Scharfrichter sehen. Haverkorn sind die Eisenstühle in den Garten gestellt worden. Wir denken, über ihn soll der Fall Johannsen noch einmal zurück ins Licht der Öffentlichkeit gerückt werden, über ihn soll eine Debatte zur Rechtmäßigkeit des Urteils geführt werden. Aber Bjarne ist nicht seinem Willen gefolgt, sondern nach Kiel abgehauen. Deshalb hat der Täter seiner Forderung Nachdruck verschafft und ihn entführt. Jemand anderer Meinung?«

Leises Murmeln, aber kein Einwurf seitens der Kollegen im Raum.

Anja seufzte und setzte sich auf die Tischkante. »Bis die Soko gebildet wurde, waren wir hier einfach zu wenig Leute, um großflächige Befragungen durchzuführen. Wir müssen erst mal davon ausgehen, dass unser Täter auf diesem Vortrag von Henrikje Kallus gewesen ist. Er muss also in keiner persönlichen Beziehung zu Henrikje, Mali oder generell Afrika stehen. Er muss nur diesen Vortrag gehört haben.«

»Gibt's keine Fotos von dem Abend? Heute wird doch alles für Instagram, Facebook et cetera fotografiert!« Ein Einwurf der ersten Fragerin.

»Das haben wir alles überprüft. Aber auf den Fotos, die wir erhalten haben, ist meistens Bjarnes Tochter zu sehen oder die Mitarbeiterin der Bücherei. Die wenigen fotografierten Zuschauer findet ihr hier auf meiner Liste!« Anjas Stimme klang leicht genervt.

»Und was ist mit der Kamera? Die an der Wohnung des Verdächtigen Becker? Hat die IT da endlich eine Spur?«, fragte Klaus.

Anja schüttelte den Kopf. »Ich habe heute noch mal angerufen. Sie können die Verschlüsselung nicht überlisten. Über die Kamera kommen wir nicht weiter.«

»Das heißt, wir haben gar nichts?«, fragte ein Kollege, den Frida dem Dezernat Wirtschaftskriminalität zuordnete. In der Kantine ließ er sie immer vor, wenn sie sich trafen.

Anja zuckte die Schultern. »Hanno Tehfs hat mich vor der Besprechung informiert, dass sie entschieden haben, die Medien einzuschalten. Man wird öffentlich nach Bjarne fahnden!«

Frida schluckte. Das würde dem Entführer gar nicht gefallen. Denn damit war klar, dass sie nach ihm, aber nicht nach dem wahren Mörder der Johannsen-Familie suchten.

Schweigen schien in diesem überfüllten Raum eine Leere zu erzeugen, die nur eine neue Idee, ein innovativer Ermittlungsansatz vertreiben konnte. Anja sah müde und überarbeitet aus. Und auch Frida musste kämpfen, um ihre Augen offen zu halten. Aber nicht ihre Erschöpfung war das Schlimmste, sondern die Hoffnungslosigkeit, die sie in den Gesichtern sah, wenn sie sich umschaute.

Plötzlich wurden an der Tür Stimmen laut. Jemand drängelte sich durch die Stuhlreihen.

Wahler! Was machte der denn hier? Hinter ihm lief ein dunkelhaariger Mann mit Zopf, über dessen Schulter eine Laptoptasche hing und den Frida hier im Haus noch nie gesehen hatte.

»Danke, Anja, ich übernehme jetzt wieder!« Wahler hob die Hände, um das Durcheinander von gut vierzig verschiedenen Stimmen zu dämpfen. »Anja hat mich hervorragend vertreten, aber jetzt bin ich wieder im Dienst. Und ich habe jemanden mitgebracht.« Er nickte dem Fremden an seiner Seite zu. »Das ist Patrick Niehaus. Er kommt vom LKA in Kiel, wo er in der Abteilung OFA arbeitet. Operative Fallanalyse. Ich habe ihn angefordert, damit er uns in den nächsten Stunden ein Täterprofil erstellt. Wir müssen endlich wissen, mit was für einem Tätertypus wir es hier zu tun haben. Patrick hat langjährige Erfahrung damit und wird uns anhand der Verhaltensmerkmale des Täters konkrete Hinweise auf die Persönlichkeit geben, damit wir anschließend Personengruppen ausschließen können. Und uns verstärkt auf den von ihm beschriebenen Tätertyp fokussieren. Er wird in meinem Büro arbeiten und hat Zugang zu allen Akten und Systemen. Bitte steht ihm mit Rat und Tat zur Seite, wenn er Fragen an euch hat. Packen wir's an!«

Kapitel 25

Kurz vor der Tagesschau saßen sie beim Asiaten um die Ecke und genehmigten sich die erste Mahlzeit seit dem Frühstück auf dem Paulsenhof. Sie waren die einzigen Gäste. Sonntagabend war die Innenstadt von Itzehoe wie leer gefegt. Frida und Sonja aßen Glasnudeln mit Hähnchen, Anja eine Phở, und Bootz schaufelte Reis mit Ente in sich hinein. Die Einrichtung war so mies wie ihre Laune, immerhin war alles ordentlich und sauber. Im Hintergrund war der Fernseher auf stumm gestellt. Der Besitzer des Ladens putzte bereits seine kleine Küche.

»Gut, dass Nick wieder übernommen hat.« Anja hatte fettige Lippen von der Brühe und wischte sie mit der Serviette, in die die Stäbchen eingewickelt gewesen waren, ab. »Länger hätte ich diesen Zirkus nicht durchgehalten.«

»Hätte nicht gedacht, dass er sich einen Anwalt nimmt«, sagte Frida. »Gegen Entscheidungen von Hanno Tehfs hat sich noch niemand gewehrt.« Wahler hatte ihnen nach dem Teammeeting erzählt, dass sein Anwalt nur einen Anruf im Büro des Landespolizeidirektors gebraucht hatte, um die Zwangsbeurlaubung aufheben zu lassen.

»Was haltet ihr von Niehaus?«, fragte Sonja und kämpfte noch kurz mit den Nudeln, legte schließlich die Stäbchen zur Seite und nahm eine Gabel in die Hand. »Er macht auf mich einen kompetenten Eindruck.«

Bootz nahm die Flasche mit der roten Soße von der

Tischmitte und gab ein paar deftige Spritzer über sein Essen. »Kann ja alles sein, aber das wird Tage dauern, bis er alle Akten gesichtet und sich eingearbeitet hat. So ein Täterprofil kann er nicht bis morgen liefern!«

»Wir haben's verbockt«, fasste Frida zusammen. »Was, wenn er jetzt ernst macht?« Sie schob ihren Teller weg, ihr erster Hunger war gestillt.

»Willst du nicht mehr?«, fragte Bootz und deutete auf ihr Essen.

»Bin satt.« Sie machte eine einladende Handbewegung.

Bootz nahm ihren Teller und löffelte sich Nudeln und Hühnchen auf die letzten Stücke der Ente. Wieder die rote Soße. Wie konnte er seine durchtrainierte Figur halten, wenn er immer so riesige Portionen aß?

Sonja, die ihr gegenübersaß, verfolgte halbherzig das Fernsehprogramm. Plötzlich sprang sie auf. »Lauter! Mach mal lauter!«

Ihre Köpfe drehten sich in die Richtung, in die Sonja gelaufen war. Der asiatische Ladenbesitzer griff nach einer Fernbedienung und tippte darauf herum, bis sie hören konnten, was die Sprecherin im TV gerade sagte. »... wurde vor zwei Tagen ein einundsechzigjähriger Polizeibeamter entführt, nachdem der Täter mutmaßlich schon drei Menschen ermordet hat. Wenn Sie einen Hinweis auf den Aufenthaltsort des gesuchten Polizisten geben können, wenden Sie sich bitte umgehend an die Bezirkskriminalinspektion in Itzehoe oder die nächstgelegene Polizeidienststelle.« Ein Porträt von Bjarne wurde eingeblendet, darunter eine Telefonnummer. Die Sprecherin war schon beim nächsten Thema. Sonja gab dem Inhaber ein Zeichen, er drehte den Ton wieder weg.

»Scheiße!«, sagte Anja und legte die Stäbchen ab. »Wenn der Typ das sieht, wird er wütend werden!«

Frida spürte ihren Herzschlag bis zum Hals. Sie hatte nicht damit gerechnet, dass die Medien vor morgen über Haverkorns Entführung berichten würden. Das Ultimatum war abgelaufen, und sie hatten nichts vorzuweisen.

Gar nichts!

»Und wenn wir dem Entführer Henk Visser als Täter präsentieren?«, fragte sie in die Runde. »Er ist tot, kann nicht mehr belangt werden. Wir könnten es erst mal so aussehen lassen, als wäre die Tatwaffe von damals in seinem Haus gefunden worden. Wenn er Bjarne daraufhin freilässt, stellen wir es richtig.«

Schweigen am Tisch.

»Das kriegen wir nie bei Thefs durch! Du weißt, was er davon hält, das Urteil von damals zu torpedieren«, sagte Anja.

»Einen falschen Beweis nutzen ...« Bootz wirkte nachdenklich. »Was ist, wenn der Täter weiß, wer das damals war?« Er sah Frida in die Augen. »Vielleicht hat er die Familie selbst getötet und will, dass wir ihn aufspüren?«

Sie zuckte die Schultern. »Aber wir können doch hier nicht einfach so rumsitzen und *nichts* tun!«

Sonja hatte die Diskussion stumm verfolgt. Sie winkte dem Inhaber und verlangte die Rechnung. »Ich will ihn sehen.«

»Wen?«, fragte Anja.

»Den Tatort. Wo damals dieser Dreifachmord passiert ist.«

Keiner sagte etwas.

»Ihr kennt ihn alle, oder?«, hakte Sonja nach.

Frida nickte. »Ja. Aber da ist nichts mehr. Nur verlassene Gebäude und Ställe.«

»Fahren wir hin!«

»Es ist stockfinster, und auf dem Hof gibt's keinen Strom mehr«, wandte Anja ein.

»Habt ihr keine Taschenlampe im Auto?« Entschlossen stand Sonja auf, zog ihren Mantel an. »Ich kann auch allein hinfahren, hole mir einfach an der nächsten Tankstelle eine Lampe!« Sie sah jeden Einzelnen an. »Bitte zeigt mir den Ort, wo die Familie damals umgebracht wurde!«

Bootz stand entschlossen auf und nahm seine Lederjacke von der Stuhllehne. Frida und Anja erhoben sich und folgten ihren Kollegen nach draußen.

†

Auch wenn es schon lange dunkel war, hatte Haverkorn jetzt erst das Gefühl, dass es Zeit für sein Abendessen war. Er packte den Zwieback vorsichtig aus, damit die Krümel dorthin fielen, wo Otto, die Ratte, in Ruhe fressen konnte. Der kleine Kerl lungerte immer in der Nähe seines Käfigs herum, und schon hörte Haverkorn sein Piepen, erspürte eine winzige Bewegung an seinen Füßen.

»Guten Hunger!« Haverkorn biss ab und kaute langsam, obwohl sein Magen ihn antrieb, mehr und schneller zu essen. Er würde höchstens zwei Scheiben essen, damit er morgen noch über den Tag kam. Als er sich bewegte, fuhr ihm der Schmerz wieder in seinen Ischiasnerv. Er zuckte zurück und verlor die zweite Scheibe. Verdammter Mist! Haverkorn tastete unter Schmerzen den Boden vor sich ab, fluchte, denn in der Dunkelheit war der Zwieback einfach nicht zu finden!

Plötzlich ging im Stall das Licht an, er blinzelte in die Helligkeit.

Vor dem Käfig stand eine Gestalt in einem dunklen Regencape mit Kapuze, hinter ihr ein Baustrahler, den wahrscheinlich ein Akku mit Strom versorgte. Haverkorn wich zurück, so schnell hatte er seinen Entführer nicht zurückerwartet. Die Augen seines Gegenübers lagen im Schatten, er konnte nur den struppigen Vollbart sehen, der ihm schon seltsam vorgekommen war, als der Mann eine Polizeiuniform getragen hatte. Jetzt wusste er auch, warum! Der Bart war nicht echt, sollte das Gesicht dahinter verbergen.

Warum, fragte sich Haverkorn. Kannte er ihn?

Er entdeckte das Seil in den Händen, die in Handschuhen steckten.

»Es wird Zeit!«, sagte die Gestalt mit dieser seltsam näselnden Stimme. »Deine Kollegen haben versagt!«

»Nein, warten Sie!« Haverkorn suchte nach einem guten Argument, um herauszuzögern, was der Täter vorhatte. Er wollte ganz sicher nicht erhängt in einem alten Viehstall enden. »Das können wir doch anders regeln! Lassen Sie mich gehen. Ich gebe Ihnen mein Wort, dass ich nicht ruhen werde, bis der wahre Täter gefasst ist!«

Ein leises Lachen. »Es ist zu spät!«

»Es ist nie zu spät für die Wahrheit!« Haverkorn griff hinter die Matratze und fühlte sich besser, als er die mit Sand gefüllte Flasche ertastete. Er würde den Käfig nicht kampflos verlassen!

»Ich kann dich hier auch von den Ratten fressen lassen! Oder du bist kooperativ, und es geht ganz schnell!« Er zog etwas aus der Tasche, eine Medikamentendose. »Etwas zur Beruhigung.« Der Entführer warf Haverkorn die Dose in den Käfig.

»Dann verhungere ich lieber!«, sagte der Kriminalhauptkommissar und stieß die Dose mit dem Fuß weg.

Wieder dieses leise Lachen. »Es wird dir nichts nützen!«

Haverkorn versuchte, die Augen zu erkennen, aber der Baustrahler stand im Rücken des Entführers, und dessen Gesicht lag im Schatten der Kapuze, die er weit in die Stirn gezogen hatte. Er ging überlegt vor, behielt immer die Lichtquelle im Rücken, bewegte sich zielgerichtet und gut durchdacht. »Es ist Zeit!« Er schob einen Schlüssel ins Schloss, ließ es aufschnappen, löste einen Riegel und öffnete den Käfig. »Komm raus!«, verlangte er.

Haverkorn bewegte sich nicht.

Der Kapuzenkopf wiegte nachdenklich hin und her, dann kroch der Entführer zu ihm hinein, das Seil mit der daran baumelnden Schlinge in einer Hand. Das schwarze Latex des Handschuhes blitzte auf.

Haverkorn presste sich an die Käfigwand. Er musste seinen Angreifer weiter hereinlocken. Dieser schob sich ganz in den Sauenkäfig und wollte ihm gerade die Schlinge um den Hals legen, als Haverkorn die Hand mit der Sandflasche unter der Matratze hervorzog und seinem Gegenüber mit aller Wucht über den Kopf zog.

Der Kapuzenmann prallte schlaff gegen die Gitter und fiel durch die Öffnung des Käfigs. Haverkorn wollte hinaus, weil die Tür zur Freiheit geöffnet war, aber er hatte vergessen, dass seine Hand mit der Handfessel an den Käfig fixiert war. Ein metallischer Knall hallte durch den Stall, ruckartig wurde er zurückgerissen.

Der Täter lag auf dem Rücken und rührte sich nicht.

Was, wenn er ihn lebensgefährlich verletzt hatte? Wenn er hier vor ihm an einer Hirnblutung starb? Und er selbst bei geöffneter Tür verdurstete, weil er diese vermaledeite Handfessel nicht aufbekam?

Eine Pattsituation!

Hatte der Täter die Schlüssel für die Handfesseln in der

Tasche? Haverkorn beugte sich nach vorn und tastete den vor ihm liegenden Körper ab.

Ein Stöhnen ließ ihn verharren, der Typ war noch am Leben. Weiter! Er konnte auf dieser Seite nichts ertasten, an die andere kam er nicht heran. Der Schlüssel musste dort in einer Tasche stecken. »Scheiße!«, fluchte er laut, schloss erschöpft die Augen. Was jetzt?

Da nahm er ein leises Motorengeräusch aus der Ferne wahr, das immer lauter wurde. Er öffnete die Augen, lauschte. Und war in stiller Aufregung, als das Fahrzeug näher kam und tatsächlich auf den Hof fuhr.

Der Entführer bewegte sich, kam wieder zu sich. Langsam richtete er sich auf, blieb einen Moment orientierungslos sitzen. Dann drehte sich die Kapuze zu Haverkorn, und sein Gegenüber zog etwas aus der Tasche. Eine Messerklinge blitzte auf. Er wollte aufstehen, als er ruckartig den Kopf in Richtung des Hofes drehte. Lichtbahnen streiften die Fensterluken, glitten über die Wände. Das Fahrzeug kam vor dem Stall zum Stehen.

Der Entführer ließ das Messer wieder in die Tasche gleiten, kam auf die Beine und schwankte leicht. In Schieflage lief er los, als vor dem Stall der Motor ausging, prallte gegen die Wand und stieß sich wieder ab. Dann war er durch den Hinterausgang verschwunden.

Haverkorn atmete auf.

»Hallo?«, schallte eine männliche Stimme über den Gang. »Ist hier jemand?« Ein leichtes Echo entstand.

»Hier!« Haverkorn hustete. »Ich bin hier!« Er sah Leonard Bootz über den Gang laufen, hinter ihm sprintete Frida los, als sie seine Stimme gehört hatte. Und, er konnte es nicht glauben: Sonja war ebenfalls hier.

Er griff nach der Packung Zwieback, zerbröselte die restlichen Scheiben mit der Hand und schüttete die Krümel im Käfig aus. Zur Feier des Tages, eine Runde für Otto und seine Rattenfamilie, die nun auf seine Gesellschaft verzichten mussten.

Kapitel 26

»Bjarne!« Frida fiel Haverkorn um den Hals und umarmte ihn so fest, dass er husten musste, weil er keine Luft bekam. Sie löste sich von ihm und sah seinen Arm, der schlaff in einer Handfessel am Käfig festhing. Diese hatte der Täter sicherlich dem Schutzpolizisten abgenommen, den er vor Haverkorns Haus niedergeschlagen hatte, um an dessen Uniform zu kommen.

»Mist!« Sie tastete nach ihrem Gürtel, klickte den Ring mit dem Universalschlüssel für Handfesseln ab und steckte ihn ins Schloss. Die Acht schnappte auf, Haverkorns Arm fiel heraus. Das Handgelenk war blutig gescheuert. Er rieb es und bewegte vorsichtig die Finger.

Sein Gesicht war schmal geworden in den letzten Tagen. Tiefe Augenschatten und der graue Bartwuchs ließen ihn um Jahre älter wirken. Seine Kleidung roch, wie damals auf Streife die Obdachlosen gerochen hatten, nach körperlichen Ausdünstungen, in denen er hier tagelang hatte ausharren müssen.

»Komm! Du musst raus hier«, sagte Frida und kroch rückwärts aus dem Käfig, um Sonja und Bootz Platz zu machen, die Haverkorn aus seinem Gefängnis halfen. Er brauchte einen Moment, bis er aus dem engen Käfig geklettert war und sich allein auf den Beinen halten konnte. Anja kam durch die Tür gelaufen. Sie war im Wagen geblieben, als sie nachgesehen hatten, warum im Schweinestall Licht brannte.

»Oh mein Gott! Bjarne!«, rief sie. »Das gibt's doch nicht!«

»Wie habt ihr mich gefunden?« Haverkorns Stimme klang schwach. Er wirkte erschöpft, aber auf den ersten Blick hatte er keine großen Verletzungen davongetragen.

Frida wollte ihm nichts vormachen. »Es war Zufall! Wir wollten eigentlich Sonja den Tatort zeigen.« Sie legte ihm ihre Hände auf die Schultern. »Dich haben wir hier nicht erwartet. Dabei ist es doch so naheliegend!« Sie sah zu Bootz, der zerknirscht aussah. Wahrscheinlich dachte er, was sie dachte. Dass es zum Täter passte, Haverkorn hier, an diesem alten Tatort, zu verstecken. »Wir sind auf den Hof gefahren, da fiel uns das Licht im Stall auf. Wir wollten nur nachsehen, wer hier ist.«

»Habt ihr ihn gesehen?«, fragte Haverkorn.

»Wen?«

»Meinen Entführer! Er war gerade noch hier.« Er stockte. »Mit einem Seil …«

»Wohin ist er gelaufen?«, mischte Bootz sich ein.

»Da raus!« Haverkorn wies auf die Tür im hinteren Teil des Stalls.

Bootz rannte los. »Anja, Frida!«, rief er.

»Du bleibst bei Bjarne, Sonja, okay?« Frida wusste, dass er bei ihr sicher war. Sie folgte ihren Kollegen durch die Hintertür, trat vom Licht in die Dunkelheit, hielt kurz inne, um sich zu orientieren. Irgendwo hörte sie Bootz' Schritte.

»Hier drüben!«, sagte Anja.

Frida hielt ihre Dienstwaffe nah am Körper und konnte nur Schemen erkennen. Sie lief weiter, versuchte trotz ihrer Anspannung, die Füße auf sicheres Gelände zu setzen und sich über ihr Gehör zu orientieren. Sie hörte Schritte vor sich. Anja! Wo war Bootz?

»Bleib hinter mir!«, flüsterte ihre Kollegin. Langsam tasteten sie sich durch die Dunkelheit. Bootz war nicht mehr auszumachen.

Dann nahm sie wahr, dass irgendwo ein Motor ansprang. Sie blieben stehen, lauschten. Das war nicht ihr Wagen, sondern ein Fahrzeug, das offenbar hinter einem der parallel stehenden Schweineställe stand.

»Er haut ab! Scheiße!«, fluchte Anja vor ihr.

»Wo seid ihr?«, schrie Bootz und durchbrach die Dunkelheit. »Wir brauchen das Auto! Frida, du! Anja, wir versuchen, ihm den Weg abzuschneiden!«

»Den Schlüssel!«, sagte Frida und fasste Anja am Arm. Sie drückte ihr den Funkschlüssel in die Hand. Dann folgte sie Bootz, der die Führung übernommen hatte.

Frida lief zurück zum Stall, durchquerte ihn und sprintete nach draußen zum Poolfahrzeug der Mordkommission. Sie klickte auf den Autoschlüssel, riss die Tür auf und ließ sich auf den Sitz fallen. Schon sprang der Motor an. Frida gab Gas und fuhr auf der Seite um das Stallgebäude, wo sie erwartete, dass der Täter ihr entgegenkommen musste. Die Abflussrinne im Beton sah sie in ihrer Aufregung viel zu spät. Es gab es einen furchtbaren Schlag, der über das Lenkrad bis in ihre Arme fuhr. Frida bremste und ließ den Wagen ausrollen. Hart rumpelte er über den Beton. Sie hörte das Klatschen des kraftlosen Gummis. Die vorderen Reifen waren platt, sie fuhr nur noch auf den Felgen. Verdammter Mist!

Frida lauschte und hörte, wie ein Fahrzeug außerhalb des Geländes am Zaun vorbeifuhr und auf den Wirtschaftsweg einbog. Dort gingen die Fahrzeuglichter an. Dann gab der Fahrer Gas. Das Kennzeichen konnte sie nicht erkennen. Es war ein großes Fahrzeug gewesen, wahrscheinlich ein Transporter.

Plötzlich hatte sie ein Bild vor Augen. Als sie hier gewesen war, hatte an der Abzweigung zum Hof ein dunkler Transporter gestanden, den sie herausgelassen hatte. Sie dachte an den Fahrer mit Bart und Basecap. War das der Täter gewesen? War er ihr damals hier entgegengekommen?

Frida dachte an den Anruf, der sie auf dem Hof im Auto erreicht hatte, weil ihre Mutter gestürzt war. Was wäre gewesen, wenn Torben sie nur eine Minute später angerufen hätte? Dann wäre sie ausgestiegen.

Hatte Bjarne um Hilfe gerufen, weil er das Auto gehört hatte? Sie spürte ein eisiges Gefühl im Magen. War es so knapp gewesen, ihn zu finden?

Bootz riss die Tür auf. »Was ist los?«

Hinter ihm kam Anja angejoggt.

Frida stellte den Motor aus. »Die Reifen sind platt. Da war eine Rinne, die ich nicht gesehen habe!«

Bootz schrie wütend auf und trat mit dem Fuß gegen einen der Reifen. »SCHEISSE!«

Sie stieg aus, war wütend auf sich selbst. Der Täter war ihnen wieder einmal entwischt, obwohl sie ihm nahegekommen waren wie nie. Sie ließen den Golf stehen und rannten zurück zum Stall. Frida zeigte auf die Tür. »Seht mal, dort!«

Sonja erschien mit Haverkorn in der beleuchteten Stalltür. Sie hatte ihn untergehakt, lief langsam, um ihn nicht zu überfordern.

Vielleicht war der Entführer wieder einmal davongekommen. Aber sie hatten Bjarne lebend gefunden. Das allein zählte in diesem Moment!

Frida lief hinüber und nahm vorsichtig den Arm, der seit Tagen gefesselt am Gitter gehangen hatte. Behutsam massierte sie seine eiskalten Finger.

»Was ist mit Henni?«, fragte er. »Sonja kann es mir nicht sagen.«

»Ihr geht's gut! Sie ist bei meinen Eltern auf dem Hof. Wir fahren gleich zu ihr.«

Er wischte sich über die Augen.

Sie hatte Haverkorn noch nie weinen sehen. Aber sein Schluchzen ließ auch ihre Kehle eng werden.

»Ich habe Wahler angerufen, er schickt die Mannschaft her«, sagte Anja.

»Gut, aber Bjarne muss hier erst mal weg. Ich sage meinem Vater Bescheid. Er wird uns abholen.«

†

Erst im Auto wurde Haverkorn so richtig bewusst, wie nahe er heute am Tod vorbeigeschrammt war. Wenn er mit der Sandflasche nicht richtig getroffen und den Täter außer Gefecht gesetzt hätte, wäre er jetzt nicht mehr hier. Und wenn ihn seine Kollegen nicht in diesem kalten Gefängnis gefunden hätten. Denn gegen das Messer des Täters hätte er sicherlich, gefesselt, wie er war, nichts mehr ausrichten können.

Er saß vorn auf dem Beifahrersitz und sah zu Fridtjof Paulsen. Der Bauer war sofort losgefahren, als Frida ihn erreicht hatte. Sie hockte hinter ihm auf der Rückbank, wollte ihn unbedingt begleiten. Sonja, Anja und Bootz waren auf dem Johannsenhof geblieben, um auf Wahler und die Kollegen der Kriminaltechnik zu warten. Vielleicht hatte der Täter, überrascht, wie er war, doch einen Fehler gemacht, irgendeine Spur hinterlassen. Immerhin hatten sie in letzter Minute seinen Plan vereitelt. Ein kleiner Sieg!

Es war warm im Wagen, seine Augen fielen zu, er versuchte sie offen zu halten. Niemand sprach, aber dieses stille Geruckel über die Landstraße war ihm lieber, als eine Frage nach der anderen zu beantworten. Er wollte nur raus aus diesen müffelnden Klamotten und endlich seine Tochter sehen. Sicherlich würde es bei den Paulsens auch etwas zu essen geben. Danach freute er sich nur noch auf sein eigenes Bett.

Irgendwann bogen sie in die Hofauffahrt des Paulsenhofs ein. Milan kam ihnen entgegen und klopfte freudig auf die Motorhaube, als der Pick-up ausrollte.

Drei Frauen standen in der Tür. Henni, Cat und Fridas Mutter, die sich auf Gehhilfen stützte. Er stieg aus und schob seinen Arm in die Jackentasche, damit man die blutigen Striemen nicht sofort sah. Seine Tochter fiel ihm in die Arme. Sie schluchzte laut auf, klammerte sich an ihn und wollte sich lange nicht beruhigen.

Nachdem er geduscht hatte, saß er in Cordhosen und Flanellhemd von Fridas Vater in der Küche. Ein Teller Spaghetti mit Tomatensoße dampfte vor ihm auf dem Tisch, und es schien das beste Essen seit Jahren zu sein.

»Hab ich gekocht!«, strahlte das Mädchen, das im letzten Jahr auf dem Paulsenhof hängen geblieben war. »Käse?«

Haverkorn brach ein Stück Brot ab. »Gern!«

Cat rieb Käse über die Pasta, Henni brachte ihm ein Bier. Frida stand an der Tür und telefonierte. Er schnappte ein paar Fetzen auf.

»Na, wenn ihr das Regencape habt, dann vielleicht auch DNA? ... Nein, er hat wohl Handschuhe getragen ... Bjarne sagt, er war allein. Kein Mittäter! ...«

Henni schob sich zu ihm auf die Bank und lehnte sich an ihn. Sie hatte nichts essen wollen. Ihre Augen waren gerötet und verquollen. Er ahnte, welche Qual die letzten Tage für sie gewesen waren, seit er verschwunden war.

Frida trat zum Tisch. »Du musst später noch eine Aussage machen. Dann kannst du nach Hause und dich hinlegen.«

Er nickte und kaute. Konnte gar nicht so schnell schlucken, wie er die Spaghetti hinterschlang. Ob er jemals wieder Zwieback essen konnte, ohne an diese Tage im Sauenkäfig zu denken?

Fridas Mutter saß auf der anderen Seite des Tisches und hatte die Gehhilfen an die Wand gelehnt. Ihr Mann hielt ihre Hand und erzählte ihr, dass zwei Reifen des Poolfahrzeuges platt waren. Torben stand bei Cat am Herd und erklärte ihr etwas über die Zubereitung von Rouladen. Frida ging zu ihnen hinüber und schmiegte sich an ihn, als er sie in den Arm nahm.

Haverkorn war zurück in der Normalität.

Er war am Leben, saß hier mit seiner Tochter und den Menschen, die ihm etwas bedeuteten. Und er konnte sein Glück kaum fassen.

Es klingelte an der Tür, Bruno bellte und stürzte in die Diele. Dann stand Bootz in der Küche. »Wir haben ein Signal«, sagte er atemlos.

Haverkorn schob den Teller weg. »Signal?«

»Vom Handy deiner Tochter!« Er sah Henni an. »Es war tagelang ausgeschaltet, aber wir haben die Nummer engmaschig überprüft. Jetzt hat es sich wieder in ein Funknetz eingewählt.« Er gab Frida ein Handzeichen. »Wir müssen los. Nach Fredericia in Dänemark!«

†

Das Signal des verschwundenen Handys war von einem Funkmast in der Region Syddanmark in Süd-Dänemark aufgefangen worden. Zur genauen Handyortung war in Absprache mit der dänischen Polizei eine stille SMS an die Nummer verschickt worden, was der Täter gar nicht bemerken würde. Als exakter Standort des Geräts wurde auf diese Weise ein Wohnmobil auf einem Campingplatz in Fredericia übermittelt, der nun ihr Ziel war. Dort wurden sie, gegen zwei Uhr am Montagmorgen, von den Kollegen des Nachbarlandes erwartet, die den Zugriff durchführen würden.

Bootz fuhr mit Wahlers Dienstwagen, einem 3er BMW, den er ihnen für diese Auslandsmission überlassen hatte, bis das Poolfahrzeug wieder einsatzfähig war. Erst in der Nähe von Kolding hielten sie kurz an einer Tankstelle an, um zu tanken, sich mit Brötchen und Kaffee zu versorgen und ein wenig die Füße zu vertreten. Gegen halb zwei fuhren sie weiter, damit sie pünktlich am Treffpunkt ankämen.

Frida saß neben Bootz, Anja im Heck, von wo aus sie mit Wahler Kontakt hielt. Sonja war auf dem Paulsenhof geblieben, um Haverkorns Aussage aufzunehmen. Und auch, um die Familie zu beruhigen. Vor allem Henni schienen die Sorgen der letzten Tage sehr zuzusetzen. Es tat ihr gut, mit Sonja über die Entführung ihres Vaters zu sprechen, die viel objektiver und professioneller die Geschehnisse bewerten konnte als Fridas Familie. Auf psychologische Hilfe hatte Haverkorns Tochter ausdrücklich verzichtet.

Kurz vor zwei Uhr in der Nacht fuhren sie an Fredericia, der schlafenden Stadt auf der jütischen Seite des Kleinen Belts, vorbei. Ihr Weg führte über Landstraßen in Richtung eines Landzipfels an der dänischen Ostsee, wo kurz vor Ende der gesuchte Campingplatz lag. Wie Frida im Internet gesehen hatte, gab es dort neben dem Zentralgebäude mit Rezeption und Campingladen eine Auswahl an Holzhütten, die angemietet werden konnten, wie auch einen großen

Bereich für Wohnmobile und Campinganhänger. Aber jetzt im Februar würde ohnehin nicht viel los sein. Vielleicht ein paar Dauercamper. Vielleicht nicht einmal das, und der Täter hatte sein Fahrzeug auf seiner Flucht einfach dort geparkt, um nicht aufzufallen.

Was heute Nacht problematisch werden konnte, war das Gelände. Zwar lag auf der einen Seite des Campingplatzes die Steilküste zur Ostsee, doch auf der anderen ein großes bewaldetes Gebiet. Falls der Täter es schaffte, dorthin zu flüchten, würden sie mehr Kräfte und Hunde brauchen.

Hinter dem letzten Ort stießen sie auf die dänischen Einsatzkräfte, die an einer Weggabelung auf sie gewartet hatten. Bootz gab das vereinbarte Zeichen mit der Lichthupe, dann gingen auch die Lichter der beiden Polizeiwagen an. Zwei Kollegen der dänischen Kripo koordinierten den Einsatz vor Ort. In einem dunklen Einsatzfahrzeug saß außerdem eine Gruppe der dänischen Spezialeinheit Politiets Aktionsstyrke, abgekürzt AKS, die den bewaffneten Zugriff durchführen würde.

Sie stellten den BMW ab, Anja und Bootz stiegen aus. Frida blieb wie abgesprochen am Fahrzeug. Ihre Kollegen wiesen sich aus und redeten mit den Dänen. Nach ein paar Minuten kamen sie wieder zum Wagen zurück, an dem Frida lehnte.

»Die Spezialeinheit hat das Wohnmobil im Visier, worin sich das Handy befindet«, fasste Bootz zusammen. »Die Wohnwagen daneben gehören Dauercampern. Sie sind jetzt im Winter nicht da.« Er gab Anja einen Zettel. »Machst du die Kennzeichenabfrage? Das Wohnmobil hat eine deutsche Zulassung, Itzehoer Kennzeichen«, erklärte er Frida.

»Klar!« Anja nahm den Zettel und ging ein paar Meter zur Seite, um mit der Einsatzzentrale zu telefonieren.

»Wissen sie schon, wer sich im Wohnmobil befindet?«, fragte Frida.

»Nein, sie haben bisher niemanden gesichtet. Und im Fahrzeug ist es seit Stunden ruhig, seit das Licht ausgegangen ist. Entweder schläft er, oder ...« Er ließ es so stehen, denn Frida verstand ihn auch so. Wenn der Täter etwas von den Vorgängen rund um sein Fahrzeug bemerkt hatte, war er vielleicht schon längst zu Fuß in den Wäldern verschwunden.

Plötzlich wurde es hektisch drüben bei den beiden Polizeifahrzeugen. Der Gruppenleiter der Spezialeinheit redete mit den dänischen Kripobeamten. Einer kam zu ihnen gelaufen. »*We have to start immediately! There is some activity inside the camper! You'll stay here, okay?*«

Bootz stimmte zu. Was blieb ihnen auch anderes übrig? Sie waren in einem fremden Land, hatten hier keinerlei Befugnisse. Glücklicherweise hatten die Dänen schnell und unbürokratisch auf die Anfrage ihrer Polizeileitung reagiert. Auch sie wollten garantiert keinen Serientäter auf ihrem Hoheitsgebiet haben.

Frida beobachtete, wie die Seitentür des Busses geöffnet wurde und die bewaffneten Männer der Spezialeinheit in den olivgrünen Uniformen mit Helm, Schussweste und gelbem POLITI-Emblem in Richtung des Campingplatzes losliefen. Auch die Kripokollegen aus Dänemark blieben zurück, ein Funkgerät knarrte.

Anja kam nach dem Telefonat zu ihnen zurück, und Frida brachte sie über den Beginn des Zugriffs auf Stand.

»Die Kennzeichen sind wahrscheinlich geklaut«, sagte Anja und knüllte den Zettel zusammen, stopfte ihn in die Tasche. »Der Kollege hat zu diesem Kennzeichen einen alten VW Polo im System. Halter ist ein Herrmann Specht aus

Münsterdorf, einundachtzig Jahre. Die Kollegen sind zu seiner Adresse unterwegs, um sein Fahrzeug zu überprüfen.«

Minuten vergingen. Ihre Anspannung stieg. Auch die beiden dänischen Kollegen wirkten nervös. Würde der Zugriff ein Erfolg sein? Oder würde es einen Schusswechsel geben?

Aber es blieb ruhig in der Richtung, in der der Campingplatz lag. Bis sie nach einigen Minuten von den Kollegen aufgefordert wurden, ihnen zu folgen.

Sie gingen die zweihundert Meter zu Fuß. Bootz hatte eine Maglite in der Hand, Anja das Handy am Ohr, um Wahler Auskunft über den Einsatz zu geben.

Sie kamen an der Schranke am Eingang vorbei, liefen über eine asphaltierte Straße, vorbei am Zentralgebäude, von wo aus die Kollegen sie nach links führten. Vor ihnen in der Dunkelheit musste die Steilküste der Ostsee liegen, sie konnte die Wellen rauschen hören. Im Sommer war das hier bestimmt ein herrlicher Platz, aber heute Nacht war es nur arschkalt und windig. Nasskalte Seeluft wehte ihr ins Gesicht, und trotz des gefütterten Parkas fröstelte Frida. Vielleicht war das einfach die Aufregung.

Was erwartete sie am Zugriffsort?

Hatten die Einsatzkräfte der AKS den Täter verhaftet? War das Wohnmobil leer gewesen, oder war er geflüchtet, als der Zugriff erfolgte?

In einiger Entfernung konnte sie den großen weißen Camper sehen, der von einem mobilen Scheinwerfer angeleuchtet wurde. Die Uniformierten sicherten ihn an den Ecken, ließen ihn nicht aus den Augen.

Die dänischen Kripokollegen redeten mit dem Gruppenleiter ein paar Worte auf Dänisch, dann winkte einer sie heran. »*The camper is save. Follow me!*«

Bootz stieg zuerst hinein, das Wohnmobil schaukelte leicht. Anja folgte ihm und blieb abrupt stehen, sodass Frida noch einmal zurücktreten musste. »Was ist denn los?« Endlich stand sie auch in dem schmalen Innenraum und blickte auf die beiden Personen, die auf der kleinen Einbaucouch hockten, flankiert von zwei bewaffneten Uniformierten.

»Du?« Frida blickte auf Henning Kuhns, ihren ehemaligen Kollegen herab, der im Schlafanzug vor ihr saß. Seine Frau im Jogginganzug presste verängstigt ein Kissen an sich.

Kuhns wollte aufstehen, wurde aber von dem Polizisten neben ihm wieder auf die Couch gedrückt.

»Was macht ihr hier?«, fragte er. »Ich wollte gerade mal draußen pinkeln gehen, da springen diese dänischen Rambos mit ihren Uzis aus den Büschen. Was ist hier eigentlich los?«

Kapitel 27

Henning Kuhns drehte eine Tasse Kaffee in seiner Hand. Er hatte sich einen Bademantel übergezogen, als die dänischen Polizeikollegen schließlich abgezogen waren. Ihr Job war getan. Sie hatten die Personalien von Kuhns und seiner Frau festgestellt, und einer der Beamten hatte ihnen schließlich einen Folienbeutel mit dem Handy gebracht, das er ausfindig gemacht hatte. »*Found it on the rooftop, near the satellite dish!*«

Kuhns Frau hatte sich hingelegt, nachdem sie ausgesagt hatte, die letzten Tage vierundzwanzig Stunden am Stück mit ihrem Mann hier im Wohnmobil unterwegs gewesen zu sein. Sie war durch den Zugriff mit den Nerven am Ende, lag nun im Fond des Wohnmobils hinter einer Faltwand. Auch die Kennzeichenabfrage, die einen Achtzigjährigen in der Nacht aus dem Bett geholt hatte, war mittlerweile geklärt. Ein simpler Zahlendreher, der dänische Kollege hatte zwei Ziffern vertauscht, als er ihnen das Kennzeichen aufgeschrieben hatte, in einer so angespannten Situation ärgerlich, aber menschlich.

»Woher hast du dieses Handy?«, fragte Anja, die neben Henning auf der schmalen Couch am Klapptisch saß.

Ihr ehemaliger Kollege sah übernächtigt aus und hatte Sorgenfalten auf der Stirn. »Das Ding kenne ich gar nicht!« Er zog demonstrativ sein Smartphone aus dem Bademantel. »Was sagte der Kollege, wo hat er es gefunden?«

»Oben auf dem Dach, neben der Satellitenschüssel«, erklärte Frida.

»Für wen haltet ihr mich? Glaubt ihr, ich verstecke ein Handy vor meiner Frau auf dem Dach? Da gäbe es hier bessere Verstecke. Im Werkzeugkasten. Oder hinter der Klappe zum Wassertank!«

Kuhns hatte noch keine Erklärung bekommen, warum ihn eine dänische Spezialeinheit beim Pinkeln festgesetzt hatte.

»Denkst du, das hier ist ein großer Spaß?«, fragte Bootz genervt, der an der Spüle lehnte. Er wirkte in der Enge des Wohnmobils eine Nummer zu groß.

»Noch mal, ich hab dieses Ding noch nie vorher gesehen!« Der Pensionär sah Frida ins Gesicht. »Ihr kennt mich so viele Jahre. Glaubt ihr wirklich, ich lüge euch an?«

»Er hat es ihm untergeschoben«, sagte Anja schließlich. »Da oben hätte es jeder verstecken können.«

»Wer denn, verdammt noch mal?« Der Geduldsfaden ihres ehemaligen Kollegen war verdammt dünn.

Anja fasste zusammen, was in den letzten Tagen passiert war, ohne Polizeiinterna weiterzugeben. Als sie von Haverkorns Entführung erzählte, wirkte Kuhns ehrlich betroffen. »Geht's ihm gut?«

»Bjarne ist erschöpft, aber körperlich unversehrt«, sagte Frida.

»Und es geht immer noch um diesen Johannsen-Mord?« Kuhns fuhr sich durch die ungekämmten Haare.

»Du warst damals auch im Gerichtssaal«, sagte Frida. »Wahrscheinlich hat er dir deshalb das Handy untergeschoben. Fand er wohl witzig!«

»Aber warum hat es sich hier in Dänemark erst wieder in einen Funkmast eingeloggt? Ich wusste ja nicht mal, dass ich das Ding seit Tagen rumfahre.«

»Dafür gibt's Apps!«, sagte Bootz. »Man kann Handys fernsteuern, wenn man die installiert hat. Er hat es gehackt und präpariert. Dann hat er es dir in der Tüte aufs Dach geklebt. Das hat ihm sicherlich einen Mordsspaß bereitet, uns hier nach Dänemark zu hetzen, nachdem wir ihm auf dem Johannsenhof so nahegekommen sind.«

»Eigentlich wären wir schon viel nördlicher gewesen. Aber uns hat es hier gefallen. Wir kennen den Besitzer, der hat uns hier einen preiswerten Standplatz angeboten.«

Frida stand auf, ging in die Miniküche und goss sich Kaffee nach. Bootz hielt ihr seine Tasse hin, sie schenkte ihm ein. Auch er war übermüdet, hatte sichtbare Augenschatten.

»Und jetzt?«, fragte Frida. »Wieder alles umsonst?«

»Vielleicht findet die SpuSi was auf dem Hof«, sagte Anja und gähnte. »Er hat auf der Flucht sein Regencape verloren. Wenn wir Glück haben, können wir daran seine DNA sichern oder sogar ein paar Fingerabdrücke.«

Bootz gähnte und stellte die Tasse in die Spüle. »Es ist spät! Wir sollten ins Hotel fahren.« Wahler hatte ihnen die Adresse zu einem kleinen Hotel nahe der Autobahn durchgegeben, dessen Eingangstür sie mit einem Code öffnen konnten, weil die Rezeption nachts nicht besetzt war.

Sie verabschiedeten sich von Kuhns und stiegen aus. Frida drückte die Tür zu, dann riss sie diese noch einmal auf. »Wo hat er dir das Handy eigentlich untergeschoben? Ist deine Adresse öffentlich?«

Der Pensionär sah sie an, zuckte die Schultern. »Steht nicht im Telefonbuch. Aber ich bin in Itzehoe ja kein Unbekannter. Stehen immer mal wieder Leute vor der Tür. Zuletzt die Schwester von diesem Zeugen.«

»Welcher Zeuge?«

»Na, der vom Johannsen-Prozess, der im Wachkoma liegt.«

Frida stieg wieder ins Wohnmobil. »Meinst du Rieke Evers?«

»Ja, die Krankenschwester. Sie hat mich im Supermarkt an der Kasse gesehen.«

»Was wollte die von dir?«

Kuhns' Lachen verschwand. »Dass wir den Fall noch mal aufrollen. Aber ich habe sie abgewimmelt, eine Woche später bin ich doch in Pension gegangen.«

†

Haverkorn wälzte sich im Bett, schob die Bettdecke weg, weil sie ihm zu warm war. Er blieb in einer Position liegen, in der sein Rücken Ruhe gab, und lauschte in die Nacht. Es war still in seinem Haus.

Er hatte darauf bestanden, zu Hause zu schlafen, nachdem er seine Aussage gemacht hatte. Morgen würde er mit Henni ins Krankenhaus fahren und sich noch einmal gründlich durchchecken lassen. Das hatte er ihr versprochen. Sein Körper hatte gelitten, war aber bis auf ein paar Abschürfungen am Handgelenk in Ordnung. Das war nicht das Problem.

Die Bilder waren es. Sie hielten ihn wach.

Dieser falsche Bart unter der Kapuze. Die ganze Körperhaltung des Entführers, die immer darauf bedacht gewesen war, mit dem Gesicht nie zu sehr im Licht zu stehen. Irgendetwas hatte ihn die ganze Zeit an ihm irritiert, aber was?

Er wälzte sich auf die andere Seite, atmete gleichmäßig, durch den Mund ein, durch die Nase aus. Vielleicht konnte er so einschlafen. Die erste Nacht im eigenen Bett, und er lag wach. Da hatte er ja im Käfig auf der Matratze besser geschlafen.

Er dachte an seine Kollegen, die sicherlich längst in Dänemark angekommen waren. Was passierte gerade dort? Ob sie wirklich dem Täter auf der Spur waren? Oder würde es wieder in einer Sackgasse enden, weil er ihnen entwischte?

Ein Polizeieinsatz war selten ungefährlich. Wenn man es mit Gewalttätern zu tun hatte, gab es immer eine abzuwägende Gefahrenlage, die Risiken barg, egal ob man selbst gut ausgebildet und bewaffnet war. Er hoffte, dass alles gut ging und sie wohlbehalten zurückkamen.

Wie schnell es geschehen konnte, dass das eigene Leben auf der Kippe stand, hatte er selbst erlebt. Wollte er das überhaupt noch? Mit einundsechzig war er einfach zu alt, um immer wieder seinen Kopf hinzuhalten. Aber was war die Alternative, wenn er um die vorzeitige Auflösung der Verlängerung und die Pensionierung bat?

Wollte er wirklich nur noch hier im Garten sitzen, Bücher lesen, die Obstbäume verschneiden? Und sich alt fühlen?

Plötzlich sah er Sonjas Gesicht vor sich. Sie hatte sich tatsächlich um ihn gesorgt. Nicht nur als Kollegin. Aber er war fix und fertig gewesen in der Nacht, hatte nur noch nach Hause gewollt. Sie hatte gefragt, ob sie auf der Gästecouch im Wohnzimmer übernachten könnte. Henni schlief oben in ihrer Wohnung, zu ihrer Sicherheit stand heute Nacht vor dem Haus ein Streifenwagen. Und dennoch bedrückte ihn etwas, was er nicht greifen konnte.

Wieder tauchte dieses bärtige Gesicht vor ihm auf. Die Augen hatte er nie sehen können. Der Bart hatte den Rest des Gesichts verdeckt. Aber da war etwas gewesen, was nicht gepasst hatte. Nur was?

Haverkorn stand auf, ging leise in die Küche, wo er den Teekessel auf den Gasherd setzte.

»Machst du mir auch einen?«

Er erschrak und fuhr herum. Sonja stand in der Tür, trug einen von Hennis Schlafanzügen, war ungeschminkt und fuhr sich verlegen durch die zerzausten Haare.

»Gerne! Was willst du?« Er sah die Teepackungen im Küchenfach durch. »Rooibos, Zitronengras oder Melisse?«

»Hast du Pfefferminze?«

Er suchte weiter, fand die Packung und zog sie heraus. Nahm zwei Teegläser und den Honig mit zum Tisch, an dem Sonja sich niedergelassen hatte. Er setzte sich zu ihr, während das Teewasser heiß wurde. »Konntest du auch nicht schlafen?«, fragte er.

»Erst bin ich todmüde eingeschlafen, aber irgendwann lag ich doch wieder wach. Ich schlafe eh nicht gut in letzter Zeit.«

»Private Probleme?«, fragte Haverkorn und wagte sich damit auf dünnes Eis.

Sie sagte nichts, aber ihre angespannte Haltung war Antwort genug.

Der Teekessel begann zu pfeifen, er stand auf und goss Wasser in die Gläser.

»Mein Mann ist vor zwei Jahren gestorben«, begann sie plötzlich zu erzählen. »Ein Verkehrsunfall.«

Er vermochte seinen Trost nicht in Worte zu fassen, sah ihr mitfühlend in die Augen.

»Ein Lkw hat ihm die Vorfahrt genommen, er hatte keine Chance.« Sie rührte Honig in ihr Glas. »Aber mein erwachsener Sohn gibt mir die Schuld an seinem Tod, macht mir ständig Vorhaltungen. Weil Hannes sich nach einem Streit ins Auto gesetzt hat. Hätte ich ihn zurückgehalten, dann …«

Haverkorn legte seine Hand auf ihren Arm. »Das darfst du nicht mal denken!«

Sie nickte leicht.

»Dein Sohn hat seinen Vater verloren. Er sucht nach einem Schuldigen für seinen Schmerz. Den braucht er, um die Trauer zu bewältigen.«

»Der Lkw-Fahrer ist verurteilt worden, aber Philipp macht mich dafür verantwortlich.«

»Weil du erreichbar für ihn bist!«

»Ja, das kann sein. Aber ich habe keine Kraft mehr. Weil ich selbst Schuldgefühle habe. Hätten wir nicht gestritten, dann …«

»Hör auf damit! Schau nach vorn! Das mache ich auch!«

Sie wischte sich über die Augen. »Du bist fast gestorben, und ich heule hier rum. Entschuldige!«

»Ich lebe, und du lebst! Nur das zählt jetzt!«

Sie griff nach seiner Hand und drückte sie. Eine zärtliche Geste. Da war wieder dieser Funke zwischen ihnen. Wie an dem Abend in Kiel, als er sie fast geküsst hatte.

Haverkorn sah sie an. Ihr schönes Gesicht, der sanfte Schwung ihrer Haare um den Hals, wo sein Blick hängen blieb. Denn plötzlich wusste er, was ihn an seinem Entführer irritiert hatte.

Kapitel 28

Frida saß am Steuer, als sie im Morgengrauen die Landesgrenze zwischen Dänemark und Deutschland passierten. Bootz hing neben ihr und döste. Anja lag hinten auf der Rückbank. Sie war schon kurz hinter Fredericia eingeschlafen. Auf der Rückfahrt wollten sie sich abwechseln. Keiner von ihnen hätte die Ruhe gehabt, jetzt noch ins Hotel zu gehen.

»Rieke Evers, verdammt! Warum haben wir sie nicht besser überprüft?«, fragte Frida leise. Nachdem Henning Kuhns ihnen berichtet hatte, wie sehr die Krankenschwester ihn bedrängt hatte, den Fall noch einmal aufzurollen, war ihnen klar geworden, wo es bei ihren Ermittlungen die ganze Zeit einen blinden Fleck gegeben hatte. Sie waren immer von einem Mann als Täter ausgegangen.

»Glaubst du wirklich, sie hat die Morde begangen?« Bootz war immer noch skeptisch.

»Sie ist groß und kräftig. Hast du ihre Oberarme gesehen? Immerhin hat sie ihren Bruder allein zu Hause gepflegt.«

Frida zwinkerte, um die Müdigkeit abzustreifen. Die weißen Randlinien der Straße, die die Scheinwerfer aus der Dunkelheit rissen, wiesen ihr den Weg. Hoffentlich gab es hier keinen Wildwechsel!

»Dann müsste sie sich selbst gewürgt und ihren Bruder, den sie jahrelang gepflegt hat, erhängt haben!«

»Ich glaube, das war sowieso ihr Plan. Ihn endlich zu erlösen!«

Er sah zu ihr hinüber, widersprach nicht. Sein Handy nahm ihm die Antwort ab. Er ging ran und hörte eine Weile zu, starrte regungslos durch die Frontscheibe. »Ja, okay. Ich sag es ihnen.« Er drückte den Anrufer weg. »Das war Wahler. Die Wohnung war leer. Der Vogel ist ausgeflogen.«

»Mist!« Rieke Evers war längst untergetaucht, war ja klar.

»Die Kollegen haben in einem Zimmer eine erstaunliche Technikausrüstung gefunden. Einen Rechner mit zweiunddreißig Gigabyte Arbeitsspeicher, mehrere Monitore, Spielekonsolen und externe Festplatten, ein paar Minicams wie vor der Wohnung von Uwe Becker. Dem ersten Anschein nach gehörte das Equipment ihrem Bruder. Aber Rieke Evers hatte wohl auch mehr Technikverständnis, als man bei einer Krankenschwester erwarten kann.«

»Waren vielleicht beide Technikfreaks«, sagte Frida.

»In dem Zimmer lag auch eine Handseilwinde. So hat sie ihre Opfer problemlos hochziehen können.«

Wieder klingelte ein Handy. Dieses Mal war es Fridas. Bootz hielt es hoch, und als sie nickte, ging er ran und drückte es ihr ans Ohr. »Ja?«

»Hier ist Bjarne. Alles okay bei euch?« Es war so schön, seine Stimme zu hören. Auch wenn es halb vier morgens war.

»Ja, wir sind auf dem Rückweg. Du wirst es nicht glauben, Hennis Handy lag auf dem Dach von Henning Kuhns' Wohnmobil. Er hat es spazierengefahren. Fand der Täter wohl witzig.«

Haverkorn schwieg einen Moment. »Gibt's doch nicht!« Sie hörte ihn durchatmen. »Du, mir ist da was eingefallen. Was den Entführer betrifft!«

»Okay, und was?«

»Klingt sicher etwas seltsam, aber ich glaube, er hatte keinen Adamsapfel.«

»Wirklich?« Frida straffte die Schultern, als er ihren Verdacht bestätigte.

»Irgendwas war komisch an ihm, aber erst jetzt bin ich drauf gekommen. Sein Hals war trotz des Bartes sehr weiblich! Er war groß und stark, aber ich denke, mein Entführer war eine Frau! Deshalb der falsche Bart und die Verkleidungen!«

»Der Entführer war eine Frau!« Plötzlich schienen alle Puzzleteilchen zu passen, die sie seit Tagen hin und her geschoben hatten. »Das ist sehr gut möglich! Henning hat uns da auch auf was gebracht. Ich erkläre es dir, wenn wir da sind. Morgen früh zum Frühstück?«

»Gut! Fahrt vorsichtig!«

»Machen wir, bis morgen!«

Bootz legte das Smartphone wieder in die Mittelkonsole.

»Bjarne denkt, dass ihn eine Frau entführt hat«, sagte sie. »Er sagt, der Entführer hatte einen weiblichen Hals und keinen Adamsapfel!«

Bootz stieß Luft aus. »Deshalb diese Maskierung!«

»Ja, alles weist auf Rieke Evers hin. Deshalb hat sie die beiden ersten Opfer auch mit Diazepam ruhiggestellt, bevor sie sie aufgehängt hat.« Frida blinkte und überholte einen Pkw. Sie würden bald an die Grenze kommen, die aber nur durch Schilder gekennzeichnet war. Hier stand schon lange niemand mehr und kontrollierte die Grenzgänger. »Sie ist Krankenschwester! Irgendwie hat sie sich das Beruhigungsmittel im Krankenhaus besorgt.«

»Wenn das stimmt, warum jetzt? Warum hat sie all die

Jahre stillgehalten, wenn sie von der Lüge der drei Zeugen wusste?«

»Das müssen wir sie fragen, wenn wir sie erwischt haben!«

Schweigend fuhren sie über die Autobahn. Es war beinahe intim, hier so mit Bootz in der Dunkelheit zu sitzen, während Anja schlief. Sie wusste, dass seine dunkle und geheimnisvolle Aura sie anzog, ihre Hormone verrückt spielen ließ in seiner Nähe, aber das hatte nichts mit Gefühlen zu tun. Denn sie ahnte, dass in ihm alte Gespenster einen großen Platz einnahmen. Was auch immer ihn belastete, er war ein Getriebener, der nicht mehr als kollegiale Bande suchte. Und sie hatte Torben, ihre Beziehung war ihr wichtig. Wenn der Fall abgeschlossen war, würde sie ein paar Tage mit ihm wegfahren. In ein kleines Hotel am Meer, wo sie viel reden und kitten konnten, was zwischen ihnen nicht mehr stimmte.

»Soll ich mal fahren?«, fragte er und gähnte.

»Nein, ich bin noch fit.« Plötzlich wusste sie, dass es der richtige Moment war, um ihm die Frage zu stellen, die sie seit Tagen mit sich herumtrug. »Was ist damals beim LKA passiert?«

Sie spürte seinen Blick, der auf ihrer Wange brannte.

Es dauerte ein paar Sekunden. »Ich habe mein Team verraten.«

»Deshalb bist du gegangen?«

Sein Kopf war abgewandt. Sie wartete, würde ihn nicht drängen.

»Wir hatten einen Einsatz in einem Milieuviertel. Es ging um häusliche Gewalt, der Typ hatte sich mit seiner Familie und einer Knarre in der Wohnung verbarrikadiert. Ich habe kurzzeitig meine Position verlassen. Ich dachte, ich hätte ein Kind in einem Schrank gefunden. Aber es waren nur Kinderschuhe.« Er ächzte. »Mein Kollege wollte weitergehen, ich wollte erst im Schrank nachsehen. Er wurde angeschossen, weil ich ihn nicht gesichert habe.«

»Aber du hattest einen guten Grund!«

»Du weißt doch, wie das ist. In der Spezialeinheit überlebst du nur, wenn du dich hundertprozentig auf dein Team verlassen kannst. Zu jeder Zeit! Ich habe bei dem Einsatz mein eigenes Ding durchgezogen. Dadurch war das Vertrauen zur Gruppe massiv geschädigt.«

Frida erwiderte nichts. Sie wusste, wie so was lief. Da hatten wohl auch Gruppengespräche nichts mehr gebracht. Er hatte einen der Ihren in Gefahr gebracht. Damit war er untragbar geworden.

»Das Kind war im Nachbarzimmer, hatte sich unterm Bett versteckt. Ein dreijähriger Junge.«

»Und Wahler? Warum stehst du in seiner Schuld?«

»Er hat mir eine neue Chance gegeben. Nach dieser Nummer wollte mein Chef an mir ein Exempel statuieren. Ich bin vom Dienst freigestellt worden, das war sofort überall rum. Vielleicht hätte mich noch jemand übernommen für den Schichtdienst in einem Brennpunktviertel. Streife laufen, so wie am Anfang. Aber Wahler hat sich eingeschaltet. Er hat seine Hand für mich ins Feuer gelegt und mich zum KDD geholt.«

»Und der Junge? Was ist aus dem Jungen geworden?«, fragte Frida.

»Seine Mutter ist danach mit ihm in ein Frauenhaus. Ich hoffe, sie haben es geschafft!«

Bei Sonnenaufgang tranken sie in einer Raststätte einen Kaffee. Frida ließ sich den Toilettenschlüssel geben und schöpfte sich ein paar Hände kaltes Wasser ins Gesicht, bis sie wieder munter war. Dann fetzte sie Papierhandtücher aus der Halterung, drückte Flüssigseife darauf. Damit wusch sie sich unter den Armen. Ihr Gesicht war schmal geworden. In dem ausgeblichenen Spiegel hatte es die Farbe von schlecht gewordener Buttermilch. Die Schatten unter den Augen wirkten beinahe violett. Nur noch schlafen, an nichts mehr denken. Solange Rieke Evers draußen frei herumlief, war das eine Illusion.

Das letzte Stück fuhr Bootz. Frida schloss die Augen und schlief ein. Sie träumte von einem Jungen in einem Schrank, der sich vor bewaffneten Männern versteckte. Ein Schuss wurde abgegeben. Der angstvolle Schrei des Kindes ließ sie aus dem Traum hochfahren. Sie waren kurz vor Itzehoe. Ungläubig blinzelte sie in die Sonne, die sich seit Tagen nicht mehr gezeigt hatte.

†

Henni deckte den Frühstückstisch, Sonja war unterwegs zum Bäcker, um Brötchen zu holen. Haverkorn stand im Bad vor dem Spiegel, eingewickelt in ein Handtuch. Er hatte ausgiebig geduscht und die Wunde am Handgelenk mit einer Heilsalbe behandelt.

Momo huschte durch den Türspalt. Weil er ein paar Tage hier allein im Haus gewesen war, suchte er die Nähe seiner Mitbewohner. Henni hatte ihm genug Trockenfutter hingestellt, durch die Katzenklappe in der Küche hatte er aus- und eingehen können. Dennoch schien er sie alle vermisst zu haben.

Haverkorn nahm ihn hoch, obwohl sein Rücken revoltierte, und kraulte den Kater, der sofort zu schnurren begann. Er musste an Otto, die Ratte, denken, die ihm in der Gefangenschaft Gesellschaft geleistet hatte. Er hatte nicht nur seine Nahrung, sondern ein Stück sozialer Nähe mit Otto geteilt, obwohl Ratten von der Gesellschaft meistens als Schädlinge angesehen wurden. Aber auf dem abgelegenen Gehöft hatte ihm das kleine herumwuselnde Nagetier ein Gefühl von Freiheit in den Käfig getragen.

Er setzte den Kater auf den Fliesenboden und hörte durch den Türspalt, dass die Haustür zugedrückt wurde. Sonja war mit den Brötchen zurück. Er musste sich beeilen. Aber sein Rücken ließ noch keine schnellen Bewegungen zu. Vor allem Hose und Socken anzuziehen war fast nicht ohne Schmerzen möglich. Vielleicht sollte er sich heute im Krankenhaus eine Spritze geben lassen, damit er sich wieder normal bewegen konnte.

Als er fertig angezogen war, hörte er die Türglocke. Die Stimmen von Henni und Frida waren zu hören. Danach der Bariton eines Mannes, wahrscheinlich war das Bootz.

Haverkorn atmete tief durch, bevor er das Bad verließ. Er sehnte sich nach Ruhe, nach einem Tag im Garten, an dem er nicht an die letzten Tage in Todesangst denken musste. Aber das musste warten. Jetzt ging es darum, den Täter oder vielmehr die Täterin zu fassen, die drei Menschen auf dem Gewissen hatte. Er selbst hatte wie durch ein Wunder überlebt. Ausruhen konnte er sich später.

Kurz darauf saßen sie dicht gedrängt in der Küche am Tisch. Ein Anblick wie in alten Zeiten, aber an den Gesichtern sah er, dass die letzten Tage bei allen ihre Spuren hinterlassen hatten. Henni sagte kaum etwas, schien in den normalen Bewegungsabläufen beim Tischdecken Halt zu finden. Auch Sonja war sehr still heute Morgen. Ihr persönliches Gespräch in der Nacht schien noch nachzuwirken.

Frida und Bootz wirkten völlig übernächtigt und redeten nicht viel. Sie kamen gerade aus dem Büro, wo sie bereits den Bericht zum Dänemark-Einsatz geschrieben und an der morgendlichen Teambesprechung teilgenommen hatten. Danach hatte Wahler sie nach Hause geschickt, um einen Tag auszuspannen. Die Suche nach Rieke Evers übernahm die Soko.

»Wir haben einen Profiler im Team«, sagte Frida, während sie ein Brötchen aufschnitt. »Er kommt vom LKA, von der Operativen Fallanalyse. Er hat schon angefangen, ein Täterprofil zu erstellen, und in diesem nicht ausgeschlossen, dass wir es mit einem weiblichen Täter zu tun haben.«

»Das Beruhigungsmittel?«, fragte Haverkorn und biss herzhaft in sein Brötchen. Es hatte ihm noch nie so geschmeckt wie an diesem Morgen.

»Genau!«, sagte Frida. »Die Opfer wurden vor dem Akt des Erhängens ruhiggestellt. Dazu kommt die Geschichte mit den Stühlen und dem Schild auf deiner Terrasse. Er sagte, diese symbolische Drohung trage doch eine deutlich weibliche Handschrift.«

»Wir sind von einem Mann ausgegangen, weil es natürlich Körperkraft braucht, um Männer wie Visser oder Markmann an einem Baum oder Balken hochzuziehen. Aber im Profil von Niehaus steht, dass er auch eine Frau in Erwägung gezogen hat, die in einem Beruf mit körperlicher Anstrengung arbeitet, eine Bäuerin, Lkw-Fahrerin oder eine Pflegekraft.«

»Warum habt ihr ihn nicht früher eingeschaltet?«, fragte Henni plötzlich. »Dann wäre mein Vater gar nicht erst entführt worden!« Ein Vorwurf schwang in ihrer Stimme mit.

Sonja kam Frida zuvor. »Die OFA, Operative Fallanalyse, kann leider nicht in jedem Mordfall hinzugezogen werden, die Kapazitäten hat diese spezielle Abteilung gar nicht. Erst als klar war, dass es sich um einen Serientäter handelt, und die Soko gebildet wurde, hat man überhaupt darüber nachgedacht. So, wie ich gehört habe, hatte Nick Wahler sich schon vor seiner Beurlaubung dafür eingesetzt, dass ein Profiler bei diesem Fall ein Täterprofil erstellen soll. Aber dann wurde er erst mal seiner Aufgaben enthoben, deshalb diese Verzögerung.«

Hennis Gesicht sprach Bände, aber sie behielt ihren wütenden Kommentar für sich.

»Wären wir auf Rieke Evers gekommen, wenn wir das Profil früher gelesen hätten? Sie war vermeintlich selbst ein Opfer, hatte eine sichtbare Strangmarke am Hals. Ihre Täuschung war jedenfalls perfekt«, sagte Frida.

»Rieke Evers?«, fragte Henni überrascht. »Ihr denkt, dass sie die Täterin ist?«

Haverkorn hörte an der Stimme seiner Tochter, dass sich die nächste Frage erübrigte. »Du kennst sie?«

»Ja klar, wir waren früher Kolleginnen im Krankenhaus in Itzehoe!« Sie sah in die Runde. »Und zusammen in einem Auslandseinsatz in Mali.« Als sie das afrikanische Land erwähnte, schien sie wie alle am Tisch an die Eisenstühle auf der Terrasse zu denken.

»Wann hast du sie zuletzt gesehen?«, fragte Sonja schließlich.

»Letzte Woche. An dem Abend, als du in Kiel warst.« Sie sah ihren Vater an. »Donnerstag!«

»Und wo?«, fragte Haverkorn.

»Na, sie war hier zum Essen!« Ihre Stimme zitterte leicht. »Wir haben uns einen Tag vorher ganz zufällig im Supermarkt getroffen, hatten uns Jahre nicht mehr gesehen. Da habe ich sie zu mir zum Essen eingeladen.«

Stille am Tisch. Niemand sagte etwas. Wie leicht sich Rieke Evers Zugang zu Haverkorns Haus verschafft hatte, war unglaublich.

»Und danach war dein Handy verschwunden?«, fragte Frida.

Henni zuckte die Schultern. »Keine Ahnung! Wir haben doch noch telefoniert an dem Abend!« Sie sah Haverkorn an. »Da saß Rieke hier schon am Tisch. Danach habe ich es nicht mehr benutzt, bis ihr am Freitag plötzlich hier in der Küche gestanden habt.« Ein Blick zu Frida.

»Warum hast du nicht gesagt, wer dich am Abend besucht hat?«, fragte Haverkorn.

Henni stand plötzlich auf, der Stuhl schabte über den Boden. »Ach, jetzt bin ich schuld daran, dass ihr eure Arbeit nicht richtig macht?«

»Das sagt doch niemand! Du standest an dem Abend, als ich verschwunden bin, unter Schock. Niemand macht dir einen Vorwurf!«

»Aber ich hätte es euch sagen müssen!« Henni ruderte mit den Armen. Tränen traten in ihre Augen, sie lief aus der Küche.

Haverkorn wollte ihr hinterhergehen, aber sein Ischias schoss einen Schmerzstrahl ins Bein.

»Lass mich mal!« Frida stand auf und folgte Henni in die Diele.

»Rieke Evers war die ganze Zeit in unserer Nähe«, sagte Haverkorn. »Zuerst hat sie Henning besucht, und als der ihrem Drängen, den Fall Johannsen noch mal aufzurollen, nicht nachgegeben hat, ist dieser grausame Racheplan in ihr gereift. Sie sah wohl nur noch die Möglichkeit, die Sache selbst in die Hand zu nehmen.«

Ein Handy klingelte, Bootz zog sein Smartphone aus

der Jacke. »Nick?« Er hörte zu. »Nein, wir sind bei Bjarne, Frida ist auch hier.« Sein Blick wanderte zu Haverkorn, als er weiter zuhörte. »Alles klar. Wir kommen hin.« Er drückte Wahler weg.

Frida kam herein und schien sofort zu spüren, dass etwas nicht stimmte. Sie sah Bootz an.

»Man hat Rieke Evers gefunden. Sie hängt an einem der Galgenbäume. In ihrer Tasche war ein Abschiedsbrief.«

Kapitel 29

Dieser gleißende Sonnentag, der mit blauem Himmel und ein paar wattigen Wolkenfronten ein erstes Frühlingsgefühl über die Geest legte, schien für Frida der komplette Gegensatz zum Bild des Todes an den drei Linden. Rieke Evers hing an einem Seil am gleichen Ast des Galgenbaumes, an dem sie letzte Woche Henk Visser gefunden hatten. Mit ihm hatte die Mordserie begonnen, mit der Täterin selbst endete sie.

Der Anblick der Erhängten war abstoßend. Frida schaute dennoch lange in die vom langsamen Tod verzerrten Gesichtszüge. Hätten sie diesen Freitod verhindern können, wenn sie den Profiler früher eingeschaltet hätten? Mutmaßungen brachten niemanden weiter. Sie wollte sich abwenden, blieb jedoch stehen, denn sie brauchte dieses Bild der Endgültigkeit, auch wenn es furchtbar war. Endlich war Haverkorn in Sicherheit. Es war vorbei!

Um sie herum gingen die Kollegen der Kriminaltechnik ihrer Arbeit nach. Wahler redete mit Lüttje, der Tatortfotograf packte seine Spiegelreflexkamera ein. Ob es wirklich ein Suizid war, würde erst der Rechtsmediziner klären. Aber es zweifelte niemand daran.

Hinter dem Absperrband standen ein paar Schaulustige, die Bootz in Schach hielt. Anja war zu Hause und schlief offenbar. Frida hatte ihr nur eine Nachricht auf der Mailbox hinterlassen. Sonja war mit Haverkorn und Henni ins Krankenhaus gefahren. Ihre Sorge um Vater und Tochter rührte Frida an. Vielleicht steckte auch mehr als Besorgnis dahinter. Heute Morgen hatte sie das leise Gefühl gehabt, dass zwischen Sonja und Bjarne etwas begonnen hatte, das beide noch verunsicherte. Sie würde sich freuen, wenn tatsächlich mehr daraus würde.

Frida hatte genug gesehen. Sie drehte sich um und ging zurück zu Bootz, der gerade einen Mann mit Kamera hinter die Absperrung verwies. Dann hatte die Presse auch schon Wind von diesem neuen Leichenfund bekommen. Wahler würde am Nachmittag eine Pressekonferenz abhalten, bis dahin mussten sie noch alle Informationen zum Tod der mutmaßlichen Täterin zurückhalten. Als Frida das Areal des Tatorts verlassen hatte, zog sie sich die Kapuze des Overalls vom Kopf und die Latexhandschuhe von den Händen. Ihr Körper war schwer vor Müdigkeit, auch wenn sie über den Punkt hinaus war, dass sie die Augen kaum offen halten konnte.

Sie lehnte sich an den Wagen von Bootz und sah aus der Ferne dem Treiben am Tatort zu.

War das wirklich das Ende?

Rieke Evers hatte Selbstmord begangen und in einem Brief ein umfangreiches Geständnis zu den drei Morden und Haverkorns Entführung abgelegt. Das hatte ihr Horst Lüttje berichtet, als sie hier angekommen war. Den Brief, der in der Jackentasche der Toten steckte, würde sie später lesen, wenn die Spurensicherung ihn freigab.

Wer wirklich die Familie von Thies Johannsen ermordet hatte, war nach wie vor ein Rätsel. Zumindest waren konkrete Zweifel an der Rechtmäßigkeit der Verurteilung wegen Mordes geschürt worden, die der Staatsanwalt nun prüfen würde. Alle drei Zeugen waren tot, der wahre Täter noch immer da draußen. Vielleicht lebte auch er nicht mehr. Es war frustrierend!

»Willst du nach Hause?«, fragte Bootz neben ihr. »Wir haben frei, schon vergessen?«

»Das wäre gut. Fährst du auch?«

»Ja, mein neues Bett ruft.« Er streifte den Overall ab und stopfte ihn mit Fridas in die Mülltüte, die neben dem Transporter der KTU stand.

»Dann bleibst du im Team?«, fragte sie.

Er schaute einige Sekunden hinüber zu Wahler, der aufsah und seinen Blick erwiderte. »Was bleibt mir denn anderes übrig?«

Frida sah das kurze Lachen, das über seine Lippen glitt.

Insgeheim freute sie sich, dass Bootz Henning Kuhns' Stuhl übernehmen würde, der mittlerweile auf dem Weg nach Dänemark war.

»Übrigens: Lüttje hat mich den Brief von Rieke Evers abfotografieren lassen. Willst du ihn lesen?«

»Da fragst du noch?«

Er suchte die Fotos auf seinem Smartphone, gab es ihr. Sie zoomte die Schrift der Fotodatei etwas größer.

Mein Name ist Rieke Evers, und ich bin verantwortlich für die Morde an Henk Visser, Henner Schwartz und Jens Markmann.

Alle drei Männer haben vor Gericht ein falsches Zeugnis abgegeben, als Cord Johannsen des dreifachen Mordes an seiner Familie für schuldig befunden wurde. Von meinem Bruder, Jens Markmann, weiß ich aus erster Hand, dass sie vor Gericht gelogen haben. Er erzählte mir, bevor er ins Wachkoma fiel, dass sie sich zu dritt abgesprochen hatten, den Angeklagten vor Gericht und ins Gefängnis zu bringen, um so seinen landwirtschaftlichen Hof unter Wert zu erwerben und sich den Gewinn zu teilen. Nach der Verurteilung des Vaters gab es auch schon Verkaufsverhandlungen mit dem Erben Thies Johannsen und dessen Vormund, seinem Onkel Lennard. Ein Notartermin war bereits vereinbart, als die Johannsens plötzlich einen Rückzieher machten. Obwohl sie mehr Geld boten und über Monate hinweg mehrfach versuchten, eine Einigung zu erzielen, konnten sie die Familie nicht mehr dazu bewegen zu verkaufen. Ihr perfider Plan war gescheitert.

Mein Bruder hatte viele Jahre schwere Schuldgefühle, weil durch seine und die Lügen der beiden Beteiligten ein Mensch unschuldig im Gefängnis saß. Er hat sich mir vor seinem Unfall anvertraut und mich weinend um Rat gefragt. Ich riet ihm, zur Polizei zu gehen und reinen Tisch zu machen. Er stimmte sofort zu, um endlich sein Gewissen zu erleichtern. Das hat er Henk Visser und Henner Schwartz in einem Gespräch mitgeteilt, um sie darauf vorzubereiten. Am nächsten Abend wurde er auf der Straße von einem Wagen angefahren und schwer verletzt liegengelassen. Der Unfallfahrer flüchtete, wurde nie ermittelt. Seitdem lag Jens im Wachkoma, war nicht mehr fähig auszusagen. Ich hatte lange Zeit nur eine Vermutung, wer die Verantwortung für diesen feigen Unfall trug. Als ich Henk Visser ins Gesicht gesagt habe, dass er oder Henner Schwartz meinen Bruder überfahren hätten, gab er dies ganz unumwunden zu. Er und Henner hätten Jens vor sich selbst schützen müssen, es saßen sogar beide im Unfallwagen, auch Henner Schwartz. Leider gab es keine Zeugen bei diesem Gespräch. Die Polizei hat nach meiner Aussage rein gar nichts unternommen. Da wurde mir das erste Mal klar, dass die Justiz in diesem Land nichts für uns tun würde.

Mein nächster Versuch, den Polizisten Henning Kuhns, der damals ebenfalls im Gerichtssaal anwesend war, dafür zu gewinnen, den Fall Johannsen noch einmal aufzurollen, um Jens seinen letzten Wunsch zu erfüllen, ist ebenfalls gescheitert. Kuhns wollte vor seiner Pensionierung nichts mehr damit zu tun haben. Ich konnte es kaum glauben, er schickte mich nach Hause. Ich fühlte mich so machtlos und wütend und fasste schließlich den Entschluss, selbst für Gerechtigkeit zu sorgen. Wenn Polizei und Justiz nicht fähig sind, Unschuldige zu schützen, muss es der Bürger selbst tun!

Ich habe Henk Visser und Henner Schwartz für den feigen Mordversuch an meinem Bruder und ihre Lügen, die das Leben von Cord Johannsen zerstört haben, zur Rechenschaft gezogen. Meinen Bruder habe ich erlöst, er sollte nicht länger so leiden müssen. Denn es war mittlerweile beinahe ausgeschlossen, dass er aufwachen würde. Wäre es doch geschehen, wäre er ein Pflegefall geblieben. Ich wollte ihm und auch mir dieses Leid ersparen.

Die Entführung von Bjarne Haverkorn tut mir leid, aber sie war nötig! Denn ich hoffte, dadurch den wahren Täter des Dreifachmordes an der Familie Johannsen doch noch zu finden und das Vermächtnis meines Bruders zu erfüllen. Es ist misslungen. Nun ist alles vorbei. Der Täter ist noch frei. Ich bin am Ende und koche weiterhin innerlich vor Wut. Ich bin selbst zur Mörderin geworden und fühle mich keineswegs befreit, dass ich diese verdammten Lügner, die das Leben meines Bruders zerstört haben, mit ihrem Leben bezahlen ließ. Denn Cord Johannsen sitzt noch immer hinter Gittern.

Für mich gibt es nun nichts mehr zu tun, als mich von dieser Welt, die das Böse schützt, zu verabschieden. Ich bitte darum, dass ich neben meinem Bruder beigesetzt werde.
Rieke Evers

Frida atmete tief durch und gab Bootz das Smartphone zurück. Er stieg ein und startete den Motor des Cherokee. Sie setzte sich neben ihn und wurde in den Sitz gedrückt, als er Gas gab und über den Feldweg davonpreschte.

Visser und Schwartz hatten Jens Markmann angefahren und liegenlassen! Wie eiskalt diese Männer agiert hatten, nicht nur während der Falschaussagen vor Gericht.

Bootz setzte sie vor der Einfahrt ab und fuhr gleich weiter nach Itzehoe. Frida ging zügig über den Hof. Der Fall war gelöst, die Anspannung fiel endlich von ihr ab. Vielleicht hatten sie und Torben nun ein paar ruhige Tage vor sich. Die Sonne ließ das Rot der Klinker am Haus strahlen. Selbst das nachgedunkelte Reet auf dem Dach wirkte freundlicher als gestern. Tief atmete sie die kühle Februarluft ein, die dennoch schon an den Frühling erinnerte.

Sie hängte den Parka an den Haken in der Diele. In der Küche war niemand, auch Bruno wuselte nicht im Haus herum. Vielleicht waren ihre Eltern zum Einkaufen gefahren, Cat war sicherlich in der Berufsschule. Sie lief die Treppe hinauf in ihres und Torbens Zimmer, öffnete erwartungsvoll die Tür. Dann waren sie jetzt allein. Sie freute sich auf die nächsten Stunden nur mit ihm.

Frida stoppte, als sie den Koffer sah, der geöffnet auf dem Bett lag. Torben packte gerade seinen Hygienebeutel darauf, sah sie erschrocken an, als habe sie ihn bei etwas Verbotenem ertappt.

»Du willst weg?«, fragte sie.

»Ich ziehe wieder in meine Wohnung.«

Sie brauchte einen Moment. »Warum denn? Fühlst du dich hier nicht wohl?«

Er klappte wortlos den Koffer zu.

»Und Tugay! Die Therapie! Wie willst du überhaupt allein klarkommen?«

»Meine Schwester wird ein paar Wochen zu mir ziehen. Sie holt mich gleich ab.«

Ein tiefer Schmerz stieg aus ihrem Inneren auf. »Willst du weg von mir?«, fragte sie. »Willst du dich trennen?«

Er kam zu ihr, blieb aber auf Abstand. »Vielleicht sollten wir mal eine kleine Pause machen.«

»Eine Pause?«, fragte sie laut. »Seit wann denkst du darüber nach, ohne mir irgendwas zu sagen?«

»Ich wollte längst mit dir reden. Aber du warst nie hier. Oder mit diesem Bootz irgendwo unterwegs.«

»Ach, das ist dein Problem! Du bist eifersüchtig!«

Er sah ihr in die Augen. »Sag du mir, ob ich einen Grund dafür habe oder nicht.«

Frida schluckte, wollte alles abstreiten. Aber das wäre falsch gewesen, ihn hier eiskalt anzulügen. Bootz hatte sie zuerst angezogen, dann verwirrt. Zuletzt hatte sie durch ihn das Wesentliche erkannt. Dass sie zu Torben gehörte.

Er hatte es die ganze Zeit gespürt. »Da läuft nichts zwischen uns!« Wenigstens das war die Wahrheit.

Torben nickte. Vielleicht glaubte er ihr, vielleicht auch nicht. »Aber du weißt nicht, was du willst.«

»Natürlich weiß ich das! Mit dir irgendwohin fahren. In ein kleines Hotel ans Meer. Dort reden wir. Über uns und unsere Zukunft …« Ihre Stimme zitterte, sie hatte sie nicht unter Kontrolle. War das hier das Ende? »Torben, ich liebe dich!« Sie ging zu ihm, fasste seine Hände. »Und nur dich!«

Sanft zog er seine Hände aus ihren. »Davon habe ich zuletzt nichts gemerkt. Ich hätte dich wirklich gebraucht in den letzten Tagen. Weißt du, wer mir beigestanden hat?

Deine Eltern, Cat, Milan! Alle, nur du nicht! Dir war es egal, ob ich wieder gesund werde.«

Die Vorwürfe schmerzten tief. »Das stimmt nicht! Das ...« Tränen stiegen hoch, sie würgte sie herunter. »Bjarne ... der Fall ...«

»Ja, ich weiß ...« Er schluckte bedrückt. »Es ist besser so, glaub mir! Wir brauchen Zeit.« Er sah auf seine Armbanduhr. »Anni wird gleich hier sein.«

»Du willst gehen, ohne dich von meiner Familie zu verabschieden?« Sie war verletzt und wütend. Er war hier aufgenommen worden wie ein Sohn und wollte das alles einfach so zurücklassen?

»Das habe ich längst getan! Heute Morgen haben wir hier alle zusammengesessen und lange geredet. Sie verstehen mich.«

Frida sah ihn an. Dann drehte sie sich ohne ein Abschiedswort um und eilte aus dem Zimmer. Sie wollte nur noch weg von ihm und sich irgendwo verkriechen. Nun schien sich auch noch ihre Familie gegen sie verschworen zu haben. Sie rannte die Treppe hinunter und hörte draußen ein Auto vorfahren. Das war sicherlich Anni, Torbens jüngere Schwester. Sie wollte ihr nicht begegnen, lief zur Hintertür, die in den Garten führte, sprintete hinunter zur Koppel, am Zaun vorbei, immer weiter über einen Feldweg. Irgendwann kam sie zum Totenweg, wo sie sich neben den alten Viehstall hockte und den ganzen Schmerz hinausschrie. Wenn sie zurück zum Haus käme, wäre Torben schon weg. Wie sollte sie in dem leeren Zimmer, in dem Bett, das noch nach ihm roch, zur Ruhe kommen? Sie wusste, dass er recht hatte, dass sie nicht für ihn da gewesen war. Und diese Erkenntnis schmerzte fast noch mehr als der Verlust des Menschen, den sie liebte.

ZWEI MONATE SPÄTER

Kapitel 30

Mittwoch, 13. April 2022

»Weshalb ich dich heute hergebeten habe«, leitete Andreas Vollmer den Themenwechsel nach dem üblichen Anfangsgeplänkel ein. Haverkorn saß im Büro des Leiters der Cold Case Unit, in der er vor seiner Entführung zwei Tage lang hatte mitwirken können. Heute war er noch einmal der Einladung seines Ex-Chefs nach Kiel gefolgt. Es schien wichtig zu sein, sonst hätte Vollmer sein Anliegen am Telefon angesprochen.

»Letzte Woche war ich beim Direktor des Landeskriminalamtes eingeladen.« Vollmer glänzte an den Schläfen. Er wirkte nervös, was bei ihm selten genug vorkam. Lief das Gespräch auf eine schlechte Nachricht hinaus? »Er bat mich, die Cold Case Unit beträchtlich auszubauen. Es gibt immer noch eine Menge ungeklärte Altfälle, die in den Mordkommissionen herumdümpeln.«

»Das ist doch eine gute Sache! Gratuliere!«, erwiderte Haverkorn, der immer noch im Trüben fischte, warum er hier war.

Vollmer räusperte sich, trat ans Fenster und kippte es an. Kühle Aprilluft drückte in den Raum, als er sich wieder setzte. »Die Unit soll zu einem bedeutenden Teil aus pensionierten Kriminalbeamten aufgebaut werden, die wir quasi zurückholen, weil wir auf ihre Fachkompetenz nicht verzichten wollen.«

Haverkorn schwieg. So langsam ahnte er, worauf Vollmer mit dieser Vorrede abzielte. Er wollte es aber von ihm hören.

»Das Land hat Mittel dafür bereitgestellt. Die Unit soll dreißig zusätzliche Stellen bekommen und in ein neu angemietetes Bürogebäude umziehen. Es wird aber auch Möglichkeiten geben, die Altakten im Homeoffice zu lesen. Ein pensionierter Rechtsmediziner wird ebenfalls mit von der Partie sein, um die Fälle noch mal aufzurollen. Und zwei ehemalige Kriminaltechniker.«

»Und da hast du auch an mich gedacht?«, versuchte Haverkorn abzukürzen. »Ich werde aber erst nächstes Jahr pensioniert, wenn ich zweiundsechzig werde. So lange läuft meine Verlängerung.«

Vollmer beugte sich nach vorn. »Ich möchte, dass du die neue Einheit aufbaust, Bjarne!«

Haverkorn hielt kurz die Luft an.

»Ich habe hier genug mit den laufenden Fällen zu tun. So eine gewaltige administrative Aufgabe kann ich nicht am Feierabend erledigen. Du bist meine erste Wahl!« Vollmer hob einladend die Arme. »Komm zur Cold Case Unit. Du wirst hier gebraucht!«

In Haverkorn brachen sich Gedanken und Gefühle Bahn. Er fühlte sich geehrt, dass Vollmer ihn für diese Aufgabe wollte, und verspürte große Lust, sich die letzten Monate seines Dienstes so einer faszinierenden Herausforderung zu stellen. Aber dann würde er, zumindest zeitweise, nach Kiel umziehen müssen. Er dachte an Henni und sein schönes Haus in der Marsch, wo jetzt im Frühjahr eine Menge Arbeit im Garten anfallen würde.

»Interesse hätte ich schon. Ich werde das mit meiner Tochter besprechen«, versuchte er, Zeit herauszuhandeln, bevor er eine Entscheidung fällte.

»Natürlich! Wie gesagt, du könntest für zwei, drei Tage hier im Büro arbeiten, ansonsten wird dir die Technik zur Verfügung gestellt, um von zu Hause auf alle Daten zuzugreifen.« Vollmer lehnte sich wieder zurück, ein Lächeln lag auf seinen Lippen. »Eine feste Zusage für die neue Unit habe ich schon. Sonja Berger ist dabei. Ihr kennt euch ja bereits.«

Haverkorns Magen kribbelte angenehm, als er den Namen hörte. Er hatte Sonja seit einigen Wochen nicht mehr gesehen. Immer wieder war er kurz davor gewesen, ihre Nummer zu wählen, hatte es schließlich gelassen. Er war nicht sicher gewesen, ob sie das in ihrer angespannten privaten Situation überhaupt wollte. Ob sie über den Verlust ihres Mannes schon hinweg war.

»Aber Sonja ist knapp fünfzig, sie wird noch lange nicht pensioniert!«, wagte er einen Vorstoß.

»Da habe ich mich unklar ausgedrückt. Die neue Unit soll dreißig Leute umfassen, davon die Hälfte Pensionäre und die andere Hälfte Aktive. Wir wollen die langjährige Berufserfahrung mit der Effizienz und dem technischen Know-how der Jüngeren bündeln. Eine richtige Task Force schaffen!«

»Dann pass mal auf, dass ihr dem BKA nicht in die Parade fahrt.« Er schmunzelte. Haverkorn wusste längst, dass er zusagen würde. Nicht wegen Sonja, sondern weil ihn diese Aufgabe tatsächlich reizte. »Ich danke dir für dein Vertrauen! Ich bin schon interessiert. Das geht aber nur, wenn meine Tochter die Entscheidung mitträgt, dass ich zwischen Kiel und unserem Zuhause pendele.«

Vollmer schien zufrieden. »Sagte ich schon, dass du einen Dienstwagen bekommst?« Er lächelte beim letzten Ass, das er ausspielte.

»An Überzeugungskraft hat es dir noch nie gefehlt.«

»Übrigens wird Sonja gleich hier sein.«

Haverkorn war plötzlich hellwach. »Falls du mich nicht hättest überzeugen können?«

Sein Gegenüber hob nur die Augenbrauen. »Wenn du meinst, dass sie bessere Argumente hat als ich?«

Sie lachten zusammen, dann kam Haverkorn zurück zum Thema. »Ich habe also freie Hand bei der Auswahl der Leute?«, fragte er.

»Ja, ich wäre aber gern in den Auswahlprozess eingebunden. Ich würde mir ein Vetorecht vorbehalten, für den Fall, dass es gar nicht passt.«

»Damit kann ich leben.« Haverkorn wusste, dass er bereits überzeugt war. Was würde Henni dazu sagen? »Natürlich muss Nick Wahler informiert werden!«

»Mit ihm habe ich schon gesprochen. Er legt dir keine Steine in den Weg, bekommt dann einen adäquaten Ersatz für dich. Das wird alles geregelt.«

Vollmer hatte scheinbar an alles gedacht. Ein Klopfen an der Tür ließ ihre Köpfe herumfahren. Sonja trat ein. Sie trug einen braunen Jumpsuit, der ihre schlanke Figur zur Geltung brachte. Ihre Haare waren etwas kürzer. Sie warf Haverkorn einen langen Blick zu und lächelte. »Hallo, ihr beiden. Darf ich reinkommen?«

†

Frida stieß die Forke kraftvoll in den Haufen Pferdemist, den sie auf die Karre schaufelte. Während sie bei Hetfield und Cobain die Boxen ausmistete, war Cat mit Hengst und Esel draußen auf der Koppel. Das Mädchen mistete die Ställe beinahe jeden Tag in der Woche aus. Frida hatte ihr heute an ihrem freien Tag die Aufgabe abgenommen.

Die körperliche Arbeit tat ihr gut. Später würde sie noch das Gemüsebeet für ihre Mutter umgraben, die die erste Saat in den Boden bringen wollte. Frida richtete sich auf und wischte sich eine Strähne aus dem Gesicht, die aus dem Haargummi gerutscht war. Ihr Rücken schmerzte, sie drückte die Schultern durch. Aber erst wenn die Muskeln so richtig brannten, konnte sie die Gedanken an Torben verdrängen.

Sie hatte noch einmal versucht, mit ihm zu reden, war extra nach Hamburg gefahren. Aber Anni hatte ihr freundlich, aber bestimmt gesagt, dass Torben sie nicht sehen wolle. Dass er nicht selbst an die Tür gekommen war, um ihr das ins Gesicht zu sagen, hatte am meisten geschmerzt. Vielleicht hatte er ihre Beziehung längst hinter sich gelassen, konzentrierte sich auf seinen Genesungsprozess. Sie wusste nicht einmal, wie die Therapie anschlug.

Sie wusste gar nichts! Wütend stieß Frida die Forke in den Mist. Sie selbst war schuld am Scheitern ihrer Beziehung. Aber hatte sie nicht wenigstens eine Chance verdient, sich bei ihm zu entschuldigen? Konnte er sie wirklich so schnell vergessen?

»Frida, hier ist jemand für dich!«, rief ihre Mutter in den Stall.

Sie drehte sich um, war genervt, dass sie in ihrem Selbstmitleidsversteck gestört wurde. Eine große Gestalt in Lederjacke trat ins Licht. »Was machst du denn hier?«, fragte sie Bootz, der sich interessiert umsah.

»Ich glaube, du hast da Scheiße im Gesicht!«, antwortete er und zeigte auf ihre Stirn.

Sie stellte die Forke in die Ecke und wischte mit dem Handrücken über die Stelle. »Willst du mit anpacken? Kein Problem!«

Er inspizierte die leeren Boxen. »Wo sind die Pferde?«

»Auf der Koppel. Einen Esel gibt's hier auch. Ihr wärt dann schon zwei!«

Ein schiefes Lachen. »Na, wenigstens hast du deinen Humor wieder. Ich dachte schon, du kommst gar nicht mehr aus der Schmollecke raus.«

»Was willst du mir denn damit sagen?« Sie lehnte sich an die Tür und verschränkte die Arme.

»Was auch immer da zwischen deinem Freund und dir schiefläuft, du solltest es klären!«, sagte er und legte die Hand prüfend auf den Sattel, der neben der Box hing. Ein angenehmer Geruch nach Leder ging von ihm aus. Sie hatte plötzlich ein Bild im Kopf, wie Bootz auf einem Pferd im Sattel saß, in verwegener Cowboypose.

»Da ist alles geklärt! Wir sind nicht mehr zusammen.«

»Dann lass es endlich hinter dir! Seit Wochen bist du extrem angespannt, unkonzentriert und schlecht gelaunt. Das nervt das ganze Team!«

»Ach ja? Wen denn noch?« Sie wusste, dass er recht hatte. Sie hatte sich gehen lassen, seit Torben sie verlassen hatte, war sie nur noch ein mürrisches Nervenbündel. Selbst ihre Arbeit hatte sie schleifen lassen, war nicht voll konzentriert bei der Sache gewesen. Wahler hatte ihr erst die Leviten gelesen, dann vorgeschlagen, dass sie eine Woche Urlaub nehmen sollte. Sie hatte ihn auf zwei Tage heruntergehandelt. Noch mehr Zeit zu haben, sich Gedanken über Torben zu machen, hätte sie nicht ertragen. Aber es gab keine Entschuldigung, dass sie seit der Trennung ihrem Team zur Last fiel. Nur eine Erklärung. »Es tut so scheiße weh!«, sagte sie offen, weil sie es schätzte, dass er gekommen war, um ihr den Kopf zu waschen. »Und ich weiß nicht, wie ich ihn vergessen kann.«

Bootz trat zu ihr, legte seine Hände auf ihre Schultern. »Liebe kann man nicht erzwingen. Du musst nach vorn blicken, musst weitermachen. Jeden Tag wird es ein kleines bisschen besser.«

Sie musste lachen. »Dr. Liebeskummer weiß Bescheid!«

»Denkst du, ich war noch nie unglücklich verliebt?« Er zog sie in Richtung Ausgang. »Deine Mutter will, dass ich mit zum Mittagessen komme. Da konnte ich nicht ablehnen.« Sie traten in die Sonne, Frida blinzelte gegen das Licht. Sie war froh, dass Bootz gekommen war.

Kurz vor dem Haus klingelte sein Handy. Er zog das Gerät aus der Lederjacke, sah aufs Display. »Warte mal, das könnte wichtig sein!« Er ging einige Schritte über den Hof.

Frida trat ins Haus, in dem es nach Rinderbraten duftete. Ihre Mutter hatte darauf bestanden, an ihrem freien Tag einen Sonntagsbraten auf den Tisch zu bringen. Marta stand am Herd und formte kleine Mehlklöße, die sie ins heiße Wasser gleiten ließ.

»Mama, soll ich den Tisch decken?«

»Ja, deck einen Teller mehr. Leonard isst mit uns.«

»Leonard«, äffte sie ihre Mutter leise nach. Bootz hatte ihre Familie längst um den Finger gewickelt.

Sie holte die Sonntagsteller aus dem Schrank. Bootz kam herein. Sein Gesichtsausdruck verhieß nichts Gutes.

»Wir müssen sofort los!«, sagte er. »Tut mir leid, Frau Paulsen. Es ist dringend!«

Frida setzte den Tellerstapel auf den Tisch, folgte ihm in die Diele.

»Ein Anruf von meinem Kollegen beim LKA. Du weißt schon, der vom Schusswaffenerkennungsdienst.« Er atmete durch. »Er hat wieder ein Match mit unserer Mordwaffe.«

Ihr blieb die Luft weg. »Was? Wo denn?«

»In einem kleinen Kaff in MeckPomm.« Er senkte die Stimme. »Einer Frau wurde auf einem Feldweg ins Gesicht geschossen. Mit der gleichen Waffe, mit der die Johannsen-Familie ermordet wurde und die Frau im Göttinger Wald.«

Fridas Herz pochte. Dann hatten sie die ganze Zeit recht gehabt. Es gab noch mehr Fälle! »Wann war das?«

Er sah ihr in die Augen. »Gestern. Er ist noch aktiv. Und er mordet weiter!«

Kapitel 31

Wahlers Anspannung war greifbar. Er telefonierte seit Minuten mit dem Leiter der Mordkommission in Neubrandenburg, schrieb ab und zu eine Notiz auf den Block und kam endlich zum Ende. »Gut, Ralf. Dann machen wir es so. Gib mir Bescheid, wenn du mehr weißt! Bis dahin!« Er legte den Hörer auf und blickte nachdenklich auf seinen Montblanc-Füller, bevor er sich Frida und Bootz zuwandte. »Also, die Frau wurde heute Morgen von einem Jogger an einem Seeufer in einem Naturschutzgebiet gefunden, offenbar war sie dort am Vortag nachmittags spazieren. Ihr ist, wie auch den anderen Opfern, ins Gesicht geschossen worden.«

»Wie alt war die Frau?«, fragte Frida.

Ihr Chef sah auf seine Notizen. »Zweiundvierzig. Ihr Mann ist am späten Abend zur nächsten Polizeiwache gefahren, weil sie von ihrem Spaziergang nicht nach Hause gekommen ist. Die Kollegen dort haben ihn aber erst mal vertröstet und weggeschickt.«

Frida ahnte, was danach passiert war. Kriminalbeamte hatten am Morgen bei ihm geklingelt und ihm die Nachricht vom Tod seiner Frau überbracht. Einfach furchtbar. Sie musste an Torben und seinen schweren Unfall im letzten Jahr denken, schob die Erinnerungen aber weg, weil es schmerzte.

»Hätte ja auch sein können, dass sie bei einer Freundin schläft«, sprach Frida aus, was nach Vermisstenmeldungen bei der Polizei nicht selten vorkam. Dass nach einem Ehestreit jemand wegblieb und am nächsten Tag wieder zu Hause auftauchte. »Sie war allein am See unterwegs?«

»Ja, das hat sie wohl häufiger gemacht. Sie ging dort gern spazieren.« Wahler notierte sich etwas, blickte dann wieder auf. »Ist ein beliebter Ort, auch um mit dem Hund Gassi zu gehen. Aber an dem Tag hat es geregnet.«

»Warum wurde das ballistische Waffenmaterial so schnell zum LKA geschickt? Das ist ungewöhnlich«, merkte Bootz an.

»Ralf sagte, das sei in der Hektik einer Durchläuferin in der Mordkommission passiert. Sie sollte das Material zum Ballistiklabor des LKA schicken, hat aber BKA verstanden. Ein Zufall, der uns in die Karten gespielt hat.«

»Wie geht's jetzt weiter?«, fragte Frida.

»Ralf Claußen wird sich mit den Kollegen in Göttingen in Verbindung setzen und darauf drängen, dass eine Soko gebildet wird. Ich entsende euch beide offiziell nach Neubrandenburg. Solange es hier bei uns so ruhig ist, ist das kein Problem. Ihr nehmt die Akte des Johannsen-Falles mit und das ballistische Gutachten vom BKA. Morgen früh meldet ihr euch bei Ralf Claußen.« Wahler wirkte entschlossen. »Bringt diesen Mistkerl endlich zur Strecke!«

†

»Wirst du zusagen?«, fragte Sonja, als sie sich in der Kantine einen Kaffee geholt und einen Tisch am Fenster gefunden hatten. Die Frühlingssonne legte einen sanften Schimmer auf die Gebäude und den grauen Parkplatz.

»Ich muss es noch mit Henni besprechen. Aber reizen würde mich die Aufgabe schon.«

»Was werden deine Kollegen sagen?« Sie sah ihm in die Augen. »Frida? Ihr seid ziemlich eng, nicht wahr?«

Er blickte nachdenklich nach draußen. »Wir haben eine gemeinsame Vergangenheit. Das ist eine lange Geschichte ... Die erzähl ich dir ein anderes Mal. Aber ja, sie wird es nicht gern hören, wenn ich weggehe.« Er sah wieder die Frau an, mit der er im Traum getanzt hatte. »Aber ich glaube, sie und Bootz funktionieren gut zusammen. Irgendwann muss man der Jugend Platz machen.«

»Oder sie aus dem Nest werfen.« Sie sah ihn an. »Mein Sohn ist letzte Woche ausgezogen. Diese räumliche Distanz tut ihm gut.«

»Wie geht es dir?«, fragte er und trank einen Schluck.

»Erstaunlich gut! Philipp ist in eine WG gezogen, mit drei Kommilitonen, mit denen er sich super versteht. Und er sieht nicht jeden Tag den Menschen, der ihn an den Tod seines Vaters erinnert.«

»Du wirst auch darüber hinwegkommen.«

»Ich bin auf einem guten Weg!« Sie lächelte plötzlich. »Wolltest du mich nicht mal anrufen?«

Haverkorn sah sie schuldbewusst an und wusste selbst nicht mehr, warum er nicht zum Hörer gegriffen hatte. »Ich könnte es jetzt auf die Arbeit schieben.« Er schürzte die Lippen. »Aber ehrlich gesagt war ich mir nicht sicher, ob du das in deiner Situation wirklich willst.«

Sie zögerte. »Ich bin über den Tod meines Mannes hinweg, so wie man je über einen solchen Verlust hinweg sein kann«, sagte sie. »Versprechen kann ich nichts, aber ...«

»Würdest du denn mit mir essen gehen?«, fragte er geradeheraus.

Ihr Lächeln war Antwort genug. Er mochte ihre Lachfalten, die ihm zeigten, dass sie Optimistin war und das Leben genoss, wenn es nicht gerade so schwere Schicksalsschläge parat hatte. »Sehr gern sogar!«

Haverkorn merkte, dass er zu schwitzen begann. Aber jetzt das Jackett abzulegen wäre ihm peinlich gewesen. »Es gibt ein schönes Restaurant bei mir um die Ecke.«

Sie lächelte vielsagend. »Klingt gut!«

»Wie wäre es am Wochenende? Unsere Gästecouch kennst du ja schon.« Haverkorns Stimme flatterte. Fädelte er tatsächlich seine erste Verabredung mit einer Frau seit über dreißig Jahren ein?

»Was wird deine Tochter sagen?«

»Da wir beide erwachsen sind und uns nicht ins Leben des anderen einmischen, muss ich sie nicht fragen.«

Sonja lehnte sich zurück. Ihre schön geschwungenen Augenbrauen hoben sich. »Dann musst du das auch nicht tun, wenn es darum geht, einen beruflichen Neustart hinzulegen.«

Nicht allein Henni erwartete ihn am Abend zu Hause, sondern auch ein Gast.

»Torben!« Haverkorn freute sich, ihn hier zu sehen, und klopfte ihm freundschaftlich auf die Schulter. »Isst du mit uns?«

»Henni hat mich schon eingeladen. Gerne!« Er schien schon eine Weile bei seiner Tochter in der Küche zu sitzen, während sie Sushi fürs Abendessen rollte. Der Rechtsmediziner sah erholt aus. Seine Haare waren beinahe schulterlang gewachsen, und er hatte sich einen Dreitagebart stehen lassen.

»Mit dem Rasierer komme ich noch nicht klar!«, deutete er Haverkorns Blick richtig.

»Wie geht's dir und deinen Händen?« Der Hausherr

nahm eine Flasche Wein aus dem Regal und hielt sie hoch. Torben nickte. »Meine Schwester holt mich später ab.«

Henni reichte ihm drei Gläser vom Regal. Sie genoss es, Gastgeberin zu sein.

»Es geht vorwärts. Der Therapeut quält mich mehrmals die Woche. Immerhin kann ich schon wieder mit Messer und Gabel essen.« Er setzte sein Lausbubenlachen auf. »Aber bei Stäbchen bin ich wohl raus.«

»Du bekommst eine Gabel«, sagte Henni und machte sich an die nächste Makirolle.

»Wie geht's Frida?«, fragte Torben. Sein Gesichtsausdruck wirkte angespannt. Sicherlich fiel ihm diese Frage nicht leicht.

Haverkorn stellte ihm ein gefülltes Weinglas hin, setzte sich und stieß die Luft aus. »Ehrlich gesagt nicht gut. Sie leidet, seit du weg bist.« Er sah dem Gast in die Augen. »Sehr!«

Torben nickte, blickte nachdenklich auf die Tischplatte. »Henni hat mir Genaueres von deiner Entführung erzählt. Und wie knapp das alles war. Frida und ihr Kollege haben Nächte durchgemacht, um dich zu finden.« Er blickte auf. »Vielleicht war ich ungerecht ...«

Haverkorn sagte nichts, sah ihn offen an. Er wollte sich nicht einmischen, würde es nur tun, wenn die beiden gar nicht mehr zueinanderfanden, weil es zu viele Missverständnisse zwischen ihnen gab. »Ihr solltet noch mal reden«, sagte er ausweichend.

»Eines muss ich noch wissen«, sagte Torben. »Läuft da was mit Frida und diesem Leonard?«

Haverkorn antwortete nicht sofort, hielt Torbens Blick. »Nein, das glaube ich nicht. Sie arbeiten gut zusammen, haben am Anfang ein wenig gebraucht. Aber das geht nicht über eine berufliche Beziehung hinaus.«

Torben nickte leicht. »Sie ist mir fremd geworden, seit er bei euch im Team ist.«

Haverkorn hob sein Glas, schwenkte den Rotwein, stellte es wieder ab. »Glaubst du wirklich, dass er der Grund für eure Probleme ist?«

Der Rechtsmediziner legte beide Hände auf die Tischplatte, drehte sie, sah sie an. »Vielleicht ist das unser Problem! Ich wollte zu schnell zu viel. Sie hat immer wieder gesagt, ich solle Geduld haben. Aber dieser Zustand war so schwer zu ertragen.«

Henni stellte sich neben Torben und legte eine Hand auf seine Schulter. »Willst du den Rat einer Frau?«

Er sah zu ihr auf. »Immer!«

»Sag ihr einfach, dass du sie noch liebst. Der Rest regelt sich dann ganz von allein.« Sie ging zum Buffet, nahm die Platte mit dem Sushi und stellte sie auf den Tisch. »Und jetzt essen wir. Das ist ein guter Anfang.«

†

Noch bevor der Berufsverkehr einsetzte, fuhren sie am Donnerstagmorgen los, um pünktlich zum Termin mit Ralf Claußen in Neubrandenburg anzukommen. Frida hatte bei Bootz auf der Couch übernachtet, um sich am Morgen den langen Anfahrtsweg zu sparen. Er hatte seine Wohnung in den letzten zwei Monaten recht wohnlich eingerichtet. Stil hatte er, das musste sie zugeben. Auch wenn er dunkle Töne bevorzugte, die der Wohnung einen melancholischen Touch gaben. Bootz hatte Pasta für sie gekocht, und sie war erstaunt gewesen, dass er nicht vom Lieferdienst oder Tiefkühlpizza lebte, sondern tatsächlich gern in seiner Küche stand. Immerhin hatte sie sich beim Käsereiben nützlich machen können.

Den Abend hatten sie damit verbracht, die Akte des Johannsen-Falles zu sortieren und für das morgige Meeting vorzubereiten. Sie würden ohne lange Suche in der Akte auf alle Fragen der Kollegen antworten müssen und brachten sich noch einmal alle wichtigen Spuren und Zeugenaussagen in Erinnerung.

Das Gebäude der Kriminalpolizeiinspektion von Neubrandenburg lag in der Innenstadt neben der Johanniskirche und war ein dreistöckiger Bau aus der Nachkriegszeit, dessen teils abblätternde Fassade an die glanzlosen Häuser aus der ostdeutschen Vorwendezeit erinnerte. Zügig wurden sie in die Räume der Mordkommission geführt. Im Konferenzraum war schon ein Großteil der Stühle besetzt, und die Kollegen versorgten sie mit Kaffee und etwas Schnack über die Polizei in Mecklenburg-Vorpommern. Erste Fragen zu ihrem Altfall wurden bereits gestellt, bevor das Meeting überhaupt begonnen hatte.

Ralf Claußen, der Leiter der Mordkommission, betrat den Raum. Er war ein ergrauter Mann mittleren Alters mit einer modernen Holzrandbrille und den zügigen Bewegungen eines sportlich aktiven Menschen. Er drückte Frida und Bootz die Hand und hieß sie in ihrer Runde willkommen. »Die Kollegen aus Göttingen verspäten sich, wir warten noch ein paar Minuten!« Er klappte seinen Laptop auf, stöpselte ihn an einen Beamer und warf damit einen Lageplan auf die weiße Wand hinter ihm. Frida sah einen See, an dessen Rand offenbar der Fundort der Leiche markiert worden war. Ein paar Zufahrtswege und Wanderwege waren eingezeichnet, eine Badestelle, ein Parkplatz und als schraffierte Fläche wahrscheinlich das Waldgebiet. Außerdem waren Ziffern von eins bis zwölf an verschiedenen Positionen gesetzt worden, die Claußen sicherlich noch erklären würde.

Vielleicht waren das Spuren, die die Kriminaltechniker dort gefunden hatten.

Claußen sah auf seine Uhr und nahm sich einen Kaffee. Dann ging die Tür auf, und zwei Männer betraten den Raum. Der Ältere wirkte etwas behäbig, ein untersetzter Mann mit Halbglatze, der nicht wusste, wo er bei der Ansammlung von Kollegen hinsehen sollte. Der Jüngere nickte herzlich in die Runde. Er trug einen Hipsterbart, aber viel auffälliger war sein Flechtdutt am Hinterkopf, was Frida an einen der Darsteller aus der Serie *Vikings* erinnerte. Sie stellten sich als Jürgen Heller und Mirko Barthels vor und setzten sich auf die zwei freien Plätze neben Frida und Bootz, wo der blonde Wikinger Frida die Hand drückte. »Mirko!«, sagte er leise.

»Frida!«, flüsterte sie.

Bootz, den der Kollege aus Göttingen gar nicht beachtete, ließ diese Begrüßung mit unbeweglichem Gesicht über sich ergehen.

»Dann sind wir ja vollzählig«, sagte Claußen und blickte auf seine Notizen. »Ein herzliches Willkommen an die Kollegen aus Itzehoe und Göttingen. Ihr habt eure Fallakten dabei?«

Frida hielt die Akte hoch, wie auch der blonde Kollege aus Göttingen, der ihr zunickte. Sie lächelte ihn an, weil sie Mirko Barthels sofort mochte, was man von Bootz nicht sagen konnte.

Claußen berichtete noch einmal detailliert, wie die Leiche von Melanie Ebert am Mittwochmorgen im Naturschutzgebiet gefunden worden war. »Der Fundort ist nicht der Tatort«, erklärte er. »Der Körper wurde zum See verbracht. Die Schleifspur wurde durch den Regen zu großen Teilen zerstört, aber wir konnten einen Schuhabdruck sichern. Ein Sportschuh der Größe fünfundvierzig.«

Claußen sah auf.

»Wo ist der Tatort? Wisst ihr das schon?«, fragte Jürgen Heller, der ältere Kollege von Mirko.

»Auf einem Parkplatz nahe einer Badestelle, die jetzt im April natürlich noch nicht genutzt wird. Da haben wir die Hülse der Tatwaffe sowie Gewebespuren der Toten in der Rinde eines Baumstammes gesichert, die der Regen nicht weggespült hatte.« Er zeigte auf ein Kreuz auf dem Lageplan, neben dem mehrere der Ziffern eingetragen waren. »Die Reifenspuren waren vom Regen unbrauchbar. Aber es gab auch Pfotenabdrücke, die mitten im Parkplatz einsetzten und dorthin zurückführten.«

Frida blickte auf. »Der Täter hat einen Hund?«, fragte sie überrascht. Das hätte sie nicht für möglich gehalten, dass jemand, der mindestens fünf Menschen kaltblütig erschossen hatte, ein Tierfreund war.

Claußen nickte. »Wahrscheinlich hat er ihn aus dem Kofferraum springen lassen und Gassi geführt. Wir gehen davon aus, dass er so Melanie Ebert getroffen hat. Vielleicht haben sie kurz geplaudert. Ein Mann, der seinen Hund Gassi führt, wird oft nicht als gefährlich empfunden.«

Scheiße, er hat recht, dachte Frida.

»Wie groß war der Hund?«, fragte der Wikinger neben ihr. Seine Stimme war angenehm tief. Sie betrachtete sein Profil, das mit dem Flechtdutt interessant wirkte. Sie dachte an Torbens zerzauste Haare am Meer, und der Schmerz traf sie unvorbereitet. Sie konzentrierte sich auf Claußens Stimme.

»Moment!« Der Leiter der Mordkommission suchte etwas auf dem Laptop und warf Fotos an die Wand. Man sah den erdigen Untergrund des Parkplatzes und einige der mit Wasser gefüllten Abdrücke eines Hundes. »Der Größe nach könnte es ein Golden Retriever, Labrador oder Labradoodle sein. Einer der gängigen mittelgroßen Familienhunde. Der Regen hat uns leider auch von ihm nur diese verwässerten Abdrücke übrig gelassen.«

»Und es ist sicher, dass es das Täterfahrzeug war?«, fragte Bootz.

»Wir haben keine Zeugen von der Tat. Aber es waren die einzigen Fahrzeugprofile auf dem Parkplatz. Die Büchse hat er wohl kaum zu Fuß mit in den Wald transportiert.«

Bootz nickte einsichtig.

»Da wir es offensichtlich mit einem Täter zu tun haben, der seit Jahren in verschiedenen Regionen des Landes mordet, muss er beweglich sein.« Claußen warf eine Liste mit Daten und Namen an die Wand.

Meret Johannsen und Söhne – 7. Februar 2005 – Samstag
Ina Bäumle – 24. Mai 2007 – Donnerstag
Melanie Ebert – 12. April 2022 – Dienstag

»Er mordet werktags, weshalb wir davon ausgehen, dass er in einer mobilen beruflichen Situation ist.« Claußen stützte seine Hände auf die Tischplatte. »Möglicherweise arbeitet er in einer Spedition, als Vertreter oder als Monteur auf Reisen.« Er sah in die Runde. »Und ganz wichtig: Der Täter hat offenbar einen bevorzugten Typ. Die Opfer waren alle attraktive Frauen mit langen brünetten Haaren.«

»So wie Meret Johannsen«, warf Frida ein.

Claußen stimmte ihr zu. »Habt ihr Fragen oder Anmerkungen?«

»Er mordet in der Nähe von Parkplätzen, hat im Auto immer das Jagdgewehr bei sich. Gehen wir somit von spontanen Taten aus? Dass er die Frauen zufällig auswählt?«, fragte eine der Neubrandenburger Kolleginnen.

»Es macht den Eindruck, ja«, antwortete Claußen.

»Er hat also einen mittelgroßen Hund dabei. Ina Bäumle und Melanie Ebert hat er in einem Wald nahe einem Parkplatz erschossen. Aber wie passt da der Fall Johannsen ins Bild?« Sie sah rüber zu Frida und Bootz. »Dort hat er die drei Opfer in der Küche des Wohnhauses getötet.«

Schweigen am Tisch. Frida spürte einen Anflug von Hitze im Gesicht. »Er war nicht zufällig im Haus!«, sagte sie und fragte sich, warum sie das nicht früher erkannt hatten, was so offensichtlich war. »Das Jagdgewehr hat er nach der Tat von diesem Hof mitgehen lassen. Da hat es angefangen! Meret Johannsen und ihre Söhne waren seine ersten Opfer.«

»Er muss bei ihnen im Haus gewesen sein …« Mirko Barthels' dunkle Stimme löste eine Gänsehaut bei ihr aus. »… weil sie sich kannten!«

Kapitel 32

Die Pause war dringend notwendig, denn die Konzentration hatte in der letzten halben Stunde nachgelassen. Sie waren dabei, eine Art Schablone zu erstellen, die die Übereinstimmungen der drei Fälle aufzeigte, die es vor allem bei den Morden in Göttingen und Neubrandenburg gab. Daneben eine Liste mit den Abweichungen, sehr oft tauchten dort die Variablen des Johannsen-Falles auf. Immer klarer wurde, dass diese Bluttat der Ausgangspunkt der folgenden Morde gewesen sein musste. Oder zumindest eine wichtige Wegmarke für den Täter, denn die Waffe hatte er seitdem behalten. Natürlich konnte nicht ausgeschlossen werden, dass er auch andere Waffen benutzt hatte und es Fälle gab, die sie gar nicht auf dem Schirm hatten.

Bootz sprach mit Claußen und zeigte ihm etwas in der mitgebrachten Akte.

Frida stellte sich lieber neben Mirko ans Buffet. »Coole Frisur«, sagte sie und nahm ein Salamibrötchen.

Er lachte und hob die Augenbrauen. »Mein Friseur probiert immer gern mal was Neues aus.«

»Gibst du mir seine Nummer?«

»Du könntest meine bekommen.«

Sie mochte seine direkte Art. Dieser kleine Flirt tat ihr gut, auch wenn er zu nichts führen würde. Wenigstens lenkte er sie von ihrem Liebeskummer ab. »Ich glaube, es geht weiter«, sagte sie stattdessen.

Mirko folgte ihr zum Platz, wirkte aber nicht beleidigt, als er sich neben ihr niederließ.

»Leonard hat mich auf einen wichtigen Punkt hingewiesen!«, eröffnete Claußen die nächste Runde. »Allen Frauen wurde vom Täter ins Gesicht geschossen. Den beiden Söhnen von Meret Johannsen jedoch in den Hinterkopf.« Er zeigte die Fotos der Opfer, was nach dem Frühstück schwer zu ertragen war. »Warum?«

Kurzes Schweigen, betroffene Blicke auf die Diawand.

»Es ging ihm um die Frauen!«, mutmaßte ein Neubrandenburger Kollege. »Die Kinder waren nur Zeugen, die er beseitigen musste.«

»Er hat die Blicke der Frauen ausgelöscht«, führte eine seiner Kolleginnen weiter aus. »Vielleicht hat er sich von ihnen abgewiesen gefühlt.«

Claußen nickte leicht. »Möglich, dass er mit dem Hund beim Gassigehen Kontakte knüpfen konnte. Aber die Frauen wollten vielleicht nur nett sein, nicht mehr. Dann hat er das Gewehr aus dem Wagen geholt, ist ihnen nachgegangen und hat ihnen ins Gesicht geschossen.«

Claußen richtete sich auf. »Wir werden eine Kollegin der Operativen Fallanalyse hinzuziehen, die uns ein Täterprofil erstellt. Frida und Leonard, ihr fahrt nach dem Meeting wieder zurück nach Itzehoe. Ich habe das mit eurem Vorgesetzten abgesprochen. Ihr werdet nochmals im Umfeld der Familie Johannsen ermitteln.« Er schaltete den Beamer aus. »Wenn Meret Johannsen den Täter kannte, müsst ihr ihn in ihrem Umfeld finden!«

†

»Andreas Vollmer hat sich schon bei mir gemeldet!« Wahlers Anzug saß wieder tadellos, die italienischen Lederschuhe glänzten. Sein betrübter Gesichtsausdruck, mit dem er Haverkorns Bitte um Versetzung zum LKA Kiel aufgenommen hatte, passte nicht zu seinem Outfit. »Ich weiß, dass du in einem Jahr eh in Pension gehst, aber dieses Jahr hätte ich dich hier noch gebraucht. Du bist nicht nur einer meiner fähigsten Ermittler, du hältst auch das Team zusammen.«

Haverkorn lächelte still. Lob hatte es von Wahler in dem letzten Dreivierteljahr, in dem er mit ihm zusammengearbeitet hatte, recht selten gegeben.

»Das Team funktioniert bestens! Und mit Leonard ist nun ein weiterer guter Ermittler dabei.«

Wahler nickte zerknirscht, schob den vor ihm liegenden Antrag mit den darunterliegenden Dokumenten auf Kante. »Es ist auch die menschliche Komponente.« Er sah auf. »Du wirst eine große Lücke hinterlassen.«

Haverkorn hob die Hände. »Danke für die Blumen, aber irgendwann endet ein Status quo. Und hier fehlen eindeutig ein paar jüngere Kollegen im Team.«

Wahler lehnte sich zurück. »Ich leite deinen Antrag natürlich weiter. Andreas hat schon alles vorbereitet. Es wird eine reine Formalität sein, dich nach Kiel zu beordern. Aber in den nächsten Tagen zähle ich noch auf dich.« Er atmete durch, suchte Blickkontakt. »Der Staatsanwalt hat mich angerufen, bevor du kamst. Cord Johannsen ist heute Morgen gestorben.«

Haverkorn schluckte. Dieser verdammte Krebs war also doch schneller gewesen!

»Die Wiederaufnahme des Verfahrens ist damit vom Tisch, weil der Antragsteller verstorben ist. Aber ob der

Brief von Rieke Evers ausgereicht hätte, um die Falschaussagen der Zeugen glaubhaft zu machen, bezweifle ich. Neue Beweise gab es ebenfalls keine. Staatsanwalt Dr. Bremer hatte mir da wenig Hoffnung gemacht.«

Für Haverkorn fühlte es sich wie ein neuer Rückschlag an. Er selbst hatte Cord Johannsen seit Jahren nicht mehr gesehen. Mittlerweile bereute er es, ihm nicht noch mal einen Besuch abgestattet zu haben. »Es wäre wichtig für ihn gewesen. Vielleicht hätte sein Sohn Thies dann doch noch vor seinem Tod mit ihm gesprochen.«

»Hoffentlich bereut sein Sohn es nicht irgendwann.« Wahler sah auf sein Smartphone, weil es vibrierte, legte es wieder auf den Tisch. »Das kann warten.«

»Dann rehabilitieren wir ihn eben postum!« Haverkorns Ehrgeiz war neu entflammt. Der Tod von Cord Johannsen änderte nichts daran, dass der wahre Täter noch da draußen war. Auch wenn das Wiederaufnahmeverfahren gestoppt wurde, war es für die Familie des Verurteilten, allen voran Thies Johannsen, noch nicht vorbei. »Wann sind Frida und Leonard zurück?«

Der Leiter der Mordkommission sah auf sein Smartphone, um die Zeit zu checken. »Sie müssten bald kommen!«

Haverkorn erhob sich. »Wir sind durch? Dann bereite ich schon mal den Konferenzraum vor. Das wird eine lange Nacht!« Er ging zur Tür, drehte sich noch einmal um. »Ich gehe nicht nach Kiel, bevor wir ihn haben!«

†

Auf dem Rückweg von Neubrandenburg fuhren Frida und Bootz auf dem Paulsenhof vorbei, damit sie sich duschen und umziehen konnte, während er den Rest des Rinderbratens verdrückte. Marta nahm sie kurz zur Seite. »Torben war gestern Abend noch hier.«

Frida brauchte einen Moment, bis sie etwas sagen konnte. »Was wollte er?«

»Mit dir reden! Er hat nichts gesagt, was euch betrifft.«

»Hat er nichts angedeutet?« Frida zog das Smartphone aus der Hosentasche. Ihre Mutter legte die Hand darauf. »Ihr müsst persönlich reden. Am Telefon wird das nichts!«

»Ich kann jetzt nicht zu ihm fahren, muss wieder ins Büro!« Es zerriss sie innerlich, weil schon wieder der Job Vorrang hatte.

»Er versteht das! Ich soll dir sagen, dass du ihn besuchen sollst, wenn es bei dir ruhiger wird.« Sie legte die Hände auf ihre Wangen. »Kind, er liebt dich! Und du liebst ihn. Ihr schafft euren Streit einfach aus der Welt! Weißt du, wie oft dein Vater und ich gestritten haben? Wenn wir uns danach immer getrennt hätten, gäbe es dich nicht!«

Frida nahm sie in den Arm. Vielleicht hatten sie wirklich noch eine Chance – wenn sie es nicht wieder versaute.

Zwei Stunden später betraten sie den Konferenzraum der Mordkommission. Ein paar ihrer Kollegen saßen am Tisch, andere standen neben geöffneten Pizzaschachteln und diskutierten kauend einen Aspekt des Falles. Nur Haverkorn und Wahler fehlten.

»Ich schaue mal, wo Bjarne ist.« Frida lief über den stillen Gang. Kurz bevor sie ihr Büro erreichte, hörte sie Wahler darin reden. Aus einer Ahnung heraus stoppte sie vor der Tür. »... persönlich vorbeigebracht und mich für dich eingesetzt. Hanno Tehfs hat ihn schon abgesegnet. Deine Versetzung nach Kiel sollte nun zügig vonstattengehen.«

»Ich danke dir!« Haverkorns Stuhl knackte. »Wollen wir rüber?«

Frida trat ein. »Was für eine Versetzung?«

Haverkorn stand schuldbewusst hinter seinem Schreibtisch.

»Ich lasse euch mal allein!« Wahler nickte ihr zu und ging hinaus.

»Was ist hier los?«, fragte sie. »Du willst weggehen?«

»Andreas Vollmer hat mich angesprochen. Er möchte, dass ich die neue Cold Case Unit beim LKA aufbaue.«

Frida war verletzt, dass sie es erfuhr, weil sie an der Tür gelauscht hatte.

»Und das ist Grund genug, um uns jetzt zu verlassen?«

»Frida, in einem Jahr werde ich doch sowieso pensioniert. Es war klar, dass dieser Tag kommt, und …«

»Ja, aber nicht so schnell!«, fiel sie ihm ins Wort.

Er setzte sich wieder auf seinen Stuhl. »Ich war über dreißig Jahre hier in der Mordkommission tätig. Und ich freue mich, zum Schluss noch einmal eine so gewichtige Aufgabe übertragen zu bekommen.«

Frida wollte ihm in ihrer Enttäuschung wütende Worte an den Kopf werfen, aber sie bremste sich selbst aus. Sie hatte nicht das Recht, ihm Vorhaltungen zu machen. »Na dann, Glückwunsch!« Ein halbes Lächeln. »Andreas hat den richtigen Mann dafür ausgesucht.«

»Du hast mit Leonard einen guten Partner an deiner Seite!«

Sie ging zu ihm. »Es ist einfach schwer, Menschen, die einem wichtig sind, zu verlieren.«

Haverkorn warf ihr einen seltsamen Blick zu. »Torben war gestern Abend bei mir.«

Frida war überrascht, wusste nichts zu erwidern.

»Er hat dich zu Hause nicht angetroffen, da hat er mit uns zu Abend gegessen.«

»Und? Wie geht's ihm?«

»Er sah erholt aus, macht Fortschritte. Er konnte sogar mit Besteck essen. Die Therapie schlägt gut an.« Haverkorn stand auf. »Alles andere muss er dir selbst sagen. Aber jetzt sollten wir mal rübergehen. Sonst fangen die noch ohne uns an!«

Sie gingen zur Tür, als Haverkorn sie zurückhielt. »Es gibt noch etwas, was du wissen solltest! Cord Johannsen ist heute Morgen verstorben.«

»Oh nein!« Frida sah das Gesicht des Krebskranken vor sich. Sein Wunsch, seinen Sohn noch einmal zu sehen, war nicht in Erfüllung gegangen. Aber endlich hatte sein Leiden ein Ende.

»Wirst du es Thies sagen?«, fragte ihr Kollege.

Ihr graute bei dem Gedanken, doch dann nickte sie. »Ja, ich fahre morgen zu ihm.«

Die kühle Nachtluft strömte in den Konferenzraum, als sie endlich Schluss machten. Das Team war müde und wollte nach Hause. In den letzten Stunden hatten sie ein Whiteboard mit Namen und Fakten zum Johannsen-Fall gefüllt sowie Details der Morde in Göttingen und Neubrandenburg durchgesprochen. Sie waren zu ähnlichen Rückschlüssen gekommen wie die Ermittler dort. Wahler hatte zuletzt eine Konferenzschaltung mit Ralf Claußen hergestellt, der ebenfalls noch im Büro saß. Er hatte mittlerweile den Obduktionsbericht von Melanie Ebert erhalten und berichtete, dass die Tote Hämatome an einem Unterarm gehabt hatte, die darauf hindeuteten, dass sie zu Lebzeiten jemand hart angefasst hatte.

»Vielleicht hat er sie herumgerissen, damit sie ihm in die Augen schaut!«, sagte Ricarda.

»Oder er hat sie weiter in den Wald gezogen, um dort unbeobachtet zu sein«, meinte Anja.

Claußen hatte seinen Joker bis zuletzt aufgehoben. Seine Telefonstimme klang übermüdet. »Kollegen, wir haben auch eine DNA-Spur vom Täter! Die Tote hatte Haut und Blut unter den Fingernägeln der rechten Hand. Die Frau muss ihn gekratzt haben.«

Ein Raunen ging durch das Team. Sollten sie den Täter aufspüren, konnte das der entscheidende Beweis sein. Nicht einmal ein Geständnis war so sicher wie eine DNA-Spur, die an der Leiche gesichert werden konnte.

»Seine Blutgruppe ist null negativ. DNA dauert noch!«

Sie legten auf. Wahler veranlasste, die Fenster zu öffnen. »Wir müssen wissen, wer damals auf dem Johannsenhof ein- und ausgegangen ist.«

»Und wer einen Hund dabeihatte!«, sagte Frida.

»Gut! Für heute machen wir Schluss«, bestimmte ihr Vorgesetzter. »Du fährst morgen mit Leonard zu Thies Johannsen. Ihr überbringt ihm die Todesnachricht. Und versucht bitte, eine Liste mit Namen zu bekommen! Vielleicht kann da auch Lennard Johannsen weiterhelfen.«

»Was ist mit diesem Zeugen?«, fragte Anja. »Der, der damals die Schüsse gehört hat?« Sie blätterte in einer Aktenkopie. »Wie hieß der noch gleich …«

»Dierksen«, sagte Frida. »Den Vornamen hab ich vergessen.« Sie sah fragend Anja an.

»Jemand, der sich zur Tatzeit in der Nähe des Hofes aufgehalten hat und einen Hund dabeihatte.«

»Schau mal in seine Personenangaben!«, sagte Haverkorn.

»Kjell Dierksen, geboren am fünften Juni 1968. Damals war er ledig.«

»Als was hat er gearbeitet?«

Anja ging seine Angaben durch. »Als Lagerist. Bei Velta in Uetersen, einer Futtermittelfirma.«

»Kein Job, bei dem er reisen musste.«

»Und er hat auch einen Schwerbehindertenausweis vorgelegt.«

»Er hat eine Behinderung?«, fragte Frida. Davon hatte sie nichts bemerkt, als er in der BKI gewesen war. Sie konnte sich nicht mal mehr an sein Gesicht erinnern.

»Ja, er hat eine Autoimmunkrankheit. Genaueres wissen wir nicht. Aber ich sehe gerade, einen Führerschein hatte er auch nicht.«

»Okay, mit ihm sprechen wir morgen trotzdem noch mal!«, sagte Anja. »Vielleicht hat er ja mitbekommen, wer den Johannsenhof mit seinem Hund besucht hat. Als Hundefreund hat er da sicher eine andere Wahrnehmung.«

Kapitel 33

Freitag, 15. April 2022

Der Regen setzte am frühen Morgen ein und weckte Frida, die dem Prasseln lauschte und nicht mehr einschlafen konnte. Ihre Gedanken hingen bei Torben fest, und sie wünschte sich nichts so sehr, als dass er jetzt hier bei ihr liegen würde. Sie freute sich, dass er auf dem Hof gewesen war, um sie zu sehen. Auf der anderen Seite beunruhigte sie das bevorstehende Gespräch. Würde er auch um ihre Beziehung kämpfen wollen, oder hatte er längst losgelassen? Wollte er ihr nur persönlich sagen, dass die Trennung endgültig war?

Wenn sie diese Krise überstanden, dann würde sie vorschlagen, einen Schritt weiterzugehen. Es war kein Zustand, hier mit ihm in diesem kleinen Zimmer im Haus ihrer Eltern zu leben. Aber in seine Wohnung in Hamburg einzuziehen war für sie auch keine Option.

Wo konnten sie einen Neuanfang starten?

Noch bevor ihr Wecker klingelte, ging sie hinunter in die Küche und bereitete das Frühstück vor. Ihre Mutter musste ihr Bein noch schonen, sie sollte ohnehin nicht immer die Erste am Morgen sein. Natürlich stand Marta dennoch jeden Tag am Herd – sie ließ es sich nicht nehmen, Familie und Freunde zu versorgen. Es war ein hartes Leben für sie gewesen auf dem Hof. Viele Sorgen und schlimme Jahre hatten sie und Fridtjof gemeinsam überstanden. Stimmte es, dass man sich früher nicht so schnell getrennt hatte? War es ein Kreuz der modernen Gesellschaft, die heute ein großes Problem mit vielen Alleinstehenden hatte, weil niemand mehr den anderen wirklich brauchte? Weil nicht selten eine Familie als zu viel Verantwortung oder sogar Belastung empfunden wurde? Frida stockte. Wollte sie denn einen Ehemann und Kinder?

Sie blickte durch die Scheiben zwischen den Fensterkreuzen in die Morgendämmerung. Der Regen hatte etwas nachgelassen, die Knospen der Kastanie waren kurz davor aufzubrechen. Sie liebte ihr Zuhause hier und hatte plötzlich ein Bild vor Augen, wie ihre Kinder durch die Tür hereinliefen, sich an sie pressten und neugierig in die Töpfe schauten. Sie sah einen etwa zehnjährigen Blondschopf vor sich, der Torbens Enthusiasmus und sein Lausbubenlachen hatte, daneben seine jüngere Schwester mit braunem Pferdeschwanz. Etwas in sich gekehrter, wie sie es selbst als Kind gewesen war. Würde es irgendwann so sein?

Frida holte das Brot aus dem Brotkasten und schnitt es auf. Wenn sie beide darum kämpften, würde es nicht nur eine Illusion bleiben. Sie wusste, dass Torben sich Kinder wünschte. Sie hatte bisher diesen Wunsch nicht verspürt, weil der Zeitpunkt nicht richtig gewesen war. Sie war noch relativ neu in der Mordkommission, wollte sich dort erst beweisen. Aber die fünfunddreißig rückte näher. Wie lange wollte sie mit dieser Entscheidung noch warten? Den richtigen Zeitpunkt würde es wahrscheinlich nie geben. Gerade jetzt, da Bjarne bald nach Kiel ging. Wenn sie ebenfalls ausfiel, wäre das schwer aufzufangen. Aber wenn sie ihr Privatleben immer für den Job und das Team hintanstellte, würde sie wohl allein bleiben müssen.

Ihre Mutter hinkte am Stock herein und kam auf sie zu. »Guten Morgen, mein Kind!«

»Morgen, Mama!« Frida nahm sie lange in den Arm. Bessere Großeltern konnten ihre Kinder gar nicht bekommen. Wenn Torben ihr noch eine Chance gab, würde sie mit ihm über ihre Zukunft sprechen. Und über den Wunsch, mit ihm ein Kind zu bekommen.

Thies Johannsen war bei den Pferden, als sie und Bootz am Morgen das Gestüt erreichten. Sein Onkel war unterwegs, nur der Juniorchef war im Haus. Eine Angestellte brachte sie zu den Ställen, als Frida ihr den Dienstausweis gezeigt hatte.

Der Regen war in einen feuchten Nebel übergegangen, der die Weiden und den Paddock einhüllte. Friedlich grasten ein paar Pferde auf der Koppel. Auf dem Zaun hockte ein Gartenrotschwanz und lockte das Weibchen mit seinem Gesang. Hier war die Familienplanung in vollem Gange.

»Ich sage es ihm, und du übernimmst alles Weitere?«, fragte sie Bootz, als sie Thies entdeckten, der neben einem Pferd stand, an dessen rechtem Hinterhuf ein Mann herumkratzte. Vor dem Stall parkte ein Transporter mit der Werbung einer Tierklinik für Pferde.

Thies Johannsen sah sie kommen und verharrte mit ausdruckslosem Gesichtsausdruck. »Ich hatte gehofft, Sie sehe ich hier nie wieder!«, sagte er statt einer Begrüßung. »Machst du hier kurz allein weiter?«, fragte er den Tierarzt. »Bin gleich wieder da!« Er ging weg vom Stall, führte sie aber nicht in das Blockhaus, sondern blieb am Koppelzaun stehen, stützte die Ellenbogen auf und sah an ihnen vorbei auf die Pferde, die dort grasten. »Noch mehr Fragen?« Er blickte Frida an. »Hört das denn nie auf?«

Ihr Hals war trocken, und die Worte, die sie sich auf der Fahrt zurechtgelegt hatte, waren nicht mehr abrufbar.

»Es tut mir sehr leid, Herr Johannsen. Ihr Vater ...« Sie erkannte an seiner Mimik, dass er schon ahnte, was sie sagen würde. »Er ist gestern im Justizvollzugskrankenhaus in Hamburg verstorben. Wir möchten Ihnen unser Beileid aussprechen!«

Er blinzelte, dann wandte er sich wieder den Pferden zu. »Und? Wen interessiert das hier? Ich hatte seit Jahren keinen Kontakt mehr zu diesem Mann. Was schert mich sein Tod?«

Bootz übernahm. »Es gibt neue Erkenntnisse. Ihr Vater hat mit hoher Wahrscheinlichkeit Ihre Mutter und Ihre Brüder nicht erschossen.«

Thies erwiderte nichts, starrte auf die Pferde. Plötzlich zuckte sein Körper. Ein Schluchzer war zu hören. Frida sah Bootz an, legte vorsichtig ihre Hand auf die Schulter von Cord Johannsens Sohn. Als er sie nicht wegstieß, trat sie näher und hielt ihn mit beiden Händen. Sein ganzer Oberkörper bebte. Er hatte den Kopf gesenkt, sie hörte ihn leise schluchzen. Nun hatte er seinen Vater ein zweites Mal verloren. Aber konnte das schlimmer sein als der Schmerz, dass er ihn immer als Mörder seiner Familie gesehen hatte, obwohl er unschuldig war? Nie mehr zu ihm gefahren war, um anzuhören, was er ihm vor seinem Tod zu sagen versuchte?

»Tut mir leid!« Thies bewegte sich, und Frida ließ ihn los. Er wischte sich die Tränen aus dem Gesicht.

Als er sich etwas beruhigt hatte, redete Bootz weiter. »Das Jagdgewehr Ihres Vaters hat der Täter nach der Tat vom Hof mitgenommen. Deshalb ist die Waffe nie gefunden worden. Aber sie ist jetzt erneut aufgetaucht, bei einem weiteren Mordfall.« So viel konnte er sagen, ohne Interna auszuplaudern.

»Er hat es wieder getan?«, fragte Thies.

»Ja, und er wird weitermorden. Wenn wir ihn nicht endlich stoppen. Wir müssen Ihnen noch ein paar Fragen stellen. Ihnen und Ihrem Onkel. Wann kommt er zurück?«

»Er holt einen Zuchthengst in Bremen ab, müsste bald hier sein.«

»Gut, dann warten wir, wenn das in Ordnung ist?«, fragte Frida.

»Kommen Sie, gehen wir rein!« Der Juniorchef des Gestüts führte sie in die kleine Blockhütte und versorgte sie mit Getränken. Als er sich zu ihnen setzte, schien er etwas auf dem Herzen zu haben. »Hat er gelitten?«

Frida zögerte, aber sie durfte die Wahrheit nicht unterschlagen. »Er hatte Nierenkrebs. Das war ein langsamer Tod. Die Chemo hat leider nicht mehr geholfen. Aber er hat Schmerzmittel bekommen.«

»Haben Sie ihn noch einmal gesprochen?« Plötzlich sah sie den Achtjährigen in seinem erwachsenen Gesicht, den alten Schmerz der letzten fünfzehn Jahre.

»Vor gut zwei Monaten.« Sie überlegte sich ihre nächsten Worte genau. »Da hat er wieder nach Ihnen gefragt, weil er Ihnen vor seinem Tod noch etwas sagen wollte.«

»Und was?« Thies' Stimme kippte weg.

»Das wissen wir leider nicht.«

Mit ausdruckslosem Gesicht stand er auf und lief hinaus. Sie würden hier sitzenbleiben und warten, bis er zurückkam.

†

Kjell Dierksen wohnte am Rande eines Dorfes auf der Geest. Das Haus war ein gelber Klinkerbau, wie er oft in den Siebzigerjahren gebaut worden war. Im Hof stand ein

Skoda Fabia, was Haverkorn verwundert zur Kenntnis nahm. Aber wahrscheinlich lebte der Schwerbehinderte hier nicht allein in diesem großen Haus, das sich und den kargen Hof hinter einer dichten Buchsbaumhecke versteckte. Es gab zwei Klingelschilder mit zwei Namen:

K. Dierksen
E. Dierksen

Das erklärte wahrscheinlich das Auto vor der Tür. Wer wohnte noch hier, ein Elternteil?

Anja war neben einer Garage stehen geblieben, deren Tür geschlossen war. Es war nicht die Spur von Grün vor der Haustür, nicht einmal ein paar Frühblüher in einem Beet. Nur Beton, Hausmauern, Metalltore. Vielleicht gab es einen Garten hinter dem Haus?

Haverkorn klingelte, aber es blieb ruhig. Dann hatte sich Dierksen keinen neuen Hund mehr angeschafft, als der alte gestorben war. Oder er war gerade mit ihm spazieren. Anja hatte am Morgen in der Verwaltung vom Velta Futtermittelvertrieb angerufen. Dierksen sei seit gestern krankgemeldet, hieß es dort. Sie sollten es bei ihm zu Hause versuchen. Da standen sie nun, und niemand öffnete.

Anja drückte die zweite Klingel. Keine Regung im Haus. Sie trat zurück und sah sich um, ging dann zu einer kleinen Metalltür, die sich öffnen ließ. Haverkorn stellte sich hinter sie. Ein paar braune Hühner drängten sich in eine Ecke des Hühnerhofs. Nur festgetretene Erde und Kot. Auch hier war nichts Grünes zu sehen. In eine Betonwand war eine Klappluke eingelassen, die sicherlich in den Stall führte.

»Was machen Sie da?«, fragte eine Stimme hinter ihnen. In der Haustür stand eine Frau, die um die sechzig sein musste. Ungewaschene Haare, eine ausgeleierte Strickjacke verbarg ihren unförmigen Körper.

»Guten Tag!«, grüßte Haverkorn, der zum Eingang des Wohnhauses zurückging. »Wir suchen Kjell Dierksen. Ist er zu Hause?«

Die Frau wich zurück. »Kommen Sie von seiner Arbeit?«

Anja hatte zuerst den Dienstausweis in der Hand. »Schlüte und Haverkorn, Kripo Itzehoe. Es ist wichtig.«

»Polizei? Hat er was angestellt?«

Anja lächelte und reichte ihr die Hand. »Nein, wir haben nur noch ein paar Fragen zu einem Sachverhalt, in dem Ihr … Mann schon einmal ausgesagt hat.«

»Kjell ist mein Bruder!« Die Frau überlegte, dann gab sie die Tür frei. »Er macht kurz eine Besorgung, wird gleich wieder hier sein. Kommen Sie doch rein!«

Haverkorn folgte Anja in das Haus, in dem es nach angebrannter Milch roch. Eine Katze strich plötzlich um seine Beine. Ihr Fell wirkte stumpf, die Augen verklebt.

»Ich bin Erika Dierksen«, erklärte die Frau und wies ihnen Plätze am Küchentisch zu. Die geblümte Wachstuchtischdecke war das einzig Bunte im Raum, der von dunklen Küchenmöbeln aus den Neunzigern erdrückt wurde. »Kjell wohnt oben.« Sie brachte Tassen zum Tisch und eine Thermoskanne mit angetrockneten Kaffeeflecken. Haverkorn sah an Anjas Gesichtsausdruck, dass sie nichts trinken würde. Er bedankte sich und goss sich Kaffee ein, schwarz wie die Nacht. Zum Glück stand Zucker auf dem Tisch. Er nahm vier Würfel, rührte, nahm einen Schluck. Hoffentlich lohnte es, sich mit diesem teerigen Gesöff einem Herzinfarkt auszusetzen.

»Wir haben gehört, Ihr Bruder ist krank?«, fischte Anja nach einer Information.

»Ja, er hatte wieder einen schweren Rheumaschub.« Sie schüttelte mitleidig den Kopf. »Es wird von Jahr zu Jahr schlimmer. Und dieses nasskalte Wetter macht ihm immer zu schaffen, wissen Sie? Dabei mag er seine Arbeit gern!«

»Er ist Lagerist, oder?«, fragte Anja.

»Nein, schon lange nicht mehr. Er hat eine Fortbildung gemacht, arbeitet seit ein paar Jahren im Außendienst für die Firma.«

Ein kurzer Blick zu Anja. »Wie geht das denn ohne Führerschein?«

Erika Dierksen lächelte nachsichtig. »Den hat Kjell noch mit Mitte vierzig gemacht, wissen Sie? Er war schon immer ein Spätzünder!«

»Dann ist das sein Skoda da draußen?«, fragte Anja freundlich.

»Sein Dienstwagen. Den brauchte er, wenn er so viel unterwegs ist. Ich bin ja zu Hause, kann die Tiere versorgen.«

»Hat er einen Hund?«, fragte Haverkorn und nippte nochmals an der Kaffeetasse. Mit jedem Schluck schien er bitterer zu schmecken.

»Ja, die Daisy. Im Sommer hat er sie drüben in Stade abgeholt.«

»Und Daisy ist wieder ein Jack Russel?« Anja tastete sich heran.

»Nein, er wollte mal was Größeres. Daisy ist ein Mischling aus Schäferhund und Setter. Er hat sie ins Dorf mitgenommen.«

»Und Kjell ist auch immer mal über Nacht weg, Frau Dierksen?«, fragte Haverkorn.

Ein misstrauischer Blick. Sie stand plötzlich vom Tisch auf, blickte aus dem Fenster. »Warum fragen Sie das alles?«

»Haben Sie keine Angst so allein hier im Haus?«, sprang

Anja ein. »Man hört ja immer wieder von den Einbrüchen in den Marschdörfern.«

Die Hausbewohnerin lachte. »Das sollen die mal versuchen!«

Haverkorn hörte die Haustür, dann stürmte ein mittelgroßer Mischlingshund in die Küche, schnupperte aufdringlich an seinem Hosenbein, bis Erika Dierksen ihn wegzog.

»Was ist denn hier los?« Kjell Dierksen stand in der Tür und sah sie überrascht an, ein graues Männlein in einem grauen Anorak. Er zog die Wollmütze vom Kopf.

»Schlüte und Haverkorn, Kripo Itzehoe. Wir müssen noch einmal mit Ihnen über den Fall Johannsen sprechen«, sagte Anja und stand auf.

Dierksen erstarrte. »Bin gleich wieder da.« Er drehte sich um und lief nach draußen.

Kapitel 34

Es vergingen einige Minuten, dann kam Thies Johannsen wieder herein. Seine Augen waren gerötet, aber er schien sich beruhigt zu haben. »Entschuldigen Sie bitte!«

»Kein Problem!« Frida wartete, bis er sich gesetzt hatte.

»Ihr Vater hatte einen Antrag auf Wiederaufnahme des Verfahrens gestellt.«

Thies sah sie an, blinzelte. »Dann ist es jetzt zu spät.«

»Sie könnten den Antrag erneut stellen«, sagte Frida ruhig. »Auch Verwandte können nach dem Tod des Verurteilten die Wiederaufnahme des Verfahrens beantragen.«

Er schluckte, dachte nach. »Hätte das denn wirklich Sinn?«

»Das kann Ihnen nur ein Anwalt sagen, aber wenn Sie diesen Weg gehen wollen, dann wäre jetzt der richtige Zeitpunkt.«

»Vielleicht sollte ich mich zuerst um seine Beerdigung kümmern.«

Sie hörten ein Fahrzeug auf dem Hofplatz rangieren.

»Das wird Lennard sein.« Er stand auf und ging zur Tür, rief seinen Onkel, als dieser ausgestiegen war.

»Das ist wirklich ein Prachtkerl«, hörten sie Lennard Johannsens Stimme. Thies redete leise mit ihm, sie konnten nicht verstehen, was gesprochen wurde. Dann kamen beide in die Blockhütte.

Der Ältere der Johannsens trat unwirsch an den Tisch.

»Wie können Sie es wagen, meinem Neffen so eine Lüge aufzutischen?« Er stützte die Hände auf. »Cord war schuldig!«

»Nein, es gibt eine neue Spurenlage. Der Mörder ist noch auf freiem Fuß, Herr Johannsen«, sagte Frida. »Mein Beileid zum Tod Ihres Bruders!«, schob sie hinterher.

Der Hausherr zog sich einen Stuhl vom Tisch und ließ sich darauf nieder. »Cord ist gestorben?«

»Ja, tut mir leid!«, antwortete Frida.

Thies setzte sich neben seinen Onkel. »Ich möchte ihn noch mal sehen!«

Frida hatte schon damit gerechnet. »Wir werden das mit der Rechtsmedizin klären. Dort gibt es einen Verabschiedungsraum für Angehörige.«

»Rechtsmedizin?«, fragte Lennard.

»Das ist Vorschrift«, antwortete Bootz, der bisher Frida das Feld überlassen hatte. »Dürfen wir Ihnen beiden noch ein paar Fragen stellen?«

Lennard Johannsen hob eine Hand. »Bitte!«

»Wir müssen wissen, wer damals auf dem Hof Ihres Bruders ein- und ausgegangen ist. Wir suchen einen Mann, der einen Hund bei sich hatte.«

»Einen Hund?«, fragte Thies. »Hektor hat eigentlich keinen anderen Hund akzeptiert. Also, unser Hofhund!« Er sah seinen Onkel an. »Oder?«

»Ja, dein Vater hat ihn extra scharf gehalten. Einen anderen Hund hätte er weggebissen.«

Mit dem Hundethema kamen sie nicht weiter. »Mit wem hatte Ihre Schwägerin Kontakt, wenn Ihr Bruder unterwegs war?«, fragte Frida.

»Sie meinen, außer Ihrer Affäre?«, blaffte der Ältere.

Thies warf ihm einen kalten Blick zu.

Johannsen verstand. »Sie hat die Buchhaltung gemacht

und alle Geschäfte, die für den Hof abgewickelt werden mussten. Also alle Absprachen mit dem Steuerberater und natürlich mit dem Schlachthof. Was sonst noch anfiel, die Bestellung der Futtermittel, Abrechnung der Löhne für die Aushilfen und so weiter. Cord war ein guter Bauer, aber im Büro eine Niete.«

Frida hatte aufgehorcht. »Sie sagten Futtermittel. Sagt Ihnen der Name Kjell Dierksen etwas?«

Lennard Johannsen verschränkte die Arme, dachte nach, schüttelte den Kopf. »Nie gehört.«

»Ich kannte einen Kjell«, meldete sich Thies zu Wort. »Er saß immer mal bei uns in der Küche, hat uns Kindern oft so kleine Bonbons mitgebracht. Und Kugelschreiber, wenn er da war.«

»Erinnern Sie sich daran, wie er aussah?«

Thies zuckte die Schultern. »Keine Ahnung! Ich glaube, ich würde ihn heute nicht wiedererkennen.«

Frida hatte eine Idee. Sie zog ihr Smartphone heraus und gab in einer Suchmaske die Futtermittelfirma Velta ein. Sie wurde zur Homepage geleitet, dort ging sie auf den Reiter *Mitarbeiter*, scrollte die Fotos durch und fand ein Foto von Kjell Dierksen. Darunter stand *Mitarbeiter Außendienst*, was Frida verwunderte. »War es dieser Mann?«

Thies sah lange auf das Foto. »Er ist natürlich älter, aber ja, ich erkenne ihn wieder. Er kam meistens, wenn mein Vater auf der Jagd oder beim Stammtisch war, hat dann meiner Mutter kleine Geschenke mitgebracht. Sie hat oft gesagt, dass er das lassen soll. Die Geschenke hat sie dann vor meinem Vater versteckt, sonst wäre er ausgerastet.«

Bootz fragte ganz direkt. »War dieser Mann an dem Morgen auf dem Hof, als Ihre Familie erschossen wurde?«

Thies schluckte aufgeregt, knetete seine Hände. »Mein

Vater war in der Nacht auf Jagd gefahren. Er kam am Vormittag zurück, danach wollte er gleich weiter zum Frühschoppen in der Jagdhütte eines Bekannten. Ich weiß es nicht, ob Kjell da war. Aber es ist gut möglich!« Er senkte die Stimme. »Ich hatte mich beim Frühstück mit meinen Brüdern gestritten, bin wütend zu meiner Lieblingssau in den Stall gelaufen. Da hab ich gesessen, als ich die Schüsse hörte. Durch die schmutzigen Scheiben des Stalles sah ich eine Gestalt auf dem Hof. Unser Hund kläffte wie verrückt. Da bin ich vor Angst in die Grube gesprungen, um mich zu verstecken.«

»Sie erinnern sich wieder an den Tag?«, fragte Frida überrascht.

Der junge Mann sah seinen Onkel an. »Schon seit ein paar Jahren. Die Therapeutin hat es geschafft, dass meine Erinnerungen nach und nach zurückkamen.« Er quälte sich, um weiterzusprechen. »Aber ich wollte nie mehr über diesen Tag reden. Ich hatte ihn endlich hinter mir lassen können, nach vorn schauen. Und als Sie hier auftauchten und immer wieder Fragen stellten, haben Sie alles wieder aufgewühlt. Ich wollte das einfach nicht mehr. Mein Vater war verurteilt, er saß im Gefängnis. Warum immer wieder die gleichen Fragen beantworten?«

»Das kann ich verstehen«, versuchte Frida, es ihm leichter zu machen. Dass er gesagt hatte, er könne sich nicht mehr an den Tattag erinnern, war natürlich alles andere als zielführend für ihre Ermittlungen gewesen, aber nachvollziehbar und menschlich.

»Und ich habe den Täter wirklich nicht erkannt, wenn Sie das fragen wollen. Ich hockte feige in dieser Grube, habe meine Mutter und meine Brüder in der Küche verbluten lassen. Weil ich mein Leben retten wollte.«

»Sie waren ein achtjähriges Kind!«, sagte Frida. »Und Sie hätten keinem der drei mehr helfen können. Sie waren sofort tot! Es war genau das Richtige, dass Sie sich selbst geschützt haben!«

»Wenn Ihr Vater nach der Jagd nach Hause kam, wo hat er dann seine Büchse aufbewahrt?«, fragte Bootz.

»Sie war eigentlich immer im Waffenschrank.« Thies dachte nach. »Aber wenn er es eilig hatte, zum Frühschoppen zu kommen, hat er sie auch mal an die Garderobe gehängt. Er hatte uns eingebläut, das Gewehr nicht anzufassen.«

Frida stand auf. »Ich muss kurz telefonieren!« Sie ging nach draußen, wählte Haverkorns Nummer.

†

Haverkorn und Anja eilten durch den Flur, als sein Handy klingelte. Er sah beim Laufen aufs Display. Frida! Das musste warten, denn Anja war schon draußen und verfolgte Dierksen, der zu seinem Dienstwagen lief.

»Stehen bleiben!«, rief sie, hatte ihn fast eingeholt.

Er stieg aber nicht ein, sondern öffnete die Kofferraumklappe, beugte sich hinein.

Scheiße! Haverkorn blieb die Luft weg. »Anja, weg da!«, schrie er und versuchte, beim Laufen sein Holster zu öffnen.

Sie stand direkt hinter dem Mann, als er einen langen Gegenstand aus dem Auto holte und sich zu ihr umdrehte.

†

»Er geht nicht ran«, sagte Frida, als sie zurück in das Holzhaus kam.

»Ich rufe Wahler an!« Bootz ging hinaus.

Lennard und Thies Johannsen hatten die Köpfe zusammengesteckt und redeten leise. Der Onkel hatte die Hand auf dem Arm von Thies, der nur nickte.

Frida wollte sie nicht stören, versuchte nochmals, Haverkorn zu erreichen. Wieder ging er nicht an sein Handy. Sie wurde unruhig, weil sie wusste, dass er und Anja gerade bei Dierksen waren.

Ihr Kollege kam wieder herein. »Nick weiß Bescheid. Er schickt ein Einsatzteam hin. Wir sollten los.«

»Wir müssen jetzt gehen«, sagte Frida laut.

Die Männer standen auf und folgten ihnen auf den Platz vor den Ställen, wo ein riesiger SUV mit Pferdeanhänger stand. Lennard Johannsen ging hinüber und öffnete die Klappe. »Ist unser Neuzugang nicht prächtig?«, fragte er.

Frida sah hinein, konnte nur einen schwarzen Rücken und den Schweif erkennen. Sie nickte automatisch, blickte auf das Display ihres Handys. Bootz schaute gar nicht hin, er wollte schnell hier weg.

»Wo ist Lola?«, fragte Thies seinen Onkel.

»Sie ist noch im Kofferraum. Lässt du sie mal raus?«

Ein dunkelbrauner Labrador sprang aus dem Hundekäfig im Kofferraum des Wagens und rannte aufgeregt über den großen Platz.

Frida ging zu Männern. »Wir kommen noch mal wieder, um Ihre Aussage aufzunehmen!«, sagte sie und drückte Thies die Hand. Dann Lennard Johannsen. Dabei rutschte der Ärmel seiner Jacke hoch und enthüllte eine blutige Kratzspur am Unterarm. Plötzlich war der Hund neben ihnen, wuselte um ihre Beine. *Der Größe nach könnte es ein*

Golden Retriever, Labrador oder Labradoodle sein, hörte sie Ralf Claußens Stimme im Kopf. Frida ließ die Hand von Lennard Johannsen los. Der Ärmel rutschte über die Verletzung. *Er mordet werktags, weshalb wir davon ausgehen, dass er in einer mobilen beruflichen Situation ist.*

Ihre Blicke trafen sich. Er wusste, dass sie es wusste.

»Wo waren Sie am Nachmittag des zwölften April, Herr Johannsen?«

»Was soll denn *der* Mist jetzt?«, fragte er und verschränkte seine Arme.

»Es ist eine einfache Frage!«

Bootz trat neben sie und verfolgte das Gespräch. Auch Thies kam zu ihnen. »Was ist los?«

»Wo waren Sie am Dienstagnachmittag?«

»Ich war hier auf dem Hof, Thies kann das bezeugen.« Er zeigte sein Unternehmerlächeln.

»Nein, da warst du in Berlin. Auf der Messe. Du bist erst Mittwoch wiedergekommen«, sagte Thies.

»In Berlin also. Da war es ja nicht weit nach Neubrandenburg!«, sagte Frida laut. »Sie haben da eine frische Kratzwunde am Arm. Woher haben Sie die?« Ein Blick zu Bootz, er blinzelte ihr zu, schien zu verstehen.

»Da habe ich mich irgendwo verletzt. Das passiert schon mal bei der Arbeit mit Tieren.« Sein Lächeln war verschwunden. »Was soll dieses Verhör hier?«

»Ich bitte Sie, uns zu begleiten, um einen DNA-Abstrich zu machen.«

»Ich gehe nirgendwohin«, sagte er laut. »Und jetzt verlassen Sie sofort mein Grundstück!«

»Was ist denn los?« Thies sah verwirrt zwischen ihnen hin und her.

»Wir möchten gern nachprüfen, ob Ihr Onkel am Dienstag in der Nähe eines Tatortes war, wo wieder eine Frau mit dem Jagdgewehr Ihres Vaters getötet wurde.« Frida wusste, dass sie keine Befugnisse hatte, Lennard Johannsen mitzunehmen. Sie musste ihn aus der Reserve locken. »Die Frau hat den Täter gekratzt. Wir möchten gern die Kratzspur am Arm Ihres Onkels überprüfen und einen DNA-Test machen.«

»Jetzt reicht es mir! RAUS HIER!«, schrie Lennard Johannsen und ging drohend auf Frida zu.

Bootz stellte sich ihm entgegen. »Bleiben Sie ruhig!«

Der Polizist war einen halben Kopf größer als der Hausherr, der langsam zurückwich.

Frida redete weiter. »Außerdem haben unsere Kollegen am Tatort Reifenprofile ...«, sie blickte hinüber zu dem SUV, »... und die Abdrücke eines Hundes in der Größe des Labradors hier gefunden.« Sie zeigte auf die Hündin, die neben Thies hockte. »Die werden ebenfalls überprüft.«

»Onkel, warst du dort?«, fragte Thies.

Lennard Johannsens Gesicht war rot angelaufen. »Das ist völliger Blödsinn!«

»Dann lass sie doch die Wunde überprüfen. Du hast nichts zu befürchten!«, wollte Thies vermitteln.

»Ich kenne meine Rechte! Oder haben Sie einen Haftbefehl?« Er sah Frida an. »Nein? Dann verlassen Sie sofort mein Grundstück!«

Frida und Bootz blieben stehen. Neben Thies begann die Hündin zu knurren, er wies sie zurecht, sah seinen Onkel an. »Hast du etwas mit dem Tod meiner Mutter und meiner Brüder zu tun?

»Was redest du da?«, fragte der Gestütsleiter. »Ich habe dich aufgenommen wie einen eigenen Sohn!«

»Das beantwortet meine Frage nicht!«

»Natürlich nicht!«, schrie Lennard Johannsen. »Dein Vater hat sie erschossen! Dafür ist er in den Knast gegangen!«

»MEIN VATER WAR UNSCHULDIG!« Jetzt schrie Thies, die Hündin begann zu kläffen.

»Dein Vater war ein totaler Loser! Und deine Mutter eine Schlampe, die für jeden die Beine breitgemacht hat! Du kannst froh sein, dass du hier bei mir aufgewachsen bist. Jetzt bist du jemand!«

Frida sah, dass Thies seine Hände zu Fäusten ballte. »Ich will, dass du diesen DNA-Test machst. Sonst tue ich es!« Er sah Frida an. »Können Sie auch mit der DNA eines Verwandten etwas anfangen?«

»Ja, wenn Ihr Onkel unschuldig ist, dann könnten wir das auch mit Ihrer Probe ausschließen. Wenn jedoch die DNA des Täters viele Gemeinsamkeiten zu Ihrer hat, wäre das Gegenteil der Fall.« Sie sah Lennard an, der zum Pferdehänger zurückwich.

»Dann machen wir es so!«, sagte Thies. »Ich fahre mit!«

Johannsen drehte sich um und zog plötzlich ein Jagdgewehr aus dem geöffneten Pferdeanhänger und lud es durch. Frida griff unter ihren Parka, suchte die Dienstwaffe, griff aber ins Leere. Sie hatte sie heute nicht mitgenommen. Es war ihr unpassend erschienen, bewaffnet zur Überbringung einer Todesnachricht zu erscheinen.

»Du gehst nirgendwohin«, sagte er zu seinem Neffen und legte auf Frida an.

»Lennard! Was soll der Scheiß?«, rief Thies.

»Geh in die Hütte, bis ich hier fertig bin!«

Der junge Mann blieb, wo er war. »Hör auf damit!«

»HALT ENDLICH DEIN MAUL UND GEH!«, schrie der Ältere.

Thies ging langsam auf seinen Onkel zu. »Das ist die

Büchse meines Vaters. Ich erkenne sie wieder! Damit habe ich schießen gelernt.«

Lennard Johannsen blinzelte den Schweiß weg. »Deine Mutter war eine Schlampe. Jeden hat sie rangelassen, aber mich hat sie ausgelacht. Mich wollte sie nicht, hat mich noch verhöhnt! Da ist mir die Sicherung durchgebrannt! Verstehst du?«

»Und deshalb hast du sie und meine Brüder abgeknallt wie die Tiere?« Thies lief los. »DU SCHWEIN!«

Sein Onkel drehte sich um, legte auf ihn an. Plötzlich zuckte er, blieb erstarrt stehen, sackte zusammen. Der Knall war für Frida fast körperlich zu spüren. Hinter ihr splitterte eine Scheibe. Sie ließ sich fallen, rollte neben den Anhänger. Johannsen schlug mit dem Kopf auf das Pflaster, blieb regungslos liegen. Frida sprang auf und riss ihm das Gewehr weg. Bootz war neben ihr und kniete sich auf Johannsen, der sich nicht mehr bewegte. »Was ist hier los?«, fragte er überrascht.

Frida sah die Kanüle mit rotem Federkopf zuerst. Sie steckte im Rücken von Lennard Johannsen.

Hinter dem Pferdeanhänger trat der Tierarzt mit einem dünnen Blasrohr hervor. »Das ist ein Beruhigungsmittel, eigentlich für Pferde. Das Mittel setzt ihn ein paar Stunden außer Gefecht!« Er reichte Frida das Blasrohr. »Ich weiß nicht, was hier los war. Aber als Lennard die Waffe rausholte, war mir klar, dass ich eingreifen muss!«

Dierksen erstarrte, als er Haverkorn mit der Dienstwaffe in der Hand auf sich zulaufen sah. In der einen Hand hielt er einen verrosteten Handstaubsauger, die andere hob er über den Kopf. Eine beinahe lächerliche Figur mit einem aus der Zeit gefallenen Elektrogerät in der Hand. Hätte Haverkorn es nicht selbst erlebt, würde er es nicht glauben! Er steckte die Walther wieder zurück ins Holster, atmete erleichtert aus.

Auch Anja entspannte sich. »Was haben Sie da?«

Dierksen nahm die Hand runter. »Das ist doch eindeutig Elektromüll! So was schmeißen Leute einfach in den Wald. Da muss die Polizei doch auch mal was tun!«

Er drückte Anja das Altgerät in die Hand. »Nehmen Sie das als Beweisstück gleich mit? Ich kann Ihnen genau sagen, wo es lag. Natürlich mache ich auch eine Aussage bei Ihnen!« Dierksen schloss die Kofferraumklappe.

Seine Schwester stand in der Haustür, der Hund hockte neben ihr.

Haverkorns Handy klingelte, er nahm das Gespräch an. »Bei uns dauert es noch etwas!«, sagte er. »Wir haben gerade einen Staubsauger verhaftet.«

»Wovon redest du?« Fridas Stimme klang hektisch. »Ihr müsst sofort herkommen, wir haben ihn!«

Kapitel 35

Frida und Bootz waren auf dem Weg nach Itzehoe, um Wahler auf Stand zu bringen und ihren Bericht zu den Vorkommnissen auf dem Johannsenhof zu schreiben. Lennard Johannsen war ins Justizvollzugskrankenhaus nach Hamburg gebracht worden, wo er medizinisch unter Beobachtung stand, bis er aufwachte. Dann würde er nach Itzehoe überführt und in U-Haft genommen werden. Der Staatsanwalt saß gerade bei einem Ermittlungsrichter, damit ein Haftbefehl gegen den Beschuldigten erlassen wurde. Thies sollte im Büro eine Zeugenaussage machen, wie auch der Tierarzt, der ihnen heute das Leben gerettet hatte.

»Das war knapp«, sagte Bootz, der neben Frida auf dem Beifahrersitz saß.

Sie wollte noch nicht über die Geschehnisse reden, musste sie selbst erst einmal verarbeiten. »Ja, hätte auch schiefgehen können«, sagte sie lapidar und drückte aufs Gas. Die Formalitäten im Büro wollte sie schnell hinter sich bringen und dann sofort zu Torben nach Hamburg fahren. Ihre Missverständnisse mussten endlich aus der Welt geschafft werden. Mit welcher Konsequenz auch immer.

»Ich muss dir noch was sagen …« Bootz stockte, sah starr geradeaus.

»Was denn?«

Er sah sie an. »Das Kind war gar nicht da!«, sagte er leise.

»Was?« Ein schneller Blick zu ihm. »Was für ein Kind?«

»In dieser Wohnung, wo ich den Zugriff vergeigt habe. Da war kein Kind. Ich habe dich angelogen.«

Sie versuchte, das Gesagte zu verdauen. »Warum hast du das behauptet? Kapier ich nicht!«

»Ich hab Scheiße gebaut! Aber ich wollte nicht, dass du denkst ...«

»Dass du Scheiße gebaut hast?« Sie sah das Parkplatzzeichen, blinkte und fuhr von der Autobahn herunter. Als das Auto stand, drehte sie sich zu ihm. »Wir machen alle mal Fehler. Du bist keine Ausnahme!«

»Du sagst das so einfach! Es war schon schwer genug, nach dieser Nummer in Wahlers Schuld zu stehen.« Er sah ihr in die Augen. »Ich habe mich geschämt.«

Sie boxte ihn vor die Brust. »Ich bin froh, dass du es mir erzählt hast. Aber was in deiner Vergangenheit passiert ist, damit musst du selbst klarkommen. Ich habe auch schon mal richtig Mist gebaut, hab jahrelang mich selbst und andere belogen. Als es raus war, war es fast zu spät.«

Frida legte den Gang ein. »Ab jetzt keine Lügen mehr, okay?«

Bootz nickte, als Frida ihre Faust hochhielt. Er schlug mit seiner dagegen. »Keine Lügen mehr, Partner!«

Torben öffnete die Wohnungstür und lehnte sich an den Rahmen, sah sie nur an, ohne etwas zu sagen.

Fridas Puls raste. Wie würde ihr erstes Treffen nach zwei Monaten ablaufen? Stände sie in fünf Minuten wieder hier vor der Tür, weil er sich keine Zukunft mehr mit ihr vorstellen konnte?

»Na, komm rein!« Er fasste ihre Hand und zog sie in seine Wohnung, in der es nach exotischen Gewürzen roch.

Frida streifte die Sneakers von den Füßen und hängte ihre

Lederjacke an die Garderobe. Alles Dinge, die sie so oft gemacht hatte, aber nie in dem Gefühl, es wäre das letzte Mal.

Er war in der Küche, rührte im Topf. Lächelnd sah sie seine rechte Hand an, die den Kochlöffel hielt wie früher. »Wo ist denn Anni?«

»Sie ist gestern abgereist.« Er blickte auf. »Ich komme wieder gut allein zurecht.«

»Das freut mich!« Sie stellte sich neben ihn, berührte seinen Arm. Er entzog sich ihr nicht.

»Magst du mal kosten? Thaicurry.«

Sie nahm ihm den Kochlöffel ab, wie sie es immer gemacht hatte. Vertraute Gesten, die Erinnerungen anstießen. Bekanntes Terrain. Ihre Nervosität verflog. Sie kostete, die exotischen Gewürze explodierten auf ihrer Zunge. »Lecker, aber ganz schön scharf!«

Er nahm ihr den Löffel ab, trat zum Reiskocher und öffnete ihn. »Hast du Hunger?«

»Ich habe seit dem Frühstück nichts gegessen!« Sie ging zu dem Schrank, in dem die Teller standen, holte zwei heraus.

»Dann hat sich bei dir nichts geändert!« Er sagte es mit einem Schmunzeln. Nicht als Vorwurf.

Sie stellte die Teller auf die Bar in der Küche, holte Stäbchen aus einem Schubfach. »Wir haben ihn!«

Er drehte sich fragend um. »Wen?«

»Wir haben den Täter, der damals die Johannsen-Familie umgebracht hat. Der Vater war wirklich unschuldig.«

»Er *war* unschuldig?«

»Er ist vor zwei Tagen verstorben.« Sie konnte es noch immer nicht fassen, dass Cord Johannsen nie würde erfahren können, dass sie den Täter gefasst hatten. Dass Thies endlich glaubte, dass sein Vater kein Mörder gewesen war.

Torben kam zu ihr und nahm sie in den Arm. »Das tut

mir leid.« Er hielt sie fest. »Auch wenn er es nicht mehr erlebt, sein Sohn hat nun endlich Gewissheit!«, flüsterte er. »Ich bin stolz auf dich!«

Sie genoss die Umarmung, seinen vertrauten Duft. Schließlich löste sie sich von ihm. »Torben, es tut mir so leid, dass ich dich mit allem allein gelassen habe, ich ...«

Sanft legte er einen Finger auf ihre Lippen. »Wir haben beide Fehler gemacht. Ich war ungerecht zu dir, das weiß ich jetzt. Es tut mir leid!«

»Trotzdem, ich war nicht für dich da.«

»Aber jetzt bist du hier. Und meinen Händen geht's besser durch die Therapie.« Er schob sie zum Barhocker, brachte das Curry zum Tisch. »Wein?«

Sie sah ihn an. »Dann müsste ich hier schlafen.«

Er ging zum Kühlschrank, nahm einen Grauburgunder heraus und öffnete die Flasche.

Frida ging zu ihm und schlang die Arme um seinen Körper, während er mit dem Korkenzieher hantierte. Es gelang nicht beim ersten Versuch, die Flasche zu öffnen, aber er bat sie nicht um Hilfe. Als der Wein geöffnet war, übernahm sie es, die Gläser zu füllen.

Sie stießen an. Lange sahen sie sich in die Augen, tranken, genossen ihre Nähe.

Beim Essen fragte Torben sie über den Fall aus. Es war wie immer. Als hätte es diese zwei Monate Trennung nicht gegeben. Sie erzählte, nahm eine zweite Portion Curry, trank mehr Wein. So fühlte sich Glück an.

»Ich habe auch Neuigkeiten!« Torben schob seinen Teller zur Seite und machte ein ernstes Gesicht. »Ich habe ein Angebot von einer Forschungseinrichtung aus München bekommen. Im Bayerischen Wald wird eine Body Farm aufgebaut.«

»Eine Body Farm? Wie in Tennessee?«, fragte sie und dachte an die Artikel, die sie über das Gelände in dem US-Bundesstaat gelesen hatte. Die dortige Universität Knoxville machte Studien an ausgelegten Leichen in verschiedenen Stadien der Liegezeit, um ihre Verwesungsprozesse zu erforschen.

»Es gibt auch schon ein ähnliches Forschungslabor in der Grafschaft Wiltshire, in Südengland. Und eines in den Niederlanden, in Amsterdam. Deutschland und Österreich wollen gemeinsam eine Body Farm aufbauen. Dafür werden noch forensische Anthropologen, Kriminalbiologen und Rechtsmediziner gesucht. Mein Doktorvater ist kürzlich an mich herangetreten, ob ich Interesse hätte, für ein paar Monate in dem Projekt mitzuwirken.«

»Und ab wann?«, fragte sie.

»Ab nächsten Monat. Erst mal für drei Monate, dann sehen wir weiter.«

Sie nickte. Das Thema Familienplanung war erst einmal vom Tisch.

»Frida, ich muss raus, endlich wieder arbeiten! Der Unfall ist ein halbes Jahr her, ich brauche eine neue Herausforderung.«

Sie lächelte. »Das weiß ich.«

»Und dort muss ich kein Skalpell halten können, da geht es vor allem um den Aufbau des Geländes und der Labors und um meine Erfahrung als Rechtsmediziner.«

»Das ist doch perfekt!« Sie stand auf und nahm ihn in den Arm. Endlich sprühte er wieder vor Enthusiasmus, den sie an ihm immer bewundert hatte. »Du musst das Angebot annehmen, natürlich!« Eine wichtige Frage musste sie dennoch stellen. »Aber was sagen dein Arzt und dein Physiotherapeut dazu?«

»Ärzte und Physiotherapeuten gibt es auch in Süddeutschland.«

Sie hob ihr Weinglas. »Lass uns darauf trinken. Auf deine neue berufliche Herausforderung.« Sie dachte an Bjarne, der ebenfalls neue Wege ging. Im Stillen prostete sie auch ihm zu.

»Und auf uns!« Torben sah ihr in die Augen. »Ich glaube an uns. Wir schaffen auch diese räumliche Trennung. Bayern ist wirklich schön. Du könntest endlich mal Urlaub machen!«

»Lennard Johannsen hat ein Geständnis abgelegt«, sagte Wahler. Er hatte sein Jackett ausgezogen und die Hemdsärmel hochgekrempelt. Diese Marotte pflegte er immer an dem Tag, an dem ein Fall abgeschlossen war.

Frida war an diesem Samstagmorgen in Hamburg gestartet. Torben hatte unbedingt mit ihr aufstehen und gemeinsam frühstücken wollen. Sie konnte noch immer nicht richtig glauben, dass sie wieder zusammen waren.

Bootz sah sie fragend von der Seite an, weil sie lächelte. Sie schüttelte den Kopf und konzentrierte sich auf Wahlers Stimme.

»Dadurch wissen wir, dass er zuerst die Mutter und dann die beiden Söhne erschossen hat. Wir sind immer davon ausgegangen, der Täter hätte Meret zuletzt erschossen, weil sie ihm zur Tür nachgelaufen war. Aber er sagt, er hat nach einem Wortwechsel mit ihr wütend die Küche verlassen und Cords Waffe an der Garderobe hängen sehen. Ihm sei in dem Moment eine Sicherung durchgebrannt, und er hätte die Büchse gegriffen, sei zurückgegangen. Meret sei ihm in der Tür entgegengekommen, er habe ihr ins Gesicht geschossen. Dann habe er die Jungen ausgeschaltet. Thies habe er nicht gefunden auf dem Hof.«

»Sonst hätte er ihn auch umgebracht!« Frida holte Luft, dachte an das jahrelange Schweigen des Jungen.

»Wahrscheinlich hat ihn sein Mutismus vor Schlimmerem bewahrt.«

»Und der Hofhund?«, fragte Anja.

»Der hat ihn sehr aggressiv auf dem Hof verfolgt, da hat er ihn auch erschossen, den Kadaver hinten auf die Ladefläche geworfen und später auf seinem Gestüt vergraben.«

»Also ist wirklich ein vierter Schuss gefallen«, sagte Anja. »Ihr hattet recht!«

»Ja, aber erst etwa zehn Minuten nach den ersten drei Schüssen. Johannsen gibt an, eine Zeit lang in den Ställen herumgeirrt zu sein, auf der Suche nach dem jüngsten Sohn, den er aber nicht finden konnte. Immer verfolgt vom wütenden Hofhund, den er sich nur mühsam vom Leib halten konnte. Als dieser nicht von ihm abließ, hat er ihn auch niedergestreckt.«

»Zehn Minuten später war Dierksen wahrscheinlich schon außer Hörweite. Dann hat er nicht gelogen.«

Sie ließen diese Information einen Moment sacken.

»Was ist mit den anderen Frauen? Hat er diese Morde auch gestanden?«, fragte Ricarda. »Dazu schweigt er. Aber wir bleiben dran, und die Staatsanwaltschaft wird ein psychologisches Gutachten in Auftrag geben. Wir gehen davon aus, dass Johannsen bei abweisenden Reaktionen durch Frauen ein immenses psychisches Defizit hat. Dann brennt ihm die Sicherung durch. Eine Erleichterung erfährt er nur durch Gewalt oder sogar Mord. Soweit unsere Theorie!«

»Hoffentlich ist er überhaupt schuldfähig!«, sagte Haverkorn.

»Wir müssen abwarten. Der Beschuldigte wird in dieser Stunde dem Ermittlungsrichter vorgeführt.« Der Leiter der

Mordkommission sah zufrieden in die Runde seiner Ermittler. »Gute Arbeit, Leute!«

»Auch wenn er kein Geständnis abgelegt hätte«, sprach Anja weiter, als Wahler fertig war. »Wir haben den DNA-Nachweis für den Mord an Melanie Ebert. Und endlich auch die Mordwaffe. Er fährt lebenslänglich ein!«

»Den Staubsauger von Kjell Dierksen würde ich als Andenken hier in den Konferenzraum stellen«, sagte Haverkorn.

Alle lachten. Die Stimmung war ausgelassen.

»Dann putzt endlich mal wieder jemand«, rief Klaus.

»Es gibt noch einiges zu tun, bis die Staatsanwaltschaft zufrieden ist, um Lennard Johannsen anzuklagen. Aber wer seinen Bericht fertig hat, kann mal ein paar Tage freimachen.« Wahler sah zu Haverkorn, der die Schultern durchdrückte.

»Außerdem werden wir kommende Woche einen Ausstand feiern.«

Frida hielt die Luft an. Wie würde das Team Bjarnes Weggang aufnehmen?

»Der Kollege Haverkorn wird kommenden Monat zum LKA nach Kiel wechseln. Er wird die neue Cold Case Unit dort aufbauen, der auch bald Pensionäre angehören werden. Das Land gibt dafür Mittel frei.«

»Das wäre doch dann was für dich, Klaus!«, meinte Ricarda.

Wieder wurde gelacht.

»Sagst du ein paar Worte dazu?« Wahler setzte sich und ließ Haverkorn von seiner neuen Aufgabe berichten.

Frida beobachtete ihn, sah, wie begeistert er davon sprach, am Aufbau dieser neuen Einheit mitwirken zu dürfen. Er lud die späteren Pensionäre ein, sich zu bewerben.

Das Telefon klingelte. Wahler hörte zu und legte auf. »Frida, Thies Johannsen ist jetzt da. Willst du übernehmen?«

»Klar, gern!« Sie stand auf und folgte ihrem Vorgesetzten nach draußen. In seinem Büro übergab er ihr einen Umschlag.

Thies Johannsen saß im Vernehmungsraum. Er war blass, aber er schien gefasst zu sein.

Frida setzte sich zu ihm, nahm Blickkontakt auf.

»Weshalb sollte ich noch mal herkommen? Ich habe doch schon alles ausgesagt.«

»Ja, ich weiß.« Sie hielt den Umschlag hoch. »Das Justizvollzugskrankenhaus hat uns diesen Brief Ihres Vaters zukommen lassen.« Sie schob ihn über den Tisch. *Thies* stand darauf, mehr nicht.

Cord Johannsens Sohn blickte lange darauf, ohne ihn zu öffnen. »Was steht da drin?«

»Das weiß ich nicht. Vielleicht hat er Ihnen geschrieben, was er Ihnen vor seinem Tod nicht mehr sagen konnte.«

Er nickte, wischte sich über die Augen.

»Lesen Sie ihn in Ruhe. Ich komme in ein paar Minuten wieder.« Sie stand auf.

»Warten Sie!« Er stand ebenfalls auf und reichte ihr die Hand. »Danke! Für alles, was Sie und Ihre Kollegen für mich getan haben.« Er schluckte. »Und für meinen Vater! Ich werde einen Antrag auf Wiederaufnahme des Verfahrens stellen.«

»Das ist eine gute Entscheidung!« Frida schlug ein, spürte den festen Druck seiner Hand und wusste wieder ganz genau, warum sie ihren Beruf liebte.

Kapitel 36

Sonntag, 1. Mai 2022

Auf dem Hamburger Hauptbahnhof war es an diesem Sonntagmorgen nicht so trubelig wie sonst. Neben ihnen standen ein paar Frühaufsteher auf dem Bahnsteig. Ein Mittzwanziger im Hoodie, die Kopfhörer auf den Ohren, abgeschottet von allem, was um ihn herum passierte. Zwei Teenager blickten abseits von ihm auf ein Smartphone und lachten immer wieder laut los. Ihre Stimmen fegten über den Bahnsteig. Eine ältere Frau mit Kopftuch und einem Rollkoffer saß auf einer Bank. Sie sah traurig aus.

Frida lehnte sich an Torben, der den Arm um sie gelegt hatte und an einem Coffee to go nippte. Der ICE nach München würde gleich einfahren. Torben hatte nicht gewollt, dass Frida ihn zum Bahnhof brachte, aber sie hatte darauf bestanden. Auch den Rollkoffer wollte er selbst aus ihrem Jeep heben. Seine Selbstständigkeit war ihm wichtig, denn auch in den nächsten Wochen würde er allein klarkommen müssen. Immerhin hatte er einen guten Physiotherapeuten in München gefunden. Tugay hatte seine Beziehungen spielen lassen.

Der ICE fuhr ein, die Wartenden machten sich zum Einsteigen bereit. Torben warf den Pappbecher in einen Mülleimer. Morgen wurde er in München im Rechtsmedizinischen Institut an der Ludwig-Maximilians-Universität erwartet. Dort würde die neue zusammengewürfelte Forschungsgruppe in den ersten Tagen arbeiten, um die Planungen für das neue Gelände im Bayerischen Wald, wo die Body Farm entstehen sollte, voranzutreiben. Endlich waren die gesetzlichen Fallstricke für ein solches Vorhaben gelockert und ein ideales Gelände gefunden worden, das die Voraussetzungen erfüllte: Wiesen, Wald und mehrere Wasserläufe waren vorhanden. Und ein altes Brauereigebäude, das ebenfalls genutzt werden konnte. »Auch innerhalb von Gebäuden müssen Leichen ausgelegt werden«, hatte Torben ihr erklärt. »Ein Großteil der Toten wird ja in Gebäuden gefunden.« Frida hoffte, wenn sie ihn in Bayern besuchte, schon einen ersten Einblick auf das Gelände zu bekommen. Dass die Forschungsergebnisse von großer Bedeutung für alle Rechtsmediziner waren, war ihr sofort klar gewesen. Bisher hatte man das kleine Areal in Amsterdam mitbenutzt, das mittlerweile aus allen Nähten platzte. Auch nach Tennessee waren deutschen Wissenschaftler gereist, um dort zu forschen. Es war höchste Zeit, eine Body Farm auf deutschem Boden einzurichten. Und Torben würde diese mit aufbauen. Sie war stolz auf ihn.

Er kam seit Tagen aus dem Schwärmen nicht mehr heraus. »Professor Dr. Markwardt wird die Forschungsgruppe leiten. Ich hatte im Studium zwei Vorlesungen bei ihm belegt. Ein großartiger Wissenschaftler und vor allem ein toller Mensch!«

Torben war wieder ganz der Alte. Sein Arzt hatte davon gesprochen, dass sogar die komplette Heilung beider Hände im Bereich des Möglichen lag, wenn die manuelle Therapie weiterhin so gut anschlagen würde. Gestern Abend hatte Torben sie zum Essen in ein Restaurant in der Hafencity mit Blick aufs Wasser eingeladen. Sie hatte lange überlegt, ob sie beim Essen von ihrem Kinderwunsch erzählen sollte, aber sie hatte es nicht getan. Wenn Torben die Arbeit im

Bayerischen Wald beendet hatte, konnten sie immer noch über ein Kind sprechen.

»Wir sehen uns in sechs Wochen!«, sagte er und küsste sie lange.

»Diesen Urlaub lasse ich mir von Wahler nicht streichen!« Sie umarmte ihn ein letztes Mal. »Melde dich, wenn du angekommen bist!«

Torben ging zur Zugtür, hob den Koffer ohne Probleme in den Waggon und stieg ein. Sie folgte ihm außen, bis er seinen Sitzplatz gefunden hatte. Kurz darauf ertönte ein langer Pfiff, der ICE setzte sich in Bewegung. Torben legte eine Hand auf die Scheibe. Frida blieb stehen, bis die Zuglichter verschwunden waren.

†

Die Lautsprecher an der Wand spielten *Kiss from a rose*. Neun Paare, meistens im mittleren Alter, waren heute Abend gekommen. Auch Haverkorn tanzte. Stellte den rechten Fuß zur Seite, zog den linken Fuß heran. Wechsel. Den linken Fuß zur Seite, rechten Fuß heran. Sonja pendelte mit, schwebte im Dreivierteltakt in seinen Armen über den Parkettboden der Tanzschule, wo eine Open Night heute auch fremde Paare zum Mittanzen einlud.

Er hatte Sonja zum Essen ausgeführt und sie danach mit dem Vorschlag, tanzen zu gehen, überrascht. Sie tanze gern, hatte sie gesagt, und wie er nun merkte, richtig gut. Auch wenn es holprig war mit ihm, weil er eingerostet war. Sie lachte seine Fehler und Tritte einfach weg.

Er hätte nie gedacht, dass er zu modernen Klassikern von Seal oder Phil Collins Wiener Walzer tanzen würde, ganz freiwillig und in bester Laune. Er führte, auch wenn sie es besser gekonnt hätte. Sonja ließ sich von ihm in eine Drehung ziehen. »Und, machst du einen Tanzkurs mit mir?«, fragte er. »Du merkst ja, ich habe einige Defizite.«

Wechsel, ganz ohne Fehltritt.

»Aber lass uns ein paar Lateinamerikaner ausprobieren!« Sonja lachte in seinen Armen. Als das Lied endete, küsste er sie, einfach so auf der Tanzfläche.

Auf dem Heimweg war Sonja stiller als sonst. »Ich werde meine Wohnung in Flensburg aufgeben und nach Kiel ziehen«, sagte sie plötzlich. »Ich will ein neues Leben beginnen.« Sie sah ihn an. »Keine halben Sachen mehr.«

Haverkorn verstand ihre Botschaft. Und er war bereit dafür. »Keine halben Sachen mehr!«

Danke

Mein Dank gilt vielen Menschen, die mich auf dem Weg von der ersten Idee bis zum fertigen Roman begleitet und unterstützt haben.

Tom Völker, Katrin Fölck, Kerstin Plüschau, Ottfried Plüschau, Kathrin Gehlhaar, Sonja Böhnke, Susanne Beyrich, Beate Ibler-Streetz, Hans Baron, Sascha Dürre, Otto Schwiering, Angélique Kästner-Mundt, Andreas Kästner, Arne Fiedler, Andreas Izquierdo, Dr. Ulrike Brandt-Schwarze.

Ich danke meinen Eltern, Renate und Karlheinz Fölck, sowie meinen Schwiegereltern Ulla und Sieghard Völker.

Ich danke Gerke Haffner und meinem Verlagsteam von LÜBBE, meinem Agenten Lars Schultze-Kossack und dem ganzen Agenturteam der Literaturagentur Kossack.

Romy Fölck im September 2021

Die Community für alle, die Bücher lieben

Das Gefühl, wenn man ein Buch in einer einzigen Nacht verschlingt – teile es mit der Community

In der Lesejury kannst du

★ Bücher lesen und rezensieren, die noch nicht erschienen sind

★ Gemeinsam mit anderen buchbegeisterten Menschen in Leserunden diskutieren

★ Autoren persönlich kennenlernen

★ An exklusiven Gewinnspielen und Aktionen teilnehmen

★ Bonuspunkte sammeln und diese gegen tolle Prämien eintauschen

Jetzt kostenlos registrieren: www.lesejury.de

Folge uns auf Instagram & Facebook:
www.instagram.com/lesejury
www.facebook.com/lesejury

FAMOUS REGIMENTS

The King's Own Royal Regiment

Other titles in this series
The Life Guards
The Royal Horse Guards
The Royal Scots Greys
The 10th Royal Hussars
The 11th Hussars
The 17th-21st Lancers
The Royal Tank Regiment
The Scots Guards
The Queen's Royal Regiment
The Royal Northumberland Fusiliers
The Royal Fusiliers
The Royal Norfolk Regiment
The Suffolk Regiment
The Somerset Light Infantry
The East Yorkshire Regiment
The Bedfordshire and Hertfordshire Regiment
The Green Howards
The South Wales Borderers
The Worcestershire Regiment
The Duke of Cornwall's Light Infantry
The Duke of Wellington's Regiment
The Royal Hampshire Regiment
The Black Watch
The Oxfordshire and Buckinghamshire Light Infantry
The Royal Berkshire Regiment
The King's Own Yorkshire Light Infantry
The King's Royal Rifle Corps
The Wiltshire Regiment
The York and Lancaster Regiment
The Highland Light Infantry
The Gordon Highlanders
The Royal Irish Fusiliers
The Argyll and Sutherland Highlanders
The Rhodesian African Rifles
The Royal Army Service Corps
The Red Devils

FAMOUS REGIMENTS

Edited by
Lt-General Sir Brian Horrocks

The King's Own Royal Regiment

(Lancaster)
(The 4th Regiment of Foot)

by Howard Green

Leo Cooper Ltd., London

*First published in Great Britain, 1972
by Leo Cooper Ltd.,
196 Shaftesbury Avenue, London W.C.2*

*Copyright © 1972 by Howard Green
Introduction Copyright © 1972 by
Lt-General Sir Brian Horrocks*

ISBN 0 85052 090 8

*Printed in Great Britain at
The Compton Press
Salisbury*

To Mary Wyncoll
WHO ALSO SERVED
THE KING'S OWN

Acknowledgements

THE KING'S OWN and the author owe much to Miss Julia Cowper. With her father, Col L. I. Cowper, O.B.E., she wrote the monumental History of The Regiment, a classic of its kind. It was much dipped into during the writing of this book and all King's Own owe her a great debt of gratitude.

Col Darlington, the Regimental Secretary and his assistant, Major Jackson, have been most helpful in supplying from Regimental archives many facts, dates, ranks, promotions and decorations. They most efficiently engineered the photography of certain items in the Regimental Museum at Lancaster.

Last, and by no means least, thanks are due to Mrs. Greenwood of Pagham who typed the manuscript so efficiently, speedily and willingly.

HOWARD GREEN

March, 1972

The King's Own Royal Regiment

INTRODUCTION
by Lt-General Sir Brian Horrocks
KCB KBE DSO MC

For two hundred and ninety years the King's Own played a prominent role in the development and protection of the British Empire. Formed originally on 13 July, 1680, to help in the defence of Tangier, they returned to England in 1684 and until 1715 were a West Country regiment. In that year King George I called them 'my regiment' and ever since they have been known as The King's Own.

Although I was never fortunate enough to have the King's Own in my Corps in wartime, I came to know the second Battalion well, when they were serving at Aldershot in 1938, under Lt-Col Neil Ritchie, later to become General Sir Neil Ritchie. They were a first-class battalion, their Lancashire forthrightness adding an extra zest to their pride in the regiment – and having read Col Howard Green's excellent book one can easily understand the reason for their pride. Since the beginning of the 19th Century they seem to have taken part in all the most famous battles, starting with the withdrawal to Corunna, where they successfully protected the flank of the British Forces during the embarkation after the death of Sir John Moore. 131 years later the 4th and 5th Battalions found themselves in the same role during the withdrawal from Dunkirk in 1940.

One of the most refreshing features of this book is that, in almost every case, the author has taken the trouble to visit the actual battlefields – which gives his account a vividness sadly lacking in so many history books. His account of the Battle of Corunna is far the best I have ever read.

Col Green also appreciates that the spirit of the regiment is only as strong as the spirit of the people who serve in it, and his book is enriched by many personal anecdotes which bring his story to life. One of the best examples is that of Mrs. Maguire, the wife of the regimental surgeon, who was captured by a French privateer on her way back from America and ended up as the only woman among 600 prisoners – but let Col Green tell the story.

Nor, to his credit, does the author attempt to gloss over the less praiseworthy episodes, realising that all regiments have their ups and downs and that any history which only records the former is not worth reading.

The 1914–18 war started with disaster, when for some unknown reason, the 1st Battalion at Le Cateau, instead of digging a defensive position, was caught by the enemy bivouacking with arms piled on a forward slope. The first burst of German machine gun fire killed the C.O. and 83 men, while a further 200 were wounded.

The subsequent operations of some ten battalions of the King's Own are so adequately dealt with by the author that there is little I can add, except to draw attention to the magnificent resistance put up by the 8th Battalion during the major German offensive, which started on 21st March, 1918.

During the Second World War, the King's Own served in almost every theatre of war. The 2nd Battalion, under command of Aslett, of Rugby Football fame, after service in the Western Desert, took part in the first Chindit operation under Orde Wingate. It has been argued that these operations were a waste of good material, because after the ardours of operating for weeks in the jungle, few, if any, of the men who took part were ever fit for active service again, and no concrete tactical success was achieved. I have never taken this view, because the fact that British troops were operating successfully behind the Japanese lines and were proving more than their equal in the jungle had a tremendous effect on the morale of everyone in that theatre of war.

I have read this short history with great pleasure, because I am Lancashire bred and born – my father and grandfather both came from Bolton. Two things have impressed me particularly – firstly, the close County link that exists between regulars and territorials; the 5th Battalion from Lancaster which was turned into an armoured regiment in the last War, has always had the reputation of being one of the best territorial battalions in the British Army. Secondly, the King's Own could not possibly have done so well on so many battlefields without first class commanders, because the Lancashire man will only give of his best if he has confidence in his leaders. It is significant that up to 1916 the regiment had suffered the death of 9 of its regular C.O.s in 24 years; they obviously believed in leadership from the front – 'Come on', not 'Go on'. I have always felt that the 'Sussex pig' with its motto 'You can lead me but I won't be druv' applies even more to my fellow countrymen from Lancashire.

Chapter I

Like most of the senior infantry regiments, the King's Own was raised for a particular assignment, namely to strengthen the garrison of Tangier, a Mediterranean port on the north coast of Africa, forty miles south-west of Gibraltar.

Tangier had passed into the possession of England in 1661 as part of the dowry of Catharine of Braganza on her marriage to Charles II. It was a great acquisition to England, having a good harbour, a sheltering mole and a commanding position on the Straits of Gibraltar.

However, the Moorish Emperor felt the indignity of a foreign power holding this tiny but strategic post in his country and decided to drive the English 'invaders' into the sea. Much concern was felt at home regarding the safety of this small 'outpost-of-empire', and a new regiment, the King's Own-to-be, was raised to strengthen the garrison.

Ten companies were recruited in Clerkenwell, London, and six at Plymouth, the birthday of the Regiment being 13 July, 1680. By November the new battalion was considered fit for active service and the Clerkenwell companies, under Lt-Col Kirke (later to command the Queen's Regiment – 'Kirke's Lambs'), sailed from London to Plymouth where the six companies under Major Charles Trelawny were awaiting them. The fleet took a month to reach Tangier. Overcrowding, appalling food and heavy weather in the Bay of Biscay must have made conditions on board almost unbearable. Fifty men died of disease on the voyage.

The official commander of the Regiment, the Earl of Plymouth, had in fact never been in command. When the

Lt-Colonel Piercy Kirke.

order to recruit was issued he had gone on to Tangier, but when the Regiment arrived there he had died from an illness. Kirke was appointed C.O. with Trelawny as his lieutenant-colonel.

The three-and-a-half years spent by the Regiment on garrison duties were not unlike those of later years in small overseas stations. The fort in which the troops lived was only 1,500 yards by 1,000 and conditions for the units, the

Officer of the Tangiers Regiment 1669

Grenadiers, Coldstream, Royal Scots, Queen's, Kirke's and Royal Dragoons, must have been very crowded. The eastward side of the fort butted on to the harbour and the mole, bathing being possible. Beyond the landward and western side game was plentiful and officers could hunt and shoot outside the walls. The men liked to sit by the sea-shore fishing or playing dice, or sitting in the taverns within the walls watching the world go by. Their habits have not changed.

The chief complaint, in that superb climate, was the irregularity of pay. One period of sixteen months without it caused great distress, particularly to the officers who had to pay for everything they required, including their own food, uniforms and all necessaries of life, nothing being provided. Several officers were allowed leave home to raise funds, while some captains tried to sell their 'companies', i.e. their captain's rank, in order to live in some decency. Kirke, who had now been posted to command the Queen's and was also Governor of the colony tried unsuccessfully to stop this selling of ranks, and it is from these conditions that 'purchase' crept into the Army – only being discontinued in 1871.

By 1683 the King, still appreciating the strategic importance of Tangier, was over ruled by Parliament, which regarded the garrison as a waste of money, a training-ground for soldiering, and worst of all, an opportunity for the Army to gain prestige, popularity and sympathy. Accordingly Charles reluctantly signed an order for evacuation and in October Lord Dartmouth arrived to conduct it.

The destruction of the fortifications was carried out very slowly and unobtrusively. Ships were loaded with stores, ammunition and spare clothing, where any existed, the work taking until February, 1684 when the last fortifications were destroyed. The grenadier companies of the Royal Scots, Queen's and King's Own acted as a rearguard to cover the embarkation and to resist any interference by Moorish irregulars. Finally the fleet sailed for England, suffering the same discomforts as on the outward voyage.

The King's Own, now called Trelawny's, arrived at Portsmouth where it was to be stationed until marching to Sedgemoor fourteen months later.

Chapter 2

On its return from Tangier the Regiment, although known as Trelawny's, was given the title of 'The Duchess of York and Albany's Regiment'. She was the wife of the heir to the throne, Charles II's brother, James, Duke of York. The more senior regiment, also returned from Tangier, became the Queen's Regiment, a title it has borne for almost three centuries.

In February, 1685, King Charles II died and his brother ascended the throne as James II. Although openly a Roman Catholic, James was sensible enough not to antagonise Parliament, for the time being, on the matter of his religion and he took the Coronation Oath to 'uphold the Government both in Church and State as by law established'. Inevitably, however, he had many followers who sympathised with his religious views and who would have supported his 'leading England back to Rome'. A split in the country on religious grounds was not impossible.

However, all religious differences were composed by the news from Lyme Regis in June, 1685. The Duke of Monmouth, an illegitimate son of Charles II, landed with 300 men – and eighty pounds in cash – to claim the throne. He declared he had been born in wedlock, was the rightful King of England and that his uncle, James II, was the usurper.

Monmouth challenged Feversham, the English Commander-in-Chief, who he knew was in the West of England with some forces, to stop him from marching on London and there seizing the throne. He was joined by 3,000 men, mostly local militia or ignorant peasantry, many armed only with pitchforks and scythes, although ready for an adventure. Barely half of them had firearms.

In the next three weeks Monmouth marched around Somerset and Dorset looking for trouble, showing the flag, defeating a few local Royalist forces. In this period he had himself proclaimed King in the market place at Taunton and gathered another 4,000 men, though they could not be called soldiers. However, trying to capture Bristol, the biggest town in the West, and in those days the second city in England, he was badly repulsed. The morale of his now considerable force was shaken and he withdrew to Bridgwater and thence back to Taunton.

Part of the Royal army was now collecting around Bath under Feversham, while John Churchill, later Duke of Marlborough, was concentrating other forces near Salisbury, Trelawny's among them. Marching north-west, Marlborough joined Feversham near Bath. Monmouth, hearing of the friction between Feversham and Churchill, moved forward again to Bridgwater, while the Royal forces, now united, marched down from Bath to meet him, bivouacking in and around the village of Weston Zoyland, for the night of 15 June. The armies were thus about three-and-a-half miles apart. Next day the last battle on English soil was to be fought and the King's Own was to fight its first engagement.

During the evening of the 15th, reports reached Monmouth that there was much drunkenness and disorder in the Royal camp and that its vigilance and prepardness were poor. Accordingly he decided upon the desperate adventure of a night advance across the damp, boggy Sedgemoor and an attack at dawn on, he hoped, the comatose troops asleep in their bivouacs. A similar mad venture was to be tried by another rebel prince sixty-one years later, when Prince Charles Edward marched by night from Culloden across its moor to Nairn, there hoping, but failing, to surprise Cumberland's army; yet another failure by untrained irregular 'patriots' against regulars.

Prima facie, Monmouth's plan was good. He outnumbered Feversham's army by at least two to one and he knew the English people, and their army, were lukewarm towards James. Considerable desertions might be expected, while a quick success at dawn might cause the royal troops to withdraw or declare for him. Had Feversham's army been dispersed, James would have no other troops to oppose Monmouth's march. Monmouth must have seized the Crown and established the Stuart, but Protestant, dynasty more firmly. Yet again was the future monarchy of England to be decided by a brief battle. Bosworth and Naseby were to be repeated.

Monmouth's night march was a nightmare. The darkness, the loss of direction due to the necessity of avoiding a Royalist cavalry outpost at Chedzoy, the delay in finding and crossing a large ditch, the Langmoor Rhine, the confusion when the rebel columns found themselves barred by another ditch, the Bussex Rhine, all combined to throw the untrained, near-civilian army of Monmouth into great disarray. At about two a.m., while waiting for the crossing of the Langmoor Rhine to be found, the impatient rebels sat down and, despite orders to the contrary, started to chat. The talking inevitably spread and a trooper of the Blues, scouting in the night, heard the buzz of conversation. Firing his pistol as a warning he galloped back to Feversham's Army at Weston Zoyland, calling out 'Beat the drums, the enemy is here, stand to'. At once the Royalist soldiers, roused from their barns and sheds, fell in at their alarm posts.

Under a previous arrangement the six regiments moved out of Weston Zoyland and took up a position half-a-mile to the north-west of the village, overlooking the Bussex Rhine and 200 yards short of it. Covering a frontage of about half-a-mile, two battalions of Dumbarton's Regiment (1st Foot, now the Royal Scots) were on the right of the line, on their left being the Grenadier Guards and the Coldstream, then the King's Own (still called Trelawny's

The Field of Sedgemoor: The Bussex Rhine ran towards the two cows.

Regiment) and on the extreme left flank Kirke's Regiment (2nd Foot, later the Queen's Royal Regiment).

The rebels, having crossed the Langmoor Rhine, were now approaching the Bussex Rhine. Lord Grey, one of Monmouth's lieutenants, was in charge of the rebel horse. As the advance resumed he galloped forward with his men to reconnoitre the Bussex Rhine and to find a crossing. He had been told that two existed, about three-quarters-of-a-mile apart. But his men were not very effective. Riding up and down the Rhine looking for the two crossings they were seen from the far side by the Royal regiments in the gathering light. Received with volleys of musketry they panicked and rode off the field, causing great confusion to their own infantrymen coming up behind them.

These were now approaching the Bussex Rhine and as they came up to the ditch were in full view of the Guards, Trelawny's and Kirke's. Instead of crossing the Rhine, which was found to be almost dry, they halted and began a fire-fight across the ditch. Barely half were armed with muskets, yet they took on the solid phalanxes of six regular infantry battalions. These infantry regiments, although their loyalty to James may have been doubtful, were incensed at the presumption of a 'foreign' force landing on English soil. Monarchy and religion were of secondary importance. At Sedgemoor the men were only concerned with throwing this interloper off their native soil. Their musketry was excellent.

Monmouth tried to persuade his rabble to advance and cross the ditch. But the rebels, realising what was in front of them, refused to budge.

Owing to the slightly devious path Monmouth had taken through the night to avoid the cavalry outpost at Chedzoy the weight of his advance had come against the right-hand battalion, Dumbarton's. Three brass guns of the rebels were brought forward to within 160 yards to play on the Regiment, and it suffered severely, all but four of its officers becoming casualties. Marlborough, seeing this pressure on his right flank and that Kirke's and Trelawny's Regiments on the left had not been heavily engaged so far, brought these two regiments round behind the Guards and Dumbarton's to prolong the line to the right. Trelawny's were now on the extreme right, the most exposed to a flank attack should the rebels find a crossing.

But the fire-effect of the Royal line was increasing and the rebels, already unsteady, began to disintegrate. By five a.m. many individuals were leaving the field and by full daylight the battle was over. All Monmouth's men were running.

Chapter 3

The Regiment remained in the West Country for two years, marching from town to town, to show the people from whom many of Monmouth's rebels had come that any further insurrection was unwise.

While in Plymouth one private soldier in the Regiment was tried by an illegal court-martial for desertion and sentenced to death. The illegality was pointed out to James, who thereupon altered the law to suit the case and had the soldier executed in Plymouth after the Regiment had marched out. This illegal and dictatorial action greatly incensed not only Trelawny's but the whole Army, and was probably the greatest cause of the Regiment quickly deserting James II when William of Orange landed in England.

But opposition to James was growing rapidly long before the Plymouth execution. It was brought to a head by the arrest of seven bishops who refused to restore the hated Roman Church. This arrest particularly angered the officers and men of the Regiment, as one of the bishops, Jonathan Trelawny, Bishop of Bristol, was the brother of their C.O. Feeling in the Regiment ran so high that a song was written, '*Shall Trelawny Die?*', which swept the West Country and is, today, the Regimental Slow March.

In November, William of Orange landed at Torbay. To meet the threat James concentrated an army of 14,000 men at Salisbury. Many senior officers, being Protestants, had been dismissed from the Army, but James was compelled to keep at their posts John Churchill, Kirke, and Trelawny on account of their ability and irreplaceability. In December Kirke was ordered to march his brigade to the west to meet William, but declined. He was immediately arrested but two of his C.O.'s, Trelawny and John Churchill, went off to join the Prince. Shortly after, eight officers of Trelawny's followed and that evening many of the men, now at Devizes, went over. It is from these events that the legend grew in the Regiment that William gave it the Lion of England as its badge, it being the first to come over to him. James fled to France, Trelawny, Kirke, and John Churchill being all eventually restored to their commands.

In 1689 James, in France and strongly supported by Louis XIV, raised an army to invade Ireland, where, landing at Cork, he was joined by thousands of southern Irishmen, ardent Roman Catholics. To meet it William, with a large force already in Ireland, landed at Carrickfergus. Trelawny's sailed from Bideford to join him and the Army marched south to 'find' James's army. They met at the Boyne.

James took up a position on the south bank of the river believing that a bog on his left would sufficiently protect his flank. A ford was, however, found by William's army advancing southward to the river. Thence an unknown causeway leading across the bog to a village, Duleek, five miles behind James's position, made an outflanking movement very simple. Hastily sending troops to this threatened area, James was too late and the English army not only sent the cavalry across the ford but up the causeway to Duleek, while Foot regiments, including Trelawny's, marched through the waist-high coarse grass covering the bog.

The ill-disciplined, untrained Irish soldiers whom James had picked up on his landing a year earlier, seeing this dangerous enveloping flank attack, panicked and ran. In doing so they disorganised the French troops (whom James had imported), and thereby made it impossible to hold the river line. By dark the whole of James's army was in full flight for Dublin.

Drum-head picked up at the Boyne.

A week later William marched southward, leaving Trelawny's to garrison Dublin, Trelawny himself being appointed Governor of the City. Later William had to return to Dublin to deal with complaints about the behaviour of the soldiers, among which were several concerning Trelawny's.

In September the Regiment arrived in Cork, to take part in one of the most unpleasant campaigns in its history. The sieges of Cork, Kinsale and Limerick, all minor engagements, lasting five, eleven and fifteen days respectively were of little moment, but at least the capture of Limerick ended the war in Ireland, all of James's troops having been driven out of the country or dispersed. By far the worst aspect of the campaign were the conditions under which the men lived. Officially they were in a 'friendly' country with which England was not in a state of war. Yet the people were all rabid Roman Catholics and regarded William's army not only as invaders but as heretics. No opportunity was missed to harass individuals; transport had to be closely guarded at night; no-one would sell food or drink, and straw for sleeping on in barns was burnt rather than be used by the hated English. The weather was atrocious. Within one month's campaigning, Trelawny's had 220 men seriously sick.

In October, 1691 the Regiment, together with all other regiments, returned to England. In the spring of 1692 it crossed the channel to meet the continued threat of the French, who were still supporting James II's claim to the English throne. For three years it marched and billeted in the Low Countries, fighting the engagements of Steenkirk (where the French secured the first of the few victories in their history against the English). At Landen, Trelawny's were again on the left of the line, but were moved – this time with the Buffs (3rd Foot) – to the point of danger on the right. Fourteen thousand English and Hanoverian soldiers withstood continuous attacks by 30,000 French soldiers. The pressure became too great, the line was broken, the Buffs and Trelawny's were forced to retire and only a rear-guard of cavalry prevented a disaster. The Regiment was more heavily engaged than most others, its losses amounting to thirty-five per cent.

The next two winters were spent in winter quarters in Malines, but in the spring of 1695, much siege material having been accumulated, William made a dash for Namur, which he surrounded. It was in those days a town of some 20,000 inhabitants and one of the most formidable strongholds in the world, standing at the confluence of the Sambre and Meuse. Within the angle was the fortress, and on the opposite bank, the town. Trelawny's were on the high ground overlooking the latter. Between them and the town was a small stream, the Verderin, along whose banks the Regiment built field works. On 26 July, 500 grenadiers assaulted the enemy positions along the far bank from the town, followed by two brigades of Foot. Out-flanked on the right the French withdrew into the town. A breach in the town walls was made through which a detachment of Trelawny's passed and two days later most of the enemy surrendered, others withdrawing into the fort.

A fortnight's bombardment had made six serious breaches in the walls, and on 30 August a big attack was launched, led by the grenadier company of Trelawny's.

Town and Citadel of Namur during the siege of 1695.

The approach up to the biggest breach was steep, the defenders rolled great stones down into the advancing English, and only a few soldiers were able to make the breach. The supporting infantry regiments were too far behind to be of help and all the men who entered the fort were killed or captured. Similar attacks on other breaches were renewed, and the enemy capitulated. In the operations of the eight weeks' siege Trelawny's lost 112 officers and men, probably fifteen per cent of its strength. 'Namur' became the Regiment's first battle-honour.

In this year, 1696, all infantry regiments were allotted numbers, Trelawny's becoming the 4th Foot. It was rarely referred to as such, being known as the Queen's Own until the death of Anne in 1714. A year after his accession George I conferred on the Regiment its present title of the King's Own, another regimental legend being that the King was so impressed with the smartness, drill, and general behaviour of the men, when stationed at Windsor in 1715, that he personally called them 'his' Regiment.

After the capture of Namur, the Regiment remained in Flanders for another year, doing very little. It returned to England in March, 1696, being stationed in the south for three years. It was still very much a West Country regiment and it did not go north of a line from Bristol to London until 1716, thirty-six years after its formation.

It returned to the Continent for two brief periods, each of four months, and in 1702 took part in the operations against Cadiz and Vigo.

Every regiment in the Army has, at some time during its existence, episodes of which it is not proud, and it is not good history to omit them in a narrative while extolling great achievements elsewhere. The King's Own cannot be proud of the Cadiz campaign.

Landing on the mainland (Cadiz was an island in 1702) and subduing the village of Rota, five regiments, including the King's Own, marched eastward round the Bay of Bulls. The August heat was intense, rations were very poor, water scarce and impure, and the men utterly 'browned-off'. Slight enemy resistance was brushed aside and the brigade entered Port St. Mary, the few remaining enemy soldiers surrendering.

On entering Port St. Mary, the British soldiers ran amuck. They broke open cellars, getting thoroughly drunk. Taking everything of value they could carry they then smashed all other chattels for no reason, and became quite uncontrollable The damage to the town was estimated at three million pounds and two C.O.'s (neither of Trelawny's) were put under arrest for not stopping the riot. The men's attitude was quite inexcusable, as their Spanish enemy had only been defending their own country. Today, Port St. Mary is a charming sleepy little market town, showing some beautiful 18th-century small town houses.

In 1702 the C.O., Col Henry Trelawny, retired, possibly on account of the Port St. Mary incident. He had succeeded his brother, Charles, in the command ten years previously and thus these two commanded for twenty years. The new C.O. was Seymour.

And now starts the least interesting period in the history of the King's Own, its service as Marines from 1703 to 1710.

In 1704 the Duke of Marlborough had started his 'Great Quadrilateral' of Blenheim, Ramillies, Oudenarde and Malplaquet, the main part of the War of the Spanish Succession. Inevitably, these four great victories overshadow the naval and military operations in the Mediterranean. Nevertheless, these operations had great effect on the course of the War generally, continually compelling the French to 'look over their shoulder' – and did much to establish the supremacy of England in the Mediterranean, a supremacy to last until the Suez Incident of 1957.

The marines were on board ships mainly based in

Lisbon. Usually only the half of each regiment was at sea, while the other half was at home under its C.O. – and from April, 1703 until March, 1711 the Regiment was never concentrated under Seymour's direct command. A more frustrating situation for a C.O. cannot be imagined.

In this period Gibraltar was captured. A force of 1,600 marines, of whom 330 were from Seymour's, landed on the northern end of the isthmus, near where the town of La Linea stands today. It marched southward down to within musket range of the fort walls, cutting off all communication between the Rock and the mainland. On 15 August, 1704, the Marines made a feint attack on the town while the British fleet in Algeçiras Bay heavily bombarded the fort. The firing was kept up through the night, but by eleven a.m. next day, although many of the Spanish guns had been silenced, the British ammunition was running short and it was decided to land sailors on both sides of the Rock, the marines to keep up the pressure on the north side. The landing was successful and the Union Jack was hoisted on the summit, but still the Governor in the fort refused to surrender. However, early on the 16th, he did so, and the marines entered the town, where they were kept busy for two days clearing up the debris from the bombardment. 'Gibraltar, 1704–5' became the second battle-honour on the King's Own Colours.

Then, regrettably, discipline broke down again, the troops behaving badly towards the civilians. The excesses were such that the sailors were ordered back to their ships – while the marines remained as a garrison. It is surprising that the Gibraltarians' first experience of the British soldiers and sailors did not leave them understandably embittered, and that the people of this little colony quickly became, and remained, intensely loyal to their conquerors and occupiers.

In 1711 the Regiment, once more on the establishment of the Land Forces, was ordered to Canada. Complaints had arrived that the French were infiltrating from New York State and poaching the great fishing industry. At the end of August, a fleet carrying six regiments arrived in the St. Lawrence River, and met there a hurricane which drove eight transports on to the rocks.

Seymour's was aboard and lost all arms, equipment, drums and tents. One hundred and sixty men of the Regiment were rescued but eleven officers, over 200 men, and twenty women were drowned. The Regiment was so shattered, morally and materially, that it was returned home to face another crisis. The Government refused to provide new arms and equipment on the grounds that it only provided them for newly-raised regiments. Seymour's having been fully equipped at the public's expense once on its formation in 1680, was to be financially responsible for replacing its own losses. On 21 October re-equipping started, the officers having been warned that it must be completed by the following spring. Somehow it was done, by restricting the men's pay – which did not produce a great sum in six months – and by the officers putting their hands deep into their pockets.

Chapter 4

The death of Queen Anne in 1714 created yet another dynastic complication for the throne of England. Anne had no surviving children, and the nearest Protestant claimant was George, Prince of Hanover, great-grandson of James I.

There was much scheming by the Stuarts in exile and the Roman Catholics in England to prevent the Hanoverians coming over. Had Anne lived for another six months, the Old Pretender, son of James II who died in 1701, would have been proclaimed King on the obviously approaching death of Anne. But she died before the plots to bring him over could mature, and George ascended the throne without material opposition.

In the following year the Old Pretender landed in Scotland where his handful of men were joined by 2,000 ardent Stuart supporters. He was proclaimed James VIII of Scotland and his force marched south to invade England.

At Preston it halted, foolishly allowing a force of 5,000 Royalist men to be collected. Some regular regiments (not the King's Own) and some Dutch troops in George's service were joined by the Lancashire Militia, consisting of four troops of horse and three infantry units.

The Scots took up a position covering the only bridge over the River Ribble, and erected barricades. The Royal Army attacked them throughout the day, gradually driving the rebel Scots in towards the centre of the town about where Fishergate and Church Street run today. The western barricades were the objective of the Lancashire Militia. This force, the ancestors of the 5th Battalion of the King's Own, was fighting its first action around the present main railway station, and did extremely well alongside its regular companions. It fought all day, without food, and at midnight was relieved. At dawn next day the Scots surrendered.

From the collapse of the Stuart rising in 1715 the Regiment remained in England for thirty years, living an ordinary peace-time life. It saw no active service, and this period was the longest the Regiment ever spent at home. Billets were occupied in some thirty-six towns, and in this period the Regiment moved twenty-eight times. Constant moves are unsettling to units and it cannot be denied that the behaviour of the Army generally in this long period of peace did little to endear the regular regiments to the civilian population. As a result mild dislike for soldiers developed, and apart from individual hero-worship of Peninsular, Waterloo, Crimean, and Boer War veterans, the Army as an institution remained vaguely unpopular until 1914. Mons, Le Cateau and Ypres quietly restored the nation's confidence and affection.

In 1745, when George II, who succeeded George I, had been on the throne for eighteen years, the exiled Stuarts decided that the embarrassments of England on the Continent and at home might be a suitable occasion to try again to recover their lost inheritance. The son of the Old Pretender, Charles Edward Stuart, sailed from France with two ships and a staff of seven to conquer his rightful homeland. He landed on the west coast of Scotland in July and from there, gaining the support of the great clans of Cameron and MacDonald, he marched south.

Prince Charles must have been fearful as to the outcome of his great adventure. To land on a coast, admittedly friendly, there to gather only 3,000 adherents, and advance southward towards a country that might well be hostile was indeed a gamble. His soldiers were but clansmen, primitively armed, almost unorganised, untrained, with no discipline other than patriotism. They were to meet the trained regulars of the English Army, men who had fought at Dettingen and Fontenoy, men who knew their trade.

With 5,000 men behind him he advanced into England, via Carlisle, Lancaster and Manchester, reaching Derby, more than half-way to London.

Charles's subordinate chiefs, disappointed at the indifference of the English Jacobites, strongly advocated retreat. They knew that the Duke of Cumberland, George II's son, and commander of the English Army was somewhere in front with 10,000 men, suspecting that a similar force was possibly between them and Scotland. Charles remonstrated in vain, but they refused and a dejected Prince had to turn his army back.

Three months of bitter winter saw the Scotsmen wandering around in the Grampians, but in April a force of 6,000 assembled at Inverness.

The English Army under Cumberland, in which the King's Own was serving, marched north to Nairn. On 14 April Prince Charles heard that the English had reached Nairn and might move on to Inverness and attack him. He marched out six miles eastward towards Nairn and on Culloden Moor halted, bivouacking there for the night.

During the next day a plan was made to advance across country to Nairn through the night and there surprise the English asleep in their tents. But at dusk and when the Assembly was sounded, at least a third of the men had not returned from their search for food. However, Charles decided not to wait for them and started off with 4,500 men to attack an enemy assessed to be 12,000 strong, twelve miles away. But many of the Scotsmen were weak from lack of food and could not go on, others lost their way, and towards daybreak only 2,000 men were afoot.

As the exhausted force approached the English camp, a drum was heard to beat therein, indicating that Cumberland's men were awake. The Scots' advance guard halted and its leader, Lord George Murray, ordered a withdrawal.

By six a.m. the whole force was back on Culloden Moor, in its old positions, no-one, including the senior leaders, thinking of anything but sleep, and if possible, food.

Reveille had been sounded in the Duke of Cumberland's Camp at Nairn at four o'clock in the morning, and at five-thirty the Royal army advanced towards Inverness in three columns of five regiments, each preceded by a light advance guard of cavalry.

At about eleven o'clock the opposing armies were in full view of each other, two-and-a-half miles apart.

When it was 600 yards from the Highlander's line all could see the Royal Army's greatly superior numbers, its perfect discipline and organisation. Its appearance did nothing to raise the spirits of the already tired Scotsmen.

Between the final positions taken up by the opposing armies ran a slight hollow fifty yards wide containing heavy muddy ground.

When 500 yards away, Cumberland ordered up his ten 3-pounder guns, and opened fire soon after one o'clock. The Prince returned the fire at once, one shot narrowly missing Cumberland, but the English cannonade became a decisive factor in the battle. Prince Charles' guns were ill-served, most being manned by scratch crews who, when counter-battery fire was directed on them, turned and fled.

The Royal artillery fire was increased and irreparable damage was inflicted on the Highlanders, while Cumberland's men suffered practically no casualties. The regiments posted in the front line were, from the left:

Barrell's (the King's Own, 4th Foot)
Monro's (the Hampshire Regiment, 37th Foot)
Royal Scots Fusiliers (21st Foot)
Price's (the West Yorkshire Regiment, 14th Foot)
Cholmondeleys (the Border Regiment, 34th Foot)
The Royal Scots (1st Foot)
Pulteney's (the Somerset Light Infantry, 13th Foot)

Wolfe's (the King's Liverpool, 8th Foot) forming a defensive left flank, facing inwards.

At about two-thirty p.m. the Royal artillery fire changed from solid cannon balls to grape shot and the Highlanders suffered severely, not having previously experienced this type of fire. The clan regiments in the front became impatient at being kept stationary as cannon fodder and were with difficulty restrained from charging forward haphazardly.

Several requests were sent to Prince Charles to allow an advance, which eventually he sanctioned. But there was no co-ordinated advance and most clans moved forward as soon as they received permission, irrespective of whether those on their right or left were moving or not. The centre of the line surged forward first, closely followed by several regiments on the right wing.

Leading the charge in the centre was Clan Chattan, led

The Battle of Culloden, 1746.

by MacGillivray. The men were by now so exasperated by lack of food and the punishment they had received from the artillery fire that they raced towards the English lines, many of them throwing away their muskets as hindering their speed. Half-way across the no-man's-land the Clan suddenly swung to the right, masking many of the Prince's best men in the right wing regiment, the Atholl Highlanders, and thus preventing them from coming to grips with the enemy. By this swerve to the right, the fire from Price's and the Royal Scots Fusiliers caught the Highlanders in semi-enfilade and caused many casualties.

But by sheer force of numbers they got forward and found facing them the King's Own and Monro's. These two regiments, with fixed bayonets and in three ranks, waited until the enemy was within thirty yards, when they opened fire. It was impossible to miss. Yet many Highlanders survived, and passing through the King's Own virtually split the Regiment into two halves. The very weight of their charge carried them on, past the cannon in the area between the front and second line of infantry battalions, until they were brought to a halt by the fire from the 20th (Lancashire Fusiliers) in the second line, which virtually exterminated them. The loss of men in both the King's Own and Monro's was very heavy, not only from the almost maddened Scotsmen, but from the fire of the regiments in the second line who brought the charge to its halt. The King's Own lost from killed and wounded 120 officers and men out of a total of 450; this figure is one third of the total English casualties that day. Of the 1,500 Highlanders who started the charge 500 penetrated the King's Own and the Hampshires. Very few of these 500 eventually survived, as many who fought their way back were caught by the fire of the King's Regiment, and soon the remnants of the great charge left the field.

Cumberland 'improved' his victory by letting his cavalry

go into pursuit. It encountered little resistance, though two small parties were held up by brave Jacobites who, sheltering behind one of the walls surrounding Culloden Park, were able to ambush the little groups of cavalry.

Cumberland having dispatched his cavalry on their task was in no hurry to follow his defeated enemy, and ordered his regiments to 'dress their lines'. When all was ready he slowly advanced, leaving the King's Own and the Hampshires behind to lick their wounds.

Culloden was an easy victory for Cumberland. Of his fifteen regular battalions five did not fire a shot and a total casualty list of 360 officers and men out of his probable total engaged on the Moor, 8,000, is but a little over four per cent. He had double the number of men that Charles had. They were trained, equipped, disciplined regulars of experience – were well fed and although tired after their early reveille and a ten-mile march across country were not nearly so tired – or hungry – as their opponents.

Had the Highlanders been under the command of a professional and experienced general, who had dominance and the ability to make up his mind, make a plan and see it carried out – and, most importantly, one who allowed no argument with himself, no bickering or quarrelling between his subordinates, no 'belly-aching' – then the Royal Army would have had a very different experience. It must have won in the end with its vast superiority in numbers and training, but it lacked the burning enthusiasm of the Scots, whose dash and *élan* carried them so far into the English lines. Cumberland's men would have been hard put to it to hold these lines.

For five years after Culloden the King's Own remained in Scotland. It was mainly occupied in semi-punitive expeditions from Inverness or Stirling into the more remote parts of the Highlands, there to root out isolated pockets of the insurgents of 1745 who had not been captured at Culloden, to punish the villagers who had befriended them, to show the flag generally, and to leave no doubt as to who was master. It was an unpleasant time and the men disliked it as much as their grandfathers had disliked the campaign of Cork, Kinsale and Limerick, fifty years previously.

Although at Culloden the Regiment was 'The King's Own' and the '4th Foot', it, like many other regiments, was known by its Colonel's name. Col Barrell succeeded to the command in 1734 but by 1746 had been promoted. The

The Hon. William Barrell.

Regiment still retained the name of 'Barrell's' despite the fact that at Culloden it was commanded by Lt-Col Rich, who was severely wounded that day. He lost his left hand, his right arm was almost severed and he had six wounds on his head. He remained in command for ten years after the great battle.

The Colours carried at Culloden had been presented in 1734 by Col Barrell, it being customary then for a newly appointed C.O. to make such a presentation. These Colours still exist, and were placed in the Military Museum at Edinburgh Castle in 1931, where they hang alongside that of the Appin Stewarts, one of the clan-regiments that attacked the King's Own at Culloden. Such gestures through the years have done much to heal the wounds inflicted by Cumberland's brutality after the battle.

For some forty years 'Culloden' was emblazoned on the Colours. It was ordered to be removed on the grounds that the decisive victory was won against rebels and not against a sovereign state at war with England. For the same reason, 'Sedgemoor' is not on the Colours.

Chapter 5

The Regiment left Scotland for the south in 1751 – where it remained for nearly seven years. There were frequent moves, and much dispersion. In one period lasting eight months the Regiment was extended from Penzance to Canterbury, ten companies billetting in nine towns. These companies must have been very largely autonomous, as the C.O., however energetic on his horse, could exercise only the vaguest control.

In 1756, owing to a shortage of troops for the garrisoning of the growing Empire, the fifteen senior regiments in the Army were each ordered to raise a second battalion, but two years later these battalions were formed into separate regiments, the 2nd King's Own becoming the 62nd Foot (the Wiltshire Regiment). In the same year the Lancashire Regiment of Militia was re-organised, given a regular adjutant and permanent staff, brought mildly under the control of the Lord-Lieutenant, and went into camp for a week's training at Whitsun. Thus was born the original material for Haldane's Territorials.

In 1758 the King's Own sailed for the West Indies. The fifty-one days voyage, where the men were tightly packed in the ill-ventilated holds, the food execrable and the weather worse, was concentrated misery. Matters were worsened by the repulse by the French garrison of the attempted landing at Martinique, and the fleet sailed away to Guadeloupe. The King's Own landed with the Black Watch (with whom they had fought at Martinique), and with difficulty established a bridgehead. The French position covering the landing beaches was strongly entrenched and the Regiment lost four officers and thirteen

Private of the King's Own Regiment, about 1760. (By courtesy of the Lord Chamberlain.)

men in its advance through the mangrove swamp. Success was achieved by the grenadiers of both regiments drawing their swords and charging the enemy – a unique experience for infantry soldiers. The French withdrew into the interior.

The remainder of the force then landed and advanced on a wide front. Six days later the island surrendered, and 'Guadeloupe' became the next battle-honour on the Colours.

The Regiment remained in the West Indies for three years. The islands were very hot and damp, with frequent torrential rainstorms throughout the year, but the men continued to wear their ordinary European uniforms, designed to keep them warm in the Flanders winters. There were many casualties of the climate, over 200 men in the Regiment dying in three years. However, tropical uniforms arrived in 1760, all made of linen. There were no waistcoats or spats, and each man's hat had an additional lining fitted as a protection from the sun. The health of the Regiment markedly improved.

In the next three years expeditions from Guadeloupe to Martinique (this time successfully) Havana and Dominica were all arduous climate-wise, but of little regimental interest, and in 1764 the King's Own returned to England. It was some time before it recaptured its health, and at an administrative inspection after arrival only 145 men were fit for parade, while the arms, accoutrements, drums, clothing and Colours were all in poor condition.

A year later, however, when stationed in the villages of Kensington, Knightsbridge, Chelsea and Brompton it was reviewed, together with the 43rd (Oxfordshire) Light Infantry, in Hyde Park by the young King George III and had so far recovered its smart-ness that the King ordered one hundred guineas to be distributed among the private soldiers of 'his own regiment'.

In New England about 1770, the American colonists were becoming increasingly restive at the demonstrably unfair arrangement by London of taxation of the colonists without any representation at Westminster. Matters were precipitated by the Boston Tea Party, which persuaded the British Government to maintain an army in America.

In 1774 the King's Own again sailed across the Atlantic, and for four years was employed around Boston. Marching from one small town to the next, its sole duty was to 'show the flag'.

Minor actions at Concord, Boston, Bunker Hill, Charleston, Washington, and Brandywine resulted in few casualties, the Regiment losing in this period two officers and forty men killed, and 150 wounded. It was an unpleasant time, and the men disliked firing upon white men who spoke English and were subjects of the King.

The colonists, however, were truculent. They were entitled by law to bear arms, and didn't hesitate to use them, often not in fair fight but by ambush. The proclivity of Americans today for the possession and use of firearms dates from these years. It is not without interest that Boston was the third occasion in the Regiment's ninety-four years' existence that it had been called upon to subdue Britons rebelling against their lawful monarch.

The Regiment gladly left America and sailed for the West Indies in 1778 – where taking part in the landing on, and capture of, St. Lucia, it gained its next battle-honour.

It returned to the United Kingdom in 1779, where it spent the next eight years, mostly in Ireland. Here the men suffered badly by neglect from Whitehall. Clothing was not replaced when worn out, food was not only poor but scarce and as a result much 'scrounging' was practised. Strength was low, and of the 387 men in the ranks, 284 had recently been enlisted while in Ireland. Inevitably, desertions were frequent. One deserter, a Sgt Castine of the King's Own, smuggled himself out of Dublin Harbour on a lugger bound for Dunkirk in 1784. He joined the French Army and was promoted Colonel during the

French Revolution. In 1792 he became a Divisional Commander, defending Metz successfully, but was guillotined for no known reason a year later.

Private of the Grenadier Company, 1785.

A return yet again to America, the fourth in thirty years, followed and twenty uneventful years were spent on garrison duty in Canada.

On the return voyage in 1799, the ship carrying Battalion Headquarters was chased and captured by a French privateer. In this party were the C.O., his M.O., Surgeon Maguire, and the latter's wife and small son, Francis, whom we shall meet again. To save the Colours, Mrs. Maguire, a woman of twenty-two who had been born in the Regiment on the day of Bunker Hill, stripped them from their staves and dropped them, weighted, overboard. With the twelve officers and thirty-six other ranks captured with her, she remained in the P.O.W. camp at Brest, the only woman among a total of 600 men.

The details captured were released in July, 1800 and, arriving in England, formed the cadre for a new 1st King's Own. Two more battalions were raised in 1799 and the Regiment remained at this strength for three years, when the 3rd Battalion was disbanded. On three occasions the battalions were brigaded together in small towns in the south of England; it is not difficult to imagine the junketings on Regimental Guest Nights.

During the nine years the Regiment was at home, four minor expeditions to the Continent were made to Holland, Hanover, Copenhagen and Gothenburg. None lasted more than four months, none was important, and the total cost was three officers and twenty-three men killed. The expedition to Gothenburg, however, for which the Regiment embarked at Harwich on 26 April, 1808, was remarkable for the non-disembarkation of the units. The fleet arrived off the coast of Sweden on 17 May and lay at anchor. Regiments often landed on a small island nearby for bathing and exercise, but the latter did not amount to much and the men became soft. They remained on board, sailing from Sweden in the middle of July, but on arrival at Spithead were not allowed to disembark and the fleet sailed next day for Portugal. Here the men went ashore eventually on 19 August, thus having been on board ship for four months. No wonder they were very soft and in no state to face the rigours of the campaign in the approaching Spanish winter. It was one of the most arduous in the Regiment's history, but was to end with its greatest battle-honour – 'Corunna'.

Chapter 6

Since Trafalgar in 1805 Great Britain had utterly dominated the Atlantic and the European seas. Napoleon was in fact fenced in by the Royal Navy. He was master of the Continent, while England was mistress of the seas. Napoleon's only chance was to attack England in her greatest vulnerability, trade.

Accordingly an economic blockade against Great Britain to strangle the trade and starve her people was declared in Berlin in 1806. By it all ports in countries occupied or dominated by the French were to refuse admittance to British ships while the ships of these countries were forbidden to enter British ports.

But to have success the blockade, the 'Continental System', had to be complete and by 1808 it had not succeeded. Napoleon rightly suspected Spain and Portugal of trading with England as well as with France, and thereby causing the leakage which was hampering his plans. To close this great leak he induced the Spanish royal family to abdicate, placed his brother Joseph on the throne at Madrid and overran the whole Iberian peninsula with French troops, ordering both Spain and Portugal to conform to the 'Continental System.'

The Spaniards, together with Portugal, appealed to England for help and material aid. England, always willing to help her old ally, Portugal, welcomed this chance to take offensive military action against the French.

A force of 11,000 men under Sir John Moore, including the King's Own, landed at Maciera in August. It did not move forward into Spain until the middle of October, there 'to co-operate with the Spanish Armies in expelling the French from the Peninsula'. So Sir John Moore's 'brief' ran – a gigantic task.

Owing to the inferior roads he advanced north-east along three lines, only the most southerly of which was capable of taking the artillery. After covering 120 miles, the force was on a frontage of one hundred miles, each column separated from the next by mountains, the weather appalling and the men not yet fully hardened. After crossing the Portuguese frontier the Spanish people were found to be unfriendly and disobliging. Often requests for accommodation or a meal by officers or men were refused for no reason.

Hearing of Moore's advance towards Madrid, Napoleon concentrated a huge army of 300,000 men and moved south-west to find and destroy the British. Moore, always cautious and fully realising his vast inferiority in numbers, turned north-west and made for Corunna, where he had ordered the transports up from Lisbon to await him, should re-embarkation become necessary.

There followed on both sides an amazing feat of marching across mountainous country covered in snow, cut by deep defiles.

After four days' marching Villafranca was reached, where some provisions were found, but sleep now was as great a requirement as food, and the whole army, tired out, had to bivouac night after night in the snow, and around such fires for which wood could be found.

On reaching Lugo, eighty miles from Astorga with sixty miles still to go to Corunna, Moore found several days' food for the troops and he decided to stand and fight. Taking up a good natural defensive position he awaited the enemy. But twenty-four hours later it became evident that the French were not going to attack in force. Moore, thinking it unwise to wait, slipped away in the night, and the army continued its miserable march to Corunna.

Shortly after the French left Astorga, Napoleon departed for Paris, being sure that the British would be annihilated while embarking, leaving Marshal Soult to take command. Soult was one of Napoleon's best generals but he could not catch the British, who reached Corunna on 11 January. Crossing the last river in front of them by the bridge at El Burgo, they climbed the long hill overlooking the town, and were sadly disappointed to see few ships in the harbour. The transports had not arrived, the French were close on their heels, they were all tired out and clearly a desperate 'backs to the wall' action was imminent. During this marathon of marching, Moore had averaged seventeen miles a day, and the hardships were as great as any the British Army had suffered. Many men were missing, exhaustion through fatigue, exposure or hunger leaving a long trail of casualties with which the rearguard could not cope. Some units lost up to a hundred men, though the King's Own lost only fourteen.

Four days followed with no marching and no fighting, enabling the troops to prepare some rough defensive works, and to get some rest. When Soult arrived at El Burgo on the 13th, and attacked on 16 January, he faced a very different task than his possession of the initiative on the 13th and 14th would have given him. On the evening of 14 January the fleet sailed into the harbour. Loading of rearward services started immediately and by mid-day on the 16th Soult realised that he must act now if he was to catch the British before final embarkation. At two p.m. he attacked.

Moore had taken up an excellent defensive position along the Monte Mero ridge, some two miles east of the town, with two divisions up and one in reserve behind the right flank, with a fourth well back, guarding the town. The right forward division had Bentinck's brigade on the right. Bentinck had the King's Own on the extreme right flank – the most exposed, and the key position of the whole army.

Next to it were the 50th (West Kent Regiment) with the 42nd Black Watch in reserve. The division in reserve, Paget's, was over a mile to the right-rear of Bentinck's brigade, and this gap on the right flank seemed dangerous. Moore, however, had deliberately left it open, as a trap for Soult, whom he knew could not attack his (Moore's) left, resting on the River Mero, while the centre was strong. In front of Bentinck's brigade and 400 yards down the gradual slope lay the village of Elvina. Half-a-mile out on the right of the King's Own lay the village of San Cristobal. The ground had many low stone walls making useful cover from fire for the advancing French, yet awkward obstacles impeding their movement. At right angles to the line held by the King's Own, and about 200 yards out on their right flank ran a sunken road.

Soult's attack started, as Moore had anticipated, against the British centre. Here the two brigades held firm all day and the French were unable to make any headway whatever.

The Fourth of Foot during the Peninsula War.

Opposite Bentinck's brigade on the far right, however, the enemy succeeded in driving some piquets of the King's Own and the 50th from Elvina and the enemy retained possession of the village.

Seeing this minor success, their only one so far, the French decided, rightly, to exploit it and moved to encircle the vulnerable British right flank. Moore ordered the Rifle Brigade from Paget's reserve division to move up the valley to come between San Cristobal and the King's Own and so help to fill the great gap there. At the same time he ordered the King's Own to swing back its right wing so that these four companies now faced south across the gap. The sunken road was now in front of the right wing of the Regiment. Moore watched the movement carried out to form his defensive flank and on its completion said to the C.O.: 'That is exactly how it should be done'.

At about this time the 50th went forward to recapture Elvina and after a good deal of hand-to-hand fighting, evicted the enemy from the village, suffering heavily in the confused street fighting.

This regiment now being 400 yards in front of the army's original alignment, and four companies of the King's Own now facing right, the enemy had a considerable threat on its right flank.

However, the French left continued with its attempted encirclement, though suffering severely from the fire of the King's Own. Moore, seeing the enemy moving into his trap, ordered the whole of the reserve division forward. Led by the 28th (Gloucesters) and the 20th (Lancashire Fusiliers), it moved up the valley between the King's Own and San Cristobal. The French, now only 300 yards in front of the withdrawn wing of the King's Own lining one of the walls, were suffering heavy casualties and the frontal attack of the reserve British division caused them to halt. Darkness was beginning to fall, there were no further tactical moves by either side, the action was virtually over and the battalions in the left forward division started to move down to the docks.

Battalions from the front line left piquets to light fires and keep them alight through the night to simulate occupation while their parent units moved down to embark. Apart from the staff, few of the regimental officers knew the town and the few hours available must have left little time for preparation, for embarkation tables to be drawn up, embarkation hards marked out, units allotted to ships, or many of the details worked out necessary for any embarkation. Most of the horses had to be shot, vehicles and stores abandoned or destroyed. When some of the boats pulled out into the harbour and into the darkness the sailors in charge could not always find their own ship. Often the men, and sometimes the few women still surviving, were put on the first ship found and units and parts of units became hopelessly mixed. One ship had men of fourteen different battalions on board.

The passage home was rough and extremely uncomfortable. Many ships were crammed to the bulwarks with filthy, exhausted and often wounded soldiers. The food was quite insufficient, unit organisation barely existed and the open decks were used for sleeping. Coming up the Channel a gale sprang up, wrecking two ships on the Cornish coast, and eventually the ships disembarked their barely human cargoes at every port between Falmouth and Dover.

Four years later – in 1812 – the King's Own, together with the Black Watch and the 50th, were granted the battle-honour of 'Corunna' to be borne on the Colours. The three regiments had so greatly distinguished themselves that they alone were allowed the battle-honour and it was many years before all the other regiments present at the battle were granted it.

This battle-honour, 'Corunna', is perhaps the one of

which the King's Own is most proud. There is no doubt that the steadiness under the considerable artillery fire aimed at the Regiment in full view on its hillside, and then the tactical move of the right-flank companies to fire into the French flank did everything to prevent encirclement of the entire force. Had the King's Own not been so well trained, so well disciplined and so well led, a disaster might have occurred and the Army decimated.

Chapter 7

A brief period of home service for one year after Corunna was broken by both battalions taking part in the ill-fated expedition to Walcheren Island for two months. There were no battle casualties but the damp enervating climate caused much sickness and there were usually 200 or more men in each battalion unfit for duty. On their return they disembarked at Harwich and marched to Colchester. The staggering, far-stretching procession of invalids much resembled that which had landed at Portsmouth on the return from Corunna only a few months previously. The Regiment was declared unfit for service on medical grounds.

However, the 1st Battalion regained its health sufficiently in three months to be ordered out to the Peninsula to rejoin the Duke of Wellington's army left behind in and around Lisbon when Sir John Moore had started his expedition.

There was little doing in Portugal for a while and beyond holding the defensive position, the Lines of Torres Vedras forty miles to the north, the Regiment saw little activity. Between the Lines and Lisbon the country was much congested by some 20,000 soldiers with masses of civilians who had been driven into Portugal by the French. Outside the lines the three besieging French Corps could not advance or manoeuvre to their right or left, and finally withdrew. Another wretched winter was spent, and those regiments that had served in the unhealthy Walcheren campaign had many recurrences of the fever picked up there.

In March Massena retreated again for eight weeks,

fighting determined rearguard actions for 150 miles.

The 5th Division, in which the King's Own was serving, was employed in the capture of Santaram, Pombal and Fuentes d'Onoro, none of which needed much fighting, and in which no battle casualties were suffered by the Regiment.

After Fuentes d'Onoro an incident occurred in the King's Own that was to have a tragic ending. To prevent the French escaping across the Agueda by a bridge, Wellington ordered the 5th Division commander, Sir William Erskine, to send the King's Own to hold the bridge. Erskine was dining out at about four p.m. when the order reached him and he declared later that he sent the orders on at once to the King's Own. Others said he put them in his pocket and forgot them. Anyway, the C.O. of the King's Own, Col Bevan, did not receive them until nearly midnight. There being only a few hours before daybreak he decided to wait until he could see, but the French were already on their way to the bridge. The 2nd Worcesters in bivouac heard them moving and opened fire. Bevan, hearing the sound of firing, immediately moved the King's Own at the double but the French got to the bridge first. Covered by fire from three regiments on the far side, many of the enemy got across. Then the C.O. of the Worcesters foolishly led a mixed mass of his own regiment and half the King's Own over the bridge in face of the strongly posted three French regiments. Of the total casualties of thirty-five, thirteen were in the King's Own.

Wellington was furious at the blunder and blamed not Erskine but the C.O. of the Worcesters for his rashness and Bevan for not at once obeying orders. Bevan felt this aspersion on the performance of his duty deeply, and demanded a Court of Inquiry. This was refused after repeated appeals. None of them being granted, he committed suicide. The slur upon the Regiment and their C.O. was deeply felt by the men, and the funeral, with military honours, was attended by all the officers of the 5th Division.

The King's Own then marched south to Badajoz – one hundred miles – in the heat of May, where it was to be used for the capture of the town. Enemy strength was found to be too great, however, and it marched back to Fuentes d'Onoro, where the remainder of the year was spent.

In March, 1812 it retraced its steps to Badajoz and there took a leading part in the capture of that fortress, said to be in first class condition and in better order than most in the Peninsula.

The whole of the northern wall of the fortress faced the river Guadiana, 500 yards wide and quite inaccessible, while the main defences were on the southern face, and very strong. There were eight bastions in the six-mile perimeter, each with a miniature garrison of its own, and the capture of one or perhaps two of them would not have necessarily meant the reduction of the fortress.

The town was besieged on 17 March, and by 6 April, three breaches had been made in the walls by mining. Each was assaulted, with diversionary attacks elsewhere to engage the enemy's attention.

The King's Own, of the 5th Division, was to capture the Bastion of San Vicente, at the extreme north-west point of the perimeter. Scaling ladders were provided and in the dark it was hoped that while the enemy was heavily engaged on the south face by the main attack, a secret entry might be made in their rear.

The light companies of the King's Own, the 30th (East Lancashire), 38th (South Staffordshire) and the 44th (Essex Regiment) led the attack, the main body of the King's Own being in support while the 30th and 44th were in reserve.

In the dark the Division got up to the moat unseen and while awaiting the order to cross, a tremendous explosion some distance off was heard. Clearly it was the main attack going in, and indicated that vigilance at San Vicente might not be very sharp. The advance started but the French sentries above saw the four regiments. The ladder-carriers forced their way through the light wooden fence guarding the moat, jumped into the ditch, wading through four feet of water and set their ladders against the wall. But they were too short and the C.O. of the King's Own (Major Piper) moved the battalion away to a flank, seeking a lower part of the wall. This he found but the ladders still failed to reach the summit. However, the men at the top of each ladder were pushed upward on the shoulders

Colour of the Hesse Darmstadt Regiment captured by Private Hatton at Badajoz.

of those below and many got onto and over the walls. The defenders, largely taken by surprise, withdrew and Major Piper led the battalion against the bigger houses whose capture was to make a bridgehead, while the light companies raced along the top of the wall pursuing the panic-stricken French soldiers.

The next bastion was cleared but the next two resisted for a long time though they were eventually overrun.

In the reduction of the fourth bastion Pte Hatton of the light company of the King's Own captured the Colour of the Hesse Darmstadt Regiment, serving in the French Army. He kept it proudly for two days and then carried it to Wellington who rewarded him with a financial gift and asked that he be promoted. The flag now hangs in the Great Hall of the Royal Hospital at Chelsea. After the campaign Hatton's comrades collected money and presented him with a silver medal, describing his bravery.

Silver Medal presented to Private Hatton by his comrades.

This literally unique medal is now in the Regimental Museum at Lancaster.

A counter-attack by the enemy drove the light companies of the four regiments back to San Vicente but the 38th rallied and again the bastions were lost by the enemy, one by one.

Meanwhile the main body of the King's Own had little difficulty in penetrating the town for some distance, and almost reached the rear of the breaches made in the walls, defended by the French.

The atmosphere in the town was eerie. The houses were brilliantly lit but all seemed utterly deserted, yet now and again a shot from behind a latticed window, making the soldiers duck, showed that they were among unseen enemies. The weird silence was now and again broken by the crash of another breach going up at the walls.

During the night the British attack on the breaches behind which the King's Own had arrived was withdrawn and the French turned on the Regiment, forcing it to retire slightly. But Wellington heard the King's Own bugles and realised they were in the town. He immediately ordered the resumption of his attack and the French main body, caught between two fires, surrendered.

The King's Own, now in the square in the centre of the town, were again concerned in a disgraceful scene. The civilian inhabitants, hoping the victors would be satisfied with drink and abstain from pillage, placed bottles of a very powerful spirit on tables outside the shuttered houses. The soldiers quickly became drunk and wanton destruction of property followed. Two days later Wellington decided that Badajoz had had enough, and he ordered evacuation, placing the town out of bounds.

One scholarly account of the action says: 'But for the gallant action of the King's Own in scaling the walls, and then making a bridgehead into the town behind the enemy, the main storming column must have been repulsed, losing probably three and a half thousand men'.

The Regiment lost four officers and forty men killed, with fifteen officers and 173 men wounded. This total of almost twenty-five per cent casualties is extremely high for this period in history.

Chapter 8

The 2nd Battalion joined the Peninsular Army after Badajoz, being posted to the same brigade as the 1st. Both then took part in the resumed 'to-and-fro' marching which was so typical of the Peninsular campaign, and which brought the 5th Division, and thus the two King's Own battalions, to Salamanca and the Regiment's next battle-honour.

The British Army took up a position on and behind some low hills, five miles south-east of the town. The French, under Marmont, assembled three miles to the east. Marmont, like all French generals, did not know Wellington's trick of keeping his main forces just behind high ground and out of sight, to be produced at a crucial moment. Napoleon himself was shaken at Waterloo when Wellington's order – 'Stand up, Guards' - suddenly faced him with the solid scarlet walls of British squares in the centre of the British line.

From the highest point in the French line Marmont could only see one British division. In the distance, however, he saw columns of transport moving away, and believing that Wellington was about to withdraw, moved a large force to his left, intending to encircle the British right. To counter this the 5th Division was moved forward to extend the right flank, and, as so often in the past, the King's Own was the right-hand battalion of the Army, its 2nd Battalion being in close support.

The French guns opened up on the crests in front of the 5th Division but only a few casualties were suffered, all from 'overs'. The enemy then sent forward a line of skirmishers against the division on the left of the 5th, but were held, the 5th expecting to be attacked at once.

However, the advance that was soon made was not against the King's Own but far out to the enemy's left. Between them and those attacking the 4th Division in front, a large gap was opening up, and soon the French Army was extending and advancing on a vast arc, with no depth. Being little more than a thin line with no supports it became an ideal objective for cavalry, and while waiting for them to come up the 5th Division came up over the crest of its hill. For half-an-hour the Regiment waited for the cavalry. While waiting they saw another British division advance to the attack from their right rear, catching the French by surprise. The leading enemy units fell back onto the second – and last – line, all in complete confusion – and the King's Own advanced with the 5th Division.

The order to move was greeted with cheers, and the light companies ran down the slope with enthusiasm. Behind them marched the line of regimental main-bodies, their dressing by the left being impeccable. For nearly a quarter-of-a-mile, under heavy artillery fire from over the heads of the great French extended line, the regiments marched with a degree of silence, regularity and precision rarely surpassed on a field-day at home.

The French recoiled, being driven in by the rush of the light companies, and the three British divisions, the 4th on the left, the 5th in the centre, and the 3rd, which had now come up on the right, crossed the low ground at the foot of their hill and ascended the opposite rise. As they topped it they saw the French had formed squares, front ranks kneeling, none firing, all waiting. Quickly the British line fired a volley and then charged. Smoke and dust enveloped everything and confusion caused by large masses of men with very little visibility became acute.

On the left the 4th Division was repulsed for a while, but its reserve brigade was brought up and the three divisions prepared to advance again. Continued pressure and further attacks were too much for the enemy, who turned and ran. Darkness came down, and far into the night the British followed the French Army, which was widely dispersed but not destroyed.

In the battle the losses of the two battalions amounted to one officer wounded, eight men killed and forty wounded.

The King's Own captured two French standards in the final assault. One was taken by Lt Maguire, whom we first met returning from America. He had been a child on the Regiment's return when, with his father and mother, he had been taken prisoner by the French privateer. At Salamanca he was twenty and had been an officer in the Regiment for the past four years. He was a magnificent athlete and one of the fastest runners in the Army.

After Salamanca the 5th Division marched south-east to Madrid, which it reached on 10 August at the height of the Madrid summer. Here officers and men enjoyed themselves immensely, but were glad after three weeks of gaiety to move on and out of the hot city, to the capture of Valladolid. A slow, impeded advance towards Burgos followed. Attempts to capture this town failed badly and there is little doubt that staleness of the troops, despite their 'let-up' in Madrid, was the chief cause of the failure. At this time the King's Own had only 330 men fit for action, with a fractionally higher figure sick.

There was much marching and countermarching during the autumn with several minor engagements with low casualties suffered by the Regiment. The C.O., now Lt-Col Piper, was wounded and seventy-three men killed or wounded. The general trend of the manoeuvres was withdrawal, and by the middle of November the Army was 150 miles south-west of Burgos. As usual the weather was atrocious, the rations late or at the wrong place and the sick-rate remained high. After the success of Salamanca the Army's morale had been high, but the repulse at Burgos and then the piecemeal withdrawal through the autumn had lowered it considerably. Indeed, Wellington had to tell his brigade and divisional commanders that he considered his Army had sunk so low in quality as to be barely capable of fighting a general action. He added that no disaster had been met with, no privations that good regimental administration could not counter, the marches had not been long, and there had been several considerable halts. He ended by saying that inattention to their duty by the regimental officers was largely to blame for the state of the Army. Hard words, but probably deserved.

During the retreat the Regimental Sergeant-Major, Frederick Field, had been commissioned as an ensign, in those days a most unusual promotion, and about this time the senior sergeant in each company was made a colour-sergeant. This was perhaps the most important and influential rank that has ever existed in the army and in 1914 was to become company-sergeant-major.

By the spring of 1813 the failure of Napoleon's invasion of Russia was being felt in Spain by the French Army. A number of units were withdrawn to Metropolitan France, while the morale of those remaining sank slightly on hearing the bad news from Moscow. Consequently an advance was ordered in May.

After many rationing and supply difficulties, Wellington, by superhuman efforts, brought the army northward, north-west and north-east, to come between the French around Burgos and their harbour of Santander on the north coast. Off the latter the British fleet cruised to cut one of the French supply lines.

The enemy commander was now Joseph, King of Spain and Napoleon's brother. He knew little of soldiering, and took up a position in front of Vittoria, to face the British from this totally unexpected direction.

Wellington attacked in four columns, the 1st King's Own being in the left-hand one, together with the 30th and the 47th (Loyal Regiment), a truly Red Rose brigade. The attack was on a seven-mile front, very long for those days of concentration, and was designed to envelope both French flanks. At first it was a great success and the left column got right round the town of Vittoria. Here the French were found to be in considerable strength, but a combined attack of the three battalions carried the two villages held by the enemy, capturing 2,000 prisoners. Another hold-up occurred, and two King's Own attacks were repulsed. In the latter Lt Maguire again captured an enemy colour, but when placed in a conspicuous point it was shot to pieces and the Regiment again fell back. But the Lancashire brigade had played its part. It had 'contained' the enemy by its pressure, and prevented him from withdrawing along the Bayonne Road to safety. The centre and right columns, under Wellington's direct command, pushed the enemy back and their line collapsed, their retreat necessitating the abandonment of all their artillery and innumerable wagons carrying the accumulated plunder of their five years' occupation of Spain. The Regiment lost in the action two officers killed (including the Adjutant), with six wounded, and eleven men killed and seventy-two wounded. 'Vittoria' became the next battle-honour and young Maguire's reputation as a brilliant infantry officer became a legend.

The victory of Vittoria placed the French Army in the Peninsula in a dangerous position. Breaking into two halves it escaped over the mountain passes into France, and apart from two castles in Spain the Peninsula was at last free from French domination. But San Sebastian and Pampeluna had to be reduced before Wellington could invade France. Accordingly, a force of 10,000 men under Sir Thomas Graham appeared before San Sebastian, still heavily garrisoned by the enemy, on 9 July.

The fortress was on a sandy peninsula jutting out into the Bay of Biscay, about a mile long and 700 yards wide.

Vittoria, 21 June, 1813. Village of Gamara Mayor taken by the 4th, with other regiments of General Robinson's Brigade.

At the northern extremity was the Castle of La Mota, and across the southern end was a line of defensive works, chief of which was a high rampart with three bastions, the main protection of the fortress. Out beyond it lesser works had been built. Along the easterly side of the peninsula flowed the river Urunea, and across this river were low dunes where batteries could be placed.

An attack was made on 17 July and by the 19th the French had been forced back from the outer field works, while the batteries in the sand dunes had breached some of the eastward-facing ramparts. A night attack was ordered for the 24th, but the defenders had filled the breached walls with moveable obstacles, and in the confusion and the dark the attack was a complete failure. The King's Own, in the reserve brigade, expected to be thrown in as reinforcements, but further offensive operations were postponed and the Regiment took over the line held as an outpost, Major O'Halloran of the King's Own being appointed 'Field Officer of the Outposts'.

At dawn the French made a sortie and a Portuguese unit in the British line panicked and ran, a hundred men being taken prisoner. O'Halloran, however, rallied the line and drove the enemy back into the town. Later he was tried by court-martial for 'Gross neglect of duty', although there seems to be no reason for such a charge. He was honourably acquitted, the Court finding that the Portuguese unit had refused to obey his orders to stand.

After a certain amount of manoeuvring further inland, the siege of San Sebastian was resumed on 26 August. On this day a feint attack by two companies of the 1st (Royal Scots) and the 9th Foot (Norfolk Regiment) was mounted to persuade the defenders to blow their mines and to disclose their positions. They did neither, and all the men from the two companies excepting their leader became casualties. Clearly the French knew they were fighting a 'backs-to-the-wall' operation and Wellington realised that he had a hard nut to crack, a nut that had to be cracked before he dared advance northward across the frontier into France.

The real assault was ordered for 31 August at noon, the first time in the Peninsular War that a town and its walls had been stormed by daylight. The men could see the muzzles of the enemy guns, the sun shining on the French bayonets and movements along and below the parapets to be attacked. Robinson's Lancashire brigade of King's Own, 30th and 47th was to lead in two columns with some Portuguese troops on the extreme right-flank under Sir Thomas Bradford, an ex-King's Own officer, later to become Colonel of the Regiment. The remainder of the 5th Division was in close support of Robinson's brigade.

Early on the 31st Lt Maguire woke to find a thick fog around him. It was not only his twenty-first birthday, but also a day of great honour for him. He had been selected from several candidates to lead the Forlorn Hope, the leading company of the King's Own that was to storm the biggest breach. He put on his full dress, including his cocked hat, explaining to his tent-mate that when going to meet old friends one should be correctly dressed.

The fog lifted at eight a.m. and the bombardment started, pumping a constant stream of missiles at the defences and into the town. At eleven the three regiments left their trenches.

Robinson had now been wounded and Lt-Col Brook of the King's Own took command of the Brigade, Capt Williamson taking over the Regiment.

Francis Maguire was first out of the trench and, the athlete that he was, easily outstripped his men in the 200 yard dash to the great breach. He was quickly joined by a sergeant and twelve men and they tried to find and cut the fuse of a mine in the wall. The French, seeing them casting about, fired the train themselves. The great wall

THE FORLORN HOPE. *Francis Maguire at San Sebastian.* (*See page 59*)

fell and many men of the King's Own were crushed. Had it gone up a few minutes later when the main body of the Regiment was at the site, many hundreds must have been killed.

Maguire pressed on through the smoke and dust and, turning at the top of the heap of rubble, waved his cocked hat to call on the few men behind him. In sight of the whole Brigade he fell dead at the very breach.

The Regiment surged over his body through the ramparts, but on leaving them were held by flanking fire from the walls still intact and for a while had to retire to the breach.

A massive bombardment was then commenced on the remaining walls, with such success that most of the French guns were silenced. The reserve brigade was brought forward to lead another attack. The attack succeeded and the last defenders in and around the great breach were bayonetted, the Brigade moving down from the rubble into the town, and forward to the Castle of La Mota at the far end of the promontory. The Portuguese, coming in on the right with great *élan*, followed the British regulars into the town and set fire to it.

Shortly after the firing had died down a drenching rain and thunder storm burst over the peninsula. The hurricane fanned the flames into a furnace and the troops were forced back by the fire almost to the ramparts they had conquered. Little was left of the town after the bombardment, the fire and, it must be said, the depredations of the soldiers.

The British losses throughout the siege and in the final successful attack were enormous. The King's Own lost five officers and 117 men killed, with six officers and 170 men wounded.

Lt Maguire's death was deeply, and in the Army widely, lamented. The Brigade Commander, Robinson, himself wrote to his mother. Mrs. Maguire lived until

Mrs Surgeon Maguire.

1857, dying aged eighty-two, and was in receipt of three pensions, one for her husband, the surgeon, one for Francis, and one for her other son drowned while in the Navy.

As recently as 1924 Spain showed her gratitude to the British soldiers who died driving the French out of her country. A plaque, bearing the arms of Great Britain and Spain and showing an allegorical group, with Maguire leading the Forlorn Hope, was erected in the British Cemetery in San Sebastian. It was unveiled by the Spanish Queen Ena.

In 1912 a picture was painted for the Royal Academy Annual Exhibition by Mr. J. P. Beadle, showing Francis Maguire leading the Forlorn Hope. He is shown wearing his cocked-hat, though his men are wearing their ordinary shakoes. The picture now hangs in the Regimental Museum.

For some time after the fall of San Sebastian there was a lull in the operations and several weeks elapsed before Wellington decided to cross the frontier and thus invade France.

When he did so, Robinson's Brigade moved out from Irun and, wading through the stream, reached the opposite bank, becoming the first British troops to set foot on French soil since Malplaquet in 1709 – 104 years previously. Moving forward they reached the beach where today stands Hendaye and where Madrid-Paris travellers change trains.

Early in December the 5th Division moved forward again. Approaching the Chateau d'Anglet one evening, the King's Own surprised the owner entertaining the local French general at dinner with a large number of his staff. As the King's Own men rushed into the kitchens and back-premises the Frenchmen ran out of the front of the house, leaving hats, swords, and dinner behind them. The food was quickly consumed by the soldiers, and then the silver spoons and forks found their way into British knapsacks. Of little weight or bulk they were easy to carry and it is probable that some of these 'souvenirs' eventually and after many months reached homes in Lancashire and may be, today, in antique shops in Lancaster, Garstang or Carnforth!

Reinforced by the 1st Division, and after considerable minor manoeuvres, covering five days, the 5th Division eventually got across the Nive and so to the outskirts of Bayonne and its siege.

At the end of February the encirclement of Bayonne was complete, and in April news was received that Napoleon had been defeated at Leipzig, Champaubert and Montmirail – and had abdicated.

The French in Bayonne surrendered and the King's Own marched into the city with bayonets fixed, the band playing and Colours flying. The garrison was drawn up to receive them, and flowers were thrown at the marching soldiers. Since returning to the Peninsula after the Walcheren expedition, the Regiment had marched 1,200 miles on the execrable Spanish roads. The Peninsular War was over.

The end of the siege of Bayonne was the last occasion that British soldiers fired a shot against French soldiers on French soil. To commemorate this, in 1964, 150 years later, ceremonies were held in Bayonne (which the author was privileged to attend, representing the Colonel of the Regiment). A simple religious service, held where the trenches had been, was followed by a packed service in the Cathedral at eleven a.m. A 'Vin D'Honneur' given by the Mayor of Bayonne in the Hotel de Ville was held at midday, followed by a banquet in the evening, the hosts being the French Government. Its hospitality, and that of the Mayor, was unbounded.

Chapter 9

After a short participation in the joys of peace after war, the Regiment marched away from Bayonne in May, 1814, a hundred miles north to Bordeaux. There it was one of the three regiments selected for its 'experience and discipline' to be prepared for embarkation for active service and an unknown destination, together with the Essex Regiment and the K.S.L.I.

Three dirty little transports were used on which the accommodation for the men was as usual cramped, airless and mostly below the water-line. Eighteen days were spent in reaching the Azores, only a quarter of the way across the Atlantic. It was another three weeks before Bermuda was sighted, and after ten days, the force, now joined by the Scots Fusiliers, left for Chesapeake Bay, 200 miles south of New York.

The causes of this stupid little war about to be fought date back to 1808 when Napoleon instituted his 'Continental System', described earlier. To counter the complete embargo on all British ships or cargoes entering Continental ports, Great Britain forbade any neutral vessels to trade with any country under Napoleon's control, unless its shipping had first called at a British port. These two restrictions on international trade had devastating effects, particularly on America whose trade was so rapidly expanding. The British seized any ship that had not called at a British port – while the French captured those that had done so.

British frigates cruised up and down the east coast of America, stopping all ships, boarding them and frequently removing several of each crew. This somewhat high-handed attitude infuriated the American businessmen, ship-owners, and politicians. After many protests and some negotiations, the British agreed to lift the blockade against American ships but, at the date agreed for the easement, she failed to implement her undertaking. In May, 1811 another gross case of near-piracy so exhausted the U.S.A.'s patience that she declared war on Great Britain.

Eventually, after Napoleon's first abdication, Great Britain was free to send a fleet and a force to subdue the Americans for their effrontery in declaring war on what many people on the other side of the Atlantic still considered the mother-country.

The fleet with the soldiers aboard sailed sixty miles up the Chesapeake River, and disembarked the army at St. Benedict, twenty miles south of Washington. An advance on a broad front by the four regiments and some marines, protected only by a small advance guard of three companies, took place, but no enemy was met for some time. By-passing Washington, the army approached the little town of Bladensburg and saw the enemy across the Potomac, drawn up in three lines.

The only bridge between the town and the enemy was closely covered by American riflemen and six guns. The Light Brigade, consisting of the light companies of the four regiments, charged across the bridge led by the light company of the King's Own. Casualties were naturally very heavy, but the troops got across and, fanning out, penetrated the enemy outposts. These in turn fell back on the main first line, throwing it into confusion. However, the main line held and in fact eventually pushed the leading British troops back towards the river bank. The position was stabilised and the 2nd Brigade came up. Crossing the bridge the Essex Regiment moved to the right, while the King's Own moved out to the left. Here the Regiment was faced by the few trained soldiers in the American Army, those who had been holding the light companies. The weight of the King's Own attack prevailed, the American right flank gave way, and soon the whole of the enemy force had disappeared into the woods behind them. The Regiment captured eight guns and five stands of colours, and felt it had acquitted itself well. 'Bladensburg' appeared on the Colours.

Occupation of Washington was followed by an advance on Baltimore. The country was heavily wooded – the Chesapeake and its tributary, the Patuxent, had many side streams and subsidiaries, there were no roads, and the advancing troops were much harassed by several hundred American marksmen concealed in the woods. Rationing became very meagre and the entrance to the harbour behind them was blocked by sunken ships. There was no alternative but to retire and re-embark.

The fleet with the army on board sailed for Port Royal, Jamaica. Here it lay for a fortnight, the troops being forbidden to go ashore despite the intense heat. The only fun they had was fishing from their decks – or gazing into the clear water observing the wonderful varieties of coloured fish.

In mid-November the fleet and Army sailed for the U.S.A. again, landing near New Orleans. An attempted march to capture the town through country that was water-logged, with no roads and several sizeable streams to be crossed, was doomed to failure. The enemy knew every movement, yet surprisingly the soldiers got to within a few hundred yards of the walls of the town. One column in the final assault was led by the Scots Fusiliers with the King's Own following. Owing to the accurate fire of both the American artillery and their riflemen, the Scots Fusiliers suffered heavy casualties and began to waver. The other column, led by the Essex, was repulsed and the attack was abandoned. The King's Own had not fired a shot all day, had only seen the enemy in the distance and yet suffered heavy casualties from the long range, and very accurate, artillery fire.

Twenty-three officers and over 300 men were either killed or wounded. These casualties were by far the largest the Regiment ever suffered before Le Cateau in 1914, and exceeded those of San Sebastian, Waterloo, Sebastopol, or Spion Kop.

A fortnight's wretched marching down towards the mouth of the Mississippi to the ships was followed by a new landing some seventy miles further east along the coast. Here the objective was Fort Bowyer, which quickly capitulated to the King's Own, Scots Fusiliers and the Essex Regiment.

The whole war, of which Fort Bowyer was the end, was fruitless. Beyond the victory of Bladensburg, nothing was achieved, the Americans were not subdued, continuing to resist, often successfully, Great Britain's counter to the 'Continental System'. After a few weeks of doing nothing the Army sailed for home.

On reaching St. Helens in the Isle of Wight, the Regiment heard that Napoleon had escaped from Elba, that he was in Paris again as Emperor, and was collecting another Army. The Regiment sailed on up the Channel, all ranks hoping for Ostend or Dunkirk. But on 18 May the ship anchored off Deal and the King's Own disembarked. It needed to be re-equipped, re-clothed and rested, but by 10 June it was ready and two days later landed at Ostend, 660 strong. It had entered the Waterloo campaign, and was to face its greatest trial, comparable to Corunna. It was to show once again that solid backbone, that ability to stand firm in the face of odds. By its very passivity it helped win probably the most decisive of all battles.

Chapter 10

Napoleon escaped from Elba in March, 1815 and reached Paris, causing Louis XVIII, the recently restored Bourbon monarch, to flee to Ghent. The Emperor re-ascended his throne, and, by a stupendous feat of administration, re-created in less than three months 'La Grande Armée'.

Most of the men in the ranks were recruits. 'The Guard' was formed by as many of the old members who could be collected and then many of the original men of the line regiments were transferred to it. The Army was bound together by an overwhelming enthusiasm for their brilliant leader.

The Congress of Vienna, assembled to settle new frontiers disrupted by Napoleon's previous victories, now nullified by his first abdication, was still sitting. Wellington, Great Britain's representative, was at once made Commander-in-Chief of all the allied armies, British, Prussian, Austrian, Dutch, which he ordered to assemble in and around Brussels forthwith. Napoleon marched out of Paris at the head of over 100,000 men on 8 June.

The two great armies met on 16 June in two battles. The Prussians were beaten by Napoleon in person at Ligny – and withdrew into the night, while three French divisions under Marshal Ney attacked but were repulsed by the British Army under Wellington, six miles away at Quatre Bras.

On the 17th Wellington withdrew to the long low ridge, Mont St. Jean, two miles south of the town of Waterloo, a position he had selected previously in the event of having to fight a defensive battle. In pouring rain the Allied Army of 67,000 men, of whom 24,000 were British, took up a position three miles long, and tried to sleep on the soaked ground. Few men succeeded and the vast majority sat round camp fires all night, talking and looking at similar French fires on the high ground a mile away. All the British soldiers knew that Wellington at last was to meet Napoleon, the greatest captain in history. The troops stood to at dawn, got what breakfast could be conjured up, dried and cleaned their weapons, and waited.

Immediately the King's Own disembarked at Ostend, they marched to Ghent where they joined the 10th Brigade, under Sir John Lambert – consisting of the Inniskilling Fusiliers, the South Lancashires, and the Rifle Brigade. Three days' march brought the Regiment towards Brussels. On the evening of the 16th, as it marched on, firing was heard in the distance, the battle of Quatre Bras. Next day, while Wellington was withdrawing to Mont St. Jean, Lambert's Brigade pressed on, halting for a few hours sleep near the Forest of Soignies nine miles from the battlefield. Before dawn it marched again, and passing through the town of Waterloo, saw the Duke come out of his billet and take a salute from the Regiment as it passed. It arrived on the battlefield at half-past eight in the morning, with the band playing and the Colours flying. It had marched the eighty-four miles from Ostend in six days, the last forty-eight miles having been covered in thirty hours.

The 10th Brigade went into reserve and lay down to sleep near the farm-buildings of Mont St. Jean. (This great building was used after the battle as a hospital for the wounded and is still standing.) Lambert went to command the 6th Division and Col Francis Brook, C.O. of the King's Own, commanded the Brigade. One of the only two captains present commanded the Regiment.

The main position along the ridge had two important advanced posts to the front which had to be held. One in the centre, the farm of La Haye Saint, was held by the King's German Legion and was about 300 yards down the Ridge towards the enemy. Directly behind was the famous crossroads, where the main north-south road from Brussels to Charleroi crosses an important east-west road. Clearly, and it is as obvious today as it was in 1815, this crossroads had to be held.

At ten a.m. Napoleon rode his white horse along the front of his army in review. The sun had come out and the entire British and Allied Army watched this spectacular event from their ridge with fascination. At about eleven a.m. the battle started, to last until nine p.m. when dusk came. French cavalry attacks against the British squares in the centre very nearly succeeded in breaking them, but not quite. A great cannonade along the whole front caused heavy British casualties but the regiments would not move. After repeated attacks La Haye Saint was eventually captured, a few of the German Legion escaping to the British regiments at the crossroads.

The capture of La Haye Saint enabled a great mass of French infantry, passing on both sides of the farm, to advance up the ridge to within 200 yards of the crossroads, where they reached a gravel pit, still to be seen today. Here they were stopped by British musket fire, mostly from the D.C.L.I. and the Camerons. The D.C.L.I.'s right lay exactly on the crossroads, with their two right-flank companies withdrawn and facing west across the main road. These two battalions and the Gloucesters were lining the hedge above the upper side of the east-west road. They suffered much from the great cannonade and now from the close musketry from the gravel pit, but they held.

At about three the 10th Brigade was brought forward to line the main road and came up on the D.C.L.I.'s right.

Soon afterwards, the French infantry withdrew from the gravel pit and evacuated La Haye Saint. In the lull that followed the D.C.L.I. were withdrawn. The Inniskillings

The cross-roads at Waterloo. The King's Own stood immediately in front and to the left of the dark trees in the near foreground. The tram is circling the gravel pit. La Haye Sainte is to the left of the photograph.

remained facing west, the South Lancashires went into the angle of the crossroads while the King's Own extended to line the hedge along the east-west road facing the gravel pit.

At six p.m. the French attacked again, recapturing La Haye Saint and the gravel pit, whence they kept up a heavy and constant fire on the King's Own in the centre, the South Lancashires on the Regiment's right and the Camerons on the left. Several attempts were made by French junior regimental officers to charge the British line behind the hedge, but every time a few Frenchmen stood up they were cut down by fire from the King's Own and its two companion regiments.

The Prussians were now rapidly approaching the battlefield and Napoleon had to make a desperate throw for victory before his right was enveloped. He ordered an all-out attack along his whole line, but the smoke everywhere prevented the 10th Brigade seeing very much.

However, much firing could be heard on the right not far away, the advance of the Imperial Guard, the last card in Napoleon's pack. It had never failed. At the same time an approach of the French could be heard in front and the King's Own stood up to receive them with the bayonet. Many men were shot down and the Duke, passing behind the Regiment, told the men to lie down again.

By now the Guards Brigade in the centre had revealed itself on Wellington's order – 'Stand up Guards', and was holding up the advance of Napoleon's Imperial Guard. The Oxford and Bucks Light Infantry, on the right of the Guards, did a complete 'left-form' in the line and poured a volley into the leftflank of the now wavering Imperial Guard. It was enough, the Guard started to retreat and the cry went over the battlefield 'La Garde récule'.

Wellington, realising the crisis had arrived, gave his famous signal with his cocked hat for the Allied Army to advance. The King's Own stood up again and poured volley after volley at the Frenchmen in front of them, and then with the rest of the 10th Brigade rushed forward across the road. They cleared the gravel pit of the enemy and, moving forward, passed out of the smoke in which they had been enveloped for several hours into the sun's setting rays. La Haye Saint was cleared at the point of the bayonet, and the Brigade kept on the move. At first the French retired in some order but soon the cry 'Sauve qui peut' was heard, and panic set in. The enemy troops became terror-stricken crowds, and the Prussian cavalry pursued the mobs into the night. The British infantry battalions gave up the chase and, exhausted after their day's fight, spent the night on the battlefield. The Regiment must have halted very near La Belle Alliance, three-quarters of a mile from the crossroads, where Wellington and Blücher met after dark. Many men probably saw the historic incident.

One officer and twelve men in the King's Own were

Bugle picked up by Private Lonsdale at Waterloo.

killed, with eight officers and 113 men wounded, precisely twenty per cent of the morning's strength. Col Brooke, who commanded the 10th Brigade, was awarded the C.B. – as was Col Piper of Badajos fame. There is no evidence of the senior captain, who commanded on the great day, receiving any distinction and, indeed, his name is not known.

Next day, the Regiment started on its march to Paris, taking seventeen days to cover the 175 miles. For considerable periods it marched along the same road which the 1st Battalion was to take in 1914 after Le Cateau. It remained in the Army of Occupation for just over three years before returning to England.

Chapter 11

The causes of the Crimean War seem trivial enough and lay originally in a religious dispute. Bethlehem, then in the Turkish Empire, had been humiliated and ignored by the Turkish Governor, in a minor religious incident, and Russia protested. The French Roman Catholic monks naturally resisted the Orthodox Church, they were always at logger-heads, and Paris with whom supported them.

The elimination of Turkey, 'the Sick Man of Europe', as a sovereign state would enable Russia to acquire the use of the Dardanelles, and thus an entrance to the Mediterranean, a position she had coveted for centuries.

Napoleon III had just seized the dictatorship of France and was thirsting to justify his great name. A belligerent attitude towards Russia was not disagreeable and consequently he supported the Turkish authorities in Palestine, plainly showing Russia where his sympathies lay. The 'Sick Man', together with the newly emerging French Empire, were ranging themselves against the might of Holy Russia. Great Britain was waiting in the wings.

When Russia precipitately invaded the crumbling Turkish Empire and entered the provinces of Moldavia and Wallachia in the Balkans, England still waited. However, when a Turkish flotilla was sunk in the Black Sea by Russian warships, the patience of England was at last exhausted. War was declared.

As in August, 1914, the Army became popular overnight. Many people realised that the men in the ranks were the sons of the men who fought at Waterloo, and as regiments marched to the docks in their scarlet uniforms, so tight at the collar that the wearer could scarcely breath, they were pelted with flowers and favours. The fact that they had no transport, no medical stores, no ration carts, no stretchers, no spare clothing and little cooking equipment, was overlooked. Colours were paraded and bands played.

The King's Own had returned from India in 1848. In February, 1854 they were in Edinburgh, where they received the orders for mobilisation. The numbers were brought up to 900 other ranks by the transfer of volunteers from twenty-one other regiments, the C.O. being unable to proceed on account of ill-health. The Second-in-Command, Major Sadleir, sixty years of age, took the battalion overseas but was relieved by the new C.O., Lt-Col Cobbe of the West India Regiment, two months later.

The battalion disembarked at Malta for three weeks. Before re-embarking, this time for Gallipoli, some of the thirty soldiers' wives who had left from Edinburgh elected to go home, though seventeen accompanied the battalion.

At Gallipoli the Regiment stayed for a month building a defence line across the narrow neck of the Peninsula. These field works, known as the Bulair Lines, are still in existence today, though modernised, and played a considerable tactical part in the Gallipoli campaign of 1915. The Regiment's camp was only twenty miles from the famous Suvla Bay.

The King's Own was brigaded with the Gloucesters and the Essex Regiment as part of the 3rd Division, and finally reached the Crimea on 14 September.

Cholera had been widespread since landing in Gallipoli, and by the time the final disembarkation at the Crimea had been completed two officers and several men had died of it. (One of the officers was the Quartermaster, who was succeeded by Sergeant-Major Connell. Connell was almost certainly the ancestor of 'Mat' Connell who was wounded at Spion Kop in 1900 as a lance-corporal, promoted to

Quartermaster of the 2nd Battalion in 1914, and who retired in 1932, probably the most popular Quartermaster the Regiment ever had.)

In September, 1854, the weather was warm and enervating, the countryside being park-like but having few roads. The men were far from fit on account of the long periods spent on board ship in the past six months and the incipient cholera.

On 18 September, the Regiment marched forward. The grass was slippery, the sun very hot, and 'marching order' never heavier. Many men fell out through exhaustion and weakness, and at the end of the day the regiments in the 3rd Division bivouacked where they halted.

During the day the cavalry, patrolling out in front, had found the enemy. The latter had withdrawn to high ground south of the River Alma and were now in a strong position on two hills three miles apart, overlooking the river, which was fordable everywhere. The ground from the river rose steeply to the enemy position.

At half-past seven next morning the British and French Armies advanced, the French on the right with their right flank resting on the sea. They were to cross the Alma and then, swinging left, attack the two high hills. The British Army was to wait until the French were over the river and fully engaging the Russian's attention, and then Lord Raglan's four divisions were to advance, cross the stream, and attack the two hills frontally, on a two-division frontage.

The 2nd Division led the advance on the right with the Light Division on its left. In the second line of divisions the 3rd was on the right following the 2nd – with the King's Own as its left-hand battalion. The 1st Division with its Guards Brigade followed the Light Division. Owing to some 'bunching' in the 3rd Division, it became 'squeezed out' of the line and Raglan ordered the King's Own and the Essex to continue alone in support of the Guards, now strongly covering the gap between the two forward divisions. At this moment Mrs. Evans stepped on to the stage of military history.

Serving in the King's Own was a Pte Evans. He was an officer's servant, and his wife, Elizabeth, accompanied him throughout the campaign – and also in India during the Mutiny. Like most wives 'on the strength' she did washing for the officers and shared the discomforts that all ranks experienced in the campaign. Close behind the battalion in the advance to the Alma, she saw at close range what few women have ever seen, the British Army, twenty-eight battalions strong, going into action. Watching the two forward divisions advance under heavy fire, with bands playing and Colours flying, she stood spell-bound

Mrs Evans, about 1870.

at the magnificent spectacle. A staff officer rode past her and called out 'Look well at that, Madam. What would the Queen of England give to see what you are seeing'.

She had married Evans the year before embarking for the Crimea – and was about twenty-four years of age at the battle. She lived long, dying, at the age of eighty-four in 1914, a few months before Le Cateau, and a detachment of one officer, six sergeants and one bugler from the 1st Battalion, then at Dover, gave her a military funeral. She was the only woman in the Regiment ever to be accorded this honour. It is probable that at least one member of that funeral party, though now very old, is alive today. He need be only seventy-six years of age and he can say that he took part in the burial of an old lady who had been spoken to by Lord Raglan, who in turn had been on Wellington's staff at Waterloo. Quite a link.

She wore her husband's medals, with the permission of the Colonel of the Regiment, every Sunday until her death.

Advancing down the gentle slope to the River Alma and about sixty yards behind the Grenadier Guards, the King's Own came under the Russian artillery fire, suffering a few casualties.

The brigade in front, consisting of the Welch Fusiliers, the Duke's, and Royal Fusiliers, on climbing the far slope was repulsed by close musketry fire, and began falling back. During this mêlée the Grenadiers, closely followed by the King's Own, crossed the stream and passed through the disorganised brigade in front. Half way up the steep slope, both battalions were suddenly faced by four Russian battalions who, hitherto well-hidden, advanced across the left flank of the Grenadiers. The latter formed flank pouring in a steady fire while the King's Own came up on the Guards' flank, and, advancing, 'wrapped round the Russians with British infantry'. The enemy withdrew, and the two British battalions charged forward some distance beyond the main Russian artillery position. The other two Guards battalions, the Coldstream and Scots, came up on the left and the Great Redoubt, the strong point of the Russian position, was captured. The enemy was defeated locally but by no means routed and clearly a counter-attack on a vast scale was not only feasible but imminent.

However, the Black Watch on the left of the Guards Brigade came over a slight ridge and turned the enemy's flank opposite to that which the King's Own had almost surrounded. The remainder of the Highland Brigade joined them and the Russian line gave way. They withdrew in good order and the British regiments that had pushed them off the two hills were now so 'blown' by their climb up from the river and then the fight that none were in a fit state to pursue.

As the leading troops were reforming on the heights it was found that the King's Own was now almost double the strength of the early morning. Many stragglers from the leading brigade, through which it had passed, had joined in during the advance, consequently much regrouping was necessary. Because the Regiment had been continuously on the move, after the initial halt before crossing the stream, it suffered remarkably few casualties, only two officers and nine men being wounded, with three men killed. Skilful tactical handling by the C.O. and an obviously well-trained battalion had contributed to this happy state of affairs.

For the three days and nights after the battle the Regiment bivouacked on the captured position, spending the whole of one day burying the Russian dead. It then moved on with the rest of the 3rd Division southward across the Crimea, to come round below the town and port of Sevastopol.

It was a terrible march, two days of appalling heat over ground so rough that hands were often needed to surmount obstacles. The undergrowth was extensive and men frequently had to protect themselves against 'back-handers' from boughs pushed aside by men in front. Indeed, sometimes small parties resembled a line of beaters pushing through a thick covert – and a few minutes later perhaps, a line of Red Indians threading their way along a narrow woodland path. Brigades fragmented and battalions split up into tiny parties. Marching – or rather moving – by compass was often necessary. Throughout the long and exhausting second day no food or water was available.

Next morning the little harbour of Balaclava could be seen below the troops while behind their right shoulders lay the town and harbour of Sevastopol, about to be besieged.

The town was sealed off on its southern side, and the 3rd Division, with the King's Own on the extreme left next to the French, 'went into the line'. The plan to reduce Sevastopol was a gigantic bombardment by 126 guns, both British and French, to be followed by a general infantry assault. To this end the guns were dug-in in great batteries three-quarters of a mile from the main defensive positions. Under cover of these guns the infantry battalions pushed their trench lines slowly forward, digging in until the foremost was about 500 yards short of the main enemy defences.

For a month the King's Own, and indeed all regiments, lived a life very similar to that of a battalion on the Western Front in 1916. Moving up to occupy trenches, repairing at night those damaged by enemy fire (never very serious), battalions and companies relieving each other, C.O.'s 'going round the line' after dark, men marching back for a hot meal after 'stand-down' at dusk, all part of a trench-holding routine. It was the only example of trench warfare that ever was, or ever will be, remotely similar to that at Vimy Ridge, or on the Somme, or at Ypres.

Mrs. Evans was still with the Regiment. While her husband was in the trenches she sat in her tent, which

The King's Own Regiment entrenched before Sevastopol.

she and her husband shared with several men, repairing the Colours that had been damaged at the Alma, or preparing the men's evening meal.

After three weeks the great batteries opened fire. Eleven hundred Russians were killed, but only 200 British and French casualties were caused by the enemy's retaliating fire. But, owing to a magazine being destroyed by a lucky hit, the French guns had to stop firing and Lord Raglan and the French Commander-in-Chief called off the infantry assault. The siege was to drag on for another eight months. In the whole period the Regiment lost two officers killed, including the C.O., Lt-Col Cobbe, and three wounded, with thirty-five men killed and 134 wounded.

In the battalion was a subaltern, Paton, who had joined from Sandhurst in 1849. He served throughout the campaign, winning the Crimea Medal and the Légion d'Honneur, and then through the Mutiny, retiring in 1871 after twenty-two years' service. He died in 1927 aged ninety-six. His son joined the Regiment in 1886 and, after serving through the Boer War, retired in 1905. Recalled on the outbreak of war in 1914, he served again until 1919. He served twenty-four years in the Regiment and only died in 1956, aged eighty-nine, while his nephew, Dick, served in the King's Own for twenty-six years. Thus these three generations of Patons served for a total of seventy-two years in the King's Own, and their 'link' went back from 1958 to 1849.

On the day following the great bombardment of 17 October, one of the British guns in the front-line battery was put out of action by damage to its emplacement by enemy fire. Two privates of the King's Own, Grady and Regan, volunteered to go forward and clear the gun from the debris covering it. They were successful, neither being hit, and they safely regained their shelter-trenches.

Three months later, Queen Victoria instituted the Victoria Cross, to be awarded for extreme bravery in the face of the enemy. It took, and still takes, precedence over all orders, decorations, medals and other honours. Even the Order of the Garter comes second to it. Pte Grady's action in October was remembered and he was awarded the V.C. – one of the first in the Services. His companion, Regan, had been killed before notification of the award was received, but as it was not then awarded posthumously he became ineligible.

On the evening of 4 November, the King's Own had returned from the trenches wet, tired, and hungry. The steady gun-fire (which never really stopped) went on through the night, but the men slept peacefully in their tents. At dawn, however, they woke to hear firing from an entirely new direction, the heights of Inkerman, two miles to their right. The 2nd Division had been attacked by the entire Russian field force, supplemented by a sortie from Sevastopol.

The 3rd Division was ordered up in support and the

Regiment marched out of camp through the mist on the hills and into battle. Mrs. Evans was left in camp, with the drummer-boys, in charge of the Colours.

As the 3rd Division marched on it found the 4th Division had vacated their trenches overlooking Sevastopol, and moved up to support the hard-pressed 2nd Division. The Divisional Commander left the greater part of his division to re-occupy and hold this important left flank, while he moved on into the battle with the Royal Scots and the West Kents.

All day the King's Own stayed in these trenches, guarding the left flank with the remainder of the Division, but there was no action for them. The battle was fought out on the right, where the Russians were repulsed. In the evening the King's Own returned to camp having suffered no casualties. 'Inkerman' is the Regiment's only battle-honour gained easily and at no cost.

After Inkerman the Russians had withdrawn again into the fortress of Sevastopol and the besieging forces had resumed normal trench-warfare. Some units were holding the line, while others were resting in tents on the uplands overlooking the town, out of range of the guns.

There were four great battles in the Crimean War and one, Balaclava, is still a household word. There was a fifth that has no name, yet it influenced the campaign more than all the others put together, the Battle of the Blizzard.

On 10 November, five days after Inkerman, a violent windstorm from the south-west, accompanied by torrential rain, soaked to the skin everyone in the trenches and in the camp above them. A day later, long before any drying-out could be accomplished, another violent wind-storm from the north-east arose. It tore down all the tents, whirled away blankets, flattened the hospital marquees. Domestic camp furniture from the officers' tents was carried into the air, and the bass drum of the King's Own was blown into the Russian lines, nearly two miles away. Mrs. Evans, sitting in her tent making a new bonnet, was knocked over, her tent disappeared, and her bonnet with it. (Years later she recounted the incident, regarding her lost handiwork as one of the disasters of the campaign.) The rain that accompanied the hurricane turned to sleet, then snow and the men in the camp now had no shelter from the cold whatever. But worse was to come. The wind dropped as suddenly as it had arisen and the frost came. Never have human beings been caught so unsheltered from the elements.

The blankets that survived were now all frozen stiff, uniforms were only prevented from a similar fate by the warmth of the bodies they covered. Forage stored in marquees was soaked and covered in snow. The horses had nothing. The men's cooking arrangements, which after nearly two months' improvisation were beginning to function well, were swept away and for days the men had no hot food whatever.

Paradoxically, the units in the line had a slightly better time than those resting. They could shelter within their field-works, cowering against the revetments where they found it possible to make tea.

The gale was so intense that *The Prince*, newly arrived from England and packed with medical supplies, boots and winter clothing, went down in Balaclava harbour with all its cargo. Twenty smaller ships were also sunk by the gale.

One of the great shortages now was kindling wood, both for cooking and fires. The scrub around the camp had long been exhausted, and only well-soaked roots of the young trees were available as fuel. The ground everywhere had become mud, several inches deep and now frozen solid, making movement on foot tricky and the cause of many sprained ankles.

After ten days of this hell, the weather let up slightly and although a long cold winter lay ahead, the troops used their ingenuity to create a few comforts. The King's Own had been in the camp during the worst of the blizzard and lost many men through severe illness, and in some cases death by exposure. The health of all men took a long time to recover and at the end of January the Regiment had over 600 men in hospital, with only seventy men available for duty. ('Hospital' was some wretched huts down by the harbour of Balaclava. They mostly had wooden floors and a fire-place, but little more. At least they could be warmed, and were out of the wind.) The Grenadiers had only 128 fit men, the Manchesters were down to 73. This acute shortage meant heavy duty in the trenches, and during one period five consecutive nights were sometimes spent by private soldiers on sentry duty.

In April another great attack was launched against the Russian positions but again it failed, the C.O., Col Cobbe, being so badly wounded that he died four months later. At last, a successful attack was made in September, when the great bastion, the Malakoff, in the centre of the Russian line fell. A combined attack on a grand scale was planned for next day, but during the night the enemy blew up their magazines and withdrew out of the town into their hinterland where they were disbanded.

The Crimean War was over, the territories of Moldavia and Wallachia were united as Romania, and the Black Sea was declared a neutral water. The King's Own returned home, reaching Portsmouth in 1856 with almost exactly half the men that had embarked two years previously. Of the 340 men lost on the campaign, only thirty-eight had been killed in action at the Alma or at Sevastopol.

★ ★ ★ ★

The Indian Mutiny followed, and four companies from Mauritius under Major Wilby were sent to India and operated there for eighteen months, taking part in the capture of Fort Beyt, a minor outpost near Bombay.

In 1858 Headquarters and the remaining four companies joined Major Wilby's force in India. To be a detachment commander, separated from battalion headquarters by the Indian Ocean for a year-and-a-half, must surely be a unique experience for a regimental officer. Major Wilby served thirty-seven years in the King's Own, becoming Colonel of the Regiment in 1892.

As a result of the need for more battalions in India, the Empire became seriously short of troops. Consequently, the twenty-five senior regiments were ordered to raise a second battalion. Recruiting started on 23 October, 1857 and by April, 1858 the 2nd King's Own was 500 strong, being stationed at Chichester. Apart from a brief period of service under peace-time conditions in the Greek Islands, it remained on home service until 1879, when it went to South Africa for the Zulu War.

The 1st Battalion remained in India from 1858 until embarking in 1867 for the Abyssinian campaign.

Chapter 12

The cause of the Abyssinian War was typical of British colonial policy in the 19th century. The might of the Empire demanded the instant avenging of any ill-treatment of official representatives of the Queen.

The ruler of Abyssinia, King Theodore, was a man of lowly origin but of capacities and education far beyond his station. Rising rapidly in power, he married the daughter of Ras Ali, the titular Head-of-State. Elbowing his father-in-law off the throne he crowned himself King of Abyssinia. Theodore soon picked a quarrel with England, on some trivial excuse of an imagined insult from Queen Victoria. At that time Great Britain's Consul in Massawa on the Red Sea was a Capt Cameron, once of the Sherwood Foresters, but now retired into the Consular Service.

He received a brief ordering him to visit Theodore's capital, Magdala, and present the King with gifts from Queen Victoria, expressing her thanks for his sympathy over his predecessor's death. Cameron remained some time in Magdala, but before his return to his consular post at Massawa the Emperor was again beginning to doubt the good faith of England and to belittle the kindly gestures from Queen Victoria. His resentment and reactions increased, and finally he imprisoned Cameron and the three members of his staff, putting them in chains.

This insult to Britain's prestige caused a sensation in London, and the Political Resident in Aden, the nearest British territory, was instructed to send his deputy to protest to Theodore, seeking the release of Cameron and his staff. He and his party were received with pomp at Theodore's court, and were entertained royally, while negotiations on behalf of Cameron dragged on. Without warning, this new party was also seized, thrown into prison and shackled.

The news, when received in London, caused much anger. Clearly an expedition must go to Abyssinia not only to rescue the two diplomatic parties but also to punish the native ruler who had dared to lay hands on Queen Victoria's representative.

Owing to the difficulties of reaching Massawa – the Suez Canal was not then open – India was directed to conduct the operation. Four British regiments, the King's Own, the Cameronians, the Duke of Wellington's and the Sherwood Foresters, with four Indian cavalry and ten Indian infantry regiments, five artillery and three engineer units made up a force of 10,000 men.

Owing to the inadequacies of the port, disembarkation took a long time and four months elapsed before the King's Own and the Duke's marched out on the 400-mile road to Magdala. Maintenance over the tracks (there were no roads) proved to be so difficult that the two remaining British battalions, over half the Indian units, and most of the artillery were left at the base. All the Engineers marched, as obviously they were going to be needed as never before. Sir Robert Napier was Commander-in-Chief, the C.O. of the King's Own, Wilby, went to a brigade, while W. G. Cameron, later to be Colonel of the Regiment, took command of the battalion. The adjutant was Lt H. C. Borrett – father of O. C. Borrett, also to be Colonel of the Regiment. A Quartermaster-Sergeant-Instructor of Musketry, Creedon, whom we shall meet again, marched in the ranks. The white Indian uniforms had been dyed mud-colour and became known as 'khaki' – the Urdu word for mud.

The first sixty miles were fairly good going, although the tracks allowed no proper marching, units having to walk in a sort of girl's school double 'crocodile'. After a while the road rose considerably into the mountains and the cold at night became trying. The way became rougher and rougher and frequently companies were detached to manhandle the few remaining guns. As the column passed through the defiles, it encountered friendly natives, enemies of the tyrant Theodore. Napier purposely made friends with their chiefs, so that if defeated, his line of retreat could be secured. As an added insurance he built fortified camps where he halted nightly as rallying points in the event of a retreat.

At about a third of the way to Magdala the force halted for five days in the friendly territory of a powerful and anti-Theodore chief. Napier entertained him, they held a durbar, the King's Own found one company as a Guard of Honour, a review was held in his honour, and the Abyssinian was clearly much impressed with the discipline and numbers of the British force. Next day it marched on, and a week later reached Antalo. By now the health of the men had much improved; the exercise after the sea voyage and the cool mountain air after the steamy heat of Massawa had worked wonders, and it was rare for a man to fall out despite the terrible road. The higher mountains were now encountered and one pass of 10,000 feet had not even a track, and every yard of the way had to be cleared.

By now the hostility of the natives was becoming apparent. One sapper was attacked when out of camp but, having his rifle with him, shot one of his assailants in the leg and so escaped. It was the first shot fired in anger.

The Duke's and the King's Own now became advanced guard on alternate days, when most of their duties were road-making. Surprisingly, neither battalion of Indian Pioneers, of which two had landed at Massawa, had been brought forward for a task so suited to them.

By 31 March, the pass of Wundatch – 11,000 feet high – had been negotiated and the ground became more level, with a semblance of road appearing. The army was now

The Road to Magdala.

fourteen miles from Magdala, and here Napier made camp, sending Theodore a formal demand for the release of the European consular officials. No answer was received.

By 6 April the enemy camp in front of the fortress could clearly be seen, extending over several terraces with almost perpendicular escarpments. In front of them lay the deep Arogi ravine.

On Good Friday the 1st Brigade, in which the King's Own was serving, crawled down and out of the ravine to establish itself on a plateau. After a breather it moved forward to a camping ground. Lying down to sleep after their exhausting climb, the King's Own was awakened by a great shot, weighing fifty pounds, falling 200 yards short of their position. The Regiment stood to, with loaded rifles, and presently saw about 8,000 Abyssinian soldiers, mostly mounted, moving round the left flank, presumably to attack the baggage guard. The Brigade Commander ordered 'Fourth to the front' and the King's Own moved forward, wheeled left, passed through an Indian regiment and advanced to within 150 yards of the enemy, where it opened fire, knocking out large numbers of Abyssinian men and horses. The dismounted enemy advanced slightly, but their muskets could not compete against the British soldier's breech-loading Snider rifle, and they withdrew into the bushes. The King's Own followed, driving the enemy in front of them, but owing to the close country, cohesion and direction were lost and many minor company and section battles were fought. In one of them a party of Abyssinians surrounded Battalion Headquarters. Three of the enemy threatened Cameron but he was saved by Quartermaster-Sergeant M. P. Creedon, whose gallantry earned him the D.C.M. – the first to be won in the Regiment.

Creedon had joined the King's Own in 1846 – having been born in the reign of George IV. He married the daughter of a Colour Sergeant in the King's Own, and, dying in 1860, left a son, Tom, who joined the Regiment in 1892. Tom became R.S.M. of the 1st Battalion in 1910 and was promoted Quartermaster in 1914. 'Old Tom' retired in 1929 after thirty-six years service. His son Harold, 'Cracker', was commissioned into the King's Own from Sandhurst in 1925 – retiring as a brigadier in 1955, the year 'Old Tom' died, aged eighty-two. Thus the three Creedons served a total of eighty-six years in the Regiment, exceeding the record of the Paton family by fourteen years.

The King's Own casualties for the Battle of Arogi Ravine were one officer and seven men wounded.

Next day the Regiment moved back to their camp behind the battlefield. During the day Ensign Irving was reported absent. He had heard that the original manuscript of the Gospels was in the cathedral at Magdala and had gone into the fortress to find it. Being very tall he climbed the walls, found the church, and carried off some sacred manuscripts. These he somehow managed to dispatch to England, but Napier was so angry at this barbaric looting that he ordered Irving down to the base. Irving somehow managed to evade complying with the order and rejoined the battalion, with which he eventually marched into Magdala. These trophies are still with the Irving family.

Meanwhile, two British prisoners held by Theodore came into camp to enquire what Napier's terms were for the release of the whole party. Napier, having a large, modernly-equipped and successful army, naturally replied that only unconditional surrender, not only of the captives, but of Theodore himself and his army, would be acceptable. These somewhat harsh terms threw the King, whose mental stability was rapidly decreasing, into such a passion that he tried to blow his brains out.

Next morning all the prisoners were released, but Napier remained firm that Theodore and his army must come in too. In vain did Theodore try to obtain terms, offering great bribes for his freedom, and he eventually retired into his stronghold.

The attack on Magdala by the 2nd Brigade lasted only a few hours. Few of the enemy lined the walls, and after a breach had been made and the Duke's had entered the city, they surrendered, the Union Jack going up on the gate.

Theodore, headed back into Magdala by the 'armies' of three of the greater chiefs, committed suicide in the face of an artillery officer and a corporal of the Duke's by shooting himself with a revolver given to him, ironically enough, by Queen Victoria.

The 1st Brigade had been in reserve all day, but later the King's Own marched into Magdala, for the destruction of arms and military stores.

The decisive action of the campaign had undoubtedly been the crossing of the Arogi Ravine, followed by the repulse and then pursuit of the 8,000 Abyssinians. This defeat of the large body of the enemy was entirely due to the King's Own, who fired over 10,000 rounds of ammunition that day.

A week later the army left for Massawa and re-embarkation. The King's Own was the last unit to leave Magdala, and after setting fire to the town marched out to the strains of the National Anthem.

The loot taken was sold by auction, except for King Theodore's drum – taken from the Palace by a bandsman of the Duke's. Sir Robert Napier ordered it to be cut into three parts, one going to the King's Own, one to the Duke's, while the third went to the 3rd Dragoon Guards, of whom headquarters and one squadron had accompanied the expedition. The portion allotted to the King's Own is still preserved in the 1st Battalion Mess.

The return march down to the plains was not very pleasant. But the men were on the way home, marching down their lines of communication and rations, which improved daily. The whole march only took twenty-two days, whereas the outward one consumed seventy. The Regiment marched into Massawa on 31 May.

On the outward march Napier's A.D.C. had written home of what he had seen of the King's Own. 'A fine lot of fellows they looked in their new Khaki, covered in dust. They stepped out at the end of their long march as fresh as at the start. Not a single straggler and the hospital tent empty'. On the last day's march Sir Robert Napier rode into Massawa at the head of the Regiment, to show his gratitude and admiration for its behaviour, devotion and reliability. It embarked at once and returned to Dover.

'Abyssinia' appears on the Colours, though the Regiment have always felt that 'Arogi' would be more pertinent as a battle-honour.

Of all the campaigns of the King's Own, Abyssinia was perhaps the most arduous. The casualties were minimal, the climate not bad except for some very cold nights, rations were reasonably regular, there was little sickness. The hardship lay in the road. More often than not hands as well as feet were required to keep going. The unloading, manhandling and reloading of the pack-mules' loads, and the hauling of guns, carts and often the horses themselves over the rocks all made each day's journey a tiring and lengthy business. There were no amenities in camp at night, no shops, no pubs, no canteen even, and all ranks had to remain within the perimeter.

The hardships of this long period of incessant manual labour are comparable to those of the retreat to Corunna, the march to Cadiz, the forced march (followed by two nights in the open) to Waterloo, the Retreat from Mons, or the blizzard in the Crimea.

Chapter 13

When the Zulu War broke out in 1879 the 1st Battalion was in the West Indies, and in 1899, when the Boer War started, it was in Hong Kong. Thus it did not take part in either war and in fact did not engage an enemy or fire a hostile shot between Magdala in 1868 and Le Cateau in 1914. In these forty-six years without active service several officers must have been commissioned and reached field-rank, even that of C.O., and then retired, with no war-medal ribbons on their jackets. (In 1920 every officer with the 2nd Battalion in Maymyo had at least two. There were ten decorations among them.)

A group of Officers at Bowerham Barracks, Lancaster, about 1880.

The 2nd Battalion, however, was on home service at Lichfield in 1879, and was ordered out to the Cape on the outbreak of the Zulu War. The causes of war of 1879 were, as was common in the 19th century, the protection of a white or subject-people from the evils of a native tyrant.

Zululand, situated between Natal and the Transvaal, was governed by King Cetewayo both savagely and cruelly. He frequently conducted raids into the two white territories, and had evicted white missionaries. He took no notice of repeated protests from the British Government, and increased his savagery against his own people, committing great atrocities. Some of his Zulus who had been converted to Christianity by the evicted missionaries were murdered.

Finally, an ultimatum was sent by the High Commissioner in South Africa, Sir Bartle Frere, demanding that some white travellers made prisoner be released, that raids across the frontiers cease, that missionaries be re-admitted, and that certain murderers be brought to trial.

When no notice was taken, war was declared, and the 2nd Battalion, then at Aldershot, mobilised. Before embarking the battalion went to Windsor to receive new Colours from Queen Victoria.

As usual the King's Own had a wretched voyage out to the Cape. The troopship *Teuton* was very old. The engines were so defective that the ship often had to be stopped for their repair. Accommodation and food were bad, and during the twenty-eight days' voyage measles broke out on the troop-decks, the officers having to vacate their cabins for hospitals.

The battalion disembarked at Durban whence it marched up to the frontier, there to join the centre of three columns advancing into Zululand. This centre column had left before the King's Own could arrive, and marching on via Rorke's Drift to Isandhlwana – in the heart of the enemy's territory – met disaster. The column consisted of both battalions of the South Wales Borderers, one of which left the camp at Isandhlwana on a reconnaissance-in-force, leaving the other in camp.

This battalion, along with four companies of the Natal Native Contingent, 250 mounted Basutos and sixty men of the Royal Artillery, was attacked in camp by a vast Zulu force on 21 January. They made a gallant fight but, being in exposed positions and having a poor ammunition supply (though there was plenty in the camp), they were overwhelmed and massacred almost to a man. Only a handful of Europeans managed to evade the subsequent slaughter, one of whom was Horace Smith-Dorrien, who was later to achieve fame for saving the B.E.F. at Le Cateau in 1914.

The Regiment, hearing of the disaster, made for the hospital and mission station at Rorke's Drift, now under attack by the victory-drunk Zulus. The small garrison, 120 men in all, held out against countless attacks until the Zulu eventually withdrew. The King's Own reached Helpmakaar, ten miles from the frontier, when it was ordered to halt and put the town into a state of defence, one composite company being turned into mounted infantry, and taking part in several sorties from the town.

Meanwhile, the left-hand column had moved sixty miles north to the town of Utrecht, where the Regiment eventually joined it. Here, however, was disappointment. The left-hand column was to advance into the heart of Zululand and capture Cetewayo's capital and headquarters at Ulundi, but must of necessity leave a considerable base behind it. The base lay in a tangle of hills wherein many Zulus were lurking and the King's Own were ordered to stay behind as an escort, a precaution that proved wise as several attempts were made on the great camp.

The flying column from Utrecht joined up with the two columns from the south and, finding a large concentration of the enemy near Ulundi, formed a massive square, awaiting attack. This the enemy was unwise enough to

Cetewayo, King of the Zulus.

attack and their gallant but quite unplanned or uncoordinated charges were easily repulsed. The 4,000 British soldiers defeated 10,000 Zulus, who lost 1,500 killed to the British figure of twelve soldiers.

The native army was broken, Zululand was split into districts, each under a British administrator, and Cetewayo was captured and taken to England. The Zulu War was over.

The part played by the King's Own in the Zulu War

was most disappointing. Apart from the mounted infantry company, which saw a lot of minor actions, it barely saw or came in contact with the enemy at all and after hanging about in the Transvaal for six months, it marched back to Durban, starting in mid-December. The southern summer was very hot, the torrential rain-storms frequent and the 500-mile march took six weeks. The 2nd Battalion sailed for a fifteen-year tour of India, arriving back in England in 1895.

Chapter 14

The causes of the Boer War stemmed from a single fact, a different approach of a Dutch Colonial Government to its responsibilities regarding a coloured and subject race, and Great Britain's conception of the same problem.

The Dutch who landed in the Cape in 1652 found almost a desert, with a handful of naked savages, almost pigmies and of the most primitive civilisation. The Dutch used these people cruelly, and based their future attitude to coloured people on their first years' experience of these Hottentots, a race that disappeared many years ago. These Hottentots left behind them an impression of extreme inferiority in the memory of the Dutch.

After Napoleon's final abdication, South Africa was awarded to Great Britain, and the whole government and administration of the colony came into our hands, including the treatment of the natives. These natives, who had heard of the Dutch prosperity in the Cape in the 17th century, and had come down from middle Africa in search of work, were still arriving during the 18th and 19th centuries (today, approximately 5,000 a year voluntarily come into the Republic from the north).

The treatment of these natives that the new British government insisted on infuriated the Dutch, no longer the paramount power, who persisted in regarding them as nothing but beasts of burden. As a result, feeling between the original Dutch settlers and the British, never very cordial, grew steadily worse, culminating in the Great Trek of 1836. Great numbers of Boer farmers refused to tolerate any longer the 'cissy' treatment of native servants insisted upon by the British and, pulling up their roots, moved off to the far north, the Transvaal – there to start a new country. On the Great Trek they and their families suffered incredible hardships and the memory of their sufferings hardened still further their dislike of the British. The defeat of a British force by the Boers at Majuba in 1881, showed them that they could oppose by force any further encroachment of their sovereignty in the Transvaal. Their truculence and determination to protect their new and hard-won colony increased.

In 1885 came a turning-point in South African history, the discovery of gold on the Rand, some twelve miles south of Pretoria, the capital of the Transvaal. Immediately a 'Gold Rush' started from many countries, and by 1897 the little farmstead where the gold was found had turned into an ugly, sprawling and unplanned shanty-town of 100,000 inhabitants – the 'Uitlanders'. The men, all young and with a thirst for adventure and gold, worked and played hard, living a lawless and scandalous existence which greatly shocked the puritan Dutchmen at Pretoria, who abhorred the lives they saw the hated English (who were in the majority) living so near them.

By 1895 the inhabitants of the new 'Golden City', Johannesburg, realised that it was bigger than Pretoria, provided three-quarters of the total Transvaal wealth, had no representation in the Boer parliament, and that they suffered heavier taxation than those in the capital. Despite many complaints, including one to the Queen, no easement was forthcoming, the Boers seeing that the granting of the parliamentary vote to the gold-diggers must quickly result in a non-Boer majority in the House. This they feared beyond anything, as they knew that leniency and fair treatment of the natives must come about, the very thing their ancestors had trekked north to avoid sixty years before.

Throughout 1899 tension rose. Downing Street kept up

pressure, the 'Uitlanders' in Johannesburg increased their demands, and the Boers retained their intransigence. It became evident that war must come if no concessions were granted; and two divisions were mobilised in England for the Cape. The 2nd King's Own, then at Lichfield, embarked in December, and on the voyage passed a returning hospital ship which signalled the news of the 'Black Week', three defeats of British forces by the Boers at Magersfontein, Stormburg and Colenso in eight days. Colenso had been fought to relieve Ladysmith which was one of the three towns besieged by the Boers on the outbreak of war.

The battalion sailed on to Durban whence it marched up to the front. Here it was in time to join Buller's great move to the west along the Tugela River, intended to find and then outflank the Boers. The Divisional Commander was Sir Charles Warren, alleged to be a skilful tactician.

After a long pause to 'wind up his tail', Warren selected a clearly defined hill, Spion Kop, 1,500 feet high, for attack. In the late evening of 23 January, the Lancashire Brigade of 2nd King's Own, Lancashire Fusiliers, four companies of the South Lancashires, and Thorneycroft's Mounted Infantry started to climb the hill. The brigade was led in person by its commander, Major-General Woodgate, an ex-C.O. of the 1st Battalion. On the left of the climb, the King's Own reached the top of Spion Kop without incident. Most of the picks and shovels carried by the men had been dumped, owing to the noise they made, and on arrival at the top attempts were made with entrenching tools to build a breast-work. It was an impossible task and all that could be achieved was the rolling together of big and small stones to provide some cover. (The line of these stones is still visible.)

The Boers, seeing from below the Lancashire Fusiliers digging, started to climb their side of the hill and, lapping round the left flank, put down a most effective flanking fire. At the same time a battery of Boer guns on the next

General Woodgate, with Colonel Parson, RA, the day before Spion Kop.

hill, Tabanyama, opened fire and the two battalions had a very bad time. At about midday, Woodgate was mortally wounded. The senior C.O. on the hilltop was Crofton of the King's Own, but Buller ordered Thorneycroft to be appointed as Brigade Commander.

Reinforcing battalions came up to help but the Boers

were immoveable, and a stalemate arose and the hill was evacuated by the British after dark. The 2nd King's Own lost four officers killed and four wounded, with fifty-six men killed and ninety wounded, nothing having been achieved.

Battalion Headquarters before Green Hill. Col. Crofton, Major Yeatherd (killed while commanding) and Adjutant Dykes (killed as CO at Le Cateau, 1914).

A month later, on 23 February, the battalion led the advance against Wynne Hill and Green Hill, near Colenso where the Tugela had been crossed, and achieved a great success. The second-in-command, Major Yeatherd, was now commanding, although not yet promoted, but was tragically killed when holding an 'O'-Group conference. On his death Major Matthews, father of Brigadier Ralph Matthews, took command of the 2nd Battalion, pending the arrival from England of Lt-Col Gawne.

The flank attack was successful and the King's Own advanced on a wide front. The route of their advance is marked with four or five grave-stones.

The next few days saw other battalions of Buller's Army capture individual hills, and finally force the Boers, whose morale was now low, to evacuate all the Tugela Heights, give up the siege of Ladysmith and withdraw to the north of Natal, which they had invaded on the outbreak of war.

On 3 March, Buller made his public entry into Ladysmith, the King's Own, led by Major Matthews, marching in the leading brigade. The battalion now had only two captains, two subalterns and one colour-sergeant, as the results of battle casualties and sickness. As the Regiment marched along the High Street saluting Sir George White, the Garrison Commander, it saw standing beside him his Chief-of-Staff, General Archibald Hunter, another ex-King's Own C.O. Although marching to attention, the men cheered him vociferously.

The relief of both Ladysmith and Kimberley (which occurred within two weeks), brought to an abrupt end the first, and by far the shortest, part of the Boer War. Thenceforward there were to be no more major engagements, no more actions like Spion Kop, or Magersfontein. Instead, over two years of guerrilla warfare on a vast scale was to be practised.

Buller, on the east, still had opposition and some minor Boer positions had to be captured in the advance north from Ladysmith. At one of them five companies of the 2nd King's Own were in the centre of the Lancashire Brigade in its assault on Botha's Pass – an outpost of the Drakensburg Range. Though lightly held by the enemy, it involved the climbing under accurate fire of the almost precipitous slopes of the range, and the York and Lancasters on the left, and the South Lancashires on the right, together with the King's Own, were all quite exhausted by the time the top was reached. The only casualties were sprained ankles, of which there were several. Shortly after the battle, Col Gawne arrived from England to take over permanent command of the battalion.

Although both Johannesburg and Pretoria were in British hands there were still some 60,000 Boers in parties, formed and uniformed, in Natal and the Transvaal. They had to be rounded up before peace talks could start, and to this end, vast sweeps were envisaged, to surround these Boer groups, capture their leaders and burn their farms. Women and children were to be removed to safe custody, thereby reducing for these non-combatants the chances of starvation, desertion, or very probably, retribution by the natives.

Clearly additional mounted troops were required for this job and all regiments formed mounted infantry companies. Horses and saddlery came up from the Cape but the greatest problem was to teach the men to ride and look after their mounts. This took many weeks, and it was early May before a big advance could be staged.

On the day it started the 3rd Battalion of the King's Own (Militia), arriving from Lancaster via the Cape, entered Bloemfontein to hold Lord Roberts' line of communication as he advanced north.

In mid-September the 2nd Battalion reached Vryheid, sixty miles north-east of Ladysmith, a town on an eminence surrounded by lesser hills in which many Boers were believed to be hiding. The town was fortified and there were many minor raids by the enemy and sorties by the defenders, mostly non-productive. During one of the enemy raids Col Gawne was killed, only six months after taking command, being succeeded by Major Matthews as the next permanent C.O.

Shortly after these minor engagements, in which a number of casualties were sustained, the battalion was withdrawn to Dundee, much reduced in numbers by the casualties of three major battles and several minor ones, and sickness, suffered in fifteen months. Here it was to remain until the end of the war.

During this period the cavalry and mounted infantry were sweeping on, being supported by several columns of infantry.

Eighteen months after the start of the great sweeps, the Boers, now pressed right back to the northern limits of the Transvaal, asked for peace. This was agreed on the condition that the two Boer republics of the Transvaal and Orange River Colony accepted annexation into the Empire and recognised King Edward VII as their King. Each was allowed a degree of self-government within the Union of South Africa.

The war was over, though it was not forgotten. Nor were the concentration camps into which the women and children were moved from the burnt farms for their own safety, nor the Great Trek of 1836.

Chapter 15

By 1895 the Cardwell System, started in 1882, was working smoothly. Its purpose was that every regiment should have two battalions, one at full strength in overseas garrisons in the Empire, with the other in the U.K. forming an expeditionary force if required. These units at home were kept at about sixty per cent of strength, to be augmented by the calling-up of reservists in an emergency. These men had completed seven years with the Colours and were now back in civil life, but liable to be recalled in time of trouble.

The twenty-five senior regiments already had two battalions and so no problems arose. But the great majority had only single battalions and so had to amalgamate with other even more junior regiments to form pairs, and so enable the foreign service relief system devised by Cardwell to operate.

These widespread amalgamations, suffered by all regiments junior to the K.O.S.B. (25th Foot) caused many old regiments to lose their identity entirely, and they caused far more resentment and upheaval than the recent amalgamations of the early sixties did. One regiment refused to use the titles '1st' and '2nd' battalions, and, until 1950, persistently called each battalion by its old original number without using the official name. There were many cases of officers retiring who, having been a member of an old regiment for many years, refused to belong to the new 2nd Battalion of 'that' regiment.

The King's Own, of course, escaped amalgamation and the 1st Battalion went out on foreign service, as the 2nd Battalion came home, in 1895.

Whilst in Malta in 1903, King Edward VII visited the Island, the 1st King's Own finding the Guard of Honour at the jetty. (The subaltern of the Guard was Lt Cowper whose daughter, Julia, was so largely instrumental in writing the regimental history – *The King's Own. The Story of a Royal Regiment.*) That evening King Edward declared himself Colonel-in-Chief of the King's Own.

In the same year, as a memorial to all ranks of the King's Own who died in the South African War, a side-chapel was built to the Priory, the parish church in Lancaster. It now has many memorial brass plaques of individual officers and several pairs of old colours, including those of the Kitchener's Army battalions from the 1914–1918 War. On Armistice Sunday every November, at Matins, there is a big service and parade. The chapel is filled, to witness the vicar receive the Colours of the 5th Battalion and lay them on the altar. A serving soldier turns over a page of the Regimental Roll of Honour, the Colonel of the Regiment reads the lesson. The Mayor attends in state, afterwards taking the salute on the Town Hall steps from the local Territorial battalion and a formed party of Old Comrades.

In 1911, when the 1st Battalion was in Lucknow, the C.O., Lt-Col Boyce, died suddenly, before he had completed two of his four years in command. He was succeeded by Lt-Col Marker who also died in 1913 whilst in command. Marker was succeeded by Lt-Col Dykes – to be killed at Le Cateau in 1914. This tragic sequence of three C.O.'s deaths while in command did not end there; Lt-Col Kaulbach died in 1927 and Lt-Col Irvine in 1936. Major Yeatherd, whilst in command, was killed in action in the South African war, and his successor, Lt-Col Gawne, was killed similarly, ten months later. The C.O. of the 2nd Battalion, Martin, was killed at Frezenburg in 1915, and Bromilow, 1st Battalion, at Beaumont Hamel in 1916. Rarely can any regiment have suffered the death of nine of its regular C.O.'s in twenty-four years.

In 1912 the two battalions again changed over, the 1st coming home to Dover. Here, in 1914, it provided the burial party for Mrs. Evans' funeral, the last link with the Crimea, and from there it embarked for France in August of the same year. It was to remain on active service in France, Belgium and Germany for almost five years.

On its return from the South African War in 1903 the 2nd Battalion was stationed at home until 1912 – when it re-embarked for peacetime foreign service again, in relief of the 1st Battalion.

In August, 1914, on the outbreak of war, it was at Lebong, a hill station in the Himalayas, north of Calcutta.

Chapter 16

To recount the history of the King's Own in the First World War in which two regular, three Territorial and five Kitchener's Army battalions saw active service is a daunting task. Such a story permits either the barest outline or a fuller description of certain engagements necessitating the exclusion of much else. The latter course has been chosen.

The 4th Division, in which the 1st King's Own was serving at Dover in 1914, was excluded from the original B.E.F. It was intended to resist an invasion of the south-east but the plan was quickly changed and it crossed over to France seven days after the original four divisions. As a result the Division, and the 1st Battalion, missed the Battle of Mons, where the 3rd and 5th Divisions in 2nd Corps had withdrawn from the Canal Bank and were now moving south towards Le Cateau.

The 4th Division had detrained at Le Cateau on the early morning of 25 August after twenty-four hours in the train, where there was not much sleep for the men in the cattle trucks. It had then marched forward all day, and, taking over the rearguard from 5th Division, had marched back again, deployed, and fought its way all through the night, reaching its position out on the extreme left flank of Le Cateau at dawn on the 26th.

The 12th Brigade, with the King's Own on the right and the Lancashire Fusiliers on their left, arrived in front of the village of Haucourt, the left of the 2nd Corps line, which was to be the new defensive position. Lt-Col A. McN. Dykes was commanding the King's Own. He had been Adjutant at Spion Kop, winning the D.S.O. and a brevet majority.

The Lancashire Fusiliers started to dig in on high ground while the King's Own formed mass on the forward slope, piled arms and removed equipment. The men were lying down. It was said that the French cavalry were out in front protecting the brigade. The example of the Lancashire Fusiliers digging in, clearly seen by the King's Own, was not followed.

At about six a.m., while most of the men were asleep, an officer, Capt J. A. Nixon, later to command the 2nd Battalion in Rangoon in 1923, reported that a few horsemen had just ridden out from a wood 1,000 yards in front, observe the battalion and then withdraw. He thought their uniforms were foreign, and probably not French.

Little notice was taken until a wheeled vehicle was seen to leave the wood, and then pause, with much activity. In a few moments machine gun fire at 800 yards opened on the battalion in mass. In the first burst eighty-three men were killed, including the C.O., and over 200 wounded. Men rushed to unpile arms, ammunition was searched for and general chaos prevailed. The machine gun fire was quickly followed by shrapnel, but the Second-in-Command was able to rally the battalion and withdrew it a hundred yards behind the crest, where it was reorganised. The Royal Warwicks came forward to support and then relieve the King's Own, who were withdrawn into Haucourt.

In addition to the C.O., five officers were killed, and four wounded, while Lt Irvine, badly wounded, had to be left on the field, where a few hours later he was taken prisoner and remained so until 1918. He survived to command the 1st Battalion in India in 1935.

The Royal Warwicks and the Lancashire Fusiliers were later pressed back towards Haucourt, and by dusk the Royal Warwicks withdrew through the village, the King's Own thus again becoming the right forward battalion of the 12th Brigade. At about eight p.m. after dark units began to withdraw still farther and the Germans entered the eastern outskirts of Haucourt. Several minor incidents took place in the darkness, and one officer and several men of the King's Own were killed. They were later buried in the village cemetery where the Imperial War Graves Commission later preserved the graves and erected gravestones. The bodies of the men killed in the main disaster to the King's Own in the morning were buried where they fell by the enemy some days later in a mass grave. Its exact position is not known, but it can be accurately surmised.

In the village of Haucourt in 1955 there lived an old man who remembered the disaster to the King's Own, their withdrawal after dark and the German occupation for the next four years. He also remembered, as a child, seeing the German troops march through in 1870, and a similar invasion in 1940.

At about ten p.m. the King's Own slipped away into the night, to start a march of 150 miles, the retreat from Mons. Nights were spent in the open by the road-side, or in barns, and it was not until the Marne had been crossed and the enemy had given up the chase, that many officers and men were able to take their boots off.

★ ★ ★ ★

Shortly after the outbreak of war in 1914, thirty-five regular battalions in India and the Far East, having been relieved by selected Territorial battalions, were brought home. Here they were formed into three divisions, the 27th, 28th and 29th, the three finest divisions Great Britain ever put into the field. All the battalions were at full establishment, few were less than 900 strong. The average service of the men in the ranks was five years, N.C.O.'s mostly averaged five years as such, and many men had been soldiers for fifteen years. A few were Boer War veterans. All ranks were inured to hard climatic conditions and absence of leave. Barely three per cent of the men below the rank of corporal were married, all were united by a magnificent discipline and *esprit-de-corps*. Many were a little inclined to look down on the home-service battalions stationed in the flesh-pots of Aldershot, Colchester or Dublin.

On arrival home at the end of 1914 they were organised with the necessary 'services' and the 27th and 28th Divisions crossed over to France. (The 'Incomparable 29th' was kept at home pending embarkation for its famous landing at Gallipoli in April, 1915.)

The 2nd King's Own, from Lebong, arrived home in December and was posted to the 28th Division, going over to France with the Division in January, 1915.

Early in May the 28th Division with its sister 'Indian' division, the 27th, was holding a two mile front to the east and north-east of Ypres, along the Frezenburg Ridge. 'Ridge' is but a courtesy title, the ground, some 500 yards long and one hundred yards wide, being only a few feet above the surrounding country. Immediately in front of the Ridge is a cross-roads and the hamlet of Frezenburg, fifty yards beyond which was the enemy front line. The 2nd Battalion was commanded by Lt-Col A. R. S. Martin, who had been Signalling Officer at Spion Kop.

On the evening of 7 May, two private soldiers of the battalion went out from their front-line trench to bring in a gate they had seen, to repair the revetment of their trench. In the dark they got lost, and wandered towards a small wood where they heard many German voices. On return they reported what they had heard, suggesting that a big attack was imminent. No notice was taken, though the two men were right.

The Germans, knowing the high quality of these two divisions, determined to obliterate them, and attacked with three corps next morning. An intense bombardment started, most of which was shrapnel, a particularly effective weapon against trenches that in those days had no head-cover.

By eight a.m. the front trenches were virtually flat, parapets had disappeared, machine guns knocked out. The Germans lifted their bombardment on to the reserve and support lines and then advanced, easily capturing the smashed and almost undefended front line.

There were few unwounded men alive; they were quickly captured, the enemy having little difficulty in advancing almost to battalion headquarters, where an 'S.O.S. party' held them up by rapid fire. Nearby were two platoons under Lt Seddon.

At ten-thirty a direct hit on battalion headquarters killed Col Martin, and severely wounded the Adjutant, Lt Weatherhead. By a miracle Major Clough, Second-in-Command, was unhurt and took command. (He died, a Military Knight of Windsor, in 1970, aged ninety-four.) Shortly afterwards the enemy, strongly reinforced, advanced again almost shoulder-to-shoulder, and lapped round the flanks of the remnants of the battalion around headquarters.

Seddon's party was ordered to fall back, but being caught in intense machine gun fire, was eventually surrounded, all being captured, while Major Clough with forty survivors withdrew. There was a nasty gap in the line but the Germans failed to exploit it and in the afternoon the 5th King's Own, also in 28th Division, counter-attacked, joined by parties of the 2nd. It partially filled the gap. That night the remnants of both battalions were relieved.

The 2nd Battalion lost, from all causes, fifteen officers including four killed, and 890 men, many of whom were missing.

The two tragedies of the 1st Battalion at Le Cateau in August, and the 2nd at Frezenburg in May, resulted in

A sergeant in the trenches, 1915.

some 500 regular soldiers of the Regiment being prisoners for four years. But good comes out of evil; of this large number of regular prisoners five per cent elected to re-engage when released from their P.O.W. Camps at the end of the war, and the 2nd Battalion, reforming at Tidworth to go back to India on normal peace-time garrison service, had the benefit of a good number of these N.C.O.'s and privates who, although out-of-date tactically, still retained their pre-1914 basic training and discipline. Their sophistication and experience did much to give the 'new' 2nd Battalion the old peace-time standards.

★ ★ ★ ★

On 1 July, 1916, the best known date in the First World War, thirteen divisions attacked the German stronghold on a sixteen mile frontage astride the Albert-Bapaume Road. Very successful to the south of this road, it was an entire failure in the north.

In the centre of the unsuccessful northern half the 4th Division attacked between Beaumont Hamel and Serre, the 1st King's Own being the supporting battalion in the left brigade. At this time the Regiment was probably at the height of its efficiency and morale since Le Cateau. Despite several minor engagements around Ypres and two winters in the then primitive trenches, there were still a large number of pre-war regular N.C.O.'s and men in the ranks. Their experience, discipline and 'know-how' had a great influence on reinforcements and in 1916 the battalion was one of the best in the B.E.F.

Its most outstanding personality was the Quartermaster, George Wilson. He had been promoted Quartermaster in 1900 and embarked with the battalion for Le Cateau in 1914. He served as Q.M. of the 1st Battalion throughout the war on the Western Front, until recalled in 1918 to Kneller Hall. A big, austere man, he exuded experience and ability and his name became a by-word in the 4th Division. No officer earned his D.S.O. more than George Wilson.

The attack on 1 July was by the Rifle Brigade and the East Lancashires. It met with little success and only one company entered the enemy's front trench. Consequently the King's Own was ordered to advance down a forward slope in full view of the enemy, there to pass through the held-up units in front, and move into the second and third German lines.

The formation was a curious one. Four companies in the front line, on a single-platoon frontage and each followed successively by the other platoons of the company, rendered the battalion quite unmanoeuvrable. It could not extend to either flank, it had no strength, and this vast but thinly spread mass of men was clearly seen in its slow passage down the forward slope. It was an ideal target for shrapnel, and the Germans took their opportunity. The Brigade Commander ordered the King's Own not to continue, but the message miscarried and the Regiment continued its advance, suffering heavy casualties. Had the message arrived and the battalion halted on that exposed slope the casualties must have been even heavier. The C.O., Major Bromilow, awaiting promotion, disappeared, his body being found some days later.

The battalion pressed on and crossed the enemy front trench, picking up some men of the two forward units hitherto held up. From the left flank now came heavy enemy rifle fire which did surprisingly little damage. A small dip in the ground was noticed, not visible to a man standing by the German trench, whence the flanking fire came. But the German riflemen's eyes were at ground level and the King's Own must have largely disappeared in the fold of the ground. Consequently the battalion was able to advance up to and capture Pendant Copse, almost half-a-mile inside the enemy lines, a great success.

The Regiment, or what was left of it, was now completely isolated, units on both flanks having failed to get so far forward. Most of the few men there, exhausted, disorganised and alone were quickly killed or captured and only a handful got back.

By five p.m. these men and a few others collected about 150 yards inside the German lines and by nightfall all were back in the British front line.

The Regiment lost nine officers killed and two wounded, while almost 400 men were lost that day. But the King's Own had penetrated further than any regiment in the northern, unsuccessful, half of the great attack, and had yet again shown its powers of endurance.

The new C.O. was Lt-Col O. C. Borrett, later to be Colonel of the Regiment.

★   ★   ★   ★

The 5th King's Own, from Lancaster, one of the best Territorial battalions in the Army, was selected to go to France in February, 1915, well in advance of its parent division, the 55th West Lancashire. It was posted to the same brigade as the 2nd Battalion in 28th Division and was deeply implicated in the Frezenburg incident of 8 May, 1915, where its counter-attack, although not entirely successful, filled the gap and stabilised the line.

Early in May the 4th Battalion also came out and in January, 1916 the 5th rejoined its original West Lancashire Division. Each battalion had two difficult and costly periods in the Battle of the Somme, taking part in the capture of Guillemont, Morval and Les Boeufs.

The greatest achievement of these two excellent battalions and their parent division was on 31 July, 1917, the opening day of the Battle of Passchendaele. Here, on an eleven-mile front, nine divisions attacked eastward from the Ypres Salient, to secure high ground overlooking

Private soldier, 5th Battalion, carrying Lewis Gun Panniers, 1917.

the town. The 55th Division was at the very apex of the vast arc, with the 5th Battalion leading the right brigade, followed by another brigade of the Division, led by 4th Battalion.

Considerable success was achieved by the Division, but the 5th Battalion suffered severely on being held up soon after the capture of the enemy's front and second lines. The supporting brigade went through, the 4th Battalion actually passing through the 5th, and the final objective was reached. The Division was by now semi-isolated at the tip of the pronounced narrow salient. The enemy counter-attacked, pushing the most advanced posts back slightly.

Then the rain came and by nightfall no-one could move except at a crawl. Twenty-four hours later the Division was relieved. When the rest billets were reached everyone was delighted to hear that all the divisions in that morning's great attack had succeeded in penetrating and holding large sections of the enemy's front, in some cases consolidating a mile and a half beyond their starting line. The Territorials had played their part.

★ ★ ★ ★

In response to Kitchener's call in August, 1914, 'Your Country Needs You', a great wave of patriotism and a rally to the Colours occurred in Great Britain. On one day in August, 30,000 men joined. By the end of the year 2,000,000 men had volunteered.

Four entirely new battalions, the 6th, 7th, 8th and 9th King's Own were raised, and were enthusiastically training by the end of November.

The 6th Battalion went to the 13th Division with which it sailed for Gallipoli in June, 1915, serving firstly at Cape Helles, then at Anzac Bay and finally at Suvla Bay, where it remained until the end of the Gallipoli campaign.

In November it was holding the line (which consisted of piles of stones making a breastwork, the ground being too hard to dig) when the great blizzard struck. After thirty-six hours of torrential rain and wind, the gale swept round to the north, suddenly dropped and an intense frost caught the rain-soaked men in the open, with only the meagre breastworks as shelter. They suffered acutely, and on the whole front 200 men died of exposure within a week, while 5,000 others were evacuated as 'climate casualties'. The terrible conditions were comparable to the Great Blizzard in the Crimea, the Retreat from Moscow, and the Russian winter hold-up of the German Army in 1940.

Two months later the miraculously unmolested evacuation of the whole Gallipoli campaign took place – not one man of the 90,000 to be evacuated was lost. The 6th Battalion was one of the last to leave the Suvla Bay area.

The Division went to Mesopotamia after a brief spell in Egypt, and there remained, experiencing little but discomfort, heat and boredom for the rest of the war. There were few casualties.

The 7th Battalion went to the 19th Division and out to France in July, 1915. Its first major engagement was on the fourth day of the Battle of the Somme in 1916.

On 1 July the 34th Division, in the centre of the great attack, had as its objective La Boisselle, a hamlet astride the Albert-Bapaume Road. On the left it had failed badly, through no fault of its own, although the right brigade had some success, reaching the southern edge of the village. Owing to its losses, it was relieved two days later by the 19th Division, and the 7th King's Own led an attack on La Boisselle.

Bombing attacks upon three communication trenches succeeded, though strongly resisted by countless Germans lurking in the cellars and ruins of the village. By evening, although the final objective was not reached, the village was cleared. The 7th lost eighteen men killed and sixty-six wounded, a small price to pay for a very considerable achievement.

The 7th's success on 4 July did much to help forward the Somme battle line and the Regiment has every reason to be proud of its young and temporary member.

Three weeks later the 7th Battalion, with the 10th Royal Warwicks, led an attack on enemy trenches beyond Delville Wood. The barrage was so accurate that the position was captured almost without loss, but the enemy's heavy retaliating fire frequently cut all telephone wires back to battalion headquarters. Pte Miller was ordered by his captain to take one vital message back and return with an answer at all costs. He started and almost at once was shot in the back, the bullet penetrating his stomach. In great pain and holding the wound closed with his hand he reached headquarters, receiving the answer. Rejoining his company he saluted with half his entrails exposed and fell dead at his captain's feet. Miller was awarded a posthumous V.C. and the scene of his death was the subject of a drawing in one of the many illustrated weekly war periodicals.

★ ★ ★ ★

21 March, 1918 was the opening day of another great sub-campaign, though it has no name.

This day saw the start of the great German attack which was nearly to separate the French and British Armies, to see the defeat of the 5th Army, the removal of General Gough (considered by many soldiers of the day and historians later to have been unwarranted and unfair) and the issue of Haig's famous 'Backs to the Wall' order.

The collapse of Russia in 1917 had released many German divisions for the Western Front while the entry of America into the War was a warning to the enemy that she must work fast before the new western ally could make her weight felt. Accordingly an attack of thirty-one German divisions on a thirty-two mile front was launched astride the junction of the French left and the British right, held by the 5th Army under General Gough.

The 8th King's Own, another very good Kitchener's Army battalion, was in the 3rd Division, one of the original 1914 B.E.F. regular divisions. On the Somme it had participated in the capture of Delville Wood, and at the Battle of Arras had repulsed part of the German counter-attack.

On 21 March the 3rd Division was on the left of the line attacked, and was the most southerly to 'hold'. To its right, the 34th Division had been driven in and General Deverel, the 3rd Division's commander, formed a right flank, on which the 8th Battalion was posted with its brigade.

At dawn the next day the enemy attacked the 8th Battalion, but met with no success all that day or the next. A bombing block was established on the now exposed right flank. Several times the block was almost captured, but small local counter-attacks by the King's Own always drove the enemy off, while the Lewis gunners and riflemen along the line caused many casualties in the enemy's frequently advancing lines.

The attacks died down and the 8th Battalion was left in the line, very tired but still holding firm. However, two days later fresh German troops attacked. The 15th Division on the left was driven in and the brigade of 3rd Division on the right also gave way, thus completely isolating the 8th. The two forward companies withdrew, joining the two in reserve, and there for a while held fast. At mid-day the C.O., Col James (of the Welch Fusiliers) was killed, and at about four p.m. the Second-in-Command was forced to pull the battalion back, owing to intense shell-fire. Taking up a new, barely-organised position 1,000 yards to the rear, the battalion stood for some hours, although units on its left and right again fell back. The enemy by the evening ceased his attacks.

The British line was still unbroken, and twenty-four hours later the 8th Battalion was relieved, having been in continuous action for four days. In this period the C.O. had been killed, and six officers were missing, two of whom were taken prisoner, while four were wounded. Four hundred and eighty other ranks became casualties.

The resistance of the 'Iron' 3rd Division and in particular the 8th King's Own played an enormous part in holding up the great German attack. The delay it caused enabled Haig to bring forward reserves and so to keep the line intact. Again the Regiment has cause to remember this young battalion which, like all the Kitchener Army battalions, was demobilised, but not forgotten, in 1919.

The 9th Battalion, on formation, was posted to the new 22nd Division with which it went to France in September, 1915. The Division did not take part in the Battle of Loos – and with the 28th Division, in which the 2nd Battalion was also serving, went to Salonika in December. Here it served till the end of the War.

The Bulgarians were enterprising and fought well, but the British troops had three far more potent enemies. The ground was hilly, almost mountainous, with virtually non-existent roads making major operations hazardous in the extreme. The climate was bitterly cold in the winter and excessively hot in the summer. But the greatest enemy of all was the mosquito, which caused many more admissions to hospital than did enemy action. The Battalion, in three years, suffered only 400 battle casualties, but almost double that number went sick with malaria, some more than once.

★ ★ ★ ★

By mid-1915 the initial surge of recruits that had flocked to join Kitchener's Army in 1914 was dying and the supply of voluntary recruits growing less. In June, 1915 the old appeal to enlist men far below the minimum height standard of five feet two inches was granted and the 'Bantams' came into existence. The 11th King's Own men came largely from the coal mines of Wigan and Whitehaven, and the 40th Division, all of Bantam units, the last but one of the Kitchener's Army divisions, came into being. It crossed to France in June, 1916 and was used for trench-holding for nine months.

Brought south for the Battle of Cambrai in October, 1917, the Division captured Bourlon Wood, the extremity of the great advance made by tanks, so tragically and quickly to be nullified by an excellent enemy counter-attack. The 11th Battalion did well with its contribution to the general advance, but the Bantams generally were not up to it. There were only just enough of these small men in the U.K. fit both physically and morally to complete the 40th Division on its formation, and when casualties in any number occurred there were insufficient Bantams good enough to replace them. The carrying of marching-order and trench stores, the struggling through heavy mud, the inevitable arduous fatigues of road-making and trench-digging were sometimes beyond these little men, and the consequent feeling of inadequacy greatly lowered their morale. Soon the 40th Division was not considered fit to hold the line, especially after one battalion had thirty men taken prisoner in an enemy raid, with only one man wounded. As a result, seventy per cent of the men were transferred to base jobs, the 40th Division's ranks being refilled with some excellent dismounted and 'unemployed' yeomanry and cavalry. The word 'Bantams' was forbidden and the Division quickly came up to standard. The 11th King's Own was disbanded early in 1918.

Chapter 17

The Kitchener's Army battalions were the first to leave the various theatres of war, though their departure would be better termed 'evaporation'. There was no homecoming for them as units, no reception by civic authorities, no address by the Mayor from the Town Hall steps which the regular and Territorial battalions received. The Kitchener battalions just faded away, sending parties of men home for demobilisation as trades were called for. By March, 1919 most units only consisted of perhaps one officer, an acting Quartermaster and half-a-dozen men. These little cadres joined up, all regimental or unit spirit being lost.

In June, 1919 the 4th and 5th Territorial Battalions came back to Ulverston and Lancaster, where they were disembodied and raised again in 1920 as ordinary Territorial battalions.

The 2nd Battalion, a cadre only, was the first of all the battalions to reach Lancaster, where it received its civic welcome. In April a party of one officer, one N.C.O. and one private formed the embryo of the new 2nd Battalion at Tidworth. The battalion started its foreign tour in October, 1919 to remain abroad until 1930 – and in this time spent five years in Burma, at Maymyo and Rangoon. It left for Rawalpindi in the Punjab in 1925, where it had the unusual experience of being in the same station for five years. The battalion ended its foreign tour with one year in the Sudan before returning to Lichfield in 1932.

It moved to Palestine in 1938 where it was stationed when the Second World War broke out.

The 1st Battalion left France in June, 1919 and went

2nd Battalion, West Ridge, Rawalpindi, 1929.

1st Battalion, trooping the Colour, 1937.

to Dublin for three years. These years were unpleasant owing to the fighting, or rather brawling, between the Sinn Feiners who sought independence for Ireland, and the 'Black and Tans', a force of auxiliary and temporary police, who had little police training and were mostly ex-soldiers. Their frequent clashes often called for regular troops to intervene, and Dublin and the Curragh each became a triangular battleground. In November, fourteen defenceless British officers were murdered in their beds by Sinn Feiners. Major A. D. M. Browne of the King's Own was lucky in escaping by the back-door of his house.

The 1st Battalion went on its foreign tour in 1930, and was in Karachi in 1939 when the Second World War broke out.

On 13 July, 1930 the Regiment celebrated the 250th anniversary of the day on which King Charles II had authorised the formation of the Regiment in 1680. A joint parade of the Depot, the 4th Battalion from Ulverston, and the 5th from Lancaster, was held in Lancaster to troop the Colour. Such a joint parade had never been held before and 12,000 spectators filled the football ground and the railway embankment overlooking it. The Mayor of Lancaster took the salute. The Depot Colour to be trooped was carried by a Territorial officer, the parade was commanded by Lt-Col Paget-Tomlinson, commanding the 5th Battalion, and the Adjutant and R.S.M. were provided by the Depot.

During this inter-war period both regular battalions became notorious for their prowess at sport. The 1st Battalion won the Army Rugger Cup in 1929 and 1930, while the 2nd Battalion won the Army Soccer Cup in 1934, the King's Own being only the second regiment ever to win both trophies.

Noted athletes in this period were Brigadier (then Lt) Aslett – who played rugger for the Army while still at Sandhurst, and was capped four times for England.

Brigadier Robins, when a captain, played for the Army at both soccer and cricket as well as being a single-figure golfer. Capt Hargreaves played in the 2nd Battalion teams in Rangoon at soccer, rugger, hockey and cricket, while Sgt Reilly swept the board at the Burma Athletic Association Meeting, winning the Gold Medal and more field events than the rest of the entrants put together. Lt-Col Irvine was another single-figure golfer and cricketer, despite having been a prisoner-of-war for over four years since Le Cateau in 1914. In 1923 the two full-backs of the 2nd Battalion hockey team in Rangoon were selected to play for Burma in a triangular hockey tournament in Calcutta where Bengal and Madras were represented. In 1936 six members of the 2nd Battalion soccer team played for the Army, three of them being internationals.

Chapter 18

The history of the Regiment in 1939 begins with the Territorials. In 1937 the 4th Battalion in Ulverston had been converted into the 56th Anti-Tank Regiment, and together with the famous 5th Battalion from Lancaster, was posted to the 42nd East Lancs Territorial Division, the Division that had done so well at Gallipoli in 1915.

The Division crossed over to France in April, 1940, where, joining the 3rd Corps, it was posted to the left flank of the B.E.F. and was just in front of the little town of Armentières, well-known in the First World War.

Early in 1940, when the B.E.F. moved forward to prolong the left of the French Army holding the Maginot Line, it was found that little defensive work had been done along the French side of the Belgian frontier and the War Office was asked to raise eight pioneer battalions. Four of them were to belong to the King's Own, and were numbered 6th to 9th, but they had little local connection with the Regiment. All the men had to be physically fit for the heavy work of digging emplacements, filling and carrying sandbags, erecting barbed wire and other defensive construction work. Also they had to be able to shoot or drive, and carry out all normal infantry tactics, including river-crossings and night-operations – a big programme for entirely new battalions. They crossed over in April and within a few days were holding the line, although not in contact with the enemy. Their state of training both as soldiers and as pioneers was very sketchy.

On 10 May, the great German onslaught started, to end with evacuation at Dunkirk a month later. Immediately, as

Officers, 1st Battalion Madras, 1939.

a counter to the German invasion of Belgium, the entire B.E.F. moved across the frontier, the 42nd Division moving through Lille to near Tournai, but no contact was made with the enemy. Unknown to most of the British officers the German armour had broken through the French line and was threatening to separate the two national armies and cut all communications between them and between the British and the Channel ports. A general withdrawal was ordered to avoid encirclement, and the situation became critical when Abbeville, seventy-five miles to the rear of the B.E.F.'s right flank, fell to a long-range enemy thrust.

Enemy pressure was now felt on the 42nd Division's front, and in the enforced withdrawal chaos abounded. At one stage the 5th King's Own, having started out on the left, found itself on the extreme right flank of the B.E.F., next to the French.

By 25 May, the German armoured thrusts were contained at Boulogne and Calais behind the British, and no further contact with the main French Army was possible. Evacuation to England through Dunkirk was planned and the 42nd Division was ordered to cover this gigantic operation.

The 5th King's Own, frequently covered by its sister T.A. unit, the 56th, during the whole retreat, fought a succession of minor rearguard actions in which few casualties were suffered. One man, Pte Robert, was taken prisoner having become separated from his company in the darkness through fatigue. He escaped three days later but could find no British soldiers anywhere. They were all now on the beaches of Dunkirk and he was utterly alone. For a fortnight he lay up in woods by day, living on uncooked swedes and potatoes, by night moving towards the coast. Finding himself at Calais and searching for a boat he was again captured. Yet he again escaped and spent the next nine months moving south – he thought – across France, reaching Spain in April, 1941, where he 'stowed away' for England.

The embarkation from the Dunkirk beaches was in full swing, the defensive perimeter contracting daily. Eventually the 5th King's Own was one of the last complete units to leave France, landing in England having lost less than a hundred men from all causes, most of whom were prisoners.

From the beginning of the great withdrawal to final re-embarkation the four King's Own pioneer battalions had a very rough time. None had been permanently allotted to a particular division and in the scramble and chaos of the withdrawal, each was constantly being switched from one division, to another to fill a gap. They felt they belonged to no-one, no divisional commander took more than a fleeting interest in them and their low morale and training was made worse by the irascibility of their temporary general behind them, and the enemy pressure in front. By the time they reached the beaches they were in a poor state. They had only been soldiers for four months, however, and they can hardly be blamed for their condition.

These four new battalions were kept at home for a long time for training. The 6th did not leave the U.K. again, while the 7th went to garrison duties in Gibraltar, and internal security in India.

In mid-1942, the 8th went to Malta where it suffered severely from enemy air attacks. Service in Egypt and Palestine followed, where it was amalgamated with the remnants of the 1st Battalion after the disaster of Leros. The 9th was converted into an anti-tank regiment but did not again serve overseas.

The 5th Battalion remained in the 42nd Division in the U.K. and with it was transformed into an armoured battalion in 1941. A year later it was posted to the 34th Independent Army Tank Brigade, taking part in the invasion of Normandy, the crossing of the Rhine and the final victory.

Surprisingly, neither the 1st or 2nd Battalions saw active service against the Germans or the Italians for a year after the outbreak of war. The 1st Battalion from its almost peace-time station of Karachi was flown, in April, 1941, to near Basra to protect the airfield at Shaibah in Iraq. By the 1930 Treaty, Great Britain had the control of this airfield, its retention as a staging post to India being vital. The move was the first strategic air move of a battalion.

The C.O., Col Tittle, was found unfit for active service and Major Everett, transferred from the Wiltshire Regiment on accelerated promotion in 1935, took command.

Soon after the battalion arrived Raschid Ali, the ruler of Iraq, declared war on Great Britain claiming his country had been 'invaded' – despite the treaty of 1930 – and fighting took place to protect the many aircraft on the base. This lasted for two months. During this period Major Freke-Evans was killed, Col Everett wounded, and Capt Addy taken prisoner with a few men, all of whom soon escaped and rejoined the Battalion.

Early in 1942, the 1st joined the 10th Indian Division and with it moved to Egypt, going into action at 'Hell-Fire' Pass, and then moving forward to Tobruk. Here it met the retreating 8th Army under General Ritchie who, two years previously, had been C.O. of the 2nd Battalion.

The withdrawal left the garrisons of Tobruk, Bardia and Sollum unprotected, and all fell to Rommel's advance. The 10th Division was forced right back to El Alamein, but here the line held. The enemy had fought themselves out and the less exhausted divisions, with massive reinforcements arriving at Suez via the Cape, awaited the advent of General Montgomery. The 1st Battalion was withdrawn to Cairo, whence it left with the 10th Indian Division for Cyprus. On the voyage the transport was torpedoed and one officer and twenty-three men were lost.

From Cyprus the battalion went to the Island of Leros. This island, together with Cos, Samos and Rhodes, had to be held against probable German air-landings from the mainland of Italy, whence they could have threatened

Crete, Cyprus and our communications with Alexandria and the Levant.

The Germans did as had been feared, and parachute landings on Cos quickly reduced it.

A week later a German landing from the sea was made on Leros at three widely separated points. High ground in the centre of the island was successfully held by the Irish Fusiliers, but the enemy could not be driven into the sea, and on the western end of the island the Germans made an advance of two miles. Major Tilly's company of the King's Own was sent to contain this last incursion but they were badly outnumbered. In addition, persistent and almost unhindered air attacks pinned them to their ground, and some hours later 500 parachutists were dropped on the narrow neck of land dividing the island into two halves, completely isolating Major Tilly's company.

During the night massive enemy reinforcements landed, and the King's Own, Irish Fusiliers, and Buffs were much disorganised. After two more days sporadic fighting the island surrendered. In the four-day battle, fifteen officers and sixty men of the 1st Battalion were killed and an unknown number made prisoner. Major Tilly was both wounded and missing. One officer and fifty-seven men escaped, rejoining the details in Palestine. Here these survivors joined the 8th Battalion, survivors themselves from Dunkirk. The latter generously agreed to give up their '8th', proud to become the '1st'.

The 10th Indian Division, still existing, crossed over to Italy early in 1944. Lt-Col R. N. Anderson, later to be Lieutenant-General Sir Richard, and Colonel of the Regiment for fourteen years, had been specially selected to be the new C.O. and arrived by air from England, joining as the ship sailed.

The 10th Division went into the line on the Adriatic coast where it participated in various minor engagements for six weeks. It then was moved across the peninsula to

Anzio and advanced north-eastward astride the Tiber. On 30 June it had its first major battle since its reconstitution. Only enemy rear-guards were in front, and the town of Umbertide, north of Perugia, was approached. The King's Own led the 10th Division into the evacuated town and found the enemy in strength beyond it, along a stream between Montone and Carpini. The former village, the key to the position, stands on a high hill, with steep bare slopes. It was, of course, strongly defended, and had already been unsuccessfully assaulted. The 1st Battalion was ordered to take the town and hill.

Col Anderson determined on surprise, night operations, and a flank attack. The battalions moved off on a twelve-mile night-march across difficult and largely unreconnoitred country. The men marched in single-file, with no inter-company intervals. Five ravines were crossed, woods

The King's Own take Umbertide.

and ploughed fields negotiated, down a steep slope, over a main-road, and up another steep incline to its first objective. Not a word was spoken and only a dog barked, furiously, as the whole battalion filed in silence past its apparently deserted home. Not a German was seen or heard.

The first objective, Monte Cucco, was reached with the battalion badly out of breath. While the men rested the C.O. took his 'O' Group to the top of Monte Cucco whence Montone could be seen in the moonlight, 800 yards away.

The King's Own on the road to Montone, about 4 miles north of Umbertide.

At seven a.m. the battalion attacked with two companies leading, and reached some cyprus trees below the almost sheer bastion of Montone above them. B Company almost reached the entrance of the village unseen and certainly unopposed, while C Company had some opposition in its upward climb, losing one officer killed as it finally reached its objective and entered the village. Several hours of house-to-house fighting followed, with the enemy holding the advantage. Civilians helped the search through the maze of alleyways – at grave risk to themselves – and C Company, ably led by Capt Warren, eventually combed its way through to the far end. By one p.m. all was over. Twenty of the enemy were brought out from a drainage tunnel, twenty Germans were killed, and eighty-five captured, while the King's Own lost five men killed and twenty-three wounded. It was a great feat for the Regiment, as the whole garrison of what the enemy considered an impregnable position was destroyed. An unsuccessful counter-attack was put in that night when battalion headquarters was actively engaged, the C.O.'s batman claiming to have killed a German sergeant. Col Anderson was immediately awarded the D.S.O. for his leadership, to be followed later by a bar. Three months later he went to command a brigade.

The Regiment was awarded the battle-honour of 'Montone' to be borne on the Colours, the only regiment in the Army to bear it. It shares the distinction with the Argylls, which was the only infantry regiment at Balaclava and carries that name on its Colours.

The 10th Division continued its pressure and with the 8th Army passed out of the Appenines, crossing the Venetian Plain, including the bridging of the River Po, and moving round the north coast of the Adriatic, reached Gorizia when the Germans in Italy unconditionally surrendered.

After the Armistice the King's Own spent a month at

Bolzano in the Tyrol guarding and organising the vast number of prisoners reconstructing the railway line through the Brenner Pass. From Bolzano it moved to Trieste, its new peace-time station.

The 2nd Battalion on the outbreak of war in 1939 had been in Palestine for a year. It went out from Aldershot on 'temporary' duty to quell the constant Arab riots, remaining there until June, 1940. However, the disasters in Europe, the evacuation from Dunkirk, the successive collapses of Poland, Holland, Norway, Belgium and France and the consequent isolation of Great Britain had produced in the mind of both Jew and Arab alike a feeling of sympathy and understanding, and both desisted from disturbances. The situation so improved that several battalions were moved to Egypt, the 2nd Battalion among them, where it took part in the earlier operations in the Desert, including Mersa Matruh and Sidi Barrani.

In the autumn the battalion went back to the Desert to relieve the Australians in Tobruk, besieged by two enemy divisions. Entry was only possible from the sea at night, and the battalion had a rough time. There was little to do, with no ice, no cinema, no fresh vegetables, just millions of flies. Bathing and improving the wire on the perimeter were the only occupations. Col Barraclough was evacuated from Tobruk, and the command devolved on Lt-Col Creedon, seventy-three years after his grandfather had won the C.M. in Abyssinia.

In mid-1942 the 2nd King's Own was recalled to Egypt and there fitted for the Burma campaign. The C.O. was now Col Aslett.

The battalion moved to Ceylon for further jungle training and eventually crossed into Burma after a five-day march from the rail-head near Imphal. Here it embarked in gliders and was flown to near Indaw, whence it moved through the jungle for four days, cutting a trail through the thick bamboos.

2nd King's Own at Tobruk.

On the fourth day rations and supplies were dropped by air, and as the march continued signs of the enemy appeared. All ranks became experts in laying booby-traps, and the British now held the initiative. Several minor engagements took place, but rarely on more than a company basis and even then the tactics were of the 'hide-and-seek' type.

The march into this deepest jungle went on for two months, causing the enemy great embarrassment. The leader, General Orde Wingate, earned the thanks of the

Allies for his 'vision' of getting sizeable bodies of troops behind the enemy lines and across his communications. His death in one of his own aircraft was a great tragedy.

The heat prior to the monsoon was intense and soon the Chindits, as Wingate's columns were known, became exhausted, emaciated and rotten with malaria. Ration 'drops' were irregular and the two columns often could not be located from the air.

But they had done their task and the Japanese began their long slow retreat to Rangoon and capitulation.

At the end of July, 1943 and in the middle of the rainy season, the 2nd King's Own was flown back to India. Much strained by its gruelling experiences in the jungle, it was under strength and was fit for little more than internal security duties in Cawnpore, where it ended the war.

Chapter 19

The end of the war saw the contraction of the Empire. Withdrawal of battalions from India, Burma, Egypt and smaller colonial garrisons resulted in many of them being considered redundant and all second battalions, including the King's Own, were disbanded in 1949.

Ten years later, on economic grounds, many regiments had to be amalgamated and the King's Own welcomed the Border Regiment in what has turned out to be a very happy marriage.

A few disagreements regarding minor points of detail in the new combined Regiment, but no friction, were ironed out, and they have all been long since forgotten. There are very few private soldiers or N.C.O.'s today, and no officers below the rank of major, who knew the two regiments in their previous identities. All are now only concerned with the King's Own Royal Border Regiment.

In its life of 290 years, the King's Own has changed its name in a major degree five times. Beside these changes, this latest is of little moment.

A French general once said that he had never met a British soldier who said he belonged to the British Army. 'They all say they belong to a Regiment', he remarked.

SOME DATES IN THE HISTORY OF THE REGIMENT

1680	Formation.
1685	Sedgemoor.
1690	The Boyne.
1692	Namur.
1703 to 1710	Marines.
1704	Capture of Gibraltar.
1746	Culloden.
1774 to 1779	American War of Independence.
1809	Corunna.
1811 to 1813	Peninsular War.
1812	Badajoz.
1812	Salamanca.
1813	Vittoria and San Sebastian.
1814	War in America, Bladensburg.
1815	Waterloo.
1869	Abyssinia.
1879	Zulu War.
1900	South African War.
1900	Spion Kop.
1914	Le Cateau.
1915	Frezenburg.
1916	Beaumont Hamel.
1922	Dublin and the Sinn Fein rising.
1940	Dunkirk (T.A. Battalions).
1941	Habbaniya.
1944	Montone.
1949	1st and 2nd Battalions amalgamated.
1959	The King's Own amalgamated with the Border Regiment, to become the King's Own Royal Border Regiment.

The Regimental March